Über dieses Buch

Was würden Sie sagen, wenn Sie in einem ganz gewöhnlichen Haus ein Zimmer mieteten und Ihnen aus dem Aktenschrank plötzlich ein Gespenst entgegenträte? Oder wie würden Sie sich verhalten, wenn ein uralter, klapperdürrer Geist versuchte, Sie aus Ihrem eben erworbenen englischen Schloß zu vertreiben? Nun, die Pointe dieser beiden »außergewöhnlichen Begebenheiten« soll nicht verraten werden. Jedenfalls so glimpflich wie bei Charles Dickens oder bei Oscar Wilde geht es in den Erzählungen dieser »Gruselanthologie« nicht immer ab. Denn es gibt eine Fülle von anderen, durchaus ernst zu nehmenden »Erscheinungen«, die sich rational kaum aufklären lassen: Gespenster von Lebenden und Toten in den schaurigsten Aufzügen, Verdoppelungen, Gesichte – nicht zu vergessen die Randgebiete der Hypnose, Psychosen und Zwangsvorstellungen. Was immer in den Bereich der Geistererscheinungen fällt, hier sind alle Spielarten vertreten von nächtlichem Spuk in Häusern und Schlössern bis zu den unerklärbaren Gesichten sensibler Menschen. Nach eingehender Lektüre dieses Bandes ist man wirklich versucht, eine – wie Martin Gregor-Dellin schreibt – »Typologie des Gespenstes zu entwerfen«.

Das Gespenst im Aktenschrank
Geistergeschichten aus aller Welt

Herausgegeben
von Martin Gregor-Dellin

Deutscher
Taschenbuch
Verlag

dtv

1. Auflage August 1969
6. Auflage Juni 1975: 56. bis 65. Tausend
Deutscher Taschenbuch Verlag GmbH & Co. KG, München
Lizenzausgabe der Nymphenburger Verlagshandlung GmbH, München
Auswahl aus ›Die Gespenstertruhe‹. In die Taschenbuchausgabe wurden zusätzlich aufgenommen: Bauer ›Spuk‹, Apel ›Die schwarze Kammer‹ und Strindberg ›Der Lotse‹
Umschlaggestaltung: Celestino Piatti
Gesamtherstellung: C. H. Beck'sche Buchdruckerei, Nördlingen
Printed in Germany · ISBN 3-423-00597-1

Inhalt

Daniel Defoe

Die Erscheinung der Mrs. Veal

Die Umstände dieses Geschehens sind so außergewöhnlich und so gut verbürgt, daß keine Lektüre und keine Unterhaltung mir jemals etwas Ähnliches geboten haben. Sie werden auch den scharfsinnigsten und ernsthaftesten Fragesteller befriedigen. Die Person, der Mrs. Veal nach ihrem Tode erschien, ist Mrs. Bargrave; sie ist seit fünfzehn oder sechzehn Jahren meine vertraute Freundin, und ich kann mit bestem Gewissen für ihren vortrefflichen Ruf in dieser Zeit bürgen; und ich kann auch ihren makellosen Charakter bestätigen, den sie von frühester Jugend bis zur Zeit unserer Bekanntschaft bewiesen hat. Seit sie diese Begebenheit erzählt hat, wird sie jedoch von den Freunden des Bruders der Mrs. Veal verleumdet; diese Leute scheinen zu denken, daß die Erzählung von jener Erscheinung nur eine schändliche Erfindung der Mrs. Bargrave ist, und sie versuchen alles mögliche, ihren guten Ruf zu untergraben und die Geschichte lächerlich zu machen. Aber auch unter diesen Umständen und ungeachtet der schlechten Behandlung durch einen sehr boshaften Ehegemahl trägt Mrs. Bargrave stets ein liebenswürdiges Wesen zur Schau, und nicht das geringste Zeichen von Kummer und Niedergeschlagenheit zeigt sich in ihrem Gesicht; nein, auch nicht unter der rohen Behandlung durch ihren Mann, deren ich und verschiedene andere Personen unzweifelhaften Rufes Zeugen gewesen sind.

Sie müssen wissen, daß Mrs. Veal ein vornehmes Fräulein im Alter von ungefähr dreißig Jahren war; seit einiger Zeit hatten Krämpfe sie geplagt, deren Beginn man daran erkennen konnte, daß sie plötzlich und unerwartet vom Thema ihrer Unterhaltung abschweifte. Sie wurde von ihrem einzigen Bruder unterhalten und führte dessen Haushalt in Dover. Sie war eine sehr fromme Frau und ihr Bruder seinem ganzen Wesen nach ein sehr besonnener Mann; aber jetzt tut er alles, was in seinen Kräften steht, um die Geschichte zu unterdrücken und als unrichtig hinzustellen. Mrs. Veal war von Kindheit an aufs engste mit Mrs. Bargrave befreundet. Mrs. Veals Verhältnisse waren damals denkbar schlecht; ihr Vater sorgte nicht ausreichend für seine Kinder, so daß sie mancherlei Härten ausgesetzt waren. Und Mrs. Bargrave hatte damals ebenfalls einen schlechten

Vater, wenn es ihr auch nicht an Kleidung und Essen fehlte, wohingegen Mrs. Veal an beidem Mangel litt. Daher war Mrs. Bargrave oftmals in der Lage, ihr bei verschiedenen Gelegenheiten wie eine gute Freundin auszuhelfen, was Mrs. Veal so sehr rührte, daß sie häufig zu sagen pflegte: »Mrs. Bargrave, Sie sind nicht nur die einzige, sondern auch die beste Freundin, die ich auf der ganzen Welt habe, und nichts im Leben soll jemals meine Freundschaft zu Ihnen lösen.« Sie pflegten oft ihr Schicksal gegenseitig zu beklagen und zusammen Drelincourts Buch ›Über den Tod‹ sowie andere gute Bücher zu lesen; und wie zwei gute, christliche Freunde trösteten sie einander in ihren Sorgen.

Einige Zeit darauf verschafften Mr. Veals Freunde ihm eine Stellung bei der Zollverwaltung in Dover, wodurch Mrs. Veal sich nach und nach von Mrs. Bargrave abkehrte, obgleich es niemals etwas wie einen Streit zwischen ihnen gegeben hatte; aber mit der Zeit wurden sie einander gleichgültig, bis Mrs. Bargrave sie schließlich zweieinhalb Jahre lang nicht mehr gesehen hatte, von welchen sie allerdings zwölf Monate von Dover abwesend war. Seit einem halben Jahr lebte sie in Canterbury und bewohnte dort seit etwa zwei Monaten ein eigenes Haus.

In diesem Haus saß sie ganz allein am Vormittag des *achten* September 1705, dachte über ihr unglückliches Leben nach und ergab sich nach einigem Hadern geziemend in ihr Schicksal, wenngleich ihre Verhältnisse ihr bitter schienen. »Bis hierher bin ich wohlversorgt worden«, sagte sie; »ich zweifle nicht daran, daß es auch in Zukunft so sein wird, und ich bin es zufrieden, daß meine Leiden enden werden, wenn es zu meinem Besten sein wird.« Sie hatte gerade wieder ihr Nähzeug aufgenommen, als sie ein Klopfen an der Tür hörte. Sie ging nachsehen, und vor ihr stand Mrs. Veal, ihre alte Freundin, angetan mit einem Reitkleid. Im gleichen Augenblick schlug es zwölf Uhr mittags.

»Madame«, sagte Mrs. Bargrave, »ich bin überrascht, Sie zu sehen, Sie, die Sie so lange eine Fremde für mich gewesen sind«; aber dann sagte sie, daß sie sich über ihr Wiedersehen freute, und bot ihr den Mund zum Kuß. Mrs. Veal beugte sich vor, bis ihre Lippen sich fast berührten, legte dann aber die Hand über ihre Augen und sagte: »Mir ist nicht ganz gut«, wodurch sie den Kuß vermied. Sie erzählte Mrs. Bargrave, daß sie im Begriffe wäre, auf eine Reise zu gehen, aber zuvor ihre Freundin noch einmal besuchen wollte.

»Aber wie kommt es«, sagte Mrs. Bargrave, »daß Sie allein auf eine Reise gehen? Ich bin erstaunt darüber, denn ich weiß, daß Sie einen sehr besorgten Bruder haben.«

»Oh«, erwiderte Mrs. Veal, »ich bin meinem Bruder heimlich entwischt und davongelaufen, denn ich wollte Sie so sehr gern sehen, bevor ich auf meine Reise gehe.«

Mrs. Bargrave führte sie in das Zimmer, und Mrs. Veal setzte sich in den Lehnstuhl, in welchem Mrs. Bargrave gesessen hatte, als sie das Klopfen hörte.

»Wohlan, meine teure Freundin«, sagte Mrs. Veal dann, »ich bin gekommen, unsere alte Freundschaft zu erneuern und um mich dafür zu entschuldigen, daß ich sie gebrochen habe; und wenn Sie mir vergeben können, sind Sie die beste aller Frauen.«

»Ach«, antwortete Mrs. Bargrave, »sprechen Sie nicht mehr davon; es hat mich nicht weiter beunruhigt.«

»Was haben Sie eigentlich von mir gedacht?« fragte Mrs. Veal.

»Ich dachte, daß Sie wie alle anderen wären, und daß Sie infolge Ihres Wohlstandes sich und mich vergessen hätten«, versetzte Mrs. Bargrave.

Mrs. Veal jedoch erinnerte Mrs. Bargrave an die vielen Freundschaftsdienste, die sie in früheren Tagen von ihr erfahren hatte, und an die Gespräche, die sie damals, als sie in so verschiedenen Verhältnissen lebten, miteinander geführt hatten; an die Bücher, die sie zusammen gelesen hatten, und welchen Trost sie dabei insbesondere aus Drelincourts Buch ›Über den Tod‹ geschöpft hätten, welches das beste sei, das je über dieses Thema geschrieben worden wäre. Sie erwähnte auch Dr. Sherlock und zwei holländische Bücher über den Tod, die man übersetzt hatte, sowie verschiedene andere. Aber Drelincourt, sagte sie, hätte die klarste Konzeption über den Tod und über den Zustand danach, besser als jeder andere, der sich mit diesem Gegenstand befaßt hätte. Dann fragte sie Mrs. Bargrave, ob sie Drelincourt besäße.

Mrs. Bargrave stand auf und holte das Buch.

»Liebste Mrs. Bargrave«, sagte Mrs. Veal, »wenn die Augen unseres Glaubens so weit geöffnet wären wie die Augen unseres Körpers, würden wir Heerscharen von Engeln sehen, die uns beschützen. Unsere Vorstellungen vom Himmel sind nichts dagegen, wie er wirklich ist, und glauben Sie mir, daß der Allmächtige ein besonderes Augenmerk auf Sie hat, und daß Ihre Leiden die äußeren Merkmale von Gottes Gnade sind; und wenn sie ihre Aufgabe erfüllt haben, weswegen sie Ihnen gesandt sind, werden sie von Ihnen genommen werden. Und glauben Sie mir, meine teure Freundin, glauben Sie, was ich Ihnen sage: eine Minute Ihrer zukünftigen Glückseligkeit wird Sie unendlich für alle Ihre Leiden belohnen. Denn ich kann niemals glauben« (und dabei schlug sie sich mit der Hand in großer Ernsthaftigkeit, die in der Tat ihre ganze Rede beherrschte, auf das Knie), »daß Gott Sie jemals leiden lassen würde, damit Sie alle Ihre irdischen Tage in diesem schmerzlichen Zustand verbringen. Seien Sie versichert, daß in kurzer Zeit entweder Ihre Leiden Sie verlassen oder Sie von ihnen scheiden werden.« Sie sprach auf so ergreifende, verklärte Art, daß Mrs. Bargrave mehrere Male in Tränen ausbrach, so tief war sie gerührt.

Dann erwähnte Mrs. Veal Dr. Kendricks ›Asket‹, in welchem Buche er am Ende eine Schilderung der Lebensart der frühen Christen gibt. Ihr Vorbild empfahl sie unserer Nachahmung und sagte: »Ihre Unterhaltungen waren nicht wie diejenigen unseres Zeitalters. Denn jetzt«, so fuhr sie fort, »gibt es nur noch eitles, nichtiges Geschwätz, das sich weit von ihren Gesprächen unterscheidet. Die ihren dienten der Erbauung und waren dazu bestimmt, sich am Glauben des anderen aufzurichten, so daß diese Leute nicht waren, wie wir heute sind, noch sind wir ihnen gleich. Aber wir sollten ihnen nacheifern«, sagte sie, »denn eine herzliche Freundschaft verband sie miteinander; doch wo ist dergleichen heute noch zu finden?«

»Es ist in der Tat sehr schwer«, antwortete Mrs. Bargrave, »heutzutage einen treuen Freund zu finden.«

Worauf Mrs. Veal entgegnete: »Mr. Norris hat ein schönes Gedichtbüchlein, genannt ›Freundschaft in ihrer Vollkommenheit‹, das ich sehr verehre. Besitzen Sie vielleicht dieses Bändchen?«

»Nein«, versetzte Mrs. Bargrave, »aber ich habe mir diese Gedichte einmal herausgeschrieben.«

»Haben Sie?« fragte Mrs. Veal; »dann holen Sie sie bitte.«

Und Mrs. Bargrave holte sie aus dem oberen Stockwerk und gab sie Mrs. Veal zum Lesen, welches diese jedoch ablehnte, indem sie sagte, ihr Kopf würde schmerzen, wenn sie ihn niederbeugte; sie bat jedoch Mrs. Bargrave, ihr daraus vorzulesen, was jene also tat. Während sie sich so an der ›Freundschaft‹ ergötzten, sagte Mrs. Veal: »Teuerste Mrs. Bargrave, ich werde Sie für alle Zeiten lieben.«

In diesen Versen kommt zweimal die Bezeichnung ›Elysium‹ vor.

»Ah«, sagte Mrs. Veal bei diesen Worten, »was diese Poeten doch herrliche Namen für den Himmel haben!« Oftmals legte sie währenddessen die Hand über ihre Augen und fragte: »Mrs. Bargrave, meinen Sie nicht, daß ich durch meine Anfälle sehr in meiner Gesundheit behindert bin?«

»Nein«, erwiderte Mrs. Bargrave, »ich glaube, Sie sehen besser aus, als ich Sie jemals gesehen habe.«

Nach dieser Unterhaltung, welche die Erscheinung in viel gewählteren Worten führte und die noch mehr umfaßte, als Mrs. Bargrave, wie sie sagte, wiederholen konnte – denn man sollte nicht denken, daß man eine und eine dreiviertel Stunde Unterhaltung in allen Einzelheiten behalten könnte, obwohl sie glaubte, daß sie sich an das Hauptsächlichste erinnert hätte –, sagte Mrs. Veal zu Mrs. Bargrave, sie möchte doch bitte einen Brief an ihren Bruder schreiben und darin sagen, sie bäte ihn, ihre Ringe an den und den zu geben; und daß sich ein Beutel mit Gold in ihrem Schränkchen befände, von welchem er zwei große Stücke ihrem Vetter Watson geben sollte.

Aus ihrer Sprechweise schloß Mrs. Bargrave, daß Mrs. Veal einem Anfall nahe war, und setzte sich auf einen Stuhl dicht vor ihre Knie, um zu verhüten, daß ihre Krämpfe sie zu Boden würfen; denn nach der Seite, dachte sie, könnte sie nicht fallen, da der Lehnstuhl sie davor bewahren würde. Und um Mrs. Veal abzulenken, ergriff sie mehrmals den Ärmel ihres Kleides und lobte den Stoff. Mrs. Veal erzählte ihr, daß es aus reiner Seide wäre und erst kürzlich angefertigt; aber trotz allem bestand Mrs. Veal auf ihrer Bitte und flehte Mrs. Bargrave an, sie nicht im Stiche zu lassen. Und sie möchte doch ihrem Bruder die heutige Unterhaltung wiedererzählen, sobald sich dazu die Gelegenheit böte.

»Meine liebe Mrs. Veal«, sagte Mrs. Bargrave, »mich deucht, es wäre besser, Sie täten es selbst.«

»Nein«, versetzte Mrs. Veal, »wenn es Ihnen auch im Augenblick sonderbar erscheinen mag, so werden Sie doch später den Grund hierfür verstehen.«

Um ihrem so dringlich vorgebrachten Ersuchen stattzugeben, wollte Mrs. Bargrave daraufhin Tinte und Feder holen, aber Mrs. Veal sagte:

»Lassen Sie es jetzt; tun Sie es erst, wenn ich gegangen bin. Sie dürfen es aber auf keinen Fall vergessen!« Das war eines der letzten Dinge, die sie Mrs. Bargrave vor ihrem Abschied einschärfte, und Mrs. Bargrave versprach es ihr.

Dann erkundigte Mrs. Veal sich nach Mrs. Bargraves Tochter. Sie antwortete, sie wäre nicht zu Hause. »Aber wenn es Sie danach verlangt, sie zu sehen«, sagte Mrs. Bargrave, »werde ich sie holen lassen.«

»Ach bitte«, versetzte Mrs. Veal, woraufhin Mrs. Bargrave sie verließ und zu einem Nachbarn ging, um ihn zu bitten, ihre Tochter zu holen. Als sie aber nach einer Weile zurückkam, stand Mrs. Veal vor der Tür auf der Straße, gegenüber dem Viehmarkt (es war Sonnabend und Markttag), und offensichtlich bereit sich zu verabschieden, sobald Mrs. Bargrave wiederkommen würde. Sie fragte sie, warum sie es so eilig hätte. Mrs. Veal antwortete, sie müßte gehen, wenn sie auch vielleicht erst am Montag ihre Reise antreten würde, und sagte zu Mrs. Bargrave, sie hoffte, sie noch einmal bei ihrem Vetter Watson zu sehen, bevor sie abreiste. Dann sagte sie, sie müßte sich jetzt verabschieden, und Mrs. Bargrave folgte ihr mit den Blicken, bis eine Straßenbiegung sie ihrer Sicht entzog. Das war drei Viertelstunden nach eins am Nachmittag.

Mrs. Veal war am *siebten* September um zwölf Uhr mittags an ihren Krämpfen gestorben und schon vier Stunden vor ihrem Tode nicht mehr bei Bewußtsein gewesen; während dieser Zeit hatte sie die heiligen Sakramente empfangen.

Am nächsten Tage nach Mrs. Veals Besuch, einem Sonntag, fühlte Mrs. Bargrave sich wegen einer Erkältung und eines entzündeten Halses sehr unpäßlich, so daß sie an jenem Tage nicht ausgehen konnte. Am Morgen des Montag jedoch schickte sie jemand zu Captain Watson, um festzustellen, ob Mrs. Veal dort wäre. Dort wunderte man sich über Mrs. Bargraves Nachfrage und ließ ihr ausrichten, daß Mrs. Veal nicht da wäre und auch nicht erwartet würde. Auf diese Antwort hin sagte Mrs. Bargrave dem Mädchen, sie hätte sicherlich den Namen mißverstanden oder sonst einen Fehler gemacht. Und obwohl sie krank war, setzte sie einen Hut auf und ging selbst zu Captain Watson – wenngleich sie niemand aus dieser Familie kannte –, um festzustellen, ob Mrs. Veal tatsächlich nicht da wäre. Sie sagten, sie wären erstaunt über ihre Frage, denn Mrs. Veal wäre nicht in der Stadt gewesen; anderenfalls hätte sie ihnen einen Besuch abgestattet.

Worauf Mrs. Bargrave versetzte: »Aber sie war bestimmt am Sonnabend bei mir, fast zwei Stunden lang!«

Man erwiderte ihr, das wäre nicht gut möglich, denn dann hätte sie sich bestimmt sehen lassen. Während sie noch darüber stritten, trat Captain Watson ein und sagte, daß Mrs. Veal ganz gewißlich tot wäre und daß schon Vorbereitungen zu ihrer Bestattung getroffen würden. Mrs. Bargrave ließ daraufhin sofort bei dem Mann, der damit beauftragt war, Erkundigungen einziehen, und zu ihrem höchsten Erstaunen hörte sie, daß diese befremdliche Nachricht auf Wahrheit beruhte. Dann erzählte sie die ganze Begebenheit der Familie von Captain Watson: was für ein Kleid sie angehabt hatte, wie es gestreift war und wie Mrs. Veal ihr erzählt hatte, daß es aus reiner Seide wäre. Bei diesen Worten rief Mrs. Watson aus:

»Sie haben sie in der Tat gesehen, denn niemand außer Mrs. Veal und mir wußte, daß es aus reiner Seide war!« Und Mrs. Watson bestätigte, daß sie das Kleid genauestens beschrieben hätte; »denn«, so sagte sie, »ich habe ihr dabei geholfen, als sie es anfertigte.«

Mrs. Watson verbreitete dies durch die ganze Stadt und beschwor die Wahrhaftigkeit von Mrs. Bargraves Erzählung, daß sie die Erscheinung der Mrs. Veal gesehen hätte. Und Captain Watson brachte sogleich zwei Herren zu Mrs. Bargrave, damit sie die Erzählung aus ihrem eigenen Munde hörten. Die Kunde verbreitete sich so schnell, daß angesehene und gebildete Herren, Gelehrte und Zweifler, von überallher zu ihr hinströmten, und zuletzt wurde ihr Andrang so groß, daß sie ihnen aus dem Wege gehen mußte; denn wenn sie auch alle im allgemeinen vollkommen von der Wahrheit der Sache überzeugt waren und klar erkannten, daß Mrs. Bargrave kein Hypochonder war – sie begegnete nämlich jedem in so frohgemuter Stimmung und mit so freundlicher Miene, daß sie die Gunst und Wertschätzung der gesamten besseren Gesellschaft gewann –, so betrachteten sie es doch als eine große Bevorzugung, wenn sie die Begebenheit aus ihrem eigenen Munde hören konnten.

Ich hätte Ihnen schon früher erzählen sollen, daß Mrs. Veal der Mrs. Bargrave erzählt hatte, ihre Schwester und ihr Schwager wären gerade aus London gekommen, um sie zu besuchen. Im gleichen Augenblick, als diese in Dover eintrafen, lag Mrs. Veal im Sterben. –

»Wie sind Sie darauf gekommen«, hatte Mrs. Bargrave noch gefragt, »die Dinge auf so seltsame Art zu ordnen?«

»Es ließ sich nicht ändern«, hatte Mrs. Veal geantwortet.

Und dann fragte Mrs. Bargrave sie, ob sie etwas Tee trinken wolle.

»Warum nicht«, antwortete Mrs. Veal, »aber ich garantiere Ihnen, daß dieser verrückte Bursche« – womit sie den Mann von Mrs. Bargrave meinte – »alle Ihre Teetassen zerbrochen hat.«

»Nun«, sagte Mrs. Bargrave, »ich werde schon etwas finden, woraus Sie trinken können.«

Aber Mrs. Veal wehrte ab und sagte: »Lassen Sie nur, es ist nicht nötig«, und so ließen sie es bleiben.

Während der ganzen Zeit, die ich bei Mrs. Bargrave saß – es waren einige Stunden –, erinnerte sie sich frischer Redewendungen von Mrs. Veal. Und noch eine wesentliche Sache fiel ihr ein, die Mrs. Veal ihr erzählt hatte: daß der alte Mr. Bretton Mrs. Veal zehn Pfund im Jahr ausgesetzt hatte, was ein Geheimnis und Mrs. Bargrave nicht bekannt gewesen war, bis Mrs. Veal es ihr verriet.

Mrs. Bargrave weicht nie von der ersten Darstellung ihrer Erzählung ab, was denjenigen, die an der Wahrheit zweifeln oder nicht daran glauben wollen, zu denken gibt. Ein Diener des Nachbarn, der sich zur gleichen Zeit, als Mrs. Veal bei ihr war, in dem an Mrs. Bargraves Haus grenzenden Garten befand, hatte sie eine Stunde lang mit jemand sprechen hören. Und Mrs. Bargrave war im gleichen Moment, in dem sie sich von Mrs. Veal getrennt hatte, zu ihrer nächsten Nachbarin gegangen und hatte ihr erzählt, was für eine hinreißende Unterhaltung sie gerade mit einer alten Freundin gehabt hätte; und dann hatte sie ihr den ganzen Inhalt des Gesprächs wiedererzählt. Drelincourts Buch ›Über den Tod‹ ist seitdem seltsamerweise gänzlich aufgekauft. Und es ist zu beachten, daß Mrs. Bargrave ungeachtet all der Mühen und Strapazen, deren sie sich wegen dieser Geschichte unterziehen mußte, niemals auch nur den geringsten Geldbetrag dafür angenommen hat und daher auch kein Interesse daran haben kann, die Geschichte deswegen zu erzählen.

Aber Mr. Veal tut, was er kann, um die Angelegenheit zu unterdrücken, und sagt, er würde Mrs. Bargrave besuchen; doch es ist allgemein bekannt, daß er nach dem Tode seiner Schwester bei Captain Watson gewesen und trotzdem niemals auch nur in die Nähe von Mrs. Bargrave gekommen ist; und einige seiner Freunde verbreiten, daß sie eine große Lügnerin wäre und von Mr. Brettons zehn Pfund im Jahr gewußt habe.

Aber die Person, die solches fälschlicherweise erzählt, ist bei Leuten, deren untadeligen Ruf ich kenne, als notorischer Lügner verschrien. Wohingegen Mr. Veal zwar zu sehr ein Ehrenmann ist, um zu behaupten, daß sie lüge; dafür aber sagt er, ein schlechter Ehemann hätte sie verrückt gemacht. Doch Mrs. Bargrave braucht sich nur zu zeigen, um diese Behauptung zu entkräften. Mr. Veal sagt, er habe seine Schwester auf dem Totenbett gefragt, ob sie noch irgend etwas zu verfügen hätte, und sie habe mit »nein« geantwortet. Die Dinge aber, über die Mrs. Veals Erscheinung verfügt haben soll, sind so geringfügig, und nichts daran ist ungerecht, daß die ganze Art und Weise dieser Verfügung mir nur dazu angetan scheint, die Welt von der Wahrheit dessen, was Mrs. Bargrave gesehen und gehört hat, zu überzeugen und ihren Ruf bei dem verständigen und vernünftigen Teil der Menschheit zu sichern. Dazu kommt noch, daß Mr. Veal das Vorhandensein eines Beutels mit Gold gesteht, jedoch behauptet, er wäre nicht in ihrem Schränkchen, sondern in einer Kammschachtel gefunden worden. Dies ist jedoch unwahrscheinlich, denn Mrs. Watson bekannte, daß Mrs. Veal so sorgsam mit dem Schlüssel ihres Schränkchens umging, daß sie ihn niemand anvertrauen wollte; und wenn dies der Fall gewesen ist, würde sie unzweifelhaft auch nicht ihr Gold außerhalb des Schränkchens aufbewahrt haben.

Und daß Mrs. Veal oftmals die Hand über ihre Augen gelegt und Mrs. Bargrave gefragt haben soll, ob ihre Anfälle nicht ihrer Gesundheit geschadet hätten, scheint mir, als ob sie es mit Absicht getan hätte, damit es Mrs. Bargrave nicht seltsam vorkommen sollte, daß sie sie bat, an ihren Bruder zu schreiben, um über die Ringe und das Gold zu verfügen, was doch ganz nach dem letzten Willen eines Sterbenden aussieht; und Mrs. Bargrave hielt es ja dann auch entsprechend für die Wirkung der Krämpfe, die sich bei Mrs. Veal ankündigten. Dies war eines jener vielen Beispiele ihrer wunderbaren Liebe zu ihr und Sorge um sie, damit sie nicht erschrecken würde, was auch in ihrer ganzen Handhabung der Angelegenheit augenfällig wird, besonders darin, daß sie ihr am Tage erschien und den Begrüßungskuß vermied, und in der Art und Weise ihres Abschieds, indem sie einen zweiten Versuch von Mrs. Bargrave, sie zu küssen, geschickt abwehrte.

Warum Mr. Veal nun diese Geschichte als eine krankhafte Einbildung betrachten sollte – was er doch offensichtlich tut, indem er versucht, sie zu unterdrücken –, kann ich mir nicht vorstellen; denn die Mehrzahl hält sie für einen guten Geist, da ihre Rede so himmlisch war. Ihre beiden Hauptanliegen bestanden darin, Mrs. Bargrave in ihrem Leide zu trösten und um Vergebung für ihren Freundschaftsbruch zu bitten, und ein frommes Gespräch zu führen, um sie zu ermutigen.

Nach all diesem anzunehmen, daß Mrs. Bargrave in der Zeit von Freitag mittag bis Sonnabend mittag eine solche Erfindung ausbrüten könnte – vorausgesetzt, daß ihr der Tod von Mrs. Veal vom ersten Augenblick an bekannt war –, ohne die Umstände durcheinanderzubringen und ohne einen Gewinn daraus zu ziehen, müßte sie gewitzter, glücklicher und zugleich sündhafter sein, als irgendein unparteilicher Mensch behaupten könnte.

Ich habe Mrs. Bargrave mehrere Male gefragt, ob sie das Kleid gefühlt hätte, und sie antwortete bescheiden:

»Wenn ich meinen Sinnen trauen kann, bin ich dessen gewiß.«

Ich fragte sie, ob sie ein Geräusch gehört hätte, als Mrs. Veal sich mit der Hand auf ihr Knie schlug. Sie antwortete, daran könnte sie sich nicht so genau erinnern, aber sie wäre ihr zumindest genau so aus Fleisch und Blut erschienen wie ich, der ich jetzt mit ihr spräche.

»Und ebenso«, fügte sie hinzu, »könnte man mich davon überzeugen, daß es nur Ihre Erscheinung ist, die jetzt mit mir spricht, wie davon, daß ich sie nicht wirklich gesehen hätte; denn ich empfand nicht die geringste Furcht, empfing sie als eine Freundin und schied von ihr als eine Freundin. Ich würde nicht einen roten Heller darum geben«, sagte sie, »jemanden meine Erzählung glauben zu machen; ich habe nicht das geringste davon, nichts als Kummer und Verdruß sind mir daraus erwachsen; und wäre sie nicht durch einen Zufall ans Licht gekommen, sie wäre niemals bekannt geworden.«

Aber jetzt, so sagte sie, würde sie sich aus der ganzen Angelegenheit heraushalten, so gut sie könnte; und das hat sie seither auch getan. Sie sagt, ein Herr wäre sogar dreißig Meilen weit gekommen, um die Erzählung zu hören, und einmal hätte sie vor einem ganzen Zimmer voller Leute von dem Ereignis berichtet. Verschiedene besonders anspruchsvolle feine Herren haben die Geschichte aus Mrs. Bargraves eigenem Munde vernommen.

Diese Sache hat einen großen Eindruck auf mich gemacht, und ich bin davon überzeugt wie von einer aufs sicherste verbürgten Tatsache. Und es erscheint mir wunderlich, warum wir Dinge bestreiten sollten, nur weil wir keine sicheren oder beweiskräftigen Vorstellungen von ihnen haben. Mrs. Bargraves Glaubwürdigkeit und Aufrichtigkeit würden in keinem anderen Falle bezweifelt worden sein.

Honoré de Balzac
Der Kriminalrichter

Pierre Leroux war ein armer Pferdeknecht in der Nähe von Beaugency. Wenn er den ganzen Tag damit zugebracht hatte, die drei Pferde zu leiten, mit denen gewöhnlich sein Karren bespannt war, und er dann des Abends in den Bauernhof zurückkehrte, auf dem er diente, so verzehrte er sein Abendbrot mit den übrigen Knechten, ohne dabei viel zu sprechen, zündete dann eine Laterne an und begab sich in das Hängebett, welches in einer Ecke des Stalles angebracht war.

Seine Träume waren nicht sehr verwickelt und erwecken kein besonderes Interesse. Gewöhnlich beschäftigte er sich im Traum nur mit seinen Pferden. Einmal erwachte er plötzlich durch die Anstrengungen, die er machte, um das Stangenpferd wieder auszuhängen, das über die Kette getreten war; ein anderes Mal hatte sich die Blässe in den Leitriemen verwickelt. Eines Nachts träumte ihm, daß er an seine Peitsche eine ganz neue Schweppe geknüpft habe, die Peitsche aber dennoch nicht klatschen wollte; dieser Traum setzte ihn in eine so lebhafte Aufregung, daß er nach dem Erwachen sogleich nach der Peitsche griff, die er gewöhnlich neben sich liegen hatte, und daß er, um sich zu überzeugen, ob er nicht des schönsten Vorrechts eines Fuhrmanns verlustig geworden sei, während der Stille der Nacht aus Leibeskräften zu klatschen begann. Bei diesem Lärmen geriet der ganze Stall in Aufregung; die erschreckten Pferde sprangen empor, drängten sich gegeneinander, keilten und wieherten und hätten beinahe ihre Halfter zerrissen. Pierre Leroux beruhigte indes durch einige besänftigende Worte den Lärm, und jeder schlief wieder ein. Das war nun das merkwürdigste Ereignis in seinem ganzen Leben, und er erzählte es jedes Mal, wenn ein Gläschen Branntwein seine Zunge gelöst hatte und ein geduldiger Zuhörer vorhanden war.

Zu gleicher Zeit beschäftigten Träume von ganz anderer Art den Herrn Desalleux, den Substituten des Generalprokurators beim Kriminalgericht von Orléans. Da er mit Glanz einige Aufträge des Ministeriums ausgeführt hatte, so glaubte er, daß er zu jedem Verwaltungsamt befähigt sei, und sah sich in seinen nächtlichen Erscheinungen meist schon als Siegelbewahrer. Besonders feierte aber sein Geist Triumphe der Rednerkunst bei Nacht, wenn er sich den ganzen Tag mutig in den Schranken abgekämpft hatte. Der Ruhm der d'Aguesseau und anderer großer Redner aus den schönen Zeiten der parlamentarischen Registratur genügte für ihn noch nicht, vielmehr ging er in die fernste Vergangenheit zurück bis zu den Wundern der Beredsamkeit eines Demosthenes, den er zu erreichen und zu übertreffen gedachte. Mächtig durch die Kraft der Rede zu werden, das war seine Hoffnung, um derentwillen er sich aller anderen Gedanken der Jugend entschlug.

Eines Tages befanden sich diese beiden Naturen einander gegenüber, nämlich die des Pierre Leroux, welcher sich kaum um einen Grad über das Vieh erhob, und die des Herrn Desalleux, der sich bis zum höchsten Spiritualismus emporgeschwungen hatte. Es handelte sich zwischen ihnen um einen winzigen Kampf: Herr Desalleux, der auf seinem Richterstuhl saß, verlangte infolge einiger unbedeutender Anzeichen das Haupt des Pierre Leroux, welcher eines Mordes angeklagt war, und Pierre Leroux verteidigte seinen Kopf gegen das Verlangen des Herrn Desalleux.

Ungeachtet des bemerkenswerten Mißverhältnisses der Kräfte, die den beiden Kämpfern von der Vorsehung zugeteilt waren, ungeachtet der Dazwischenkunft der menschlichen Einrichtungen, welche die Gleichheit noch mehr durch den Ausspruch der Geschworenen stören mußten, wäre dennoch der Angeklagte wegen Mangel an Beweisen allem Anschein nach den Händen des Henkers entgangen; allein gerade die ungenügenden Beweise der Anklage boten Gelegenheit, eine außerordentliche Beredsamkeit zu zeigen, die zur Erfüllung der schönen Hoffnungen des Herrn Desalleux außerordentlich behilflich sein mußte. Da er nichts versäumte, was seiner Zukunft nützen konnte, so brachte er es nicht über sich, diese Gelegenheit ungenutzt vorübergehen zu lassen.

Überdies zeigte sich noch ein ungünstiger Umstand für den armen Pierre Leroux. Einige Tage vor Beginn des Prozesses hatte der junge Substitut in Gegenwart mehrerer liebenswürdiger Frauen, die sich die Freude machten, beim Prozeß zugegen zu sein, die feste Überzeugung geäußert, daß er von der Jury ein Verdammungsurteil erlangen werde; nun ist es aber begreiflich, in welch mißliche Lage er sich gebracht hätte, wäre ihm diese Verurteilung fehlgeschlagen und hätte Pierre Leroux seinen Kopf auf den Schultern behalten, um dadurch zu beweisen, daß die Worte des Substituten keinesfalls allmächtig wären. Daher tadle man den Beamten nicht; war er nicht durchaus überzeugt, so machte er sich nur um so mehr Verdienste, daß er überzeugt schien und sich beredt zeigte, wie sich seit einem Jahrhundert niemand vor den Schranken von Orléans beredt gezeigt hatte. Oh, warum wart ihr nicht zugegen, um zu sehen, wie die armen Herren Geschworenen bis in das Innerste ihrer Herzen erschüttert wurden, als ihnen in einer schönen und wohlklingenden Rede das entsetzliche Gemälde der in ihren Grundpfeilern erschütterten Gesellschaft vorgehalten wurde; als ihnen bewiesen wurde, wie sich alle gesellschaftlichen Bande lösen würden, wenn man Pierre Leroux freisprechen wollte! Warum wart ihr nicht zugegen, um die höflichen Lobsprüche anzuhören, welche der Verteidiger und der Ankläger einander machten, als der Anwalt des Angeklagten das Wort ergriff und bewies, daß er nicht umhin könne, dem glänzenden Rednertalent des Substituten seine Huldigungen darzubringen! Warum habt ihr es nicht gehört, wie der Präsident des Gerichtshofes mit denselben Glückwünschen seine Worte begann, so daß man fast hätte glauben mögen, es handele sich darum, in einer Akademie den Preis der Beredsamkeit zuzuerkennen, keineswegs aber darum, einen Mann um das Leben zu bringen! Ihr hättet jedenfalls sehen können, wie eine Menge prachtvoll gekleideter Damen der Schwester des Herrn Desalleux ihre Glückwünsche darbrachten, während in einer etwas fernen Ecke sein alter Vater im Übermaß seines Glückes weinte, da er den Sohn und unvergleichlichen Redner sah, welchem er das Leben gegeben hatte.

Etwa sechs Wochen nach dieser allgemeinen Familienfreude bestieg Pierre Leroux mit dem Scharfrichter einen Karren, der auf ihn an der Tür des Gefängnisses von Orléans wartete. Sie begaben sich miteinander nach dem Platz von Martroie, auf welchem die Hinrichtungen vorgenommen werden. Pierre Leroux bestieg mit der größten Ruhe die Treppe des Schafotts. Als er die letzten Stufen erreicht hatte, erglänzte der strahlende Stahl des Schwertes der Gerechtigkeit in der Sonne, und er schien wanken zu wollen, als er diesen Schein erblickte. Der Scharfrichter nahm ihn aber mit der höflichen Besorgnis eines Wirts, der seine Gäste zu empfangen weiß, beim Arm, um ihn zu unterstützen und auf den Boden der Guillotine niederzulegen; dort fand Pierre Leroux den Gréffier des Kriminalgerichts, der erschienen war, um das Protokoll der Hinrichtung aufzunehmen, und die Gendarmen, denen es oblag, darauf zu achten, daß die öffentliche Ordnung bei der Berichtigung seiner Rechnung nicht gestört werde, sowie auch die Henkersknechte, die, weit entfernt, das Sprichwort von der Grausamkeit zu bestätigen, vielmehr eine Gefälligkeit ohnegleichen gegen Leroux zeigten und sich mühten, ihm die sanfteste Lage unter dem Messer zu verschaffen. Eine Minute später hatte Pierre Leroux seinen Kopf bereits verloren, und das alles war mit einer solchen Gewandtheit ausgeführt worden, daß mehrere von denen, die erschienen waren, um dem Schauspiel beizuwohnen, sich gezwungen sahen, ihre Nachbarn zu fragen, ob die Sache schon abgemacht sei, und dann unter einem Schwur beteuerten, daß es nicht der Mühe wert gewesen sei, um einer solchen Kleinigkeit willen aus dem Hause zu gehen.

Drei Monate waren verflossen, seit man den Kopf und den Körper des Pierre Leroux in einer Ecke des Kirchhofs begraben hatte, und allem Anschein nach enthielt die Grube noch immer seine Gebeine, als eine neue Sitzung der Assisen eröffnet wurde und Herr Desalleux eine neue Anklage wegen eines Mordes zu führen hatte.

Tags vorher, ehe er das Wort führen sollte, verließ er frühzeitig einen Ball, zu dem er mit seiner ganzen Familie auf einem benachbarten Schloß eingeladen war. Er kehrte allein in die Stadt zurück, um seinen Rechtsfall zu überdenken.

Die Nacht war finster; ein warmer Wind wehte über die Ebene, während er noch das Rauschen des Festes in den Ohren hatte. Eine große Schwermut ergriff ihn. Er erinnerte sich an so manche Leute, die er gekannt hatte und die gestorben waren, und dachte dabei auch an Pierre Leroux, ohne zu wissen warum.

Als er sich der Stadt näherte und die ersten Lichter der Vorstadt in seine Augen fielen, da verschwanden alle diese düstern Gedanken. Als er aber vollends erst vor seinem Schreibtisch saß, von seinen Büchern und Akten umgeben, da dachte er nur noch an seine Rede, die noch glänzender ausfallen sollte als irgendeine seiner früheren gerichtlichen Reden.

Sein Anklage-System war fast festgefügt. Beiläufig bemerkt ist es eine ziemlich wunderliche Sache, daß man von einem Anklage-System sprechen kann, das heißt, von einer bestimmten Weise, die Tatsachen und Zeugnisse zusammenzustellen, um einen Menschen um seinen Kopf zu bringen, genauso wie man von einem philosophischen System spricht, das heißt, von einer bestimmten Weise, Gründe oder Sophismen zusammenzustellen, mit deren Hilfe man irgendeine unschuldige Wahrheit, eine moralische Theorie oder Träumerei siegen läßt. Sein Anklage-System begann sich schon abzurunden, als die Aussage eines Zeugen, die er noch nicht geprüft hatte, das ganze sichere Gebäude umzustürzen drohte. Er zögerte einige Augenblicke; allein, wie wir gesehen haben, ließ Herr Desalleux in seiner Tätigkeit als Kriminalrichter wenigstens ebensooft seine Eigenliebe sprechen wie sein Gewissen. Er nahm seine ganze logische Kraft zu Hilfe und all seinen Wortreichtum, um das ungelegene Zeugnis nicht nur zu widerlegen, sondern es sogar zu einem seiner schönsten Beweise zu machen; nur war diese Arbeit sehr mühselig und dauerte bis spät in die Nacht.

Es war drei Uhr; die Lichter, die auf seinem Schreibtisch standen, begannen zu verlöschen und verbreiteten nur noch einen schwachen Schein.

Die Arbeit war indes zu dringend, und er steckte daher neue Lichter auf, ging einige Male im Zimmer auf und ab und setzte sich dann in seinen Armstuhl, indem er sich an dessen Rücken anlehnte. Während er in dieser Haltung seinen Gedanken nachhing, schaute er durch ein Fenster nach den Sternen, die am Himmel glänzten. Während seine Blicke an dem Fenster hinabglitten, begegneten sie plötzlich zwei starren Augen, die ihn anblickten; er glaubte, daß der Widerschein der Lichter diese Erscheinung in den Fensterscheiben hervorbringe, und gab den Lichtern eine andere Stelle; die Erscheinung zeigte sich ihm jedoch jetzt nur um so deutlicher. Da es ihm nicht an Herz fehlte, bewaffnete er sich mit einem Stock, der einzigen Waffe, die er zur Hand hatte, und öffnete das Fenster, um sich zu überzeugen, wer der Unbescheidene sei, der ihn zu einer solchen Stunde beobachtete. Das Zimmer, das er bewohnte, war in einem der obern Stockwerke, und die Wände des Hauses boten kein Mittel, um an ihnen hinanzuklimmen; in dem schmalen Raum zwischen dem Fenster und dem Balkon konnte sich kein Gegenstand seinen Blicken entziehen, und dennoch sah er nichts. Er dachte abermals, daß er von einer jener Phantasien ergriffen sei, welche durch Sinnestäuschungen bei Nacht hervorgebracht werden, und ging lachend an seine Arbeit zurück. Noch hatte er nicht zwanzig Zeilen geschrieben, als er hörte, daß sich in einem dunklen Winkel seines Zimmers irgend etwas bewegte: dadurch wurde er abermals aufgeregt, denn es war doch wohl nicht anzunehmen, daß einer seiner Sinne nach dem andern ihn täusche. Er sah in den Winkel, in dem er das

Geräusch gehört zu haben glaubte, und schaute aufmerksam hin; da erblickte er einen schwärzlich aussehenden Gegenstand, der sich ihm in ungleichen Sprüngen, etwa in der Weise einer Elster, näherte. Je mehr die Erscheinung in seine Nähe kam, desto häßlicher erschien sie ihm; denn sie nahm auf die deutlichste Weise die Gestalt eines Menschenkopfes an, der von seinem Rumpf getrennt war und von Blut tropfte; als endlich der Kopf mit einem schweren Sprung sich zwischen seine beiden Lichter auf die Schriften seines Aktenstoßes setzte, da erkannte er die Züge des Pierre Leroux, der ohne Zweifel gekommen war, um ihn zu belehren, daß bei einem Juristen das Gewissen mehr wert sei als die Beredsamkeit. Er unterlag einem untilgbaren Eindruck des Schreckens und wurde ohnmächtig; am folgenden Tag fand man ihn bewußtlos auf seinem Stuhl, während eine Blutspur durch sein ganzes Zimmer bis auf den Schreibtisch und die Aktenhefte ging; man dachte, daß er von einem Nasenbluten ergriffen worden sei, er hütete sich, dieser Meinung zu widersprechen. Es wäre überflüssig, wollten wir noch bemerken, daß er nicht im Stande war, das Wort zu führen, und daß alle seine rednerischen Vorbereitungen sich als vergeblich erwiesen.

Viele Tage vergingen, ehe die Erinnerung an jene schreckliche Nacht aus seinem Gedächtnis schwand. Lange war es ihm unmöglich, im Dunkeln allein zu sein. Da sich indes die Erscheinung nicht wiederholte, so begann nach einigen Monaten der Stolz seines Geistes dem Zeugnis seiner Sinne die Waage zu halten, und er fragte sich abermals, ob er sich nicht von seinen Sinnen habe täuschen lassen. Um ihre Autorität noch mehr einzuschränken, nahm er auch noch die Meinung seines Arztes zu Hilfe, dem er sein Abenteuer mitteilte. Der Arzt, der vielfach den menschlichen Körper untersucht und über ihn nachgedacht hatte, ohne auch nur eine Spur von dem zu finden, was man unter Seele versteht, war endlich zu einem vollkommenen Materialismus gelangt und lachte laut auf, als er die Erzählung von der nächtlichen Erscheinung hörte. Das war vielleicht die beste Weise, seinen Kranken zu heilen; denn indem er auf solche Weise dessen Zweifel ins Lächerliche zu ziehen schien, zwang er gewissermaßen die Eigenliebe des Patienten, ebenfalls jene Gedanken als lächerlich zu verwerfen. Überdies kann man sich denken, daß es ihm keine große Mühe machte, dem Herrn Desalleux seine Täuschung durch eine übermäßige Anspannung der Gehirnfasern zu erklären, der eine Blutüberfüllung und dann eine Blutung gefolgt sei, die bewirkt habe, daß er sah, was er nicht sah. Kräftig ermutigt durch diese ärztliche Beratung und durch die weisen Bemerkungen des Arztes, die durch keinen Umstand widerlegt wurden, gewann Herr Desalleux allmählich die Heiterkeit seines Geistes und fast alle seine früheren Gewohnheiten wieder, nur arbeitete er jetzt weniger ausdauernd, sondern überließ sich infolge der ärztlichen Ratschläge einigen Zerstreuungen der Welt, die er bisher zu sehr vermieden hatte. Für einen Mann, der seine Gesundheit aus dem Arbeitszimmer verbannt und in das Besuchszimmer weist, gibt es nur eine Art, seine Lage erträglich zu machen: er muß sie nämlich ohne alle Rücksichten akzeptieren, er muß ganz und gar sich von vornherein der Freude widmen. Diejenigen Dinge, die man mit Bewußtsein tut, besitzen einen gewissen fesselnden Reiz und einen gewissen Trost; überdies gibt es vielleicht nicht einen Menschen von einer so vollkommenen geistigen Überlegenheit, daß er nicht durch eine Beschäftigung oder Zerstreuung, die der Welt angenehm ist, ebenfalls zerstreut werden sollte, es sei denn, daß sein geistiger Hochmut dem im Wege steht.

Das weibliche Geschlecht kann in solchen Fällen, wenn man sich ihm vorsichtig widmet, eine ausgezeichnete Zerstreuung gewähren; Herr Desalleux vermochte so gut wie nur irgend jemand, sich diese Zerstreuung zu sichern, denn, ohne von seinen äußern Vorzügen zu reden, hatte ihn sein rednerischer Ruhm und vielleicht noch mehr der fast gänzliche Mangel an Neid, den er bei Erfolgen anderer bewies, zum Gegenstand der Sehnsucht für manches weibliche Herz gemacht. Es lag jedoch in dem Grundgedanken seines Lebens etwas zu Positives, als daß er der Liebe zu einem Mädchen ohne Bedingungen Platz in seinem Herzen eingeräumt hätte. Er berechnete, welches von den Herzen, die sich ihm ergeben zu wollen schienen, bei einer Ehe die meisten Aussichten auf Geld, vorteilhafte Verwandtschaftsverhältnisse und andere gesellige Vorteile versprach. Als der erste Teil seines Romans auf solche Weise fixiert war, sah er auch noch ohne Mißvergnügen, daß die Braut, die ihm alle diese Vorteile gewährte, zugleich ein anmutiges, schönes und geistreiches Mädchen war, und er liebte es nun mit allem Feuer, dessen er fähig war, mit der Billigung und Einwilligung seines Vaters und seiner Mutter.

Seit langer Zeit hatte Orléans keine hübschere Braut gesehen als die des Herrn Desalleux, seit langer Zeit keine glücklichere

Familie als die des Herrn Desalleux, seit langer Zeit kein so heiteres und glänzendes Fest wie das seiner Hochzeit.

Daher vergaß er an dem Hochzeitsabend für einen Augenblick seine Zukunft und lebte nur der Gegenwart. Als er von einem Anwalt in eine Ecke des Salons geführt war, weil ihm dieser einen Prozeß anempfehlen wollte, blickte er von Zeit zu Zeit nach der Uhr, die dreiviertel auf zwei zeigte; auch hatte er bemerkt, daß schon zweimal die Mutter der Neuvermählten an sie herangetreten war, um leise mit der jungen Frau zu sprechen, und daß diese nicht nur auf eine schmollende Weise geantwortet hatte, sondern sich auch beim Tanzen sehr zerstreut zeigte. Plötzlich glaubte er während eines Kontretanzes an einem gewissen Zischeln der ganzen Gesellschaft zu bemerken, daß irgend etwas vorgegangen sei. Er blickte nach allen Seiten, während der Anwalt zu seinem Ärger noch immer weitersprach, und bemerkte jetzt, daß die Plätze leer waren, die während des ganzen Abends von seiner Frau und den Brautführerinnen eingenommen worden waren. Der ernste Gerichtsherr machte es nun wie alle andern Männer: er verließ schnell den redenden Anwalt und begab sich nach der Tür des Saales, indem er hinter den Tanzenden entlangging, und entwischte dann, während Bediente mit Erfrischungen hereintraten, da er glaubte, jetzt von niemandem beobachtet zu werden; das war jedoch ein großer Irrtum, denn seit die Neuvermählte das Fest verlassen hatte, hatten alle Fräulein von achtzehn bis fünfundzwanzig den jungen Ehemann fortwährend in den Augen behalten.

Als er in das eheliche Gemach treten wollte, begegnete er seiner Schwiegermutter, die es mit den Brautjungfern verließ, deren Gegenwart notwendig gewesen war, um die junge Frau zu Bett zu bringen; auch einige alte Damen hatten es für ihre Pflicht gehalten, sich dem feierlichen Zuge anzuschließen. Die Schwiegermutter drückte dem Schwiegersohn herzlich die Hand und sagte einige leise Worte zu ihm; man erkannte, daß sie ihm ihre Tochter anempfehle. Herr Desalleux antwortete mit einigen freundlichen Worten und einem Lächeln; ganz gewiß dachte er in diesem Augenblick nicht an Pierre Leroux.

Als er die Tür des Schlafzimmers schloß, lag seine Frau bereits im Bett; infolge einer Anordnung, die ihm wunderlich erschien, waren die Vorhänge des Bettes vorgezogen; kein Geräusch war zu hören.

Die Feierlichkeit dieses Schweigens, das unerwartete Hindernis, welches die Vorhänge boten, die zu öffnen eine gewisse Geschicklichkeit erforderte, verdoppelten bei dem Neuvermählten eine Verlegenheit, die um so begreiflicher erscheinen kann, da er sich selten die Gelegenheit gestattet hatte, dergleichen Abenteuer zu bestehen, und daher bei ähnlichen Ereignissen unbeholfen war. Sein Herz pochte heftig, und ein Zittern durchlief alle seine Glieder, als er das bräutliche Gewand und den bräutlichen Schmuck in einer anmutigen Unordnung um sich her liegen sah. Mit bebender Stimme rief er seine Frau. Da er keine Antwort erhielt, so wandte er sich, vielleicht um Zeit zu gewinnen, nach der Tür, überzeugte sich nochmals, daß diese verschlossen sei, und näherte sich dann dem Bett, um leise den Vorhang zurückzuziehen.

Bei dem ungewissen Schein der Nachtlampe, die das Zimmer erhellte, sah er eine wunderliche Erscheinung.

Neben seiner Braut, die tief eingeschlafen war, sah er noch einen schwarzbehaarten Kopf, der keineswegs zu einem weiblichen Wesen gehörte und lebhaft von dem weißen Kopfkissen abstach. War er das Opfer irgendeiner jener Mystifikationen, die bestimmt sind, die Mysterien der Brautnacht zu stören? Oder hatte ihn ein kühner Usurpator noch vor seiner Krönung entthront? Jedenfalls war sein Stellvertreter sehr wenig besorgt, denn auch er schlief fest wie seine Frau und hatte sich mit dem Gesicht nach der Wand gewendet. Als sich Herr Desalleux über das Bett neigte, um die Züge dieses wunderlichen Gastes zu erkennen, da unterbrach ein langer Seufzer, gleich dem eines erwachenden Menschen, die Stille; zu gleicher Zeit wandte sich der Unbekannte gegen ihn und zeigte ihm die Züge des Pierre Leroux.

Als der Jurist zum zweiten Male diese schreckliche Erscheinung sah, hätte er begreifen sollen, daß er sich in seinem Leben irgendeine böse Handlung hatte zuschulden kommen lassen, wegen der er nun zur Rechenschaft gezogen wurde: hätte er sich die Mühe gemacht, sein Gewissen zu befragen, so würde ihm dieses gewiß bald die Art seines Verbrechens verraten haben; war aber die Sache einmal erklärt, was das Beste gewesen wäre, so hätte er nur nötig gehabt, bis zum Morgen zu beten und mit anbrechendem Tag in seine Kirche zu gehen, um eine Messe für die Seelenruhe des Pierre Leroux lesen zu lassen; durch diese Sühne und einige Almosen für arme Gefangene hätte er vielleicht die Ruhe seines Lebens wiedererlangt und sich für immer den Schrecknissen entzogen, die ihn verfolgten.

Er dachte indes jetzt nur an die Freuden der Brautnacht, nicht aber an eine fromme Handlung. Wünsche erfüllten sein Herz, und er fühlte den Mut, einen offenen Kampf mit dem Gespenst einzugehen, welches ihm seine Braut streitig machte, weshalb er es bei den Haaren zu fassen suchte, um es aus dem Zimmer zu werfen.

Als er die Hand ausstreckte, begriff der Kopf seine Absicht und fletschte die Zähne; unvorsichtig fuhr Desalleux mit seiner Hand weiter und erhielt einen tiefen Biß: diese Verwundung vermehrte aber noch die Wut des Gatten, er sah um sich und suchte eine Waffe. Er erblickte die Eisenstäbe des Kamins, riß einen der Stäbe heraus und schlug aus allen Kräften auf das Bett ein, wobei er den Toten totzuschlagen und seinen häßlichen Feind zu vernichten versuchte. Allein es ging hier zu wie auf einem Marionettentheater, wenn Polcinell niedertaucht und so den Schlägen entgeht, die für ihn bestimmt sind. Bei jedem Schlag sprang der Kopf auf geschickte Weise zur Seite, so daß der Eisenstab ins Leere traf. Das dauerte so einige Minuten, bis der Kopf endlich über die Schulter seines Gegners hinwegsprang und hinter ihm verschwand, ohne daß man ihn irgendwo wiederfinden oder auch nur erraten konnte, wohin er entschwunden war.

Als sich Desalleux nach genauen Untersuchungen überzeugt hatte, daß er wirklich Herr des Schlachtfeldes war, wandte er sich wieder seiner Frau zu, die während des Kampfes auf wunderbare Weise ihren Schlaf fortgesetzt hatte, und schickte sich an, von dem ehelichen Bett Besitz zu nehmen, obschon dasselbe in Unordnung geraten war und der Kopf einige Blutspuren auf dem Kissen zurückgelassen hatte. Als er aber die Decke hob, um unter sie zu schlüpfen, da bemerkte er eine große Lache warmen Blutes, die sein gehässiger Nebenbuhler zurückgelassen hatte und die selbst die Braut benetzte. Länger als eine Stunde mühte er sich ab, das Blut abzutrocknen, das trotz all seiner Anstrengungen nicht weniger werden wollte. Ein Unglück kommt selten allein: während er durch das Zimmer ging, warf er die Lampe um, die es erhellte, und befand sich nun in einer Dunkelheit, durch die seine Verlegenheit noch vergrößert wurde. Indes ging die Nacht ihrem Ende entgegen, und er hatte sich doch geschworen, ungeachtet aller Hindernisse des Himmels und der Erde seine Ehe zu vollziehen. Nachdem er auf das feuchte Bettuch zwei oder drei Lagen trocknes Leinenzeug gebreitet hatte und der Meinung war, daß durch diese das Blut nicht so bald hindurchdringen werde, legte er sich kühn darauf und rief nun seine Braut mit den zärtlichsten Ausdrücken, indem er sie zu wecken versuchte. Diese aber schlief immer weiter. Nun zog er sie an sich, umschlang sie mit seinen Armen und bedeckte sie mit Küssen; sie aber fuhr fort zu schlafen und schien gefühllos gegen alle seine Liebkosungen. Was bedeutete das? War es Verstellung? Oder hatte in dieser mysteriösen Nacht ein übernatürlicher Zauber ihre Augen geschlossen? In diesem Augenblick brach der Tag an; er hoffte, daß die ersten Strahlen den bösen Bann lösen würden, dessen Beute er war, öffnete die Laden und die Vorhänge der Fenster, um das Licht der Morgensonne in das Zimmer einzulassen, und sah nun, warum das Blut nicht hatte versiegen wollen. Im Eifer des Kampfes hatte er, auf den Kopf des Pierre Leroux einschlagend, den Kopf der Geliebten mit dem Eisenstab getroffen, während er jenen zu treffen gedachte: der Hieb war aber auf eine so gewaltige Art geführt, daß sie gestorben war, ohne auch nur einen Seufzer auszustoßen; während er sie betrachtete, floß das Blut noch immer aus einer tiefen Wunde, die er ihr in der linken Schläfe beigebracht hatte.

Wir überlassen es den Psychologen, diese Erscheinung zu erklären; als Desalleux aber sah, daß er seine Frau ermordet habe, wurde er von einem ungeheuren Lachkrampf geschüttelt, der noch fortdauerte, als seine Schwiegermutter an die Tür des Schlafzimmers pochte, um zu erfahren, wie die jungen Eheleute die Nacht zugebracht hätten. Seine grausige Heiterkeit verdoppelte sich, als er die Stimme der Schwiegermutter hörte. Er öffnete ihr, nahm sie in seine Arme und zog sie vor das Bett, damit sie die gräßliche Bescherung betrachte, worauf sich sein Lachen noch verdoppelte, bis endlich alle seine Kräfte erschöpft waren und ein wütendes Schluchzen auf das krampfhafte Lachen folgte.

Die arme Mutter stieß einen schrecklichen Schrei aus und wurde dann ohnmächtig. Alle Bewohner des Hauses eilten herbei und wurden Zeugen dieser grausigen Szene. Das Gerücht von dem Vorgefallenen verbreitete sich schnell in der Stadt. Noch am selben Morgen wurde Desalleux auf Befehl des Generalprokurators in das Gefängnis von Orléans abgeführt. Später bemerkte man, daß die Zelle, in welche man ihn gebracht hatte, dieselbe war, welche Pierre Leroux bis zu dem Augenblick seiner Hinrichtung bewohnt hatte.

Das Ende des Gerichtsherrn war etwas weniger tragisch als das seines Vorgängers.

Die Ärzte erklärten einstimmig, daß er von einer Monomanie und einem wütenden Wahnsinn ergriffen sei. Der Mann, der sich für bestimmt gehalten hatte, die ganze Welt durch seine Rednerkunst umzuwälzen, wurde nun in das Irrenhaus gebracht und länger als ein halbes Jahr in einer dunklen Zelle an einer Kette gehalten. Da er während der ganzen Zeit kein Zeichen von Wut von sich gab, so nahm man ihm danach seine Kette und behandelte ihn milder.

Als er die Freiheit seiner Bewegungen wiedererlangt hatte, zeigte sich bei ihm eine wunderliche Narrheit, die ihn nicht wieder verließ: er hielt sich für einen Seiltänzer und tanzte vom Morgen bis zum Abend mit allen Bewegungen eines Mannes, der mit der Balancierstange in der Hand auf dem Seil geht.

Ein Buchhändler von Orléans hatte den Einfall, einen Band Reden zu sammeln, die er während seiner kurzen rednerischen Laufbahn gehalten hatte. Drei Ausgaben wurden kurz nacheinander verkauft. Der Verleger bereitet in diesem Augenblick die vierte Auflage vor.

Charles Dickens
Das Gespenst im Aktenschrank

Ich weiß einen Mann, der mietete vor etwa vierzig Jahren eine alte, dumpfe, verwahrloste Wohnung in einem der ältesten Viertel Londons, die seit Jahren verschlossen gewesen war und leergestanden hatte. Man erzählte sich eine Menge Altweibergeschichten über die Wohnung, und auf jeden Fall gehörte sie keineswegs zu den angenehmsten. Aber er war arm, und die Zimmer waren billig, ein hinreichender Grund für ihn, sie zu mieten, auch wenn sie noch zehnmal schlimmer gewesen wären, als es wirklich der Fall war. Er mußte einige wurmstichige Hausgeräte, die in den Zimmern standen, mit übernehmen, so auch einen großen alten Papierschrank mit großen Glastüren und einem grünen Vorhang dahinter; ein ziemlich unnützes Ding für ihn, denn er hatte keine Papiere hineinzutun, und was seine Garderobe anbelangte, so trug er sie so ziemlich vollständig bei sich, ohne sich sonderlich dadurch beschwert zu fühlen. Er hatte jedoch seine ganze Habe herbeischaffen lassen – es war nicht einmal ganz ein Karren voll – und sie im Zimmer auf eine Art verteilt, daß seine vier Stühle so aussahen, als wären sie ein ganzes Dutzend. Abends saß er vor dem Feuer und trank das erste Glas von zwei Gallonen Whisky, die er einstweilen auf Kredit genommen hatte, wobei er Betrachtungen anstellte, ob er sie jemals bezahlen könnte, und wenn dieser Fall einträte, nach wieviel Jahren dies wohl möglich wäre, als seine Augen auf die Glastüren des Papierschranks fielen. »Ach«, seufzte er, »wenn ich nicht genötigt gewesen wäre, dieses häßliche Ding da auf die Schätzung des alten Maklers hin anzunehmen, so hätte ich mir für das Geld was Ordentliches anschaffen können. Ich will dir was sagen, alter Kamerad«, sprach er laut zu dem Schrank, bloß weil er sonst niemand hatte, mit dem er sprechen konnte, »wenn es nicht mehr kostete, dein altes Gerippe zu zerschlagen, als es hinterher überhaupt wert ist, so hätte ich im Nu Feuer aus dir gemacht.« Kaum hatte er diese Worte gesprochen, als aus dem Innern des Kastens ein Laut hervorkam, der einem schwachen Ächzen glich. Zunächst fuhr er zusammen; aber nachdem er einen Augenblick nachgedacht hatte, bildete er sich ein, es müßte von irgendeinem jungen Manne im anstoßenden Zimmer herrühren, der vielleicht beim

Mittagessen seinen Magen überladen hatte, und so stemmte er seinen Fuß gegen die Kaminplatte und nahm das Schüreisen zur Hand, um das Feuer anzufachen. In diesem Augenblick wiederholte sich der Laut. Eine von den Glastüren öffnete sich ganz langsam, und eine blasse, abgemagerte Gestalt in einem schmutzigen, abgetragenen Anzuge, die aufrecht im Schranke stand, wurde sichtbar. Die Gestalt war groß und hager, und das Gesicht drückte Gram und Angst aus; es lag etwas in der Hautfarbe und in dem fleischlosen geisterhaften Aussehen der ganzen Erscheinung, was keinem Bewohner dieser Welt angehören konnte. »Wer sind Sie?« fragte der neue Mietsmann erbleichend, indem er jedoch zugleich das Schüreisen in der Hand schwang und auf das Gesicht der Gestalt zielte, »wer sind Sie?« »Wirf das Eisen nicht nach mir«, erwiderte die Gestalt, »wenn du auch noch so richtig zieltest, so würde es doch ohne Widerstand durch mich hindurch in die Wand hinter mir fahren. Ich bin ein Geist.« »Und was wollen Sie denn hier?« stammelte der Mietsmann. »In diesem Zimmer«, antwortete die Erscheinung, »wurde mein irdisches Glück vernichtet, und ich und meine Kinder wurden hier zu Bettlern gemacht. In diesem Schranke wurden die Akten eines langen, endlosen Prozesses, die mit den Jahren immer mehr anwuchsen, zu hohen Stößen aufeinandergetürmt. In diesem Zimmer teilten, als ich vor Gram über fehlgeschlagene Hoffnungen gestorben war, zwei listige Harpyien das Vermögen unter sich, um das ich während eines ganzen elenden Lebens gestritten hatte und von dem zuletzt nicht ein Pfennig für meine unglücklichen Nachkommen übrigblieb. Ich jagte sie aus dieser Wohnung hinaus und besuche nun seit jenem Tage Nacht für Nacht – denn dies ist die einzige Zeit, in der es mir gestattet ist, auf die Erde zurückzukehren – den Schauplatz meines langen Elends. Dieses Zimmer gehört mir; überlaß es mir.« »Wenn Sie sich's durchaus in den Kopf gesetzt haben, hier umzugehen«, erwiderte der Mietsmann, der während dieser prosaischen Erzählung des Geistes Zeit gehabt hatte, sich zu sammeln, »so will ich mit dem größten Vergnügen Ihren Wünschen entsprechen. Wollen Sie aber wohl so gefällig sein, mir eine Frage zu erlauben?« »Sprich«, sagte die Erscheinung ernst. »Wohlan denn«, begann der Mietsmann. »Ich beziehe meine Bemerkung nicht persönlich auf Sie, weil sie auf alle Geister, von denen ich je gehört habe, in gleicher Weise paßt; aber es will mich etwas sonderbar bedünken, daß ihr, da ihr doch Gelegenheit habt, die schönsten Plätze der Erde zu besuchen – wahrscheinlich bedeuten Entfernungen doch gar nichts für euch –, daß ihr, sage ich, immer wieder ausgerechnet an die Orte zurückkehrt, wo ihr am unglücklichsten gewesen seid?« »Wahrhaftig, da hast du ganz recht; daran habe ich noch nicht gedacht«, versetzte der Geist. »Sie sehen«, fuhr der Mietsmann fort, »das ist ein sehr unwohnliches Zimmer. Dem äußeren Anschein nach zu urteilen, möchte ich behaupten, daß dieser Schrank nicht ganz frei von Wanzen ist, und ich meine wirklich, Sie könnten weit wohnlichere Aufenthaltsorte finden. Vom Londoner Klima will ich dabei noch nicht einmal reden, das doch wirklich außerordentlich ungesund ist.« »Sie haben ganz recht, Herr«, sagte der Geist höflich; »das ist mir bis jetzt noch nicht eingefallen; doch will ich nun sogleich eine Luftveränderung vornehmen.« Und wirklich begann seine Gestalt, während er noch sprach, zu verschwinden, und bald waren seine Beine unsichtbar geworden. »Und wenn Sie«, rief ihm der Mietsmann nach, »wenn Sie die Güte haben wollten, auch die übrigen Damen und Herren, die in alten leeren Häusern spuken, darauf aufmerksam zu machen, daß es für sie irgendwo anders viel angenehmer sein dürfte, so würden Sie der menschlichen Gesellschaft eine sehr große Wohltat erweisen.« »Das will ich tun«, erwiderte der Geist; »wir müßten doch wirklich Dummköpfe sein, wenn wir es nicht täten, und ich begreife gar nicht, wie wir überhaupt so töricht sein konnten.« Mit diesen Worten verschwand der Geist, und was noch merkwürdiger ist, er kam nicht wieder.

August Strindberg
Der Lotse

Der Lotsenkutter lag an der Kimm jenseits des letzten Leuchtfeuers; schon vor langem war die Wintersonne untergegangen, und es herrschte hohe See, richtige Hochseedünung. Plötzlich signalisierte der Vorschiffgast: Segler in Luv!

Draußen auf See wurde eine Brigg sichtbar, die mit backgebraßten Segeln die Lotsenflagge gesetzt hatte. Sie wollte also in den Hafen.

– Paß auf! kommandierte der Oberlotse am Ruder. Es wird schwierig sein, bei dieser See überzusteigen. Aber paß auf, Viktor, wir entern ihn; wenn wir ihn in Lee haben, dann kannst du an der besten Stelle in die Want springen. Nun gehen wir übern Bug! Klar!

Der Kutter wendete einwandfrei und hielt auf die Brigg zu, die fest lag und stampfte.

– Komischer Vogel, der nicht voll backbraßt. Seht ihr irgendein Licht an Bord? – Nein! – Und auch keine Laternen im Vortopp? Volle Fahrt voraus! Achtung, Viktor!

Der Kutter fuhr mit voller Fahrt; Viktor war auf die Leitstange in Lee geklettert, und als eine grobe See das Boot wieder hob, saß Viktor auch schon oben in den Wanten der Brigg; der Kutter fuhr weiter, wendete und hielt auf das Richtfeuer zu. Viktor saß auf halber Höhe der Saling und verschnaufte sich, ehe er auf Deck hinuntersprang. Er eilte zum Ruder, wo ja sein Platz war, und man kann sich sein Erschrekken vorstellen, als er niemand am Rad vorfand. – Hallo! rief er, erhielt aber keine Antwort.

Die sitzen wohl drinnen und saufen, dachte er und ging zum Kajütenfenster. Aber nein, auch dort saß niemand. Er lief nach vorn zur Kombüse und dann zur Back, aber da war auch keine Menschenseele. Da begriff er, daß das Fahrzeug verlassen war, und vermutete, es sei leck und befände sich in sinkendem Zustand.

Jetzt hielt er nach dem Lotsenkutter Ausschau, doch der war im Dunkel verschwunden. An Land zu steuern war unmöglich, denn er konnte ja nicht Brasse, Geitau und Buline bedienen und gleichzeitig am Ruder stehen.

Nein, daran war nicht zu denken.

Es war nichts zu machen: ihm blieb nichts übrig, als der Brigg ihren Willen zu lassen, obwohl sie aufs offne Meer hinaustrieb.

Gewiß, er war nicht gerade froh darüber, aber ein Lotse muß auf alles gefaßt sein; er hätte ja leicht einige Segler herbeirufen können, hätte er nur Licht gehabt, um Signale zu geben. Also ging er zur Kombüse, um Streichhölzer und eine Laterne zu suchen. Trotz des hohen Seegangs merkte er keinerlei Bewegung des Schiffes. Das wunderte ihn; noch erstaunter aber war er, als er beim Großmast plötzlich bemerkte, daß er auf einem Parkettfußboden ging, auf dem ein langer klein-blau-weiß-karierter Läufer lag. Und der Läufer wollte überhaupt kein Ende nehmen; von der Kombüse war nichts mehr zu sehen. Das war zwar ziemlich unheimlich, gleichzeitig aber auch sehr lustig, denn so etwas hatte er noch nie erlebt.

Der Läufer war noch nicht zu Ende, da kam Viktor zu einer Passage mit hell erleuchteten Läden. Rechts standen eine Personenwaage und ein Automat. Ohne großes Überlegen stellte er sich auf die Waage und warf die Münze ein. Er wußte, daß er 80 Kilo wog, und deshalb mußte er lachen, als der Zeiger nur 8 Kilo angab. Entweder zeigt die Waage falsch an, dachte er, oder ich bin auf einem andern Planeten gelandet, der zehnmal größer oder zehnmal kleiner als die Erde ist. Er hatte nämlich die Navigationsschule besucht und Astronomie gelernt. Jetzt wollte er sehen, was der Automat hergab!

Als die Münze heruntergefallen war, sprang ein Fach auf, und aus ihm heraus wurde ihm ein Brief in die Hand geschoben. Er lag in einem weißen Umschlag, der mit rotem Lack verschlossen war. Das Siegel konnte er nicht entziffern, aber das war einerlei, denn er wußte ja doch nicht, von wem das Schreiben stammte. Er erbrach den Brief und las . . . natürlich zuerst die Unterschrift, wie man es gewöhnlich tut. Dort stand . . . nun, das werden wir später erfahren. Genug also, er las den Brief dreimal und steckte ihn dann sehr nachdenklich in die Brusttasche.

Dann schritt er die Passage weiter entlang, gab aber sorgfältig acht, auf der Mitte des Läufers zu bleiben. Zu beiden Seiten lagen alle Arten von Läden, doch war kein Mensch zu sehen, weder vor den Ladentischen noch dahinter. Als der Lotse eine Weile gegangen war, blieb er vor einem großen Fenster stehen, hinter dem eine ganze Sammlung von Schnekken ausgestellt war. Die Tür stand offen, und er trat ein. Vom

Fußboden bis zur Decke gab es Regale mit Schnecken aller Sorten aus den vielen Meeren der ganzen Welt. Aber auch hier war niemand, nur in der Luft stand Tabaksrauch – wie ein Ring, eben von jemandem ausgestoßen, dem es Spaß machte, Ringe zu blasen. Viktor, stets zu Späßen aufgelegt, steckte den Finger durch den Ring und rief: Hei! Jetzt bin ich verlobt! Da hörte er einen merkwürdigen Ton, wie von einer kleinen Glocke, doch er konnte keine finden. Schließlich merkte er, daß es ein Schlüsselbund war, das da so klingelte. Einer von den Schlüsseln schien gerade in die Kasse gesteckt worden zu sein, und die andern Schlüssel schaukelten im regelmäßigen Rhythmus eines Pendels hin und her . . . eine ganze Weile lang. Dann wurde es still, und als gar kein anderer Laut mehr zu hören war, vernahm er ein leises Sausen, als ob der Wind durch die Takelage fuhr oder Dampf durch ein schmales Rohr strömte. Es waren die Schnecken, die sausten; da sie verschieden groß waren, waren die Saus-Töne verschieden hoch, und es klang wie ein ganzes Saus-Orchester. Viktor war an einem Donnerstag geboren und verstand darum, Tierstimmen zu deuten. So spitzte er die Ohren, um zu erlauschen, was sie sausten. Und tatsächlich konnte er sie nach einer Weile verstehen:

– Ich habe den schönsten Namen, prahlte eine. Ich heiße Strombus pespelicanus.

– Und ich bin die Schönste! sauste die Purpurschnecke mit Namen Murex und noch etwas Komischem.

– Ich singe am schönsten! säuselte die Tigerschnecke, die so genannt wird, obwohl sie wie ein Panther aussieht.

– Pscht, pscht, pscht, trumpfte die Gartenschnecke auf. Ich werde am meisten gekauft, weil ich in den Sommerfrischen auf den Rabatten liege. Zwar findet man mich langweilig, aber trotzdem wollen sie mich haben. Im Winter liege ich dann im Holzstall in einem Kohlfaß.

– Das ist ja eine schreckliche Gesellschaft, in der sich immer jeder nur selbst lobt, meinte Viktor. Um sich zu zerstreuen, nahm er ein Buch, das geöffnet auf dem Tisch lag. Da er ein heller Bursche war, stellte er sofort fest, daß Seite 240 aufgeschlagen war und das einundfünfzigste Kapitel auf der linken Seite begann. Über dem Kapitel standen als Motto Verse von Coleridge. Und die trafen ihn wie ein Blitz. Mit geröteten Wangen und angehaltenem Atem las er . . . ja, auch darüber soll jetzt nichts gesagt werden.

Hier gefiel es ihm. Er setzte sich, doch nicht zu nahe an die Kasse, denn das ist eine gefährliche Nachbarschaft. Dann begann er, über alle diese merkwürdigen Tiere nachzudenken, die ebenso wie er auf See lebten. Auf dem Meeresboden hatten sie es nicht warm, trotzdem schwitzten sie, und wenn sie Kalk schwitzten, wurde dieser gleich zu einer neuen Jacke. Sie wanden sich wie Würmer, einige nach rechts, andere nach links, aber das war selbstverständlich: irgendwohin mußten sie sich ja wenden.

Aus dem Hinterladen, durch die grüne Gardine hindurch, erklang eine Stimme:

– Ja, das wissen wir. Aber was wir nicht wissen, ist: daß die Schnecke des Ohres ein Helix ist und daß die kleinen Knochen auf dem Trommelfell genau dem Tiere in der Limnaeus stagnalis ähneln. Das steht im Buch.

Viktor begriff auf der Stelle, daß er es mit einem Gedankenleser zu tun hatte. Er antwortete freundlich, jedoch scharf, und sagte, ohne sein Erstaunen zu verraten, durch die Gardine hindurch: Doch, das wissen wir. Aber *warum* wir einen Helix im Ohr haben, das weiß das Buch ebensowenig, wie es der Schneckenhändler sagen kann ... – Ich bin kein Schneckenhändler, widersprach der Unsichtbare von der Kammer her.

– Was seid Ihr denn? fragte Viktor zurück.

– Ich bin ein Troll.

Gleichzeitig öffneten sich die Gardinen, und durch einen Spalt schob sich ein Kopf hindurch ... so entsetzlich, daß jeder andere als Viktor die Beine in die Hand genommen hätte. Doch er, der wußte, wie ein Troll behandelt werden mußte, blickte ruhig auf den rotglühenden Pfeifenkopf (so sah der Troll aus), der dastand und Ringe durch den Gardinenspalt blies. Als ein Rauchring in seine Nähe kam, schob Viktor den Finger hindurch und warf ihn zurück.

– Du kannst aber Ringe werfen, lachte der Troll höhnisch.

– Ja, einigermaßen, nickte Viktor.

– Und Angst hast du auch nicht!

– Angst darf ein Seemann nicht haben, sonst mögen die Mädchen ihn nicht leiden.

– Du, der keine Angst hast: geh etwas weiter in die Passage hinein! Dann wollen wir sehen, ob du nicht doch Angst bekommst!

Viktor hatte von den Schnecken genug, und nur zu gern benutzte er die Gelegenheit, sich zurückzuziehen. Er ging weiter und folgte dabei ständig dem blau-weißen Läufer. Die Passage war nicht gerade, sondern verlief winkelig, so daß man nie ihr Ende sehen konnte; stets tauchten neue Läden auf, doch niemals Menschen; kein Ladenbesitzer wurde sichtbar. Viktor, durch Erfahrung gewitzigt, nahm jedoch an, daß sie sich in den Hinterläden aufhielten.

Als er vor einen Parfümladen kam, der wie sämtliche Wiesen- und Waldblumen duftete, dachte er: Hier gehe ich hinein und kaufe eine Flasche Eau de Cologne für meine Braut. Gesagt, getan! Der Laden sah dem Schneckenladen ziemlich ähnlich, doch der Duft war so stark, daß Viktor Kopfschmerzen bekam und sich auf einen Stuhl setzen mußte. Insbesondere der Bittermandelduft verursachte ihm Ohrensausen, ließ jedoch einen feinen Geschmack im Munde zurück wie von Kirschbranntwein. Viktor, niemals um Rat verlegen, zog seine Messingdose mit dem Spiegel hervor und nahm eine Prise Grobgeschnittenen, die seinen Kopf wieder klar machte und die Kopfschmerzen verjagte. Dann klopfte er auf den Ladentisch und rief: Hallo! Ist dort niemand?

Keine Antwort. Dann gehe ich eben in die Kammer, dachte er, und mache den Handel allein. Er legte die rechte Hand auf den Ladentisch und war mit einem Satz auf der andern Seite. Er schob die Gardinen auseinander und blickte in die Kammer. Der Anblick, der sich ihm dort bot, verblüffte ihn maßlos. Auf einem langen Tisch mit einer persischen Decke stand ihm zunächst ein Orangenbaum mit Blüten und Früchten. Geschliffene Kristallgläser standen in Reihen, mit allen wohlduftenden Blumen der Erde gefüllt, vom Jasmin über Tuberosen, Veilchen, Maiglöckchen, Rosen bis zum Lavendel. An dem einen Ende des Tisches, halb von den Orangen verborgen, erblickte er zwei kleine weiße Hände, die sich, mit hochgeschlagenen Ärmeln, mit einem kleinen Destillierapparat aus Silber beschäftigten; das Gesicht der Dame jedoch sah er nicht. Aber als er feststellte, daß ihre Kleidung von gelber und grüner Farbe war, wußte er sofort, daß es sich um eine Zauberin handelte, denn gelb und grün ist die Larve des Sphinx-Schmetterlinges: das, was bei ihr hinten ist, sieht aus, als wäre es vorn, und dort hat sie ein Horn wie ein Einhorn, so daß sie ihre Feinde mit dem falschen Gesicht erschreckt, während sie mit dem frißt, was wie der hintere Teil aussieht.

Viktor dachte: Hier kann es einen Kampf geben . . . Aber fang du nur an!

Wenn man jemanden zum Reden bringen will, muß man selber schweigen.

– Sind Sie der Herr, der eine Sommerfrische sucht? fragte die Dame und trat vor.

– Ja, das bin ich, antwortete Viktor, um nicht ohne Antwort dazustehen. In Wirklichkeit hatte er nie daran gedacht, sich für den Winter eine Sommerfrische zu suchen.

Die Dame wurde verlegen. Dabei war sie schön wie die Sünde und warf einen bezaubernden Blick auf den Lotsen.

– Es ist vergebliche Liebesmüh, daß du versuchst, mich zu bezaubern, denn ich bin mit einem braven Mädchen verlobt! sagte der Lotse und blickte sie zwischen Ring- und Mittelfinger hindurch an, wie Hexen es tun, wenn sie den Richter einwickeln wollen.

Die Dame war jung und nach oben hin schön, aber von der Taille abwärts schien sie alt, so daß es aussah, als bestünde sie aus zwei verschiedenen Teilen.

– Nun laßt mich die Sommerfrische sehen, sagte der Lotse.

– Bitte sehr, antwortete die Dame und öffnete eine Tür im Hintergrund.

Sie gingen hinaus und kamen in einen Eichenwald.

– Wir brauchen nur durch den Wald zu gehen, dann sind wir da! sagte die Dame und bat den Lotsen voranzugehen, denn sie wollte ihm nicht den Rücken zuwenden.

– Hier ist wohl der Stier, könnte ich mir denken, sagte der Lotse, der nicht dumm war.

– Du hast doch wohl keine Angst vor dem Stier? antwortete die Dame.

– Erst muß ich ihn mir einmal ansehen, meinte der Lotse.

Sie kletterten über Felsbrocken und Baumwurzeln, sie wateten durch Sümpfe und kamen durch abgebrannte Wälder zwischen gefällten Bäumen und Meilern hindurch; ab und zu schaute Viktor sich um und überzeugte sich, ob sie ihm auch folgte, denn ihre Schritte konnte er nicht hören; und selbst wenn er sich umdrehte, mußte er erst sehr genau hinschauen, denn ihre gelb-grüne Kleidung machte sie fast unsichtbar.

Endlich gelangten sie zu einer Lichtung, einer gerodeten Stelle im Wald, und als Viktor mitten im grünen Grase stand, kam der Stier hervor, als habe er da gestanden und gewartet. Er war schwarz, hatte einen weißen Stern auf der Stirn, und seine Augen waren blutunterlaufen.

Flucht war nicht möglich, und so sah sich Viktor nach einer

Verteidigungswaffe um. Er warf einen Blick auf den Boden, und siehe, dort lag ein Zaunpfahl, an einem Ende verdickt wie eine Keule. Er nahm ihn auf und stellte sich in Positur.

Der Stier stampfte zunächst rückwärts wie ein Dampfer, stieß Qualm aus den Nüstern und ließ seinen Schwanz wie einen Propeller kreisen. Und dann stürmte er mit Volldampf voraus.

Es pfiff durch die Luft, und dann knallte es wie ein Schuß: der Zaunpfahl krachte zwischen die Augen des Tieres. Mit einem Sprung war Viktor zur Seite, doch der Stier hielt immer noch vollen Kurs auf ihn. Jetzt veränderte sich die Szene; zu seinem großen Entsetzen sah Viktor, wie der Stier auf den Waldrand zustürzte, wo seine Braut, hell gekleidet, herbeieilte, um ihren Bräutigam zu treffen.

Da schrie er auf: Klettere auf den Baum, Anna, der Stier kommt!

Er sprang hinter dem Untier her und schlug es auf die schmalste Stelle seiner Hinterbeine, damit es, wenn möglich, stürzte, und mit übermenschlichen Kräften gelang es ihm tatsächlich, den Koloß zu Boden zu bringen. Anna war gerettet, und der Lotse schloß sie in die Arme.

– Wohin wollen wir jetzt? fragte er. Am besten wohl nach Hause?

Aus Gründen, die wir später erfahren werden, kam es ihm gar nicht in den Sinn, sie zu fragen, woher sie käme.

Hand in Hand gingen sie auf dem Weg weiter, glücklich über das unerwartete Wiedersehen. Doch als sie eine Weile gegangen waren, blieb Viktor plötzlich stehen und sagte:

– Warte einen Augenblick, ich muß mich nach dem Stier umsehen. Er tut mir trotz allem leid.

Da verwandelte sich Annas Gesicht, und ihre Augen waren plötzlich blutunterlaufen. Wild und böse sah sie aus und sagte nur: Geh, ich warte.

Der Lotse schaute sie traurig an; er merkte, daß sie die Unwahrheit sprach. Und doch ging er mit ihr weiter. Ihr Gang jedoch war sehr seltsam, und seine linke Seite begann zu frieren.

Als sie eine Weile gegangen waren, blieb Viktor wieder stehen.

– Gib mir deine Hand, sagte er. – Nein, die linke.

Da sah er, daß der Ring fort war.

– Wo ist der Ring? fragte er.

– Den habe ich verloren, antwortete sie.

– Du bist meine Anna, aber du bist es auch wieder nicht. Etwas Fremdes hat von dir Besitz ergriffen.

In diesem Augenblick warf sie ihm einen Seitenblick zu, und er erkannte, daß es nicht der Blick eines Menschen, sondern der blutunterlaufene Blick eines Stieres war, und nun verstand er.

– Weiche, Zauberin! sagte er und spuckte ihr ins Gesicht.

Was jetzt kam, hätte man sehen müssen! Die falsche Anna wechselte ihre Gestalt, ihr Gesicht wurde gelblichgrün wie Galle, sie platzte vor Wut, und im nächsten Augenblick schoß ein schwarzes Kaninchen durchs Blaubeergestrüpp und war verschwunden.

Da stand er im Labyrinth des Waldes, aber er gab sich nicht verloren, sondern dachte: Ich gehe drauflos; und wenn der Teufel kommt, bete ich das Vaterunser von Anfang bis zu Ende; das hält lange vor.

Dann marschierte er weiter, und bald erblickte er eine kleine Hütte. Er klopfte an und wurde von einem alten Weib eingelassen. Er fragte sie, ob sie ihn wohl über Nacht beherbergen könne. Die Alte antwortete, das wäre möglich, aber sie habe nicht viel zu bieten: nur eine kleine Dachkammer, mit der nicht viel los sei.

– Es ist mir ganz einerlei, wie sie ist. Ich muß schlafen.

Als sie einig geworden waren, führte sie ihn auf den Boden und dann in die Kammer. Über dem Bett hing ein großes Hornissennest, und die Alte bat um Entschuldigung, daß sie solche Gäste habe.

– Das tut nichts; Hornissen sind genau wie Menschen: sie sind gut, solange man sie nicht reizt. Vielleicht habt Ihr auch noch Schlangen?

– Ja, natürlich haben wir ein paar.

– Das macht nichts. Schlangen lieben Bettwärme, und wir werden uns schon vertragen. Sind es Kreuzottern oder Ringelnattern? Im allgemeinen bin ich nicht wählerisch, aber in diesem Fall würde ich Ringelnattern vorziehen.

Wortlos schaute die Alte zu, wie der Lotse begann, sich das Bett zurechtzumachen, und damit zeigte, daß er fest entschlossen sei, in diesem Raum zu schlafen.

Plötzlich ertönte vor dem geschlossenen Fenster ein Summen, und eine große Hornisse versuchte hereinzukommen.

– Ach, laßt doch das arme Ding herein, sagte der Lotse und öffnete das Fenster.

– Nein, so ein Biest, mach sie tot! schrie die Alte.

– Warum soll ich sie totmachen? Vielleicht hat sie Junge hier, die hungern müßten. Und dann müßte ich die ganze Nacht hier liegen und das Kindergeschrei hören. Nein, nein ...! Komm nur herein, kleine Hornisse!

– Sie sticht aber doch! fuhr die Alte ihn an.

– O nein, bewahre, sie sticht nur böse Menschen ...

Das Fenster wurde geöffnet, und eine Hornisse, so groß wie ein Taubenei, kam hereingeflogen. Sie summte wie eine Baßsaite und flog sofort in ihr Nest. Dann wurde es still.

Die Alte zog sich zurück, und der Lotse kroch ins Bett.

Als er am nächsten Morgen ins Zimmer herunterkam, fand er die Alte nicht vor. Doch auf dem einzigen Stuhl saß eine schwarze Katze und schnurrte; die Katzen sind ja genötigt, zu schnurren, weil sie so faul sind; und irgend etwas müssen sie schon tun.

– Geh herunter, Katze! befahl der Lotse. Ich möchte da sitzen.

Er nahm die Katze und setzte sie auf den Herd. Doch es war keine gewöhnliche Katze, sie begann nämlich aus den Rückenhaaren Funken stieben zu lassen, so daß die Späne Feuer fingen.

– Wenn du Feuer machen kannst, dann kannst du ja auch Kaffee kochen, sagte der Lotse.

Doch die Katze war von der Art, daß sie nicht das wollte, was der andere wünschte, und sie begann zu fauchen und zu spucken, daß das Feuer wieder erlosch.

In diesem Augenblick hörte der Lotse, wie ein Spaten gegen die Hauswand gestellt wurde; als er hinaussah, erblickte er die Alte. Sie stand neben einer Grube, die sie im Garten ausgeworfen hatte.

– Soso, du gräbst mein Grab, Alte, rief er.

Die Alte kam herein. Als sie Viktor frisch und gesund sah, war sie außer sich vor Staunen. Sie gestand, bisher sei noch niemand lebend aus der Kammer herausgekommen und sie habe deshalb sein Grab schon im voraus gegraben. Da sie kurzsichtig war, wunderte sie sich über das merkwürdige Halstuch des Lotsen.

– Ja, ein solches Halstuch hast du wohl noch nie in deinem Leben gesehen, lachte Viktor und strich mit der Hand unter dem Kinn entlang.

Dort saß eine Schlange, zu einem feinen Knoten verschlungen, mit zwei gelben Ornamenten: das waren ihre Ohrenflecke. Und ihre Augen leuchteten wie Edelsteine.

– Zeig doch mal deine schöne Nadel, forderte der Lotse sie auf. Er kraulte der Schlange den Kopf, und man sah in ihrem Rachen zwei Nadeln.

Da fiel die Alte um und rief:

– Jetzt sehe ich, daß du meinen Brief erhalten und verstanden hast.

– Ach, der Automatenbrief war von dir? rief der Lotse und holte ihn aus seiner Brusttasche. Wenn ich nach Hause komme, werde ich ihn mir einrahmen lassen.

Wißt ihr, was in dem Briefe stand . . .? Da stand, auf deutsch, nichts als dieses: »Man darf sich nicht verblüffen lassen!« Was auch so übersetzt werden kann: »Dem Furchtlosen hilft das Glück!«

Doch wie war das nun: Wie konnte der Lotse einfach vom Schiff in die Passage gehen? Kam er später nicht wieder zurück? Oder hatte er alles nur geträumt? Und in jenem Buch standen doch Verse . . . was für Verse?

Ach ja, das habe ich vergessen. Aber man soll nicht so viel fragen . . .

Heinrich von Kleist
Das Bettelweib von Locarno

Am Fuße der Alpen, bei Locarno im oberen Italien, befand sich ein altes, einem Marchese gehöriges Schloß, das man jetzt, wenn man vom St. Gotthard kommt, in Schutt und Trümmern liegen sieht: ein Schloß mit hohen und weitläufigen Zimmern, in deren einem einst, auf Stroh, das man ihr unterschüttete, eine alte kranke Frau, die sich bettelnd vor der Tür eingefunden hatte, von der Hausfrau aus Mitleiden gebettet worden war. Der Marchese, der, bei der Rückkehr von der Jagd, zufällig in das Zimmer trat, wo er seine Büchse abzusetzen pflegte, befahl der Frau unwillig, aus dem Winkel, in welchem sie lag, aufzustehen, und sich hinter den Ofen zu verfügen. Die Frau, da sie sich erhob, glitschte mit der Krücke auf dem glatten Boden aus, und beschädigte sich, auf eine gefährliche Weise, das Kreuz; dergestalt, daß sie zwar noch mit unsäglicher Mühe aufstand und quer, wie es vorgeschrieben war, über das Zimmer ging, hinter den Ofen aber, unter Stöhnen und Ächzen, niedersank und verschied.

Mehrere Jahre nachher, da der Marchese, durch Krieg und Mißwachs, in bedenkliche Vermögensumstände geraten war, fand sich ein florentinischer Ritter bei ihm ein, der das Schloß, seiner schönen Lage wegen, von ihm kaufen wollte. Der Marchese, dem viel an dem Handel gelegen war, gab seiner Frau auf, den Fremden in dem obenerwähnten, leerstehenden Zimmer, das sehr schön und prächtig eingerichtet war, unterzubringen. Aber wie betreten war das Ehepaar, als der Ritter mitten in der Nacht, verstört und bleich, zu ihnen herunter kam, hoch und teuer versichernd, daß es in dem Zimmer spuke, indem etwas, das dem Blick unsichtbar gewesen, mit einem Geräusch, als ob es auf Stroh gelegen, im Zimmerwinkel aufgestanden, mit vernehmlichen Schritten, langsam und gebrechlich, quer über das Zimmer gegangen, und hinter dem Ofen, unter Stöhnen und Ächzen, niedergesunken sei.

Der Marchese erschrocken, er wußte selbst nicht recht warum, lachte den Ritter mit erkünstelter Heiterkeit aus, und sagte, er wolle sogleich aufstehen, und die Nacht zu seiner Beruhigung, mit ihm in dem Zimmer zubringen. Doch der Ritter bat um die Gefälligkeit, ihm zu erlauben, daß er auf einem Lehnstuhl, in seinem Schlafzimmer übernachte, und als der Morgen kam, ließ er anspannen, empfahl sich und reiste ab.

Dieser Vorfall, der außerordentliches Aufsehen machte, schreckte auf eine dem Marchese höchst unangenehme Weise, mehrere Käufer ab; dergestalt, daß, da sich unter seinem eigenen Hausgesinde, befremdend und unbegreiflich, das Gerücht erhob, daß es in dem Zimmer, zur Mitternachtsstunde, umgehe, er, um es mit einem entscheidenden Verfahren niederzuschlagen, beschloß, die Sache in der nächsten Nacht selbst zu untersuchen. Demnach ließ er, beim Einbruch der Dämmerung, sein Bett in dem besagten Zimmer aufschlagen, und erharrte, ohne zu schlafen, die Mitternacht. Aber wie erschüttert war er, als er in der Tat, mit dem Schlage der Geisterstunde, das unbegreifliche Geräusch wahrnahm; es war, als ob ein Mensch sich von Stroh, das unter ihm knisterte, erhob, quer über das Zimmer ging, und hinter dem Ofen, unter Geseufz und Geröchel niedersank. Die Marquise, am andern Morgen, da er herunter kam, fragte ihn, wie die Untersuchung abgelaufen; und da er sich, mit scheuen und ungewissen Blicken, umsah, und, nachdem er die Tür verriegelt, versicherte, daß es mit dem Spuk seine Richtigkeit habe: so erschrak sie, wie sie in ihrem Leben nicht getan, und bat ihn, bevor er die Sache verlauten ließe, sie noch einmal, in ihrer Gesellschaft, einer kaltblütigen Prüfung zu unterwerfen. Sie hörten aber, samt einem treuen Bedienten, den sie mitgenommen hatten, in der Tat, in der nächsten Nacht, dasselbe unbegreifliche, gespensterartige Geräusch; und nur der dringende Wunsch, das Schloß, es koste was es wolle, los zu werden, vermochte sie, das Entsetzen, das sie ergriff, in Gegenwart ihres Dieners zu unterdrücken, und dem Vorfall irgend eine gleichgültige und zufällige Ursache, die sich entdecken lassen müsse, unterzuschieben. Am Abend des dritten Tages, da beide, um der Sache auf den Grund zu kommen, mit Herzklopfen wieder die Treppe zu dem Fremdenzimmer bestiegen, fand sich zufällig der Haushund, den man von der Kette losgelassen hatte, vor der Tür desselben ein; dergestalt, daß beide, ohne sich bestimmt zu erklären, vielleicht in der unwillkürlichen Absicht, außer sich selbst noch etwas Drittes, Lebendiges, bei sich zu haben, den Hund mit sich in das Zimmer nahmen. Das Ehepaar, zwei Lichter auf dem Tisch, die Marquise unausgezogen, der Marchese Degen und Pistolen, die er aus dem Schrank genommen, neben sich, setzen sich, gegen elf Uhr, jeder auf sein Bett; und während sie sich mit Gesprächen, so gut sie vermögen, zu unterhalten suchen, legt sich der Hund, Kopf und Beine zusammen gekauert, in der Mitte des Zimmers nieder und schläft ein. Drauf, in dem Augenblick der Mitternacht, läßt sich das entsetzliche Geräusch wieder hören; jemand, den kein Mensch mit Augen sehen kann, hebt sich, auf Krücken, im Zimmerwinkel empor; man hört das Stroh, das unter ihm rauscht; und mit dem ersten Schritt: tapp! tapp! erwacht der Hund, hebt sich plötzlich, die Ohren spitzend, vom Boden empor, und knurrend und bellend, grad als ob ein Mensch auf ihn eingeschritten käme, rückwärts gegen den Ofen weicht er aus. Bei diesem Anblick stürzt die Marquise, mit sträubenden Haaren, aus dem Zimmer; und während der Marquis, der den Degen ergriffen: wer da? ruft, und da ihm niemand antwortet, gleich einem Rasenden, nach allen Richtungen die Luft durchhaut, läßt sie anspannen, entschlossen, augenblicklich, nach der Stadt abzufahren. Aber ehe sie noch einige Sachen zusammengepackt und aus dem Tore herausgerasselt, sieht sie schon das Schloß ringsum in Flammen aufgehen. Der Marchese, von Entsetzen überreizt, hatte eine Kerze genommen, und dasselbe, überall mit Holz getäfelt wie es war, an allen vier Ecken, müde seines Lebens, angesteckt. Vergebens schickte sie Leute hinein, den Unglücklichen zu retten; er war auf die elendiglichste Weise bereits umgekommen, und noch jetzt liegen, von den Landleuten zusammengetragen, seine weißen Gebeine in dem Winkel des Zimmers, von welchem er das Bettelweib von Locarno hatte aufstehen heißen.

Alexandre Dumas
Die Katze, der Gerichtsdiener und das Skelett

Der Arzt, der mit Walter Scott nach Frankreich kam, hieß Doktor Sympson; er war mit den angesehensten Personen der Stadt befreundet.

Darunter befand sich auch ein Richter, dessen Namen er mir nicht genannt hat. Der Name war das einzige Geheimnis, das er in dieser ganzen Angelegenheit für sich behielt. Dieser Richter, den er gewöhnlich als Arzt behandelte, verfiel sichtlich, ohne daß seine Gesundheit gestört schien; eine finstere Schwermut hatte sich seiner bemächtigt. Seine Familie hatte wiederholt den Doktor befragt, und dieser hatte sich an die Freunde des Richters gewandt, ohne etwas aus ihnen herauszubringen als unbestimmte Antworten, die seine Befürchtung nur noch verstärkten.

Endlich drang Dr. Sympson eines Tages in ihn, worauf der Richter mit traurigem Lächeln seine Hände ergriff und zu ihm sagte:

»Ja, ich bin krank, und meine Krankheit, lieber Doktor, ist unheilbar, da sie nur in meiner Einbildung besteht.«

»Wie? In Ihrer Einbildung?«

»Ja, ich bin im Begriff, wahnsinnig zu werden!«

»Sie und wahnsinnig! Ich bitte Sie, Sie haben einen klaren Blick, eine ruhige Stimme« – er ergriff ihn bei der Hand –, »einen ausgezeichneten Puls.«

»Das ist ja gerade das Gefährliche meines Zustands, lieber Doktor: Ich sehe und beurteile es nämlich selbst.«

»Aber worin besteht denn Ihr Wahnsinn?«

»Schließen Sie die Tür, damit man uns nicht stört, Doktor, ich will es Ihnen erzählen.«

Der Doktor verschloß die Tür und setzte sich neben seinen Freund.

»Erinnern Sie sich des letzten Strafprozesses«, fragte der Richter, »in dem ich ein Urteil zu fällen hatte?«

»Ja, über einen schottischen Räuber, der von Ihnen zum Galgen verurteilt und gehenkt worden ist.«

»Ganz recht. Nun, in dem Augenblick, als ich das Urteil verkündete, sprühte eine Flamme aus seinen Augen, und er zeigte mir drohend die Faust. Ich achtete nicht darauf ... Solche Drohungen sind bei den Verurteilten häufig. Aber am Tag nach der Hinrichtung erschien der Scharfrichter bei mir, er sagte, daß er geglaubt hätte, mich von etwas unterrichten zu müssen: Der Räuber war gestorben, indem er eine Art von Beschwörung gegen mich aussprach und erklärte, daß ich am folgenden Tag um sechs Uhr, der Stunde, in der er hingerichtet worden war, Nachrichten von ihm erhalten würde.

Ich glaubte an irgendeinen Überfall durch seine Kameraden, an Rache von bewaffneter Hand, und als die sechste Stunde kam, schloß ich mich mit einem Paar Pistolen auf meinem Schreibtisch in meinem Zimmer ein.

Die Standuhr meines Kamins schlug sechs. Ich hatte den ganzen Tag an diese Mitteilung des Scharfrichters gedacht. Aber der letzte Schlag erbebte auf der Glocke, ohne daß ich etwas anderes hörte als ein gewisses Schnurren, dessen Ursache ich nicht erklären konnte. Ich wandte mich um und sah eine große schwarz- und feuerrotgefleckte Katze. Wie war sie hereingekommen? Es war unmöglich, das zu erklären, denn Türen und Fenster waren verschlossen. Sie mußte während des Tages in das Zimmer eingesperrt gewesen sein.

Ich läutete meinem Diener, aber er konnte nicht eintreten, da ich von innen zugeschlossen hatte; ich ging an die Tür und machte sie auf. Nun sprach ich von der schwarz- und feuerrotgefleckten Katze; aber wir suchten sie vergebens, sie war verschwunden.

Ich kümmerte mich nicht weiter darum; der Abend verfloß, die Nacht brach an, der Tag kam und verging, und dann schlug es wieder sechs Uhr. In diesem Augenblick hörte ich dasselbe Geräusch hinter mir und sah dieselbe Katze.

Diesmal sprang sie auf meinen Schoß.

Ich habe keinen Widerwillen gegen Katzen, und dennoch machte diese Vertraulichkeit einen unangenehmen Eindruck auf mich. Ich jagte sie von meinem Schoß. Aber kaum war sie auf dem Boden, als sie von neuem auf mich sprang. Ich stieß sie zurück, aber ebenso vergebens wie das erstemal. Nun stand ich auf und ging im Zimmer auf und ab; die Katze folgte mir Schritt für Schritt; unwillig über diese Beharrlichkeit, läutete ich wie am Tage zuvor, mein Bedienter trat ein, aber die Katze floh unter das Bett, wo wir sie vergebens suchten; denn sobald sie unter das Bett gekrochen war, war sie verschwunden.

Ich ging am Abend aus und besuchte mehrere Freunde; dann kehrte ich nach Hause zurück.

Da ich kein Licht hatte, so ging ich aus Furcht, mich zu stoßen, vorsichtig die Treppe hinauf; als ich die letzte Stufe erreichte, hörte ich meinen Bedienten, der sich mit dem Mädchen meiner Frau unterhielt.

Da mein Name fiel, hörte ich auf das, was er sagte, und nun hörte ich ihn das ganze Abenteuer von gestern und heute erzählen; nur fügte er hinzu: ›Der Herr wird wahnsinnig, denn es befand sich ebensowenig eine schwarz- und feuerrotgefleckte Katze in dem Zimmer wie in meiner Hand.‹

Diese Worte erschreckten mich; entweder war die Erscheinung wirklich, oder sie war falsch; wenn die Erscheinung wirklich war, so befand ich mich im Bann einer übernatürlichen Sache; wenn die Erscheinung falsch war, wenn ich etwas zu sehen glaubte, das nicht bestand, wie mein Bedienter gesagt hatte, so wurde ich wahnsinnig.

Sie werden erraten, daß ich in mit Furcht gemischter Ungeduld das nächste Mal erwartete. Am folgenden Tag behielt ich unter dem Vorwand, etwas zu ordnen, meinen Bedienten bei mir; es schlug sechs Uhr, als er da war; bei dem letzten Glockenschlag hörte ich dasselbe Geräusch und sah meine Katze wieder.

Sie saß neben mir. Ich blieb einen Augenblick ruhig, ohne etwas zu sagen, denn ich hoffte, daß mein Bedienter das Tier erblicken und zuerst davon sprechen würde; aber er ging in meinem Zimmer auf und ab und sah offenbar nichts.

Ich wartete den Augenblick ab, da er in der Richtung, die er einschlagen mußte, um den Auftrag auszuführen, den ich ihm geben wollte, fast auf die Katze treten würde.

›Stellen Sie meine Glocke auf den Tisch, John‹, sagte ich.

Er stand am Kopfende meines Bettes, die Glocke stand auf dem Kamin; um von da zum Kamin zu gehen, mußte er wohl oder übel über das Tier gehen. Er kam, aber in dem Augenblick, da sein Fuß das Tier berühren mußte, sprang die Katze auf meinen Schoß.

John sah sie nicht oder schien sie wenigstens nicht zu sehen.

Kalter Schweiß trat auf meine Stirn, und die Worte: ›Der Herr wird wahnsinnig‹, kamen mir wieder in furchtbare Erinnerung.

›John‹, sagte ich zu ihm, ›sehen Sie nichts auf meinem Schoß?‹

John blickte mich an. Dann sagte er wie ein Mensch, der einen Entschluß faßt:

›Doch, Herr, ich sehe eine Katze.‹

Ich atmete wieder auf.

Ich nahm die Katze und sagte zu ihm: ›Dann tragen Sie sie hinaus, John, ich bitte Sie.‹

Seine Hände kamen den meinen entgegen; ich legte ihm das Tier auf die Arme, worauf er auf einen Wink von mir das Zimmer verließ.

Ich war einigermaßen beruhigt; etwa zehn Minuten blickte ich noch mit einem Rest von Angst um mich; da ich aber kein lebendiges Wesen, das irgendeiner Tierart angehörte, bemerkte, wollte ich nachsehen, was John mit der Katze gemacht hatte.

Ich verließ daher mein Zimmer, in der Absicht, ihn danach zu fragen. Als ich aber den Fuß auf die Schwelle der Salontür setzte, hörte ich ein lautes Gelächter, das aus dem Zimmer meiner Frau kam. Ich näherte mich leise auf den Fußzehen und hörte die Stimme Johns:

›Meine liebe Freundin‹, sagte er zu dem Zimmermädchen, ›der Herr wird nicht wahnsinnig – nein, er ist es schon. Wie du weißt, besteht sein Wahnsinn darin, daß er eine schwarz- und rotgefleckte Katze sieht. Heute abend hat er mich gefragt, ob ich diese Katze nicht auf seinem Schoß sähe.‹

›Und was hast du geantwortet?‹ fragte das Mädchen.

›Bei Gott! Ich habe geantwortet, daß ich sie sähe‹, sagte John. ›Ich habe den armen, lieben Mann nicht ärgern wollen; und was meinst du, was er getan hat?‹

›Wie soll ich das erraten?‹

›Nun denn, er hat die vermeintliche Katze von seinem Schoß genommen, hat sie mir auf die Arme gelegt und zu mir gesagt: Trage sie fort! – Trage sie fort! – Ich habe die Katze hurtig fortgetragen, und er ist zufrieden gewesen.‹

›Aber wenn du die Katze fortgetragen hast, so war die Katze also doch vorhanden.‹

›Nicht doch, die Katze bestand nur in seiner Einbildung. Aber was hätte es geholfen, wenn ich ihm die Wahrheit gesagt hätte? Mich aus dem Hause werfen zu lassen? – Meiner Treu, nein, es geht mir hier gut, und ich bleibe. Er gibt mir fünfundzwanzig Pfund jährlich – um eine Katze zu sehen. Gut, ich sehe sie. Er soll mir dreißig geben, und ich werde zwei Katzen sehen.‹

Ich hatte nicht den Mut, länger zuzuhören. Seufzend kehrte ich in mein Zimmer zurück.

Mein Zimmer war leer ...

Am folgenden Tag fand sich meine Gesellschafterin wie gewöhnlich um sechs wieder bei mir ein und verschwand erst am folgenden Morgen.

Was soll ich Ihnen sagen, mein Freund?« fuhr der Kranke fort, »einen Monat lang hatte ich dieselbe Erscheinung jeden Abend, und ich gewöhnte mich allmählich an ihre Gegenwart; am dreißigsten Tage nach der Hinrichtung schlug es sechs Uhr, ohne daß die Katze erschien.

Ich glaubte von ihr befreit zu sein, ich konnte vor Freude nicht schlafen. Den ganzen Morgen des folgenden Tages schob ich sozusagen die Zeit vor mir her; ich konnte kaum die verhängnisvolle Stunde abwarten.

Von fünf bis sechs Uhr verließen meine Augen die Standuhr nicht. Ich folgte dem Gang des großen Zeigers von Minute zu Minute. Endlich erreichte er die Zahl XII, das Knarren der Uhr ließ sich vernehmen, dann tat der Hammer den ersten, den zweiten, den dritten, den vierten, den fünften, endlich den sechsten Schlag! – Bei dem sechsten Schlag ging meine Tür auf«, sagte der unglückliche Richter, »und ich sah einen Gerichtsdiener der Kammer eintreten, der die Uniform des Lord-Lieutenants von Schottland trug.

Mein erster Gedanke war, daß der Lord-Lieutenant mir irgendein Schreiben sende, und ich streckte die Hand nach dem Unbekannten aus. Aber er schien auf meine Gebärde nicht zu achten und stellte sich hinter meinen Sessel.

Ich brauchte mich nicht umzuwenden, um ihn zu sehen, denn ich saß dem Spiegel gegenüber und hatte ihn also im Blick. Ich stand auf und bewegte mich hin und her; er folgte mir in der Entfernung einiger Schritte. Ich ging an meinen Tisch und läutete.

Mein Bedienter erschien, aber er sah den Gerichtsboten ebensowenig wie vorher die Katze.

Ich schickte ihn wieder fort und blieb mit dieser seltsamen Person allein, die ich nach Herzenslust betrachten konnte.

Er trug Hofkleidung, den Haarbeutel, den Degen an der Seite, eine gestickte Weste und seinen Hut unter dem Arm.

Um zehn Uhr legte ich mich zu Bett; um offenbar die Nacht so bequem als möglich zuzubringen, setzte er sich meinem Bett gegenüber in einen Sessel.

Ich wandte den Kopf nach der Seite der Wand; da ich aber nicht einschlafen konnte, so drehte ich mich zwei- bis dreimal wieder um, und jedesmal sah ich ihn beim Licht meiner Nachtlampe in demselben Sessel.

Auch er schlief nicht.

Endlich sah ich die ersten Strahlen des Tages durch die Läden in mein Zimmer dringen, ich wandte mich ein letztesmal nach meinem Mann um: er war verschwunden, der Sessel war leer.

Bis zum Abend des nächsten Tages war ich von meiner Erscheinung befreit.

Am Abend war Empfang bei dem Großvikar der Kirche, und ich rief unter dem Vorwand, meinen Festrock auszubürsten, wenige Minuten vor sechs Uhr meinen Bedienten, indem ich ihm befahl, die Riegel der Tür vorzuschieben.

Er gehorchte.

Beim letzten Schlag der sechsten Stunde heftete ich die Augen auf die Tür; die Tür ging auf, und mein Gerichtsbote trat ein.

Ich ging sofort nach der Tür – sie war wieder verschlossen; die Riegel schienen nicht verschoben zu sein. Ich wandte mich um – der Gerichtsbote stand hinter meinem Sessel, und John ging im Zimmer hin und her, ohne ihn im geringsten zu bemerken.

Er sah ihn offenbar ebensowenig wie vorher das Tier.

Ich kleidete mich an.

Nun geschah etwas Seltsames: Voll Aufmerksamkeit für mich, half mein neuer Hausgenosse John in allem, was er tat, ohne daß John es bemerkte. So hielt John meinen Rock beim Kragen – das Gespenst hielt die Schöße; John reichte mir die Hose beim Gürtel, das Gespenst hielt sie bei den Beinen.

Ich hatte niemals einen diensteifrigeren Bedienten.

Die Stunde des Besuchs kam.

Statt mir zu folgen, ging der Gerichtsbote mir jedoch voraus, schlüpfte durch die Tür meines Zimmers, ging die Treppe hinab, hielt sich, den Hut unter dem Arm, hinter John, der den Schlag des Wagens aufmachte, und als John ihn geschlossen und seinen Platz hinter dem Wagen eingenommen hatte, stieg er auf den Bock des Kutschers, der nach rechts rückte, um ihm Platz zu machen.

Vor dem Haus des Großvikars hielt der Wagen; John öffnete den Schlag, aber das Gespenst stand bereits hinter ihm auf seinem Posten. Kaum war ich ausgestiegen, als das Gespenst mir vorauseilte, indem es sich durch die Bedienten zwängte, die am Portal standen, und nachsah, ob ich ihm folgte.

Nun wollte ich mit dem Kutscher denselben Versuch anstellen, den ich mit John gemacht hatte.

›Patrick‹, fragte ich ihn, ›wer war der Mann, der neben Euch saß?‹

›Welcher Mann, Euer Gnaden?‹

›Der Mann, der auf dem Bock saß.‹

Patrick machte große Augen, indem er erstaunt um sich blickte.

›Es ist gut‹, sagte ich, ›ich habe mich geirrt.‹

Ich ging in das Haus.

Der Gerichtsbote war auf der Treppe stehengeblieben und erwartete mich. Sobald er mich kommen sah, lief er mir voraus, trat vor mir ein, wie um mich im Empfangssaal zu melden; dann, als ich eingetreten war, nahm er in dem Vorzimmer wieder den Platz ein, der sich für ihn geziemte.

Wie für John und Patrick war das Gespenst für jedermann unsichtbar.

Nun verwandelte sich meine Furcht in Entsetzen, und ich sah ein, daß ich tatsächlich wahnsinnig würde.

Von diesem Abend an bemerkte man die Veränderung, die mit mir vorging. Jedermann fragte mich, welche Sorgen mich quälten.

Ich fand mein Gespenst im Vorzimmer wieder. Wie bei meiner Ankunft eilte es mir auf dem Heimweg voraus, kehrte mit mir nach Hause und hinter mir in mein Zimmer zurück und setzte sich wie die Nacht zuvor in den Sessel. Nun wollte ich mich überzeugen, ob etwas Wirkliches und besonders etwas Fühlbares an dieser Erscheinung wäre. Ich nahm meinen ganzen Mut zusammen und setzte mich rückwärtsschreitend auf den Sessel. Ich fühlte nichts, aber ich sah den Gerichtsdiener im Spiegel hinter mir stehen. Wie am Abend zuvor legte ich mich zu Bett, aber erst gegen ein Uhr. Sobald ich im Bett lag, sah ich ihn wieder auf seinem Sessel.

Am folgenden Morgen verschwand er.

Die Erscheinung dauerte einen Monat.

Dann fehlte sie entgegen ihrer Gewohnheit und blieb einen Tag aus.

Diesmal glaubte ich nicht mehr an ein gänzliches Verschwinden wie das erstemal, sondern an irgendeine schreckliche Veränderung, und statt mein Alleinsein zu genießen, erwartete ich den nächsten Tag voller Entsetzen.

Am andern Tag hörte ich beim letzten Schlag der sechsten

Stunde ein leises Rauschen in den Vorhängen meines Bettes, und an der Wand erblickte ich ein Skelett.

Das Skelett stand regungslos dort und blickte mich mit seinen hohlen Augen an.

Ich stand auf, machte mehrere Gänge in meinem Zimmer – der Totenkopf folgte allen meinen Bewegungen. Die Augen verließen mich keinen Augenblick, der Körper blieb regungslos.

Diese Nacht hatte ich nicht den Mut, mich zu Bett zu legen. Ich schlief, oder ich blieb vielmehr mit geschlossenen Augen im Lehnstuhl sitzen, in dem sonst das Gespenst saß, nach dessen Gegenwart ich mich nun sogar sehnte.

Mit Tagesanbruch verschwand das Skelett.

Am Abend befahl ich John, mein Bett von der Stelle zu rücken und die Vorhänge zuzuziehen.

Beim letzten Schlag der sechsten Stunde hörte ich dasselbe Rauschen, ich sah die Vorhänge sich bewegen, dann erblickte ich zwei Knochenhände, die die Vorhänge meines Bettes zurückschlugen, dann nahm das Skelett seinen Platz ein wie die Nacht zuvor.

Doch jetzt hatte ich den Mut, mich zu Bett zu legen.

Der Kopf, der wie tags zuvor allen meinen Bewegungen gefolgt war, neigte sich nun zu mir. Die hohlen Augen, die mich wie in der vorhergehenden Nacht keinen Augenblick aus dem Blick verloren hatten, hefteten sich auf mich.«

Am folgenden Tag kam der Doktor um sieben Uhr morgens in das Zimmer seines Freundes.

»Nun«, fragte er ihn, »was macht das Skelett?«

»Es ist soeben verschwunden«, antwortete dieser mit schwacher Stimme.

»Gut, wir wollen es so einrichten, daß es heute nacht nicht wiederkommt.«

»Tun Sie es.«

»Sie sagen, daß es mit dem letzten Schlag der sechsten Stunde kommt?«

»Jedesmal.«

»Gut, fangen wir damit an, die Uhr anzuhalten«, und er hielt den Pendel an.

»Was wollen Sie tun?«

»Ich will Ihnen die Möglichkeit nehmen, die Zeit zu erkennen.«

»Gut.«

»Jetzt wollen wir die Läden schließen und die Vorhänge der Fenster zuziehen.«

»Warum das?«

»Immer zu demselben Zweck, damit Sie nicht wissen, welche Tageszeit es ist.«

»Tun Sie es.«

Die Läden wurden zugemacht, die Vorhänge zugezogen, und wir zündeten Kerzen an.

»Halten Sie ein Frühstück und ein Mittagessen bereit, John«, sagte der Doktor, »wir wollen nicht zu bestimmten Stunden bedient sein, sondern nur dann, wenn ich rufen werde.«

»Sie hören, John«, sagte der Kranke.

»Ja, Herr.«

»Dann geben Sie uns Karten, Würfel, Dominos, und lassen Sie uns allein.«

John brachte die verlangten Gegenstände und entfernte sich. Der Doktor begann damit, den Kranken nach Kräften zu zerstreuen, indem er bald plauderte, bald mit ihm spielte; dann, als er Hunger hatte, läutete er.

John brachte das Frühstück.

Nach dem Frühstück begann das Spiel wieder und wurde später durch ein neues Läuten des Doktors unterbrochen.

John brachte das Mittagessen. Sie aßen und tranken, nahmen Kaffee und spielten weiter. So für sich gelassen erschien ihnen der Tag lang. Der Arzt glaubte, daß die verhängnisvolle Stunde vorüber sein müßte.

»Nun denn!« stand er auf, »Viktoria.«

»Wie, Viktoria?« fragte der Kranke.

»Es muß zweifellos zum mindesten acht bis neun Uhr sein, und das Skelett ist nicht gekommen.«

»Sehen Sie nach Ihrer Uhr, Doktor, und wenn die Stunde vorüber ist, so werde ich wie Sie Viktoria rufen.«

Der Doktor sah nach seiner Uhr, sagte aber nichts.

»Sie hatten sich geirrt, nicht wahr, Doktor?« sagte der Kranke, »es ist gerade sechs Uhr.«

»Ja.«

»Nun, da tritt auch das Skelett ein.«

Und der Kranke warf sich mit einem tiefen Seufzer zurück.

Der Arzt blickte nach allen Seiten.

»Wo sehen Sie es denn?« fragte er.

»An seinem gewöhnlichen Platz, hinter meinem Bett, zwischen den Vorhängen.«

Der Doktor stand auf, zog das Bett vor, ging hinter dasselbe und nahm zwischen den Vorhängen den Platz ein, den das Skelett einnehmen sollte.

»Und jetzt«, sagte er, »sehen Sie es immer noch?«

»Ich sehe nicht mehr den untern Teil seines Körpers, da der Ihre es mir verbirgt, aber ich sehe seinen Schädel.«

»Wo?«

»Über Ihrer rechten Schulter. Es ist, als ob Sie zwei Köpfe hätten, einen lebenden und einen toten.«

So ungläubig der Arzt auch war, er schauderte doch unwillkürlich. Er wandte sich um, aber er sah nichts.

»Mein Freund«, sagte er traurig, indem er zu dem Kranken zurückkehrte, »wenn Sie noch kein Testament gemacht haben, so beeilen Sie sich.« Und er entfernte sich.

Als John neun Tage später in das Zimmer seines Herrn trat, fand er ihn tot in seinem Bett.

Es waren genau drei Monate seit der Hinrichtung des Räubers vergangen . . .

Ueda Akinari
Das Haus im Schilf

Im Dorf Mama, das im Bezirk Katsushika und in der Provinz Shimosa liegt, lebte ein Mann namens Katsushiro. Seine Familie war dort schon seit langem ansässig und besaß viele Felder. Katsushiro aber war von Natur unstet, er mochte die Landarbeit nicht, er fand sie fade, und so ging es bald abwärts mit ihm. Seine Verwandten behandelten ihn daher kühl, was er als Demütigung empfand, er überlegte, was er tun sollte, und entschloß sich am Ende, auf jeden Fall irgendwie wieder hochzukommen. Damals erschien in jedem Jahr aus der Hauptstadt ein gewisser Sasabe no Soji, um mit gefärbter Ashikaga-Seide zu handeln. Er besuchte hier im Dorfe auch seine Verwandten, und ihn fragte Katsushiro, der sich seit jeher gut mit ihm verstand, was er davon halte, wenn auch er in Zukunft mit Seide handelte, und ob er nicht mit ihm in die Hauptstadt kommen dürfe. Sasabe stimmte sofort zu und sagte ihm den Tag, an dem er in die Hauptstadt aufbrechen wollte. Katsushiro war überglücklich, auf Sasabe rechnen zu dürfen; er verkaufte alles, was ihm an Ländereien verblieben war, gegen bares Geld, beschaffte sich große Mengen von Seide und bereitete sich auf seine Abreise vor.

Seine Frau, welche Miyagi hieß und so schön war, daß sich aller Augen nach ihr umwandten, war nicht dumm. Es beunruhigte sie, daß Katsushiro Waren gekauft hatte und nun in die Hauptstadt wollte. Sie versuchte verzweifelt, ihm das auszureden, aber sie vermochte den Entschluß ihres Mannes nicht umzustoßen. Obwohl sie um die Zukunft bangte, half sie ihm jedoch bei seinen Vorbereitungen. In der letzten Nacht, als sie beide unter Tränen voneinander Abschied nahmen, sagte sie zu ihm: »So wird also mein einsames Frauenherz hilflos durchs Leben treiben müssen! Ich bin unsagbar traurig. Ich flehe Euch an, vergeßt mich nicht! Kommt bald wieder! Es heißt zwar ›Lebt man, sieht man sich wieder!‹, aber diese Welt ist ja so flüchtig, daß keiner mit dem morgigen Tage rechnen kann. Laßt Euer kühnes Herz doch von mir rühren!«

Darauf antwortete Katsushiro: »Warum sollte ich, auf einem unsicheren Floße treibend, lange in der Fremde bleiben? Ich werde ganz bestimmt im Herbst wieder bei Euch sein!«

Als der Tag anbrach, verließ er das Land Azuma, »in welchem der Hahn kräht«, und eilte nach der Hauptstadt.

In diesem Jahre – es war ein Sommer der Ära Kyotoku – begann der Statthalter von Kamakura, Ason Shigeuji, gegen den Vizestatthalter Uesugi zu kämpfen, und als Kamakura völlig verwüstet war, zog er sich zu seinen Anhängern in Shimosa zurück, so daß nun plötzlich das ganze Land östlich der Grenzbarriere mit furchtbarem Krieg überzogen war. Jeder dachte nur mehr an sich, die alten Leute flohen in die Berge, die jungen Männer wurden zum Heeresdienst gezwungen. »Heute zündet man hier alle Häuser an!« und »Morgen kommt der Feind!« jammerten Frauen und Kinder, und sie flüchteten weinend. Katsushiros Frau überlegte, ob sie ihnen folgen sollte, aber hatte ihr Mann denn nicht fest versprochen, im Herbst wieder da zu sein? So vertraute sie also seinen Worten und blieb, während sie die Tage zählte. Da ihr nun aber, auch als es inzwischen Herbst geworden war, der Wind auch nicht die kleinste Nachricht von ihm überbrachte, klagte sie laut, wie wenig zuverlässig doch das Menschenherz sei, und sie dichtete verzweifelt:

»Daß ich so leide,
gibt ihm keiner zu wissen!
Oh, Vogel vom Berge
des Treffens, sage ihm doch,
der Herbst sei nun schon vorbei!«

Aber die Entfernung zwischen ihm und ihr war zu groß, als daß sie ihn an die Erfüllung seines Versprechens hätte erinnern können. Als nun die Welt in immer größere Verwirrung geriet, verrohten gleichzeitig auch die Herzen der Menschen. Manch einer, der zufällig bei ihr vorüberkam und sah, wie schön sie war, versuchte sie mit Schmeichelreden zu verführen, doch sie wahrte die weise Zurückhaltung der drei keuschen Heldinnen und wies ihn mit klaren Worten ab. Schließlich verriegelte sie die Türe und zeigte sich niemandem mehr. Ihre einzige Dienerin war schließlich auch fort, der magere Vorrat war erschöpft und das Jahr zu Ende. Es begann ein neues Jahr, ohne daß die Welt wieder in Ordnung gekommen wäre. Ja, es wurde alles noch schlimmer. Im Herbst des vergangenen Jahres wurde, auf Befehl des Shogunats, dem Burgherrn von Gujo in der Provinz Mino, Tsuneyori, Vizestatthalter von Ost-

Shimotsuke, das Kaiserliche Banner übertragen. Zusammen mit Chiba no Sanetane, seinem Verwandten, ging er zum Angriff über, aber die Partei des Statthalters Shigeuji, der sich gewaltig verschanzt hatte, schlug den Ansturm zurück, so daß das Ende dieser Kämpfe gar nicht mehr abzusehen war. Die bewaffneten Banden, welche überall die Wege verbarrikadierten, steckten die Häuser in Brand und plünderten überall. In den acht Provinzen gab es kein friedliches Stück Erde mehr, alles lag in diesen Zeitläuften jammervoll darnieder.

Katsushiro war zusammen mit Sasabe in die Hauptstadt gezogen, hatte alle seine Seidenwaren verkauft und, da man den Luxus dort ja über alles liebte, großen Gewinn erzielt. Er wollte nun gerade nach Azuma zurückkehren, da verbreitete sich das Gerücht, das Heer von Uesugi habe Kamakura erstürmt, und jener sei, den Spuren des Statthalters folgend, zum Angriff übergegangen, die Gegend, in der sein Dorf lag, habe sich in ein grauenhaftes Schlachtfeld verwandelt, voll von Lanzen und Schilden.

Wenn doch sogar vor unseren Augen trügerische Gerüchte entstehen, wie viel mehr gilt das für ein Land, das sehr weit entfernt ist! So verließ Katsushiro zu Beginn des achten Monats die Hauptstadt ohne rechte Zuversicht. Als er bei Morgengrauen über den Gebirgspaß von Misaka stieg, hatten Banditen die Straßen versperrt, und sie beraubten Katsushiro seiner ganzen Habe. Ferner kam ihm zu Ohren, daß im Osten überall neue Weghindernisse errichtet worden seien und man Reisende nicht weiterziehen lasse. So war es also unmöglich, seiner Frau Nachricht zu geben. War sein Haus von Soldaten vielleicht zerstört worden, war es abgebrannt? Sicher lebte sie nicht mehr, und das Dorf war nur mehr ein Schlupfwinkel für Dämonen! So kehrte Katsushiro wieder in die Hauptstadt zurück, begab sich dann in die Provinz Omi, doch plötzlich wurde er krank und lag mit hohem Fieber darnieder. In dem Dorf, das Masu hieß, lebte ein reicher Mann namens Kodama Kihei. Da die Frau von Sasabe von hier stammte, wandte sich Katsushiro an ihn um Hilfe, und dieser nahm sich liebenswürdigst seiner an, ließ einen Arzt kommen und gab sorgfältig acht, daß er immer die rechte Medizin einnahm. Als Katsushiro sich allmählich wieder besser fühlte, dankte er ihm herzlich für seine Großzügigkeit, aber er war noch immer nicht so weit hergestellt, daß er etwa in diesem Jahre hätte aufbrechen können. So wartete er also auf den Frühling. Sehr schnell erwarb er sich sogar im Dorfe viele Freunde, man schätzte seine kraftvolle, aufrechte Art, und nicht nur Kodama, sondern alle waren ihm herzlich zugetan. Nachdem einige Zeit verstrichen war, begab er sich in die Hauptstadt, um Sasabe einmal zu besuchen, doch dann kehrte er wieder nach Omi zurück, bat Kodama, er möge frei über ihn verfügen, und es vergingen sieben Jahre schnell wie ein Traum.

Im zweiten Jahr der Ära Kansho tobte in der Provinz Kawachi in Kinai unaufhörlich der Kampf zwischen den beiden Linien der Hatakeyama-Familie; nicht nur verheerte er die unmittelbare Umgebung der Hauptstadt, es kam im Frühjahr gar noch eine Epidemie hinzu. Die Leichen türmten sich an den Wegkreuzungen zuhauf, man glaubte, das Ende des Weltzeitalters stehe bevor, und klagte, wie jammervoll flüchtig das irdische Leben sei. Katsushiro sann bedrückt nach. Warum sollte er in einer Zeit des Verfalls und erzwungener Untätigkeit hier verweilen, wie lange noch von der Großzügigkeit eines Mannes leben, mit dem ihn eigentlich nichts weiter verband? Er hatte, weil er über das Schicksal seiner zurückgebliebenen Frau nichts erfahren konnte, viele Jahre über das Land verstreichen lassen, auf dem, wie es heißt, das Gras des Vergessens wächst. Oh, wie treulos war er in seinem Herzen! Mußte er nicht selbst dann, wenn seine Frau in den unterirdischen Regionen weilte, sie also tot war, wenigstens ihre irdischen Spuren ausfindig machen und ihr einen Grabhügel errichten? Katsushiro teilte allen seinen Entschluß mit und nahm, als in der Regenzeit der Regen ein wenig nachließ, Abschied. Zehn Tage später traf er in seinem Heimatdorfe ein.

Die Sonne war bereits im Westen untergegangen. Unter dem Wolkenhimmel, aus dem es jeden Augenblick mächtig herunterzuregnen drohte, war es furchtbar düster, aber Katsushiro vertraute gleichwohl darauf, sich nicht zu verirren, hatte er hier doch einst so lange gewohnt. So schritt er nachdenklich durch die Sommergräser dahin. Die alte Brücke war in den Fluß gefallen, man hörte die Hufe der Füllen nicht mehr, die Felder hatten sich in ödes Brachland verwandelt. Was einst Wege waren, konnte man kaum mehr als solche erkennen. Die Häuser all derer, die hier gelebt hatten, waren verschwunden. Nur da und dort stand noch ein Haus, aber es sah anders aus als früher. Katsushiro blieb verwirrt stehen und überlegte, welches unter ihnen wohl einst das seine gewesen war. Da erkannte er plötzlich, kaum zwanzig Schritte von sich entfernt, im Lichtschein der durch die Wolken gleitenden Sterne eine von einem Blitzstrahl getroffene Kiefer, die noch immer alles ringsum beherrschte. Das war, durchfuhr es ihn, bestimmt die Kiefer, die einst das Wahrzeichen seines Hauses gebildet hatte. Von Glück überwältigt, trat er näher. Das Haus sah völlig unverändert aus. Es dünkte ihn, als wohnte dort jemand. Durch die Ritzen der alten Pforte drang der Schimmer einer Lampe. Hauste irgendein Fremder hier? Oder sollte *sie* es sein? Bei diesem Gedanken fing sein Herz stürmisch zu pochen an, er trat an die Pforte heran und räusperte sich, um sich so anzukündigen. Da hatte man ihn im Innern des Hauses auch schon bemerkt, und eine Frauenstimme rief in mißtrauischem Ton: »Wer ist da?«

Ganz sicher war das, so schien es ihm, die Stimme seiner Frau, die freilich schon sehr gealtert sein mußte! Oder war alles nur ein Traum. Angstvoll fragte er zurück: »Ich bin es! Ich bin wiedergekommen! Und Ihr wohnt also, wie einst, allein auf dieser schilfbedeckten Heide? Ich kann es nicht fassen!«

Sie erkannte seine Stimme und öffnete ihm die Tür. Sie sah schwarz und verschmutzt aus, ihre Augen lagen in tiefen Höhlen, das Haar hing zusammengebunden den Rücken hinab. Es war kaum vorzustellen, daß dies einmal seine Frau gewesen war. Da brach sie, als sie ihren Gatten erblickte, wortlos in Tränen aus.

Katsushiro blieb tiefbewegt stehen, er brachte kein einziges Wort über die Lippen. Dann sagte er: »Hätte ich geahnt, daß Ihr noch hier seid, wäre ich früher gekommen! In dem Jahr, als ich von hier aufbrach und in der Hauptstadt weilte, hörte ich von den schrecklichen Kämpfen um Kamakura, es hieß, der Statthalter habe sich, geschlagen, nach Shimosa zurückgezogen und sich dort erneut zur Wehr gesetzt, doch der Vizestatthalter Uesugi verwickelte ihn in eine Schlacht, und die Lage in jener Gegend sei hoffnungslos. Ich trennte mich nach einiger Zeit von Sasabe und verließ zu Beginn des achten Monats die Hauptstadt. Auf der Kiso-Straße wurde ich aber von einer Bande von Räubern überfallen, meiner Kleidung und meines ganzen Geldes beraubt und rettete gerade noch mein Leben! Dann hörte ich, daß auf den beiden nach Osten führenden Wegen, dem, der über die Berge, und dem anderen, der am Meer entlang führt, überall Schranken errichtet worden seien und man die Reisenden aufhalte. Der Vizestatthalter von Ost-Shimotsuke war inzwischen von der Hauptstadt her eingetroffen, hatte sich mit Uesugi vereinigt und ging gegen die in Shimosa verschanzte Armee vor. Man erzählte, die ganze Provinz sei durch Brände verwüstet, die Pferdehufe hätten nicht den kleinsten Flecken Erde verschont, und aus all dem schloß ich, daß Ihr sicher schon zu Asche wurdet oder vom Meer verschlungen seiet. Damit fand ich mich notgedrungen ab und kehrte klagend zur Hauptstadt zurück. Seitdem sind sieben Jahre ins Land gegangen, während deren Fremde für mich gesorgt haben. Eines Tages überfiel mich aber aus irgendeinem Grunde das Heimweh wieder so furchtbar, daß ich hierher aufbrach, um doch wenigstens Eure Spuren aufzufinden. Ich hätte mir nie träumen lassen, daß Ihr noch lebt! Sind es nicht vielleicht doch die Wolken des Wu-Berges oder das Trugbild des Herrschers von Han?«

Darauf antwortete sie, die ihre Tränen nur mit Mühe zurückhalten konnte: »Nachdem Ihr weggegangen seid, ist hier noch vor diesem Herbst, auf den ich meine ganze Hoffnung gesetzt hatte, Furchtbares geschehen. Die Leute im Dorfe flohen entweder auf das gefährliche Meer hinaus, oder sie versteckten sich in den Bergen. Von den wenigen, die entschlossen hierblieben, versuchten manche – vielleicht weil ihnen meine Einsamkeit eine Gelegenheit zu bieten schien – mich mit Schmeichelreden zu verführen, aber mich hielt der Gedanke aufrecht, daß ›selbst ein zerbrochenes Juwel einen heilen Dachziegel nicht zu beneiden brauche‹, es also besser sei, zu sterben, als meine Tugend zu verlieren! Ach, wie habe ich leiden müssen! Dann kündigte der Silberfluß am Himmel den Herbst an, aber Ihr seid nicht gekommen! Ich wartete auf den Winter, begrüßte den Frühling, und noch immer blieb ich ohne Nachricht von Euch! Da überlegte ich, ob ich nicht in die Hauptstadt reisen sollte, um Euch dort aufzusuchen, aber wie hätte denn eine Frau auf den Straßen die Barrieren überwinden können, die selbst einem sehr kräftigen Mann den Weg versperrten? So habe ich unter der Kiefer neben diesem Dache, in vergeblicher Hoffnung, meine Tage verbracht – hier, in diesem immer mehr verfallenden Hause, gemeinsam mit Füchsen und Eulen. Aber jetzt ist mein langes Liebesleid zu Ende. Ich bin unsagbar glücklich! Wäre ich gestorben, ohne Euch vorher noch einmal zu sehen, hättet Ihr meinen Kummer nicht einmal geahnt!«

Sie schluchzte herzzerbrechend.

»Wie kurz ist die Nacht!« sagte schließlich Katsushiro und beruhigte sie, dann streckten sie sich beide zum Schlafe aus.

Das zerrissene Papier an den Fenstern raschelte in dem Wind, der von den Kiefern hereindrang, und die Nacht war frisch, so daß Katsushiro, von der langen Reise erschöpft, tief schlummerte. Als sich dann der Himmel um die fünfte Nachtwache aufhellte, durchdrang ihn die Kälte bis in den Schlaf, und als seine Hand die Decke hinaufziehen wollte, spürte er einen seltsamen, leichten Hauch, so daß er vollends aufwachte. Auf sein Gesicht tropfte etwas Kühles. Er blickte nach oben, ob es vielleicht hereinregnete; er entdeckte, daß das Dach vom Wind herabgerissen worden war und nun das fahle Weiß des Mondes am morgengrauenden Himmel schimmerte. Das Haus besaß auch keine richtige Pforte mehr, durch die Löcher in dem verfallenen Bambuszaun war Schilf hoch aufgeschossen, der langsam heruntertropfende Morgentau hatte seine Ärmel so durchnäßt, daß man sie hätte auswringen können. Der Wände hatten sich die verschiedensten Schlingpflanzen und das Knabenkraut bemächtigt, der Garten lag unter Mugura-Gras begraben. Es war nicht Herbst, und doch atmete das Haus die Verlassenheit dieser Jahreszeit.

›Wo aber ist‹, fragte sich Katsushiro erschrocken, ›meine Frau geblieben, die doch nachts neben mir geschlafen hat?‹ Sie war nirgendwo mehr zu sehen. Er überlegte, ob vielleicht alles nur der nichtswürdige Streich eines Fuchses gewesen sei, aber das Haus wenigstens war, so verfallen es auch aussah, zweifellos das, welches er einst bewohnt hatte.

Nicht nur der in der Mitte des Hauses liegende Raum, den er seinerzeit besonders geräumig hatte anlegen lassen, sogar der Reisspeicher drüben besaß noch jene Anordnung, die seinem Herzen so teuer gewesen war. Wie betäubt schritt er durch das Haus, kaum wissend, wohin er ging. Als er sich wieder gefaßt hatte, wurde ihm klar, daß seine Frau gestorben war und das Haus sich in einen Schlupfwinkel für Füchse und Dachse verwandelt hatte. Angesichts des furchtbar verfallenen Zustandes des Hauses zweifelte er kaum mehr daran, daß ihm eines dieser beängstigenden Wesen in der Gestalt seiner Frau erschienen war. Oder war es vielleicht gar der Geist, der aus Liebe zu ihm zurückgekehrt war, um mit ihm zu sprechen? Alles war hier so eingetroffen, wie er befürchtet hatte. In seinen Augen waren nun nicht einmal mehr Tränen, um zu weinen. »Nur ich allein bin so noch wie einst!« seufzte er. Da entdeckte er plötzlich, daß vor dem Raum, der früher zum Schlafen gedient hatte, die um das Haus führende Veranda abgebrochen und aus aufgehäufter Erde ein Grabhügel errichtet war. Man hatte sogar umsichtig dafür gesorgt, daß weder Regen noch Tau darauf fiel. War das Geisterwesen von gestern nacht vielleicht von hier entstiegen? überlegte er erschrocken und doch voller Sehnsucht. Unter den Opfergaben war auf einem Stück Holz ein Blatt von Nasu-Papier geheftet. Die Schrift war sehr verwaschen und nur mit Mühe zu entziffern, sie stammte, wie er mit Sicherheit zu erkennen vermochte, von seiner Frau. Auf dem Grabhügel war weder der posthume Name noch das Datum ihres Todes angegeben, aber das Gedicht, das sie kurz vor ihrem Tode wehen Herzens auf das Papier gepinselt hatte, lautete:

»Ich wußte es wohl,
und doch ließ ich mein eigenes
Herz mich täuschen:
dies war mein Leben also,
das ich bis heute ertrug?«

Da schwand für ihn der letzte Zweifel, daß seine Frau gestorben war, und er sank mit lautem Aufschrei zur Erde. Welch bitterer Hohn, daß er nicht einmal wußte, in welchem Jahr und Monat und an welchem Tage sie aufgehört hatte, auf dieser Welt zu sein! Als seine Tränen versiegten und er aufbrach, schimmerte bereits die Sonne hoch am Himmel.

Er begab sich zunächst in ein nahes Haus und wollte dessen Eigentümer sprechen, aber es war nicht mehr der gleiche, den er früher gekannt hatte. Mißtrauisch fragte jener, woher er denn komme. Katsushiro verbeugte sich und erwiderte: »Mir gehört das Haus dort drüben. Ich habe mich, einiger Geschäfte willen, sieben Jahre lang in der Hauptstadt aufgehalten und fand nun, als ich in der letzten Nacht hierher zurückkam, das Haus ziemlich verwildert vor, niemand wohnt mehr darin! Meine Frau ist sicher tot! Ich habe im Garten ihren Grabhügel entdeckt! Es ist nicht einmal darauf vermerkt, wann sie starb, und das bedrückt mich sehr. Wenn Ihr das wißt, sagt es mir, bitte!«

»Was Ihr mir da erzählt, ist wirklich sehr traurig«, antwortete der Mann. »Aber ich bin kaum ein Jahr hier und möchte annehmen, daß Eure Frau schon lange vorher gestorben ist, denn als ich hier erschien, war niemand mehr da. Alle Einwohner scheinen, als die Kämpfe begannen, geflohen zu sein, und die jetzt hier leben, sind bis auf eine Ausnahme alle von anderswoher gekommen. Dieser eine, ein alter Mann, wohnt offenbar schon seit früher da. Er besucht von Zeit zu Zeit Euer Haus und betet für das Seelenheil der Toten. Er weiß sicher auch, wann Eure Frau gestorben ist!«

»Wo wohnt der Alte?«

»Etwa hundert Schritte von hier, in Richtung auf den Strand zu, er besitzt ein Feld, auf dem er Hanf gepflanzt hat, und dort errichtete er sich auch die Hütte, in der er jetzt lebt.«

Katsushiro begab sich überglücklich dorthin, und er fand einen Greis von etwa siebzig Jahren vor, sein Rücken war schon erschreckend krumm geworden, er hockte auf einer runden Strohmatte vor der Feuerstelle und trank gerade Tee. Kaum hatte der Greis Katsushiro erblickt, da rief er: »Oh, unser Herr! Warum kommt Ihr so spät!«

Es war, wie Katsushiro erkannte, der Dorfalte, den man damals allgemein den alten Uruma genannt hatte.

Katsushiro beglückwünschte ihn zu seinem hohen Alter, und hierauf erzählte er ihm ausführlich alles, was er, seit er in die Hauptstadt aufgebrochen war, erlebt hatte, und daß er, ganz gegen seinen Willen, dort habe bleiben müssen. Schließlich berichtete er ihm auch von den seltsamen Geschehnissen der letzten Nacht. Er dankte dem Greis mit tränenerstickter Stimme, daß er den Grabhügel errichtet und die Trauerzeremonie abgehalten hatte.

Der Greis erwiderte: »Nachdem Ihr, unser Herr, aufgebrochen waret, begann hier der Krieg. Die Leute aus dem Dorf flohen in alle Richtungen, die jungen Männer wurden als Soldaten eingezogen, und so verwandelten sich die Maulbeerfelder bald in ein Dickicht, in welchem Füchse und Hasen hausten. Nur Eure beherzte Gattin, die Euerm Versprechen, bis zum Herbst wieder zurückzusein, vertraute, entschloß sich zu bleiben. Ich selber, der ich mit meinen schwachen Beinen keine hundert Schritt mehr laufen konnte, schloß mich in meine Hütte ein und verließ sie nicht wieder. Bald war alles zu Schlupfwinkeln entsetzlicher Wesen wie etwa der Baumgeister geworden, aber Eure junge Frau blieb unerschrocken weiter hier. Nichts von alledem, was ich je in meinem langen Leben sah, hat mich so tief gerührt wie dies. So verging der Herbst, es kam der Frühling, und in diesem Jahr, am zehnten Tag des achten Monats, ist sie gestorben. Tief betrübt, schaffte ich Erde herbei, legte die Tote in einen Sarg und kennzeichnete das Grab mit dem Gedicht, das sie in ihrer letzten Stunde selber geschrieben hatte. Dann brachte ich, so gut es mir möglich war, einfache Opfergaben dar. Ich hatte aber die Kunst des Schreibens nie erlernt, konnte also auch nicht den Tag ihres Todes vermerken, und weil der nächste Tempel viel zu weit entfernt lag, war es auch unmöglich, dort um einen posthumen Namen für sie zu bitten. Fünf Jahre sind seitdem vergangen. Wenn ich es mir so überlege, was Ihr mir von gestern nacht erzählt habt, zweifle ich nicht daran, daß Eure Frau zurückgekehrt ist, um Euch ihr langes Liebesleid zu klagen. Geht also zu ihrem Grab und betet andächtig für ihr Seelenheil!«

So sprach er und humpelte, auf seinen Stock gestützt, voraus. Beide Männer verneigten sich tief vor dem Hügel, dann verbrachten sie betend die Nacht dort und riefen Amida Buddhas Namen an.

Während sie an dem Grabe schlaflos kauerten, erzählte der Alte: »Es ist dies eine Geschichte aus alter, alter Zeit, als selbst der Großvater meines Großvaters noch nicht geboren war – da lebte in diesem Dorf ein sehr schönes Mädchen, das man Tekona nannte. Weil ihre Familie sehr arm war, trug sie ein Hanfgewand mit billigem blauen Kragen, ihre Haare waren ungekämmt, und sie hatte nie Schuhe an, aber ihr Gesicht glich dem strahlenden Mond; wenn sie lächelte, sah sie wie eine aufgeblühte Blume aus. Sie war, hieß es, schöner als die in Damast und Brokat gekleideten Damen aus der Hauptstadt. Die hier dienenden Wachsoldaten und sogar Männer aus der Nachbarprovinz schrieben ihr Briefe und sehnten sich verliebt nach ihr. Dies aber bereitete Tekona nur immer größeren Kummer, und schließlich warf sie sich, um all diese Leidenschaft zu sühnen, in die Wogen der Bucht. In alten Zeiten hat man in diesem Geschehen ein getreues Bild der Welt gesehen, man hat darüber gedichtet, und so ist die Kunde davon bis auf unsere Tage gedrungen. Als ich ein Kind war, hat mir meine Mutter diese Geschichte sehr spannend erzählt, und ich habe tief bewegt gelauscht, aber Eure verstorbene Gattin ist der kindlich schlichten Tekona weit überlegen! Wie furchtbar muß sie gelitten haben!«

Während er so sprach, stiegen ihm die Tränen in die Augen, und er brach in Schluchzen aus. Alte Leute vermögen sich eben nicht mehr zu beherrschen.

Ich brauche nicht genauer zu schildern, wie tief bekümmert Katsushiro war.

Kaum hatte er den Bericht des Greises gehört, brachte er,

wenn auch ein wenig ungeschickt und bäurisch, in folgendem Gedicht zum Ausdruck, was sein Herz erfüllte:

»Jene Frau einst,
Tekona von Mama,
alle haben sie wohl
geliebt wie ich meine Gattin –
Tekona von Mama!«

Er vermochte in diesem Gedicht seine Empfindungen nur unvollkommen wiederzugeben, aber rühren seine Worte nicht mehr als die von Leuten mit hoher Sprachgewalt?

Ich habe diese Geschichte von einem Kaufmann gehört, der sich sehr oft in jene Provinz begibt.

Edgar Allan Poe
Metzengerstein

Pestis eram virus – moriens tua mors ero.
Martin Luther

Entsetzen und Unglück rasen in ungezügeltem Lauf durch alle Jahrhunderte. Wozu also ist es nötig, die Zeit, in der sich meine Geschichte ereignete, näher anzugeben? Es genügt mir, zu erwähnen, daß es jene Epoche war, in der die Lehre von der Seelenwanderung viele geheime Anhänger hatte.

Die Familien Berlifitzing und Metzengerstein lagen seit Jahrhunderten in Zwietracht miteinander. Niemals sah man zwei so erlauchte Häuser in tödlicherer Feindschaft; und zwar war dieser gegenseitige Haß der alten Prophezeiung entsprungen: ›Ein großer Name wird auf das schrecklichste untergehen, wenn die Sterblichkeit von Metzengerstein, wie der Reiter auf seinem Roß, über die Unsterblichkeit von Berlifitzing triumphiert.‹

Dieser Ausspruch hatte gewiß wenig oder gar keinen Sinn; doch haben schon oft unbedeutendere Ursachen große Wirkungen hervorgerufen. Im übrigen hatten die beiden benachbarten Häuser lange Zeit um den größeren Einfluß auf die schwachen Herrscher des Landes gekämpft, und dann – Nachbarn, die so nah beieinander wohnen, sind ja nur sehr selten Freunde. Von der Höhe ihres festgegründeten Söllers aus konnten die Bewohner des Schlosses Berlifitzing in die Fenster des Palastes Metzengerstein sehen. Auch war die Entfaltung einer mehr als lehnsherrlichen Pracht von seiten der Metzengerstein wenig dazu angetan, die leicht erregten Gefühle der Berlifitzing, die weniger Ahnen und weniger Reichtum aufweisen konnten, zu beruhigen. Ist es also verwunderlich, daß diese an sich widersinnige Weissagung die Feindschaft zwischen den beiden Häusern, die immer wieder durch alle Stachel ererbter Eifersucht angetrieben wurde, stets wach erhielt? Die Prophezeiung schien anzudeuten – wenn sie überhaupt irgendeinen Sinn hatte –, daß das jetzt schon mächtigere Haus einen endgültigen Triumph davontragen werde, und lebte deshalb in der Erinnerung der schwächeren Familie fort und reizte sie stets zu neuen Feindseligkeiten.

Wilhelm, Graf von Berlifitzing, der einstmals so Tapfere,

war zur Zeit dieser Erzählung nur noch ein alter, unfähiger Wortfechter. Nichts Bemerkenswertes hatte er an sich als eben jene eingewurzelte, schon an Albernheit grenzende Abneigung gegen die Familie seines Nebenbuhlers, und dann allerdings eine noch so lebhafte Leidenschaft für Jagd und Pferde, daß nichts – weder sein hohes Alter, noch seine körperliche Schwäche, noch das Schwinden seiner Geisteskräfte – ihn hindern konnte, täglich dies Vergnügen und seine Gefahren aufzusuchen. – Friedrich, Baron von Metzengerstein, war noch nicht mündig. Sein Vater war jung gestorben und dessen Frau, Maria, war ihm bald gefolgt. Friedrich stand damals in seinem achtzehnten Lebensjahr. In der Stadt bedeuten achtzehn Jahre keine lange Zeit, aber in der Einsamkeit, und noch dazu in einer so wundervollen Einsamkeit wie der des alten Herrensitzes, wandern die Stunden mit tiefer, bedeutsamer Feierlichkeit. Infolge gewisser Umstände und persönlicher Bestimmungen des Vaters war der junge Baron sofort nach dessen Tod in den Besitz der ausgedehnten Güter gelangt. Selten trat ein Edelmann eine ähnliche Erbschaft an! Seine Schlösser waren unzählig, das prächtigste und größte war der Palast Metzengerstein. Die Grenzlinie seiner Besitzungen ist niemals klar bestimmt worden; sein größter Park hatte allein einen Umkreis von fünfzig Meilen.

Man kannte den Charakter des neuen, jungen Besitzers dieser unvergleichlichen Güter ziemlich genau, so daß es nicht allzuschwer war, Schlüsse auf sein künftiges Betragen zu ziehen. Und richtig, schon nach drei Tagen stellten die Taten des Erben selbst die eines Herodes in den Schatten und übertrafen die kühnsten Hoffnungen seiner Bewunderer. Schmachvolle Ausschweifungen, offenbare Niederträchtigkeiten, unerhörte Grausamkeiten machten seinen angsterfüllten Untergebenen klar, daß nichts – weder demütige Unterwerfung ihrerseits noch Gewissensbedenken seinerseits – ihnen in Zukunft Sicherheit vor den ruchlosen Händen dieses zweiten Caligula verleihen konnte. In der Nacht des vierten Tages schon ergriff eine wütende Feuersbrunst die Stallungen des Schlosses Berlifitzing; und einstimmig schrieb die zitternde Nachbarschaft das Verbrechen der Brandstiftung auf die schreckensvolle Liste der Untaten und Grausamkeiten des Barons.

Der junge Edelmann befand sich während des Tumultes, den das Feuer hervorrief, in einem großen, einsamen Zimmer hoch oben im Palast und war anscheinend in tiefe Betrachtung versunken. Auf der reichen, obwohl ein wenig verblaßten Wandbekleidung, die melancholisch die Mauern bedeckte, befanden sich Abbildungen der majestätischen Gestalten vieler seiner erlauchten Ahnen. Hier Priester, reich in Hermelin gekleidet, hohe geistliche Würdenträger, die durch ihr ›Veto‹ den Launen manches weltlichen Königs ein Ziel gesetzt und durch das ›Fiat‹ der päpstlichen Allmacht den aufrührerischen Geist des Erzfeindes im Zaume gehalten hatten; da die hohen, düsteren Gestalten der Ritter von Metzengerstein auf ihren muskelstarken Kriegsrossen, die die Leichname gefallener Feinde zu Boden stampfen und durch ihren wilden Ausdruck den Stärksten erschrecken konnten; dort üppige, schwanenweiße Damen aus längst vergangenen Tagen, Frauen, die sich, wie zu den Klängen einer Melodie, in den seltsamen Windungen eines phantastischen Tanzes drehten.

Während der Baron auf den immer lauter werdenden Tumult, der aus den Stallungen von Berlifitzing herüberscholl, lauschte oder zu lauschen schien und vielleicht auf irgendeine neue, kühne Untat sann, richteten sich seine Blicke unwillkürlich auf das Bild eines riesigen Pferdes von ganz unnatürlicher Farbe, das auf einem Wandteppich als Streitroß eines Ritters aus der Familie seines Rivalen abgebildet war. Das Tier stand im Vordergrund des Bildes, unbeweglich und steinern, während ein wenig hinter ihm sein besiegter Reiter durch den Dolch eines Metzengerstein getötet wurde.

Um Friedrichs Lippen zog sich ein teuflischer Ausdruck, als er bemerkte, welche Richtung sein Blick unfreiwilligerweise genommen hatte. Er wandte die Augen nicht ab, obwohl ganz plötzlich eine unerklärliche, würgende Angst wie ein kaltes Leichentuch um ihn zusammenschlug. Er fühlte sich vollständig wach, versuchte aber, diese unerklärlichen Gefühle als Traumempfindungen hinzustellen. Doch je länger er das Bild betrachtete, desto mehr geriet er in seinen Bann, desto unmöglicher wurde es ihm, seine Blicke von den Gestalten loszureißen, deren Anblick ihn zu lähmen schien. Aber als das Getöse draußen plötzlich ganz besonders heftig wurde, machte er, fast mit Bedauern, eine gewaltsame Anstrengung und wandte seine Aufmerksamkeit einer roten Lichtgarbe zu, die aus den brennenden Stallungen in sein Fenster fiel.

Doch nur für einen Augenblick; dann richteten sich seine Augen fast unwillkürlich wieder auf das Wandbild. Mit Entsetzen bemerkte er, daß der Kopf des Schlachtrosses seine Lage verändert hatte. Der Hals des Tieres, der vorher wie voll Mitleid starr nach seinem am Boden liegenden Herrn gewandt war, hatte sich jetzt in seiner ganzen Länge auf den Baron zu ausgestreckt. Die Augen, die eben noch unsichtbar gewesen waren, blickten nun mit einem wilden, fast menschlichen Ausdruck vor sich hin und leuchteten in seltsamem, glühendem Rot, während die auseinandergezerrten Lippen des offenbar wütenden Tieres widerwärtige Totenzähne sehen ließen.

Gefaßt von jähem Schreck wankte der junge Fürst der Tür zu. Als er sie öffnen wollte, sprühte ein Strahl roten Lichtes in den Saal und zeichnete seinen grellen Widerschein auf die schwankende Wandbekleidung. Der Baron zögerte einen Augenblick auf der Schwelle und sah mit Schaudern, daß der Strahl gerade auf das Bild des triumphierenden Mörders des Ritters von Berlifitzing fiel und sich ganz genau mit den Umrissen der Gestalt des Siegers deckte.

Um seines Schreckens Herr zu werden, eilte der Baron ins Freie. Am Haupteingang des Palastes traf er drei seiner Stallknechte, die mit großer Mühe und Lebensgefahr versuchten, die wilden Sprünge eines riesigen feuerroten Rosses zu bändigen.

»Wem gehört das Pferd? Wo habt ihr es her?« keuchte der junge Metzengerstein mit entsetzter, heiserer Stimme, denn er hatte das wütende Tier sofort als das vollkommene Gegenstück zu dem geheimnisvollen Streitroß auf dem Wandteppich erkannt. »Es gehört Ihnen, Herr Baron«, antwortete einer der Knechte, »wenigstens macht kein anderer Anspruch auf das Tier. Wir haben es eingefangen, als es, vor Wut schnaubend und feuersprühend, aus den brennenden Stallungen von Berlifitzing entfloh, und da wir annahmen, daß es zum Gestüt der ausländischen Pferde des alten Grafen gehöre, brachten wir es ihm zurück. Aber die Dienerschaft behauptet, sie hätten kein Recht auf das Tier, was um so sonderbarer ist, da es noch Spuren an sich trägt, die beweisen, daß es nur mit Mühe den Flammen entkommen ist.«

»Auf der Stirn sind ihm auch ganz deutlich die Buchstaben W. v. B. eingebrannt«, bemerkte ein anderer Knecht, »und obgleich ich sagte, daß es nur die Anfangsbuchstaben von ›Wilhelm von Berlifitzing‹ sein können, behaupteten alle auf dem Schloß, sie hätten das Pferd nie gesehen.«

»Äußerst sonderbar«, erwiderte der junge Baron in tiefem Sinnen und hörte offenbar selbst nicht, was er sagte, »es ist wirklich ein sonderbares Tier – ein wunderbares Tier, trotz seines bösartigen, unbezähmbaren Wesens! Ich will es behalten«, fügte er nach einer Pause hinzu, »vielleicht kann ein Reiter wie Friedrich von Metzengerstein selbst den Teufel aus dem Stall des Berlifitzing bändigen.«

»Sie täuschen sich, Herr Baron! Das Pferd stammt nicht aus den Ställen des Grafen. Wir kennen unsere Pflicht zu gut und hätten es in diesem Fall nicht vor eine so hohe Persönlichkeit der Familie Metzengerstein gebracht.«

»Das glaube ich allerdings auch«, bemerkte der Baron trocken.

In diesem Augenblick stürzte der Kammerdiener Friedrichs mit hochgerötetem Antlitz eilends herbei. Er flüsterte seinem Herrn ins Ohr, eben sei plötzlich in einem Zimmer, das er genau bezeichnete, ein Stück Wandbekleidung verschwunden. Er erzählte den Vorfall umständlich, aber so leise, daß keiner der neugierigen Stallknechte ein Wort erhaschen konnte. Den jungen Friedrich schien dieser Bericht in seltsamer Weise zu erregen. Doch erlangte er bald wieder vollständige Herrschaft über sich und gab mit einem Ausdruck entschlossener Bosheit kurz den Befehl, das fragliche Zimmer zu verschließen und ihm den Schlüssel zu überbringen.

»Haben Sie schon von dem schrecklichen Tod des alten Berlifitzing gehört?« fragte ihn einer seiner Vasallen, nachdem der Diener ihn verlassen hatte und das wilde Ungeheuer, das er sich eben angeeignet, in verdoppelter Wut mit wilden Sprüngen die Allee hinunterjagte, die zu seinen Stallungen führte.

»Nein«, antwortete der Baron und wandte sich brüsk zu dem Sprecher um; »tot, sagst du?«

»Ja, so ist es, Herr Baron; und ich glaube, einem Edlen Ihres Namens kann diese Nachricht nicht gar zu unangenehm sein.«

Ein rasches Lächeln schoß über das Gesicht des Barons: »Wie starb er?«

»Bei seinen unvernünftigen Bemühungen, einen Teil seiner geliebten Pferde zu retten, kam er elend in den Flammen um.«

»Wahr–haf–tig?« rief der Baron, als würde ihm langsam irgend etwas Geheimnisvolles klar.

»Wahrhaftig!« wiederholte der Vasall.

»Schrecklich!« sagte der junge Mann ruhig und ging gelassen zum Palast zurück. –

Von dieser Zeit an vollzog sich in dem Benehmen des ausschweifenden Barons eine auffallende Veränderung. Er machte jede Erwartung zunichte und durchkreuzte die Pläne mancher schlauen Mutter. Seine Lebensgewohnheiten wichen noch mehr als früher von denen der benachbarten Aristokratie ab. Man sah ihn nie außerhalb der Grenzen seines eigenen Besitztums, nie mit einem Gefährten – wenn man dem unnatürlichen, wilden, feuerfarbenen Roß, das er von jetzt ab täglich ritt, nicht ein geheimnisvolles Recht auf diesen Titel zugestehen will.

Die Nachbarschaft schickte noch lange Zeit hindurch zahlreiche Einladungen. »Wird der Baron unser Fest mit seiner Gegenwart beehren?« »Wird der Baron mit uns auf die Eberjagd gehen?« – »Metzengerstein kommt nicht!« »Metzengerstein jagt nicht!« waren seine kurzen hochmütigen Antworten.

Diese wiederholten Beleidigungen konnte sich der stolze Adel nicht gefallen lassen. Die Einladungen wurden weniger herzlich, weniger häufig – zuletzt blieben sie ganz aus. Die Witwe des unglücklichen Grafen Berlifitzing sprach sogar einmal den Wunsch aus, ›der Baron möge verdammt sein, zu Hause zu weilen, wenn er nicht wolle, da er die Gesellschaft von seinesgleichen verschmähe; und reiten zu müssen, wenn er keine Lust habe, da er ihnen allen ein Pferd vorzöge‹. Diese Verwünschung war ohne Zweifel der alberne Ausbruch einer ererbten langjährigen Abneigung und beweist nur, wie seltsam unsinnig unsere Worte werden, wenn wir sie besonders nachdrücklich wirken lassen wollen.

Die Gutmütigen schrieben diese Veränderung im Betragen des jungen Edelmannes dem nur zu natürlichen Kummer über den vorzeitigen Tod seiner Eltern zu und schienen die wüsten, ausschweifenden Tage, die diesem Verlust unmittelbar gefolgt waren, ganz zu vergessen. Andere erklärten die Veränderung jedoch aus einer übertriebenen Auffassung seiner Wichtigkeit und Würde. Wieder andere, darunter der Hausarzt, sprachen offen von morbider Melancholie und erblicher Belastung, während im Volk noch schlimmere, zweideutigere Vermutungen laut wurden. In der Tat: die krankhafte Zuneigung des Barons zu seinem neuerworbenen Reitpferd, die nach jedem Beweis von der wilden, dämonischen Gemütsart des Tieres nur zu wachsen schien, mußte bald allen vernünftigen Menschen unnatürlich und gräßlich erscheinen.

Am hellen Mittag, in toter Nachtstunde – gesund oder krank, bei ruhigem Wetter oder im Sturm – saß der junge Metzengerstein wie angewachsen im Sattel des ungeheuren Pferdes, dessen unzähmbare Wildheit so gut mit seinem eigenen Wesen übereinstimmte.

Noch manch anderer Umstand gab in Anbetracht der jüngstvergangenen Ereignisse der Manie des Reiters für sein fürchterliches Roß einen geisterhaften, unheimlichen Charakter. Man hatte den Raum, den das Tier in einem einzigen Sprung zurückgelegt hatte, nachgemessen und gefunden, daß er die tollsten Vermutungen um ein Erstaunliches übertraf. Der Baron hatte dem Tier auch keinen Namen gegeben, obgleich alle übrigen Pferde seines Stalles durch charakteristische Benennungen unterschieden waren. Sein Stall war von den übrigen getrennt, und kein Stallknecht, nur der Eigentümer selbst, wagte sich hinein. Es wurde auch bekannt, daß die drei Knechte, die das Untier nach seiner Flucht vor der Feuersbrunst mit Schlingen eingefangen hatten, nicht behaupten konnten, während dieses gefährlichen Kampfes oder nachher den Körper des Tieres mit der Hand berührt zu haben. Beweise besonderer Intelligenz bei einem edlen, heißblütigen Pferde sind nichts Seltenes und Aufregendes; doch hier ereignete sich mancherlei, das selbst die skeptischsten und phlegmatischsten Geister zum Nachdenken gebracht hätte. Man erzählte, daß manchmal ein ganz mutiger Volkshaufe schreckensvoll vor seinem bedeutsamen, wilden Stampfen zurückgewichen, daß der junge Metzengerstein einst totenblaß vor dem scharfen, forschenden Ausdruck seines ernsten, menschlichen Auges geflohen sei.

Unter der gesamten Dienerschaft des Barons befand sich nicht einer, der die ungewöhnliche Zuneigung, die der Herr seinem feurigen Pferde zuwendete, angezweifelt hätte: nicht einer – außer seinem mißgestalteten kleinen Pagen, dessen Häßlichkeit jedermann belästigte und dessen Worte so wenig beachtenswert waren wie nur möglich. Er war unverfroren genug, zu behaupten – eigentlich ist es kaum der Mühe wert, seine Worte zu wiederholen –, sein Herr stiege nie ohne einen unerklärlichen, kaum unterdrückbaren Schauder in den Sattel und komme nie von den gewohnten langen Ritten zurück, ohne daß ein Ausdruck triumphierender Bosheit jeden Muskel seines Gesichts anspanne. In einer stürmischen Nacht erwachte Metzengerstein aus einem schweren Schlaf, stürzte wie ein Wahnsinniger aus seinem Zimmer, bestieg das Pferd und sprengte in wildem Lauf in den nahen, unwegsamen Wald.

Man war an dergleichen Ereignisse gewöhnt und schenkte

ihnen an sich weiter keine Aufmerksamkeit; doch erwartete die Dienerschaft den Herrn mit großer Angst zurück, als nach einigen Stunden die festgegründeten, wundervollen Gebäude des Palastes Metzengerstein unter der Glut einer dichten, bleichen, unermeßlichen Feuermasse zu krachen und zu wanken begannen.

Die Feuersbrunst hatte, als man sie bemerkte, schon so vollständig Besitz von den Gebäuden ergriffen, daß man alle Löschversuche als nutzlos aufgeben mußte. Die erschreckte Volksmenge stand müßig, ja in fast stumpfsinniges Staunen versunken, in der Runde umher, als ein neues, schreckliches Ereignis ihre Aufmerksamkeit erregte. Auf der langen Allee uralter Eichen, die vom Haupteingang des Schlosses bis an den Waldrand reichte, erschien ein Roß, das wilder als der Dämon des Sturmes selbst heranraste und einen Reiter trug, dessen Kleider in Fetzen, vom Unwetter zerrissen, herabhingen.

Er konnte offenbar das Tier in seinem Rasen nicht mehr aufhalten. Die Todesangst, die sein Gesicht verzerrte, die krampfhaften, letzten Anstrengungen seines ganzen Körpers gaben Zeugnis von einem übermenschlichen Kampf; aber außer einem einzigen Schrei kam kein Ton über seine verzerrten Lippen, die er im Übermaß des Entsetzens blutig zernagt hatte. Einen Augenblick lang klangen die Hufschläge scharf und schrill durch das Zischen der Flammen und das Heulen des Windes – dann setzte das Tier mit einem einzigen Sprung über das große Tor und den Graben, raste die wankende Treppe des Palastes empor und verschwand mit seinem Reiter in dem wüsten Wirbelsturm der Flammen.

Die Wut des Sturmes legte sich sofort, und eine tote Ruhe folgte. Eine weiße Flamme umhüllte das Schloß wie ein Leichentuch. Und weit hinten, über den Horizont, schoß ein Streif übernatürlichen Lichtes jäh hinweg, während eine Rauchwolke sich über der zerstörten Stätte bildete und über den rauchenden Ruinen lag in der deutlichen Gestalt eines riesigen – Pferdes.

M. R. James
Der Kupferstich

Wenn ich mich nicht irre, hatte ich vor einiger Zeit das Vergnügen, Ihnen von einem Abenteuer zu erzählen, das mein Freund Dennistoun einmal hatte, als er auf der Suche nach Kunstgegenständen für das Museum in Cambridge den Kontinent bereiste.

Er sprach nach seiner Rückkehr nur wenig über sein Erlebnis, aber es konnte nicht ausbleiben, daß ein großer Teil seiner Freunde davon erfuhr, unter anderem auch ein Kollege, der zu jener Zeit einem Kunstmuseum an einer andern Universität vorstand. Es war zu erwarten, daß die Geschichte einen Mann, dessen Tätigkeit der Dennistouns so sehr glich, stark beeindruckte. Gierig griff er nach jeder natürlichen Erklärung dafür, die es unwahrscheinlich machte, daß auch er einmal in eine so aufregende und unheimliche Lage geraten könnte. Im übrigen beruhigte es ihn einigermaßen, daß er keine alten Manuskripte für sein Museum zu erwerben brauchte; das war die Aufgabe der Shelburn Bibliothek. Mochten deren Leute irgendwelche dunklen Ecken auf dem Kontinent nach solchen Dingen durchstöbern, er war froh, daß seine Aufgabe vor allem darin bestand, die ohnehin unübertroffene Sammlung von topographischen Zeichnungen und Stichen aus England zu vergrößern, die sein Museum besaß. Es erwies sich jedoch, daß selbst ein so vertrautes Gebiet wie dieses, das so gar nichts Unheimliches an sich hat, seine dunklen Ecken besitzt, und in eine davon geriet Mr. Williams auf eine ganz unerwartete Weise.

Wer sich schon einmal mit dem Sammeln von topographischen Bildern befaßt hat, und sei es auch nur ganz nebenbei, weiß, daß es in London einen Händler gibt, ohne dessen Hilfe er bei seinen Nachforschungen nicht auskommt. Mr. J. W. Britnell veröffentlicht in kurzen Abständen sehr schätzenswerte Kataloge mit einem umfangreichen und ständig wechselnden Angebot von Stichen, Plänen sowie alten Skizzen von Herrensitzen, Kirchen und Städten in England und Wales.

Für Mr. Williams waren diese Kataloge natürlich so etwas wie das ABC seiner Wissenschaft, da aber sein Museum schon bis unters Dach mit topographischen Bildern angefüllt war, war er zwar ein ständiger, aber kein sehr eifriger Käufer. Er erwartete von Mr. Britnell nicht so sehr, daß er ihn mit Raritäten belieferte, als daß er ihm half, Lücken in der großen Masse der gängigen Bilder auszufüllen.

Im Februar letzten Jahres gelangte wieder ein Katalog aus dem Hause Britnell auf Mr. Williams' Schreibtisch, zusammen mit einer maschinengeschriebenen Mitteilung des Händlers selbst. Sie lautete:

»Sehr geehrter Herr,
gestatten Sie uns, daß wir Sie auf die Nummer 978 in dem beiliegenden Katalog aufmerksam machen. Wir senden Ihnen das Blatt gerne zur Ansicht.

Ihr ergebener
J. W. Britnell«

Die Nummer 978 nachzuschlagen war für Mr. Williams, wie er sich bewußt wurde, das Werk eines Augenblicks. An der angegebenen Stelle fand er folgende Notiz:

»978. – Künstler unbekannt. Interessanter Kupferstich. Ansicht eines Herrensitzes, Anfang dieses Jahrhunderts. 38 zu 25 cm; schwarzer Rahmen. 2 Pf. 2 Sch.«

Das war nicht sehr aufregend, und der Preis erschien hoch. Da aber Mr. Britnell, der sowohl sein Geschäft als auch seinen Kunden kannte, offensichtlich etwas von dem Bild hielt, bestellte es Mr. Williams auf einer Postkarte zur Ansicht, zusammen mit einigen anderen Stichen und Skizzen aus demselben Katalog. Und ohne jedes erregende Gefühl irgendeiner Vorahnung kehrte er zu seiner täglichen Arbeit zurück.

Pakete kommen gewöhnlich einen Tag später an, als man erwartet, und das von Mr. Britnell machte darin keine Ausnahme. Es kam mit der Samstagnachmittagspost ins Museum, als Mr. Williams bereits Feierabend gemacht hatte, und damit er nicht über Sonntag warten mußte, bis er es durchsehen und den Teil des Inhalts wieder zurückschicken konnte, den er nicht zu behalten gedachte, wurde es ihm vom Diener in seine Wohnung im College gebracht. Dort fand er es vor, als er mit einem Freund zum Tee hereinkam.

Ich habe mich hier allein mit dem ziemlich großen, schwarz gerahmten Kupferstich zu befassen, dessen kurze Beschreibung in Mr. Britnells Katalog ich bereits angeführt habe. Einige weitere Einzelheiten werden noch hinzuzufügen sein, obwohl ich nicht hoffen kann, Ihnen das Bild ebenso klar vor Augen zu führen, wie es mir selbst gegenwärtig ist. In vielen alten Wirtsstuben und in den Eingangshallen abgelegener Landsitze kann man heute noch recht getreue Abdrucke davon sehen. Es war ein recht mittelmäßiger Kupferstich, und ein mittelmäßiger Kupferstich ist vielleicht die schlechteste Art eines Stiches, die man sich vorstellen kann. Er bot die Gesamtansicht eines nicht sehr großen Herrensitzes aus dem letzten Jahrhundert. Das Haus mit den drei Fensterreihen und dem einfachen Mauerwerk um die Fenster machte einen ländlichen Eindruck. In der Mitte war ein kleiner Portiko, und das Geländer war an den Ecken mit Kugeln oder Vasen geschmückt. Zu beiden Seiten standen Bäume, im Vordergrund breitete sich ein ziemlich großes Stück Rasen aus. Auf dem schmalen Rand waren die Worte »A. W. F. sculpsit« eingraviert. Es war die einzige Inschrift. Man hatte den Eindruck, daß das Ganze die Arbeit eines Amateurs war. Mr. Williams konnte sich nicht vorstellen, was in der Welt Mr. Britnell bewogen haben konnte, für ein solches Objekt zwei Pfund und zwei Schillinge zu verlangen. Ziemlich verächtlich drehte er das Blatt um. Auf der Rückseite war ein Zettel angeklebt, dessen linke Hälfte abgerissen war, so daß man nur noch das Ende zweier untereinander geschriebener Wörter lesen konnte, bestehend aus den Buchstaben *-ngley Hall* und *-ssex*.

Man konnte ja immerhin einmal den abgebildeten Ort nachschlagen, dachte Mr. Williams, das war mit Hilfe eines geographischen Lexikons leicht zu machen, und dann würde er es Mr. Britnell zurückschicken, zusammen mit einer Bemerkung über das künstlerische Urteil dieses Herrn.

Er zündete die Kerzen an, denn es war inzwischen dunkel geworden, machte Tee für sich und seinen Freund und goß ein. Sie hatten Golf gespielt (das ist die Sportart, bei deren Ausübung die Leute jener Universität, von der ich schreibe, Erholung suchen), und so führte man zum Tee eine Unterhaltung, von der Golfspieler sich selbst eine Vorstellung machen können, mit der aber ein gewisser Autor nicht jene Leser langweilen darf, die keine Golfspieler sind.

Man gelangte zu dem Schluß, daß bestimmte Schläge nicht gerade die besten waren und daß man in bestimmten schwierigen Lagen nicht mit so viel Glück bedacht worden war, wie ein Mensch von Rechts wegen erwarten darf. In diesem Augenblick nahm der Freund – wir wollen ihn Professor Binks nennen – den eingerahmten Stich vom Tisch und fragte: »Was ist das für ein Ort, Williams?«

»Das wollte ich vorhin gerade herausfinden«, sagte dieser und ging zur Bücherwand, um sich ein geographisches Lexikon zu holen. »Schau auf die Rückseite! Irgend so ein x-ley Hall, entweder in Sussex oder in Essex. Wie du siehst, ist nur mehr noch die Hälfte des Namens da. Du kennst ihn nicht zufällig?«

»Das Blatt ist wohl von Britnell, nicht wahr?« fragte Binks. »Ist es fürs Museum?«

»Ja. Ich glaube, ich würde es kaufen, wenn es fünf Schillinge kostete. Aber aus irgendeinem unerfindlichen Grund will er zwei Guineen dafür. Ich habe keine Ahnung, warum. Es ist ein armseliger Stich, und es sind nicht einmal irgendwelche Figuren darauf, die das Ganze beleben würden.«

»Ich glaube nicht, daß es zwei Guineen wert ist«, sagte Binks, »aber es scheint mir doch nicht gar so schlecht. Das Licht ist recht gut getroffen, und wenn ich mich nicht irre, sind auch Figuren darauf, oder jedenfalls eine, hier vorne, ganz am Rand.«

»Laß sehen!« bat Williams. »Ja, du hast recht, das Licht ist nicht ungeschickt behandelt. Aber wo ist deine Figur? Ach ja! Da vorne der Kopf, gerade noch sichtbar!«

Am äußersten Rand des Stiches, kaum mehr als ein schwarzer Fleck, war in der Tat der eingehüllte Kopf eines Mannes oder einer Frau zu sehen. Die Gestalt blickte, mit dem Rücken zum Beschauer, nach dem Haus. Williams hatte sie vorher nicht bemerkt.

»Wenn es auch keine so ungeschickte Arbeit ist, wie ich zuerst dachte, kann ich dennoch nicht zwei Guineen aus dem Etat des Museums dafür hinlegen, solange ich den Ort nicht kenne.«

Professor Binks hatte noch zu arbeiten und ging bald, und Williams war fast bis zur Essenszeit erfolglos damit beschäftigt, den Gegenstand des Bildes zu bestimmen. »Wenn der Vokal vor dem -ng noch da wäre«, dachte er, »wäre es eine Leichtigkeit, aber so kann es alles von Guestingley bis Langley heißen, und es gibt mehr Namen mit dieser Endung, als ich dachte. Wie dumm, daß dieses Buch kein Register für Endungen hat.«

Das Abendessen gab es in Mr. Williams' College um sieben Uhr. Ich brauche mich nicht dabei aufzuhalten, zumal er mit Kollegen zusammentraf, die auch den ganzen Nachmittag Golf gespielt hatten. Wörter schwirrten um den Tisch, die unsereinen völlig gleichgültig lassen, Wörter, die alle mit dem Golfspiel zusammenhingen. Nach dem Essen begab man sich noch für eine Stunde ins Dozentenzimmer. Später am Abend kamen dann einige Herren in Williams' Räumen zusammen, um Whist zu spielen und Pfeife zu rauchen. Während einer Pause nahm Williams den Stich vom Tisch und zeigte ihn, ohne selbst einen Blick darauf zu werfen, einem der Herren, der sich ein wenig für Kunst interessierte, sagte ihm auch, woher er ihn hatte, und erwähnte die anderen Einzelheiten, die wir bereits kennen.

Der Angeredete nahm den Stich gleichgültig entgegen, betrachtete ihn und sagte dann mit plötzlich erwachtem Interesse: »Das ist wirklich eine sehr gute Arbeit, Williams. Sie bringt die ganze Gefühlswelt der romantischen Periode zum Ausdruck. Wie der Künstler das Licht behandelt hat, erscheint mir bewundernswert, und die Gestalt hier, wenn sie auch geradezu grotesk wirkt, ist doch irgendwie sehr eindrucksvoll.«

»Nicht wahr?« sagte Williams, der den andern gerade Whisky und Soda einschenkte und nicht zu ihm hinübergehen konnte, um nochmals einen Blick auf das Blatt zu werfen.

Es war inzwischen ziemlich spät geworden, und die Besucher begannen sich zu verabschieden. Nachdem die letzten gegangen waren, hatte Williams noch ein oder zwei Briefe zu schreiben und verschiedene kleinere Arbeiten zu erledigen. Mitternacht war schon vorbei, als er es schließlich an der Zeit hielt, zu Bett zu gehen. Er löschte das Licht, zündete aber vorher die Kerze auf seinem Nachttischchen an. Das Bild lag sichtbar auf dem Tisch, wo der letzte Betrachter es hingelegt hatte. Als er mit der Kerze vorbeiging, fiel sein Blick darauf. Was er sah, erschreckte ihn so, daß er fast die Kerze fallen ließ. Später erklärte er, wenn es in diesem Augenblick wirklich dunkel geworden wäre, hätte er einen Anfall erlitten. So aber war er noch fähig, das Licht auf den Tisch zu stellen und das Bild genauer zu betrachten. Es gab keinen Zweifel, so völlig unmöglich es schien: in der Mitte des Rasens vor dem unbekannten Haus war eine Gestalt, wo nachmittags um fünf Uhr noch keine zu sehen war. Sie schlich auf allen vieren auf das Haus zu, und sie war umhüllt von einem fremdartigen, schwarzen Gewand mit einem weißen Kreuz auf dem Rücken.

Ich weiß nicht, was man in einer solchen Situation am besten tut. Ich kann Ihnen nur sagen, was Mr. Williams tat. Er nahm das Bild an einer Ecke und trug es über den Flur zu einer zweiten Zimmerreihe, die ihm gehörte. Dort verschloß er es in einer Schublade, sperrte sämtliche Türen ab, und bevor er ins Bett ging, schrieb er noch einen Bericht über die ungewöhnliche

Veränderung, die das Bild durchgemacht hatte, seit es in seinen Besitz gekommen war, und unterzeichnete ihn.

Sehr spät erst kam der Schlaf über ihn. Immerhin tröstete ihn der Gedanke, daß er die Verhaltensweise des Bildes nicht allein zu bezeugen brauchte. Der Besucher, der es am Abend vorher noch betrachtet hatte, hatte offensichtlich etwas Ähnliches gesehen wie er. Andernfalls wäre wohl Grund zu der Annahme vorhanden gewesen, daß seine Augen oder gar sein Verstand ernstlich Schaden gelitten hatten. Nachdem diese Möglichkeit sich glücklicherweise ausschloß, erwarteten ihn am Morgen zwei Aufgaben. Er mußte das Bild gründlich in Augenschein nehmen und zu diesem Zweck einen Zeugen beiziehen, und er mußte sich ernsthaft daranmachen, herauszufinden, was für ein Haus darauf abgebildet war. Er würde deshalb seinen Nachbarn Nisbet zum Frühstück bitten und dann den Morgen über einem geographischen Lexikon verbringen.

Nisbet hatte an dem Morgen nichts weiter vor und kam etwa um halb zehn. Es tut mir leid, sagen zu müssen, daß sein Gastgeber selbst zu dieser späten Stunde noch nicht ganz angezogen war. Während des Frühstücks erwähnte Williams nur, daß er ein Bild da habe und daß er Nisbets Meinung darüber zu hören wünsche. Wer mit dem Universitätsleben vertraut ist, kann sich die lange Reihe erhebender Themen selbst vorstellen, über die sich die Unterhaltung zweier Professoren des Canterbury College während eines sonntäglichen Frühstücks wohl verbreitet haben mochte. Kaum ein Gegenstand von Golf bis zu Tennis blieb unberührt. Trotzdem muß ich sagen, daß Williams ziemlich zerstreut war, da sich sein ganzes Interesse auf jenes seltsame Bild konzentrierte, das jetzt mit der Rückseite nach oben in einer Schublade im Raum gegenüber lag.

Als sie sich schließlich die Morgenpfeife anzündeten, war der Augenblick gekommen, auf den Williams längst gewartet hatte. Zitternd vor Erregung eilte er über den Flur, schloß die Schublade auf, nahm, ohne die Vorderseite zu betrachten, das Bild heraus, eilte zurück und legte es in Nisbets Hände.

»Nun, Nisbet«, sagte er, »ich möchte von Ihnen möglichst genau wissen, was Sie auf diesem Bild sehen. Beschreiben Sie es bitte in allen seinen Einzelheiten. Warum Sie das tun sollen, erzähle ich Ihnen nachher.«

»Ist gut«, sagte Nisbet. »Das dürfte die Ansicht eines englischen Herrensitzes sein, und zwar bei Mondschein.«

»Bei Mondschein? Sind Sie sicher?«

»Gewiß. Der Mond ist anscheinend im Abnehmen begriffen, wenn Sie Einzelheiten wünschen, und der Himmel ist bewölkt.«

»Gut! Fahren Sie bitte fort! – Ich möchte wetten«, fügte Williams, mehr zu sich selbst, hinzu, »daß der Mond noch nicht da war, als ich das Bild zum ersten Mal sah.«

»Nun, sehr viel mehr gibt es nicht darüber zu sagen«, meinte Nisbet. »Das Haus hat eins – zwei – drei Fensterreihen, jede Reihe mit fünf Fenstern, außer der untersten, die in der Mitte durch einen Portiko unterbrochen ist, und ...«

»Und was sind für Figuren auf dem Bild?« fragte Williams, aufs äußerste gespannt.

»Gar keine«, antwortete Nisbet, »aber ...«

»Was? Auch keine auf dem Rasen vorn?«

»Nein!«

»Können Sie das beschwören?«

»Warum nicht? Aber etwas anderes fällt mir auf.«

»Was?«

»Das Fenster links von der Tür im Erdgeschoß ist offen.«

»Wirklich? Mein Gott, dann muß er hineingestiegen sein«, sagte Williams in höchster Erregung, eilte hinter das Sofa, auf dem Nisbet saß, und riß ihm das Bild aus der Hand, um sich selbst zu überzeugen.

Es stimmte. Keine Figur war zu sehen, aber das Fenster war offen. Sprachlos vor Schrecken ging Williams zum Schreibtisch und kritzelte schnell etwas auf ein Blatt Papier. Dann reichte er es, zusammen mit einem anderen Blatt, Nisbet und bat ihn, es zu unterzeichnen. Es war dessen eigene Beschreibung des Bildes, wie wir sie eben mitangehört haben. Auf dem andern Blatt stand Williams' Erklärung, die er in der Nacht vorher niedergeschrieben hatte: sie sollte er lesen.

»Was kann das alles bedeuten?« fragte Nisbet.

»Das ist die Frage«, antwortete Williams. »Ich muß jetzt jedenfalls dreierlei tun. Garwood, der letzte Nacht hier war, muß mir sagen, was er auf dem Bild gesehen hat, sodann muß es photographiert werden, bevor es sich weiter verändert, und schließlich muß ich herausfinden, um was für einen Ort es sich handelt.«

»Die Aufnahme kann ich machen«, sagte Nisbet, »ich werde sofort darangehen. Aber wissen Sie, es scheint ganz so, als wirkten wir da bei einer Tragödie mit, und die Frage ist nur, hat sie sich bereits abgespielt, oder wird sie sich erst ereignen.

Sie müssen unbedingt herausbringen, was für ein Ort es ist.« Er blickte nochmals auf das Bild. »Ich glaube, Sie haben recht: er muß ins Haus gedrungen sein. Und ich wette mit dem Teufel, daß er in einem der oberen Räume ist.«

»Wissen Sie, was?« sagte Williams, »ich nehme das Bild mit zum alten Green hinüber. Es ist möglich, daß er das Haus kennt. Wir haben in Essex und Sussex mehrere Liegenschaften, und er muß früher viel in den beiden Grafschaften gewesen sein.« (Green war der Vorstand des College und hatte viele Jahre das Amt des Schatzmeisters innegehabt.)

»Das ist gar nicht ausgeschlossen«, sagte Nisbet, »aber lassen Sie mich vorher die Aufnahme machen. Halt, da fällt mir ein, Green ist heute wahrscheinlich gar nicht hier. Er hatte gestern abend beim Essen gefehlt, und wenn mir recht ist, hörte ich ihn sagen, daß er über Sonntag wegfahren wolle.«

»Das stimmt«, sagte Williams, »soviel ich weiß, ist er nach Brighton gefahren. Nun gut, wenn Sie es jetzt photographieren wollen, werde ich zu Garwood hinübergehen, damit er mir eine Erklärung schreibt. Behalten Sie das Bild inzwischen im Auge! Ich beginne langsam zu glauben, daß zwei Guineen gar kein so hoher Preis dafür sind.«

Nach kurzer Zeit kehrte er mit Mr. Garwood zurück. Garwood erklärte, daß die Gestalt letzte Nacht deutlich vom Rand des Bildes abgesetzt war, aber nicht sehr weit im Rasen stand. Er erinnerte sich an einen weißen Fleck auf ihrem Rücken, konnte aber nicht sagen, ob es ein Kreuz war. Man setzte ein Dokument darüber auf, und Garwood unterschrieb es. Nisbet ging daran, das Bild zu photographieren.

»Was wollen Sie jetzt tun?« fragte er. »Sie werden sich doch nicht den ganzen Tag vor das Bild setzen, um es zu beobachten!«

»Natürlich nicht«, sagte Williams, »ich zweifle aber nicht daran, daß wir das Ende der Geschichte schon noch zu Gesicht bekommen werden. Überlegen Sie: In der Zeit zwischen gestern nacht, als ich das Bild zum letztenmal sah, und heute morgen hätte sich eine Menge ereignen können; statt dessen ist einzig und allein die Gestalt in das Haus eingedrungen. Sie hätte in dieser Zeit längst ihr dunkles Geschäft zu Ende führen und wieder verschwinden können. Da aber das Fenster noch offen ist, muß sie im Augenblick wohl noch im Haus sein. Deshalb glaube ich, wir können das Bild ruhig allein lassen. Außerdem habe ich so das Gefühl, daß es sich am Tag, wenn überhaupt, dann nicht viel verändern wird. Wir können heute nachmittag einen Spaziergang machen und zum Tee wieder zurückkehren, oder wann es sonst dunkel wird. Ich will es offen hier am Tisch liegen lassen, aber die Tür verschließen. Der einzige, der herein kann, ist mein Diener.«

Die beiden andern waren mit Williams' Vorschlag einverstanden, zumal dann eher die Gewähr bestand, daß sie nicht zu andern von der ganzen Sache sprachen, wenn sie den Nachmittag zusammen verbrachten. Sie wußten, das leiseste Gerücht davon würde ihnen sogleich die ganze Phasmatologische Gesellschaft auf den Hals hetzen.

Bis fünf Uhr wollen wir die drei allein lassen. Um diese Stunde stiegen sie wieder zu Williams' Wohnung hinauf. Es beunruhigte sie zuerst etwas, daß die Tür nicht verschlossen war, aber dann erinnerten sie sich, daß an Sonntagen die Diener eine Stunde früher als an Werktagen kamen. Dennoch stand ihnen eine Überraschung bevor. Als sie eintraten, sahen sie als erstes das Bild auf dem Tisch, gegen einen Stapel Bücher gelehnt, so wie sie es zurückgelassen hatten, und als nächstes Williams' Diener, der dem Bild auf einem Stuhl gegenübersaß und es mit unverhohlenem Schrecken betrachtete. Das war seltsam. Mr. Filcher (der Mann ist keine Erfindung von mir) war die Korrektheit und Würde in Person und bestimmte die Etikette nicht nur in seinem eigenen College, sondern auch in verschiedenen anderen, die in der Nähe waren, und nichts konnte in seinem Tun und Lassen fremdartiger anmuten, als wenn er sich auf den Stuhl seines Herrn setzte, da er gewöhnlich überhaupt keine Notiz von dessen Mobiliar oder Bildern nahm. Er schien das auch selbst zu fühlen, denn er erschrak heftig, als die drei Herren das Zimmer betraten, und es kostete ihn eine deutliche Anstrengung, sich zu erheben. Dann sagte er: »Ich bitte vielmals um Verzeihung, Herr, daß ich mir die Freiheit herausnahm, mich hier niederzusetzen.«

»Keine Ursache, Robert«, unterbrach ihn Williams, »ich wollte Sie ohnehin einmal fragen, was Sie von diesem Bild halten.«

»Je nun, Herr, ich möchte mir da kein Urteil anmaßen, aber wenn Sie mich fragen, dann würde ich so 'n Bild nicht da hinhängen, wo meine Kleine es sehen könnte.«

»Und warum nicht, Robert?«

»Ich würd's nicht tun, Herr. Wissen Sie, das arme Kind, das hat da mal so 'ne Bibel mit Bildern darin in die Finger gekriegt, die waren aber nicht halb so schlimm wie das hier, und dann durften wir drei oder vier Nächte hindurch nicht mehr von ihrem Bett gehen. Dieses Gespenst aber da, oder was es sonst ist, das da das arme Baby wegträgt, wenn sie das sehen würde, das würde sie ja noch viel mehr durcheinanderbringen. Sie wissen ja, Herr, wie das so ist mit den Kindern, da braucht's ja nicht viel, und gleich haben sie fürchterlich Angst. Aber ich wollte nur sagen, so 'n Bild, das ist nicht das Richtige, wenn man es offen liegen läßt, wo jeder erschrecken muß, wenn er es sieht. – Wünschen Sie noch etwas für heute, Herr? Ich danke Ihnen sehr.«

Mit diesen Worten verabschiedete sich der Alte, um die Runde bei seinem Herrn fortzusetzen, während sich die Zurückgebliebenen so schnell wie möglich um das Bild versammelten. Das Haus stand wieder da wie am Anfang, mit dem abnehmenden Mond und den treibenden Wolken darüber. Das Fenster war wieder geschlossen, und auf dem Rasen war wieder die Gestalt zu sehen, nur daß sie diesmal nicht vorsichtig auf Händen und Füßen nach dem Hause hinschlich, sondern sich aufrecht und schnell mit langen Schritten dem Vordergrund des Bildes zubewegte. Sie hatte den Mond im Rücken, und der schwarze Umhang verdeckte halb das Gesicht, so daß nicht viel davon zu sehen war. Man erkannte die hohe Wölbung der bleichen Stirn, in die ein paar Haarsträhnen hingen, und war froh, daß man nicht mehr sehen konnte. Die Gestalt hielt den Kopf gesenkt, und die Hände umklammerten einen undeutlichen Gegenstand, offensichtlich ein Kind. Ob es lebte oder tot war, war nicht auszumachen. Von der ganzen Erscheinung waren nur die Beine deutlich zu erkennen, und die waren zum Erschrecken dünn.

Von fünf bis sieben beobachteten die drei abwechselnd das Bild, aber es veränderte sich während dieser Zeit nicht. So glaubten sie, daß sie es bis nach dem Essen gut allein lassen könnten. Dann würde man ja weiter sehen.

Sie kamen so früh wie möglich wieder zusammen. Das Bild lag auf dem Tisch, aber die Gestalt war verschwunden. Ruhig stand das Haus im Mondschein da.

Nun war weiter nichts zu tun, als den Abend über Lexika und Reiseführern zu verbringen. Williams hatte schließlich Glück, und er hatte es wohl auch verdient. Eine halbe Stunde vor Mitternacht las er aus Murrays ›Führer durch Essex‹ folgende Zeilen:

»$16^1/_2$ Meilen: – Anningley. Die Kirche stellte ein interessantes Beispiel normannischer Baukunst dar, wurde aber im letzten Jahrhundert stark im klassizistischen Stil umgebaut. In ihr finden sich die Gräber der Familie Francis. Deren Sitz, Anningley Hall, ein gediegenes Bauwerk aus der Zeit der Königin Anna, liegt in einem 80 Morgen großen Park, der unmittelbar an den Kirchhof angrenzt. Die Familie ist ausgestorben. Der letzte Erbe war 1802 als Kind auf eine mysteriöse Weise verschwunden. Der Vater, Mr. Arthur Francis, hatte als begabter Amateur-Kupferstecher lokale Berühmtheit erlangt. Nach dem Verschwinden seines Sohnes lebte er in völliger Zurückgezogenheit auf Anningley Hall. Am dritten Jahrestag des Unglücks fand man ihn tot in seinem Atelier, wo er gerade den Stich seines Hauses vollendet hatte. Die Abzüge dieses Stiches stellen heute eine große Rarität dar.«

Das schien es zu sein, und in der Tat erkannte Mr. Green bei seiner Rückkehr das Haus sofort als Anningley Hall.

Natürlich fragte ihn Williams: »Gibt es irgendeine Erklärung für die geheimnisvolle Gestalt, Green?«

»Ich weiß es nicht, Williams. Als ich den Ort zum erstenmal kennenlernte, noch bevor ich hierherkam, erzählte man sich folgendes: Der alte Francis war immer stark hinter den Wilderern her, und sobald sich gegen jemanden ein Verdacht ergab, jagte er ihn fort, und so wurde er sie allmählich alle los bis auf einen. Damals konnten sich die Gutsbesitzer noch so manches leisten, woran sie heute gar nicht mehr denken dürfen. Nun, dieser Mann, den Francis als einzigen noch nicht erwischt hatte, war der heruntergekommene letzte Sproß einer sehr alten Familie – in dieser Gegend übrigens keine Seltenheit. Ich glaube, diese Familie hatte selbst einmal eine grundherrliche Stellung innegehabt. Ich erinnere mich an einen ähnlichen Fall in meiner eigenen Gemeinde.«

»Etwa wie der Mann in ›Tess of the D'Urbervilles‹?« warf Williams ein.

»Das mag wohl sein; ich habe das Buch nie selbst gelesen. Dieser Mann jedenfalls konnte in der Kirche eine Reihe von Gräbern vorweisen, in denen seine Vorfahren lagen, und so verbitterte ihn die eigene Stellung. Francis konnte ihm nie an den Kragen, er blieb immer innerhalb der Grenzen des Gesetzes, bis ihn die Wildhüter eines Nachts in einem Wald ganz am Ende des Besitztums fanden. Ich könnte Ihnen den Platz zeigen, er grenzt an ein Stück Land, das einmal einem Onkel von mir gehörte. Sie können sich vorstellen, was für ein Aufsehen das erregte. Und dieser Mann – Gawdy hieß er, ja, richtig, Gawdy, wie konnte ich nur den Namen vergessen! – dieser Unglücksrabe hatte zudem noch das Pech, einen der Hüter zu erschießen. Das war natürlich genau das, was Francis brauchte. Es gab eine große Gerichtsverhandlung – Sie wissen, wie das damals vor sich ging –, und in kürzester Frist wurde der arme Gawdy aufgeknüpft. Ich ließ mir den Platz zeigen, wo man ihn einscharrte, an der Nordseite der Kirche. So ist es dort üblich: Jeder, der gehängt worden ist oder Selbstmord begangen hat, wird auf dieser Seite begraben. Man glaubte allgemein, daß ein Freund Gawdys – kein Verwandter, denn der arme Teufel hatte keine Verwandten, er war der letzte seines Stammes, eine Art spes ultima gentis – daß also einer seiner Freunde den Plan gefaßt hatte, Francis' Sohn zu entführen und auch dessen Stamm ein Ende zu bereiten. Ich weiß nicht, für einen Wilderer aus Essex ist das zwar eine ziemlich ungewöhnliche Sache, und man möchte kaum glauben, daß er auf so etwas käme, aber es scheint mir nun doch fast so, als ob Gawdy dieses Geschäft selbst vollführt hätte. – Brrrr! Ich will gar nicht daran denken. Geben Sie mir doch einen Whisky, Williams!«

Williams teilte die ganze Geschichte Dennistoun mit, und dieser gab sie einem gemischten Kreis zum besten, zu dem außer mir auch der sadduzäische Professor der Ophiologie gehörte. Leider muß ich sagen, daß der letztere auf die Frage, was er von der Sache halte, nur bemerkte: »Ach, diese Cambridge- und Oxford-Leute sagen viel, wenn der Tag lang ist.« Doch fand diese Äußerung bei den anderen jene Aufnahme, die sie verdiente.

Ich habe nur noch hinzuzufügen, daß sich das Bild jetzt im Ashley-Museum befindet, daß man es daraufhin untersucht hat, ob Geheimtinte dafür verwendet worden ist, was übrigens nicht der Fall war, daß Mr. Britnell keine Ahnung von der seltsamen Eigenschaft des Bildes gehabt hatte, vielmehr nur wußte, daß es sich um ein seltenes Stück handelte, und schließlich, daß es sich niemals mehr verändert hat, so genau man es auch beobachtete.

Albrecht Schaeffer
Herschel und das Gespenst

Der folgende Bericht möge ein einfaches und doch, scheint mir, schätzbares Zeugnis ablegen von der besonderen Geistesart Sir William Herschels, des Astronomen. Das Mitgeteilte ereignete sich zu der Zeit, da der Vierunddreißigjährige sich – 1772 war das Jahr – als Musiklehrer in Bath in Somerset niedergelassen hatte. Gleichzeitig war er Organist der sogenannten Oktagon-Kapelle; er komponierte Motetten und Gesänge, ja ganze Kirchenmusiken, studierte sie ein und führte sie auf; und er dirigierte öffentliche Konzerte. Doch diente all diese aufreibende Tätigkeit ihm nur zum Broterwerb, um nämlich in den Mußestunden seiner eigentlichen Leidenschaft und Berufung, der Himmels-Erforschung, sich hingeben zu können. Auch das forderte von ihm neben der geistigen eine schwere körperliche Leistung, indem alle nötigen Instrumente noch fehlten, so daß er seine Teleskope, das erste zwanzigfüßige wie später das große vierzigfüßige, ganz und gar selber erbaute, selber die Spiegel schliff und mit der Hilfe seiner Schwester Caroline, die sein Haus betreute und vom Strickstrumpf bis zum Logarithmus alles erlernte, jeden Einzelteil an der Drehbank selber herstellte.

In dieser arbeitsfiebernden, für unendliche Fruchtbarkeit feurig wirkenden Zeit klagte er einmal in einem kleinen Kreis freundgesinnter, das Beste von ihm erwartender Männer über ein Nachlassen seiner Kräfte – und daß ihm nur wenige Wochen einsamer Hingabe an eine gewisse Arbeit fehlten, um sie zu Ende zu bringen. Wenn er auch den nötigen Urlaub von seiner sonstigen Tätigkeit sich aneignen könne, so mangle ihm doch eine Stätte, wo er nicht, wie im belebten Bath, beständigen Störungen ausgeliefert bleibe. Einer der Anwesenden, ein begüterter Aristokrat, äußerte, da die übrigen schwiegen, nach einer Weile, halb verlegen und halb im Scherz: Er wisse vielleicht eine solche Stätte, doch würde sie Herschel kaum zusagen. Dies sei, erklärte er auf Befragen, ein unfern, am Ausgange eines Dorfes gelegenes Schlößchen, das im Besitz seiner Familie, jedoch unbewohnt, nämlich unbewohnbar sei, weil es darinnen spuke. Ein Vetter hatte sich dort das Leben genommen; jahrelang blieb es leer; dann vertrieb der Ungeist die wieder Wohnung Versuchenden; nun war es wohl tief im Verfall.

Es läßt sich in Kürze sagen, daß Herschel einige Wochen später das Spukhaus bezog; auch seine (damals sechsundzwanzigjährige) Schwester begleitete ihn ohne Anstand – vielmehr, um es genau zu sagen, sie folgte ihm einige Tage, nachdem er sich Quartier in dem Hause zurechtgemacht hatte, nach. Er fand für sich selbst in dem allerdings sich schon auflösenden Gebäude einen großen Raum mit drei Fenstern, den er zu zwei Dritteln als Werkstätte herrichtete. Das letzte Drittel wurde als Schlafkabinett durch einen billigen, über eine Stange laufenden Vorhang abgeteilt; und anders als durch diese Wand von Kattun hatte es keinen Zugang. Für seine Schwester fand er bewohnbar nur eine Kammer, die am Ende eines vielleicht zwanzig Schritt langen Ganges lag.

Unholdes nahm er in den Tagen der Vorbereitung nicht wahr. Von den Dorfbewohnern aber war nicht einer zum Betreten des Grundstückes zu bewegen, und das Mädchen, das allmorgendlich während des Aufenthaltes der Geschwister mit der Milchkanne kam, setzte sie nur an der Gartentür nieder und entfloh.

Freilich, als Caroline, die Schwester, das erstemal den zu ihrem Zimmer führenden Gang betreten sollte, da fuhr sie ihn nach einem Zusammenzucken in vollem Lauf hinunter und so in die Kammer hinein, deren Tür sie hinter sich zuschlug. Aber daß sie den Flur nur im Lauf überwinden konnte, atem- und herzbeklommen von etwas grausig Unnennbarem in der Luft – dies blieb, wie die Geschwister erzählten, alles nur Schrecknis. Und sie begannen ein jeder seine Arbeit und wohnten sich ein.

Nun saß eines Abends Herschel an seinem Tisch, den er vor das eine Fenster gerückt hatte, das letzte Licht über den Gartenbäumen ausnützend für seine Tabellen und Rechnungen, als er die Ringe des oben beschriebenen Vorhangs leise klirren hörte. Sich wendend, sah er eine Person im Raum stehen, einen Mann in jungen Jahren, fein, als Stutzer gekleidet, Spitzen an Hals und Ärmeln, eine Hand am Degengefäß, den Hut unterm Arm und gepudert. Gleich machte er einige Schritte, kam bis zum Tisch und setzte sich, übrigens völlig stumm, auf einen davor stehenden Stuhl. Herschel anblickend, ließ er ihn in der Dämmerung ein bleiches, etwas gedunsenes Antlitz und schwarze, ein wenig traurige Augen sehen.

Herschel, die Feder in der Hand, hier – der aus dem unbetretbaren Raum Gekommene da; so saßen sie, beide wortlos, eine Zeitlang. Und da, wie der Astronom später erzählte, stieg ein tiefer Widerwille in ihm auf gegen dieses unnütze, dieses schauderhaft unsinnige Wesen, das nur so daherkam, ein bloßes Negativ des Lebens, in seinem erbärmlichen Unvermögen ... Überdem aber geschah's: das Phantom verlor seine Haltbarkeit, seine Umrisse verschoben sich, lösten sich auf, durch seine Kleider wurde der Vorhang sichtbar, und so verschwand es ...

Caroline ihrerseits konnte, obschon der Bruder ihr erst viel später von dem Begebnis Mitteilung machte, an diesem Abend in ihrer gewöhnlichen Gangart zu Kammer und Schlaf gelangen.

Ich habe dieses Erlebnis meines Ururgroßonkels der Aufzeichnung für wert gehalten, weil es sich zutrug in jenen eifrigen Jahren, wo der eigentlich Nüchterne, Phantasielose, nur eine einzige Bewegung seines Innern kannte: seinen Geist an die wahren Bewohner unseres Jenscits, die Sterne, näher heranzuschwingen. Und weil unter vielen Berichten von Geistern und Geistervertreibungen einzig sein dürfte diese – mit ihrer geraden Verneinung eines der Ungestorbenen durch einen nur von der Würde seines Nutzens und freilich anderer Unsterblichkeit überzeugten Menschen.

E. T. A. Hoffmann
Die Bergwerke zu Falun

An einem heitern sonnenhellen Juliustag hatte sich alles Volk zu Göthaborg auf der Reede versammelt. Ein reicher Ostindienfahrer, glücklich heimgekehrt aus dem fernen Lande, lag im Klippahafen vor Anker und ließ die langen Wimpel, die schwedischen Flaggen, lustig hinauswehen in die azurblaue Luft, während Hunderte von Fahrzeugen, Booten, Kähnen, vollgepfropft mit jubelnden Seeleuten, auf den spiegelblanken Wellen der Göthaelf hin und her schwammen und die Kanonen von Masthuggetorg ihre weithallenden Grüße hinüberdonnerten in das weite Meer. Die Herren von der ostindischen Kompanie wandelten am Hafen auf und ab und berechneten mit lächelnden Gesichtern den reichen Gewinn, der ihnen geworden, und hatten ihre Herzensfreude daran, wie ihr gewagtes Unternehmen nun mit jedem Jahr mehr und mehr gedeihe und das gute Göthaborg im schönsten Handelsflor immer frischer und herrlicher emporblühte. Jeder sah auch deshalb die wakkern Herren mit Lust und Vergnügen an und freute sich mit ihnen, denn mit ihrem Gewinn kam ja Saft und Kraft in das rege Leben der ganzen Stadt.

Die Besatzung des Ostindienfahrers, wohl an die hundertundfünfzig Mann stark, landete in vielen Booten, die dazu ausgerüstet, und schickte sich an, ihren Hönsning zu halten. So ist nämlich das Fest geheißen, das bei derlei Gelegenheit von der Schiffsmannschaft gefeiert wird, und das oft mehrere Tage dauert. Spielleute in wunderlicher bunter Tracht zogen vorauf mit Geigen, Pfeifen, Oboen und Trommeln, die sie wacker rührten, während andere allerlei lustige Lieder dazu absangen. Ihnen folgten die Matrosen zu Paar und Paar. Einige mit buntbebänderten Jacken und Hüten schwangen flatternde Wimpel, andere tanzten und sprangen, und alle jauchzten und jubelten, daß das helle Getöse weit in den Lüften erhallte. So ging der fröhliche Zug fort über die Werfte – durch die Vorstädte bis nach der Hagavorstadt, wo in einem Gästgifvaregard tapfer geschmaust und gezecht werden sollte.

Da floß nun das schönste Öl in Strömen, und Bumper auf Bumper wurde geleert. Wie es denn nun bei Seeleuten, die heimkehren von weiter Reise, nicht anders der Fall ist, allerlei schmucke Dirnen gesellten sich alsbald zu ihnen, der Tanz begann, und wilder und wilder wurde die Lust und lauter und toller der Jubel.

Nur ein einziger Seemann, ein schlanker hübscher Mensch, kaum mocht' er zwanzig Jahr alt sein, hatte sich fortgeschlichen aus dem Getümmel und draußen einsam hingesetzt auf die Bank, die neben der Tür des Schenkhauses stand.

Ein paar Matrosen traten zu ihm, und einer von ihnen rief laut auflachend: »Elis Fröbom! – Elis Fröbom! – Bist du mal wieder ein recht trauriger Narr worden und vertrödelst die schönste Zeit mit dummen Gedanken? – Hör', Elis, wenn du von unserm Hönsning wegbleibst, so bleib lieber auch ganz weg vom Schiff! Ein ordentlicher tüchtiger Seemann wird doch so aus dir niemals werden. Mut hast du zwar genug, und tapfer bist du auch in der Gefahr, aber saufen kannst du gar nicht und behältst lieber die Dukaten in der Tasche, als sie hier gastlich den Landratzen zuzuwerfen. – Trink, Bursche! oder der Seeteufel Näcken – der ganze Troll soll dir über den Hals kommen!«

Elis Fröbom sprang hastig von der Bank auf, schaute den Matrosen an mit glühendem Blick, nahm den mit Branntwein bis an den Rand gefüllten Becher und leerte ihn mit einem Zuge. Dann sprach er: »Du siehst, Joens, daß ich saufen kann wie einer von euch, und ob ich ein tüchtiger Seemann bin, mag der Kapitän entscheiden. Aber nun halt' dein Lästermaul und schier' dich fort! – Mir ist eure wilde Tollheit zuwider. Was ich hier draußen treibe, geht dich nichts an!« »Nun, nun«, erwiderte Joens, »ich weiß es ja, du bist ein Neriker von Geburt, und die sind alle trübe und traurig und haben keine rechte Lust am wackern Seemannsleben! – Wart' nur, Elis, ich werde dir jemand herausschicken, du sollst bald weggebracht werden von der verhexten Bank, an die dich der Näcken genagelt hat.«

Nicht lange dauerte es, so trat ein gar feines schmuckes Mädchen aus der Tür des Gästgifvaregard und setzte sich hin neben dem trübsinnigen Elis, der sich wieder, verstummt und in sich gekehrt, auf die Bank niedergelassen hatte. Man sah es dem Putz, dem ganzen Wesen der Dirne wohl an, daß sie sich leider böser Lust geopfert, aber noch hatte das wilde Leben nicht seine zerstörende Macht geübt an den wunderlieblichen sanften Zügen ihres holden Antlitzes. Keine Spur von zurückstoßender Frechheit, nein, stille sehnsüchtige Trauer lag in dem Blick der dunklen Augen.

»Elis! wollt Ihr denn gar keinen Teil nehmen an der Freude Eurer Kameraden? – Regt sich denn gar keine Lust in Euch, da Ihr wieder heimgekommen und, der bedrohlichen Gefahr der trügerischen Meereswellen entronnen, nun wieder auf vaterländischem Boden steht?«

So sprach die Dirne mit leiser, sanfter Stimme, indem sie den Arm um den Jüngling schlang. Elis Fröbom, wie aus tiefem Traum erwachend, schaute dem Mädchen ins Auge, er faßte ihre Hand, er drückte sie an seine Brust, man merkte wohl, daß der Dirne süß Gelispel recht in sein Inneres hineingeklungen.

»Ach«, begann er endlich, wie sich besinnend, »ach, mit meiner Freude, mit meiner Lust ist es nun einmal gar nichts. Wenigstens kann ich durchaus nicht einstimmen in die Toberei meiner Kameraden. Geh nur hinein, mein gutes Kind, juble und jauchze mit den andern, wenn du es vermagst, aber laß den trüben, traurigen Elis hier draußen allein; er würde dir nur alle Lust verderben. – Doch wart'! Du gefällst mir gar wohl und sollst an mich fein denken, wenn ich wieder auf dem Meere bin.«

Damit nahm er zwei blanke Dukaten aus der Tasche, zog ein schönes ostindisches Tuch aus dem Busen und gab beides der Dirne. *Der* traten aber die hellen Tränen in die Augen, sie stand auf, sie legte die Dukaten auf die Bank, sie sprach: »Ach, behaltet doch nur Eure Dukaten, die machen mich nur traurig, aber das schöne Tuch, das will ich tragen Euch zum teuern Andenken, und Ihr werdet mich wohl übers Jahr nicht mehr finden, wenn Ihr Hönsning haltet hier in der Haga.« –

Damit schlich die Dirne, nicht mehr zurückkehrend in das Schenkhaus, beide Hände vors Gesicht gedrückt, fort über die Straße.

Aufs neue versank Elis Fröbom in seine düstere Träumerei und rief endlich, als der Jubel in der Schenke recht laut und toll wurde: »Ach, läg' ich doch nur begraben in dem tiefsten Meeresgrunde! denn im Leben gibt's keinen Menschen mehr, mit dem ich mich freuen sollte!«

Da sprach eine tiefe rauhe Stimme dicht hinter ihm: »Ihr müßt gar großes Unglück erfahren haben, junger Mensch, daß Ihr Euch schon jetzt, da das Leben Euch erst recht aufgehen sollte, den Tod wünschet.«

Elis schaute sich um und gewahrte einen alten Bergmann, der mit übereinandergeschlagenen Armen an die Plankenwand des Schenkhauses angelehnt stand und mit ernstem durchdringenden Blick auf ihn herabschaute.

Sowie Elis den Alten länger ansah, wurde es ihm, als trete in tiefer wilder Einsamkeit, in die er sich verloren geglaubt, eine bekannte Gestalt ihm freundlich tröstend entgegen. Er sammelte sich und erzählte, wie sein Vater ein tüchtiger Steuermann gewesen, aber in demselben Sturme umgekommen, aus dem er gerettet worden auf wunderbare Weise. Seine beiden Brüder wären als Soldaten geblieben in der Schlacht, und er allein habe seine arme verlassene Mutter erhalten mit dem reichen Solde, den er nach jeder Ostindienfahrt empfangen. Denn Seemann habe er doch nun einmal, von Kindesbeinen an dazu bestimmt, bleiben müssen, und da habe es ihm ein großes Glück gedünkt, in den Dienst der ostindischen Kompanie treten zu können. Reicher als jemals sei diesmal der Gewinn ausgefallen, und jeder Matrose habe noch außer dem Sold ein gut Stück Geld erhalten, so daß er, die Tasche voll Dukaten, in heller Freude hingelaufen sei nach dem kleinen Häuschen, wo seine Mutter gewohnt. Aber fremde Gesichter hätten ihn aus dem Fenster angeguckt, und eine junge Frau, die ihm endlich die Tür geöffnet und der er sich zu erkennen gegeben, habe ihm mit kaltem rauhem Ton berichtet, daß seine Mutter schon vor drei Monaten gestorben, und daß er die paar Lumpen, die, nachdem die Begräbniskosten berichtigt, noch übriggeblieben, auf dem Rathause in Empfang nehmen könne. Der Tod seiner Mutter zerreiße ihm das Herz, er fühle sich von aller Welt verlassen, einsam, wie auf ein ödes Riff verschlagen, hilflos, elend. Sein ganzes Leben auf der See erscheine ihm wie ein irres zweckloses Treiben, ja, wenn er daran denke, daß seine Mutter, vielleicht schlecht gepflegt von fremden Leuten, so ohne Trost habe sterben müssen, komme es ihm ruchlos und abscheulich vor, daß er überhaupt zur See gegangen und nicht lieber daheim geblieben, seine arme Mutter nährend und pflegend. Die Kameraden hätten ihn mit Gewalt fortgerissen zum Hönsning, und er selbst habe geglaubt, daß der Jubel um ihn her, ja auch wohl das stärkste Getränk seinen Schmerz betäuben werde, aber statt dessen sei es ihm bald geworden, als sprängen alle Adern in seiner Brust, und er müsse sich verbluten.

»Ei«, sprach der alte Bergmann, »ei, du wirst bald wieder in See stechen, Elis, und dann wird dein Schmerz vorüber sein in weniger Zeit. Alte Leute sterben, das ist nun einmal nicht anders, und deine Mutter hat ja, wie du selbst gestehst, nur ein armes mühseliges Leben verlassen.«

»Ach«, erwiderte Elis, »ach, daß niemand an meinen Schmerz

glaubt, ja, daß man mich wohl albern und töricht schilt, das ist es ja eben, was mich hinausstößt aus der Welt. – Auf die See mag ich nicht mehr, das Leben ekelt mich an. Sonst ging mir wohl das Herz auf, wenn das Schiff, die Segel wie stattliche Schwingen ausbreitend, über das Meer dahinfuhr, und die Wellen in gar lustiger Musik plätscherten und sausten, und der Wind dazwischen pfiff durch das knätternde Tauwerk. Da jauchzte ich fröhlich mit den Kameraden auf dem Verdeck, und dann – hatte ich in stiller dunkler Mitternacht die Wache, da gedachte ich der Heimkehr und meiner guten alten Mutter, wie die sich nun wieder freuen würde, wenn Elis zurückgekommen! – Hei! da konnt' ich wohl jubeln auf dem Hönsning, wenn ich dem Mütterchen die Dukaten in den Schoß geschüttet, wenn ich ihr die schönen Tücher und wohl noch manch anderes Stück seltner Ware aus dem fernen Land hingereicht. Wenn ihr dann vor Freude die Augen hell aufleuchteten, wenn sie die Hände ein Mal über das andere zusammenschlug, ganz erfüllt von Vergnügen und Lust, wenn sie geschäftig hin- und hertrippelte und das schönste Aehl herbeiholte, das sie für Elis aufbewahrt. Und saß ich denn nun abends bei der Alten, dann erzählte ich ihr von den seltsamen Leuten, mit denen ich verkehrt, von ihren Sitten und Gebräuchen, von allem Wunderbaren, was mir begegnet auf der langen Reise. Sie hatte ihre große Lust daran und redete wieder zu mir von den wunderbaren Fahrten meines Vaters im höchsten Norden und tischte mir dagegen manches schauerliche Seemannsmärlein auf, das ich schon hundertmal gehört, und an dem ich mich doch gar nicht satt hören konnte! – Ach! wer bringt mir diese Freude wieder! – Nein, niemals mehr auf die See. Was sollt' ich unter den Kameraden, die mich nur aushöhnen würden, und wo sollt' ich Lust hernehmen zur Arbeit, die mir nur ein mühseliges Treiben um nichts dünken würde!«

»Ich höre Euch«, sprach der Alte, als Elis schwieg, »ich höre Euch mit Vergnügen reden, junger Mensch, so wie ich schon seit ein paar Stunden, ohne daß Ihr mich gewahrtet, Euer ganzes Betragen beobachtete und meine Freude daran hatte. Alles, was Ihr tatet, was Ihr spracht, beweist, daß Ihr ein tiefes, in sich selbst gekehrtes, frommes, kindliches Gemüt habt, und eine schönere Gabe konnte Euch der hohe Himmel gar nicht verleihen. Aber zum Seemann habt Ihr Eure Lebetage gar nicht im mindesten getaugt. Wie sollte Euch stillem, wohl gar zum Trübsinn geneigten Neriker (daß Ihr das seid, seh' ich an den Zügen Eures Gesichts, an Eurer ganzen Haltung), wie sollte Euch das wilde unstete Leben auf der See zusagen? Ihr tut wohl daran, daß Ihr dies Leben aufgebt für immer. Aber die Hände werdet Ihr doch nicht in den Schoß legen? – Folgt meinem Rat, Elis Fröbom! geht nach Falun, werdet ein Bergmann. Ihr seid jung, rüstig, gewiß bald ein tüchtiger Knappe, dann Hauer, Steiger und immer höher herauf. Ihr habt tüchtige Dukaten in der Tasche, die legt Ihr an, verdient dazu, kommt wohl gar zum Besitz eines Bergmannshemmans, habt Eure eigne Kuxe in der Grube. Folgt meinem Rat, Elis Fröbom, werdet ein Bergmann!«

Elis Fröbom erschrak beinahe über die Worte des Alten. »Wie«, rief er, »was ratet Ihr mir? Von der schönen freien Erde, aus dem heitern, sonnenhellen Himmel, der mich umgibt, labend, erquickend, soll ich hinaus – hinab in die schauerliche Höllentiefe und dem Maulwurf gleich wühlen und wühlen nach Erzen und Metallen, schnöden Gewinns halber?«

»So ist«, rief der Alte erzürnt, »so ist nun das Volk, es verachtet das, was es nicht zu erkennen vermag. Schnöder Gewinn! Als ob alle grausame Quälerei auf der Oberfläche der Erde, wie sie der Handel herbeiführt, sich edler gestalte als die Arbeit des Bergmanns, dessen Wissenschaft, dessen unverdrossenem Fleiß die Natur ihre geheimsten Schatzkammern erschließt. Du sprichst von schnödem Gewinn, Elis Fröbom! – ei, es möchte hier wohl noch Höheres gelten. Wenn der blinde Maulwurf in blindem Instinkt die Erde durchwühlt, so möcht' es wohl sein, daß in der tiefsten Teufe bei dem schwachen Schimmer des Grubenlichts des Menschen Auge hellsehender wird, ja daß es endlich, sich mehr und mehr erkräftigend, in dem wunderbaren Gestein die Abspieglung dessen zu erkennen vermag, was oben über den Wolken verborgen. Du weißt nichts von dem Bergbau, Elis Fröbom, laß dir davon erzählen.«

Mit diesen Worten setzte sich der Alte hin auf die Bank neben Elis und begann sehr ausführlich zu beschreiben, wie es bei dem Bergbau hergehe, und mühte sich, mit den lebendigsten Farben dem Unwissenden alles recht deutlich vor Augen zu bringen. Er kam auf die Bergwerke von Falun, in denen er, wie er sagte, seit seiner frühen Jugend gearbeitet, er beschrieb die große Tagesöffnung mit den schwarzbraunen Wänden, die dort anzutreffen, er sprach von dem unermeßlichen Reichtum der Erzgrube an dem schönsten Gestein. Immer lebendiger und lebendiger wurde seine Rede, immer glühender sein Blick. Er durchwanderte die Schachten wie die Gänge eines Zaubergartens. Das Gestein lebte auf, die Fossile regten sich, der wunderbare Pyrosmalith, der Almandin blitzten im Schein der Grubenlichter – die Bergkristalle leuchteten und flimmerten durcheinander.

Elis horchte hoch auf; des Alten seltsame Weise, von den unterirdischen Wundern zu reden, als stehe er gerade in ihrer Mitte, erfaßte sein ganzes Ich. Er fühlte seine Brust beklemmt, es war ihm, als sei er schon hinabgefahren mit dem Alten in die Tiefe, und ein mächtiger Zauber halte ihn unten fest, so daß er nie mehr das freundliche Licht des Tages schauen werde. Und doch war es ihm wieder, als habe ihm der Alte eine neue unbekannte Welt erschlossen, in die er hineingehörte, und aller Zauber dieser Welt sei ihm schon zur frühesten Knabenzeit in seltsamen geheimnisvollen Ahnungen aufgegangen. –

»Ich habe«, sprach endlich der Alte, »ich habe Euch, Elis Fröbom, alle Herrlichkeit eines Standes dargetan, zu dem Euch die Natur recht eigentlich bestimmte. Geht nur mit Euch selbst zu Rate und tut dann, wie Euer Sinn es Euch eingibt!«

Damit sprang der Alte hastig auf von der Bank und schritt von dannen, ohne Elis weiter zu grüßen oder sich nach ihm umzuschauen. Bald war er seinem Blick entschwunden.

In dem Schenkhause war es indessen still worden. Die Macht des starken Aehls (Biers), des Branntweins hatte gesiegt. Manche vom Schiffsvolk waren fortgeschlichen mit ihren Dirnen, andere lagen in den Winkeln und schnarchten. Elis, der nicht mehr einkehren konnte in das gewohnte Obdach, erhielt auf sein Bitten ein kleines Kämmerlein zur Schlafstelle.

Kaum hatte er sich, müde und matt, wie er war, hingestreckt auf sein Lager, als der Traum über ihm seine Fittiche rührte. Es war ihm, als schwämme er in einem schönen Schiff mit vollen Segeln auf dem spiegelblanken Meer, und über ihm wölbe sich ein dunkler Wolkenhimmel. Doch wie er nun in die Wellen hinabschaute, erkannte er bald, daß das, was er für das Meer gehalten, eine feste durchsichtige funkelnde Masse war, in deren Schimmer das ganze Schiff auf wunderbare Weise zerfloß, so daß er auf dem Kristallboden stand und über sich ein Gewölbe von schwarz flimmerndem Gestein erblickte. Gestein war das nämlich, was er erst für den Wolkenhimmel gehalten. Von unbekannter Macht fortgetrieben, schritt er vorwärts, aber in dem Augenblick regte sich alles um ihn her, und wie kräuselnde Wogen erhoben sich aus dem Boden wunderbare Blumen und Pflanzen von blinkendem Metall, die ihre Blüten und Blätter aus der tiefsten Tiefe emporrankten und auf anmutige Weise ineinander verschlangen. Der Boden war so klar, daß Elis die Wurzeln der Pflanzen deutlich erkennen konnte, aber bald immer tiefer mit dem Blick eindringend, erblickte er ganz unten – unzählige holde jungfräuliche Gestalten, die sich mit weißen glänzenden Armen umschlungen hielten, und aus ihren Herzen sproßten jene Wurzeln, jene Blumen und Pflanzen empor, und wenn die Jungfrauen lächelten, ging ein süßer Wohllaut durch das weite Gewölbe, und höher und freudiger schossen die wunderbaren Metallblüten empor. Ein unbeschreibliches Gefühl von Schmerz und Wollust ergriff den Jüngling, eine Welt von Liebe, Sehnsucht, brünstigem Verlangen ging auf in seinem Innern. – »Hinab – hinab zu euch«, rief er und warf sich mit ausgebreiteten Armen auf den kristallenen Boden nieder. Aber *der* wich unter ihm, und er schwebte wie in schimmerndem Äther. »Nun, Elis Fröbom, wie gefällt es dir in dieser Herrlichkeit?« – So rief eine starke Stimme. Elis gewahrte neben sich den alten Bergmann, aber sowie er ihn mehr und mehr anschaute, wurde er zur Riesengestalt, aus glühendem Erz gegossen. Elis wollte sich entsetzen, aber in dem Augenblick leuchtete es auf aus der Tiefe wie ein jäher Blitz, und das ernste Antlitz einer mächtigen Frau wurde sichtbar. Elis fühlte, wie das Entzücken in seiner Brust, immer steigend und steigend, zur zermalmenden Angst wurde. Der Alte hatte ihn umfaßt und rief: »Nimm dich in acht, Elis Fröbom, das ist die Königin, noch magst du heraufschauen.« – Unwillkürlich drehte er das Haupt und wurde gewahr, wie die Sterne des nächtlichen Himmels durch eine Spalte des Gewölbes leuchteten. Eine sanfte Stimme rief wie in trostlosem Weh seinen Namen. Es war die Stimme seiner Mutter. Er glaubte ihre Gestalt zu schauen oben an der Spalte. Aber es war ein holdes junges Weib, das seine Hand tief hinabstreckte in das Gewölbe und seinen Namen rief. »Trage mich empor«, rief er dem Alten zu, »ich gehöre doch der Oberwelt an und ihrem freundlichen Himmel.« – »Nimm dich in acht«, sprach der Alte dumpf, »nimm dich in acht, Fröbom! – sei treu der Königin, der du dich ergeben.« Sowie nun aber der Jüngling wieder hinabschaute in das starre Antlitz der mächtigen Frau, fühlte er, daß sein Ich zerfloß in dem glänzenden Gestein. Er kreischte auf in namenloser Angst und erwachte aus dem wunderbaren Traum, dessen Wonne und Entsetzen tief in seinem Innern wiederklang. –

»Es konnte«, sprach Elis, als er sich mit Mühe gesammelt, zu sich selbst, »es konnte wohl nicht anders sein, es mußte mir solch wunderliches Zeug träumen. Hat mir doch der alte Bergmann so viel erzählt von der Herrlichkeit der unterirdischen Welt, daß mein ganzer Kopf davon erfüllt ist, noch in meinem ganzen Leben war mir nicht so zumute, als eben jetzt. – Vielleicht träume ich noch fort. – Nein, nein – ich bin wohl nur krank, hinaus ins Freie, der frische Hauch der Seeluft wird mich heilen!«

Er raffte sich auf und rannte nach dem Klippahafen, wo der Jubel des Hönsnings aufs neue sich erhob. Aber bald gewahrte er, wie alle Lust an ihm vorüberging, wie er keinen Gedanken in der Seele festhalten konnte, wie Ahnungen, Wünsche, die er nicht zu nennen vermochte, sein Inneres durchkreuzten. – Er dachte mit tiefer Wehmut an seine verstorbene Mutter, dann war es ihm aber wieder, als sehne er sich nur noch einmal jener Dirne zu begegnen, die ihn gestern so freundlich angesprochen. Und dann fürchtete er wieder, träte auch die Dirne aus dieser oder jener Gasse ihm entgegen, so würd' es am Ende der alte Bergmann sein, vor dem er sich, selbst konnte er nicht sagen warum, entsetzen müsse. Und doch hätte er wieder auch von dem Alten sich gern mehr erzählen lassen von den Wundern des Bergbaues.

Von all diesen treibenden Gedanken hin- und hergeworfen, schaute er hinein in das Wasser. Da wollt' es ihm bedünken, als wenn die silbernen Wellen erstarrten zum funkelnden Glimmer, in dem nun die schönen großen Schiffe zerfließen, als wenn die dunklen Wolken, die eben heraufzogen an dem heitern Himmel, sich hinabsenken würden und verdichten zum steinernen Gewölbe. – Er stand wieder in seinem Traum, er schaute wieder das ernste Antlitz der mächtigen Frau, und die verstörende Angst des sehnsüchtigsten Verlangens erfaßte ihn aufs neue.

Die Kameraden rüttelten ihn auf aus der Träumerei, er mußte ihrem Zuge folgen. Aber nun war es, als flüstre eine unbekannte Stimme ihm unaufhörlich ins Ohr: »Was willst du noch hier? – fort – fort – in den Bergwerken zu Falun ist deine Heimat. Da geht alle Herrlichkeit dir auf, von der du geträumt – fort, fort nach Falun!«

Drei Tage trieb sich Elis Fröbom in den Straßen von Göthaborg umher, unaufhörlich verfolgt von den wunderlichen Gebilden seines Traums, unaufhörlich gemahnt von der unbekannten Stimme.

Am vierten Tage stand Elis an dem Tore, durch welches der Weg nach Gefle führt. Da schritt eben ein großer Mann vor ihm hindurch. Elis glaubte den alten Bergmann erkannt zu haben und eilte, unwiderstehlich fortgetrieben, ihm nach, ohne ihn zu erreichen.

Rastlos ging es nun fort und weiter fort.

Elis wußte deutlich, daß er sich auf dem Wege nach Falun befinde, und eben dies beruhigte ihn auf besondere Weise, denn gewiß war es ihm, daß die Stimme des Verhängnisses durch den alten Bergmann zu ihm gesprochen, der ihn nun auch seiner Bestimmung entgegenführe.

In der Tat sah er auch manchmal, vorzüglich wenn der Weg ihm ungewiß werden wollte, den Alten, wie er aus einer Schlucht, aus dickem Gestrüpp, aus dunklem Gestein plötzlich hervortrat und vor ihm, ohne sich umzuschauen, daherschritt, dann aber schnell wieder verschwand.

Endlich nach manchem mühselig durchwanderten Tage erblickte Elis in der Ferne zwei große Seen, zwischen denen ein dicker Dampf aufstieg. Sowie er mehr und mehr die Anhöhe westlich erklimmte, unterschied er in dem Rauch ein paar Türme und schwarze Dächer. Der Alte stand vor ihm riesengroß, zeigte mit ausgestrecktem Arm hin nach dem Dampf und verschwand wieder im Gestein.

»Das ist Falun!« rief Elis, »das ist Falun, das Ziel meiner Reise!« – Er hatte recht, denn Leute, die ihm hinterher wanderten, bestätigten es, daß dort zwischen den Seen Runn und Warpann die Stadt Falun liege, und daß er soeben den Guffrisberg hinansteige, wo die große Pinge oder Tagesöffnung der Erzgrube befindlich.

Elis Fröbom schritt guten Mutes vorwärts, als er aber vor dem ungeheuern Höllenschlunde stand, da gefror ihm das Blut in den Adern, und er erstarrte bei dem Anblick der fürchterlichen Zerstörung.

Bekanntlich ist die große Tagesöffnung der Erzgrube zu Falun an zwölfhundert Fuß lang, sechshundert Fuß breit und einhundertundachtzig Fuß tief. Die schwarzbraunen Seitenwände gehen anfangs größtenteils senkrecht nieder; dann verflächen sie sich aber gegen die mittlere Tiefe durch ungeheuern Schutt und Trümmerhalden. In diesen und an den Seitenwänden blickt hin und wieder die Zimmerung alter Schächte hervor, die aus starken, dicht aneinandergelegten und an den Enden ineinandergefugten Stämmen nach Art des gewöhnlichen Blockhäuserbaues aufgeführt sind. Kein Baum, kein Grashalm sproßt in dem kahlen zerbröckelten Steingeklüft, und in wunderlichen Gebilden, manchmal riesenhaften versteinerten Tieren, manchmal menschlichen Kolossen ähnlich, ragen die zackigen Felsenmassen ringsumher empor. Im Abgrunde liegen in wilder Zerstörung durcheinander Steine, Schlacken – ausgebranntes Erz, und ein ewiger betäubender Schwefeldunst steigt aus der Tiefe, als würde unten der Höllensud gekocht, dessen Dämpfe alle grüne Lust der Natur vergiften. Man sollte glauben, hier sei Dante herabgestiegen und habe den Inferno geschaut mit all seiner trostlosen Qual, mit all seinem Entsetzen*.

Als nun Elis Fröbom hinabschaute in den ungeheueren Schlund, kam ihm in den Sinn, was ihm vor langer Zeit der alte Steuermann seines Schiffes erzählt. Dem war es, als er einmal im Fieber gelegen, plötzlich gewesen, als seien die Wellen des Meeres verströmt, und unter ihm habe sich der unermeßliche Abgrund geöffnet, so daß er die scheußlichen Untiere der Tiefe erblickte, die sich zwischen Tausenden von seltsamen Muscheln, Korallenstauden, zwischen wunderlichem Gestein in häßlichen Verschlingungen hin und her wälzten, bis sie mit aufgesperrtem Rachen, zum Tode erstarrt, liegen geblieben. Ein solches Gesicht, meinte der alte Seemann, bedeute den baldigen Tod in den Wellen, und wirklich stürzte er auch bald darauf unversehens von dem Verdeck in das Meer und war rettungslos verschwunden. Daran dachte Elis, denn wohl bedünkte ihm der Abgrund wie der Boden der von den Wellen verlassenen See, und das schwarze Gestein, die blaulichen, roten Schlacken des Erzes schienen ihm abscheuliche Untiere, die ihre häßlichen Polypenarme nach ihm ausstreckten. – Es geschah, daß eben einige Bergleute aus der Tiefe emporstiegen, die in ihrer dunklen Grubentracht, mit ihren schwarz verbrannten Gesichtern wohl anzusehen waren wie häßliche Unholde, die, aus der Erde mühsam hervorgekrochen, sich den Weg bahnen wollten bis auf die Oberfläche.

Elis fühlte sich von tiefen Schauern durchbebt und, was dem Seemann noch niemals geschehen, ihn ergriff der Schwindel; es war ihm, als zögen unsichtbare Hände ihn hinab in den Schlund.

* Siehe die Beschreibung der großen Pinge zu Falun in Hausmanns ›Reise durch Skandinavien‹, V. Teil, S. 96 ff.

Mit geschlossenen Augen rannte er einige Schritte fort, und erst als er weit von der Pinge den Guffrisberg wieder hinabstieg und er hinaufblickte zum heitern sonnenhellen Himmel, war ihm alle Angst jenes schauerlichen Anblicks entnommen. Er atmete wieder frei und rief recht aus tiefer Seele: »O Herr meines Lebens, was sind alle Schauer des Meeres gegen das Entsetzen, was dort in dem öden Steingeklüft wohnt! – Mag der Sturm toben, mögen die schwarzen Wolken hinabtauchen in die brausenden Wellen, bald siegt doch wieder die schöne herrliche Sonne, und vor ihrem freundlichen Antlitz verstummt das wilde Getöse, aber nie dringt ihr Blick in jene schwarzen Höhlen, und kein frischer Frühlingshauch erquickt dort unten jemals die Brust. – Nein, zu euch mag ich mich nicht gesellen, ihr schwarzen Erdwürmer, niemals würd' ich mich eingewöhnen können in euer trübes Leben!«

Elis gedachte in Falun zu übernachten und dann mit dem frühesten Morgen seinen Rückweg anzutreten nach Göthaborg.

Als er auf den Marktplatz, der Helsingtorget geheißen, kam, fand er eine Menge Volks versammelt.

Ein langer Zug von Bergleuten in vollem Staat, mit Grubenlichtern in den Händen, Spielleute vorauf, hielt eben vor einem stattlichen Hause. Ein großer schlanker Mann von mittleren Jahren trat heraus und schaute mit mildem Lächeln umher. An dem freien Anstande, an der offnen Stirn, an den dunkelblau leuchtenden Augen mußte man den echten Dalkarl erkennen. Die Bergleute schlossen einen Kreis um ihn, jedem schüttelte er treuherzig die Hand, mit jedem sprach er freundliche Worte.

Elis Fröbom erfuhr auf Befragen, daß der Mann Pehrson Dahlsjö sei, Masmeister Altermann und Besitzer einer schönen Bergsfrälse bei Stora-Kopparberg. Bergsfrälse sind in Schweden Ländereien geheißen, die für die Kupfer- und Silberbergwerke verliehen wurden. Die Besitzer solcher Frälsen haben Kuxe in den Gruben, für deren Betrieb sie zu sorgen gehalten sind.

Man erzählte dem Elis weiter, daß eben heute der Bergsthing (Gerichtstag) geendigt, und daß dann die Bergleute herumzögen bei dem Bergmeister, dem Hüttenmeister und den Altermännern, überall aber gastlich bewirtet würden.

Betrachtete Elis die schönen und stattlichen Leute mit den freien freundlichen Gesichtern, so konnte er nicht mehr an jene Erdwürmer in der großen Pinge denken. Die helle Fröhlichkeit, die, als Pehrson Dahlsjö hinaustrat, wie aufs neue angefacht, durch den ganzen Kreis aufloderte, war wohl ganz anderer Art als der wilde tobende Jubel der Seeleute beim Hönsning.

Dem stillen ernsten Elis ging die Art, wie sich diese Bergmänner freuten, recht tief ins Herz. Es wurde ihm unbeschreiblich wohl zumute, aber der Tränen konnt' er sich vor Rührung kaum enthalten, als einige der jüngeren Knappen ein Lied anstimmten, das in gar einfacher, in Seele und Gemüt dringender Melodie den Segen des Bergbaues pries.

Als das Lied geendet, öffnete Pehrson Dahlsjö die Türe seines Hauses, und alle Bergleute traten nacheinander hinein. Elis folgte unwillkürlich und blieb an der Schwelle stehen, so daß er den ganzen geräumigen Flur übersehen konnte, in dem die Bergleute auf Bänken Platz nahmen. Ein tüchtiges Mahl stand auf einem Tisch bereitet.

Nun ging die hintere Türe dem Elis gegenüber auf, und eine holde, festlich geschmückte Jungfrau trat hinein. Hoch und schlank gewachsen, die dunklen Haare in vielen Zöpfen über den Scheitel aufgeflochten, das nette schmucke Mieder mit reichen Spangen zusammengenestelt, ging sie daher in der höchsten Anmut der blühendsten Jugend. Alle Bergleute standen auf, und ein leises freudiges Gemurmel lief durch die Reihen: »Ulla Dahlsjö – Ulla Dahlsjö! Wie hat Gott gesegnet unsern wackern Altermann mit dem schönen frommen Himmelskinde!« – Selbst den ältesten Bergleuten funkelten die Augen, als Ulla ihnen sowie allen übrigen die Hand bot zum freundlichen Gruß. Dann brachte sie schöne silberne Krüge, schenkte treffliches Aehl, wie es denn nun in Falun bereitet wird, ein und reichte es dar den frohen Gästen, indem aller Himmelsglanz der unschuldvollsten Unbefangenheit ihr holdes Antlitz überstrahlte.

Sowie Elis Fröbom die Jungfrau erblickte, war es ihm, als schlüge ein Blitz durch sein Innres und entflamme alle Himmelslust, allen Liebesschmerz – alle Inbrunst, die in ihm verschlossen. – Ulla Dahlsjö war es, die ihm in dem verhängnisvollen Traum die rettende Hand geboten; er glaubte nun die tiefe Deutung jenes Traums zu erraten und pries, des alten Bergmanns vergessend, das Schicksal, dem er nach Falun gefolgt.

Aber dann fühlte er sich, auf der Türschwelle stehend, ein unbeachteter Fremdling, elend, trostlos, verlassen und wünschte, er sei gestorben, ehe er Ulla Dahlsjö geschaut, da er doch nun vergehen müsse in Liebe und Sehnsucht. Nicht das Auge abzuwenden vermochte er von der holden Jungfrau, und als sie nun bei ihm ganz nahe vorüberstreifte, rief er mit leiser bebender Stimme ihren Namen. Ulla schaute sich um und erblickte den armen Elis, der, glühende Röte im ganzen Gesicht, mit niedergesenktem Blick dastand – erstarrt – keines Wortes mächtig.

Ulla trat auf ihn zu und sprach mit süßem Lächeln: »Ei, Ihr seid ja wohl ein Fremdling, lieber Freund! das gewahre ich an Eurer seemännischen Tracht! – Nun! – warum steht Ihr denn so auf der Schwelle? – Kommt doch nur hinein und freut Euch mit uns!« – Damit nahm sie ihn bei der Hand, zog ihn in den Flur und reichte ihm einen vollen Krug Aehl! »Trinkt«, sprach sie, »trinkt, mein lieber Freund, auf guten gastlichen Willkommen!«

Dem Elis war es, als läge er in dem wonnigen Paradiese eines herrlichen Traums, aus dem er gleich erwachen und sich unbeschreiblich elend fühlen werde. Mechanisch leerte er den Krug. In dem Augenblick trat Pehrson Dahlsjö an ihn heran und fragte, nachdem er ihm die Hand geschüttelt zum freundlichen Gruß, von wannen er käme, und was ihn hingebracht nach Falun.

Elis fühlte die wärmende Kraft des edlen Getränks in allen Adern. Dem wackern Pehrson ins Auge blickend, wurde ihm heiter und mutig zu Sinn. Er erzählte, wie er, Sohn eines Seemanns, von Kindesbeinen an auf der See gewesen, wie er, eben von Ostindien zurückgekehrt, seine Mutter, die er mit seinem Solde gehegt und gepflegt, nicht mehr am Leben gefunden, wie er sich nun ganz verlassen auf der Welt fühlte, wie ihm nun das wilde Leben auf der See ganz und gar zuwider geworden, wie seine innerste Neigung ihn zum Bergbau treibe, und wie er hier in Falun sich mühen werde, als Knappe unterzukommen. Das letzte, so sehr allem entgegen, was er vor wenigen Augenblicken beschlossen, fuhr ihm ganz unwillkürlich heraus, es war ihm, als hätte er dem Altermann gar nichts anders eröffnen können, ja, als wenn er eben seinen innersten Wunsch ausgesprochen, an den er bisher selbst nur nicht geglaubt.

Pehrson Dahlsjö sah den Jüngling mit sehr ernstem Blick an, als wollte er sein Innerstes durchschauen, dann sprach er: »Ich mag nicht vermuten, Elis Fröbom, daß bloßer Leichtsinn Euch von Euerem bisherigen Beruf forttreibt, und daß Ihr nicht alle Mühseligkeit, alle Beschwerde des Bergbaues vorher reiflich erwägt habt, ehe Ihr den Entschluß gefaßt, sich ihm zu ergeben. Es ist ein alter Glaube bei uns, daß die mächtigen Elemente, in denen der Bergmann kühn waltet, ihn vernichten, strengt er nicht sein ganzes Wesen an, die Herrschaft über sie zu behaupten, gibt er noch andern Gedanken Raum, die die Kraft schwächen, welche er ungeteilt der Arbeit in Erd' und Feuer zuwenden soll. Habt Ihr aber Euern innern Beruf genugsam geprüft und ihn bewährt gefunden, so seid Ihr zur guten Stunde gekommen. In meiner Kuxe fehlt es an Arbeitern. Ihr könnte, wenn Ihr wollt, nun gleich bei mir bleiben und morgenden Tages mit dem Steiger anfahren, der Euch die Arbeit schon anweisen wird.«

Das Herz ging dem Elis auf bei Pehrson Dahlsjös Rede. Er dachte nicht mehr an die Schrecken des entsetzlichen Höllenschlundes, in den er geschaut. Daß er nun die holde Ulla täglich sehen, daß er mit ihr unter einem Dache wohnen werde, das erfüllte ihn mit Wonne und Entzücken; er gab den süßesten Hoffnungen Raum.

Pehrson Dahlsjö tat den Bergleuten kund, wie sich eben ein junger Knappe zum Bergdienst bei ihm gemeldet, und stellte ihnen den Elis Fröbom vor.

Alle schauten wohlgefällig auf den rüstigen Jüngling und meinten, mit seinem schlanken kräftigen Gliederbau sei er ganz zum Bergmann geboren, und an Fleiß und Frömmigkeit werd' es ihm gewiß auch nicht fehlen.

Einer von den Bergleuten, schon hoch in Jahren, näherte sich und schüttelte ihm treuherzig die Hand, indem er sagte, daß er der Obersteiger in der Kuxe Pehrson Dahlsjös sei, und daß er sich's recht angelegen sein lassen werde, ihn sorglich in allem zu unterrichten, was ihm zu wissen nötig. Elis mußte sich zu ihm setzen, und sogleich begann der Alte beim Kruge Aehl weitläufig über die erste Arbeit der Knappen zu sprechen.

Dem Elis kam wieder der alte Bergmann aus Göthaborg in den Sinn, und auf besondere Weise wußte er beinahe alles, was der ihm gesagt, zu wiederholen. »Ei«, rief der Obersteiger voll Erstaunen, »Elis Fröbom, wo habt Ihr denn die schönen Kenntnisse her? – Nun, da kann es Euch ja gar nicht fehlen, Ihr müßt in kurzer Zeit der tüchtigste Knappe in der Zeche sein!«

Die schöne Ulla, unter den Gästen auf und ab wandelnd und sie bewirtend, nickte oft freundlich dem Elis zu und munterte ihn auf, recht froh zu sein. Nun sei er, sprach sie, ja nicht mehr fremd, sondern gehöre ins Haus und nicht mehr auf das trügerische Meer, nein! – Falun mit seinen reichen Bergen sei seine Heimat! – Ein ganzer Himmel voll Wonne und Seligkeit tat sich dem Jüngling auf bei Ullas Worten. Man merkte es wohl, daß Ulla gern bei ihm weilte, und auch Pehrson Dahlsjö betrachtete ihn in seinem stillen ernsten Wesen mit sichtlichem Wohlgefallen.

Das Herz wollte dem Elis doch mächtig schlagen, als er wieder bei dem rauchenden Höllenschlunde stand und, eingehüllt in die Bergmannstracht, die schweren mit Eisen beschlagenen Dalkarlschuhe an den Füßen, mit dem Steiger hinabfuhr in den tiefen Schacht. Bald wollten heiße Dämpfe, die sich auf seine Brust legten, ihn ersticken, bald flackerten die Grubenlichter von dem schneidend kalten Luftzuge, der die Abgründe durchströmte. Immer tiefer und tiefer ging es hinab, zuletzt auf kaum ein Fuß breiten eisernen Leitern, und Elis Fröbom merkte wohl, daß alle Geschicklichkeit, die er sich als Seemann im Klettern erworben, ihm hier nichts helfen könne.

Endlich standen sie in der tiefsten Teufe, und der Steiger gab dem Elis die Arbeit an, die er hier verrichten sollte.

Elis gedachte der holden Ulla, wie ein leuchtender Engel sah er ihre Gestalt über sich schweben und vergaß alle Schrecken des Abgrundes, alle Beschwerden der mühseligen Arbeit. Es stand nun einmal fest in seiner Seele, daß nur dann, wenn er sich bei Pehrson Dahlsjö mit aller Macht des Gemüts, mit aller Anstrengung, die nur der Körper dulden wolle, dem Bergbau ergebe, vielleicht dereinst die süßesten Hoffnungen erfüllt werden könnten, und so geschah es, daß er in unglaublich kurzer Zeit es dem geübtesten Bergmann in der Arbeit gleichtat.

Mit jedem Tage gewann der wackere Pehrson Dahlsjö den fleißigen frommen Jüngling mehr lieb und sagte es ihm öfters unverhohlen, daß er in ihm nicht sowohl einen tüchtigen Knappen, als einen geliebten Sohn gewonnen. Auch Ullas innige Zuneigung tat sich immer mehr und mehr kund. Oft, wenn Elis zur Arbeit ging und irgend Gefährliches im Werke war, bat, beschwor sie ihn, die hellen Tränen in den Augen, doch nur ja sich vor jedem Unglück zu hüten. Und wenn er dann zurückkam, sprang sie ihm freudig entgegen, und hatte immer das beste Aehl zur Hand oder sonst ein gut Gericht bereitet, ihn zu erquicken.

Das Herz bebte dem Elis vor Freude, als Pehrson Dahlsjö einmal zu ihm sprach, daß, da er ohnedies ein gut Stück Geld mitgebracht, es bei seinem Fleiß, bei seiner Sparsamkeit ihm gar nicht fehlen könne, künftig zum Besitztum eines Berghemmans oder wohl gar einer Bergfrälse zu gelangen, und daß dann wohl kein Bergbesitzer zu Falun ihn abweisen werde, wenn er um die Hand der Tochter werbe. Er hätte nun gleich sagen mögen, wie unaussprechlich er Ulla liebe, und wie er alle Hoffnung des Lebens auf ihren Besitz gestellt. Doch unüberwindliche Scheu, mehr aber wohl noch der bange Zweifel, ob Ulla, wie er manchmal ahne, ihn auch wirklich liebe, verschlossen ihm den Mund.

Es begab sich, daß Elis Fröbom einmal in der tiefsten Tiefe arbeitete, in dicken Schwefeldampf gehüllt, so daß sein Grubenlicht nur schwach durchdämmerte und er die Gänge des Gesteins kaum zu unterscheiden vermochte. Da hörte er, wie aus noch tieferm Schacht ein Klopfen heraustönte, als werde mit dem Puchhammer gearbeitet. Da dergleichen Arbeit nun nicht wohl in der Teufe möglich, und Elis wohl wußte, daß außer ihm heute niemand herabgefahren, da der Steiger eben die Leute im Förderschacht anstellte, so wollte ihm das Pochen und Hämmern ganz unheimlich bedünken. Er ließ Handfäustel und Eisen ruhen und horchte zu den hohl anschlagenden Tönen, die immer näher und näher zu kommen schienen. Mit eins gewahrte er dicht neben sich einen schwarzen Schatten und erkannte, da eben ein schneidender Luftstrom den Schwefeldampf verblies, den alten Bergmann von Göthaborg, der ihm zur Seite stand. »Glück auf!« rief der Alte, »Glück auf, Elis Fröbom, hier unten im Gestein! – Nun, wie gefällt dir das Leben, Kamerad?« – Elis wollte fragen, auf welche wunderbare Art der Alte in den Schacht gekommen; *der* schlug aber mit seinem Hammer an das Gestein mit solcher Kraft, daß Feuerfunken umherstoben und es wie ferner Donner im Schacht widerhallte, und rief dann mit entsetzlicher Stimme: »Das ist hier ein herrlicher Trappgang, aber du schnöder schuftiger Geselle schauest nichts als einen Trumm, der kaum eines Strohhalms mächtig. – Hier unten bist du ein blinder Maulwurf, dem der Metallfürst ewig abhold bleiben wird, und oben vermagst du auch nichts zu unternehmen, und stellst vergebens dem Garkönig nach. – Hei! des Pehrson Dahlsjö Tochter Ulla willst du zum Weibe gewinnen, deshalb arbeitest du hier ohne Lieb' und Gedanken. – Nimm dich in acht, du falscher Gesell, daß der Metallfürst, den du verhöhnst, dich nicht faßt und hinabschleudert, daß deine Glieder zerbröckeln am scharfen Gestein. – Und nimmer wird Ulla dein Weib, das sag' ich dir!«

Dem Elis wallte der Zorn auf vor den schnöden Worten des Alten. »Was tust du«, rief er, »was tust du hier in dem Schacht meines Herrn Pehrson Dahlsjö, in dem ich arbeite mit aller Kraft und wie es meines Berufs ist? Hebe dich hinweg, wie du gekommen, oder wir wollen sehen, wer hier unten einer dem andern zuerst das Gehirn einschlägt.« – Damit stellte sich Elis Fröbom trotzig vor den Alten hin und schwang sein eisernes Handfäustel, mit dem er gearbeitet, hoch empor. Der Alte lachte höhnisch auf, und Elis sah mit Entsetzen, wie er behende gleich einer Eichkatz' die schmalen Sprossen der Leiter heraufhüpfte und in dem schwarzen Gestein verschwand.

Elis fühlte sich wie gelähmt an allen Gliedern, die Arbeit wollte nicht mehr vonstatten gehen, er stieg herauf. Als der alte Obersteiger, der eben aus dem Förderschacht gestiegen, ihn gewahrte, rief er: »Um Christus willen, was ist dir widerfahren, Elis, du siehst blaß und verstört aus wie der Tod! – Gelt! – der Schwefeldampf, den du noch nicht gewohnt, hat es dir angetan? – Nun – trink, guter Junge, das wird dir wohl tun.« – Elis nahm einen tüchtigen Schluck Branntwein aus der Flasche, die ihm der Obersteiger darbot, und erzählte dann erkräftigt alles, was sich unten im Schacht begeben, sowie auf welche Weise er die Bekanntschaft des alten unheimlichen Bergmanns in Göthaborg gemacht.

Der Obersteiger hörte alles ruhig an, dann schüttelte er aber bedenklich den Kopf und sprach: »Elis Fröbom, das ist der alte Torbern gewesen, dem du begegnet, und ich merke nun wohl, daß das mehr als ein Märlein ist, was wir uns hier von ihm erzählen. Vor mehr als hundert Jahren gab es hier in Falun einen Bergmann, namens Torbern. Er soll einer der ersten gewesen sein, der den Bergbau zu Falun recht in Flor gebracht hat, und zu seiner Zeit war die Ausbeute bei weitem reicher als jetzt. Niemand verstand sich damals auf den Bergbau so als Torbern, der, in tiefer Wissenschaft erfahren, dem ganzen Bergwesen in Falun vorstand. Als sei er mit besonderer höherer Kraft ausgerüstet, erschlossen sich ihm die reichsten Gänge, und kam noch hinzu, daß er ein finstrer tiefsinniger Mann war, der, ohne Weib und Kind, ja, ohne eigentliches Obdach in Falun zu haben, beinahe niemals ans Tageslicht kam, sondern unaufhörlich in den Teufen wühlte, so konnte es nicht fehlen, daß bald von ihm die Sage ging, er stehe mit der geheimen

Macht, die im Schoß der Erde waltet und die Metalle kocht, im Bunde. Auf Torberns strenge Ermahnungen nicht achtend, der unaufhörlich Unglück prophezeite, sobald nicht wahre Liebe zum wunderbaren Gestein und Metall den Bergmann zur Arbeit antreibe, weitete man in gewinnsüchtiger Gier die Gruben immer mehr und mehr aus, bis endlich am Johannistage des Jahres eintausendsechshundert und siebenundachtzig sich der fürchterliche Bergsturz ereignete, der unsere ungeheuere Pinge schuf und dabei den ganzen Bau dergestalt verwüstete, daß erst nach vielem Mühen und mit vieler Kunst mancher Schacht wieder hergestellt werden konnte. Von Torbern war nichts mehr zu hören und zu sehn, und gewiß schien es, daß er, in der Teufe arbeitend, durch den Einsturz verschüttet. – Bald darauf, und zwar, als die Arbeit immer besser und besser vonstatten ging, behaupteten die Hauer, sie hätten im Schacht den alten Torbern gesehen, der ihnen allerlei guten Rat erteilt und die schönsten Gänge gezeigt. Andere hatten den Alten oben an der Pinge umherstreichend erblickt, bald wehmütig klagend, bald zornig tobend. Andere Jünglinge kamen so wie du hieher und behaupteten, ein alter Bergmann habe sie ermahnt zum Bergbau und hieher gewiesen. Das geschah allemal, wenn es an Arbeitern mangeln wollte, und wohl mochte der alte Torbern auch auf diese Weise für den Bergbau sorgen. – Ist es nun wirklich der alte Torbern gewesen, mit dem du Streit gehabt im Schacht, und hat er von einem herrlichen Trappgange gesprochen, so ist es gewiß, daß dort eine reiche Eisenader befindlich, der wir morgen nachspüren wollen. – Du hast nämlich nicht vergessen, daß wir hier die eisengehaltige Ader im Gestein Trappgang nennen, und daß Trumm eine Ader von dem Gange ist, die sich in verschiedene Teile zerschlägt und wohl gänzlich auseinander geht.«

Als Elis Fröbom, von mancherlei Gedanken hin- und hergeworfen, eintrat in Pehrson Dahlsjös Haus, kam ihm nicht wie sonst Ulla freundlich entgegen. Mit niedergeschlagenem Blick und, wie Elis zu bemerken glaubte, mit verweinten Augen saß Ulla da und neben ihr ein stattlicher junger Mann, der ihre Hand festhielt in der seinigen und sich mühte, allerlei Freundliches, Scherzhaftes vorzubringen, worauf Ulla aber nicht sonderlich achtete. – Pehrson Dahlsjö zog den Elis, der, von trüber Ahnung ergriffen, den starren Blick auf das Paar heftete, fort ins andere Gemach und begann: »Nun, Elis Fröbom, wirst du bald deine Liebe zu mir, deine Treue beweisen können, denn, habe ich dich schon immer wie meinen Sohn gehalten, so wirst du es nun wirklich werden ganz und gar. Der Mann, den du bei mir siehst, ist der reiche Handelsherr, Eric Olawsen geheißen, aus Göthaborg. Ich geb' ihm auf sein Werben meine Tochter zum Weibe; er zieht mit ihr nach Göthaborg, und du bleibst dann allein bei mir, Elis, meine einzige Stütze im Alter. – Nun, Elis, du bleibst stumm? – du erbleichst, ich hoffe nicht, daß dir mein Entschluß mißfällt, daß du jetzt, da meine Tochter mich verlassen muß, auch von mir willst! – doch ich höre Herrn Olawsen meinen Namen nennen – ich muß hinein!«

Damit ging Pehrson wieder in das Gemach zurück.

Elis fühlte sein Inneres von tausend glühenden Messern zerfleischt. Er hatte keine Worte, keine Tränen. In wilder Verzweiflung rannte er aus dem Hause fort – fort – bis zur großen Pinge. Bot das ungeheure Geklüft schon im Tageslicht einen entsetzlichen Anblick dar, so war vollends jetzt, da die Nacht eingebrochen und die Mondesscheibe erst aufdämmerte, das wüste Gestein anzusehen, als wühle und wälze unten eine zahllose Schar gräßlicher Untiere, die scheußliche Ausgeburt der Hölle, sich durcheinander am rauchenden Boden und blitze herauf mit Flammenaugen und strecke die riesigen Krallen aus nach dem armen Menschenvolk. –

»Torbern – Torbern!« schrie Elis mit furchtbarer Stimme, daß die öden Schlüfte widerhallten – »Torbern, hier bin ich! – Du hattest recht, ich war ein schuftiger Gesell, daß ich alberner Lebenshoffnung auf der Oberfläche der Erde mich hingab! Unten liegt mein Schatz, mein Leben, mein alles! – Torbern! steig herab mit mir, zeig' mir die reichsten Trappgänge, da will ich wühlen und bohren und arbeiten und das Licht des Tages fürder nicht mehr schauen! – Torbern! – Torbern – steig herab mit mir!«

Elis nahm Stahl und Stein aus der Tasche, zündete sein Grubenlicht an und stieg hinab in den Schacht, den er gestern befahren, ohne daß sich der Alte sehen ließ. Wie ward ihm, als er in der tiefsten Teufe deutlich und klar den Trappgang erblickte, so daß er seiner Salbänder Streichen und Fallen zu erkennen vermochte.

Doch als er fester und fester den Blick auf die wunderbare Ader im Gestein richtete, war es, als ginge ein blendendes Licht durch den ganzen Schacht, und seine Wände wurden durchsichtig wie der reinste Kristall. Jener verhängnisvolle Traum, den er in Göthaborg geträumt, kam zurück. Er blickte in die paradiesischen Gefilde der herrlichsten Metallbäume und Pflanzen, an denen wie Früchte, Blüten und Blumen feuerstrahlende Steine hingen. Er sah die Jungfrauen, er schaute das hohe Antlitz der mächtigen Königin. Sie erfaßte ihn, zog ihn hinab, drückte ihn an ihre Brust, da durchzuckte ein glühender Strahl sein Inneres, und sein Bewußtsein war nur das Gefühl, als schwämme er in den Wogen eines blauen, durchsichtig funkelnden Nebels.

»Elis Fröbom, Elis Fröbom!« – rief eine starke Stimme von oben herab, und der Widerschein von Fackeln fiel in den Schacht. Pehrson Dahlsjö selbst war es, der mit dem Steiger hinabkam, um den Jüngling, den sie wie im hellen Wahnsinn nach der Pinge rennen gesehen, zu suchen.

Sie fanden ihn wie erstarrt stehend, das Gesicht gedrückt in das kalte Gestein.

»Was«, rief Pehrson ihn an, »was machst du hier unten zur Nachtzeit, unbesonnener junger Mensch! – Nimm deine Kraft zusammen und steige mit uns herauf, wer weiß, was du oben Gutes erfahren wirst!«

In tiefem Schweigen stieg Elis herauf, in tiefem Schweigen folgte er dem Pehrson Dahlsjö, der nicht aufhörte, ihn tapfer auszuschelten, daß er sich in solche Gefahr begeben.

Der Morgen war hell aufgegangen, als sie ins Haus traten. Ulla stürzte mit einem lauten Schrei dem Elis an die Brust und nannte ihn mit den süßesten Namen. Aber Pehrson Dahlsjö sprach zu Elis: »Du Tor! mußte ich es denn nicht länger wissen, daß du Ulla liebtest und wohl nur ihretwegen mit so vielem Fleiß und Eifer in der Grube arbeitest? Mußte ich nicht längst gewahren, daß auch Ulla dich liebte recht aus dem tiefsten Herzensgrunde? Konnte ich mir einen bessern Eidam wünschen, als einen tüchtigen, fleißigen frommen Bergmann, als eben dich, mein braver Elis? Aber daß ihr schwiegt, das ärgerte, das kränkte mich.« – »Haben wir«, unterbrach Ulla den Vater, »haben wir denn selbst gewußt, daß wir uns so unaussprechlich liebten?« – »Mag«, fuhr Pehrson Dahlsjö fort, »mag dem sein, wie ihm wolle, genug, ich ärgerte mich, daß Elis nicht offen und ehrlich von seiner Liebe zu mir sprach, und deshalb und weil ich dein Herz auch prüfen wollte, förderte ich gestern das Märchen mit Herrn Eric Olawsen zutage, worüber du bald zugrunde gegangen wärst. Du toller Mensch! – Herr Eric Olawsen ist ja längst verheiratet und dir, braver Elis

Fröbom, gebe ich meine Tochter zum Weibe, denn ich wiederhole es, keinen bessern Schwiegersohn konnt' ich mir wünschen.«

Dem Elis rannten die Tränen herab vor lauter Wonne und Freude. Alles Lebensglück war so unerwartet auf ihn herabgekommen, und es mußte ihm beinahe bedünken, er stehe abermals im süßen Traum!

Auf Pehrson Dahlsjös Gebot sammelten sich die Bergleute mittags zum frohen Mahl.

Ulla hatte sich in ihren schönsten Schmuck gekleidet und sah anmutiger aus als jemals, so daß alle ein Mal über das andere riefen: »Ei, welche hochherrliche Braut hat unser wackrer Elis Fröbom erworben! – Nun! der Himmel segne beide in ihrer Frömmigkeit und Tugend!«

Auf Elis Fröboms bleichem Gesicht lag noch das Entsetzen der Nacht, und oft starrte er vor sich hin, wie entrückt allem, was ihn umgab.

»Was ist dir, mein Elis?« fragte Ulla. Elis drückte sie an seine Brust und sprach: »Ja, ja! – Du bist wirklich mein, und nun ist ja alles gut!«

Mitten in aller Wonne war es dem Elis manchmal, als griffe auf einmal eine eiskalte Hand in sein Inneres hinein, und eine dunkle Stimme spräche: »Ist es denn nun noch dein Höchstes, daß du Ulla erworben? Du armer Tor! – Hast du nicht das Antlitz der Königin geschaut?« –

Er fühlte sich beinahe übermannt von einer unbeschreiblichen Angst, der Gedanke peinigte ihn, es werde nun plötzlich einer von den Bergleuten riesengroß sich vor ihm erheben, und er werde zu seinem Entsetzen den Torbern erkennen, der gekommen, ihn fürchterlich zu mahnen an das unterirdische Reich der Steine und Metalle, dem er sich ergeben!

Und doch wußte er wieder gar nicht, warum ihm der gespenstische Alte feindlich sein, was überhaupt sein Bergmannshantieren mit seiner Liebe zu schaffen haben solle.

Pehrson merkte wohl Elis Fröboms verstörtes Wesen und schrieb es dem überstandenen Weh, der nächtlichen Fahrt in den Schacht zu. Nicht so Ulla, die, von geheimer Ahnung ergriffen, in den Geliebten drang, ihr doch nur zu sagen, was ihm denn Entsetzliches begegnet, das ihn ganz von ihr hinwegreiße. Dem Elis wollte die Brust zerspringen. – Vergebens rang er darnach, der Geliebten von dem wunderbaren Gesicht, das sich ihm in der Teufe aufgetan, zu erzählen. Es war, als verschlösse ihm eine unbekannte Macht mit Gewalt den Mund, als schaue aus seinem Innern heraus das furchtbare Antlitz der Königin, und nenne er ihren Namen, so würde, wie bei dem Anblick des entsetzlichen Medusenhaupts, sich alles um ihn her versteinen zum düstern schwarzen Geklüft! – Alle Herrlichkeit, die ihn unten in der Teufe mit der höchsten Wonne erfüllt, erschien ihm jetzt wie eine Hölle voll trostloser Qual, trügerisch ausgeschmückt zur verderblichsten Verlockung!

Pehrson Dahlsjö gebot, daß Elis Fröbom einige Tage hindurch daheim bleiben solle, um sich ganz von der Krankheit zu erholen, in die er gefallen schien. In dieser Zeit verscheuchte Ullas Liebe, die nun hell und klar aus ihrem kindlichen frommen Herzen ausströmte, das Andenken an die verhängnisvollen Abenteuer im Schacht. Elis lebte ganz auf in Wonne und Freude und glaubte an sein Glück, das wohl keine böse Macht mehr verstören könne.

Als er wieder hinabfuhr in den Schacht, kam ihm in der Teufe alles ganz anders vor wie sonst. Die herrlichsten Gänge lagen offen ihm vor Augen, er arbeitete mit verdoppeltem Eifer, er vergaß alles, er mußte sich, auf die Oberfläche hinaufgestiegen, auf Pehrson Dahlsjö, ja auf seine Ulla besinnen, er fühlte sich wie in zwei Hälften geteilt, es war ihm, als stiege sein besseres, sein eigentliches Ich hinab in den Mittelpunkt der Erdkugel und ruhe aus in den Armen der Königin, während er in Falun sein düsteres Lager suche. Sprach Ulla mit ihm von ihrer Liebe und wie sie so glücklich miteinander leben würden, so begann er von der Pracht der Teufen zu reden, von den unermeßlich reichen Schätzen, die dort verborgen lägen, und verwirrte sich dabei in solch wunderliche unverständliche Reden, daß Angst und Beklommenheit das arme Kind ergriff und sie gar nicht wußte, wie Elis sich auf einmal so in seinem ganzen Wesen geändert. – Dem Steiger, Pehrson Dahlsjö selbst verkündete Elis unaufhörlich in voller Lust, wie er die reichhaltigsten Adern, die herrlichsten Trappgänge entdeckt, und wenn sie dann nichts fanden als taubes Gestein, so lachte er höhnisch und meinte, freilich verstehe er nur allein die geheimen Zeichen, die bedeutungsvolle Schrift, die die Hand der Königin selbst hineingrabe in das Steingeklüft, und genug sei es auch eigentlich, die Zeichen zu verstehen, ohne das, was sie verkündeten, zutage zu fördern.

Wehmütig blickte der alte Steiger den Jüngling an, der mit

wild funkelndem Blick von dem glanzvollen Paradiese sprach, das im tiefen Schoß der Erde aufleuchte.

»Ach, Herr«, lispelte der Alte Pehrson Dahlsjö leise ins Ohr, »ach, Herr, dem armen Jungen hat's der böse Torbern angetan!«

»Glaubt«, erwiderte Pehrson Dahlsjö, »glaubt nicht an solche Bergmannsmärlein, Alter. – Dem tiefsinnigen Neriker hat die Liebe den Kopf verrückt, das ist alles. Laßt nur erst die Hochzeit vorüber sein, dann wird's sich schon geben mit den Trappgängen und Schätzen und dem ganzen unterirdischen Paradiese!« –

Der von Pehrson Dahlsjö bestimmte Hochzeitstag kam endlich heran. Schon einige Tage vorher war Elis Fröbom stiller, ernster, in sich gekehrter gewesen als jemals, aber auch nie hatte er sich so ganz in Liebe der holden Ulla hingegeben als in dieser Zeit. Er mochte sich keinen Augenblick von ihr trennen, deshalb ging er nicht zur Grube; er schien an sein unruhiges Bergmannstreiben gar nicht zu denken, denn kein Wort von dem unterirdischen Reich kam über seine Lippen. Ulla war ganz voll Wonne; alle Angst, wie vielleicht die bedrohlichen Mächte des unterirdischen Geklüfts, von denen sie oft alte Bergleute reden gehört, ihren Elis ins Verderben locken würden, war verschwunden. Auch Pehrson Dahlsjö sprach lächelnd zum alten Steiger: »Seht Ihr wohl, daß Elis Fröbom nur schwindlicht geworden im Kopfe vor Liebe zu meiner Ulla!« –

Am frühen Morgen des Hochzeitstages – es war der Johannistag – klopfte Elis an die Kammer seiner Braut. Sie öffnete und fuhr erschrocken zurück, als sie den Elis erblickte schon in den Hochzeitskleidern, todbleich, dunkel sprühendes Feuer in den Augen. »Ich will«, sprach er mit leiser schwankender Stimme, »ich will dir nur sagen, meine herzgeliebte Ulla, daß wir dicht an der Spitze des höchsten Glücks stehen, wie es nur dem Menschen hier auf Erden beschieden. Mir ist in dieser Nacht alles entdeckt worden. Unten in der Teufe liegt in Chlorit und Glimmer eingeschlossen der kirschrot funkelnde Almandin, auf den unsere Lebenstafel eingegraben, den mußt du von mir empfangen als Hochzeitsgabe. Er ist schöner als der herrlichste blutrote Karfunkel, und wenn wir, in treuer Liebe verbunden, hineinblicken in sein strahlendes Licht, können wir es deutlich erschauen, wie unser Inneres verwachsen ist mit dem wunderbaren Gezweige, das aus dem Herzen der Königin im Mittelpunkt der Erde emporkeimt. Es ist nur nötig, daß ich diesen Stein hinauffördere zutage, und das will ich nunmehro tun. Gehab dich so lange wohl, meine herzgeliebte Ulla! – bald bin ich wieder hier.«

Ulla beschwor den Geliebten mit heißen Tränen, doch abzustehen von diesem träumerischen Unternehmen, da ihr großes Unglück ahne; doch Elis Fröbom versicherte, daß er ohne jenes Gestein niemals eine ruhige Stunde haben würde, und daß an irgendeine bedrohliche Gefahr gar nicht zu denken sei. Er drückte die Braut innig an seine Brust und schied von dannen.

Schon waren die Gäste versammelt, um das Brautpaar nach der Kopparbergskirche, wo nach gehaltenem Gottesdienst die Trauung vor sich gehen sollte, zu geleiten. Eine ganze Schar zierlich geschmückter Jungfrauen, die nach der Sitte des Landes als Brautmädchen der Braut voranziehen sollten, lachten und scherzten um Ulla her. Die Musikanten stimmten ihre Instrumente und versuchten einen fröhlichen Hochzeitsmarsch. – Schon war es beinahe Mittag, noch immer ließ sich Elis Fröbom nicht sehen. Da stürzten plötzlich Bergleute herbei, Angst und Entsetzen in den bleichen Gesichtern, und meldeten, wie eben ein fürchterlicher Bergfall die ganze Grube, in der Dahlsjös Kuxe befindlich, verschüttet.

»Elis – mein Elis, du bist hin – hin!« So schrie Ulla laut auf und fiel wie tot nieder. – Nun erfuhr erst Pehrson Dahlsjö von dem Steiger, daß Elis am frühen Morgen nach der großen Pinge gegangen und hinabgefahren, sonst hatte, da Knappen und Steiger zur Hochzeit geladen, niemand in dem Schacht gearbeitet. Pehrson Dahlsjö, alle Bergleute eilten hinaus, aber alle Nachforschungen, so wie sie nur selbst mit der höchsten Gefahr des Lebens möglich, blieben vergebens. Elis Fröbom wurde nicht gefunden. Gewiß war es, daß der Erdsturz den Unglücklichen im Gestein begraben; und so kam Elend und Jammer über das Haus des wackern Pehrson Dahlsjö in dem Augenblick, als er Ruhe und Frieden für seine alten Tage sich zu bereiten gedacht.

Längst war der wackre Masmeister Altermann Pehrson Dahlsjö gestorben, längst seine Tochter Ulla verschwunden, niemand in Falun wußte von beiden mehr etwas, da seit Fröboms unglückseligem Hochzeitstage wohl an die fünfzig Jahre verflossen. Da geschah es, daß die Bergleute, als sie zwischen zwei Schachten einen Durchschlag versuchten, in einer Teufe von dreihundert Ellen im Vitriolwasser den Leichnam eines jungen Bergmanns fanden, der versteinert schien, als sie ihn zutage förderten.

Es war anzusehen, als läge der Jüngling in tiefem Schlaf, so frisch, so wohl erhalten waren die Züge seines Antlitzes, so ohne alle Spur der Verwesung seine zierlichen Bergmannskleider, ja selbst die Blumen an der Brust. Alles Volk aus der Nähe sammelte sich um den Jüngling, den man heraufgetragen aus der Pinge, aber niemand kannte die Gesichtszüge des Leichnams, und keiner der Bergleute vermochte sich auch zu entsinnen, daß irgendeiner der Kameraden verschüttet. Man stand im Begriff, den Leichnam weiter fortzubringen nach Falun, als aus der Ferne ein steinaltes eisgraues Mütterchen auf Krücken hinankeuchte. »Dort kommt das Johannismütterchen!« riefen einige von den Bergleuten. Diesen Namen hatten sie der Alten gegeben, die sie schon seit vielen Jahren bemerkt, wie sie jedesmal am Johannistage erschien, in die Tiefe schauend, die Hände ringend, in den wehmütigsten Tönen ächzend und klagend, an der Pinge umherschlich und dann wieder verschwand.

Kaum hatte die Alte den erstarrten Jüngling erblickt, als sie beide Krücken fallen ließ, die Arme hoch empor streckte zum Himmel und mit dem herzzerschneidendsten Ton der tiefsten Klage rief: »O Elis Fröbom – o mein Elis – mein süßer Bräutigam!« Und damit kauerte sie neben dem Leichnam nieder und faßte die erstarrten Hände und drückte sie an ihre im Alter erkaltete Brust, in der noch, wie heiliges Naphthafeuer unter der Eisdecke, ein Herz voll heißer Liebe schlug. »Ach«, sprach sie dann, sich im Kreise umschauend, »ach, niemand, niemand von euch kennt mehr die arme Ulla Dahlsjö, dieses Jünglings glückliche Braut vor fünfzig Jahren! – Als ich mit Gram und Jammer fortzog nach Ornäs, da tröstete mich der alte Torbern und sprach, ich würde meinen Elis, den das Gestein begrub am Hochzeitstage, noch wiedersehen hier auf Erden, und da bin ich jahraus jahrein hergekommen und habe, ganz Sehnsucht und treue Liebe, hinabgeschaut in die Tiefe. – Und heute ist mir ja wirklich solch seliges Wiedersehen vergönnt! – O mein Elis – mein geliebter Bräutigam!«

Aufs neue schlug sie die dürren Arme um den Jüngling, als wolle sie ihn nimmer lassen, und alle standen tiefbewegt ringsumher.

Leiser und leiser wurden die Seufzer, wurde das Schluchzen der Alten, bis es dumpf vertönte.

Die Bergleute traten hinan, sie wollten die arme Ulla aufrichten, aber sie hatte ihr Leben ausgehaucht auf dem Leichnam des erstarrten Bräutigams. Man bemerkte, daß der Körper des Unglücklichen, der fälschlicherweise für versteinert gehalten, in Staub zu zerfallen begann.

In der Kopparbergskirche, dort, wo vor fünfzig Jahren das Paar getraut werden sollte, wurde die Asche des Jünglings beigesetzt und mit ihr die Leiche der bis in den bittern Tod getreuen Braut.

Prosper Mérimée

Ein Gesicht Karls XI.

Man spöttelt über Gesichte und Erscheinungen; doch sind ihrer einige so wohl bezeugt, daß man sich, verweigerte man ihnen den Glauben, um gerecht zu sein, dazu entschließen müßte, alle geschichtlichen Beweise in Bausch und Bogen zu verwerfen.

Ein Protokoll in aller Form, von vier glaubwürdigen Zeugen namentlich gefertigt, verbürgt die Wahrheit des Ereignisses, das ich erzählen will. Ich habe hinzuzufügen, daß die in jenem Protokoll enthaltene Vorhersagung bekannt war und oftmals angeführt wurde, lang ehe Ereignisse, die sich in unsern Tagen abgespielt haben, sie erfüllt zu haben scheinen.

Karl XI., der Vater des berühmten Karl XII., war ein Despot wie wenige von den Herrschern Schwedens, aber auch einer der weisesten unter ihnen. Er verkürzte die ungeheuerlichen Vorrechte des Adels, brach die Macht des Senats und gab Gesetze kraft eigener Befugnis; kurz, er schuf die Verfassung des Landes, die vor ihm ein oligarchisches Gepräge getragen hatte, völlig um und zwang die Stände, ihm die unumschränkte Gewalt zu übertragen. Im übrigen war er ein aufgeklärter, tapferer Mann, der fest am lutherischen Bekenntnisse hielt, ein unbeugsamer, kalter, nüchterner Charakter, bar jeder Spur von Einbildungskraft.

Vor kurzem erst hatte er seine Gattin Ulrike Eleonore verloren. Obgleich, wie es heißt, seine Härte gegen die Fürstin ihr Ende beschleunigt hatte, zeigte er sich durch ihren Tod tiefer berührt, als man es von einem so trocknen Herzen gewärtigt hätte. Er hatte sie geschätzt. Seit diesem Ereignis ward er noch düsterer und verschlossener, als er es früher gewesen war, und widmete sich den Geschäften mit einem Eifer, der ein zwingendes Bedürfnis bekundete, peinlichen Gedanken auszuweichen.

Eines Abends im Herbste saß er in Hauskleid und Pantoffeln spät noch vor einem großen Feuer in seinem Arbeitszimmer im Schlosse zu Stockholm. Bei sich hatte er seinen Kämmerer, den Grafen Brahé, den er durch seine Huld auszeichnete, und den Arzt Baumgarten, der, nebenbei bemerkt, den Freigeist spielte und Zweifel an allem forderte, die Heilkunde ausgenommen.

Karl hatte ihn an diesem Abende kommen lassen, ihn über irgendwelche Unpäßlichkeit zu Rat zu ziehen.

Es ging tief in die Nacht, und gegen seine Gewohnheit gab der König den beiden durch den Gute-Nacht-Gruß diesmal nicht zu verstehen, daß es Zeit wäre, sich zurückzuziehen. Gesenkten Hauptes unverwandt in die Flammen starrend, beharrte er in tiefem Schweigen. Seine Gesellschaft langweilte ihn, aber er fürchtete sich, ohne recht zu wissen, warum, allein zu bleiben.

Der Graf Brahé, der wohl merkte, daß seine Anwesenheit nicht allzu genehm wäre, hatte bereits wiederholentlich seiner Besorgnis Ausdruck gegeben, ob Seine Majestät nicht das Bedürfnis zu ruhen fühlte: eine Handbewegung des Königs hatte ihn jedesmal auf seinem Sitze zurückgehalten. Seinerseits fing nun der Arzt an, von den Schäden zu sprechen, die Nachtwachen der Gesundheit zufügten; aber Karl stieß durch die Zähne: »Bleibt, ich habe noch keine Lust, zu schlafen.«

So versuchte man denn an verschiedenen Gegenständen, ein Gespräch in Gang zu bringen. Aber jedes erschöpfte sich bereits nach der zweiten oder dritten Wendung; es war ganz offenbar, daß sich Seine Majestät einer der an ihr nicht ungewöhnlichen düstern Stimmungen überließ, und unter solchen Umständen befindet sich ein Höfling in einigermaßen heikler Lage.

Der Graf Brahé, der vermutete, daß die Traurigkeit des Königs in schmerzlichen Empfindungen ob des Verlustes seiner Gattin ihren Grund hätte, betrachtete eine Weile das Bild der Königin, das im Gemache hing, seufzte sodann tief und sprach: »Wie ähnlich doch das Bildnis ist! Ja, das ist dieser zugleich so majestätische und so sanfte Ausdruck! . . .«

Der König, der jedesmal, wenn man vor ihm den Namen der Fürstin nannte, einen Vorwurf zu vernehmen glaubte, antwortete kurz: »Pah! Das Bild ist zu sehr geschmeichelt. Die Königin war häßlich.« Dann, ärgerlich über sein hartes Wort, stand er auf und unternahm einen Rundgang durchs Zimmer, eine Erregung zu verbergen, die ihm die Schamröte ins Gesicht trieb. Er blieb am Fenster stehen, das auf den Hof ging. Die Nacht war finster, der Mond im ersten Viertel.

Die heutige Residenz der Könige von Schweden war damals noch nicht vollendet, und Karl XI., der den Bau begonnen hatte, bewohnte zur Zeit das alte Schloß, das auf der Spitze des Ritterholms über dem Mälarsee steht. Es ist ein großes, in

Hufeisenform angelegtes Gebäude. Das Arbeitszimmer des Königs befand sich an einem Ende, und fast gegenüber lag der große Saal, wo sich die Stände versammelten, wenn sie irgendeine Botschaft von der Krone entgegennahmen.

Die Fenster dieses Saales schienen in dem Augenblick hell erleuchtet. Dem König deuchte das seltsam. Anfangs nahm er an, die Fackel eines Lakaien wäre die Ursache der starken Helle. Aber was hatte man um diese Stunde in einem Saale zu schaffen, der seit langer Zeit nicht geöffnet worden war? Auch war das Licht viel zu lebhaft, als daß es von einer einzigen Fackel herrühren konnte. Man hätte es einer Feuersbrunst zuschreiben mögen; aber es war kein Rauch zu sehen, die Fensterscheiben waren nicht zersprungen, kein Geräusch vernehmbar; alles ließ auf eine Beleuchtung schließen.

Karl betrachtete die Fenster eine Weile, ohne ein Wort zu reden. Inzwischen war der Graf Brahé, indem er die Hand nach einem Glockenstrang ausstreckte, im Begriff, einem Pagen zu läuten, den er, die Ursache dieser sonderbaren Helligkeit zu erkunden, entsenden wollte.

Aber der König hinderte ihn daran. »Ich will selbst in den Saal gehn«, sagte er. Während er diese Worte sprach, erbleichte er sichtlich, und sein Antlitz drückte eine Art von frommem Schrecken aus. Trotzdem verließ er das Gemach mit festen Schritten. Der Kämmerer und der Leibarzt folgten ihm, jeder eine angezündete Kerze in der Hand.

Der Pförtner, dem die Hut der Schlüssel oblag, war bereits zu Bette. Baumgarten ging, ihn zu wecken, und befahl ihm im Namen des Königs, auf der Stelle die Türen zum Ständesaal zu öffnen. Groß war die Überraschung des Mannes ob dieses unerwarteten Gebotes; hastig warf er sich in die Kleider und erschien alsbald mit seinem Schlüsselbunde vor dem König. Zunächst öffnete er die Türe zu einem Hallengang, der dem Ständesaal als Vorzimmer oder Nebenraum diente. Der König trat ein. Aber wie erstaunte er, als er alle Wände schwarz ausgeschlagen sah.

»Wer hat den Auftrag erteilt«, fragte er zornig, »diesen Saal so zu bespannen?«

»Sire«, antwortete ganz bestürzt der Pförtner, »soviel ich weiß, niemand. Und als ich das letzte Mal die Halle kehren ließ, war sie, wie immer, eichengetäfelt. Sicherlich rührt diese Wandbespannung nicht von Eurer Majestät Gerätebewahrer her.«

Und schon war der König, mit heftigen Schritten ausschreitend, ins letzte Drittel des Ganges gelangt. Der Graf und der Pförtner hielten sich dicht hinter ihm. Der Leibarzt Baumgarten war etwas zurückgeblieben; er schwankte zwischen der Angst, allein gelassen zu werden, und der Scheu, sich den Folgen eines Abenteuers auszusetzen, das sich in sattsam sonderbarer Weise ankündigte.

»Gehn Sie nicht weiter, Sire!« rief der Pförtner. »Bei meiner armen Seele, hier ist ein Hexenspuk im Spiel! Um diese Stunde – seit die Königin, Eure allergnädigste Gemahlin, tot ist – heißt es, sie wandle in dieser Galerie . . . Gott soll uns bewahren!«

»Halten Sie ein, Sire«, rief seinerseits der Graf. »Hört Ihr nicht den Lärm, der aus dem Saale der Stände dringt? Wer weiß, welchen Gefahren Eure Majestät sich aussetzen!«

»Sire«, sagte Baumgarten, dem ein Windstoß die Kerze ausgeblasen hatte, »gestatten Sie zumindest, daß ich einige zwanzig Mann von der Leibwache hole.«

»Treten wir ein«, sagte der König mit fester Stimme. Er hielt vor der Pforte des großen Saales. »Und du, Schließer, öffne schnell diese Türe.«

Er stieß mit dem Fuß daran, und wie ein Kanonenschuß dröhnte, von den Wölbungen widerhallend, der Krach durch die Galerie. Der Pförtner zitterte derart, daß der Schlüssel ans Schloß schlug, ohne daß er ihn in die Öffnung hineinzubringen imstande war.

»Ein alter Soldat, der zittert!« sagte Karl und zuckte die Achseln. »Wohlan, Graf, öffnet uns diese Pforte!«

»Sire«, der Graf wich einen Schritt zurück, »mögen mir Eure Majestät befehlen, der Mündung einer dänischen oder deutschen Kanone mich entgegenzustellen, ich würde, ohne zu zaudern, gehorchen, aber Ihr heißet mich, die Hölle selbst herausfordern.«

Der König entriß den Händen des Pförtners den Schlüssel. »Ich sehe wohl«, sagte er verächtlich, »daß mich das allein angeht«; und ehe ihn noch seine Begleiter daran zu hindern vermochten, hatte er die schwere Eichenpforte geöffnet und war mit den Worten »Mit Gottes Hilfe!« in den großen Saal getreten.

Seine drei Genossen, von der Neugierde getrieben, die sich stärker erwies als ihre Angst, vielleicht auch aus Scham, ihren König im Stich zu lassen, traten mit ihm ein.

Der große Saal war von unzähligen Flammen erleuchtet. Eine schwarze Bespannung hüllte an Stelle der alten Figurentapete die Wände. Diesen entlang reihten sich in ihrer gewohnten Anordnung deutsche, dänische und russische Fahnen, die Siegestrophäen von Gustav Adolfs Heer. Man unterschied inmitten schwedische Banner, die Trauerflore bedeckten.

Eine unermeßliche Versammlung füllte die Bänke. Da saßen, jeder nach seinem Rang, die vier Stände*. Alle waren in Schwarz gekleidet, und diese vielen menschlichen Gesichter, die sich leuchtend vom schwarzen Grund abzuheben schienen, blendeten die Augen dermaßen, daß keiner der vier Zeugen dieses außerordentlichen Auftritts in der Menge ein bekanntes Antlitz aufzufinden vermochte. Also sieht auch ein Schauspieler, der einer zahlreichen Zuhörerschaft gegenübersteht, nur eine verworrene Masse, darin seine Blicke kein einzelnes Wesen unterscheiden können.

Auf dem erhöhten Throne, von wo der König die Versammlung anzusprechen pflegte, sahen sie einen blutigen Leichnam, angetan mit den äußern Zeichen der königlichen Würde. Zu seiner Rechten stand ein Kind und hielt, die Krone auf dem Haupte, das Zepter in der Hand; zur Linken stützte sich ein bejahrter Mann, vielmehr ein andres Gespenst, auf den Thron. Es war mit dem feierlichen Mantel bekleidet, den früher die Verweser Schwedens trugen, ehe Wasa es zum Königreich umgeschaffen hatte.

Dem Throne gegenüber saßen vor einem Tische, darauf man große Folianten und einige Pergamentrollen sah, mehrere Personen von strenger und hoheitsvoller Haltung. Sie waren in lange, schwarze Gewänder gehüllt und schienen Richter zu sein. Zwischen dem Throne und den Bänken der Versammlung stand ein schwarz verhängter Richtblock, und ein Beil lag daneben.

Niemand in dieser übermenschlichen Versammlung schien die Anwesenheit Karls und seiner drei Begleiter zu bemerken. Als sie eintraten, vernahmen sie zunächst nur ein verworrenes Stimmengeraune, daraus das Ohr keine verlautenden Worte entnehmen konnte.

Dann erhob sich der älteste der schwarz gekleideten Richter, der das Amt des Vorsitzenden auszuüben den Anschein hatte, und schlug dreimal mit der Hand auf einen Folioband, der geöffnet vor ihm lag. Augenblicklich ward ein tiefes Schweigen.

Einige junge Leute von gutem Aussehen, reich gekleidet, die Hände auf dem Rücken gefesselt, traten in den Saal, durch eine

* Der Adel, die Geistlichkeit, die Bürger und die Bauern.

Türe der gegenüber, die Karl eröffnet hatte. Sie schritten erhobenen Hauptes vorwärts. Ihr Blick drückte Entschlossenheit aus. Hinter ihnen ging ein Mann von kräftiger Gestalt, bekleidet mit einem Wams aus braunem Leder; er hielt die Enden der Stricke, die ihre Hände umwanden.

Der an der Spitze der andern, offenbar der bedeutendste der Gefangenen, blieb in der Mitte des Saales vor dem Richtblock stehen, den er mit einer Miene voll der großartigsten Verachtung betrachtete. In diesem Augenblick schien der Leichnam in krampfhaften Zuckungen zu erbeben, und frisches, purpurrotes Blut rann aus seiner Wunde.

Der junge Mann kniete nieder, hielt das Haupt hin: das Beil blitzte in der Luft und fiel allsogleich mit dumpfem Schlag herab. Ein Blutstrahl spritzte auf die Bühne des Thrones und mischte sich mit dem Blute des Leichnams; der Kopf aber rollte, mehrmals von dem sich rötenden Pflaster aufschnellend, vor Karls Füße, die er mit Blut besudelte.

Bis dahin hatte den König das Staunen stumm bleiben lassen; aber bei diesem schauderhaften Anblick »löste sich seine Zunge«. Er machte einige Schritte zur Bühne, und indem er sich an die Gestalt im Mantel des Verwesers wandte, sprach er kühnlich die wohlbekannte Formel aus: »Wenn du von Gott bist, rede; wenn aber von jenem andern, dann laß uns in Frieden.«

Langsam und in feierlichem Tone antwortete ihm das Gespenst:

»König Karl, dieses Blut wird nicht unter deiner Herrschaft fließen . . .« (hier ward die Stimme weniger deutlich), »sondern fünf Herrscherfristen später. Unheil, Unheil, Unheil dem Blute Wasas!«

Da begannen die Umrisse der zahlreichen Personen dieser erstaunlichen Versammlung minder unterscheidbar zu werden, schon schienen sie bloß farbige Schatten, bald schwanden sie gänzlich; die fabelhaften Flammen erloschen, und die Lichter Karls und seiner Gefolgschaft beleuchteten nichts als die alten Wandgewebe, die ein leiser Hauch bewegte. Noch hörte man eine Weile ein ganz wundersames Getön, das einer der Zeugen dem Rauschen des Windes in den Blättern verglich, ein andrer dem Laut von Harfensaiten, wenn sie beim Stimmen des Instruments springen. Alle waren über die Dauer der Erscheinung einig. Sie schätzten sie auf etwa zehn Minuten.

Die schwarzen Behänge, der abgeschlagene Kopf, die Blutströme, die den Fußboden färbten, alles war mit den Gespenstern verschwunden; nur Karls Pantoffel hatte einen roten Fleck behalten, der allein genügt hätte, ihm die Szenen dieser Nacht ins Gedächtnis zurückzurufen, wenn sie darin nicht allzu gut sich eingegraben hätten.

In sein Arbeitszimmer zurückgekehrt, ließ der König den Bericht über das, was er gesehen hatte, niederschreiben, ihn von seinen Begleitern unterzeichnen und unterzeichnete ihn selbst. Was für Vorsichtsmaßregeln man auch beachtete, den Inhalt dieses Aktenstückes der Öffentlichkeit zu verbergen, es war nicht zu verhindern, daß er bald bekannt wurde, sogar schon zu Lebzeiten Karls XI. selbst; noch liegt es vor, und bis zum heutigen Tage hat niemand Zweifel an seiner Richtigkeit zu erheben gewagt.

Der Schluß der Schrift ist bemerkenswert. Der König sagt da: »Und wenn das, was ich hier niedergelegt habe, nicht die lautre Wahrheit ist, so verzichte ich auf jede Hoffnung eines bessern Lebens, das ich etwa durch einige gute Werke, vorzüglich aber durch meinen Eifer möchte verdient haben, am Glück meiner Untertanen zu schaffen und die Gerechtsame des Glaubens meiner Vorväter zu erhalten.«

Wenn man sich nunmehr des Todes Gustavs III. und des Gerichtes über Ankarstroem, seinen Mörder, erinnert, wird man mehr als ein Merkmal des Zusammenhanges zwischen diesem Ereignis und den Umständen jener einzigartigen Vorhersagung sich bestätigen.

Der junge Mann, der angesichts der Stände enthauptet wurde, hätte Ankarstroem vorzustellen gehabt.

Der gekrönte Leichnam wäre Gustav III. gewesen.

Das Kind sein Sohn und Nachfolger, Gustav Adolf IV.

Der Greis endlich wäre der Herzog von Södermanland, Gustavs IV. Oheim, der, anfangs Regent des Königreichs, später, nach der Abdankung seines Neffen, König wurde.

Wilhelm Hauff

Die Geschichte von dem Gespensterschiff

Mein Vater hatte einen kleinen Laden in Balsora. Er war weder arm noch reich und war einer von jenen Leuten, die nicht gerne etwas wagen, aus Furcht, das wenige zu verlieren, das sie haben. Er erzog mich schlicht und recht und brachte es bald so weit, daß ich ihm an die Hand gehen konnte. Gerade als ich achtzehn Jahr alt war, als er die erste größere Spekulation machte, starb er, wahrscheinlich aus Gram, tausend Goldstücke dem Meere anvertraut zu haben. Ich mußte ihn bald nachher wegen seines Todes glücklich preisen; denn wenige Wochen hernach lief die Nachricht ein, daß das Schiff, dem mein Vater seine Güter mitgegeben hatte, versunken sei. Meinen jugendlichen Mut konnte aber dieser Unfall nicht beugen. Ich machte alles vollends zu Geld, was mein Vater hinterlassen hatte, und zog aus, um in der Fremde mein Glück zu probieren, nur von einem alten Diener meines Vaters begleitet, der sich aus alter Anhänglichkeit nicht von mir und meinem Schicksal trennen wollte.

Im Hafen von Balsora schifften wir uns mit günstigem Winde ein. Das Schiff, auf dem ich mich eingemietet hatte, war nach Indien bestimmt. Wir waren schon fünfzehn Tage auf der gewöhnlichen Straße gefahren, als uns der Kapitän einen Sturm verkündete. Er machte ein bedenkliches Gesicht; denn es schien, er kenne in dieser Gegend das Fahrwasser nicht genug, um einem Sturm mit Ruhe begegnen zu können. Er ließ alle Segel einziehen, und wir trieben ganz langsam hin. Die Nacht war angebrochen, war hell und kalt, und der Kapitän glaubte schon, sich in den Anzeichen des Sturmes getäuscht zu haben. Auf einmal schwebte ein Schiff, das wir vorher nicht gesehen hatten, dicht an dem unsrigen vorbei. Wildes Jauchzen und Geschrei erscholl aus dem Verdeck herüber, worüber ich mich zu dieser angstvollen Stunde vor einem Sturm nicht wenig wunderte. Aber der Kapitän an meiner Seite wurde blaß wie der Tod. »Mein Schiff ist verloren«, rief er, »dort segelt der Tod!« Ehe ich ihn noch über diesen sonderbaren Ausruf befragen konnte, stürzten schon heulend und schreiend die Matrosen herein. »Habt ihr ihn gesehen?« schrien sie. »Jetzt ist's mit uns vorbei!«

Der Kapitän aber ließ Trostsprüche aus dem Koran vorlesen und setzte sich selbst ans Steuerruder. Aber vergebens! Zusehends brauste der Sturm auf, und ehe eine Stunde verging, krachte das Schiff und blieb sitzen. Die Boote wurden ausgesetzt, und kaum hatten sich die letzten Matrosen gerettet, so versank das Schiff vor unsern Augen, und als ein Bettler fuhr ich in die See hinaus. Aber der Jammer hatte noch kein Ende. Fürchterlicher tobte der Sturm; das Boot war nicht mehr zu regieren. Ich hatte meinen alten Diener fest umschlungen, und wir versprachen uns, nie voneinander zu weichen. Endlich brach der Tag an. Aber mit dem ersten Blick der Morgenröte faßte der Wind das Boot, in welchem wir saßen, und stürzte es um. Ich habe keinen meiner Schiffsleute mehr gesehen. Der Sturz hatte mich betäubt, und als ich aufwachte, befand ich mich in den Armen meines alten treuen Dieners, der sich auf das umgeschlagene Boot gerettet und mich nachgezogen hatte. Der Sturm hatte sich gelegt. Von unserem Schiff war nichts mehr zu sehen; wohl aber entdeckten wir nicht weit von uns ein anderes Schiff, auf das die Wellen uns hintrieben. Als wir näher hinzukamen, erkannte ich das Schiff als dasselbe, das in der Nacht an uns vorbeifuhr und welches den Kapitän so sehr in Schrecken gesetzt hatte. Ich empfand ein sonderbares Grauen vor diesem Schiffe. Die Äußerung des Kapitäns, die sich so furchtbar bestätigt hatte, das öde Aussehen des Schiffes, auf dem sich, so nahe wir auch herankamen, so laut wir schrien, niemand zeigte, erschreckten mich. Doch es war unser einziges Rettungsmittel; darum priesen wir den Propheten, der uns so wundervoll erhalten hatte.

Am Vorderteil des Schiffes hing ein langes Tau herab. Mit Händen und Füßen ruderten wir darauf zu, um es zu erfassen. Endlich glückte es. Noch einmal erhob ich meine Stimme; aber immer blieb es still auf dem Schiff. Da klimmten wir an dem Tau hinauf, ich als der Jüngste voran. Aber Entsetzen! Welches Schauspiel stellte sich meinem Auge dar, als ich das Verdeck betrat! Der Boden war mit Blut gerötet, zwanzig bis dreißig Leichname in türkischen Kleidern lagen auf dem Boden, am mittleren Mastbaum stand ein Mann, reich gekleidet, den Säbel in der Hand, aber das Gesicht war blaß und verzerrt, durch die Stirne ging ein großer Nagel, der ihn an den Mastbaum heftete; auch er war tot. Schrecken fesselte meine Schritte, ich wagte kaum zu atmen. Endlich war auch mein Begleiter heraufgekommen. Auch ihn überraschte der Anblick des Verdeckes, das gar nichts Lebendiges, sondern nur so viele schreckliche Tote zeigte. Wir wagten es endlich, nachdem wir in der Seelenangst zum Propheten gefleht hatten, weiter vorzuschreiten. Bei jedem Schritte sahen wir uns um, ob nicht etwas Neues, noch Schrecklicheres sich darbiete; aber alles blieb, wie es war, weit und breit nichts Lebendiges als wir und das Weltmeer. Nicht einmal laut zu sprechen wagten wir aus Furcht, der tote, am Mast angespießte Kapitano möchte seine starren Augen nach uns hindrehen oder einer der Getöteten möchte seinen Kopf umwenden. Endlich waren wir bis an eine Treppe gekommen, die in den Schiffsraum führte. Unwillkürlich machten wir dort Halt und sahen einander an; denn keiner wagte es recht, seine Gedanken zu äußern.

»O Herr«, sprach mein treuer Diener, »hier ist etwas Schreckliches geschehen. Doch wenn auch das Schiff da unten voll Mörder steckt, so will ich mich ihnen doch lieber auf Gnade und Ungnade ergeben, als längere Zeit unter diesen Toten zubringen.« Ich dachte wie er; wir faßten ein Herz und stiegen voll Erwartung hinunter. Totenstille war aber auch hier, und nur unsere Schritte hallten auf der Treppe. Wir standen an der Türe der Kajüte. Ich legte mein Ohr an die Türe und lauschte; es war nichts zu hören. Ich machte auf. Das Gemach bot einen unordentlichen Anblick dar. Kleider, Waffen und andere Geräte lag untereinander. Nichts in Ordnung. Die Mannschaft oder wenigstens der Kapitano mußte vor kurzem gezecht haben; denn es lag alles noch umher. Wir gingen weiter von Raum zu Raum, von Gemach zu Gemach; überall fanden wir herrliche Vorräte in Seide, Perlen, Zucker usw. Ich war vor Freude über diesen Anblick außer mir; denn da niemand auf dem Schiff war, glaubte ich, alles mir zueignen zu dürfen; Ibrahim aber machte mich aufmerksam darauf, daß wir wahrscheinlich noch sehr weit vom Land seien, wohin wir allein und ohne menschliche Hilfe nicht kommen könnten.

Wir labten uns an den Speisen und Getränken, die wir in reichlichem Maß vorfanden, und stiegen endlich wieder aufs Verdeck. Aber hier schauderte uns immer die Haut ob dem schrecklichen Anblick der Leichen. Wir beschlossen, uns davon zu befreien und sie über Bord zu werfen; aber wie schauerlich ward uns zumut, als wir fanden, daß sich keiner aus seiner Lage bewegen ließ. Wie festgebannt lagen sie am Boden, und man hätte den Boden des Verdecks ausheben müssen, um sie zu entfernen, und dazu gebrach es uns an Werkzeugen. Auch der Kapitano ließ sich nicht von seinem Mast losmachen; nicht einmal seinen Säbel konnten wir der starren Hand entwinden. Wir brachten den Tag in trauriger Betrachtung unserer Lage zu, und als es Nacht zu werden anfing, erlaubte ich dem alten Ibrahim, sich schlafen zu legen; ich selbst aber wollte auf dem Verdeck wachen, um nach Rettung auszuspähen. Als aber der Mond heraufkam und ich nach den Gestirnen berechnete, daß es wohl um die elfte Stunde sei, überfiel mich ein so unwiderstehlicher Schlaf, daß ich unwillkürlich hinter ein Faß, das auf dem Verdeck stand, zurückfiel. Doch war es mehr Betäubung als Schlaf, denn ich hörte deutlich die See an der Seite des Schiffes anschlagen und die Segel vom Winde knarren und pfeifen. Auf einmal glaubte ich Stimmen und Männertritte auf dem Verdeck zu hören. Ich wollte mich aufrichten, um darnach zu schauen. Aber eine unsichtbare Gewalt hielt meine Glieder gefesselt; nicht einmal die Augen konnte ich aufschlagen. Aber immer deutlicher wurden die Stimmen; es war mir, als wenn ein fröhliches Schiffsvolk auf dem Verdeck sich herumtriebe. Mitunter glaubte ich die kräftige Stimme eines Befehlenden zu hören; auch hörte ich Taue und Segel deutlich auf und ab ziehen. Nach und nach aber schwanden mir die Sinne, ich verfiel in einen tieferen Schlaf, in dem ich nur noch ein Geräusch von Waffen zu hören glaubte, und erwachte erst, als die Sonne schon hoch stand und mir aufs Gesicht brannte. Verwundert schaute ich mich um; Sturm, Schiff, die Toten und was ich in dieser Nacht gehört hatte, kam mir wie ein Traum vor; aber als ich aufblickte, fand ich alles wie gestern. Unbeweglich lagen die Toten, unbeweglich war der Kapitano an den Mastbaum geheftet. Ich lachte über meinen Traum und stand auf, um meinen Alten zu suchen.

Dieser saß ganz nachdenklich in der Kajüte. »O Herr!« rief er aus, als ich zu ihm hereintrat, »ich wollte lieber im tiefsten Grund des Meeres liegen, als in diesem verhexten Schiff noch eine Nacht zubringen.« Ich fragte ihn nach der Ursache seines Kummers, und er antwortete mir: »Als ich einige Stunden geschlafen hatte, wachte ich auf und vernahm, wie man über meinem Haupt hin und her lief. Ich dachte zuerst, Ihr wäret es; aber es waren wenigstens zwanzig, die oben umherliefen; auch hörte ich rufen und schreien. Endlich kamen schwere Tritte die Treppe herab. Da wußte ich nichts mehr von mir, nur hie und da kehrte auf einige Augenblicke meine Besinnung zurück, und da sah ich dann denselben Mann, der oben am Mast angenagelt ist, an jenem Tisch dort sitzen, singend und trinkend: aber der, der in einem roten Scharlachkleid nicht weit von ihm am Boden liegt, saß neben ihm und half ihm trinken.« Also erzählte mir mein alter Diener.

Ihr könnt es mir glauben, meine Freunde, daß mir gar nicht wohl zumut war; denn es war keine Täuschung, ich hatte ja auch die Toten wohl gar gehöret. In solcher Gesellschaft zu schiffen, war mir greulich. Mein Ibrahim aber versank wieder in tiefes Nachdenken. »Jetzt hab ich's!« rief er endlich aus; es fiel ihm nämlich ein Sprüchlein ein, das ihn sein Großvater, ein erfahrener, weitgereister Mann, gelehrt hatte und das gegen jeden Geister- und Zauberspuk helfen sollte; auch behauptete er, jenen unnatürlichen Schlaf, der uns befiel, in der nächsten Nacht verhindern zu können, wenn wir nämlich recht eifrig Sprüche aus dem Koran beteten.

Der Vorschlag des alten Mannes gefiel mir wohl. In banger Erwartung sahen wir die Nacht herankommen. Neben der Kajüte war ein kleines Kämmerchen; dorthin beschlossen wir uns zurückzuziehen. Wir bohrten mehrere Löcher in die Türe, hinlänglich groß, um durch sie die ganze Kajüte zu überschauen; dann verschlossen wir die Türe, so gut es ging, von innen, und Ibrahim schrieb den Namen des Propheten in alle vier Ecken. So erwarteten wir die Schrecken der Nacht. Es mochte wieder ungefähr elf Uhr sein, als es mich gewaltig zu schläfern anfing. Mein Gefährte riet mir daher, einige Sprüche des Korans zu beten, was mir auch half. Mit einem Male schien es oben lebhaft zu werden; die Taue knarrten, Schritte gingen über das Verdeck, und mehrere Stimmen waren deutlich zu unterscheiden. Mehrere Minuten hatten wir so in gespannter Erwartung gesessen; da hörten wir etwas die Treppe der Kajüte herabkommen. Als dies der Alte hörte, fing er an, seinen Spruch, den ihn sein Großvater gegen Spuk und Zauberei gelehrt hatte, herzusagen:

»Kommt ihr herab aus der Luft,
Steigt ihr aus tiefem Meer,
Schlieft ihr in dunkler Gruft,
Stammt ihr vom Feuer her:
Allah ist euer Herr und Meister,
Ihm sind gehorsam alle Geister.«

Ich muß gestehen, ich glaubte gar nicht recht an diesen Spruch, und mir stieg das Haar zu Berg, als die Türe aufflog. Herein trat jener große, stattliche Mann, den ich am Mastbaum angenagelt gesehen hatte. Der Nagel ging ihm auch jetzt mitten durchs Hirn, das Schwert aber hatte er in die Scheide gesteckt; hinter ihm trat noch ein anderer herein, weniger kostbar gekleidet; auch ihn hatte ich oben liegen sehen. Der Kapitano, denn dies war er unverkennbar, hatte ein bleiches Gesicht, einen großen schwarzen Bart, wildrollende Augen, mit denen er sich im ganzen Gemach umsah. Ich konnte ihn ganz deutlich sehen, als er an unserer Türe vorüberging; er aber schien gar nicht auf die Türe zu achten, die uns verbarg. Beide setzten sich an den Tisch, der in der Mitte der Kajüte stand, und sprachen laut und fast schreiend miteinander in einer unbekannten Sprache. Sie wurden immer lauter und eifriger, bis endlich der Kapitano mit geballter Faust auf den Tisch hineinschlug, daß das Zimmer dröhnte. Mit wildem Gelächter sprang der andere auf und winkte dem Kapitano, ihm zu folgen. Dieser stand auf, riß seinen Säbel aus der Scheide, und beide verließen das Gemach. Wir atmeten freier, als sie weg waren; aber unsere Angst hatte noch lange kein Ende. Immer lauter und lauter ward es auf dem Verdeck. Man hörte eilends hin und her laufen und schreien, lachen und heulen. Endlich ging ein wahrhaft höllischer Lärm los, so daß wir glaubten, das Verdeck mit allen Segeln komme zu uns herab, Waffengeklirr und Geschrei – auf einmal aber tiefe Stille. Als wir es nach vielen Stunden wagten hinaufzugehen, trafen wir alles wie sonst; nicht einer lag anders als früher, alle waren steif wie Holz.

So waren wir mehrere Tage auf dem Schiffe; es ging immer nach Osten, wohin zu, nach meiner Berechnung, Land liegen mußte; aber wenn es auch bei Tag viele Meilen zurückgelegt hatte, bei Nacht schien es immer wieder zurückzukehren; denn wir befanden uns immer wieder am nämlichen Fleck, wenn die Sonne aufging. Wir konnten uns dies nicht anders erklären, als daß die Toten jede Nacht mit vollem Winde zurücksegelten. Um nun dies zu verhüten, zogen wir, ehe es Nacht wurde, alle Segel ein und wandten dasselbe Mittel an wie bei der Türe in der Kajüte; wir schrieben den Namen des Propheten auf Pergament und auch das Sprüchlein des Großvaters dazu und banden es um die eingezogenen Segel. Ängstlich warteten wir in unserem Kämmerchen den Erfolg ab. Der Spuk schien diesmal noch ärger zu toben; aber siehe, am anderen Morgen waren die Segel noch aufgerollt, wie wir sie verlassen hatten. Wir spannten den Tag über nur so viele Segel auf, als nötig waren, das Schiff sanft fortzutreiben, und so legten wir in fünf Tagen eine gute Strecke zurück.

Endlich, am Morgen des sechsten Tages, entdeckten wir in geringer Ferne Land, und wir dankten Allah und seinem Propheten für unsere wunderbare Rettung. Diesen Tag und die folgende Nacht trieben wir an einer Küste hin, und am siebenten Morgen glaubten wir in geringer Entfernung eine Stadt zu entdecken; wir ließen mit vieler Mühe einen Anker in die See, der alsobald Grund faßte, setzten ein kleines Boot, das auf dem Verdeck stand, aus und ruderten mit aller Macht der Stadt zu. Nach einer halben Stunde liefen wir in einen Fluß ein, der sich in die See ergoß, und stiegen ans Ufer. Im Stadttor erkundigten wir uns, wie die Stadt heiße, und erfuhren, daß es eine indische Stadt sei, nicht weit von der Gegend, wohin ich zuerst zu schiffen willens war. Wir begaben uns in eine Karawanserei und erfrischten uns von unserer abenteuerlichen Reise. Ich forschte daselbst auch nach einem weisen und verständigen Manne, indem ich dem Wirt zu verstehen gab, daß ich einen solchen haben möchte, der sich ein wenig auf Zauberei verstehe. Er führte mich in eine abgelegene Straße, an ein unscheinbares Haus, pochte an, und man ließ mich eintreten mit der Weisung, ich solle nur nach Muley fragen.

In dem Hause kam mir ein altes Männlein mit grauem Bart und langer Nase entgegen und fragte nach meinem Begehr. Ich sagte ihm, ich suche den weisen Muley, und er antwortete mir, er seie es selbst. Ich fragte ihn nun um Rat, was ich mit den Toten machen solle, und wie ich es angreifen müsse, um sie aus dem Schiff zu bringen. Er antwortete mir, die Leute des Schiffes seien wahrscheinlich wegen irgendeines Frevels auf das Meer verzaubert; er glaube, der Zauber werde sich lösen, wenn man sie ans Land bringe; dies könne aber nicht geschehen, als wenn man die Bretter, auf denen sie lägen, losmache. Mir gehöre von Gott und Rechts wegen das Schiff samt allen Gütern, weil ich es gleichsam gefunden habe; doch solle ich alles sehr geheim halten und ihm ein kleines Geschenk von meinem Überfluß machen; er wolle dafür mit seinen Sklaven mir behilflich sein, die Toten wegzuschaffen. Ich versprach, ihn reichlich zu belohnen, und wir machten uns mit fünf Sklaven, die mit Sägen und Beilen versehen waren, auf den Weg. Unterwegs konnte der Zauberer Muley unseren glücklichen Einfall, die

Segel mit den Sprüchen des Korans zu umwinden, nicht genug loben. Er sagte, es sei dies das einzige Mittel gewesen, uns zu retten.

Es war noch ziemlich früh am Tage, als wir beim Schiff ankamen. Wir machten uns alle sogleich ans Werk, und in einer Stunde lagen schon vier in dem Nachen. Einige der Sklaven mußten sie ans Land rudern, um sie dort zu verscharren. Sie erzählten, als sie zurückkamen, die Toten haben ihnen die Mühe des Begrabens erspart, indem sie, sowie man sie auf die Erde gelegt habe, in Staub zerfallen seien. Wir fuhren fort, die Toten abzusägen, und bis vor Abend waren alle ans Land gebracht. Es war endlich keiner mehr an Bord als der, welcher am Mast angenagelt war. Umsonst suchten wir den Nagel aus dem Holz zu ziehen; keine Gewalt vermochte ihn nur ein Haarbreit zu verrücken. Ich wußte nicht, was anzufangen war; man konnte doch nicht den Mastbaum abhauen, um ihn ans Land zu führen. Doch aus dieser Verlegenheit half Muley. Er ließ schnell einen Sklaven ans Land rudern, um einen Topf mit Erde zu bringen. Als dieser herbeigeholt war, sprach der Zauberer geheimnisvolle Worte darüber aus und schüttete die Erde auf das Haupt des Toten. Sogleich schlug dieser die Augen auf, holte tief Atem, und die Wunde des Nagels in seiner Stirne fing an zu bluten. Wir zogen den Nagel jetzt leicht heraus, und der Verwundete fiel einem der Sklaven in die Arme.

»Wer hat mich hieher geführt?« sprach er, nachdem er sich ein wenig erholt zu haben schien. Muley zeigte auf mich, und ich trat zu ihm. »Dank dir, unbekannter Fremdling, du hast mich von langen Qualen errettet. Seit fünfzig Jahren schifft mein Leib durch diese Wogen, und mein Geist war verdammt, jede Nacht in ihn zurückzukehren. Aber jetzt hat mein Haupt die Erde berührt, und ich kann versöhnt zu meinen Vätern gehen.« Ich bat ihn, uns doch zu sagen, wie er zu diesem schrecklichen Zustand gekommen sei, und er sprach: »Vor fünfzig Jahren war ich ein mächtiger, angesehener Mann und wohnte in Algier; die Sucht nach Gewinn trieb mich, ein Schiff auszurüsten und Seeraub zu treiben. Ich hatte dieses Geschäft schon einige Zeit fortgeführt; da nahm ich einmal auf Zante einen Derwisch an Bord, der umsonst reisen wollte. Ich und meine Gesellen waren rohe Leute und achteten nicht auf die Heiligkeit des Mannes; vielmehr trieb ich mein Gespött mit ihm. Als er aber einst in heiligem Eifer mir meinen sündigen Lebenswandel verwiesen hatte, übermannte mich nachts in meiner Kajüte, als ich mit meinem Steuermann viel getrunken hatte, der Zorn. Wütend über das, was mir ein Derwisch gesagt hatte und was ich mir von keinem Sultan hätte sagen lassen, stürzte ich aufs Verdeck und stieß ihm meinen Dolch in die Brust. Sterbend verwünschte er mich und meine Mannschaft, nicht sterben und nicht leben zu können, bis wir unser Haupt auf die Erde legen. Der Derwisch starb, und wir warfen ihn in die See und verlachten seine Drohungen. Aber noch in derselben Nacht erfüllten sich seine Worte. Ein Teil meiner Mannschaft empörte sich gegen mich. Mit fürchterlicher Wut wurde gestritten, bis meine Anhänger unterlagen und ich an den Mast genagelt wurde. Aber auch die Empörer unterlagen ihren Wunden, und bald war mein Schiff nur ein großes Grab. Auch mir brachen die Augen, mein Atem hielt an, und ich meinte zu sterben. Aber es war nur eine Erstarrung, die mich gefesselt hielt; in der nächsten Nacht, zur nämlichen Stunde, da wir den Derwisch in die See geworfen, erwachte ich und alle meine Genossen; das Leben war zurückgekehrt, aber wir konnten nichts tun und sprechen, als was wir in jener Nacht gesprochen und getan hatten. So segeln wir seit fünfzig Jahren, können nicht leben, nicht sterben; denn wie konnten wir das Land erreichen? Mit toller Freude segelten wir allemal mit vollen Segeln in den Sturm, weil wir hofften, endlich an einer Klippe zu zerschellen und das müde Haupt auf dem Grund des Meeres zur Ruhe zu legen. Es ist uns nicht gelungen. Jetzt aber werde ich sterben. Noch einmal meinen Dank, unbekannter Retter! Wenn Schätze dich lohnen können, so nimm mein Schiff als Zeichen meiner Dankbarkeit!«

Der Kapitano ließ sein Haupt sinken, als er so gesprochen hatte, und verschied. Sogleich zerfiel er auch, wie seine Gefährten, in Staub. Wir sammelten diesen in ein Kästchen und begruben ihn am Lande; aus der Stadt nahm ich aber Arbeiter, die mir mein Schiff in guten Zustand setzten. Nachdem ich die Waren, die ich an Bord hatte, gegen andere mit großem Gewinn eingetauscht hatte, mietete ich Matrosen, beschenkte meinen Freund Muley reichlich und schiffte mich nach meinem Vaterland ein. Ich machte aber einen Umweg, indem ich an vielen Inseln und Ländern landete und meine Waren zu Markt brachte. Der Prophet segnete mein Unternehmen. Nach dreiviertel Jahren lief ich, noch einmal so reich, als mich der sterbende Kapitän gemacht hatte, in Balsora ein. Meine Mitbürger waren erstaunt über meine Reichtümer und mein Glück und glaubten nicht anders, als ich habe das Diamantental des berühmten Reisenden Sindbad gefunden. Ich ließ sie auf ihrem Glauben; von nun an aber mußten die jungen Leute von Balsora, wenn sie kaum achtzehn Jahre alt waren, in die Welt hinaus, um gleich mir ihr Glück zu machen. Ich aber lebte ruhig und in Frieden, und alle fünf Jahre mache ich eine Reise nach Mekka, um dem Herrn an heiliger Stätte für seinen Segen zu danken und für den Kapitano und seine Leute zu bitten, daß er sie in sein Paradies aufnehme. –

Edgar Allan Poe

Die Maske des Roten Todes

Der Rote Tod hatte schon lange im Lande gewütet; noch nie hatte die Pest grauenhaftere Verheerungen angerichtet. Blut ging vor ihr her – Blut folgte ihr; überall sah man die Farbe des Blutes, spürte seine Schrecken. Sie brachte stechende Schmerzen und plötzliche Schwindelanfälle mit sich, denen starke Blutungen aus allen Poren folgten, und ließ unerbittlich den Tod zurück. Die scharlachroten Flecken auf dem ganzen Körper und besonders auf dem Gesicht des Opfers waren die Brandmale, die den Unglücklichen von der Hilfe und dem Mitleid der Menschen ausschlossen; und der erste Anfall, der qualvolle Fortschritt und das Ende der Seuche waren das schauerliche Werk einer halben Stunde.

Aber Prinz Prospero war glücklich, furchtlos und weise.

Als seine Besitztümer halb entvölkert dalagen, entbot er tausend lebenslustige Gesellschafter aus dem Kreis der Ritter und Damen seines Hofes zu sich und zog sich mit ihnen in die tiefe Abgeschiedenheit eines seiner befestigten Schlösser zurück. Es war ein weitläufiges, prächtiges Gebäude, eine Schöpfung nach des Prinzen eigenem, wildem, aber großartigem Geschmack. Eine starke, hohe, mit eisernen Toren verschlossene Mauer umgab das ganze Besitztum. Als die Höflinge eingezogen waren, brachte man Schmelzöfen und schwere Hämmer herbei und schmiedete die Riegel an den Toren zu, denn die Verzweiflung sollte weder jählings von außen herein, noch die irre Lustigkeit von innen heraus gelangen können. Die Welt draußen mochte für sich selbst sorgen! Es wäre Torheit gewesen, sich um der Zukunft oder der Menschheit willen trübem Nachdenken und Grübeleien hinzugeben! Der Prinz hatte denn auch reichlich für Vergnügungen und Unterhaltung gesorgt. Da waren Spaßmacher, Improvisatoren, Ballettänzer, Musiker, dazu die schönen Damen und die edlen Weine! Ja, alles das und Sicherheit war im Schloß! Draußen war der Rote Tod!

Im fünften oder sechsten Monat, als die Pest im Lande gerade am schlimmsten wütete, lud Prinz Prospero seine tausend Freunde zu einem Maskenball von ganz ungewöhnlicher Pracht ein.

Die Schar der Masken bot einen berauschenden Anblick dar, doch will ich erst die Räume beschreiben, in denen das Fest stattfand.

Es waren ihrer sieben – eine wahrhaft fürstliche Zimmerflucht! In den meisten Palästen würde sie wohl eine einzige lange Durchsicht geboten haben, da man im allgemeinen die Flügeltüren nach jeder Seite hin bis fast an die Wand zurückschieben und alle Räumlichkeiten mit einem Blick durchschweifen konnte. Die Vorliebe des Prinzen für alles Bizarre hatte ihn jedoch bewogen, das Schloß so unregelmäßig bauen zu lassen, daß man zu gleicher Zeit nur wenig mehr als ein Zimmer überschauen konnte.

Nach je zwanzig oder dreißig Schritten gelangte man an eine scharfe Biegung, die einem stets den Anblick auf ein neues Bild frei ließ. In jedem Zimmer ging zur Rechten und Linken in der Mitte jeder Wand ein hohes, schmales, gotisches Fenster auf einen geschlossenen Korridor hinaus, der den Windungen der Zimmerflucht folgte. Die Scheiben der Fenster waren aus buntem Glas, dessen Farbe mit derjenigen übereinstimmte, die in der Ausschmückung des Zimmers vorherrschte.

Das Zimmer am östlichen Ende der Reihe war zum Beispiel in Blau gehalten, und dementsprechend strahlten auch die Fensterscheiben in funkelndem Blau.

Das zweite Zimmer war mit purpurroten Wandbekleidungen und Zieraten ausgestattet, und auch die Scheiben waren purpurn – das dritte Gemach war ganz in Grün ausgestattet, und zauberhaftes grünes Licht ergoß sich durch seine Fenster. Das vierte Zimmer hatte orangefarbige Möbel und Beleuchtung, das fünfte Gemach war weiß, das sechste violett – das siebente aber mit schwarzem Sammet ausgeschlagen, der den Plafond und die Wände umhüllte und in schweren Falten auf den Bodenteppich von derselben Farbe und dem gleichen Stoff niederfiel. In diesem Zimmer allein entsprach die Farbe der Fenster nicht der der übrigen Ausschmückung. Hier waren die Scheiben scharlachrot, tief scharlachrot. In keinem der sieben Zimmer war unter dem Überfluß an goldenen Zieraten, die zahllos umherstanden oder von der Zimmerdecke herunterhingen, eine Lampe oder ein Kandelaber zu entdecken. In den Korridoren, welche die ganze Zimmerflucht umschlossen, stand jedem Fenster gegenüber ein massiver Dreifuß, in dem ein Kohlenfeuer loderte, das seine Flammen durch das bunte Glas in das Zimmer warf und ihm so eine glühende Helle und eine stets wechselnde, phantastische Beleuchtung mitteilte. Aber in dem westlichen oder schwarzen Zimmer war die Wirkung, die das feurige Licht der blutroten Scheiben auf den schwarzen Wandbekleidungen hervorbrachte, eine so gespenstische, gab den Gesichtern der Eintretenden ein so gräßliches Aussehen, daß nur wenige kühn genug waren, ihren Fuß über die Schwelle des Gemaches zu setzen.

An der westlichen Wand in diesem Zimmer stand eine riesengroße Uhr aus Ebenholz. Ihr Pendel schwang mit dumpfem, schwerem, eintönigem Schlagen hin und her. Und wenn der Minutenzeiger seinen Kreislauf über das Zifferblatt beendet hatte und das Uhrwerk die Stunde zu schlagen begann, drang aus der metallenen Brust der Uhr ein voller, tiefer, wunderbar musikalisch klingender Ton hervor, der von so besonderem Klange, von so seltsamer Feierlichkeit war, daß nach Verlauf jeder Stunde die Musiker sich wie von einer unerklärlichen Macht gezwungen fühlten, eine Pause zu machen und dem Tone zu lauschen; die Tanzenden mußten plötzlich innehalten, ein kurzes Mißbehagen breitete sich über die ganze fröhliche Gesellschaft. Man sah, während die Glocken des Uhrwerkes tönten, die Leichtfertigsten erbleichen und die Älteren und Gesetzteren, wie in traumhaftem Nachdenken verloren, ihre Stirn in ihre Hand senken. Doch sobald der letzte Schlag verklungen war, brach die Gesellschaft wieder in heiteres Lachen aus, die Musiker blickten einander an, lächelten wie über eine Torheit und gelobten flüsternd, sich beim nächsten Stundenschlag nicht wieder in eine ähnliche Aufregung bringen zu lassen. Aber wenn nach Verlauf von sechzig Minuten (die dreitausendsechshundert Sekunden der flüchtigen Zeit bedeuten) neue Glockenklänge von der Uhr her tönten, dann schrak die fröhliche Maskenschar wie vorher auf und wartete wieder mit banger verstörter Angst auf ihren letzten Schlag.

Und doch war's, trotz allem, ein heiteres, köstliches Fest. Der Prinz hatte seinen ganz persönlichen Geschmack. Er liebte seltene Farben und Farbenwirkungen und verachtete alles Herkömmliche. Seine Pläne waren kühn und voller Leben, und aus seinen Entwürfen sprühte die Glut ferner, schöner Zonen. Manche da draußen hatten ihn für wahnsinnig gehalten. Seine Hofgesellschaft wußte, daß dies ein Irrtum war; aber man mußte ihn selbst hören, ihn sehen, mußte mit ihm reden, um wirklich überzeugt zu sein, daß er es *nicht* war.

Um dieses große Fest zu verschönern, war ein Teil der beweglichen Ausschmückung der sieben Gemächer unter seiner Leitung entstanden, sein eigener, eigenartiger Geschmack hatte auch die Kostüme der Masken bestimmt. Und sie waren wirklich höchst grotesk. Da gab es Farbenpracht und Glanz und Glitzern, viel Phantasie und Pikanterie. Arabeskenhafte Gestalten mit seltsam verrenkten Gliedmaßen wandelten umher und gemahnten wohl an die Traumgebilde eines Tollen. Viel Schönes war da, viel Übermütiges, viel Bizarres, manches Schreckliche und nicht wenig, das widerwärtig wirkte. Auf und ab wogte es in den sieben Zimmern, wie eine Menge wirrer Traumgestalten. Und die Masken gingen ein und aus, stets wechselnd, bald zaubervoll, bald spukhaft beleuchtet, und die lauten Klänge des Orchesters durchtönten die Luft wie das Echo ihrer Schritte. Und mitten in den Trubel hinein erklingen dann plötzlich die Glockenschläge der Ebenholzuhr – und für einen Augenblick tritt Totenstille ein, man hört keinen Laut, nichts, nur die Stimme der Uhr! Die Traumgestalten bleiben, wie von plötzlicher Erstarrung ergriffen, auf dem Fleck stehen. Aber kaum ist der letzte Ton verhallt – so erklingt hinter ihm her ein leichtes, halbunterdrücktes Lachen. Die Musik schwillt wieder sanft empor, die erstarrten Träume beleben sich wieder und wogen noch heiterer auf und ab durch das Gluten der vielfarbigen Fenster, durch den seltsamen Feuerschein, den die Dreifüße flackernd entsenden. Aber in das westliche der sieben Zimmer wagt sich keine der Masken mehr hinein; denn es ist schon tief in der Nacht, und ein grelles Licht dringt durch die scharlachroten Scheiben; und die Düsterkeit der schwarzen Draperien tritt immer erschreckender hervor, und dem, der es wagt, seinen Fuß auf den schwarzen Teppich zu setzen, klingt das dumpfe Ticken der Ebenholzuhr warnender, feierlicher ins Ohr als denen, die sich in den anderen Gemächern der lauten Fröhlichkeit überlassen.

Aber in den übrigen sechs Gemächern herrschte ein dichtes Gedränge, und fieberhaft pulste dort der Herzschlag des Lebens. Der Festesrausch stieg höher und höher, bis endlich die Uhr die Mitternachtsstunde zu schlagen begann. Und nun, wie bei jedem Stundenschlage, brach die Musik plötzlich ab; die Tanzenden blieben starr stehen, überall trat, wie vorher, eine unheimliche Ruhe ein. Aber diesmal waren es zwölf Schläge, die von der Uhr ertönten, und daher kam es wohl auch, daß in der längeren Zeit den Nachdenklicheren unter den Festgenossen tiefere und ernstere Gedanken kamen. Und daher kam es auch wohl, daß, noch ehe der letzte Schlag in der Stille verklungen war, mehrere aus der Menge sich der Gegenwart einer maskierten Gestalt bewußt wurden, die bis dahin noch keiner von ihnen bemerkt hatte. Als das Gerücht von der Anwesenheit dieser neuen Erscheinung flüsternd die Runde gemacht hatte, ertönte aus der ganzen Gesellschaft ein Murmeln des Staunens, der Mißbilligung – das sich endlich zu einem Ausdruck des Schreckens, des Entsetzens und des Abscheus steigerte.

Es läßt sich denken, daß es schon eine ganz ungewöhnliche Maske sein mußte, die in einer so phantastisch gekleideten Gesellschaft eine derartige Erregung hervorbringen konnte. Die Maskenfreiheit war in der Tat für jene Nacht fast unbeschränkt, aber die unbekannte Erscheinung ging sogar über des Prinzen weitgehendste Erlaubnis hinaus. Selbst in den leichtfertigsten, frivolsten Herzen gibt es Saiten, bei deren Berührung der Mensch erbebt. Und selbst für die Verlorenen, denen Leben und Tod nur noch ein Spott ist, gibt es Dinge, die sie nicht zu ihrem Gespött machen wollen. Die ganze Gesellschaft schien auch hier von dem Gefühl durchdrungen, daß in dem Kostüm und dem Auftreten des Fremden weder Geist noch die geringste Empfindung für Schicklichkeit zu erkennen sei. Seine Gestalt war lang und hager und vom Kopf bis zu den Füßen in Leichentücher gehüllt. Die Maske, die sein Gesicht verhüllte, war so getreu dem Angesicht eines schon erstarrten Leichnams nachgebildet, daß man auch bei genauester Prüfung die Täuschung kaum erkennen konnte. Doch dies alles hätten die tollen Festgenossen – vielleicht nicht gebilligt, aber doch noch erträglich gefunden. Aber der Vermummte war so weit gegangen, den Typus des Roten Todes anzunehmen. Die Laken, die ihn umhüllten, waren mit den grauenhaften scharlachroten Flecken besprenkelt.

Als die Augen des Prinzen Prospero die gespenstische Erscheinung erblickten, welche mit langsamen, feierlichen Schritten, als wolle sie ihre Rolle möglichst gut markieren, zwischen den Tanzenden auf und ab schritt, bemerkte man, daß er im ersten Augenblick in heftigem Schauder, voll Schrecken oder Abscheu, zusammenzuckte. Doch dann stieg ihm die Zornesröte ins Gesicht.

»Wer wagt es«, fragte er mit heiserer Stimme die Höflinge in seiner Nähe, »uns durch diesen gotteslästerlichen Spott zu beleidigen? Ergreift ihn und reißt ihm die Maske ab, damit wir sehen, wen wir bei Sonnenaufgang an den Zinnen des Schlosses aufhängen lassen!«

Der Prinz befand sich im östlichen oder blauen Zimmer, als er diese Worte sprach. Sie tönten laut und klar durch die sieben Räume – denn der Prinz war ein kühner, kraftvoller Mann, und die Musik hatte ein Wink seiner Hand zum Schweigen gebracht.

In dem blauen Zimmer also stand der Prinz, umgeben von einer Schar Höflinge, denen das Blut aus dem Antlitz gewichen war. Als er zu sprechen begonnen hatte, machte sich in der Gruppe eine leichte Bewegung auf den Eindringling zu bemerkbar, der in diesem Augenblick ebenfalls in der Nähe war und jetzt mit gemessenen, majestätischen Schritten auf den Sprecher zutrat. Aber die wahnsinnige Vermessenheit des Vermummten flößte der ganzen Gesellschaft ein so namenloses Entsetzen ein, daß niemand es wagte, Hand an ihn zu legen. Ohne daß ihn jemand aufgehalten hätte, trat er bis auf zwei Schritte an den Prinzen heran, und während die Höflinge wie von *einem* Gefühl der Angst getrieben aus der Mitte der Zimmer an die Wände zurückwichen, durchschritt er ungehindert, mit demselben feierlichen, gemessenen Schritt, mit dem er gekommen, das blaue Zimmer, dann das purpurne, das grüne, das orangefarbene, das weiße, das violette. Niemand machte eine Bewegung, bis plötzlich Prinz Prospero, rasend vor Wut und Scham über seine eigene unerklärliche Feigheit – obwohl ihm niemand von den Höflingen zu folgen wagte, so sehr hatte sie der Schreck gelähmt –, durch die sechs Zimmer stürzte. Er schwang einen Dolch und war der vor ihm herschreitenden Gestalt schon auf drei oder vier Fuß nahe gekommen, als diese gerade das Ende des schwarzen Gemaches erreicht hatte, sich plötzlich umwandte und den Verfolger anblickte. Ein gellender Schrei erscholl, der Dolch fiel blitzend auf den schweren Teppich nieder, auf den einen Augenblick später Prinz Prospero tot hinsank. Nun raffte sich endlich eine Schar der Festgenossen auf! Sie drangen in das schwarze Gemach, ergriffen den Vermummten, dessen hohe Gestalt aufrecht und bewegungslos im Schatten der Ebenholzuhr stand – aber in wahnsinnigem Entsetzen schrien sie auf, als sie fühlten, daß die Grabgewänder und die Leichenmaske, die sie mit so rauher Gewalt gepackt, keine Gestalt eingehüllt hatten, die greifbar war!

Und nun erkannten sie die Gegenwart des Roten Todes. Er war gekommen wie ein Dieb in der Nacht. Und einer nach dem anderen sanken die Gäste des Prinzen Prospero in den blutbedeckten Sälen ihrer Lustbarkeit dahin und starben in der verzweifelten Stellung, in der sie niedergesunken waren. Die Ebenholzuhr stand mit dem Tode des letzten der Fröhlichen still. Die Flammen der Dreifüße verloschen. Und Finsternis und Verwesung legten sich über das Totenschloß.

Amos Tutuola
Der vollendete Herr

Ein sehr großer Markt

Es war ein sehr großer Markt in dieser Stadt, von wo die Tochter entführt worden war, und der Markttag war auf jeden fünften Tag festgesetzt, und die ganze Bevölkerung der Stadt und aller Dörfer ringsum und auch Geister und seltsame Wesen aus mancherlei Wäldern und aus diesem oder jenem Busch kamen an jedem fünften Tag auf den Markt, um Waren zu verkaufen oder zu kaufen. Um vier Uhr nachmittags wurde der Markt dann geschlossen, und jedermann machte sich auf nach dem Ort seiner Bestimmung oder kehrte dahin zurück, woher er gekommen war.

Die Tochter des Stadtoberhauptes trieb ein klein wenig Handel, sie war ein heiratsfähiges Mädchen zu der Zeit, da sie entführt wurde. Schon vorher hatte ihr der Vater zu heiraten nahegelegt, aber sie hatte nicht auf ihren Vater gehört. Er hatte sich daraufhin selbst nach einem Mann für sie umgesehen, doch das Fräulein hatte sich hartnäckig geweigert, den Mann, den ihr der Vater vorstellte, zu heiraten. Danach hatte der Vater sie sich selbst überlassen.

Dieses Fräulein war schön wie ein Engel, aber kein Mann konnte sie zur Heirat bewegen. Und eines Tages ging sie, wie sie es immer getan hatte, am Markttag zum Markt, ihre Waren zu verkaufen. Da sah sie an diesem Markttag auf dem Markt ein seltsames Wesen, einen Mann, den sie niemals vorher gesehen hatte und von dem sie nicht wußte, woher er kam.

Ein sehr feiner Herr

Er war ein schöner vollkommener Herr, er trug die feinsten und kostbarsten Kleider, alle Teile seines Körpers waren vollendet, er war ein großer, aber kräftiger Mann. Wie er so auf den Markt kam an diesem Tag – wäre er ein verkäufliches Tier oder eine Ware gewesen, er hätte mindestens zweitausend Pfund Sterling gebracht. Im gleichen Augenblick, da das Fräulein ihn sah, fragte sie ihn auch schon, wo er denn lebe. Aber der feine Herr gab ihr gar keine Antwort, er kümmerte sich überhaupt nicht um sie. Als sie aber merkte, daß er keine Notiz von ihr nahm, ließ sie ihre Waren im Stich, begann, den Weg des vollendeten Herrn über den Markt zu verfolgen, und verkaufte nichts mehr.

Nach und nach schloß der Markt für den Tag, und die Leute auf dem Markt machten sich auf den Heimweg, auch der vollendete Herr schickte sich an, zum Ort seiner Bestimmung zu gehen – aber da ihm das Fräulein die ganze Zeit über mit den Augen gefolgt war, sah sie, wie er seinen Heimweg antrat, und sie ging hinter ihm (dem vollendeten Herrn) her, einem unbekannten Ziel zu. Doch wie sie dem vollendeten Herrn so die Straße entlang folgte, forderte er sie auf, umzukehren oder doch wenigstens ihm nicht mehr zu folgen; das Fräulein hörte aber nicht auf das, was er sagte, und als es der vollendete Herr müde geworden war, ihr zu sagen, sie möge ihm nicht mehr folgen und umkehren, da ließ er sie folgen.

Als sie aber ungefähr zwölf Meilen vom Markte entfernt waren, verließen sie die Straße, auf der sie gewandert waren, und begannen, in einen endlosen Wald einzudringen, den nur schreckliche Wesen bewohnten.

Die geliehenen Teile sind zurückzuerstatten

Und wie sie nun so in diesem endlosen Walde dahingingen, begann der vollkommene Herr vom Markt, dem das Fräulein folgte, die geliehenen Teile seines Körpers den Eigentümern zurückzugeben und ihnen das Leihgeld dafür zu zahlen. Als sie da hinkamen, wo er den linken Fuß ausgeliehen hatte, zog er ihn aus, gab ihn dem Eigentümer zurück, zahlte, und sie gingen weiter. Als sie dort hinkamen, wo er den rechten Fuß ausgeliehen hatte, zog er ihn aus, gab ihn dem Eigentümer und zahlte. Nun waren beide Füße zurück an die Besitzer gegeben, und er fing an, auf der Erde zu kriechen. Da hatte das Fräulein den Wunsch, umzukehren in ihre Stadt und zu ihrem Vater, aber das schreckliche Wesen erlaubte ihr's nicht, umzukehren in ihre Stadt und zu ihrem Vater, und sagte: »Ich hatte dir gesagt, du sollst mir nicht folgen, bevor wir noch in diesen Wald einbogen, der allein den schrecklichen und seltsamen

Geschöpfen gehört. Aber erst als ich ein unvollkommener Herr wurde, da wolltest du gehen; das ist nun vorbei, das hast du versäumt. Außerdem hast du ja noch gar nichts gesehen. Jetzt folgst du mir.«

Und so gingen sie weiter und kamen dahin, wo er den Bauch, die Rippen, die Brust und das andere ausgeliehen hatte, und er zog Bauch, Rippen, Brust und das andere aus, gab es dem Eigentümer und zahlte die Leihgebühr.

Da blieben dem Herrn oder schrecklichen Wesen allein der Kopf mit dem Hals und beide Arme, und er konnte auch nicht mehr kriechen wie vorher, sondern kam nur noch hüpfend voran wie ein Ochsenfrosch. Nun wurde das Fräulein beinahe ohnmächtig beim Anblick dieses furchtbaren Wesens, dem sie gefolgt war. Und wie sie so sah, daß aber auch jeder Teil dieses vollendeten Herrn vom Markt gemietet oder ausgeliehen war und zurückgegeben wurde an die Besitzer, begann sie alles zu versuchen, damit sie zurückkehren könne zur Stadt ihres Vaters, aber das furchtbare Wesen erlaubte ihr's nicht.

So kamen sie an die Stelle, wo er beide Arme geliehen hatte; er zog sie aus, gab sie dem Eigentümer und zahlte dafür. Und immer weiter gingen sie in diesem endlosen Wald; sie kamen an den Ort, wo der Hals ausgeliehen war, und er zog ihn aus, gab ihn dem Eigentümer, und auch für ihn zahlte er.

Ein vollendeter Herr, bis auf den Kopf zusammengeschrumpft

Und nun war der vollendete Herr bis auf den Kopf zusammengeschrumpft, und sie kamen an den Ort, wo er die Haut und das Fleisch des Kopfes ausgeliehen hatte, er gab sie zurück, zahlte dem Eigentümer und war jetzt (der vollendete Herr vom Markt) nur noch ein Schädel, und dem Fräulein verblieb einzig die Gesellschaft des Schädels. Und als das Fräulein das sah: daß sie nur noch mit einem Schädel zusammen war, da begann sie davon zu sprechen, daß ihr Vater ihr nahegelegt habe zu heiraten, aber daß sie nicht auf ihn gehört und ihm nicht vertraut habe.

Und sie drohte, angesichts des Herrn, der zum Schädel geworden war, ohnmächtig zu werden, aber der Schädel sagte ihr nur, wenn sie sterben würde, würde sie eben sterben, aber sie würde ihm doch zu seinem Haus folgen müssen.

Und gleich nachdem er das zu ihr gesagt hatte, fing er an, mit einer schrecklichen Stimme wie ein Brummkreisel zu brummen, und die Stimme wuchs mächtig an, so daß jemand, der zwei Meilen entfernt war, ihn gehört hätte, ohne lauschen zu müssen. Da rannte das Fräulein weg in den Wald um ihr Leben, aber der Schädel verfolgte sie und holte sie nach ein paar Yards wieder ein, denn er war sehr flink und geschickt und konnte Sprünge machen von einer Meile, bevor er den Boden berührte. Er fing das Fräulein, indem er sie überholte und ihr den Weg wie ein Baumstumpf versperrte.

Eine sehr tiefe Höhle

Und so folgte das Fräulein dem Schädel zu seinem Haus, und das Haus war eine sehr tiefe Höhle unter der Erde. Als sie ankamen, traten sie ein in die Höhle. Und es waren nur Schädel, die darin lebten. Und während sie die Höhle betraten, befestigte er eine einzelne Muschel am Halse des Fräuleins mit einer Art Schnur, danach brachte er einen riesigen Frosch, auf den sie sich als Stuhl niederließ, und einem Schädel von seiner Art gab er eine Pfeife und den Auftrag, achtzuhaben auf dieses Fräulein, wenn sie davonlaufen wolle. Denn der Schädel wußte bereits, daß das Fräulein versuchen würde, aus seiner Höhle zu fliehen. Dann aber ging er in den hinteren Raum der Höhle, wo seine Familie sich tagsüber aufhielt.

Eines Tages jedoch versuchte das Fräulein tatsächlich, aus der Höhle zu fliehen, aber im gleichen Augenblick, da der Schädel, der das Fräulein bewachte, den anderen Schädeln im Hintergrund der Höhle pfiff, kamen sie alle herausgestürzt an die Stelle, wo das Fräulein sonst auf dem Ochsenfrosch saß, und wie sie so alle herausgestürzt kamen, rollten sie über den Boden, als wenn tausend Petroleumfässer eine gepflasterte Straße entlanggerollt würden.

Nachdem sie das Fräulein gefangen hatten, brachten sie es zurück auf den Frosch. Und wenn der Schädel, der sie bewachte, in Schlaf fiel und das Fräulein zu entkommen versuchte, würde nun die Muschel, die an ihrem Halse befestigt war, den Schädel, der das Fräulein bewachte, mit einem schrecklichen Lärm alarmieren, so daß der Schädel sofort aufwachen würde, und dann käme der Rest der Schädelfamilie zu Tausenden aus dem Hintergrund der Höhle gestürzt, und sie würden mit seltsamen und furchtbaren Stimmen fragen, was sie denn wolle.

Aber das Fräulein würde gar nicht antworten können, weil sie stumm war von dem Augenblick an, da man ihr die Muschel befestigt hatte am Hals.

Gérard de Nerval
Das grüne Scheusal

I
Das Teufelsschloß

Ich will von einem der ältesten Bewohner von Paris erzählen, den man einst den Teufel Vauvert nannte. Daher auch die Redensart: »Das ist ja beim Teufel Vauvert! Geht zum Teufel Vauvert!« Was bedeuten soll: Schert euch zum Teufel auf dem Rinnstein! Und Dienstleute pflegen zu sagen: »Das ist ja beim Teufel aux vert«, was im Grünen heißt, wenn sie nämlich einen entlegenen Ort meinen und sich den Auftrag sehr teuer bezahlen lassen wollen. Das ist natürlich eine fehlerhafte, entstellte Redensart, wie so vieles, was unter den Parisern gang und gäbe ist.

Tatsächlich haust der Teufel Vauvert in Paris, und zwar seit einigen Jahrhunderten, wenn man den Historikern Glauben schenken darf. Sauval, Félibien, Sainte-Foix und Dulaure haben des langen und breiten über seine Eskapaden berichtet. Zuerst scheint er im Schloß Vauvert gewohnt zu haben, das sich einmal dort befand, wo heute das muntere Tanzlokal »Zur Kartause« steht, am äußersten Ende des Jardin du Luxembourg und gegenüber den Alleen des Observatoriums, in der Rue d'Enfer.

Das Schloß hatte keinen guten Ruf, es wurde zerstört, und seine Trümmer kamen in den Besitz jenes Kartäuserklosters, in dem 1414 Jean de la Lune verstarb, der Neffe des Gegenpapstes Benedikt XIII. Jean de la Lune stand in dem Verdacht, mit einem Teufel in Verbindung zu stehen, der vielleicht der Hausgeist des alten Schlosses Vauvert gewesen war. Bekanntlich hat ja jedes dieser Herrschaftshäuser seinen eigenen Hausgeist.

Über diese interessante Episode ist uns seitens der Historiker nichts Genaues überliefert.

Zur Zeit Ludwigs XIII. machte der Teufel Vauvert wieder von sich reden.

Seit längerer Zeit schon hatte man jeden Abend beträchtlichen Lärm in jenem Haus gehört, das sich über den Trümmern des ehemaligen Klosters erhob und dessen gegenwärtige Besitzer mehrere Jahre nicht anwesend waren. Die Nachbarn beunruhigte das sehr.

Sie gingen zum Polizeipräfekten und machten ihm Mitteilung; er schickte ein paar Gendarmen hin.

Aber wie staunten die Hüter der Ordnung, als sie an Ort und Stelle nicht nur schallendes Gelächter, sondern auch Gläserklirren hörten!

Sie dachten, Geldfälscher seien dabei, eine Orgie zu feiern, und da sie aus dem vollführten Lärm auf viel Leute schlossen, holten sie erst einmal Verstärkung heran.

Dann waren sie der Meinung, auch die Korporalschaft reiche noch nicht aus, denn keinem Sergeanten war es wohl bei dem Gedanken, seine Männer in diese Räuberhöhle zu schicken, wo sich eine ganze Armee auszutoben schien. Schließlich traf gegen Morgen ein ausreichender Polizeikordon ein. Das Haus wurde besetzt. Man fand nichts.

Die Sonne verscheuchte die Schatten.

Den ganzen Tag über wurde alles gründlich durchsucht; man kam zu dem Schluß, daß der Lärm aus den Katakomben komme, die sich bekanntlich unter dem ganzen Viertel hinziehen.

Der Entschluß wurde gefaßt, in die Katakomben einzusteigen. Aber während noch die Polizei ihre Anstalten dazu traf, war es wieder Abend geworden, und der Lärm begann von vorn und diesmal stärker denn je.

Nun wagte niemand mehr hinunterzusteigen, denn jedermann wußte, daß es im Keller ausschließlich Flaschen gab. Folglich mußte es der Teufel selbst sein, der sie tanzen ließ. Man gab sich damit zufrieden, die Zugänge zur Straße abzuriegeln und die Geistlichkeit um Gebete zu bitten.

Die Geistlichkeit betete mit Eifer, und mit Hilfe von Spritzen wurde der Keller durch einen Lichtschacht sogar mit Weihwasser besprengt.

Der Lärm dauerte an.

II
Der Sergeant

Beharrlich verstopfte das Volk von Paris eine ganze Woche lang alle Zugänge zu diesem Viertel, entsetzte sich laut und wollte Neues wissen.

Schließlich erklärte sich ein Sergeant, der beim Henker diente und beherzter war als alle anderen, bereit, in den verwünschten Keller hinabzusteigen – unter der Bedingung, daß man ihm eine Pension versprach, die im Fall seines Ablebens an eine Näherin namens Margot ausgezahlt werden sollte.

Er war ein tapferer Mann, eher verliebt als glaubensfromm. Ihn hatte nämlich die Leidenschaft zu dieser Näherin ergriffen, die recht angesehen und vor allem sparsam, man könnte sogar sagen ein bißchen geldgierig war und einen einfachen Sergeanten ganz ohne Mittel unter keinen Umständen geheiratet hätte.

Wenn er sich jedoch diese Pension verdiente, so war der Sergeant in ihren Augen plötzlich ein anderer.

Angespornt von dieser Aussicht, rief er aus, er glaube weder an Gott noch an den Teufel und werde mit diesem Lärm schon fertig werden.

»Woran glaubst du denn?« fragte ihn einer seiner Kameraden.

»Ich glaube an den Herrn Strafrichter und an den Henker von Paris«, erwiderte er.

Womit er ein großes Wort gelassen aussprach.

Er nahm seinen Dolch zwischen die Zähne und in jede Hand eine Pistole, so begab er sich mutig zur Treppe.

Als er den Fuß auf den Kellerboden setzte, empfing ihn ein höchst ungewöhnliches Schauspiel. Alle Flaschen tanzten eine Sarabande und vollführten die graziösesten Figuren.

Die grün versiegelten Flaschen stellten die Männer dar, die roten die Frauen. Sogar ein Orchester war vorhanden, das es sich auf den Flaschenregalen bequem gemacht hatte.

Die leeren Flaschen klangen wie Blasinstrumente, die zerbrochenen wie Glockenspiel und Triangel, und die gesprungenen hatten einen so eindringlichen Ton, daß man sie für Geigen halten konnte.

Der Sergeant hatte einige Gläser getrunken, bevor er sich auf das Abenteuer eingelassen hatte, und als er jetzt nichts als Flaschen um sich sah, fühlte er sich vollkommen am Platze und begann ebenfalls zu tanzen.

Da die allgemeine Fröhlichkeit und das Spektakel ihn mutiger machten, ergriff er eine reizende Flasche mit langem Hals, anscheinend weißer Bordeaux mit sauberem roten Siegel, und drückte sie zärtlich an seine Brust.

Von allen Seiten schlug ihm wahnsinniges Gelächter entgegen; verwirrt ließ der Sergeant die Flasche fallen, und sie zersprang in tausend Stücke.

Der Tanz hörte auf. Schreckensschreie erschallten aus allen

Ecken des Kellers, und dem Sergeanten sträubten sich die Haare, als er sah, daß der verschüttete Wein eine Blutlache bildete.

Der Leib einer nackten Frau, das blonde Haar benetzt von der Flüssigkeit auf dem Boden, lag zu seinen Füßen.

Der Teufel in Person hätte dem Sergeanten keine Furcht eingejagt, aber dieser Anblick erfüllte ihn mit Grauen, und als er sich darauf besann, daß er ja über die Erfüllung seiner Mission werde berichten müssen, ergriff er eine Flasche mit grünem Siegel, die sich vor Lachen über ihn auszuschütten schien, und rief:

»Eine hab ich wenigstens!«

Ungeheures Gelächter war die höhnische Antwort.

Inzwischen hatte er die Treppe wieder erreicht und zeigte seinen Kameraden die Flasche:

»Hier habt ihr das Gespenst! Ihr seid ja zu feige« (er drückte sich noch etwas deftiger aus), »daß ihr euch nicht traut, da hinunterzusteigen!«

Sein Spott ärgerte die anderen Gendarmen; sie eilten in den Keller, wo sie nichts andres fanden als eine zerbrochene Flasche Bordeaux. Alle anderen standen ordentlich an ihrem Platz. Den Gendarmen tat die zerbrochene Flasche leid. Weil sie aber nun mal gerade tapfer waren, konnte sie niemand daran hindern, pro Kopf eine Flasche mitgehen zu lassen.

Sie durften sie sogar austrinken.

Der Sergeant meinte allerdings dazu:

»Was mich angeht, so hebe ich mir meine Flasche für die Hochzeit auf.«

Die in Aussicht gestellte Pension konnte man ihm nicht versagen, er heiratete seine Näherin und . . .

Meint ihr, sie hätten viele Kinder bekommen?

Sie bekamen nur eins.

III
Was weiter geschah

Als er in der Rapée Hochzeit feierte, stellte der Sergeant seine ominöse Flasche mit dem grünen Weinsiegel zwischen sich und seine Frau und bestimmte, daß nur ihr und ihm daraus eingeschenkt werden dürfe.

Die Flasche war grün wie Klee, der Wein rot wie Blut.

Neun Monate später brachte die Näherin ein kleines Scheusal zur Welt. Es war vollkommen grün und hatte rote Hörner auf der Stirn. Auf denn, ihr lieben jungen Mädchen, zum Tanz in der »Kartause«, wo sich einst das Schloß Vauvert erhob!

Inzwischen wuchs das Kind heran und nahm, wenn nicht gerade an Tugend, so doch an Körpergröße zu. Zweierlei gefiel seinen Eltern gar nicht: seine grüne Haut und sein Schwanzstummel, der zuerst nichts als eine Verlängerung des Steißbeins zu sein schien, sich allmählich aber zu einem richtigen Schwanz auswuchs.

Sie befragten die Professoren, die es für unmöglich hielten, den Auswuchs operativ zu entfernen, ohne dabei das Leben des Kindes aufs Spiel zu setzen. Es sei, fügten sie hinzu, ein ziemlich seltener Fall, doch hätten schon Herodot und der jüngere Plinius solche Beispiele erwähnt. Das System Fourier hat also damals noch niemand vorausgesehen.

Und was die Hautfarbe angeht, so führten die Professoren sie auf eine übermäßige Gallenabsonderung zurück. Immerhin versuchte man mit verschiedenen Bleichmitteln, die allzu dunkle Hautfarbe aufzuhellen, und nach einer ganzen Reihe von Waschungen und Einreibungen gelang das auch wirklich; zuerst wurde die Haut flaschengrün, dann wassergrün und schließlich apfelgrün. Einen Augenblick hatte es sogar den Anschein, als sollte sie ganz weiß werden, aber am Abend nahm sie wieder die alte Tönung an.

Der Sergeant und die Näherin konnten sich gar nicht trösten über den Kummer, den ihnen das kleine Scheusal bereitete, denn es wurde immer dickköpfiger, jähzorniger und boshafter.

Ihr Kummer führte sie einem Laster in die Arme, das unter Leuten ihrer Art nur allzu verbreitet ist. Sie ergaben sich dem Trunk.

Allerdings wollte der Sergeant immer nur Wein mit roten Siegeln und seine Frau nur Wein mit grünen Siegeln trinken.

Jedesmal, wenn der Sergeant sternhagelvoll war, sah er dann im Traum die blutende Frau, deren Anblick ihn im Keller, als er die Flasche zerbrochen hatte, so entsetzte.

Diese Frau sagte dann zu ihm:

»Warum hast du mich so ans Herz gedrückt und dann umgebracht, da ich dich doch so liebte?«

Und jedesmal, wenn die Frau des Sergeanten zuviel von dem grünversiegelten Wein zu sich genommen hatte, erblickte sie im Traum einen schrecklich aussehenden, großen Teufel, der zu ihr sagte:

»Warum wunderst du dich, mich zu sehen? Schließlich hast du doch aus der Flasche getrunken. Bin ich etwa nicht der Vater deines Kindes?«

Welch Geheimnis!

Als das Kind dreizehn Jahre alt war, verschwand es.

Seine Eltern waren untröstlich und tranken weiter, aber niemals wieder sahen sie im Traum jene grauenhaften Erscheinungen, die ihnen den Schlaf gestört hatten.

IV
Moral

So wurde der Sergeant für seine Ungläubigkeit und die Näherin für ihre Geldgier bestraft.

V
Was aus dem grünen Scheusal wurde

Das hat nie jemand erfahren.

Johann August Apel
Die schwarze Kammer

Unser Journalistikum bestand aus drei Personen. Aktuarius Wermuth gab die gelehrten Blätter, Stadtphysikus Bärmann die eleganten, und ich, was weder gelehrt noch elegant, oder beides zusammen war. Gleichwohl hatten wir unsre Konvente und Schmäuse so gut als andre Journalgesellschaften, ja, wir übertrafen alle andre darin, denn wir hatten täglich Konvent und Schmaus, sobald der Aktuarius seine Delinquenten und der Stadtphysikus seine Patienten abgefertigt hatte. Diese beiden kamen dann zu mir, und bei einer Pfeife Tabak und einem Krug Bier lasen wir uns das Neueste aus der Literatur vor und machten unsre Bemerkungen darüber.

Der Aktuarius ließ heute länger als gewöhnlich auf sich warten. Jetzt half es nichts, der Stadtphysikus mußte von der schwarzen Kammer erzählen. Nach kurzem Weigern stopfte er sich eine frische Pfeife, verbat sich alles Lachen und fing an:

»Ich hatte meine Universitätsstudien beschlossen und famulierte, um mir Bekanntschaft zu machen, einige Jahre bei dem Doktor Wendeborn, der damals die stärkste Praxis hatte. Weil ich für einen guten Reiter galt, so überließ er mir hauptsächlich seine auswärtigen Kranken und machte es sich auf seine alten Tage bequem. So schickte er mich unter anderm einmal auf ein benachbartes Rittergut zu dem Oberstlieutenant von Silberstein, dessen Tochter an einem heftigen Nervenfieber lag. Viel zu helfen war nicht mehr, indessen verordnete ich Medizin und Diät, wie die Umstände es mit sich brachten, und wollte mich wieder auf den Weg machen. Aber die Eltern ließen mich schlechterdings nicht fort, wiewohl ich ihnen meine Verordnung schriftlich hinterlassen wollte, damit kein Mißgriff in der Behandlung der Kranken möglich sei. Ich mußte also bleiben. Die Frau vom Hause ließ mir geschwind ein Zimmer zurecht machen, und weil die Kranke etwas ruhig war, entfernte ich mich beizeiten abends von der Familie.

Das ganze Schloß sah ziemlich finster aus, und mein Stübchen war eben nicht das freundlichste darin. Die altväterischen schweren Türen waren schwarz angestrichen und ebenso die getäfelte Decke und das Holzwerk, das sich von den Fenstern unten an den Wänden hinzog. Kurz, mir gefiel nichts als das

Bett, das, schneeweiß überzogen, an der Wand hinter schweren grünseidenen Vorhängen stand.

Ich setzte noch einen ausführlichen Bericht über den Krankheitszustand des Fräuleins an meinen alten Herrn auf und gähnte bei jedem Komma. Da pochte etwas an meine Türe. Ich fuhr ein wenig zusammen, faßte mich aber geschwind und rief, so barsch ich konnte: Herein! Dasmal aber war es nichts Bedenkliches, sondern der Jäger des Oberstlieutenants, der nachfragen wollte, ob ich vielleicht noch etwas zu befehlen hätte. Ich erzähle mit Vorsatz jede Kleinigkeit, denn in solchen Dingen muß man pünktlich sein bis zur Pedanterei, wie bei einem *Visum repertum*. Der Jäger war ein junger, artiger Mensch, wir sprachen von diesem und jenem, unter andrem fragte er mich, ob es mir nicht zu einsam in den Stübchen vorkäm, und erbot sich, bei mir zu bleiben. Ich lachte ihn aus, denn er schien mir sogar selbst in dem düstern Behältnis ängstlich zu werden und sah sich bei dem geringsten Geräusch bedenklich in allen Winkeln um. Endlich erzählte er mir, mein Stübchen heiße die schwarze Kammer, und man trage sich mit allerhand seltsamen Erzählungen davon, welche jedoch der Herrschaft verborgen bleiben müßten, um ihr nicht den Aufenthalt zu verleiden. Er erzählte mir auch manches Histörchen von Spukereien und erbot sich nochmals recht angelegentlich, bei mir zu bleiben oder sein Schlafzimmer, welches weit freundlicher gelegen sei, mit mir zu teilen. Ich wollte aber durchaus keinen Vorschlag annehmen, der meine Herzhaftigkeit kompromittiert hätte, und weil er sah, daß ich unbeweglich auf meinem Vorsatz blieb, so ging er endlich und wiederholte noch in der Tür seine Warnung gegen den Unglauben, der schon manchen ins Verderben gestürzt hätte.

Ich war nun allein in der übel berüchtigten schwarzen Kammer. Damals, wo ich noch über Geister leichtsinniger dachte und ungefähr so wie – gewisse aufgeklärte Leute, glaubte ich Gelegenheit zu finden, meinem Heldenmute durch die abgerissene Larve eines Gespenstes ewige Lorbeeren zu verdienen, und freute mich auf die nahe Mitternacht. Zuvörderst aber untersuchte ich mein Zimmer auf das genaueste. Ich verschloß beide Türen und verriegelte sie von innen mit einem besonderen, vom Schlosse ganz verschiedenen Riegel. Ein gleiches geschah mit den Fenstern. Zum Überfluß störte ich mit meinem Reisesäbel unter dem Bett und allen Tischen und Schränken umher, und erst, als ich mich genau von der Unmöglichkeit überzeugt hatte, daß Mensch oder Tier mir einen Besuch machen konnte, kleidete ich mich aus. Das Nachtlicht stellte ich in den Ofen, so daß mein Zimmer völlig dunkel war, denn die Beleuchtung macht mir die Furcht mehr rege, als daß sie mich davon befreien sollte.

Nach diesen Vorbereitungen legte ich mich nieder und schlief von der vielfachen Ermüdung früher ein, als ich gehofft hatte. Ich war noch im ersten Schlafe, da dünkte es mich, als hört ich meinen Namen ganz leise nennen. Ich fuhr zusammen und horchte auf, da hört ich nochmals ganz deutlich rufen: ›August!‹ Der Schall kam, wie es schien, aus den Vorhängen meines Bettes. Ich riß die Augen weit auf, sah aber nichts als dichte Dunkelheit um mich. Indessen hatte mich doch der leise Ruf mit einem Fieberfrost übergossen, ich drückte die Augen fest zu und fing an, wieder einzuschlummern. Auf einmal weckt mich ein Rauschen in den Bettvorhängen, und der Ruf meines Namens tönt mir noch deutlicher zu. Ich öffne die Augen halb, mein Zimmer kommt mir irgendwie verwandelt vor; es ist von einem wunderbaren Lichte durchdämmert, eine eiskalte Hand berührt mich, und neben mir im Bett liegt eine todbleiche Gestalt im Leichenhemd, die ihren kalten Arm nach mir ausstreckt. Ich schrie im ersten Schreck laut auf und prallte zurück, im Augenblick geschah ein heftiger Schlag, die Gestalt war verschwunden, und ich sah nichts um mich als die vorige Dunkelheit. Ich zog die Decke über den Kopf, da schlug die Turmuhr, ich zählte, es war Mitternacht.

Jetzt ermannte ich mich und sprang ohne Verzug aus dem Bett, um mich sicher zu überzeugen, daß kein Traum mich getäuscht haben könnte. Ich zündete zwei Lichter an und untersuchte wie zuvor das ganze Zimmer. Alles war noch in demselben Zustand, wie ich es verlassen hatte, kein Riegel an den Türen verschoben, kein Fensterwirbel verrückt. Ich ward schon versucht, meine Erscheinung, so klar ich mir auch ihrer bewußt war, dennoch einem Traume und meiner durch des Jägers Erzählungen aufgeregten Fantasie zuzuschreiben, als ich, um nichts unversucht zu lassen, noch mit dem Licht an mein Bett leuchtete. Hier lag eine lange schöne dunkle Locke auf meinem Kissen. Diese konnte doch nicht durch Traum und Täuschung hergekommen sein. Ich hob sie auf und wollte eben die ganze Begebenheit dieser Nacht niederschreiben, als ein fernes Geräusch mich aufmerksam machte. Ich unterschied bald ängstliches Laufen und Werfen mit den Türen; endlich kommt es gegen mein Zimmer, und es wird hastig und stark an die Türe gepocht. Ich rufe: ›Wer da?‹ ›Stehn Sie schnell auf, Herr Bärmann‹, antwortet es draußen, ›das gnädige Fräulein will sterben!‹ Ich warf mich in möglichster Eil in meine Kleider und flog nach dem Krankenzimmer; es war zu spät, das Fräulein lag entseelt vor mir. Kurz vor Mitternacht, hieß es, war sie vom Schlafe erwacht und nach wenigen schnellen Atemzügen verschieden. Die Eltern waren untröstlich, sie brauchten jetzt selbst meinen ärztlichen Beistand, besonders die Mutter, die durchaus die Leiche nicht verlassen wollte, so daß man sie fast mit Gewalt von ihr trennen mußte. Endlich gab sie nach, doch mußte ich ihr gestatten, eine Locke vom Haupt der Toten als Reliquie und Andenken mit sich zu nehmen. Denke, wie mich schauerte, als ich jetzt in den langen dunklen Ringeln, die vom Haupt der Leiche herabwallten, die Ebenbilder jenes nächtlichen Geschenks erblickte. Ich ward den Tag darauf gefährlich krank, und, merke wohl! an derselben Krankheit, an welcher meine Patientin verschieden war. Was sagst du nun zu dieser Tatsache, deren Gewißheit ich mit jedem Eide bekräftigen kann?«

»Es ist in der Tat sehr sonderbar«, antwortete ich. »Sprächst du nicht ernsthaft, und hättest du mich nicht versichert, daß du das ganze Zimmer auf das genaueste durchsucht hättest, so möcht ich fast einige Bedenklichkeiten haben.«

»Wie ich dir sage«, fiel der Stadtphysikus ein, »Täuschung war hier durchaus unmöglich. Ich habe mit wachendem Sinn gesehn und gehört, und die Locke setzt vollends alles außer Zweifel.«

»Gleichwohl muß ich dir gestehn«, erwidert ich, »ist gerade diese Locke mir ein Anstoß. War deine Erscheinung nicht Täuschung, so mußte sie von einer geistigen Einwirkung, oder wie du es sonst nennen willst, herrühren, diese aber wird mir durch die Dazwischenkunft einer körperlichen Locke etwas zweideutig. Ein Geist, der körperliche Dinge hinterläßt, wird mir sehr verdächtig und macht auf mich denselben widrigen Eindruck wie ein Schauspieler, der aus seinem Charakter in einen unschicklichen fällt.«

Der Stadtphysikus rückte hier ungeduldig mit seinem Stuhle. »Gott ehre mir die Konsequenz!«, rief er. »Erst glaubt ihr gar keine Geister und werft sie meilenweit von euch; und nun habt ihr gar eine Theorie des gespenstischen Charakters fertig und kritisiert danach die Erscheinungen!«

Hier trat der Aktuarius ein und trocknete sich die Stirn. »Gewiß aus dem Theater!« riefen wir ihm entgegen und hielten ihm die Strafbüchse vor.

»Ihr habt gut reden«, antwortete er, »setzt euch nur hinauf und vernehmt von frühem Morgen an den ganzen geschlagenen Tag durch Spitzbuben, Vagabunden und ander solch Gesindel. Gestern ist wieder ein Pärchen eingebracht worden, das mich heute ein gut Stück Lunge gekostet hat.«

»Um des Himmels willen«, rief der Stadtphysikus, »bleib mir heut mit allen Spitzbuben- und Vagabundenhistorien vom Halse!«

»Ja, ja!« wiederholte der Aktuarius, »hört an, eine brillante Spitzbuben- und Gespensterhistorie.«

»Da bin ich doch kurios«, murmelte der Stadtphysikus und trommelte dazu auf dem Tische.

»Ihr kennt doch«, fing der Aktuarius an, »den Advokat Tippel? – den kleinen Hanswurst, der immer um die Weiber herumflattert – ihr müßt ihn ja kennen!«

»Ja doch, ja!« riefen wir beide, »komm nur zur Sache!«

»Nun«, fuhr er fort, »der hat neulich draußen in Rabenau einen Termin vor den Silbersteinischen Gerichten. Die Sache mag sich aber etwas in die Länge ziehn, kurz, der Abend kommt heran, ehe Tippel abgefertigt ist. Von Natur, wißt ihr, ist er eben nicht der Herzhafteste, und jetzt haben ihn die Geschichten von Posträubern und Zungenabschneidern so besorgt gemacht, daß ihn kein Mensch durch alle Versprechungen in der Welt des Nachts auf die Straße locken könnte. Silbersteins sind gute Leute, und weil sie seine Angst sehen, so offerieren sie ihm ein Nachtlager auf dem Schlosse. Tippel nimmt es mit dem größten Dank an und bittet nur im voraus um Entschuldigung, wenn er vielleicht zu früh Lärm im Hause machen sollte, denn er müsse mit Tagesanbruch fort. Den andern Morgen läßt sich aber kein Tippel hören und sehen. Eine Stunde nach der andern vergeht, man klopft an seine Türe, man ruft, man lärmt; kein Mensch antwortet. Endlich wird es den Leuten bedenklich, und sie machen die Türe mit Gewalt auf. Da liegt Tippel totenblaß und ohne Besinnung im Bett und sieht aus, als wollt er eben abscheiden. Endlich, durch viel Bemühungen wird er wieder zu sich gebracht und erzählt nun fürchterliche Dinge, die ihm in der Nacht begegnet waren. Er hatte sich abends zeitig zu Bett gelegt, um bei rechter früher Tageszeit sich auf den Weg machen zu können. Wie er noch im ersten Schlafe liegt, weckt ihn ein Pochen an der Türe. Tippel hat gleich den Kopf voll Schreckenshistorien, schmiegt sich möglichst an die Wand und versteckt den Kopf unter die Decke. Kaum ist er wieder einen Augenblick eingeschlummert, so weckt ihn von neuem ein dumpfes Rauschen an seinem Bett, und wie er aufblickt, da steht eine weiße Figur vor einem Schranke, den er zuvor in seiner Stube gar nicht gesehen hat, und in dem Schranke glänzt es wie lauter Gold und Silber und Edelstein. Der Geist überzählt seinen Reichtum, klimpert mit Geld, schließt dann den Schrank zu und nähert sich endlich dem Bette. Da sieht denn Tippel ein kleines blasses Totengesicht mit einer altväterischen Kopfbinde um die schwarzen Haare. Es weht ihn eine eiskalte Luft an, und der Geist macht Anstalt, sein moderfleckiges Grabtuch abzuwerfen und sich mit Tippeln in das Bett zu teilen. In der Todesangst dreht sich Tippel um, schließt die Augen fest zu und rückt so weit er kann nach der Wand zu. Im Augenblick tut es einen lauten Schrei und einen heftigen Fall in seiner Nähe, der ihm vollends alle Besinnung raubt. So hat er nun gelegen bis frühmorgens, wo ihn die Leute, wie ich euch erzählt habe, halb tot im Bette fanden.

Ihr könnt leicht denken, daß die Sache gewaltiges Aufsehen im Hause machte. Silbersteins, die ohnedies immer Visionen haben, erzählten von einer alten Tante, die sich schon eher sollte gezeigt haben, und von vermauerten Schätzen, die ein Rutengänger schon dem vorigen Gutsbesitzer angezeigt haben sollte. Dabei beteuerte Tippel jedes Wort seiner Erzählung und vermaß sich hoch und teuer, sie mit tausend Eiden zu bekräftigen. Er deponierte auch wirklich seine Aussage gerichtlich, aber der Gerichtshalter, der auch zu den Ungläubigen gehört, bestand auf einer Lokalbesichtigung des Zimmers, wo Tippel geschlafen hatte. Der alte Silberstein wollte zwar nicht daran und meinte, er möge in seinem Hause mit Geistern nicht anbinden, er könne die schwarze Kammer entbehren und sei zufrieden, wenn der Geist sich mit dieser begnüge; allein der Gerichtshalter behauptete seinen Satz als ein entschlossener Mann und setzte dasmal seine Meinung gegen den Gerichtsherrn durch. Die schwarze Kammer wurde also geöffnet. Tippel konnte kaum angeben, wo der Schrank mit dem Schatz sollte gestanden haben, denn dem Bett gegenüber waren Fenster und kein Platz, wo ein Schrank sichtbar oder unsichtbar stehen konnte. Man untersuchte das ganze enge Zimmerchen, aber nirgends fand sich auch nur die geringste Spur von etwas

Unheimlichem oder Verdächtigem. Die Gerichtspersonen und alle Zuschauer bewiesen nun unwidersprechlich, daß das Geschehen nicht mit rechten Dingen zugegangen sein könne. Tippel erbat sich eine beglaubte Abschrift des Protokolls und seiner Aussage, um sich in allen Zeitungen als echten und aufrichtigen, gerichtlich attestierten Geisterseher aufführen zu können; da fällt es aber dem Gerichtshalter noch ein, das Bett zu untersuchen, worin der Geisterseher geschlafen hatte. Er schüttelt, rüttelt, pocht und visitiert darin herum, da fährt auf einmal die Brettwand hinter dem Bett wie ein Schieber in Fugen in die Höhe, und es öffnet sich eine Kommunikation mit einem zweiten Bett auf der andren Seite der Wand und durch dessen Vorhänge die Aussicht in ein allerliebstes nettes Zimmerchen.«

»I, der Donner!« fiel der Stadtphysikus hier mit drolligem Ärger ein und schlug sich vor die Stirn. Der Aktuarius verstand die rechte Beziehung seines Ausrufes nicht und fuhr fort:

»Gerade so rief auch Tippel, als der unerwartete Prospekt sich öffnete. Die ganze Gesellschaft passierte nun durch die beiden Betten in das benachbarte Zimmer. Tippel rekognoszierte hier den Wandschrank seines Geistes und die Gutsherrschaft das Schlafzimmer des Kammermädchens. Man eröffnete den Schrank, der nun zwar nicht, wie Tippel gesehn haben wollte, von Juwelen und Gold und Silber flimmerte, aber doch manch hübsches Stückchen an Silbergerät, Schmuck und Geldröllchen enthielt. Die hübsche Bewohnerin des Stübchens sollte nun über den Schatz und die nächtlichen Erscheinungen näher Auskunft geben, aber sie hatte sich mit dem Jäger des Oberstlieutenants unsichtbar gemacht.«

»Mit dem Jäger?« wiederholte der Stadtphysikus.

»Mit dem herrschaftlichen Revierjäger August Leisegang«, bekräftigte der Erzähler.

»August heißt der Spitzbube?« fiel der Stadtphysikus nochmals mit Heftigkeit ein. »Weißt du das gewiß?«

»Warum soll ich's denn nicht wissen«, erwiderte der Aktuarius etwas verdrießlich, »ich hab ihn ja eben mit seiner Schönen vernommen. Warum fällt dir der Name auf?«

»Mein Namensvetter«, murmelte der Stadtphysikus gelassen und zupfte an der Halskrause. »Erzähl' nur weiter!«

»Nun, das übrige könnt ihr erraten«, fuhr jener fort. »Die bewegliche Wand, die in uralten Zeiten einem Schloßherrn Dienste geleistet haben mochte, war vergessen und von dem

Liebespärchen neu entdeckt und benutzt worden. Tippel hatte nun im Schlaf an die Feder gedrückt und die Wand gehoben, das war das Rauschen, das ihn geweckt hatte, das Kammermädchen hatte dann, wie sie statt des Jägers den fremden Gast in ihrem Bett fand, aufgeschrien und den Schieber fallen lassen, das war der Fall, den Tippel gehört hatte. So erklärte sich nun alles ganz natürlich. Man schickte nun den Leutchen Steckbriefe nach, und gestern wurden sie richtig von unsern Gerichtsdienern eingebracht. Da hab ich denn seit morgens gesessen und vernommen, der größte Spaß aber dabei war, daß Tippel von ungefähr dazu kommen mußte und sich nun totärgern wollte, wie er das nette rotbäckige Schwarzköpfchen sah, vor dem er, als vor einem leichenblassen toten Geizhalse, in der Nacht die Augen fest zugedrückt hatte. ›Das soll mir nicht wieder passieren‹, sagte er und wollte einen von den versäumten Küssen nachholen, aber der kleine, schwarzäugige Schelm drehte sich so flink, daß Tippels Lippen gerade mit der roten Nase des Gerichtsfrons zusammenstießen. ›Nehmen Sie sich in acht‹, sagte sie, ›der erste April kommt alle Jahre wieder und will jedesmal sein Recht haben.‹«

»Krabbe du!« murmelte der Stadtphysikus, der nun sein Abenteuer noch einmal zum besten geben mußte.

»Geht mir«, rief er, »wir leben in einer schlechten Zeit! Alles Alte geht zu Grunde, nicht einmal ein rechtschaffenes Gespenst kann sich mehr halten. Komme mir keiner wieder mit einer Gespensterhistorie.«

»Bewahre!« erwiderten wir andern beiden. »Gerade wenn es mit den Gespenstern aus ist, geht das rechte Zeitalter für ihre Geschichte an. Kommt doch jede Geschichte erst *hinter* der Wirklichkeit und der Leser dadurch, wenn das Glück gut ist, hinter die *Wahrheit!*«

Mark Twain
Eine Gespenstergeschichte

Ich mietete ein großes Zimmer oben am Broadway, in einem weitläufigen, alten Haus, dessen obere Stockwerke jahrelang nicht bewohnt gewesen waren. Der Ort war lange dem Staub und den Spinnweben, der Einsamkeit und dem Schweigen überlassen worden. Es war mir, als tastete ich mich zwischen Gräbern dahin, als dringe ich in das Privatleben der Toten ein, als ich in der ersten Nacht in mein Quartier hinaufkletterte. Zum erstenmal in meinem Leben überkam mich eine abergläubische Furcht; und als ich auf der Treppe um eine dunkle Ecke bog und das weiche Gewebe eines unsichtbaren Spinnennetzes mir ins Gesicht schwebte und sich darin festsetzte, da schauderte ich zusammen wie jemand, der einem Gespenst begegnet.

Wie froh war ich, als ich mein Zimmer erreicht hatte und dem Moder und der Finsternis die Tür vor der Nase zumachen konnte. Ein fröhliches Feuer brannte im Kamin, und ich setzte mich davor mit der behaglichen Empfindung der Erleichterung.

Zwei Stunden lang saß ich dort. Ich gedachte entschwundener Zeiten; ich rief mir frühere Erlebnisse in die Erinnerung und lud halb vergessene Gesichter aus dem Nebel der Vergangenheit zu mir ein, indem ich im Geist Stimmen lauschte, die schon längst für immer verstummt waren – und einst beliebten Liedern, die jetzt niemand mehr singt. Und als meine Träumerei sich zu einer immer schwermütigeren Trauer dämpfte, stimmten die heulenden Winde da draußen sich zu sanften Klagen herab, das wütende Klatschen des Regens gegen die Fensterscheiben milderte sich zu ruhigem Klopfen, und nach und nach erstarb auch der Lärm auf den Straßen, bis die eiligen Schritte des letzten verspäteten Nachzüglers in der Ferne verhallten und kein Ton mehr zu vernehmen war.

Das Feuer war herabgebrannt. Ein Gefühl der Vereinsamung beschlich mich. Ich stand auf und entkleidete mich, wobei ich auf den Zehen im Zimmer umherging und nur verstohlen tat, was ich zu tun hatte, als ob ich von schlafenden Feinden umgeben wäre, deren Schlummer zu stören verhängnisvoll werden könnte. Ich deckte mich im Bett zu und lauschte still dem

Regen und dem Wind und dem leisen Knarren ferner Fensterläden, bis sie mich endlich in Schlaf lullten.

Ich schlief fest, aber wie lange, weiß ich nicht. Urplötzlich fand ich mich wach und erfüllt von einer schaudernden Erwartung. Tiefes Schweigen ringsum. Nichts war zu vernehmen als das Klopfen meines Herzens. Da, nach einer Weile, begann die Bettdecke langsam fortzurutschen nach dem Fußende des Bettes, als ob jemand an ihr zerrte! Ich vermochte mich nicht zu rühren; ich vermochte keinen Laut hervorzubringen. Noch immer rutschte die Bettdecke sacht fort, bis meine Brust unbedeckt war. Da erfaßte ich sie mit einer großen Anstrengung und zog sie mir über den Kopf. Ich wartete, lauschte, wartete. Abermals begann das beharrliche Zerren, und abermals lag ich starr während eines Jahrhunderts sich träge hinschleppender Sekunden, bis meine Brust wieder nackt war. Endlich nahm ich alle meine Energie zusammen, riß die Decke an ihre Stelle zurück und hielt sie mit kräftigem Griff fest.

Ich wartete. Allmählich fühlte ich ein schwaches Zupfen, und ich griff wieder fester zu. Das Zupfen ward kräftiger, steigerte sich zu heftigem Reißen – es wurde stärker und stärker. Ich mußte die Decke loslassen, und zum dritten Male schlüpfte sie fort. Ich stöhnte. Ein Stöhnen kam als Antwort vom Fußende des Bettes. Dicke Schweißtropfen standen mir auf der Stirn. Ich war mehr tot als lebendig.

Da hörte ich einen schweren Tritt in meinem Zimmer – den Tritt eines Elefanten, schien es mir –, der dem eines menschlichen Wesens nicht glich. Aber er entfernte sich von mir – darin lag einiger Trost. Ich hörte ihn sich der Tür nähern – durch dieselbe hinausgehen, ohne Riegel und Schloß zu bewegen – und die finsteren, trübseligen Gänge entlang sich entfernen, wobei auf die Dielen und Balkenfugen gedrückt wurde, bis sie beim Vorübergehen knarrten – und dann herrschte wieder tiefes Schweigen.

Als meine Aufregung sich gelegt hatte, sagte ich zu mir selbst:

»Das ist ein Traum – einfach ein häßlicher Traum.«

Und so lag ich da und dachte darüber nach, bis ich mich vollständig überzeugt hatte, daß es wirklich ein Traum war, und da kam ein behagliches Lachen von meinen Lippen, und ich war wieder guter Dinge.

Ich stand auf und steckte Licht an; und als ich fand, daß Schlösser und Riegel sich just in der Verfassung befanden, in der ich sie gelassen, da quoll wieder ein beruhigendes Lachen in meinem Herzen auf und kräuselte meine Lippen. Ich ergriff meine Pfeife und steckte sie an und war gerade im Begriff, mich vor das Feuer zu setzen, als – – mir die Pfeife aus den kraftlosen Fingern sank, das Blut meine Wangen verließ und mein ruhiges Atemholen von einem hastigen Luftschnappen abgelöst wurde! In der Asche vor dem Kamin, Seite an Seite mit dem Abdruck meiner eigenen nackten Füße, befand sich ein zweiter, der so ungeheuer groß war, daß im Vergleich damit der meine nur der eines Kindes war! Ich hatte also wirklich Besuch gehabt, und der Elefantentritt war erklärt.

Ich blies das Licht aus und kehrte, von Furcht wie gelähmt, ins Bett zurück. Dort lag ich lange Zeit, in die Finsternis hinausstarrend und lauschend. Da hörte ich ein scharrendes Geräusch über mir, wie wenn ein schwerer Körper über den Boden geschleift wird; darauf das Hinabwerfen des Körpers und infolge des Falles das Erbeben meiner Fenster. In fernen Teilen des Gebäudes hörte ich das dumpfe Zuschlagen von Türen. Ich vernahm, wie von Zeit zu Zeit Fußtritte verstohlen sich in die Gänge hinein und wieder hinaus sowie die Treppen hinauf- und hinunterschlichen. Zuweilen näherten sich diese Fußtritte meiner Tür, zauderten und entfernten sich dann wieder. Ich hörte in abgelegenen Gängen schwaches Klirren von Ketten und lauschte, während das Klirren näher kam – während es mühsam die Treppe heraufkletterte und jede Bewegung mit dem losen Kettenende bezeichnete, das mit kräftigem Rasseln auf die Stufen fiel, indes das Gespenst, das die Kette trug, sich näherte. Ich hörte gemurmelte Sätze; halb ausgestoßenes Geschrei, das mit Gewalt unterdrückt zu werden schien, das Schleifen unsichtbarer Gewänder und das Rauschen unsichtbarer Flügel.

Da kam ich zu dem Bewußtsein, daß man in mein Zimmer eingedrungen war – daß ich mich nicht allein befand. Ich hörte es um mein Bett herum seufzen und atmen und geheimnisvoll flüstern. Drei kleine Kugeln von sanft phosphoreszierendem Licht erschienen an der Decke gerade über meinem Kopf, setzten sich dort fest und glühten einen Augenblick, und dann fielen sie herab – zwei von ihnen auf mein Gesicht und die dritte auf das Kissen. Sie sprühten, waren flüssig und fühlten sich warm an. Alle Erfahrung belehrte mich, daß sie sich im Herabfallen in Blutstropfen verwandelten – ich brauchte kein Licht, um mich davon zu überzeugen. Dann erblickte ich blasse, trüb erhellte Gesichter und weiße emporgehobene

Hände, die körperlos einen Augenblick in der Luft umherschwammen und dann verschwanden. Das Geflüster und die Stimmen und die Töne verstummten, und ein feierliches Schweigen trat ein. Ich wartete und horchte. Ich fühlte, daß ich Licht haben oder sterben müsse. Vor Furcht war ich schwach geworden. Langsam erhob ich mich in eine sitzende Stellung – da kam mein Gesicht in Berührung mit einer klebrigen Hand! Alle Kraft verließ mich offenbar, und ich sank wie ein vom Schlage gerührter Kranker zurück. Dann vernahm ich das Rascheln eines Kleides – es schien nach der Tür und hinaus zu gehen.

Als wieder alles still war, kroch ich krank und schwach aus dem Bett und steckte mit einer Hand, die zitterte, als wäre sie hundert Jahre alt, das Gas an. Das Licht brachte mein Gemüt in eine etwas heiterere Verfassung. Ich setzte mich hin und versank in eine träumerische Betrachtung der großen Fußstapfen in der Asche. Allmählich begannen ihre Umrisse zu zittern und unbestimmt zu werden. Ich blickte hinauf, und da war die breite Gasflamme langsam am Verlöschen.

In demselben Augenblick hörte ich wieder den Elefantentritt. Ich bemerkte, wie er sich durch die muffigen Vorsäle näherte, immer mehr, immer mehr, und das Licht ward trüb und trüber. Der Tritt erreichte meine Tür und hielt inne – das Licht hatte sich in ein schwächliches Blau aufgelöst, und alles um mich herum lag in einem geisterhaften Zwielicht. Die Tür wurde nicht geöffnet, dennoch fühlte ich, wie ein schwacher Lufthauch meine Wangen fächelte, und bald darauf ward ich mir bewußt, daß ein ungeheures wolkiges Wesen sich vor mir befand. Ich beobachtete es mit meinen gleichsam in Bann gehaltenen Augen. Ein blasses Glühen stahl sich über das Wesen; nach und nach nahmen seine wolkigen Falten Gestalt an – es erschien ein Arm, dann Beine, darauf ein Rumpf, und endlich blickte ein großes, schwermütiges Gesicht aus dem Dunst hervor. Seiner Nebelhüllen entkleidet, nackt, muskulös und wohlgestaltet erhob sich über mir der majestätische Riese von Cardiff.

All mein Elend verschwand – denn jedes Kind weiß, daß von diesem wohlwollenden Gesicht nichts Böses ausgehen kann. Meine heitere Laune kehrte augenblicklich zurück, und zugleich flammte das Gaslicht, als hätte es mit ihr sympathisiert, wieder hell auf. Niemals war ein einsamer Verbannter so froh, Gesellschaft willkommen heißen zu können, wie ich es war, daß ich diesen freundlichen Riesen begrüßen durfte. Ich sagte:

»Wie, ist es niemand anders als du? Weißt du auch, daß ich mich während der letzten zwei, drei Stunden fast zu Tode geängstigt habe? Ich bin wirklich ganz aufrichtig froh, dich zu sehen. Ich wollte, ich hätte einen Stuhl – hier, hier, versuch es nicht, dich auf das Ding da zu setzen!«

Aber es war zu spät. Eh ich ihn zurückhalten konnte, hatte er sich darauf niedergelassen, und zu Boden ging es mit ihm – niemals sah ich einen Stuhl so in Stücke fliegen!

»Halt, halt, du zertrümmerst mir alle . . .«

Wieder zu spät. Abermaliges Krachen, und ein zweiter Stuhl hatte sich in seine ursprünglichen Elemente aufgelöst.

»Zum Teufel, bist du nicht bei Sinnen! Willst du mir denn meine sämtlichen Möbel zertrümmern? Hier, hier, du versteinerter Narr . . .«

Aber es nützte nichts. Bevor ich ihn zurückhalten konnte, hatte er sich auf das Bett gesetzt, und augenblicklich war es eine trübselige Ruine.

»Ist mir das eine Art und Weise, sich zu benehmen! Erst kommst du und stolperst in meiner Wohnung herum und bringst eine Legion herumstrolchender Gespenster mit dir, auf daß sie mich zu Tode peinigen, und dann, da ich über eine Unfeinheit im Kostüm hinwegsehe, die von anständigen Leuten nirgendwo anders als in einem ehrbaren Theater und auch dort nicht einmal dann geduldet werden würde, wenn die Nacktheit deinem Geschlecht anstünde, lohnst du mir meine Nachsicht damit, daß du mir sämtliche Möbel, die du finden kannst, durch deine Sitzversuche zertrümmerst. Und warum willst du dich denn absolut setzen? Du schädigst dich selbst ebensosehr wie mich. Du hast dir das Ende deiner Wirbelsäule zerbrochen und den Boden mit Splittern deines Gesäßes so bestreut, daß die Wohnung aussieht wie die Werkstätte eines Steinmetzen. Du sollst dich was schämen – du bist groß genug, um es besser zu wissen!«

»Nun, nun, ich will keine Möbel mehr zerschlagen. Aber was soll ich anfangen? Seit einem Jahrhundert habe ich keine Gelegenheit zum Sitzen gehabt.«

Und die Tränen traten ihm in die Augen.

»Armer Teufel«, sagte ich, »ich hätte nicht so barsch gegen dich sein sollen. Und vermutlich bist du noch obendrein eine Waise! Aber setz dich hier auf den Boden – nichts anderes vermag dein Gewicht auszuhalten –, und zudem können wir uns nicht gemütlich unterhalten, wenn ich so hoch zu dir hinaufblicken muß; ich muß dich hier unten haben, hier bei diesem hohen Kontorstuhl, auf den ich klettern will, um von Angesicht zu Angesicht mit dir zu plaudern.«

Er setzte sich also auf den Boden und steckte sich eine Pfeife an, die ich ihm gab, warf sich eine meiner roten Decken über die Schultern, stülpte sich meine Badewanne nach Art eines Helmes auf den Kopf und machte es sich auf malerische Weise behaglich. Dann kreuzte er seine Beine, während ich das Feuer schürte, und setzte die platten, honigwabenähnlichen Sohlen seiner ungeheuren Füße der angenehmen Wärme aus.

»Was hast du denn da an den Fußsohlen deiner Beine, daß sie so durchlöchert sind?«

»Verfluchte Frostbeulen – ich bekam sie hinauf bis zum Hinterkopf, als ich da unter Newalls Farm lag. Allein der Ort gefällt mir; ich liebe ihn, wie jemand seine alte Heimat liebt. Es gibt nirgends eine Ruhe für mich, die mir so wohl bekäme wie die, welche ich dort genießen kann.«

Wir plauderten noch eine halbe Stunde miteinander, und da bemerkte ich, daß er müde aussah, und sagte es ihm.

»Müde?« antwortete er. »Nun ja, wie kann's anders sein? Und nun will ich dir alles erzählen, was damit zusammenhängt, da du mich so gut behandelt hast. Ich bin der Geist des versteinerten Mannes, der da drüben über der Straße in dem Museum liegt. Ich bin der Geist des Riesen von Cardiff. Ich habe weder Ruhe noch Frieden, bis man diesen armen Leib wieder beerdigt hat. Was war nun das natürlichste, was ich tun konnte, um die Menschen zu bewegen, mir diesen Wunsch zu erfüllen? Du erschrickst: an dem Ort spuken, wo der Körper lag! Und so spukte ich allnächtlich in dem Museum herum. Ich überredete sogar andere Geister, mir dabei behilflich zu sein. Aber damit war nichts erreicht, denn noch niemals ist jemand um Mitternacht ins Museum gekommen. Da hatte ich den Einfall, über die Straße zu gehen und hier in diesem Hause ein bißchen zu spuken. Ich fühlte, daß ich Glück haben müsse, wenn ich Gehör fände, denn ich hatte die wirkungsvollste Gesellschaft bei mir, welche die Hölle nur liefern könnte. Nacht auf Nacht sind wir, vor Kälte schaudernd, durch diese modrigen Zimmer gewandert, haben Ketten geschleppt, gestöhnt, geflüstert, sind die Treppen hinauf- und hinuntergetrampelt, bis ich, offen gestanden, vor Erschöpfung ganz matt war. Aber als ich heute nacht in deinem Zimmer Licht sah, raffte ich alle meine Kräfte noch einmal zusammen und kam mit einem Rest der alten

Frische hierher. Allein ich bin ganz ermüdet – vollständig erschöpft. Gib mir, ich bitte dich dringend, gib mir einige Hoffnung!«

Ich sprang mit einem Ausbruch von Erregtheit von meinem erhabenen Sitze herunter und rief aus:

»Das überschreitet jedes Maß – alles, was bisher vorgekommen ist! Ei, du armes, altes, herumirrendes Fossil, du hast dir ganz umsonst all die Mühe gegeben: du hast wegen eines Gipsabgusses herumgespukt. Der wahre Riese von Cardiff befindet sich in Albany! Zum Teufel, kennst du deine eigenen Überreste nicht?«*

Niemals habe ich eine Miene voll so beredter Scham, so voller bedauernswerter Demütigung gesehen, wie sie sich hier über sein ganzes Gesicht verbreitete.

Der versteinerte Mann erhob sich langsam auf seine Füße und sagte:

»Aufrichtig, ist das wahr?«

»So wahr ich hier sitze.«

Er nahm die Pfeife aus dem Munde und legte sie auf den Kaminsims, dann stand er einen Augenblick unentschlossen – wobei er unbewußt, nur aus alter Gewohnheit, seine Hände dahin brachte, wo seine Hosentaschen hätten sein sollen, und gedankenvoll das Kinn auf die Brust sinken ließ – und sprach endlich:

»Nun – nie in meinem Leben kam ich mir so albern vor wie jetzt. Der versteinerte Mann hat alle Welt zum Narren gehabt, und nun endigt der gemeine Betrug damit, daß er seinen eigenen Geist zum besten hält! Mein Sohn, wenn in deinem Herzen noch ein Funke von Mitleid ist für ein armes, einsames Gespenst wie ich bin, so laß diesen Vorfall nicht unter die Leute kommen. Bedenke, wie dir zumute sein würde, wenn du eine so eselhafte Dummheit begangen hättest!«

Ich hörte, wie er majestätisch die Treppe hinunter und hinaus auf die verlassene Straße schritt; das Geräusch seiner Tritte ward immer schwächer und ich traurig, daß er fortgegangen war, der arme Teufel – und noch trauriger darüber, daß er meine rote Decke und meine Badewanne mitgenommen hatte.

* Tatsache. Der ursprüngliche Schwindel mit dem »Riesen von Cardiff« wurde sinnreich wiederholt und das Duplikat in New York zum größten Ärger der Besitzer des ersten Kolosses als der »einzig wahre« Riese von Cardiff ausgestellt – und zwar zu derselben Zeit, als der Originalriese im Museum von Albany große Menschenmassen herbeilockte. Anm. d. Verf.

Oscar Wilde
Das Gespenst von Canterville

I

Als Hiram B. Otis, der amerikanische Botschafter, Schloß Canterville kaufte, sagte man allgemein, daß er eine sehr große Dummheit begehe, denn es sei kein Zweifel, daß es im Schloß spuke. Lord Canterville selbst, der ein Mann von peinlichem Ehrgefühl war, hielt es für seine Pflicht, diese Tatsache Herrn Otis gegenüber zu erwähnen, als sie über die Kaufbedingungen sprachen. »Wir selbst haben das Schloß nicht mehr bewohnt«, sagte Lord Canterville, »seit meine Großtante, die verwitwete Herzogin von Bolton, einen furchtbaren Nervenanfall erlitt, von dem sie sich nie mehr recht erholt hat, weil zwei Totenhände sich ihr auf die Schulter legten, als sie sich eben zum Diner ankleiden wollte. Ich fühle mich verpflichtet, Ihnen zu sagen, Herr Otis, daß das Gespenst tatsächlich von mehreren lebenden Mitgliedern meiner Familie gesehen worden ist, ebenso auch vom Pfarrer der Gemeinde, dem Reverend Augustus Dampier, der Mitglied des King's College in Cambridge ist. Nach dem unglückseligen Ereignis mit der Herzogin wollte keiner unserer jüngeren Dienstboten bei uns bleiben, und meine Frau konnte sehr oft bei Nacht kaum schlafen wegen der geheimnisvollen Laute, die aus dem Korridor und der Bibliothek kamen.«

»Mylord«, antwortete der Gesandte. »Ich übernehme die Einrichtung und das Gespenst zum Taxwert. Ich komme aus einem modernen Lande, wo man alles haben kann, was für Geld zu kaufen ist. Und da unsere jungen Leute sehr flink und unternehmungslustig sind und Ihnen Ihre besten Schauspielerinnen und Primadonnen entführen, so nehme ich an, daß, wenn es wirklich so etwas wie ein Gespenst in Europa gäbe, wir es schon längst bei uns zu Hause entweder in einem Museum oder in einer Schaubude haben würden.«

»Ich fürchte, daß das Gespenst existiert«, sagte Lord Canterville lächelnd. »Wenn es auch den Lockungen Ihrer unternehmenden Impresarios noch entgangen ist, so ist es doch seit drei Jahrhunderten wohlbekannt, seit dem Jahre 1584 nämlich, und es erscheint immer, ehe ein Mitglied unserer Familie stirbt.«

»Das pflegt der Hausarzt auch zu tun, Lord Canterville! Es gibt keine Gespenster, und ich glaube auch nicht, daß zugunsten der englischen Aristokratie die Naturgesetze aufgehoben werden!«

»Sie sind offenbar sehr aufgeklärt in Amerika«, antwortete Lord Canterville, der die letzte Bemerkung des Herrn Otis nicht ganz verstanden hatte. »Und wenn ein Gespenst im Hause Sie weiter nicht stört, ist ja alles in Ordnung. Nur bitte ich Sie, nicht zu vergessen, daß ich Sie gewarnt habe.«

Einige Wochen später war der Kauf perfekt, und am Ende der Saison bezog der Botschafter mit seiner Familie das Schloß Canterville. Frau Otis, die als Fräulein Lukretia R. Tappan (West 53. Straße) eine berühmte New Yorker Schönheit gewesen war, war nun eine recht hübsche Frau in den besten Jahren, mit klugen Augen und einem prächtigen Profil. Viele amerikanische Damen nehmen, wenn sie ihr Heimatland verlassen, den Schein chronischer Kränklichkeit an, weil sie glauben, das sei eine Art europäischer, verfeinerter Kultur. Mrs. Otis jedoch war nie in diesen Irrtum verfallen. Sie erfreute sich einer ausgezeichneten Gesundheit und war voll frischer Lebenskraft. In vieler Hinsicht war sie ganz und gar englisch, und sie bot ein ausgezeichnetes Beispiel für die Tatsache, daß wir wirklich heute mit Amerika alles gemeinsam haben, natürlich mit Ausnahme der Sprache. Ihr ältester Sohn, den die Eltern in einem Anfall von Patriotismus Washington getauft hatten, was er immer lebhaft bedauerte, war ein blondhaariger, nett aussehender junger Mann, der seine Eignung für den amerikanischen diplomatischen Dienst dadurch bewiesen hatte, daß er in drei aufeinanderfolgenden Saisons den Kotillon im New-Port-Kasino angeführt hatte, und der selbst in London als ausgezeichneter Tänzer bekannt war. Gardenien und der Pairskalender waren seine einzige Schwäche. Sonst war er außerordentlich vernünftig. Miß Virginia E. Otis war ein junges Mädchen von fünfzehn Jahren, schlank und reizend wie ein Reh und mit einer schönen Offenheit in den großen, blauen Augen. Sie war eine wundervolle Reiterin und war einmal mit dem alten Lord Bilton auf ihrem Pony um die Wette geritten, zweimal rund um den Park; sie hatte das Rennen mit anderthalb Pferdelängen gewonnen, gerade gegenüber der Achillesstatue, zum großen Entzücken des jungen Herzogs von Cheshire, der auf der Stelle um sie anhielt und in derselben Nacht, in Tränen gebadet, von seinen Vormündern nach Eton zurückgeschickt wurde. Nach Virginia kamen die Zwillinge, die man gewöhnlich das »Sternenbanner« nannte, weil sie sich bei ihren Raufereien immer gegenseitig hin und her schwenkten. Es waren entzückende Jungen und, mit Ausnahme des würdigen Botschafters selbst, die einzig wahren Republikaner in der Familie.

Da das Schloß Canterville sieben Meilen von Ascot, der nächsten Eisenbahnstation, entfernt liegt, hatte Herr Otis nach dem Wagen telegraphiert, und sie fuhren in bester Laune ab. Es war ein herrlicher Juliabend, und die Luft war geschwängert von dem Duft der Fichtenwälder. Dann und wann hörte man eine Holztaube, die sich an ihrer eigenen süßen Stimme ergötzte, oder man sah tief im rauschenden Farn die glänzende Brust eines Fasans. Kleine Eichhörnchen blinzelten von den Buchen herunter, als sie vorbeifuhren, und die Kaninchen rannten durch das Unterholz davon, über die moosigen Wurzeln, die weißen Schweifchen in der Luft. Als der Wagen in die Schloßallee einbog, bedeckte sich der Himmel plötzlich mit Wolken, eine merkwürdige Stille lag mit einem Male in der Luft. Ein großer Schwarm Krähen flog schweigend über die Häupter der Familie hinweg, und ehe sie das Haus erreichten, fielen einige schwere Regentropfen.

An der Treppe stand eine alte Frau, um die Herrschaften zu empfangen, sauber in schwarze Seide gekleidet, mit einem weißen Häubchen und einer Schürze. Das war Frau Umney, die Haushälterin, die Frau Otis auf Lady Cantervilles inständige Bitten in ihrer früheren Stellung belassen hatte. Sie machte vor den Ankommenden einen tiefen Knicks und sagte in wunderlicher, altmodischer Art: »Ich biete Ihnen auf Canterville den Willkomm.« Sie folgten ihr und gingen durch die schöne Tudorhalle in die Bibliothek, einen langen, niedrigen, mit schwarzem Eichenholz getäfelten Raum, an dessen Ende sich ein großes Fenster aus buntem Glas befand.

Hier war zum Tee für sie gedeckt, und nachdem sie ihre Überkleider abgelegt hatten, setzten sie sich und begannen sich umzuschauen, während Frau Umney sie bediente.

Plötzlich erblickte Frau Otis einen tiefroten Fleck auf dem Fußboden, gerade vor dem Kamin, und ohne daran zu denken, was der Fleck bedeute, sagte sie zu Frau Umney: »Ich glaube fast, hier ist etwas vergossen worden.«

»Ja, gnädige Frau«, antwortete die alte Haushälterin mit leiser Stimme. »Blut ist an dieser Stelle vergossen worden.«

»Wie schrecklich«, rief Frau Otis. »Ich mag aber keinen Blutfleck in meinem Wohnzimmer. Der Fleck muß entfernt werden!«

Die alte Frau lächelte und antwortete mit derselben geheimnisvollen Stimme: »Es ist das Blut von Lady Eleonore Canterville, die auf dieser Stelle hier von ihrem eigenen Gatten, Sir Simon Canterville, im Jahre 1575 ermordet wurde. Sir Simon überlebte sie noch um neun Jahre und verschwand dann plötzlich unter sehr merkwürdigen Umständen. Sein Leichnam ist nie gefunden worden, aber sein schuldiger Geist spukt noch im Schlosse. Der Blutfleck ist von Touristen und anderen Leuten viel bewundert worden und kann nicht entfernt werden.«

»Das ist ja alles Unsinn!« rief Washington Otis. »Pinkertons patentiertes Steinputzmittel und Universal-Fleckenreiniger werden damit sofort fertig werden.« Und ehe es die entsetzte Haushälterin verhindern konnte, lag er schon auf den Knien und rieb eifrig den Boden mit einem kleinen Stift, der aussah wie eine schwarze Seife. Einige Augenblicke später war keine Spur des Blutflecks mehr zu sehen.

»Ich wußte ja, Pinkerton würde seine Schuldigkeit tun!« rief er triumphierend und sah sich im Kreise der bewundernden Familie um. Aber kaum hatte er die Worte gesprochen, als ein furchtbarer Blitz das dunkle Zimmer erhellte und ein schrecklicher Donnerkrach sie alle aufschreckte. Frau Umney fiel in Ohnmacht. »Welch ein schauerliches Klima!« sagte der amerikanische Botschafter ruhig und zündete eine lange Zigarre an. »Ich fürchte fast, die Alte Welt ist so übervölkert, daß es hier nicht genug anständiges Wetter für jeden gibt. Ich war immer der Meinung, daß Auswandern das einzige ist, was ihr übrigbleibt!«

»Mein teurer Hiram«, sagte Frau Otis. »Was kann man mit einem Frauenzimmer anfangen, das in Ohnmacht fällt?«

»Mach ihr dafür einen Lohnabzug wie für zerbrochenes Glas«, sagte der Botschafter. »Du wirst sehen, dann wird sie nicht mehr in Ohnmacht fallen.« Einige Augenblicke später kam Frau Umney wieder zu sich. Sie war zweifellos außerordentlich aufgeregt und warnte Herrn Otis vor einem Unglück, das über das Haus kommen müsse.

»Ich habe mit meinen Augen Dinge gesehen, daß die Haare jedes Christenmenschen zu Berge stehen würden, und viele, viele Nächte hindurch habe ich kein Auge geschlossen wegen der schrecklichen Dinge, die sich hier abspielen.« Aber Herr

Otis und seine Gattin versicherten der ehrlichen Seele, daß sie sich vor Gespenstern gar nicht fürchteten, und nachdem die Haushälterin den Segen der Vorsehung auf ihre neue Herrschaft herabgefleht und wegen Erhöhung ihres Gehaltes einiges gesprochen hatte, schlich sie wankend auf ihr Zimmer.

II

Der Sturm wütete furchtbar die ganze Nacht hindurch, aber es ereignete sich nichts Besonderes. Als die Herrschaften aber am nächsten Morgen zum Frühstück herunterkamen, fanden sie den schrecklichen Blutfleck wieder auf dem Boden. »Pinkertons Fleckenreiniger kann unmöglich schuld daran sein«, sagte Washington. »Denn ich habe ihn wiederholt erprobt, da muß das Gespenst dahinterstecken.« Er rieb also den Fleck ein zweites Mal fort, aber am nächsten Morgen war er wieder da. So auch am dritten Morgen, obwohl Herr Otis selbst die Bibliothek am Abend zugeschlossen und den Schlüssel mitgenommen hatte. Die ganze Familie interessierte sich jetzt für den Fall. Herr Otis begann anzunehmen, daß er doch wohl die Existenz von Gespenstern zu schroff geleugnet habe. Frau Otis sprach die Absicht aus, Mitglied der Psychischen Gesellschaft zu werden, und Washington schrieb einen langen Brief an die Herren Myers und Podmore über die Wiederkehr blutiger Flecke, wenn sie mit einem Verbrechen in Zusammenhang stehen. In der folgenden Nacht wurden alle Zweifel über die tatsächliche Existenz von Phantomen endgültig beseitigt. Der Tag war warm und sonnig gewesen, und in der Abendkühle fuhr die ganze Familie aus. Sie kamen erst um neun Uhr nach Hause und nahmen ein leichtes Abendbrot ein. Das Gespräch berührte Gespenster in keinerlei Weise, so daß nicht einmal die primären Bedingungen empfänglicher Erwartung gegeben waren, die sehr oft dem Erscheinen psychischer Phänomene vorangehen. Die Gesprächsstoffe waren, wie ich später von Herrn Otis selbst gehört habe, durchgängig die gleichen wie in der gewöhnlichen Konversation gebildeter Amerikaner der besseren Klasse, so zum Beispiel die riesige Überlegenheit von Miß Fanny Davenport über Sarah Bernhardt als Schauspielerin; die Schwierigkeit, selbst in den besten englischen Häusern Buchweizenkuchen und Maisbrei zu erhalten; die Bedeutung von Boston für die Entwicklung der Weltseele; die Vorzüge der Rundreisebilletts und die Feinheit des New Yorker Akzents im Vergleich zu dem schleppenden Londoner Dialekt. Übernatürliches wurde mit keiner Silbe erwähnt, und niemand fiel es ein, auf Sir Simon Canterville in irgendeiner Weise anzuspielen. Um elf Uhr zog sich die Familie zurück, und um halb zwölf waren alle Lichter ausgelöscht. Einige Zeit später wurde Herr Otis durch ein merkwürdiges Geräusch im Korridor vor seiner Tür geweckt. Es klang wie ein Klirren von Metall und schien mit jedem Augenblick näher zu kommen. Er stand sofort auf, zündete ein Streichhölzchen an und schaute auf die Uhr. Es war gerade ein Uhr. Er war ganz ruhig und fühlte nach seinem Puls, der durchaus nicht beschleunigt war. Das merkwürdige Geräusch dauerte fort, und gleichzeitig hörte er deutlich den Schall von Tritten. Er schlüpfte in seine Pantoffel, nahm ein langes, schmales Fläschchen aus seinem Toilettenkasten und öffnete die Tür. Sich gegenüber sah er im blassen Mondlicht einen alten Mann von schrecklichem Aussehen. Seine Augen waren wie rotglühende Kohlen, langes graues Haar fiel in wirren Strähnen über seine Schultern, seine Kleider von uraltem Schnitt waren schmutzig und zerrissen, und von seinen Hand- und Fußgelenken hingen schwere rostige Fesseln.

»Mein werter Herr«, sagte Herr Otis. »Ich muß Sie dringend bitten, Ihre Ketten zu ölen, und habe zu diesem Zweck eine kleine Flasche von Tammanys Aurora-Haaröl mitgebracht. Man behauptet, daß es schon bei einmaliger Anwendung wirke, und auf dem Umschlag finden Sie eine ganze Reihe beglaubigter Atteste von unseren bedeutendsten einheimischen Geistlichen. Ich lege Ihnen das Fläschchen hier zu dem Leuchter und werde Ihnen mit Vergnügen mehr davon liefern, wenn Sie es benötigen.« Mit diesen Worten legte der Botschafter der Vereinigten Staaten das Fläschchen auf einen Marmortisch, schloß die Tür wieder und ging zur Ruhe.

Einen Augenblick stand das Gespenst von Canterville bewegungslos da, in erklärlicher Entrüstung. Dann warf es die Flasche wütend auf den glatten Boden, floh den Korridor hinunter, stieß dumpfe Seufzer aus und verbreitete ein geisterhaftes, grünes Licht. Aber gerade als es die große Eichentreppe erreichte, flog eine Tür auf, zwei kleine weißgekleidete Wesen erschienen, und ein großes Kissen sauste knapp an seinem Kopf vorüber. Es war offenbar keine Zeit zu verlieren, und so nahm es rasch seine Zuflucht zur vierten Dimension und verschwand durch das Getäfel, und das Haus wurde wieder vollkommen ruhig.

Nachdem es ein kleines, verborgenes Zimmer im linken Flügel erreicht hatte, lehnte es sich gegen einen Mondstrahl, um wieder zu Atem zu kommen, und dann begann es seine Lage zu überdenken. Niemals in einer glänzenden und ununterbrochenen Laufbahn von dreihundert Jahren war es so tief beleidigt worden. Es dachte an die Herzogin-Witwe, die es so furchtbar erschreckt hatte, als sie in Spitzen und Diamanten vor dem Spiegel stand; es dachte an die vier Hausmädchen, die hysterische Krämpfe bekommen hatten, als es sie bloß durch die Vorhänge eines der Fremdenzimmer angrinste; es dachte an den Pfarrer des Kirchspiels, dessen Kerze es einmal ausgeblasen hatte, als er eines Nachts spät aus der Bibliothek kam, und der seitdem in der Behandlung Sir William Gulls stand, ein hilfloses Opfer nervöser Störungen; es dachte an die alte Madame des Tremouillac, die, als sie eines Morgens aufwachte und sah, wie ein Skelett im Lehnstuhl am Kamin saß und ihr Tagebuch las, durch einen Anfall von Gehirnentzündung sechs Wochen ans Bett gefesselt war, nach ihrer Genesung sich mit der Kirche aussöhnte und jede Verbindung mit dem notorisch skeptischen Herrn von Voltaire abbrach. Es erinnerte sich an jene furchtbare Nacht, als der böse Lord Canterville in seinem Ankleidezimmer gefunden wurde, nach Atem ringend und den Karobuben in der Kehle, und wie er, kurz bevor er starb, beichtete, daß er Charles James Fox mit eben dieser Karte um fünfzigtausend Pfund im Spiele betrogen habe, und schwur, daß das Gespenst ihn gezwungen habe, sie zu verschlucken. Alle seine Großtaten fielen ihm jetzt ein, angefangen vom Haushofmeister, der sich in der Speisekammer erschoß, weil er sah, wie eine grüne Hand ans Fenster klopfte, bis zur schönen Lady Stutfield, die immer ein schwarzes Samtband um den Hals tragen mußte, um die Spur von fünf Fingern, die dort in ihre weiße Haut gebrannt waren, zu verbergen, und die sich schließlich im Karpfenteich am Ende der Königsallee ertränkte. Mit dem enthusiastischen Egoismus des wahren Künstlers ging es alle seine berühmten Leistungen durch und lächelte bitter, als es sich seiner letzten Erscheinung als »Roter Ruben oder der erwürgte Säugling«, seines Debüts als »der hagere Gibeon, der Blutsauger von Bexley Moor« erinnerte und als es an das Furore dachte, das es eines wundervollen Juniabends erregte, bloß weil es mit seinen eigenen Knochen auf dem Tennisplatz Kegel spielte. Und nun, nach alledem, kamen die verfluchten Amerikaner und boten ihm Aurora-Haaröl an und warfen ihm Kopfkissen an den Schädel. Es war ein ganz unerträglicher Zustand – zumal noch nie ein Gespenst so behandelt worden war. So beschloß es, sich zu rächen, und verblieb bis zum Morgengrauen in der Pose tiefen Nachdenkens.

III

Als sich die Familie Otis am nächsten Morgen beim Frühstück traf, besprach man die Erscheinung des Geistes sehr ausführlich. Der Botschafter der Vereinigten Staaten hatte sich natürlich ein bißchen geärgert, als er sein Geschenk verschmäht sah. »Ich wünsche nicht«, sagte er, »daß das Gespenst irgendwie beleidigt wird, und muß sagen, daß ich, wenn ich bedenke, wie lange es schon im Hause ist, es nicht sehr höflich finde, ihm Kissen an den Kopf zu werfen« – eine sehr richtige Bemerkung, die aber, zu meinem Leidwesen muß ich sagen, die Zwillinge nur zu lautem Lachen reizte.

»Andererseits«, fuhr er fort, »werden wir wohl gezwungen sein, wenn es wirklich das Aurora-Haaröl nicht benutzen will, ihm seine Ketten wegzunehmen. Es ist ganz unmöglich, zu schlafen, wenn vor dem Schlafzimmer so ein Spektakel herrscht.«

Den Rest der Woche blieben sie übrigens ungestört, und die einzige Sache, die ihre Aufmerksamkeit erregte, war die stete Wiederkehr des Blutflecks auf dem Fußboden der Bibliothek. Das war um so sonderbarer, als Herr Otis jede Nacht die Tür verschloß und die Fenster sorgfältig verriegelte. Auch die chamäleonartige Farbe des Flecks veranlaßte vielerlei Kommentare; an manchen Morgen war er von einem tiefen, fast indischen Rot, dann wieder karminrot, dann von einem satten Purpur, und als sie eines Tages herunterkamen, um nach dem schlichten Ritus der Freien Amerikanischen Reformierten Bischöflichen Kirche die Morgenandacht zu halten, fanden sie den Fleck in einem tiefen Smaragdgrün. Dieser kaleidoskopische Wechsel unterhielt die Familie natürlich sehr, und jeden Abend wurden Wetten daraufhin abgeschlossen. Die einzige, die an dem Spaß nicht teilnahm, war die kleine Virginia, die aus irgendeinem unerklärlichen Grunde beim Anblick des Blutfleckes immer einigermaßen erregt war und morgens, als er smaragdgrün war, fast zu weinen begann. Zum zweitenmal erschien das Gespenst in einer Sonntagnacht. Bald nachdem alle zu Bett gegangen waren, wurden sie plötzlich durch einen furchtbaren Krach in der Halle aufgeschreckt. Sie stürzten die Treppe hinunter und fanden, daß eine schwere alte Rüstung sich von ihrem Platz gelöst hatte und auf die Steinfliesen gefallen war. In einem hochlehnigen Stuhle aber saß das Gespenst von Canterville und rieb sich die Knie, einen Ausdruck heftigen Schmerzes im Gesicht. Die Zwillinge hatten nämlich ihre Blasrohre mitgebracht und sofort zwei Schrotkörner auf den Geist mit einer Treffsicherheit abgeschossen, die nur durch lange und sorgfältige Übung an einem Schreiblehrer gewonnen werden kann. Der Botschafter der Vereinigten Staaten aber legte den Revolver auf ihn an und forderte ihn nach guter kalifornischer Sitte auf, die Hände hochzuhalten. Der Geist sprang mit einem wilden Wutschrei empor und fegte wie ein Nebel an ihnen vorbei, wobei er Washington Otis' Kerze auslöschte und sie alle in tiefer Finsternis zurückließ. Als er oben auf der Treppe war, erholte er sich und beschloß, seine berühmt gewordene dämonische Lache anzuschlagen. Bei mehr als einer Gelegenheit hatte sie sich ihm nämlich schon als sehr nützlich erwiesen. Man erzählte sich, daß sie Lord Rakers Perücke in einer Nacht gebleicht habe, und Tatsache war, daß drei von Lady Cantervilles französischen Gouvernanten ihretwegen vorzeitig gekündigt hatten. Er lachte also sein schreckliches Lachen, daß das alte Gewölbe wider- und widerhallte. Kaum aber hatte sich das furchtbare Echo verloren, als sich die Tür öffnete und Frau Otis in einem lichtblauen Schlafrock erschien. »Ich fürchte, Ihnen ist nicht ganz wohl«, sagte sie. »Ich habe Ihnen darum eine Flasche von Doktor Dobells Tinktur mitgebracht. Wenn Sie Leibschmerzen haben, wird die sicherlich helfen.« Der Geist blickte sie wütend an und begann sofort seine Vorbereitungen zu treffen, um sich in einen großen, schwarzen Hund zu verwandeln, eine Leistung, derentwegen er mit Recht berühmt war und der der Hausarzt immer die unheilbare Verstandesschwäche von Lady Cantervilles Onkel, dem ehrenwerten Thomas Horton, zuschrieb. Der Schall sich nähernder Schritte aber ließ ihn sein furchtbares Vorhaben nicht ausführen, und so begnügte er sich damit, schwach zu phosphoreszieren. Er verschwand mit einem tiefen Kirchhofsstöhnen, gerade als die Zwillinge auf ihn zukamen.

Als er auf sein Zimmer kam, brach er völlig zusammen und wurde die Beute heftigster Gemütsbewegung. Die Pöbelhaftigkeit der Zwillinge, der krasse Materialismus von Frau Otis waren ihm natürlich sehr peinlich – was ihn aber am meisten bekümmerte, war, daß er nicht mehr imstande gewesen war, den Kettenpanzer zu tragen. Er hatte gehofft, daß selbst moderne Amerikaner beim Anblick eines Gespenstes in Rüstung erschauern würden, wenn aus keinem anderen vernünftigen Grunde, so doch mindestens aus Respekt für ihren Nationaldichter Longfellow, über dessen graziösen, anziehenden Versen er selbst manche langweilige Stunde verbracht hatte, wenn die Cantervilles in der Stadt waren. Überdies war es seine eigene Rüstung. Er hatte sie mit großem Erfolg im Kennilworth-Turnier getragen, und die jungfräuliche Königin selbst hatte ihn dazu beglückwünscht. Als er sie aber heute angelegt hatte, war er völlig von dem Gewicht des schweren Brustpanzers und des Stahlhelms niedergedrückt worden und war hart auf das Steinpflaster aufgeschlagen, wobei er sich beide Knie zerschunden und sich die Knöchel der rechten Hand gebrochen hatte.

Einige Tage lang war er vollkommen krank und verließ sein Zimmer nur, um den Blutfleck wieder sauber herzustellen. Aber er genas, da er sich sehr schonte, und beschloß, nun einen dritten Versuch zu machen, um den Botschafter der Vereinigten Staaten und seine Familie zu erschrecken. Er wählte Freitag, den 17. August, für sein Erscheinen und verbrachte den größten Teil des Tages damit, seine Garderobe durchzusehen. Endlich entschloß er sich zu einem großen Schlapphut mit einer roten Feder, hüllte sich vom Hals bis zu den Knöcheln in ein wallendes Leinentuch und nahm einen rostigen Dolch. Gegen Abend kam ein heftiger Regensturm auf, und der Wind war so stark, daß alle Fenster und Türen im alten Haus rasselten und klirrten. Das war just das Wetter, das er liebte. Sein Aktionsplan war folgender: Er wollte ruhig in Washington Otis' Zimmer gehen, ihn vom Fußende seines Bettes aus anrufen und sich dann zu den Klängen einer leisen Musik dreimal den Dolch in den Hals stoßen. Er hegte gegen Washington einen besonderen Groll, weil er wußte, daß er es war, der den berühmten Cantervillischen Blutfleck mit Pinkertons Fleckenreiniger bearbeitete. Hatte er dann den tollköpfigen und leichtsinnigen Menschen in einen Zustand abgründigen Schreckens versetzt, wollte er in das Zimmer gehen, das der Botschafter der Vereinigten Staaten mit seiner Frau bewohnte. Dort wollte er seine kaltfeuchte

Hand auf Frau Otis' Stirne legen, während er ihrem zitternden Gatten die schrecklichen Geheimnisse des Beinhauses ins Ohr flüsterte. Was die kleine Virginia betraf, so war er noch nicht ganz entschlossen. Sie hatte ihn nie besonders beleidigt und war hübsch und nett. Einige tiefe Seufzer aus dem Kleiderschrank würden, dachte er, mehr als genug sein, und wenn sie dabei nicht erwachte, so könnte er ja noch mit zuckenden Fingern nach der Bettdecke grapschen. Den Zwillingen aber mußte endlich einmal eine ordentliche Lektion erteilt werden. Zunächst wollte er sich natürlich auf ihre Brust setzen, um ihnen das schreckliche Gefühl des Alpdrückens beizubringen. Dann wollte er, da ihre Betten ganz dicht beieinander standen, sich zwischen sie stellen, in Form eines grünen, eiskalten Leichnams, bis die Furcht sie lähmte, und schließlich war es seine Absicht, das Leichentuch abzuwerfen und mit weißen, gebleichten Knochen und rollendem Auge im Zimmer umherzuhuschen, etwa in der Art des »Stummen Daniels oder des Skeletts des Selbstmörders« – einer Rolle, die er mehr als einmal mit großem Erfolg durchgeführt hatte und die er für ganz ebenso gut hielt wie seine berühmte Rolle »Martin der Wahnsinnige« oder »Das Geheimnis mit der Larve«.

Um halb elf Uhr hörte er, wie die Familie zu Bett ging. Eine Zeitlang beunruhigte ihn noch das wilde Gelächter der Zwillinge, die sich offenbar mit der leichtherzigen Fröhlichkeit von Schuljungen vergnügten, ehe sie Ruhe fanden. Aber ein Viertel nach elf war alles still, und als es Mitternacht schlug, machte er sich auf den Weg. Die Eule schrie vor den Fensterläden, die Raben krächzten auf dem alten Taxusbaum, und der Wind wanderte seufzend um das Haus wie eine verlorene Seele – die Familie Otis aber schlief unbekümmert um ihr Schicksal, und Regen und Sturm übertönten das regelmäßige Schnarchen des Botschafters der Vereinigten Staaten. Der Geist trat verstohlen aus der Täfelung mit einem bösen Lächeln um seinen grausamen, runzligen Mund, der Mond verbarg sein Antlitz in einer Wolke, als er am großen Erkerfenster vorüberschlich, wo sein eigenes Wappen und das seines gemordeten Weibes in Gold und Blau schimmerten. Weiter und weiter glitt er wie ein böser Schatten, und die Finsternis selbst schien ihm voll Ekel auszuweichen, wenn er vorbeischritt. Einmal glaubte er, daß ihn jemand rief, und blieb stehen; aber es war bloß das Bellen eines Hundes in der Roten Meierei, und er ging weiter und murmelte seltsame Flüche aus dem sechzehnten Jahrhundert.

Dann und wann schwang er seinen rostigen Dolch in der mitternächtlichen Stille. Endlich erreichte er die Ecke der Galerie, wo das Zimmer des unglückseligen Washington lag. Einen Augenblick blieb er stehen. Der Wind ließ ihm seine langen, grauen Locken ums Haupt flattern und warf das grauenhafte Leichentuch des toten Mannes in grotesk-phantastische Falten. Dann schlug die Uhr ein Viertel, und er fühlte, daß seine Zeit gekommen sei. Er lächelte innerlich und ging um die Ecke; aber kaum hatte er dies getan, da taumelte er mit einem jammervollen Schreckensruf zurück und verbarg sein bleiches Gesicht in den langen Knochenhänden. Ihm gerade gegenüber stand ein schreckliches Gespenst, bewegungslos wie ein Standbild und häßlich wie der Traum eines Irren. Sein Kopf war kahl und glänzend, sein Gesicht war rund, fett und weiß, und ein häßliches Lachen schien auf seinen Zügen zu einem ewigen Grinsen erstarrt zu sein. Aus den Augen schossen Strahlen eines scharlachroten Lichtes, der Mund glich einem tiefen Feuerschlund, und ein greuliches Gewand, dem seinen gleich, verbarg in schweigendem Schnee die gigantische Gestalt. An seiner Brust war ein Plakat mit merkwürdigen altertümlichen Schriftzügen befestigt, offenbar eine Schandrolle, die Aufzählung wilder Sünden, eine schreckliche Liste von Verbrechen. In der rechten Hand hielt er einen krummen Säbel aus funkelndem Stahl.

Da er noch niemals ein Gespenst gesehen hatte, war er natürlich furchtbar erschrocken, und nach einem zweiten hastigen Blick auf das schreckliche Phantom floh er zurück in sein Zimmer, wobei er immer auf sein langes, flatterndes Leichentuch trat. Während er den Korridor entlanghuschte, warf er noch den rostigen Dolch in die Reitstiefel des Botschafters, wo der Haushofmeister ihn am nächsten Tage fand. Als er in der Einsamkeit seines Zimmers angekommen war, warf er sich auf sein schmales Feldbett und verbarg sein Gesicht unter der Decke. Nach einiger Zeit aber erwachte der alte tapfere Geist derer von Canterville in ihm, und er beschloß, mit dem andern Gespenst zu reden, sobald der Tag grauen würde. So ging er denn, als die Dämmerung die Hügel in Silber tauchte, zu dem Platz zurück, wo er zum ersten Male das entsetzliche Phantom erblickt hatte. Jedenfalls, dachte er, sind zwei Gespenster besser als eines, und daß er mit Hilfe seines neuen Freundes besser mit den beiden Zwillingen fertig werden würde. Als er die Stelle erreichte, bot sich ihm ein furchtbarer Anblick. Irgend etwas war offenbar mit dem Gespenst passiert, denn das Licht war vollständig aus seinen Augenhöhlen geschwunden, der funkelnde Säbel war seiner Hand entfallen, und es lehnte in einer gekrümmten und unbequemen Haltung an der Wand. Er stürzte vorwärts und nahm es in seine Arme. Da fiel zu seinem Entsetzen der Kopf ab und rollte auf den Boden, der Körper fiel hintenüber, und er hielt in seinen Händen eine weißwollene Bettdecke, einen Kehrbesen, ein Küchenmesser; ein ausgehöhlter Kürbis lag zu seinen Füßen. Unfähig, die merkwürdige Umwandlung zu verstehen, griff er in fieberischer Hast nach dem Plakat und las im grauen Morgenlicht die furchtbaren Worte:

Der Geist der Otis.
Einzig echter, unverfälschter Originalspuk.
Vor Nachahmung wird gewarnt!
Gesetzlich geschützt!

Mit einem Male wurde ihm die ganze Sache klar. Er war genarrt, gefoppt, verhöhnt worden. Aus seinen Augen blitzte der altberühmte Blick der Cantervilles. Er schlug die zahnlosen Kiefer zusammen, erhob die fleischlosen Hände über dem Haupt und schwur, getreu der farbenprächtigen Phraseologie der alten Schule, daß, ehe denn der Hahn zum zweitenmal gekräht habe, Ströme von Blut fließen müßten und der Mord auf schweigenden Sohlen über die Schwelle treten würde.

Kaum aber hatte er seinen schauerlichen Eid vollendet, als vom rotgeziegelten Dach einer nahen Scheune ein Hahn krähte. Er lachte ein langes, tiefes und bitteres Lachen und wartete. Stunde um Stunde wartete er – aber aus irgendeinem unerklärlichen Grunde krähte der Hahn nicht wieder. Endlich, um halb acht, verscheuchte ihn die Ankunft der Hausmädchen von seinem schrecklichen Wachtposten, und er stapfte zurück in sein Zimmer und gedachte seiner nutzlosen Hoffnung und seiner vereitelten Absicht. Dann zog er einige alte Bücher über das Rittertum zu Rate, in die er ganz vernarrt war, und fand, daß, sooft dieser Eid gebraucht worden war, der Hahn stets ein zweites Mal gekräht habe. »Fluch und Verdammnis treffe das ungebildete Tier«, murmelte er. »Aber ich sehe den Tag kommen, da ich mit meinem starken Speer ihm die Brust durchbohre und er für mich ein zweites Mal krähen muß – sei es auch im Tode.« Dann zog er sich in seinen bequemen Bleisarg zurück und blieb dort bis zum Abend.

IV

Am nächsten Tag war der Geist sehr schwach und müde. Die furchtbare Aufregung der letzten vier Wochen begann sich bemerkbar zu machen. Seine Nerven waren vollkommen zerrüttet, und bei dem geringsten Lärm fuhr er zusammen. Fünf Tage blieb er auf seinem Zimmer und entschloß sich endlich, den Blutfleck auf dem Fußboden des Bibliothekzimmers aufzugeben. Wenn die Familie Otis ihn nicht haben wollte, verdiente sie ihn offenbar nicht. Das waren sicherlich Leute, die auf einer sehr tiefen, materialistischen Lebensstufe standen und die ganz unfähig waren, den symbolischen Wert sinnlicher Phänomene zu begreifen. Die Frage übersinnlicher Erscheinungen und die Entwicklung von Astralkörpern war ja schließlich auch eine ganz andere Sache und ging ihn wirklich nichts an. Es war jedoch seine heilige Pflicht, einmal in der Woche auf dem Gang zu erscheinen und vom hohen Glasfenster herab jeden ersten und dritten Mittwoch eines jeden Monats etwas herabzumurmeln, und er konnte sich diesen Verpflichtungen anständigerweise nicht entziehen. Gewiß war sein Leben sehr böse gewesen, aber wenigstens in allen Dingen, die mit dem Übernatürlichen zusammenhingen, war er immer sehr gewissenhaft. An den nächsten drei Sonnabenden ging er also wie gewöhnlich zwischen Mitternacht und drei Uhr den Gang auf und ab, vermied es aber sorgfältig, gesehen oder gehört zu werden. Er zog die Stiefel aus, trat, so leicht er konnte, auf dem alten, wurmstichigen Fußboden auf, trug einen großen schwarzen Samtmantel und benützte eifrig Aurora-Haaröl, um seine Ketten zu ölen. Ich muß allerdings zugeben, daß er es nur sehr schwer über sich gewann, diese letzte Vorsichtsmaßregel zu benützen. Eines Abends jedoch schlüpfte er, während die Familie bei Tische saß, in das Schlafzimmer des Herrn Otis und nahm die Flasche fort. Er fühlte sich anfangs etwas gedemütigt, aber später war er klug genug, einzusehen, daß doch sehr viel zugunsten der Erfindung sprach, und bis zu einem gewissen Grade diente sie ja auch seiner Absicht. Aber trotz alledem blieb er nicht unbelästigt. Überall waren über den Gang Stricke gespannt, über die er in der Dunkelheit stolperte, und einmal, als er gerade als »Schwarzer Isaak oder der Jägersmann von Hogley Woods« verkleidet war, kam er schwer zu Fall, weil er auf einen fettbeschmierten Streifen geriet, den die Zwillinge vom Eingang des Gobelinzimmers bis zur Eichentreppe gezogen hatten. Diese Kränkung machte ihn so wütend, daß er sich entschloß, noch einmal einen letzten Versuch zu machen, um seine Würde und seine soziale Stellung zu wahren. So entschloß er sich denn, die frechen Bengel in der nächsten Nacht in seiner berühmten Rolle als »Junker Rupert oder der kopflose Graf« zu besuchen.

Seit mehr als siebzig Jahren war er nicht mehr in dieser Verkleidung erschienen – zum letztenmal, als er die hübsche Lady Barbara Modnish durch sein Erscheinen so erschreckt hatte, daß sie plötzlich ihr Verlöbnis mit dem jetzigen Großvater des Lord Canterville löste und sich von dem hübschen Jack Castleton nach Gretna Green entführen ließ. Sie hatte damals erklärt, daß nichts auf der Welt sie veranlassen könnte, in eine Familie zu heiraten, bei der so schauerliche Phantome im Zwielicht auf der Terrasse spazierengingen. Der arme Jack wurde später in Wandsworth von Lord Canterville im Duell erschossen, und Lady Barbara starb an gebrochenem Herzen in Tunbridge Wells, bevor das Jahr um war. Alles in allem war es also ein großer Erfolg für ihn gewesen. Es war aber eine außerordentlich schwierige »Maske« – wenn ich einen solchen Theaterausdruck in Verbindung mit einem der größten Geheimnisse des Übernatürlichen oder, um einen mehr wissenschaftlichen Ausdruck anzuwenden, des Übersinnlichen gebrauchen darf –, und es nahm ihn drei Stunden in Anspruch, seine Vorbereitungen zu treffen. Endlich war alles in Ordnung, und er war mit seinem Aussehen sehr zufrieden. Die schweren ledernen Reiterstiefel, die zum Kostüm gehörten, waren freilich ein bißchen zu weit für ihn, und er konnte bloß eine von den beiden Sattelpistolen finden, aber schließlich genügte das ja auch. Ein Viertel nach ein Uhr glitt er aus der Wandverkleidung heraus und schlich den Gang hinunter. Als er das Zimmer der Zwillinge erreichte, das, wie ich erwähnen will, nach der Farbe seiner Vorhänge das »Blaue Schlafgemach« genannt wurde, fand er die Tür nur angelehnt. Da er sich einen effektvollen Auftritt sichern wollte, öffnete er sie weit; da fiel ein schwerer Wasserkrug von oben auf ihn herab, durchnäßte ihn bis auf die Haut und verfehlte nur um wenige Zoll seine linke Schulter. Im selben Augenblick hörte er ein unterdrücktes Lachen aus dem Doppelbett. Sein Nervenschock war so groß, daß er, so schnell er konnte, sofort in sein Zimmer zurücklief, und den nächsten Tag lag er mit einem schweren Schnupfen fest im Bett. Das einzige, was ihn bei der ganzen Sache tröstete, war, daß er seinen Kopf nicht mitgenommen hatte, sonst hätten die Folgen sehr ernst für ihn sein können.

Er gab nun jede Hoffnung, dieser rohen Amerikanerfamilie Schrecken einzujagen, auf und begnügte sich, regelmäßig in leichten Morgenschuhen durch die Gänge zu schleichen, mit einem dicken, roten Tuch um den Hals, aus Furcht vor Erkältung, und einer kleinen Armbrust in der Hand, falls er von den Zwillingen angegriffen würde. Den letzten Schlag erhielt er am 19. September. Er war die Treppe bis zur großen Eingangshalle hinuntergegangen, in der sicheren Annahme, daß er dort jedenfalls unbelästigt bleiben würde. Er unterhielt sich damit, satirische Bemerkungen über die großen Photographien des Botschafters und seiner Gattin zu machen, die jetzt die Stelle der großen Familienbilder der Cantervilles eingenommen hatten. Er war einfach, aber sauber in ein langes Leinentuch gekleidet, das nur ganz leicht mit Kirchhofmoder befleckt war, hatte seinen Unterkiefer mit einem Streifen gelben Linnens hochgebunden und trug eine kleine Laterne und eine Totengräberschaufel. Er war also im Kostüm »Jonas des Gruftlosen oder des Leichenschänders von Chertsey Barn«, einer seiner glänzendsten Darbietungen, an die zu denken die Cantervilles alle Ursache hatten, denn sie war der wirkliche Grund ihres Streites mit ihrem Nachbarn, dem Lord Rufford. Es war ein Viertel nach zwei Uhr morgens, und, soweit er feststellen konnte, rührte sich nichts. Als er nun auf die Bibliothek zuging – er wollte doch einmal sehen, ob von dem Blutfleck nicht noch eine Spur geblieben wäre –, sprangen plötzlich aus einem dunklen Winkel zwei Gestalten, die wild die Arme über den Köpfen zusammenschlugen und ihm »Buh« ins Ohr schrien.

Von einem unter diesen Umständen nur ganz natürlichen Schrecken gepackt, stürzte er auf die Treppe zu, aber dort erwartete ihn Washington Otis mit der großen Gartenspritze. So von allen Seiten von Feinden umstellt und in die Enge getrieben, verschwand er in dem großen eisernen Ofen, der zu seinem Glück nicht geheizt war, und mußte seinen Heimweg durch Kamine und Schornsteine antreten, so daß er in seinem Zimmer in einem furchtbaren Zustand, schmutzig, unordentlich und in heller Verzweiflung, ankam.

Seitdem wurde er nicht mehr auf nächtlichen Streifzügen gesehen. Die Zwillinge lauerten ihm noch bei verschiedenen Gelegenheiten auf und bestreuten jede Nacht die Gänge mit

Nußschalen, zum großen Ärger ihrer Eltern und der Dienstboten, aber es hatte keinen Erfolg mehr. Es war ganz klar, daß die Gefühle des Gespenstes zu tief verletzt waren, als daß sie ihm ein ferneres Erscheinen gestattet hätten. Herr Otis nahm also seine große Arbeit über die Geschichte der Demokratischen Partei wieder auf, an der er schon seit vielen Jahren arbeitete, Frau Otis arrangierte eine wundervolle Tombola, die die Bewunderung der ganzen Grafschaft erregte. Die Jungen spielten Poker, Lacrosse und andere amerikanische Nationalspiele, und Virginia ritt auf ihrem Pony in der Umgegend umher, begleitet von dem jungen Herzog von Cheshire, der die letzten Tage seiner Ferien auf Canterville verbrachte. Man nahm allgemein an, daß der Geist fortgegangen sei, und Herr Otis schrieb in diesem Sinne auch einen Brief an Lord Canterville, der in seiner Antwort seine große Freude über diese Neuigkeit aussprach und der würdigen Gattin des Herrn Botschafters seine besten Wünsche übermittelte.

Die Familie Otis irrte sich aber, denn das Gespenst war noch immer im Hause. Wenn man es auch beinah einen Invaliden nennen konnte, so war es doch durchaus nicht gesonnen, die Dinge auf sich beruhen zu lassen, um so weniger, als es gehört hatte, daß sich unter den Gästen der junge Herzog von Cheshire befand, dessen Großonkel, Lord Francis Stilton, einst um hundert Guineen mit dem Colonel Carbury gewettet hatte, daß er mit dem Gespenst von Canterville Würfel spielen werde. Man hatte ihn am nächsten Morgen auf dem Boden des Spielzimmers in einem so hilflosen paralytischen Zustande gefunden, daß er, obwohl er ein hohes Alter erreichte, sein Leben lang nichts anderes mehr sagen konnte als »Doppel-Sechs«. Die Geschichte war seinerzeit sehr bekannt geworden, aber natürlich wurde mit Rücksicht auf die Gefühle der beiden edlen Familien allseitig versucht, sie zu vertuschen. Ein genauer Bericht aller Umstände findet sich jedoch im dritten Bande der »Erinnerungen an den Prinzregenten und seine Freunde« von Lord Klatsch. Der Geist hatte also ein Interesse daran, zu zeigen, daß er seinen Einfluß auf die Stiltons noch nicht verloren habe, mit denen er übrigens auch entfernt verwandt war. Seine rechte Cousine war nämlich in zweiter Ehe mit dem Sieur de Bulkeley verheiratet gewesen, von dem, wie ja wohl allgemein bekannt ist, die Herzoge von Cheshire in gerader Linie abstammen. Demzufolge traf er denn seine Vorbereitungen, um Virginias kleinem Anbeter in seiner berühmten Rolle als der »Vampirmönch oder der blutlose Benediktiner« zu erscheinen, einer Rolle, die so schrecklich war, daß die alte Lady Startup, die ihn in ihr sah (dies geschah in der furchtbaren Neujahrsnacht des Jahres 1764), in ein mark- und beindurchdringendes Geschrei ausbrach, das mit einem heftigen Schlagfluß endigte. Sie starb drei Tage später, nachdem sie die Cantervilles enterbt hatte, die doch ihre nächsten Anverwandten waren, und ihr gesamtes Vermögen ihrem Londoner Apotheker hinterließ. Im letzten Augenblick jedoch hinderte die Furcht vor den Zwillingen den Geist daran, sein Zimmer zu verlassen, und der kleine Herzog schlief in Frieden unter dem großen, reichgeschmückten Baldachin im »Königlichen Schlafzimmer« und träumte von Virginia.

V

Einige Tage später ritten Virginia und ihr blondlockiger Kavalier über die Brockleywiesen. Sie hatte sich dort beim Sprung über eine Hecke ihr Reitkleid so sehr zerrissen, daß sie sich bei ihrer Heimkehr entschloß, die Hintertreppe zu benutzen, um nicht gesehen zu werden. Als sie am Gobelinzimmer vorüberlief, dessen Tür zufällig offenstand, glaubte sie jemanden darin zu sehen, und in der Annahme, daß es das Kammermädchen ihrer Mutter sei, das manchmal seine Näharbeit dort verrichtete, blickte sie hinein, um es zu bitten, ihr Kleid auszubessern. Zu ihrer großen Überraschung war es jedoch der Geist von Canterville, der am Fenster saß und zusah, wie das blasse Gold der gelb gewordenen Blätter langsam zur Erde sank und die roten Blätter toll die lange Allee hinuntertanzten. Sein Haupt hatte er in die Hand gestützt, und seine ganze Stellung verriet tiefste Niedergeschlagenheit. Ja, so verlassen und hinfällig sah er aus, daß die kleine Virginia, deren erster Gedanke gewesen war, fortzulaufen und sich in ihr Zimmer einzuschließen, von Mitleid erfüllt wurde und beschloß, den Versuch zu machen, ihn zu trösten. So leise trat sie auf, und so tief war seine Schwermut, daß er ihre Anwesenheit nicht bemerkte, bis sie ihn ansprach.

»Sie tun mir sehr leid«, sagte sie. »Aber meine Brüder gehen morgen nach Eton zurück, und wenn Sie sich gut aufführen, wird Sie dann niemand mehr kränken.«

»Es ist albern, von mir zu verlangen, daß ich mich gut aufführen soll«, antwortete er und blickte voll Erstaunen auf das hübsche, kleine Mädchen, das gewagt hatte, ihn anzusprechen. »Vollkommen albern. Ich muß mit meinen Ketten rasseln und durch Schlüssellöcher heulen und bei Nacht herumwandern, wenn Sie das meinen; das ist mein einziger Lebenszweck.«

»Das ist durchaus kein Lebenszweck, und Sie wissen sehr gut, daß Sie böse gewesen sind. Frau Umney hat uns, gleich am Tage unserer Ankunft, erzählt, daß Sie Ihre Frau ermordet haben.«

»Das räume ich ein«, sagte der Geist trotzig. »Aber das ist eine reine Familienangelegenheit und geht niemanden etwas an.«

»Es ist aber sehr unrecht, jemand zu töten!« sagte Virginia, die zuweilen einen süßen puritanischen Ernst hatte, der ihr von irgendeinem neuenglischen Ahnen überkommen war.

»Ach – ich hasse die wohlfeile Härte abstrakter Ethik! Mein Weib war sehr unschön, stärkte nie ordentlich die Halskrausen und verstand nichts von der Küche. Da hatte ich einmal in Hogley Wood einen Bock geschossen, einen prächtigen Spießer, und wissen Sie, wie sie ihn auf den Tisch brachte . . .? Na, reden wir jetzt nicht mehr davon, denn alles ist ja vorüber. Aber ich glaube nicht, daß es sehr nett von Ihren Brüdern ist, mich verhungern zu lassen, selbst wenn ich meine Frau getötet habe.«

»Verhungern? O Herr Gespenst – ich wollte sagen, Sir Simon, haben Sie Hunger? Ich habe ein Sandwich in meiner Schublade, möchten Sie es haben?«

»Nein, ich danke, ich esse um die Zeit niemals! Aber es ist doch sehr liebenswürdig von Ihnen, und Sie sind viel netter als Ihre übrige, schrecklich rohe, pöbelhafte, unanständige Familie.«

»Halt!« schrie Virginia und stampfte mit dem Fuße auf. »Sie sind roh und schrecklich und pöbelhaft, und was die Unanständigkeit betrifft, so wissen Sie sehr gut, daß Sie mir die Farben aus meinem Malkasten gestohlen haben, um den lächerlichen Blutfleck in der Bibliothek aufzufrischen. Erst haben Sie alles Rot, sogar das Karmin genommen, so daß ich keinen Sonnenuntergang mehr malen konnte, dann nahmen Sie Smaragdgrün und Chromgelb, und schließlich ließen Sie mir nichts mehr als Indigo und Chinesisch-Weiß, so daß ich nur noch Mondscheinszenen malen kann, die immer so traurig machen und gar nicht leicht zu malen sind. Ich habe Sie nie verraten, obwohl ich mich sehr geärgert habe. Übrigens war die ganze Sache höchst lächerlich, denn wer hat je von smaragdgrünen Blutflecken gehört?«

»Das ist schon richtig!« sagte der Geist fast schüchtern. »Aber was sollte ich machen? Es ist heutzutage sehr schwer, sich wirkliches Blut zu verschaffen. Und da Ihr Bruder ja immer wieder mit seinem Universal-Fleckenreiniger anfing, wußte ich mir keinen anderen Rat, als Ihren Malkasten zu benützen. Was nun die Farbe angeht, so ist das immer eine Geschmackssache. Die Cantervilles zum Beispiel haben blaues Blut, das blaueste Blut in England. Aber ich weiß, ihr Amerikaner legt auf solche Dinge keinen Wert.«

»Das verstehen Sie nicht, und überhaupt, das Beste, was Sie tun können, ist, auszuwandern und Ihre Kenntnisse zu erweitern. Mein Papa wird sehr gern Ihnen freie Überfahrt verschaffen, und wenn auch auf allem Geistigen ein hoher Zoll liegt, werden Sie beim Zollamt keine Schwierigkeiten haben, denn die Beamten dort sind lauter Demokraten. Und wenn Sie erst einmal in New York sind, werden Sie sicher einen großen Erfolg haben. Ich kenne eine Menge Menschen, die gerne hunderttausend Dollar geben würden, wenn sie einen Großvater haben könnten – für ein Hausgespenst aber wäre ihnen keine Summe zu hoch.«

»Ich glaube nicht, daß mir Amerika gefallen würde.«

»Wahrscheinlich, weil wir keine Ruinen und alte Scheußlichkeiten haben«, sagte Virginia spöttisch.

»Keine Ruinen? Keine Scheußlichkeiten?« antwortete der Geist. »Sie haben doch Ihre Marine und Ihre Manieren!«

»Guten Abend! Gleich gehe ich zu Papa und bitte ihn, den Zwillingen eine Woche Extraurlaub auszuwirken.«

»Ach bitte, gehen Sie nicht, Fräulein Virginia«, rief er. »Ich bin so einsam und unglücklich, und ich weiß wirklich nicht, was ich anfangen soll. Ich möchte so gerne schlafen und kann nicht.«

»Das ist Unsinn. Sie brauchen bloß zu Bette zu gehen und das Licht auszulöschen. Es ist manchmal sehr schwierig, wach zu bleiben, besonders in der Kirche, aber es macht doch keinerlei Schwierigkeiten, einzuschlafen. Sogar Wickelkinder können das, und die sind doch wahrhaftig nicht sehr klug.«

»Ich habe seit dreihundert Jahren nicht geschlafen«, sagte er traurig, und Virginias schöne blaue Augen öffneten sich weit vor Verwunderung. »Dreihundert Jahre lang habe ich nicht geschlafen, und ich bin so müde!«

Virginia wurde ganz ernst, und ihre feinen Lippen zitterten wie Rosenblätter. Sie näherte sich ihm, kniete an seiner Seite nieder und blickte in sein altes, verwittertes Gesicht.

»Armes, armes Gespenst«, murmelte sie. »Haben Sie gar kein Plätzchen, wo Sie schlafen könnten?«

»Weit von hier, jenseits des Tannenwaldes«, antwortete er mit leiser, verträumter Stimme, »liegt ein kleiner Garten. Dort wächst hohes und dichtes Gras, und darin blühen die großen, weißen Sterne des Schierlings, und die Nachtigall singt die ganze Nacht. Sie singt die ganze Nacht, und der kalte, kristallne Mond schaut herab, und der Taxusbaum breitet seine mächtigen Arme über die Schläfer.«

Virginias Augen trübten sich mit Tränen, und sie barg ihr Gesicht in den Händen.

»Sie meinen den Garten des Todes«, flüsterte sie.

»Ja, ich meine den Tod! Der Tod muß so schön sein! In weicher brauner Erde zu liegen – und das Gras wogt über unserem Kopf, und man horcht auf die Stille. Und es gibt kein Gestern und kein Morgen. Man vergißt die Zeit, vergißt das Leben und hat Frieden. Sie können mir helfen. Sie können mir das Tor zum Hause des Todes öffnen, denn die Liebe ist mit Ihnen, und die Liebe ist *stärker* als der Tod.«

Virginia zitterte, ein kalter Schauer rann über ihren Rücken, und einige Augenblicke lang herrschte Schweigen. Es war ihr, als träume sie einen schrecklichen Traum.

Dann sprach das Gespenst wieder, und seine Stimme klang wie das Seufzen des Windes: »Haben Sie schon einmal die alte Prophezeiung auf dem Fenster in der Bibliothek gelesen?«

»O ja, sehr oft!« rief das kleine Mädchen und sah auf. »Ich kenne sie sehr gut. Sie ist in seltsamen schwarzen Buchstaben geschrieben und ist sehr schwer zu lesen. Es sind bloß sechs Zeilen:

Wenn das Mädchen im goldnen Haar
betet den Sünder der Sünde bar,
wenn der Baum erstarrt und tot,
Blüte trägt in Weiß und Rot,
wird es hier im Hause still,
Friede über Canterville!

Aber ich weiß nicht, was das bedeutet.«

»Das bedeutet«, sagte er traurig, »daß Sie um meiner Sünden willen mit mir weinen müssen, denn ich habe keine Tränen, und daß Sie mit mir für mein Seelenheil beten müssen, denn ich habe keinen Glauben. Und dann, wenn Sie immer lieb und gut und edel gewesen sind, wird der Engel des Todes sich meiner erbarmen. Sie werden schreckliche Gestalten in der Dunkelheit sehen, und schauerliche Stimmen werden Ihnen ins Ohr flüstern, aber es wird Ihnen nichts geschehen, denn gegen die Reinheit eines Kindes sind die Mächte der Hölle machtlos.«

Virginia antwortete nicht, und der Geist rang die Hände in wilder Verzweiflung, während er auf ihr gebeugtes, goldenes Haupt niedersah. Plötzlich stand sie auf; sie war sehr bleich, und ein seltsames Licht leuchtete in ihren Augen. »Ich fürchte mich nicht«, sagte sie fest. »Ich will den Engel bitten, daß er sich Ihrer erbarme.«

Er stand mit einem schwachen Freudenruf von seinem Sitze auf, nahm ihre Hand in die seine, beugte sich mit altmodischem, höfischem Anstand über sie und küßte sie. Seine Finger waren kalt wie Eis, und seine Lippen brannten wie Feuer, aber Virginia schwankte nicht, als er sie durch das dämmerige Zimmer führte. In die verblaßte, grüne Tapete waren kleine Jäger eingestickt. Sie bliesen in ihre troddelgeschmückten Hörner und winkten ihr mit ihren kleinen Händen zu, umzukehren. »Kehre um, kleine Virginia«, riefen sie. »Kehre um!« Aber der Geist umklammerte ihre Hand noch fester, und so schloß sie die Augen vor den Warnern. Schreckliche Tiere mit Eidechsenschwänzen und Glotzaugen blinzelten sie vom geschnitzten Kaminsims an und murmelten: »Hüte dich, kleine Virginia, hüte dich – sonst werden wir dich niemals wiedersehen.« Aber der Geist glitt noch schneller vorwärts, und Virginia hörte nicht auf die Stimmen. Als sie das Ende des Zimmers erreicht hatten, blieb er stehen und murmelte einige Worte, die sie nicht verstehen konnte. Sie öffnete die Augen und sah, wie die Mauer gleich einem Nebel verschwamm – eine große, schwarze Höhle öffnete sich vor ihr. Ein bitterkalter Wind schlug ihr entgegen, und sie fühlte, wie etwas sie an ihrem Kleide zog. »Rasch, rasch«, rief der Geist. »Sonst ist es zu spät.« Im nächsten Augenblick hatte sich die Täfelung wieder hinter ihnen geschlossen, das Gobelinzimmer war leer.

VI

Zehn Minuten später läutete die Glocke zum Tee, und da Virginia nicht herunterkam, schickte Frau Otis einen Diener hinauf, sie zu holen. Nach kurzer Zeit kam er zurück und meldete, daß er Fräulein Virginia nirgends finden könne.

Da es ihre Gewohnheit war, jeden Abend in den Garten zu gehen, um Blumen für die Tafel zu holen, war Frau Otis anfangs durchaus nicht ängstlich. Als es aber sechs Uhr schlug und Virginia noch immer nicht erschien, wurde sie doch sehr besorgt und schickte die Jungen aus, Virginia zu suchen, während sie selbst und Herr Otis jeden Raum im Hause durchforschten. Um halb sieben kamen die Jungen zurück und sagten, daß sie nirgends eine Spur von ihrer Schwester hätten finden können. Nun waren alle furchtbar aufgeregt, und niemand wußte, was jetzt zu tun sei. Plötzlich erinnerte sich Herr Otis, daß er vor einigen Tagen einer Zigeunerbande die Erlaubnis gegeben hatte, ihr Lager im Park aufzuschlagen. Er machte sich also sofort nach Blackfell Hollow auf, wo sie, wie er wußte, lagerten. Sein ältester Sohn und zwei Knechte begleiteten ihn. Der kleine Herzog von Cheshire, der ganz außer sich vor Besorgnis war, bat dringend, man möge ihn auch mitnehmen, aber Herr Otis wollte davon nichts wissen, denn er fürchtete, es könnte eine Rauferei geben. Aber als sie an Ort und Stelle ankamen, zeigte es sich, daß die Zigeuner schon fort waren. Ihr Aufbruch mußte plötzlich erfolgt sein, denn das Feuer brannte noch, und einige Teller lagen im Grase. Herr Otis befahl Washington und den beiden Knechten, sofort die ganze Gegend abzusuchen, lief selbst nach Hause und telegraphierte an alle Polizeiinspektionen der Grafschaft und bat, nach einem kleinen Mädchen zu fahnden, das von Wegelagerern oder Zigeunern entführt worden sei. Dann befahl er, sein Pferd zu satteln, bestand darauf, daß seine Frau und die drei Knaben essen sollten, und ritt mit einem Reitknecht die Straße nach Ascot hinunter. Aber kaum war er ein paar Meilen geritten, da hörte er, daß jemand hinter ihm hergaloppierte. Er blickte sich um und sah, wie der kleine Herzog, hochrot im Gesicht und ohne Hut, auf seinem Pony angehetzt kam. »Herr Otis, Herr Otis«, stieß der Knabe hervor. »Ich kann nicht essen, bevor Virginia nicht gefunden ist. Bitte, seien Sie nicht böse auf mich – aber wenn Sie unserer Verlobung im vorigen Jahr zugestimmt hätten, wäre das alles nicht geschehen. Nicht wahr, Sie schicken mich nicht zurück? Ich kann nicht zurück, ich will nicht zurückgehen.«

Der Botschafter mußte über den hübschen jungen Heißsporn lächeln und war sehr gerührt von seiner Ergebenheit für Virginia. So beugte er sich vom Pferd nieder, klopfte ihm freundlich auf die Schulter und sagte: »Also, Cecil, wenn Sie nicht umkehren wollen, müssen Sie wohl mit mir kommen. Aber ich muß Ihnen in Ascot einen Hut kaufen.«

»Ach – zum Henker mit meinem Hut, ich will Virginia haben!« rief der kleine Herzog lachend, und sie galoppierten zur Eisenbahnstation. Dort fragte Herr Otis den Stationsvorsteher, ob ein Mädchen, auf das die Beschreibung Virginias passe, auf dem Bahnsteig gesehen worden sei. Aber er konnte nichts erfahren. Der Stationsvorstand depeschierte an alle Stationen der ganzen Linie und versicherte ihm, daß genaueste Nachforschungen nach ihr angestellt werden würden. Nachdem Herr Otis in einem Laden, der eben geschlossen werden sollte, für den kleinen Herzog einen Hut gekauft hatte, ritt er weiter nach Bexley, einem Dorf, das ungefähr vier Meilen entfernt war. Man hatte ihm gesagt, daß dies ein wohlbekannter Aufenthaltsort von Zigeunern sei, da dort eine große Gemeindewiese wäre. Hier trommelten sie den Landpolizisten heraus, konnten aber nichts von ihm erfahren, und nachdem sie über die ganze Wiese geritten waren, wandten sie ihre Pferde heimwärts und erreichten das Schloß gegen elf Uhr, todmüde und ganz verzweifelt. Washington und die Zwillinge erwarteten sie beim Pförtnerhaus mit Laternen, da die Allee sehr dunkel war. Nicht die leiseste Spur von Virginia war gefunden worden. Man hatte die Zigeuner auf den Brockleywiesen festgehalten, aber sie war nicht bei ihnen, und sie hatten ihren plötzlichen Aufbruch damit erklärt, daß sie sich im Datum des Jahrmarkts in Chorton geirrt hätten und dann Hals über Kopf aufgebrochen wären aus Angst, zu spät zu kommen. Sie waren ganz entsetzt, als sie von Virginias Verschwinden hörten, denn sie waren Herrn Otis sehr dankbar dafür, daß er ihnen erlaubt hatte, im Park zu lagern. Vier von ihnen blieben sogar zurück, um suchen zu helfen. Der Karpfenteich war abgelassen worden, man hatte wiederholt das ganze Schloß durchsucht, aber alles ohne jeden Erfolg. Es war klar, daß Virginia, mindestens für diese Nacht, verloren war. In einem Zustand tiefster Niedergeschlagenheit gingen Otis und die Knaben zum Hause hinauf, gefolgt von dem Reitknecht mit den zwei

Pferden und dem Pony. In der Halle fanden sie eine Gruppe verängstigter Dienstboten und auf dem Sofa in der Bibliothek, ganz außer sich vor Schrecken und Angst, die arme Frau Otis, der die alte Haushälterin die Stirn mit Eau de Cologne kühlte. Herr Otis drang sofort darauf, daß sie etwas zu sich nehme, und bestellte das Abendbrot für die ganze Gesellschaft. Es war ein melancholisches Mahl, niemand sprach ein Wort, und selbst die Zwillinge waren ganz gedrückt und niedergeschlagen, denn sie liebten ihre Schwester sehr. Als sie vom Tisch aufstanden, schickte Otis, trotz der inständigen Bitten des kleinen Herzogs, alle zu Bett. In der Nacht könnte man doch nichts mehr unternehmen, und am nächsten Morgen wolle er an die Polizeidirektion in London depeschieren, daß man ihm sofort einige Detektive herschicke. Gerade als sie aus dem Speisezimmer heraustreten wollten, begann es vom Kirchturm Mitternacht zu schlagen, und als der letzte Ton verhallt war, hörten sie einen furchtbaren Krach und einen plötzlichen schrillen Schrei. Ein schrecklicher Donnerschlag erschütterte das ganze Haus, eine überirdische Musik flutete durch die Luft, die Wandtäfelung oben im Treppenhaus flog mit einem dumpfen Geräusch auf, und auf dem Treppenabsatz erschien sehr bleich und weiß, mit einem kleinen Schmuckkästchen in der Hand, Virginia. Alle stürzten gleichzeitig auf sie zu. Frau Otis schloß sie leidenschaftlich in die Arme, der Herzog erstickte sie beinahe mit heftigen Küssen, und die Zwillinge vollführten einen wilden Kriegstanz um die Gruppe. »Um Himmels willen, Kind, wo bist du gewesen?« sagte Herr Otis fast böse, da er glaubte, daß sie irgendeinen närrischen Streich ausgeführt habe. »Cecil und ich sind überall herumgeritten, um dich zu suchen, und deine Mutter hat sich fast zu Tode geängstigt. Du darfst in Zukunft nie wieder solche Streiche spielen.«

»Höchstens dem Gespenst, höchstens dem Gespenst«, brüllten die Zwillinge und machten Bocksprünge.

»Mein Liebling, Gott sei Dank, daß wir dich gefunden haben, du darfst uns nie mehr verlassen«, murmelte Frau Otis, küßte das zitternde Kind und strich mit der Hand über ihr wirres Goldhaar.

»Papa«, sagte Virginia ruhig. »Ich war bei dem Geist. Er ist tot – du mußt mitkommen und dir ihn ansehen. Er war sehr schlimm, aber er hat schließlich alles bereut, was er getan hat, und mir dieses Kästchen mit wundervollen Juwelen gegeben, bevor er starb.«

Die ganze Familie starrte sie in stummer Verblüffung an, aber sie blieb ganz ruhig und ernst; sie drehte sich um und führte sie alle durch die Öffnung in der Täfelung einen engen, geheimen Gang hinunter. Washington folgte mit einer brennenden Kerze, die er vom Tische genommen hatte. Endlich kamen sie an eine große, eichene Tür, die mit rostigen Nägeln beschlagen war. Virginia berührte sie, und da flog sie in ihren schweren Angeln auf. Nun waren sie in einem kleinen niedrigen Zimmer mit einer gewölbten Decke und einem kleinen vergitterten Fenster. In die Wand war ein riesiger Eisenring eingelassen, und daran war ein dürres Skelett angekettet, das der Länge nach auf dem Steinboden ausgestreckt lag und mit seinen langen, fleischlosen Fingern nach einem altmodischen Teller und einem Krug zu greifen schien, die so standen, daß es sie nicht mehr erreichen konnte. Das Gefäß war offenbar früher einmal mit Wasser gefüllt gewesen, denn grüner Schimmel bedeckte seine Innenseite. Auf dem Teller lag nichts als eine dünne Staubschicht. Virginia kniete neben dem Skelett nieder, faltete ihre kleinen Hände und begann leise zu beten, während die anderen verwundert die furchtbare Tragödie betrachteten, deren Geheimnis jetzt enthüllt war.

»Hallo«, rief plötzlich einer der Zwillinge, der aus dem Fenster gesehen hatte, um sich zu vergewissern, in welchem Flügel des Hauses das Zimmer eigentlich lag. »Seht nur, der alte, verdorrte Mandelbaum blüht wieder – ich kann seine Blüten ganz deutlich im Mondlicht erkennen!«

»Gott hat ihm vergeben«, sagte Virginia ernst, als sie sich erhob, und ein wunderbarer Glanz schien ihr Gesicht zu verklären.

»Welch ein Engel sind Sie!« sagte der junge Herzog und legte seinen Arm um ihren Hals und küßte sie.

VII

Vier Tage nach diesen merkwürdigen Vorfällen bewegte sich ein Leichenzug um elf Uhr nachts aus dem Schloß Canterville. Der Leichenwagen wurde von acht Rappen gezogen, deren jeder auf dem Kopfe einen großen Busch nickender Straußenfedern trug, und der Bleisarg war bedeckt mit einer prächtigen Purpurdecke, auf der das Wappen derer von Canterville in

Gold eingestickt war. Neben dem Leichenwagen und den Trauerkutschen schritten Diener mit brennenden Fackeln, und die ganze Prozession war ungemein stimmungsvoll. Lord Canterville war der Hauptleidtragende. Er war eigens aus Wales gekommen, um dem Leichenbegängnis beizuwohnen, und saß im ersten Wagen mit der kleinen Virginia. Dann kam der Botschafter der Vereinigten Staaten mit seiner Frau, dann Washington und die drei Jungen, und im letzten Wagen saß Frau Umney. Da sie mehr als fünfzig Jahre ihres Lebens von dem Gespenst geschreckt worden war, so hatte sie ein Recht, ihm die letzte Ehre zu erweisen. In einer Ecke des Friedhofes war ein tiefes Grab gegraben worden, gerade unter dem alten Taxusbaum, und Reverend Augustus Dampier sprach das Leichengebet in eindrucksvoller Weise. Als diese Zeremonie beendet war, löschten die Diener nach alter Sitte der Familie Canterville ihre Fackeln aus, und bevor der Sarg ins Grab hinuntergelassen werden sollte, trat Virginia vor und legte ein großes Kreuz aus weißen und roten Mandelblüten darauf. In diesem Augenblick kam der Mond hinter einer Wolke hervor und überflutete mit seinem stillen Silberlicht den kleinen Friedhof, und in einem fernen Busch begann eine Nachtigall zu singen. Virginia gedachte der Schilderung, die ihr der Geist vom Garten des Todes gegeben hatte, ihre Augen füllten sich mit Tränen, und sie sprach während der Heimfahrt kaum ein Wort.

Am nächsten Morgen hatte Herr Otis mit Lord Canterville, bevor dieser in die Stadt zurückkehrte, ein Gespräch über die Juwelen, die der Geist Virginia gegeben hatte. Sie waren ganz prachtvoll, besonders ein Rubinhalsband mit altvenezianischer Fassung, ein Meisterwerk aus dem 16. Jahrhundert. Der Wert der Kostbarkeiten war so bedeutend, daß Herr Otis einige Skrupel hatte, ob er seiner Tochter erlauben dürfe, sie anzunehmen.

»Mylord«, sagte er, »ich weiß, daß in diesem Lande sowohl Landbesitz als auch Schmuckstücke Familiengut sind, und es ist mir ganz klar, daß diese Juwelen Erbstücke Ihrer Familie sind oder doch sein sollten. Ich muß Sie also darum bitten, sie mit nach London zu nehmen und sie als einen Teil Ihres Vermögens zu betrachten, der Ihnen unter gewissen, sonderbaren Umständen zurückerstattet worden ist. Meine Tochter ist noch ein Kind und hat, wie ich mit Freude sagen kann, wenig Interesse an solchen Kostbarkeiten eines müßigen Luxus. Meine

Frau, die, wie ich sagen darf, von Kunstdingen etwas versteht – sie hatte nämlich den Vorzug, als junges Mädchen mehrere Winter in Boston zu verbringen –, hat mir mitgeteilt, daß diese Juwelen einen großen Geldwert besitzen und, wenn man sie verkaufen wollte, einen hohen Preis erzielen würden. Unter diesen Umständen, Lord Canterville, werden Sie, dessen bin ich sicher, zugeben, daß es für mich unmöglich ist, diese Dinge im Besitze eines Mitglieds meiner Familie zu belassen. All dieses eitle Flitterwerk und dieser Kram, so sehr sie vielleicht der Würde der britischen Aristokratie dienlich und nötig sind, können ganz und gar nicht am Platze sein bei Menschen, die in den strengen und, wie ich glaube, unsterblichen Prinzipien republikanischer Einfachheit erzogen sind. Ich sollte vielleicht noch erwähnen, daß Virginia mit Ihrer Erlaubnis sehr gern das Kästchen behalten würde als Erinnerung an Ihren unglücklichen, aber irregeleiteten Ahnherrn. Da es sehr alt und infolgedessen sehr reparaturbedürftig ist, so werden Sie vielleicht geneigt sein, ihre Bitte zu erfüllen. Ich muß offen gestehen, daß ich einigermaßen davon überrascht bin, daß eines meiner Kinder in dieser Weise mit dem Mittelalter sympathisiert. Ich kann es mir nur durch die Tatsache erklären, daß Virginia in einem Ihrer Londoner Vororte geboren worden ist, kurz nachdem meine Frau von einer Reise nach Athen zurückgekehrt war.«

Lord Canterville hörte die Rede des würdigen Botschafters mit großem Ernst an und strich nur hier und da seinen grauen Schnurrbart, um ein unfreiwilliges Lächeln zu verbergen. Als Herr Otis zu Ende war, schüttelte er ihm herzhaft die Hand und sagte: »Mein werter Herr! Ihre entzückende kleine Tochter hat meinem unglückseligen Ahnherrn Sir Simon einen sehr großen Dienst geleistet, und ich und meine Familie stehen tief in ihrer Schuld für ihren gewiß wunderbaren Mut. Die Juwelen gehören selbstverständlich ihr. Ja, ich glaube, wenn ich herzlos genug wäre, sie ihr wegzunehmen, der tolle alte Bursche würde in vierzehn Tagen aus seinem Grab steigen, um mir mit seinen Teufeleien das ganze Leben zu verbittern. Was aber die Erbstückfrage betrifft: Nur das ist ein Erbstück, was als solches in einem Testament oder einem anderen gesetzlichen Dokument bezeichnet worden ist – die Existenz dieser Juwelen aber war völlig unbekannt. Ich versichere Ihnen, daß ich nicht mehr Anrecht auf sie habe als Ihr Hausknecht. Und wenn Fräulein Virginia heranwächst, wird sie sicherlich ganz froh sein, hübsche

Dinge zum Tragen zu haben. Überdies vergessen Sie, Herr Otis, daß die Einrichtung und das Gespenst im Preise des Schlosses inbegriffen waren und daß also alles, was dem Geist gehörte, in Ihren Besitz übergegangen ist, da Sir Simon, welch nächtliche Tätigkeit er auf den Gängen auch entwickelt hat, gesetzlich tot war und Sie sein Eigentum durch Kauf erworben haben.«

Herr Otis war einigermaßen verwirrt durch Lord Cantervilles Weigerung und bat ihn, seinen Entschluß nochmals zu überdenken; aber der gutmütige Pair blieb fest und brachte endlich den Botschafter dazu, seiner Tochter die Erlaubnis zu geben, das Geschenk des Gespenstes zu behalten. Und als im Frühjahr 1890 die junge Herzogin von Cheshire anläßlich ihrer Vermählung bei Hofe vorgestellt wurde, erregten ihre Juwelen allgemeine Bewunderung. Denn Virginia bekam ihre Adelskrone – das ist die Belohnung für alle guten kleinen Amerikanerinnen – und heiratete ihren jugendlichen Anbeter, sobald er großjährig geworden war. Sie waren beide so reizend und sie liebten einander so sehr, daß alle Welt von der Partie entzückt war – mit Ausnahme der alten Marquise von Dumbleton, die versucht hatte, den Herzog für eine ihrer sieben unverheirateten Töchter zu kapern und zu diesem Zwecke nicht weniger als drei opulente Diners gegeben hatte, und merkwürdigerweise mit Ausnahme des Herrn Otis. Herr Otis hatte den jungen Herzog persönlich sehr gern, aber in der Theorie war er ein Gegner aller Titel und fürchtete, um seine eigenen Worte zu gebrauchen, »daß unter dem entnervenden Einfluß einer vergnügungssüchtigen Aristokratie die wahren Prinzipien republikanischer Einfachheit in Vergessenheit geraten könnten«. Aber seine Einwände wurden vollständig überstimmt, und ich glaube, daß es in ganz England weit und breit keinen stolzeren Mann gab als ihn, als er, seine Tochter am Arm, den Chorgang der St.-Georgs-Kirche am Hanover-Platz entlangschritt. Als die Flitterwochen vorüber waren, zogen der Herzog und die Herzogin auf das Schloß von Canterville, und am Tage nach ihrer Ankunft gingen sie nachmittags hinüber zum einsamen Friedhof unter den Tannen. Es hatte manche Schwierigkeiten gegeben, bis man sich über die Inschrift auf Sir Simons Grabstein einigte. Schließlich aber hatte man sich entschlossen, nichts darauf zu setzen als die Anfangsbuchstaben seines Namens und die Verse vom Fenster in der Bibliothek. Die Herzogin hatte einige schöne Rosen mitgebracht, die sie über das

Grab streute. Und nachdem sie einige Zeit davor gestanden, wanderten sie zu den Ruinen der alten Abtei. Dort setzte sich die Herzogin auf eine gestürzte Säule, und ihr Mann legte sich ihr zu Füßen, zündete eine Zigarette an und schaute in ihre wunderbaren Augen.

Plötzlich warf er die Zigarette fort, nahm ihre Hand und sagte: »Virginia – eine Frau soll vor ihrem Gatten keine Geheimnisse haben.«

»Mein teurer Cecil, ich habe keine Geheimnisse vor dir.«

»Doch, doch!« antwortete er lächelnd. »Du hast mir nie erzählt, was sich ereignet hat, während du mit dem Geist eingeschlossen warst.«

»Ich habe es niemandem erzählt, Cecil«, sagte Virginia ernst.

»Das weiß ich, aber mir sollst du es sagen!«

»Bitte frage mich nicht, Cecil, ich kann es dir nicht sagen! Armer Sir Simon! Ich verdanke ihm so viel! Ja, lache nicht, Cecil – es ist so! Er hat mich gelehrt, was das Leben ist und was der Tod bedeutet und warum die Liebe stärker ist als beides.«

Der Herzog stand auf und küßte seine Frau zärtlich.

»Behalte dein Geheimnis so lange, wie ich dein Herz besitze!« murmelte er.

»Das hast du immer gehabt, Cecil.«

»Und vielleicht erzählst du alles einmal unseren Kindern?«

Virginia errötete.

Henri Troyat
Das eifersüchtige Tischchen

Ferdinand Pastre erwachte beim Morgengrauen und verspürte einen unwiderstehlichen Drang, sich an der Nase zu kratzen. Die Fensterläden waren geschlossen, der Raum lag in tiefer Dunkelheit. Eine Uhr tickte gelangweilt draußen im Flur. Nebenan im Badezimmer tröpfelte ein schlecht zugedrehter Wasserhahn. Ferdinand Pastre sog in wollüstigem Behagen die warme Luft des Zimmers ein, die nach Mann roch, und führte mit fauler Bewegung einen Finger ans Nasenloch, wo es ihn juckte. Aber der Finger, ohne Zweifel schlecht gelenkt, traf ins Leere. Ferdinand Pastre stieß übelgelaunt einen Fluch aus und fuhr sich mit der eingeschlafenen Hand von neuem ins Gesicht. Wiederum schlossen sich die Finger da über einer erschreckenden Leere, wo seine Gesichtszierde sich hätte befinden müssen. Haut, Knorpel und Knochengerüst des bildsamen Auswuchses, auf den er mit Recht stolz war, sie waren dahingeschmolzen wie morgendlicher Nebel beim Hauch einer Brise. Seine Nase war nicht mehr da. An ihrer Stelle war da ein Loch, eine Wundöffnung, die nicht schmerzte, nichts andres als glasklare Luft, die sein Arm umrührte, als er bis zum Ellbogen hineintauchte.

Die Angst brachte das Herz des Unglücklichen fast zum Stillstand. Todesschweiß rann ihm über das Gesicht und an den Schenkeln herab. Der Speichel lag wie Schleim auf seiner Zunge. Und er wagte sich nicht mehr zu rühren, in der Furcht, die geringste Bewegung könne ihm weitere und schreckliche Folgen seines neuen Gebrechens enthüllen. Schließlich wurde er, der Buchhalter bei der Firma Bouche & Tournoy, Unterbekleidung aller Art, war, mit seinem geschulten und ordnenden Geist der verwirrenden Gedanken dieser ersten Morgenstunde Herr.

»Ich bin ein Blödian«, sagte er ganz laut.

Mit einem Satz sprang er auf und ging ins Vorzimmer, wo sich ein großer Spiegel befand. Der Spiegel war an der Wand befestigt, zwischen zwei Gestellen voller Bücher. Es war ein schöner Spiegel, der in seiner Kälte und Neuheit ohne den geringsten Fliegenschmutz oder Kratzer erstrahlte.

Ferdinand Pastre blieb vor ihm stehen, und ein Zittern überfiel ihn am ganzen Körper. Er war »vor« dem Spiegel, aber er war nicht »im« Spiegel. Die glänzende Fläche nahm keine Kenntnis von seiner Anwesenheit, sondern spiegelte mit sanfter Unverschämtheit nur den Hintergrund des Raumes mit einer blöden Truhe und einer Kleiderablage voller Mäntel. Zwischen dem Spiegel und der Wand gab es niemanden.

Ferdinand Pastre, mit Recht beunruhigt, zuckte die Schultern und begab sich in sein Zimmer zurück.

Der Anblick, den er dort wiederum hatte, ließ das Blut in seinen Adern erstarren und benahm ihm den Atem. Ferdinand Pastre, der aufrecht mitten im Zimmer stand, betrachtete Ferdinand Pastre, der auf dem Bett lag. Ja, auf dem Bett ruhte ein Körper, der Ferdinand Pastres Körper war, in der starren und edlen Haltung eines Schlummernden. Das Gesicht des Schläfers hatte die Farbe von gelblichem Wachs, und sein Schnurrbart glich einem Büschel Werg. Die Nasenflügel waren zusammengekniffen und sahen ganz verändert aus. Der Unterkiefer hing herab. Kein Atemzug hob und senkte mehr die entblößte haarige Brust. In grauenvollem Erschrecken begriff Ferdinand Pastre, daß er seine eigene Leiche vor sich hatte.

»Ich bin also tot«, murmelte er.

Und das war wahr. Das Wesen, das in diesem Zimmer umherwanderte, war bloß der Geist dessen, der dort auf dem Lager ruhte. Ferdinand Pastre gehörte nicht mehr der Welt der Menschen an. Menschliche Augen konnten ihn in seiner neuen Gestalt nicht mehr wahrnehmen, menschliche Ohren seine Astralstimme nicht mehr hören, die menschliche Nase seinen Duft nicht mehr wittern, menschliche Hände seine vollkommene Gestalt nicht mehr betasten, und der Spiegel, der ja doch eine menschliche Erfindung war, vermochte sein Bild nicht mehr widerzuspiegeln. Die Lebenden existierten für ihn weiter, er aber war für die Lebenden nicht mehr da. An dieser grauenvollen Tatsache war nicht mehr zu rütteln.

Ferdinand Pastre ließ sich angesichts seines leblosen Körpers auf einen Stuhl sinken. Und mit der Hand berührte er die harte und kalte Stirn, die einmal die seine gewesen war, diese starke Nase, das willensstarke Kinn, die eingefallenen Wangen, das ganze Gesicht, das er geliebt hatte und dessen er nunmehr beraubt sein würde bis in alle Ewigkeit. Er verfiel in Rührung, als er die kleine Warze am Mundwinkel gewahrte, das Büschel Haare in seinem Nasenloch; und doch hatte er sich über diese entzückenden Schönheitsfehler früher manchmal beklagt. Einen Augenblick lang dünkte es ihn, als bewache er den letzten

Schlummer eines lieben guten Freundes, dessen früheres Leben in vertrauter Weise mit dem seinen verbunden gewesen war.

»Mein lieber Freund«, sagte er, »man hat uns auseinandergerissen. Uns, die wir ein Herz und eine Seele waren und füreinander lebten. Nun trennen sich unsere Geschicke. Du verschwindest. Ich aber bleibe ...«

Bei diesen Worten kamen Ferdinand Pastre die Tränen. Er hatte Mitleid mit sich selbst, weil er gestorben war, denn er wußte, was er verlor, als er ins Nichts dahinsank.

»Warum bin ich in vollster Jugendkraft gestorben? Erst vierzig Jahre. Bei der Firma Bouche & Tournoy hatte ich die glänzendsten Zukunftsaussichten. Ich war im Begriff, meine Frau mit der reizenden Louisette Poupard zu hintergehen – und nun, so plötzlich, der Tod. Kein Bürodienst mehr, keine Frau, keine Louisette ... Nichts ... Nichts ... Ich bin jetzt ein Geist!«

Er verstummte, denn die Fassung verließ ihn bei dem hohlen Klang seiner eigenen Stimme. Nun war er also einer dieser Geister geworden, über die er so oft mit sträflichem Leichtsinn gesprochen hatte. Was war denn eigentlich ein Geist? Er erzitterte vor Grauen bei dem Gedanken an die Prüfungen, die sein neuer Zustand ihm vielleicht auferlegen würde. Bereits jagte er sich selber Angst ein. Würde man ihn nicht in ein weißes Laken einhüllen, mit klirrenden Ketten binden und in das eisige Kellergewölbe irgendeines alten Schlosses schleppen? Es war nicht einzusehen, warum die Geister von gewissen behördlichen Vorschriften verschont bleiben würden. In dieser neuen Welt gab es gewiß Geister mit gewiegtem Verstande, Geister, die in ihrem irdischen Dasein einmal Lehrer, Minister, Kaufleute, Steuerzahler, grimmige und von der Pünktlichkeit besessene Kompaniefeldwebel gewesen waren? Die Befähigten unter ihnen hatten sicherlich seit langem eine strenge Ordnung begründet, nach der alle Bewohner des Jenseits ihr Handeln einrichteten, wollten sie nicht Strafen erdulden, die um so erschreckender waren, als sie sich nicht auf körperliche Züchtigungen beschränkten.

Dieses Reich der Schatten mußte eine riesige Organisation sein, eine zeitlose Gesellschaft mit einer geheimnisvollen Polizei des Universums, die alles in den gebührenden Schranken hielt. Und das würde nun für alle Ewigkeit seine Welt sein. Sein Buchhaltergehirn, das versessen war auf Zahlen, Statistiken und Kurven, wußte das geistige Bauwerk, das die Verwaltung dieses unzählbaren Kollektivs darstellte, in seinem richtigen Wert einzuschätzen. Flüchtig kam ihm sogar der Gedanke, vielleicht werde man ihn bei irgendeiner umfassenden und gewissenhaften Volkszählung einsetzen, wobei er zeigen könne, was er zu leisten vermöge.

Diesen Augenblick seines Nachsinnens erwählte sich der Wecker, um ein schrilles, nicht endendes Gerassel von sich zu geben, das auf die Nerven ging. Ferdinand Pastre wollte den Knopf des Weckers drücken. Aber der Druck seines Fingers blieb auf den Mechanismus ohne Wirkung. Ferdinand Pastre schlug sich vor den Kopf: »Wie konnte ich es vergessen! Ich existiere ja nicht mehr für die irdische Welt. Wie blöd!«

Der Wecker rasselte indessen ab, stieß ein metallisches Röcheln aus, setzte wieder heiser an und raste mit schnurrendem Geräusch weiter. Ferdinand Pastre vernahm, wie im Nebenzimmer seine Frau sich auf ihrem Bett bewegte und ein gereiztes Brummen ausstieß. Als das Rasseln des Weckers in einem letzten Aufschluchzen erstarb, erschien Frau Pastre auf der Schwelle, das Haar gespickt mit Lockenwickeln. Ihre fleischigen Backen wabbelten, und die kleinen stechenden Augen blinzelten im Dämmerlicht. Sie rief: »Du bist wohl verrückt, Ferdinand, daß du den Wecker ablaufen läßt!«

Ferdinand Pastre wollte ihr erklären, daß er während der Nacht gestorben war, doch rechtzeitig erinnerte er sich, daß seine Stimme lebenden Ohren nicht mehr vernehmbar war, und so schwieg er. Übrigens kam Hortense Pastre schon auf ihn zu, schritt ganz einfach durch ihn hindurch und trat an das Bett, auf dem der Körper ruhte. Ferdinand verfolgte ihre Bewegungen mit kummervoller Beklemmung.

»Los, steh auf, Faulpelz!« knurrte Hortense.

Sie schüttelte den Leichnam am Arm. Dann beugte sie sich über das Bett, betastete mit der Hand die Stirn des verewigten Herrn Pastre und schrie auf wie ein wildes Tier: »Er ist tot! Einen Arzt! Einen Arzt her! Schnell! Schnell! . . .«

Eine besessene Megäre durchquerte von neuem Herrn Pastre, stürzte ins Vorzimmer, hob den Hörer des Telephons ab, wählte eine Nummer und kreischte in die Sprechmuschel: »Herr Doktor . . . Herr Doktor . . . Ein Unglück ist geschehen!«

Ferdinand Pastre, tief bewegt, war zu seiner Frau getreten und klopfte ihr sanft auf die Schulter.

»Es ist doch nichts, Schatzi. Sei doch nur nicht so aufgeregt!« meinte er.

Aber Hortense ahnte bestimmt nicht, daß ihr Mann neben ihr stand; durch die Zauberschnur des Telephons festgehalten, stöhnte sie voller Ungeduld: »Mein armer Mann ... Mein Leben ist zerbrochen ... Nur Sie können mir helfen ... Nehmen Sie Ihren Wagen ... Keine Sekunde ist zu verlieren ...«

Dann hängte sie den Hörer ein und sank auf die Truhe im Vorraum, den Kopf in die Hände vergraben und den Rücken gebeugt.

Endlich erschien Dr. Bouminaud, grade als Frau Pastre den Hörer abnahm, um ihn an sein Versprechen zu erinnern. Er war ein vierschrötiger Mann mit rötlichem Gesicht und einem fahlroten Bart, der wie ein Kranz sein Kinn umrahmte. Doch sein Schädel war kahl und erstrahlte in seltsamen ambra- und rosafarbenen Tönen. Nachdem Dr. Bouminaud rasch einige Fragen gestellt hatte, schritt er ins Zimmer, wobei er dem Geist auf die Füße trat, und kniete vor dem Bett nieder, einen Seufzer ausstoßend wie ein zu Tode erschöpfter Lastenträger. Er klopfte den Körper des Toten mit seinen fleischigen und sommersprossigen Händen ab und sagte dann bloß: »Ich komme wohl zu spät ...«

Dann entnahm er seiner Bestecktasche eine Spritze mit einer dünnen Nadel.

Schon beim ersten Einstich des Arztes empfand Ferdinand Pastre ein entsetzliches Prickeln in der Wirbelsäule. Es war ihm, als zöge eine geheimnisvolle Kraft ihn zu seiner eigenen sterblichen Hülle zurück. Er fühlte, daß er zum Bett hingezogen wurde, wie an einem Faden, wie durch eine Luftströmung, einen kraftvollen Magneten. Schon kam er dem Leichnam näher. Gleich würde er ihn berühren, ihn bedecken, in ihn hineinschlüpfen ... Doch sanft lockerte sich die Bindung, und er wurde wieder Herr seiner selbst.

»Die erste Einspritzung hat nichts ergeben«, sagte der Arzt. »Versuchen wir eine andre.«

Die zweite und die dritte Spritze hatten die gleiche Wirkung, sie lösten bei Ferdinand Pastre ein Zerren und nachher das betrübende Sichlösen aus. Wahrhaftig, die Medikamente erwiesen sich als unwirksam, die Seele Ferdinand Pastres wieder mit seinem Körper zu vereinigen. Es bestand keine Hoffnung mehr. Die Trennung war endgültig vollzogen.

»Aber woran bin ich denn nur gestorben?« rief Ferdinand Pastre.

Als hätte der Doktor diese lautlosen Worte gehört, richtete

er sich auf, nickte mit dem Kopf und sagte: »Ein Gehirnschlag, meine liebe Frau Pastre!«

»Er arbeitete zu viel«, schluchzte Hortense. »Die Zahlen haben ihn getötet!«

»Mut, fassen Sie Mut«, sagte der Doktor. Dann, mit etwas leiserer Stimme: »Sei stark, Hortense, ich bitte dich. Und vergiß nicht, daß nun, wo er nicht mehr ist, ich noch für dich da bin.«

Ferdinand Pastre fuhr hoch. Er glaubte ersticken zu müssen unter einer Flut von Verwünschungen, die indessen niemand hören konnte. Hortense hatte ihn also mit diesem Kerl hintergangen, der nach Äther stank und Sommersprossen auf den Händen hatte! Hortense, die ihm solch geringfügige Laster wie seine ausgeprägte Vorliebe für einen guten Tropfen stets unter die Nase gerieben hatte, nahm für sich das Recht in Anspruch, mit solch einem Krankenbefummler ins Bett zu steigen! So etwas ihm anzutun, der gezaudert hatte, seine Frau mit der anbetungswürdigen Louisette zu betrügen! Ihm, der sich durch ritterliche, altmodische Skrupel beherrschen ließ!

»Ein Rindvieh war ich!« brüllte er unhörbar. »Von heute an nehme ich mir meine Freiheit! Jetzt soll man erkennen, wozu ich fähig bin!«

Nach dem Weggang des Arztes fand Ferdinand Pastre, der ein sehr empfindsames Gemüt hatte, nicht mehr den Mut, seiner Leichenwäsche und dem Besuch der Angestellten des Beerdigungsinstituts standzuhalten.

»Alles, nur das nicht!«

Es drängte ihn, sich nach den Bedingungen seiner neuen Existenz zu erkundigen. Sein Leben lang hatte er es geliebt, »mit den Behörden im reinen zu sein«. Diesen Grundsatz wollte er nicht ändern!

So beschloß er, von hier fortzugehen.

Und er spuckte auf den Boden, vor die Füße seiner Frau, die herzzerbrechend schluchzte.

Im Vorzimmer wollte er mit einer gewohnheitsmäßigen Bewegung seinen Hut vom Haken nehmen. Doch seine Hand fuhr durch die schöne und noch ganz neue »Melone« hindurch. Es gelang ihm nicht, sie auch nur einen Zoll von der Stelle zu bewegen.

»Schade«, sagte Ferdinand Pastre.

Alsbald fiel ihm ein, daß er ja nur in der Astralform seines Schlafanzuges steckte und nicht mehr in der Lage war, seine

Kleidung zu wechseln, um auf die Straße hinabzugehen. Er tröstete sich jedoch mit dem Gedanken, daß die meisten Geister in der gleichen Lage sein müßten. Dann glitt er einfach durch die Türen und Wände hindurch und befand sich auf der Straße, wo die Passanten hasteten und drängten. Sehr bald unterschied er unter ihnen seine Schicksalsgefährten aus dem Jenseits; man erkannte sie an der Durchsichtigkeit und der fluiden Anmut ihrer Person. Alle trugen die Bekleidung, in der sie gestorben waren. Einige waren wie er im Schlafanzug, andre im Nachthemd oder völlig nackt, und wieder andre im Frack oder im Straßenanzug. Es gab da auch ältere Geister, die nach der Mode längst vergangener Zeiten gekleidet waren, mit gepuderten Perücken, engsitzenden Kniehosen und bestickten Wämsern. Ungehindert bewegten sie sich unter den Sterblichen, grüßten sich untereinander und plauderten mit tonlosen Stimmen. Ahnungslos streiften die Lebenden diese schwerelosen Geister, unter denen sich vielleicht ihre nächsten Verwandten befanden.

Ferdinand Pastre wagte nicht, einen unbekannten Geist anzureden und ihn nach den Formalitäten zu fragen, die man erfüllen müsse, um mit den Vorschriften der »zuständigen Behörden« in Einklang zu sein. Er fürchtete, man würde ihm sofort den Neuling ansehen und der mit den Sitten und Gebräuchen des Jenseits Bewanderte, an den er das Wort richtete, würde sich auf seine Kosten lustig machen. Daher zog er es vor, sich zu einem guten Freunde zu begeben, dem lustigen Etienne Cassagne, der vor zwei Monaten gestorben war und dessen Hinscheiden ihm solch großen Kummer bereitet hatte. Er entdeckte ihn auf einem Stuhl, am Eingang seiner Wohnung sitzend, die Ellbogen auf die Knie gestützt: er vergnügte sich damit, die Fliegen zu zählen. Als er Ferdinand Pastre gewahrte, sprang er auf und rief: »Du? Welch guter Wind führt dich denn her? Solltest du zufällig einer der unsern sein?«

»Gewiß!« sagte Pastre mit einiger Selbstgefälligkeit.

»Nein, wie man sich wiedertrifft!« meinte Cassagne. Und frohgelaunt puffte er ihn in die Rippen. Schließlich hielt er inne und murmelte in ernstem Tone: »Du hast doch nicht allzusehr gelitten?«

»Ich habe überhaupt nichts gespürt.«

»Das ist die Hauptsache«, meinte Cassagne. »Gehen wir ein wenig auf die Straße. Man erstickt in diesem Hause.«

»Hör mal«, sagte Pastre, »ich weiß nicht, ob ich das Recht habe, so frei herumzugehen. Vielleicht muß man mit bestimmten Papieren oder gewissen Pässen versehen sein?«

Cassagne brach in ein schallendes Gelächter aus: »Na, weißt du, mein Lieber! Du glaubst doch nicht etwa, daß man dir einen Geister-Personalausweis ausstellen wird.«

»Ich meinte nur«, sagte Pastre, sichtlich enttäuscht durch die Ungebundenheit, die in dieser neuen Welt herrschte.

»Nein, nein«, rief Cassagne. »Hier sind wir vollkommen frei, nicht der geringsten Einschränkung unterworfen, und keiner hat uns etwas zu sagen.«

»Doch was treibt ihr denn hier so den ganzen Tag?«

Das Gesicht Cassagnes umwölkte sich.

»Offengestanden: nichts«, gab er zur Antwort. »Und das ist das Furchtbare an unserm Zustand. Wir leben von der Luft, schlendern von einer Wohnung in die andre, zehren von den Erinnerungen . . .«

»Und das ist alles?«

»Ja, so ungefähr. Zuweilen kommt es vor, daß einige von uns verschwinden und vor ein unbekanntes Obertribunal gerufen werden, das ihnen eine neue Verwendung zuweist. Man behauptet, daß sie im Körper eines Tieres oder eines wimmernden Säuglings wiedergeboren werden. Aber es gibt hierfür keinerlei stichhaltige Beweise. Ich kenne Geister aus dem Jahre 1670, die noch kein einziges Mal vorgeladen worden sind. Du siehst, wir haben noch genügend Zeit zusammen zu verbringen.«

»Wie verhält es sich denn mit den Geistererscheinungen auf der irdischen Welt, die wir verließen?«

»Das ist eine andere Sache«, sagte Cassagne in tiefem Ernst. »Dir ist doch wohl bekannt, daß wir Geister über die Materie keinerlei Gewalt besitzen. Aber wir vermögen die Tische der Spiritisten zu rücken und uns teilweise zu ›verdichten‹, sobald ein gutes Medium uns herbeiruft.«

»Was hat man denn davon?«

»Darüber soll man nicht scherzen«, gab Cassagne etwas pikiert zurück. »Diese Geistersitzungen der Spiritisten sind eine sehr gesuchte Sache bei uns. Es gibt Geister, die von den Sterblichen ständig verlangt werden. Und andere wiederum, bei denen es noch niemandem eingefallen ist, sie zum Tischrücken herbeizurufen. Das erzeugt unheilvolle Mißgunst. Typen wie Napoleon oder Victor Hugo haben keinen einzigen

Abend mehr frei. Sie sind darauf in einer solch unerträglichen Weise eingebildet, daß es für ihre Kollegen schon verletzend wirkt. Verschiedene unserer Berühmtheiten sind sogar auf die Idee gekommen, sich ein Double zu nehmen, weil sie sonst nicht überall zu gleicher Zeit sein können. Was mich betrifft, so bin ich nur einmal gerufen worden, noch dazu von der Tochter meines Pförtners! Ich leide darunter!«

»Aber warum denn?«

»Warum? Warum? Weil diese seltenen Anrufungen ein Beweis dafür sind, daß sich die Welt nicht mehr für einen interessiert, daß man sogar nicht mehr in der Erinnerung eines überspannten Abkömmlings weiterlebt, daß bei den Lebenden alles so weitergeht, als habe man selber niemals gelebt. Auf die Dauer wird man zum Komödianten. Man beneidet die Kollegen, die zahlreiche Engagements haben. Man rechnet ihnen nach, wie oft sie herbeizitiert wurden. Man bemäkelt ihren Ruhm. Und wenn man sich trifft, geht's los mit spöttischem Lächeln: ›Haben Sie gehört? Es scheint, daß Zola allein vorgestern abend dreimal hat auftreten müssen. Er vergeht vor Dünkel. Doch Sie müßten sich einmal die Kreise ansehen, die ihn herbeirufen! Ganz kleine Leute. Ein Metzger. Ein Krämer ... Ich an seiner Stelle wäre überhaupt nicht hingegangen ...‹ So etwas wirst du den ganzen Tag über hören.«

»Wie gräßlich!« seufzte Pastre.

»Ja ... Ja ... So sprichst du jetzt, doch in wenigen Tagen schon wirst du anders reden. Wenn du wüßtest, welche Freude einen durchdringt, wenn man in der astralen Stille eine menschliche Stimme vernimmt, fremdartig, dumpf, furchtsam, wie sie beschwörend sagt: ›Geist des Etienne Cassagne, bist du da?‹ Das einzige Mal, als mein Ohr diesen verschwiegenen Ruf vernommen hat, bin ich losgestürmt, zu dem verdunkelten Zimmer hingeeilt; so platzte ich zwischen die guten Leutchen, die sich meiner noch erinnerten, und dann ergriff ich mit beiden Händen den runden Tisch, den sie in ihrem Entzücken umringten. ›Wenn du da bist, so klopfe dreimal ...‹ Ach, die wunderbare Süße dieser Worte!«

»Du hast dann dreimal geklopft?«

»Und wie! Ich erkannte mich selbst nicht mehr vor lauter Stolz und Beschwingtheit! Ich gab ihnen bereits die Antwort, bevor sie mit der Frage überhaupt zu Ende waren! Ich überhäufte sie mit genauen Angaben, die sie in Verwirrung bringen mußten. Ich produzierte ihnen den Trick mit dem Tischchen, das sich nicht mehr im Gleichgewicht befindet, mit dem walzenden und dem wie ein Zicklein hüpfenden Tisch. Zu guter Letzt mußten sie mich mit sehr unzweideutigen Worten verabschieden, sonst hätte ich mich überhaupt nicht mehr zurückgezogen. Nach mir haben sie Voltaire herbeizitiert. Das wenigstens ist mir ein Trost.«

Er schwieg, seine Stirn war gefurcht, sein Blick vage. In seiner Verblüffung wußte Ferdinand Pastre nicht, was er auf dieses begeisterte Selbstgespräch antworten sollte.

»Und sie alle sind wie du?« murmelte er.

»Alle.«

Eine Weile trat nachdenkliches Schweigen ein.

»Ich möchte wohl wissen, wer mich rufen wird«, nahm Ferdinand Pastre dann die Unterhaltung wieder auf. »Meine Frau hat vom Spiritismus nicht die geringste Ahnung. Louisette, meine Geliebte, hat sich in einer Silvesternacht vergeblich am Tischrücken versucht. Da wäre nur noch der Doktor Bouminaud . . .«

»Bouminaud?« rief Cassagne. »Du kennst Bouminaud, den genialen, berühmten Spiritisten Bouminaud? Aber dann ist der Ruhm dir sicher. Bouminaud zitiert alle berühmten Männer der Geschichte herbei – Napoleon, Franklin, Robespierre . . . Wenn du auf seiner Liste stehst, ist deine Karriere gemacht!«

Pastre konnte nur melancholisch lächeln: »Meine Karriere?«

»Das ist das richtige Wort. Du wirst eine unsrer Berühmtheiten werden. Die Frauen werden in dich vernarrt sein. Man wird dich beneiden. Man wird dich als Beispiel anführen . . .«

»Ach, laß nur, mein Lieber«, sagte Pastre. »Bouminaud wird mich niemals rufen.«

»Warum nicht?«

»Weil er der Liebhaber meiner Frau ist.«

»Um so mehr ein Grund!« rief Cassagne. »Ach, Pastre, mein lieber Pastre! Ich mache jede Wette, deine Zukunft ist gesichert! Doch wenn du Erfolg hast, wie ich es dir wünsche, wirst du hoffentlich deine Freunde nicht vergessen, nicht wahr?«

»Nein, ich werde dich nicht vergessen«, versicherte Pastre. Und er verfiel in Schweigen, denn es überkam ihn plötzlich der Abscheu vor dieser Welt, die so besessen war von Intrigen und eitlem Ruhm, einer Welt, in der zu leben er nunmehr verdammt war.

»Immerhin«, seufzte er schließlich, »ich hätte niemals gedacht, daß es so scheußlich ist, ein Geist zu sein!«

Nachdem Ferdinand Pastre vierzehn Tage in Gesellschaft von Cassagne verbracht hatte, gewöhnte er sich allmählich an sein neues Dasein. Die beiden Freunde bummelten die Uferstraßen an der Seine entlang, besuchten Theater und Museen und machten ihre Witze über die Kleidung der Männer und Frauen, denen sie unterwegs begegneten. Mehrere Male stattete der ehemalige Buchhalter seiner Firma, seinen Kollegen, seiner Frau und der Wohnung der zärtlichen Louisette einen Besuch ab. Nirgendwo war mehr von ihm die Rede. Die Angestellten der Firma Bouche & Tournoy, die zu seiner Beerdigung für einen schönen Kranz gesammelt hatten, befaßten sich wieder mit den laufenden geschäftlichen Angelegenheiten. Sie sprachen von Gehaltserhöhungen und Urlaub. Sein Schreibtischnachbar hatte sich seiner Schreibunterlage, seines Leimtopfes, seiner Federschale und der Schutzärmel aus Lüsterstoff bemächtigt, die er in einem Schrank zurückgelassen hatte. Er war vergessen. Bei seiner Frau Hortense wohnte jetzt deren Mutter, und sie unterhielten sich dauernd über Fragen der Testamentsvollstreckung. Seine Geliebte Louisette war umgezogen, und Ferdinand Pastre war aufs höchste verzweifelt, weil es ihm nicht gelang, sich der Pförtnersfrau verständlich zu machen, die ohne Zweifel die neue Adresse der jungen Frau kannte.

Ferdinand Pastre litt von Tag zu Tag mehr an seiner Untätigkeit und Ohnmacht. Er wurde wie alle seine Leidensgenossen von der »Geisterkrankheit«, einem Gemisch von Heimweh, Trägheit und Langeweile, befallen. Auf den gemächlichen Spaziergängen, die er mit Cassagne unternahm, erzitterte er zuweilen am ganzen Körper und murmelte: »Mir scheint, man hat mich gerufen!«

Cassagne lauschte angespannt und schüttelte voller Mitleid den Kopf.

»Nein, mein lieber Freund«, sagte er. »Auf Erden spricht niemand von dir.«

Und Pastre begann zu weinen, vergoß dabei kleine durchsichtige Tränen. Es machte ihm bestimmt nichts aus, daß seine Frau bei Tag und bei Nacht keinen Gedanken an ihn verschwendete. Er war sogar glücklich darüber, daß er von ihr, die Ihm die Hälfte seines Lebens zur Hölle gemacht hatte, befreit war. Daß aber Louisette, die zarte, reizende und verliebte

Louisette nicht auf den Gedanken kam, ihre Finger mit an den Rand eines Tischchens zu legen und die Erinnerung an ihren lieben Verstorbenen heraufzubeschwören – das war unerträglich.

Drei Monate nach seinem Tode war Ferdinand Pastre nur mehr ein bedauernswerter, seiner selbst überdrüssiger Geist, dem Cassagne von früh bis spät die Leviten lesen mußte. Die andern Geister begannen ihn zu fliehen, weil sie den Umgang mit ihm als zu bedrückend empfanden.

»Du wirst dich daran gewöhnen müssen, wie auch ich mich daran gewöhnt habe«, sagte ihm Cassagne immer wieder.

»Nein ... Nein ... Ich ertrage es nicht mehr!« knurrte Pastre.

Eines Tages begann er mitten auf der Straße zu brüllen: »Louisette! Louisette! Du kannst mich doch nicht vergessen haben! Ich will dich wiedersehen! Ich will mit dir sprechen! Immer sind es dieselben, die man zum Tischrücken herbeiruft! Keine Vorrechte mehr! Weg mit diesen Vorrechten! Wacht auf, ihr Armen, ihr Vergessenen, ihr alle, die man auch schnöde vernachlässigt! Fordern wir Gleichheit und Brüderlichkeit unter den Geistern! Erheben wir Vernachlässigten die Fahne der Empörung!«

Konservativ gesinnte Geister, empört über diesen Skandal in aller Öffentlichkeit, drangen auf Ferdinand Pastre ein, und Cassagne mußte seinen unglücklichen Freund schnell hinwegführen, um ihn den Mißhandlungen der aufgeregten Geistermenge zu entziehen. Plötzlich wurde Pastre im Nacken von einem seltsamen Prickeln erfaßt, das sich schnell bis zu seinen Fersen fortsetzte. Er ergriff seinen Kameraden am Arm und flüsterte: »Merkst du nichts?«

»Doch!« rief Cassagne. »Man ruft dich diesmal, man erinnert sich deiner. Los, beeile dich! Viel Glück, mein Freund!«

Und tatsächlich fand sich Ferdinand Pastre unverzüglich in den Salon Bouminauds versetzt. Die Rolläden waren herabgelassen, die Vorhänge vorgezogen. Nur eine abgedunkelte Lampe erhellte den winzigen Raum, der vollgestopft war mit arabischen Kissen, Schalen aus gehämmertem Kupfer und Tierfellen. Mitten im Zimmer befand sich ein Tischchen mit kribbeligen Beinen. Um das Tischchen saßen Bouminaud mit seiner gelbrötlich schimmernden Glatze und dem fuchsigen Bart, die dicke und blaß aussehende Hortense, die reizende Louisette, deren Gesicht an ein Kätzchen erinnerte, und ein junger Mann mit schwarzem, pomadeglänzendem Haar und siegesbewußtem Blick.

Das Herz Ferdinand Pastres schlug wie wild in seiner Brust. Sein Atem ging keuchend, sein Gesicht strahlte. Das Lampenfieber hatte ihn gepackt wie einen jungen Schauspieler beim ersten Auftreten. Er betrachtete sein Publikum und wägte seine Erfolgsaussichten. »Hoffentlich«, dachte er, »geht alles gut! Hoffentlich mache ich einen so guten Eindruck, daß sie mich zu jeder Sitzung herbeirufen!«

Da aber murmelte Bouminaud bereits in seinen Bart: »Wenn du erschienen bist, Geist, so klopfe dreimal!«

»Ich habe Angst«, flüsterte Louisette.

»Beruhigen Sie sich, und unterbrechen Sie nicht die Kette«, meinte der unbekannte junge Mann. »Ich fühle Ihren kleinen Finger nicht mehr an meinem.«

Ferdinand Pastre packte das Tischchen und bemerkte, daß es seinem Druck gehorchte. Ein, zwei, drei Stöße klangen in das feierliche Schweigen.

»Er ist da!« flüsterte Hortense und fuhr sich mit der Hand an die wogende Brust.

Ferdinand Pastre weidete sich an der riesigen Angst, die sein Auftauchen hervorrief.

Man achtete ihn. Man hatte Furcht vor ihm. Niemals zu seinen Lebzeiten hatte er eine so schmeichelhafte, so ausschließlich auf sich gerichtete Aufmerksamkeit hervorgerufen. Der Tod schmückte ihn mit einem neuen Nimbus. Nun, da er gestorben war, wurde er unwiderstehlich. Louisette würde ihn nicht mehr vergessen können.

»Geist Ferdinand Pastres, wenn du zuweilen an uns denkst in dem unermeßlichen Reich, das du bewohnst, dann klopfe einmal.«

Ferdinand Pastre hob das Tischchen und ließ es auf den Boden zurückfallen.

»Er denkt an uns«, seufzte Hortense. »Er ist in unsrer Nähe. Und wir sehen ihn nicht. Oh, wie schade!«

»Ja, wie schade!« echote Louisette und spitzte ihre frischen, rosigen Lippen.

Die Nerven der vier Geisterbeschwörer waren zum Zerreißen gespannt. Die Stille im Zimmer wirkte schwindelerregend. Man vernahm das gepreßte Atmen der Anwesenden.

»An wen denkst du, Geist?« fragte Bouminaud. »An einen Mann? Dann klopfe einmal. An eine Frau? Dann klopfe zweimal.«

Kaum hatte der Doktor seinen Satz beendet, als zwei entschieden geführte Stöße schon die Antwort gaben.

»Er denkt an eine Frau! Er denkt an mich! Ein Toter denkt an mich! Gott, wie ist das herrlich und schrecklich zugleich!« plärrte Hortense.

»Geist, willst du den Namen dieser Frau buchstabieren?« fragte Bouminaud.

Der Geist gehorchte alsbald, und der Doktor übersetzte seine Botschaft.

»Zwölf Schläge: L; fünfzehn Schläge: O; einundzwanzig Schläge: U . . .«

»Was soll das heißen? Bist du von Sinnen, Ferdinand? Du vergißt dich oder du irrst«, grollte Hortense.

Schweißtropfen perlten auf der Stirn Louisettes. Sie stammelte: »Wahrhaftig, ich begreife nicht. Das muß ein Übermittlungsfehler sein. Schließlich gibt es auch noch andere Louisettes auf Erden, nicht wahr?«

Aber plötzlich hörte Ferdinand Pastre auf, das Tischchen zu bewegen. Ein seltsamer Anblick fesselte ihn. Unter dem Tischchen berührte der Fuß des jungen Mannes kosend den Knöchel Louisettes. Und die rührte sich nicht. Dann kam das Knie des Elenden in die Nähe des seidenbestrumpften Knies. Louisette senkte nur die Lider. Die Hand des Nichtswürdigen verließ den Tischrand und senkte sich auf einen schwellenden Schenkel. Louisette errötete und hauchte: »Georges . . .«

Das schlug dem Faß den Boden aus. Ferdinand Pastre verlor die Beherrschung. Er schwang das Tischchen und versetzte seinem Rivalen einen fürchterlichen Schlag auf die Zehen. Der Nebenbuhler stieß einen Schrei aus und stürzte in den Hintergrund des Zimmers. Louisette eilte zu ihm und sank aufschluchzend in seine Arme.

»Was haben Sie?« fragte Bouminaud.

»Das Tischchen hat mir den Fuß zerquetscht«, stotterte der junge Mann. »Dieser Pastre ist ein . . .«

Er konnte den Satz nicht vollenden. Das Tischchen entschlüpfte den Händen Bouminauds, beugte sich vornüber und kam, ein Bein vor das andere setzend, mit unheilverkündendem Gepolter in Bewegung. »Achtung!« rief Bouminaud.

Zu spät. Das Tischchen bäumte sich bereits stolz auf und fuhr auf die Füße des Verführers nieder.

Georges jammerte und beobachtete seine zerquetschten Schuhe.

»Unternehmen Sie etwas oder ich werde ohnmächtig!« rief Louisette dem Doktor zu.

»Das ... das ist mir auch unbegreiflich!« stammelte der Doktor. »So etwas erlebe ich zum ersten Mal! ... Man wird diesen Pastre nicht mehr einladen; er ist der reinste Tölpel. Geist, ich rufe dich zur Ordnung!«

Das Tischchen aber wich zurück, nahm einen Anlauf, hob sich vom Boden und stürzte mit vorgestreckten Beinen auf den schönen Georges los. Der ergriff eine chinesische Vase und schleuderte sie geschickt gegen seinen Gegner. Die Vase zerbrach mit musikalischem Klirren an der Platte des besessenen Tisches. Eine andre Vase erlitt das gleiche Schicksal. Zwei Kerzenleuchter aus Meißener Porzellan folgten. Scherben, Wasserpfützen und zerquetschte Blumen besudelten den Teppich. Aber das Tischchen schleuderte unbeirrt Georges seine Schublade ins Gesicht, die voll von Münzen, Bindfadenknäueln und angeknabberter Schokolade war.

Louisette war auf dem Kanapee zusammengesunken. Sie strampelte mit den Beinen und ließ ein hysterisches Schluchzen vernehmen. Hortense jagte hin und her durch den kleinen Raum und heulte: »Zu Hilfe! Zu Hilfe! Wir sind verflucht.« Sie stolperte über einen arabischen Sessel und sank vor Bouminaud auf die Knie. Ihre Backen wabbelten wie Gelatine. Die Haare hingen ihr wirr ins Gesicht. Der Speichel lief über die violetten Lippen. Sie faltete die Hände und flehte: »Ferdinand, willst du dich wohl mäßigen! ... Ferdinand, du machst mir Schande! ... Ferdinand, du wirst was erleben, du wirst was erleben! ...«

Ihren Drohungen gegenüber taub, walzte das Tischchen wütend durchs Zimmer. Als der schöne Georges sich bemühte, den Ausgang zu gewinnen, holte es ihn mit einigen eleganten Schwenkungen ein und streckte ihn mit einem Rammstoß gegen die Wand. Georges schluckte tief auf und öffnete den Mund, als wolle er auf den Teppich erbrechen. Das Tischchen nutzte die Gelegenheit und fuhr ihm mit der Kante mitten ins Gesicht. Der Jüngling spuckte zwei Zähne aus, ein Röcheln entrang sich seiner Kehle. Dann riß er von der Wand einen alten Türkensäbel herunter.

Ein schrecklicher Zweikampf begann. Das Tischchen griff an, die Platte gesenkt, die Beine vorgestreckt. Der Säbel fetzte mörderisch breite Späne von dem Holz. Die Beine lockerten sich, wurden ausgerissen und flogen davon. Eisenbeschläge lösten sich und zerbrachen, als sie dahingeschleudert wurden, die Fensterscheiben. Nur noch die Tischplatte sauste wie eine Art fürchterlicher Schild durch das Zimmer. Sie rollte, bäumte sich auf, schlug zu, steckte Schläge ein, wich zurück, markierte eine Finte, glitt über den Boden, schraubte sich hoch bis an die Decke und ging im Gleitflug wieder hinab. Einige Zentimeter über dem Boden richtete sie sich auf und versetzte mit ihrer ganzen Fläche Georges schmerzenden Knien einen krachenden Stoß und stieg mit triumphierendem Gebrumm wieder in die Höhe. Das Ende des wahnwitzigen Kampfes war nicht abzusehen, und so zog Louisette es vor, allen Ernstes in eine tröstliche Ohnmacht zu sinken.

»Begießen wir das Tischchen mit Petroleum! Anzünden!« rief Bouminaud. »Achtung rechts! ... Jetzt links! ... Achtung! Es wird Sie von hinten angreifen! ...«

Georges war wie benommen, wie blind, er blutete und wehrte nur noch mit müden Bewegungen die Angriffe ab. Ferdinand Pastre hielt für eine Sekunde ein, um vor dem letzten Ansturm Atem zu schöpfen. In diesem Augenblick sah er Hortense von rückwärts auf seine Tischplatte zukommen. Sie kroch auf den Knien, in ihren Augen glitzerte weiblicher Haß. Der Geist warf sich herum, hob die Tischplatte und schlug sie seiner Frau mitten über den Schädel. Ohne einen Schrei sackte sie zusammen wie ein Kleiderbündel.

Bouminaud breitete die Arme aus und belferte mit fast tonloser Stimme: »Mörder!«

In der allgemeinen Verwirrung hatte Georges die Tür geöffnet und enteilte mit langen Sätzen durch den Korridor.

Ernüchtert und benommen sah Ferdinand Pastre, wie der Doktor sich über Hortense beugte und ihren Kopf auf seine Knie nahm. Die Glatze Bouminauds strahlte wie ein Mond. Schweißtropfen glitzerten in seinem wirren Bart. Er ächzte: »Hortense! Das ist doch nicht möglich? Sie sind doch nicht tot? Doch – er hat dich getötet, mein Vögelchen ...«

Ein Schauer erfaßte Ferdinand Pastre, und er beschloß, spornstreichs zu fliehen. Aber schon erklang in seinen Ohren Hortenses Stimme, ihre schreckliche und gebieterische, nun astrale Stimme: »Endlich finde ich dich, Ferdinand! ... Nun verlasse ich dich nicht mehr! Aber zunächst wirst du mir erklären müssen ...«

Da schloß Ferdinand Pastre seine Augen und kostete das Gefühl, ein zweites Mal zu sterben.

Nikolaj Ljesskow
Der weiße Adler

Vom Brote träumt der Hund,
Der Fischer träumt vom Fische.
Aus Theokrits Idyllen

I

Es gibt mehr Dinge auf der Welt. Mit diesen Worten läßt man bei uns gewöhnlich Geschichten dieser Art beginnen, um sich mit Shakespeare vor den Pfeilen des Scharfsinns, für den es auf Erden nichts Unbekanntes mehr gibt, zu decken. Ich allerdings, ich glaube immer noch, daß es »Dinge gibt«, und zwar sehr sonderbare und unverständliche, die man manchmal als übernatürlich bezeichnet, und höre darum gern solche Erzählungen an. Und so habe ich mich denn vor zwei, drei Jahren, als wir, in die Kindheit zurückfallend, grade Geisterseherei zu spielen begannen, gern einem jener Kreise angeschlossen, deren Regeln sich ausbedangen, daß an keinem der Abende weder von der Obrigkeit noch vom Ursprung der irdischen Welt gesprochen werden dürfte, sondern einzig von den körperlosen Geistern – von ihrem Auftreten und Mitwirken in den Schicksalen der lebenden Menschen. Sogar »Rußland zu erhalten und zu retten« war untersagt, denn auch in diesem Fall gab es viele, die, »von der Gesundheit ausgehend, alles auf die gottselige Ruhe zurückführen«.

Aus diesem Grunde wurde auch jede Erwähnung irgendwelcher »großer Namen« auf das strengste verfolgt, mit einziger Ausnahme des Namens Gottes, den man ja, wie sattsam bekannt, am häufigsten in der Form einer schönen Redewendung gebraucht. Freilich gab es auch gelegentlich Verstöße, aber man befleißigte sich im allgemeinen der größten Vorsicht. Und nur hie und da konnte man zwei der ungeduldigsten Politiker wahrnehmen, die sich etwa zum Fenster schlugen oder zum Kamin und dort flüsterten, wobei immer einer den anderen warnte: »Pas si haut!« Und der Wirt äugte schon hin und drohte, freilich mehr zum Spaß, mit der Strafe.

Der Reihenfolge nach mußte ein jeder irgendeine phantastische Begebenheit aus seinem Leben erzählen; da jedoch bei weitem nicht einem jeden die Fähigkeit zu erzählen gegeben ist, so wurde die künstlerische Seite der Erzählungen nicht beanstandet. Es wurde auch kein Beweismaterial verlangt; denn teilte der Erzählende zuvor mit, daß er die von ihm zu erzählende Begebenheit tatsächlich erlebt hätte, so glaubte man ihm, oder man gab sich zum mindesten den Anschein, ihm zu glauben. Das schrieb die Etikette vor.

Hauptsächlich interessierte mich am Ganzen die rein subjektive Seite. Daran, daß es »mehr Dinge auf der Welt gibt, von denen sich unsere Schulweisheit nichts träumen läßt« – daran zweifelte ich nicht, aber wie diese Dinge sich dem andern darstellten, das interessierte mich höchlichst. Und in der Tat, das Subjektive, das Persönliche war hier der größten Aufmerksamkeit wert. Wie große Mühe sich ein Erzähler auch gäbe, in die höhere Sphäre der körperlosen Welt zu dringen, immer doch wird unwillkürlich bemerkbar, daß der fremde Saft von jenseits des Grabes ein wenig gefärbt in diese Welt tritt, so wie ein Lichtstrahl gefärbt wird, der durch ein farbiges Glas dringt. Und da kennt sich keiner mehr aus, was Lüge ist, was Wahrheit, aber es ist immer von Interesse, das zu verfolgen, und einen solchen Vorfall will ich hier erzählen.

II

Märtyrer du jour oder Erzähler in der festgesetzten Reihenfolge war diesmal eine ziemlich hochgestellte und zudem sehr originelle Persönlichkeit, Galaktjon Iljitsch, scherzhaft auch der »mißgeborene Würdenträger« genannt. Hinter diesem Scherznamen verbarg sich eine Art von Kalauer: denn war er auch in der Tat so was wie ein Würdenträger, so war er doch andrerseits fast mißgestalt hager und zudem von keiner nennenswerten Herkunft. Galaktjon Iljitschs Vater war noch Leibeigener gewesen und Speisemeister in einem hochherrschaftlichen Hause; späterhin wurde er Branntweinpächter und endlich Wohltäter und Kirchenstifter, und das sicherte ihm in diesem vergänglichen Leben einen Orden und in jenem zukünftigen – den Platz im Himmelreich. Den Sohn schickte er auf die Universität und brachte ihn unter Menschen, aber das »ewige Angedenken«, das man über seinem Grabe im Newskij-Kloster ihm nachsang, das erhielt sich leider und hing bedrückend über seinem Erben. Der Sohn des »Leibeigenen« erkletterte zwar gewisse Würden und wurde auch in der Gesellschaft geduldet, aber dennoch blieb der Titel des »Mißgeborenen« an ihm haften.

Es gab wohl niemand, der über Galaktjon Iljitschs Verstand oder über seine Talente ein klares Urteil hätte fällen können. Wozu er fähig war und wozu nicht – das wußte niemand genau zu sagen. Seine Dienstliste war kurz und einfach: dank der Umsicht seines Vaters war er gleich zu Beginn seiner Dienstzeit in das Ressort des Grafen Viktor Nikititsch Panin geraten, der dem alten Herrn auf Grund gewisser ihm bekannter Eigenschaften sehr gewogen war und nun den Sohn unter seine Fittiche nahm und ihn ziemlich schnell avancieren ließ, und zwar über jenen Rang hinaus, von wo es dann von selber »vorwärts« geht.

Es ist jedenfalls anzunehmen, daß er gewisse Vorzüge besaß, die den Grafen veranlaßten, ihn so schnell zu befördern. In der Gesellschaft aber, in der großen Welt hatte Galaktjon Iljitsch keinerlei Erfolg, und was gar die Freuden des Lebens betraf, so konnte man von ihm nicht behaupten, daß er hierin verwöhnt war. Seine Gesundheit war durchaus schwankend und mäßig, und sein Äußeres war geradezu fatal. Er war genauso lang wie sein verstorbener Patron, der Graf Viktor Nikititsch – doch ihm fehlte vollkommen das Imponierende der gräflichen Größe. Im Gegenteil, Galaktjon Iljitsch konnte man nur mit einem gewissen Schaudern betrachten, gemischt mit einem eigenartigen Abscheu. Denn sah er einerseits wie ein typischer Dorflakai aus, so glich er andererseits wiederum dem typischen lebenden Leichnam. Eine dünne graue Haut spannte sich über seinen langen und dürren Körper, seine unverhältnismäßig hohe Stirn war schmal und gelb, auf seinen Schläfen aber lag die grünliche Blässe eines Sterbenden, und seine breite und kurze Nase glich der eines Totenschädels; auch nicht die leiseste Andeutung von Augenbrauen war zu bemerken, der Mund mit den blitzenden, viel zu langen Zähnen stand immer ein wenig geöffnet, die dunklen und trüben Augen blickten farblos und lagen in völlig schwarzen und tiefen Höhlen.

Man mußte erschrecken, wenn man ihm begegnete.

Eine besondere Eigentümlichkeit seines Äußeren war auch die, daß er in seiner Jugend noch viel schauderhafter war und gegen das Alter hin nach und nach besser auszusehen begann, so daß man ihn späterhin ohne Furcht anschauen konnte.

Und dennoch war sein Charakter weich, und er hatte ein gutes, gefühlvolles und, wie wir sogleich sehen werden, sogar sentimentales Herz. Er träumte gern, aber wie die meisten Menschen mit häßlichen Gesichtern verbarg auch er seine Träume zutiefst. In seiner Seele war er viel mehr Poet als Beamter, und leidenschaftlich liebte er das Leben, obwohl es ihm nie vergönnt war, es in vollem Maße zu genießen.

Sein Unglück trug er still und wußte nur zu gut, daß es unvermeidbar war und ihn bis zum Grabe verfolgen würde. Ja sogar in seiner Dienstbeförderung wurde ihm eine reichliche Schale der Bitternis zuteil, denn schon bald schwante ihm, daß Graf Viktor Nikititsch ihn als Referenten nur deswegen bei sich behielt, weil er auf die Bittsteller einen qualvollen Eindruck machte. Galaktjon Iljitsch sah nur zu deutlich, daß noch einem jeden, der ihm, bevor er vom Grafen empfangen wurde, den Zweck seines Kommens zu schildern hatte, der Blick sich trübte und die Knie schlotterten ... Und schon hierdurch wurde die Wirkung erzielt, daß hernach im persönlichen Gespräch mit dem Grafen selber ein jeder Besucher einen leichten und freudigen Eindruck gewann.

Aber mit den Jahren wurde Galaktjon Iljitsch aus einem Referenten selber zu einer Persönlichkeit, der man referierte, und man übertrug ihm sogar eine sehr ernste und verzwickte Untersuchung in einer entfernten Ortschaft, wo ihm eben jenes übernatürliche Ereignis zustieß, von dem wir nunmehr seine eigene Erzählung folgen lassen wollen.

III

»Vor etwas mehr als fünfundzwanzig Jahren«, begann der mißgeborene Würdenträger, »verbreiteten sich in Petersburg Gerüchte über den Gouverneur P ... w und in wie hohem Maße er seine Macht mißbrauche. Die Mißbräuche waren zahllos, und fast alle Verwaltungszweige schienen in Mitleidenschaft gezogen zu sein. Man schrieb uns, daß der Gouverneur eigenhändig Menschen schlage und sogar prügle, daß er gemeinsam mit dem Adelsmarschall für seine Betriebe die ganze örtliche Schnapslieferung eingezogen, daß er eigenmächtig Anleihen aus der Kasse nähme, daß er sich von der Post die gesamten Briefschaften kommen ließe und daß nur das ihm

Zusagende befördert würde, während er alles, was ihm nicht paßte, zerriß und ins Feuer warf und sich nachher an den Schreibern rächte, und endlich, daß er Menschen ihrer Freiheit willkürlich beraube und sie schmachten lasse. Und dabei war er ein Kunstliebhaber, unterhielt ein reich besetztes und ausgezeichnetes Orchester, liebte klassische Musik und spielte selber vortrefflich Cello.

Geraume Zeit hindurch blieb es bei Gerüchten über die Unzuträglichkeiten, aber dann fand sich dort ein kleiner Beamter, der nach Petersburg rollte, die ganze Epopöe mit allen Details auf das genaueste schilderte und alles in die richtigen Hände legte.

Die Sache war derart, daß man eigentlich sofort einen Senator hätte hinschicken müssen, um eine Untersuchung einzuleiten. Und das wäre wohl auch geschehen, wenn nicht der Gouverneur und der Adelsmarschall sich der Gunst des verstorbenen Zaren erfreut hätten; unter diesen Umständen jedoch war es nicht ganz so einfach, sie zu packen. Darum zog Graf Viktor Nikititsch es vor, sich vorher auf das genaueste durch einen seiner eigenen Leute informieren zu lassen, und seine Wahl fiel auf mich.

Er läßt mich rufen und sagt: ›So und so, die und die traurigen Nachrichten sind zu uns gedrungen, und sie scheinen bedauerlicherweise zutreffend zu sein; bevor jedoch die Angelegenheit ins Rollen gebracht wird, wünsche ich mich noch mehr zu vergewissern und habe hierzu Sie ausersehen.‹

Ich verneige mich und antworte: ›Wenn es in meinen Kräften steht, so werde ich mich sehr glücklich schätzen.‹

›Ich bin davon überzeugt‹, entgegnete der Graf, ›daß Sie es können, und ich verlasse mich ganz auf Sie. Sie haben eben diese Begabung: Ihnen wird man kein dummes Zeug vorschwatzen, sondern Ihnen gegenüber wird man mit der Wahrheit herausrücken.‹

Mit dieser Gabe«, erklärte der Erzähler mit einem leisen Lächeln, »meinte er meine traurige Erscheinung, die freilich geeignet ist, eine ganze Front zu bedrücken; aber was wem gegeben ist, damit soll er sich auch durchschlagen.

›Ihre Papiere liegen bereit‹, fährt der Graf fort, ›und Geld für Sie ist angewiesen. Jedoch geschieht Ihre Reise ausschließlich im Auftrage unseres Ressorts ... Sie verstehen mich, ausschließlich!‹

›Ich verstehe‹, entgegnete ich.

›Um die Mißbräuche in den anderen Ressorts kümmern Sie sich scheinbar überhaupt nicht. Doch es ist selbstverständlich, daß Sie sich nur scheinbar um nichts kümmern, in der Tat müssen Sie alles in Erfahrung bringen. Zwei geschickte Beamte reisen mit Ihnen. Wenn Sie ankommen, machen Sie sich sofort an die Arbeit und kümmern sich am offensichtlichsten um die Büroordnung und um die Art der Gerichtspflege und schauen sich insgeheim nach allem anderen um ... Beordern Sie die dortigen Beamten zu sich, damit sie Ihnen Aufklärung geben, und – seien Sie streng. Beeilen Sie sich nicht, zurückzukommen. Ich lasse Sie wissen, wann wir Sie zurückerwarten. Welches war doch gleich Ihre letzte Auszeichnung?‹

Ich entgegne: ›Wladimir der zweiten Klasse mit der Krone.‹

Mit seiner riesigen Hand hob der Graf den bekannten schweren bronzenen Briefbeschwerer ›Das erschlagene Vöglein‹ auf und zog darunter sein ständiges Notizheft hervor, darauf ergriff er mit den fünf Fingern der rechten Hand den dicken und geradezu gigantischen Bleistift aus Ebenholz und schrieb, ohne es vor mir zu verbergen, meinen Namen auf und dazu: ›Weißer Adler‹.

Mithin kannte ich nun die Auszeichnung, die mich für die Durchführung des mir erteilten Auftrages erwartete, und fuhr befriedigt am nächsten Tage aus Petersburg fort.

Mein Diener Jegor fuhr mit mir und die zwei Senatsbeamten – beides geschickte und gesellschaftlich gewandte Leute.

IV

Unsere Reise ging, wie es sich von selber versteht, gut vonstatten; angekommen, war es unser erstes, eine Wohnung zu mieten und uns in ihr einzurichten: ich, meine zwei Beamten und der Diener.

Die Räume waren so bequem, daß ich eine noch angenehmere Wohnung, die mir der Gouverneur auf das zuvorkommendste anbot, ruhig ablehnen konnte; denn ich wollte wohlweislich vermeiden, ihm auch nur für das Geringste Dank schulden zu müssen, obwohl wir einander freilich unseren Besuch abstatteten und ich ferner ein- oder zweimal zu seinen Haydnschen Quartetten eingeladen war. Aber weder bin ich ein Kenner noch bin ich ein Liebhaber von Musik, und begreiflicherweise konnte es auch nicht in meinen Absichten liegen, mich ihm mehr, als unbedingt notwendig war, zu nähern, denn ich war ja nicht da, um seine Liebenswürdigkeit kennenzulernen, sondern seine dunklen Taten.

Der Gouverneur war übrigens ein kluger und gewandter Mann, der mir mit übertriebenen Aufmerksamkeiten nicht lästig fiel. Es machte sogar den Eindruck, als sähe er seelenruhig zu, wie ich mich mit den ein- und auslaufenden Registern und Protokollen beschäftigte; trotzdem fühlte ich, wie es unablässig rings um mich herum wühlte, und ich merkte, wie gewisse Leute ihre Fühler ausstreckten, um herauszubekommen, von welcher Seite man mich packen könnte, um mich späterhin unschädlich zu machen.

Zur Beschämung des menschlichen Geschlechts muß ich erwähnen, daß auch die Vertreterinnen des schönen Geschlechts hieran nicht unbeteiligt waren. Bald mit Klagen, bald mit Bitten erschienen allerhand Damen bei mir, aber immer hatten sie noch Hintergedanken, über die ich geradezu staunen mußte.

Eingedenk jedoch des Rates des Grafen Viktor Nikititsch war ich ›streng‹, und so verschwanden denn die graziösen Erscheinungen nach und nach von meinem nicht für sie geeigneten Horizont. Meine Beamten hatten freilich in dieser Hinsicht Erfolg aufzuweisen. Ich wußte das und hinderte sie nicht, den Weibern nachzustellen und sich für die einflußreichen Männer auszugeben, für die man sie überall hielt. Es war mir sogar von Nutzen, daß sie dort irgendwo in der Gesellschaft verkehrten und in der Eroberung von Herzen Fortschritte machten. Ich verlangte einzig, daß es zu keinem Skandal kommen dürfte und daß mir alles mitgeteilt würde, besonders aber, welche Seiten ihrer Umgänglichkeit am heftigsten von der Provinzpolitik bearbeitet würden.

Beide waren pflichtbewußt und erzählten mir, was sie wußten. Alle wollten meine Schwächen von ihnen erfahren und wollten erkunden, was ich besonders liebe.

Letzteres hätte niemand herausbekommen können, denn Gott sei Dank kann ich mich rühmen, keine besonderen Schwächen zu haben, und auch mein Geschmack war, seit ich mich erinnern kann, immer schon leicht zu befriedigen. Mein Leben lang habe ich mich stets an einen einfachen Tisch gehalten, ich trinke meistens nicht mehr als ein Glas gewöhnlichen Sherrys, und sogar was Leckerbissen anbetrifft, die ich als Kind sehr liebte, so ziehe ich dem feinsten Gelee und der köstlichsten Ananas eine Wassermelone aus Astrachan, eine Birne aus Kursk oder gar nach Art der Kinder einen Honigkuchen vor. Ich beneidete keinen seines Reichtums wegen oder weil er berühmt war, schön oder besonders glücklich – beneidenswert schien mir einzig und allein die *Gesundheit* zu sein. Aber dies Gefühl wird durch den Ausdruck ›Neid‹ in eine schiefe Beleuchtung gerückt. Wenn ich einen Menschen sah, dessen Gesundheit blühend war, so entstand nicht etwa verärgert der Gedanke in mir: Warum ist er so, und warum bist du nicht so? Im Gegenteil, ich sah ihn an und freute mich für ihn, welch ein Meer von Glückseligkeiten und schönen Dingen ihm erreichbar wäre, und manchmal träumte ich auch bald so, bald anders von dem für mich unerreichbaren Glück, jene Gesundheit, die mir nicht gegeben war, zu erlangen.

Der Genuß, den mir der Anblick eines gesunden Menschen bereitet, hat auch in meinem ästhetischen Geschmack einige sonderbare Neigungen gezeitigt: weder die Taglioni noch Bosio zogen mich an, und überhaupt sagten mir sowohl die Oper als auch das Ballett nicht viel, denn dort war alles künstlich, ich zog ihnen die Zigeuner auf dem Krestowskij bei weitem vor. Ihr Feuer, ihr Eifer, die leidenschaftliche Kraft ihrer Bewegungen, das war es, was mir mehr als alles gefiel. Und ist auch manch einer von ihnen gar nicht schön, pockennarbig gar, indes, wenn er tanzt, so ist es, als ob ihn der Satan reite: die Beine hüpfen, die Arme schlüpfen, der Kopf biegt sich, die Taille wiegt sich – der ganze Körper ein Stampfen und Hämmern. Und wenn man an sich selber nichts als Siechtum kennt, da kommt man unwillkürlich ins Schauen und aus dem Schauen ins Träumen. Was könnte man alles auf dem Fest des Lebens ausrichten, wenn man dies hätte! Und so sagte ich denn zu meinen Beamten:

›Wenn man Sie, mein Lieber, noch weiter ausfragen sollte, was mir am besten gefiele, so antworten Sie, es sei Gesundheit, und ich liebe frische, glückliche und muntere Leute am meisten.‹

Nicht wahr, darin kann doch niemand eine zu große Unvorsichtigkeit erblicken?« fragte der Erzähler, indem er seine Geschichte unterbrach.

Die Zuhörer dachten nach, und einige Stimmen entgegneten:

»Selbstverständlich, niemand!«

»Ja, freilich, das dachte auch ich, aber nun hören Sie einmal weiter.

V

Ein Beamter war mir zugeteilt worden, der nun bei mir Dienst tat und mir tagsüber zur Verfügung stand. Er meldete mir, wer mich zu sprechen wünschte, machte sich Notizen und teilte im Notfall Adressen mit, wenn jemand geholt oder etwas in Erfahrung gebracht werden mußte. Dieser Beamte paßte gut zu mir – er war nicht mehr jung, er war dürr und verdrossen. Er machte keinen angenehmen Eindruck, und ich beachtete ihn wenig; er hieß, wenn ich mich recht erinnere, Ornatskij. Der Name war prächtig, er hätte zu einem Helden aus einem altertümlichen Roman gepaßt. Da hieß es eines Tages, Ornatskij sei krank und man habe mir einen neuen Beamten zukommandiert.

›Warum einen neuen?‹ fragte ich. ›Wäre es nicht vielleicht besser gewesen, zu warten, bis Ornatskij wieder gesund wird?‹

›O nein‹, entgegnete der Exekutor, ›das wird nicht so bald erfolgen – es ist die Trunksucht, und die dauert bei ihm so lange, bis Iwan Petrowitschs Mutter ihn davon kuriert; und bezüglich des neuen Beamten brauchen Sie sich nicht zu beunruhigen: an Stelle von Ornatskij hat man Ihnen Iwan Petrowitsch selber zugeteilt.‹

Ich schaue ihn an und verstehe ihn nicht ganz: Wer ist das, dieser Iwan Petrowitsch selber, von dem er mir erzählt und dessen Namen er in einer Minute zweimal nennt?

›Was ist das‹, frage ich, ›für ein Iwan Petrowitsch?‹

›Iwan Petrowitsch . . . Das ist doch der, der in der Registratur arbeitet, der Gehilfe. Ich dachte, er wäre Ihnen aufgefallen: er ist der hübscheste Beamte, man bemerkt ihn allgemein.‹

›Nein‹, entgegnete ich, ›ich habe ihn nicht gesehn; und wie heißt er?‹

›Iwan Petrowitsch.‹

›Und sein Familienname?‹

›Sein Familienname . . .‹

Der Exekutor wurde verlegen, er legte drei Finger an die Stirne und dachte tief nach und fügte schließlich mit einem respektvollen Lächeln hinzu:

›Verzeihen, Exzellenz, man ist manchmal ganz konfus, und mir wollte sein Name nicht einfallen. Er heißt Aquilalbow, aber wir nennen ihn allgemein Iwan Petrowitsch und manchmal aus Scherz den ‚weißen Adler', weil er eben so hübsch ist. Ein vortrefflicher Mensch, den die Obrigkeit sehr schätzt, sein

Gehalt als Gehilfe beträgt vierzehn Rubel und fünfzehn Kopeken, und er lebt bei seinem Mütterchen, das manchmal die Karten schlägt und hie und da auch jemand kuriert. Darf ich ihn Ihnen vorstellen? Iwan Petrowitsch wartet draußen.‹

›Wenn es also notwendig ist, dann bitten Sie ihn hereinzukommen, diesen Iwan Petrowitsch.‹

Der weiße Adler ...! denke ich unterdessen. Ist das nicht sonderbar? Ich sollte doch den Orden ›Weißer Adler‹ erhalten und nicht diesen Iwan Petrowitsch.

Der Exekutor öffnete inzwischen die Tür und rief:

›Iwan Petrowitsch, darf ich bitten!‹

Wenn ich ihn Ihnen beschreiben wollte, Sie würden lachen, denn welche Vergleiche ich auch wähle, Sie müßten sie für Übertreibungen halten, aber ich versichere Ihnen, daß, wie sehr ich mir auch Mühe gäbe, Iwan Petrowitsch zu schildern, meine Malerei doch nur imstande wäre, höchstens die Hälfte der Schönheiten des Originals wiederzugeben.

Vor mir stand ein wahrhafter ›weißer Adler‹, ein leibhaftiger Aquila alba, wie man ihn auf den Galaempfängen im Olymp gezeichnet sieht. Es war ein großer, kräftiger, aber außerordentlich wohlproportionierter Mann, der so gesund aussah, als hätte ihn nie Leidenschaft versehrt, als wäre er nie krank gewesen und als ob niemals weder Langeweile noch Müdigkeit ihn überkommen hätten. Er atmete Gesundheit, doch nichts Prahlerisches war daran, harmonisch war alles und anziehend. Iwan Petrowitschs Gesichtsfarbe war rosig, die Backen lebhaft rot und umrahmt von hellblondem Flaum, der freilich hier und da schon ein gehöriges Wachstum aufwies. Er war genau fünfundzwanzig Jahre alt, seine Haare waren blond und leicht gewellt, sein Bärtchen ebenso, und blau schauten die Augen unter dunklen Brauen, beschattet von dunklen Wimpern. Der sagenhafte Held Tschurila konnte nicht besser aussehn. Und fügen Sie dann noch den kühnen, verständigen und heiter offenen Blick dazu, und Sie haben das Bild eines vollkommen schönen Menschen. Er trug die kleine Uniform, die ihm wie angegossen saß, und ein breites dunkelgranatrotes Halstuch.

Damals trug man nämlich noch Halstücher.

Ich konnte mich an Iwan Petrowitsch nicht satt sehen und redete ihn, da es mir bekannt war, daß ich auf Menschen, die mich zum erstenmal sahen, einen niederdrückenden Eindruck mache, möglichst herzlich an: ›Guten Tag, Iwan Petrowitsch!‹

›Guten Morgen zu wünschen, Exzellenz!‹ entgegnete er mit

einem seelenvollen Klang in der Stimme, die mir ebenfalls außerordentlich sympathisch war.

Obwohl seine Antwort eine solche war, wie sie Soldaten ihren Vorgesetzten zu geben pflegen, so verstand er es doch meisterhaft, dem Ton eine natürliche und durchaus erlaubte Schalkhaftigkeit zu geben, und durch diese Antwort wurde das ganze fernere Gespräch bestimmt, indem es den Charakter einer ungezwungenen Plauderei im Familienkreise annahm.

Und mir wurde verständlich, wieso es kam, daß alle diesen Menschen liebten. Ich sah keinen Anlaß, Iwan Petrowitsch diesen Ton zu untersagen, und teilte ihm kurzerhand mit, ich freute mich, mit ihm bekannt zu werden.

›Ich darf wohl sagen, daß ich es meinerseits sowohl für eine Ehre als auch für ein Vergnügen halte‹, entgegnete er und trat dabei einen Schritt vor.

Wir verneigten uns, der Exekutor verließ mich, Iwan Petrowitsch aber blieb in meinem Vorzimmer.

Nach einer Stunde rief ich ihn herein und fragte:

›Schreiben Sie eine gute Hand?‹

›Der Charakter meiner Handschrift ist sehr ausgesprochen‹, entgegnete er und fügte sogleich hinzu: ›Ist es Ihnen gefällig, daß ich etwas aufschreibe?‹

›Ich bitte darum.‹

Er nahm an meinem Schreibtisch Platz und überreichte mir nach einem Augenblick ein Blatt Papier, auf das er schnell mit seiner ›ausgesprochenen Charakterschrift‹ hingeschrieben hatte: ›Das Leben ist uns zur Freude gegeben. Iwan Petrowitsch Aquilalbow.

Dies lesen und auflachen war für mich eines: besser konnte ja nichts zu ihm passen als das, was dort geschrieben stand. ›Das Leben ist uns zur Freude gegeben‹ – sein ganzes Leben war eine fortgesetzte Freude!

Ein Mensch ganz nach meinem Geschmack!

Darauf bat ich ihn, eine Abschrift von einem unwichtigen Papier zu machen, und er verrichtete diese Arbeit schnell und ohne den geringsten Fehler.

Dann trennten wir uns. Iwan Petrowitsch ging; ich war allein zu Hause und gab mich meinem krankhaften Trübsinn hin, und ich gestehe, daß ich, weiß der Teufel warum, einige Male unwillkürlich an ihn denken mußte, das heißt an Iwan Petrowitsch. Der ächzte nicht, und für ihn gab es keinen Trübsinn. Ihm war das Leben zur Freude gegeben. Aber woher nimmt er sie, diese Freude, mit seinen vierzehn Rubeln? – Hat er am Ende Glück in den Karten, oder nimmt er Schmiergelderchen? – Oder gar die Kaufmannsfrauen? – Und freilich, er trug so ein frisches granatrotes Halstuch ...

Und so sitze ich vor den aufgeschlagenen Akten und Protokollen und denke an sinnloses und mich gar nichts angehendes dummes Zeug, doch da tritt mein Bedienter ein und meldet, der Gouverneur warte draußen.

VI

Der Gouverneur sagt: ›Übermorgen wird ein Quintett bei mir gespielt, und ich hoffe, daß die Musik gut sein wird; es kommen auch Damen, und da Sie, wie ich höre, in unserer Wildnis ganz melancholisch geworden sind, so kam ich Sie besuchen und Sie auffordern, eine Tasse Tee bei mir zu trinken – die kleine Zerstreuung wird Ihnen gewiß nicht schlecht bekommen.‹

›Ergebenen Dank, und warum glauben Sie denn, daß ich melancholisch geworden sei?‹

›Eine Bemerkung von Iwan Petrowitsch.‹

›Ach, Iwan Petrowitsch! Der Beamte, der jetzt bei mir du jour ist? Kennen Sie ihn denn?‹

›Freilich, freilich. Unser Student, unser Artist und Chorist, wenn auch nicht Affairist.‹

›Er ist also kein Affairist?‹

›Nein, er ist glücklich wie Polykrates und braucht keine Affairen. Er ist der Liebling der Stadt und ständiges Mitglied im Departement unserer Lustigkeit.‹

›Ist er musikalisch?‹

›Er kann alles: singen, spielen, tanzen, Pfänderspiele arrangieren – alles kann Iwan Petrowitsch. Wo es ein Fest gibt, ist auch Iwan Petrowitsch dabei; eine Lotteria-allegra oder ein Theater zu wohltätigem Zweck – man braucht Iwan Petrowitsch dazu. Er verteilt die Gewinne, und er stellt die Sächelchen viel hübscher als jeder andere auf; er malt die Kulissen und wird eins-zwei-drei aus dem Anstreicher zum Schauspieler, der jede beliebige Rolle spielt. Und wie er spielt! Könige, komische Onkels, feurige Liebhaber – man kann sich nicht satt schauen, aber ganz besonders gut macht er alte Weiber.‹

›Was Sie sagen! Alte Weiber!‹

›Erstaunlich! Für übermorgen bereite ich nämlich mit Iwan Petrowitschs Hilfe eine kleine Überraschung vor. Es sollen lebende Bilder gestellt werden. Iwan Petrowitsch hat das übernommen. Selbstverständlich sind einige Bilder darunter, die nur für die Damen sind, die sich zeigen wollen, aber drei der Bilder werden auch dem wirklichen Kunstkenner etwas zu sagen haben.‹

›Und Iwan Petrowitsch macht das?‹

›Iwan Petrowitsch. Die Bilder stellen ,Saul bei der Hexe von Endor' dar. Das Sujet ist, wie bekannt, biblisch, und die Stellung der Figuren ist ein wenig geschwollen, was man ja im allgemeinen ,akademisch' nennt, doch Iwan Petrowitsch reißt alles heraus. Ihn allein werden alle anschaun – und besonders im zweiten Bild, wenn unsere Überraschung deutlich wird. Ich kann es Ihnen im Vertrauen verraten. Im ersten Bild sehen Sie Saul als König, und zwar als König vom Kopf bis zum Fuß! Angezogen ist er wie alle. Nicht der geringste Unterschied, denn es heißt ja, daß Saul verkleidet zur Hexe kam, damit sie ihn nicht erkenne, und doch ist es unmöglich, ihn nicht zu erkennen. Er ist König, und zwar der echte biblische Hirtenkönig. Dann fällt der Vorhang, und die Figuren verändern schnell ihre Stellungen: Saul liegt auf dem Boden vor dem Geist Samuels. Saul ist jetzt so gut wie nicht mehr da, aber welch einen Samuel werden Sie, umhüllt von seinem Leichentuch, erblicken! – Ein begeisterter Prophet, auf seinen Schultern ruhen Macht, Größe und Weisheit. Wahrhaftig, dieser konnte *dem König befehlen*, nach Bethel zu gehn und nach Galgala!‹

›Und das ist wieder Iwan Petrowitsch?‹

›Iwan Petrowitsch! Aber es ist noch nicht zu Ende. Wenn nun das Dacapo kommen wird – wovon ich überzeugt bin und wozu ich selber beitragen werde –, dann lassen wir uns nicht etwa auf eine ermüdende Wiederholung ein, sondern wir zeigen, wie die Geschichte weitergeht. Das neue Bild aus Sauls Leben wird jedoch diesmal ohne Saul sein. Das Gespenst ist verschwunden, der König und sein Gefolge haben das Gemach verlassen, in der Tür sieht man noch einen Mantelzipfel der letzten fortschreitenden Person, und auf der Bühne ist nur noch die Zauberin ...‹

›Wieder Iwan Petrowitsch?‹

›Versteht sich! Aber Sie werden keine Hexe zu sehen bekommen, wie sie im ,Macbeth' dargestellt wird – kein höllisches Entsetzen, keine Affektiertheit, keine Mätzchen, ein Gesicht werden Sie zu sehen bekommen, das all das weiß, wovon die Weisen sich nichts träumen lassen. Sehen sollen Sie, wie grauenvoll es ist, mit einem zu sprechen, der der Gruft entstiegen ist.‹

›Ich kann es mir vorstellen‹, entgegnete ich, und dabei lag mir der Gedanke völlig fern, daß keine drei Tage vergehen und ich nicht mehr nötig haben würde, sie mir vorzustellen, nein, daß ich diese Folter am eigenen Leibe erfahren würde.

Doch all das kam erst nachher, zunächst war ich noch ganz von Iwan Petrowitsch erfüllt – von diesem lustigen und lebhaften Menschen, der plötzlich da war, so wie ein Steinpilz nach einem warmen Regen aus dem frischen Grase aufschießt, und ist er auch noch nicht groß, der Steinpilz, man sieht ihn überall, und alle schauen auf ihn und lächeln dabei: ›Wie saftig er ist und wie hübsch er ist.‹

VII

Ich sagte Ihnen bereits, wie der Exekutor über ihn sprach und was der Gouverneur von ihm erzählte; als ich mich aber erkundigte, ob nicht auch einer meiner Beamten weltlicher Richtung von ihm gehört hätte, da fingen beide mit einem Male an, sie seien ihm begegnet und er sei in der Tat sehr nett und er sänge famos zur Gitarre und auch mit Klavierbegleitung. Den beiden gefiel er ebenfalls.

Am nächsten Tage erschien der Oberpriester bei mir. Nachdem ich einmal in seiner Kirche gewesen, kam er an jedem Feiertag zu mir und brachte mir die Hostie und klatschte, wie es seine Kirchengewohnheit war, über alle. Er sprach einfach über alle schlecht und machte in dieser Hinsicht auch bei Iwan Petrowitsch keine Ausnahme; dafür aber wußte diese Kirchenklatschbase nicht nur die Natur einer jeden Sache, sondern auch ihre Herkunft. Von Iwan Petrowitsch fing er selber zu sprechen an:

›Man hat Ihnen einen neuen Beamten gegeben. Das wird seine Ursachen haben ...‹

›Ja‹, entgegnete ich, ›ein gewisser Iwan Petrowitsch.‹

›Kennen wir, freilich, kennen wir zur Genüge. Mein Schwager, an dessen Stelle ich hierher versetzt wurde, mit der Verpflichtung, die Waisen zu erziehen, der hat ihn getauft ... Sein Vater war nicht weit her, kleiner Beamtenadel – später Verwalter ... Und die Mutter ... Kira Ippolitowna ... Auch ein Name – erst den Vater gepflegt und dann ihn geheiratet –, hat aber bald schon die Bitterkeit des Liebeskrautes zu kosten bekommen und wurde darauf Witwe.‹

›Und hat sie selber den Sohn aufgezogen?‹

›Hat sich was, aufgezogen: fünf Klassen Gymnasium und wurde Schreiber im Kriminalgericht ... Später hat man ihn zum Gehilfen gemacht ... Aber Glück hat er: im vorigen Jahr gewann er bei einer Lotterie ein Pferd mitsamt dem Sattel und war heuer beim Gouverneur zur Hasenjagd eingeladen ... Das Pianino – als damals die Regimentslotterie war –, das fiel ihm auch zu. Ich hatte fünf Lose genommen und bekam's nicht, und er hatte nur eines, und auf das eine hin gewann er es. Jetzt spielt er darauf und gibt auch Tatjana Stunden.‹

›Tatjana, wer ist das?‹

›Ein Waisenkind, das sie zu sich genommen haben – ganz niedlich – ein braunes Gesichtchen. Der gibt er Stunden.‹

Und so verging der Tag in Gesprächen über Iwan Petrowitsch, abends aber höre ich ein Summen im Zimmer meines Dieners Jegor. Ich rufe ihn und frage: ›Was ist das da bei dir?‹

›Laubsägen tu ich‹, antwortete er.

›Laubsägen, wie das?‹

Und nun stellte sich heraus, Iwan Petrowitsch hatte bemerkt, daß Jegor sich ohne Beschäftigung immer langweilte, und ihm eine Laubsäge und Zigarrendeckel mit daraufgeklebtem Muster gebracht und hatte ihm sogar gezeigt, wie man Untersetzer daraus sägt, und auch gleich einige für die nächste Lotterie bestellt.

VIII

Am Morgen des Tages, an dem Iwan Petrowitsch abends im Hause des Gouverneurs zu spielen und mit seinen lebenden Bildern uns in Erstaunen zu versetzen hatte, wollte ich ihn eigentlich nicht lange aufhalten, aber er blieb bis zum Mittagessen da und brachte mich sogar oftmals zum Lachen. Ich neckte ihn, es wäre Zeit für ihn, zu heiraten, doch er entgegnete, er zöge es vor, ›jungfräulich‹ zu bleiben. Ich versuchte ihn für Petersburg zu gewinnen.

›Nein, Exzellenz‹, erwiderte er, ›hier lieben mich alle, und hier ist meine Mutter, und auch das Waisenkind Tanja ist da, und ich liebe die beiden, und die sind nichts für Petersburg.‹

Erstaunlich, wie harmonisch dieser junge Mann war! Seine Liebe zur Mutter und zu dem Waisenkinde rührte mich so, daß ich ihn umarmte; wir trennten uns erst drei Stunden vor dem Beginn der lebenden Bilder.

Zum Abschied sagte ich ihm: ›Ich bin ganz ungeduldig, Sie in den verschiedenen Bildern zu sehn.‹

›Sie werden mich bald satt haben‹, entgegnete Iwan Petrowitsch.

Er ging, ich speiste allein zu Mittag und machte nachher in meinem Sessel ein kleines Schläfchen, um abends frischer zu sein; aber Iwan Petrowitsch ließ mich nicht einschlafen, denn schon bald darauf störte er mich ein wenig sonderbar aus meiner Ruhe. Mit schnellen Schritten trat er ins Zimmer, stieß geräuschvoll die in der Mitte des Zimmers stehenden Stühle mit dem Fuß beiseite und sagte:

›Nun können Sie mich sehen; doch ich danke gehorsamst – mit Ihrem bösen Blick haben Sie mich verhext. Dafür werde ich mich rächen.‹

Ich fuhr aus dem Schlaf, rief den Diener und befahl ihm, mir meinen Anzug zu bringen, und mußte doch die ganze Zeit über staunen: so deutlich war mir Iwan Petrowitsch im Traum erschienen!

Beim Gouverneur war alles hell erleuchtet, und es waren auch bereits viele Gäste da, der Gouverneur aber eilte mir entgegen und flüsterte mir zu:

›Der beste Teil unseres Programms ist hin, aus den Bildern kann nichts werden.‹

›Was ist denn geschehen?‹

›Ssst ... Ich will nicht laut sprechen, um die allgemeine Stimmung nicht zu verderben. Iwan Petrowitsch ist tot.‹

›Wie? – Iwan Petrowitsch? – Tot?!‹

›Ja, ja ja – er ist gestorben.‹

›Aber ich bitte Sie, noch vor drei Stunden war er bei mir und pudelgesund.‹

›Gewiß, und kam von Ihnen und streckte sich auf dem Diwan aus und starb ... Und wissen Sie – ich muß es Ihnen sagen, für den Fall, daß seine Mutter ... Sie ist in einem Zustande, es wäre denkbar, daß sie zu Ihnen käme ... Die Unglückliche ist nämlich davon überzeugt, daß an dem Tod ihres Sohnes Sie schuld sind.‹

›Aber wie denn? Hat man ihn vielleicht in meinem Hause vergiftet, was?‹

›Davon war nicht die Rede.‹

›Aber wovon denn?‹

›Daß Sie Iwan Petrowitsch mit Ihrem *bösen Blick getötet* hätten!‹

›Aber erlauben Sie mal‹, entgegnete ich, ›was sind das für Narrheiten!‹

›Ja, ja, ja‹, meinte der Gouverneur, ›alles Dummheiten, versteht sich; doch vergessen Sie nicht, wir leben in der Provinz, und hier glaubt man viel eher an Torheiten als an Gescheitheiten. Im übrigen brauchen Sie es natürlich nicht weiter zu beachten.‹

In diesem Augenblick rief mich die Frau des Gouverneurs zum Kartentisch.

Ich nahm Platz, indes: was alles ich während dieses qualvollen Spieles auszustehen hatte – ich kann es Ihnen gar nicht sagen. Erstens peinigte mich das Bewußtsein, daß dieser liebe junge Mensch, der mir so gut gefallen hatte, jetzt aufgebahrt liege, und zweitens war es mir, als tuschelten alle Anwesenden unablässig von ihm und als zeigten sie auf mich: ›Durch seinen bösen Blick getötet!‹ Und es kam mir sogar vor, als hörte ich dieses Wort: ›Böser Blick, böser Blick!‹ – Nun, und drittens – und ich bitte Sie, mir Glauben zu schenken –, ich sah ihn überall, ihn selber, ich sah Iwan Petrowitsch! – War etwa mein Auge daran schuld oder was – doch wohin ich auch blickte, überall war Iwan Petrowitsch ... Bald sah ich ihn im leeren Salon, dessen Türen geöffnet waren, auf und ab gehen, dann wieder sah ich ihn neben zwei anderen, die sich unterhielten, stehen und zuhören. Und plötzlich war er bei mir und schaute mir in die Karten ... Und natürlich konnte ich in dem Augenblick nicht anders als töricht ausspielen – und mein Partner vis-à-vis ärgerte sich darüber. Und endlich bemerkten es auch die anderen, und der Gouverneur flüsterte mir ins Ohr:

›Iwan Petrowitsch läßt Sie nicht spielen: er rächt sich.‹

›Ja‹, erwiderte ich, ›in der Tat, ich bin zerstreut und fühle mich nicht wohl. Ich bitte um Erlaubnis, abrechnen und mich entfernen zu dürfen.‹

Man erlaubte es mir, und ich fuhr sogleich heim. Allein selbst im Schlitten verließ mich Iwan Petrowitsch nicht – bald war er neben mir, bald saß er, das Gesicht mir zugekehrt, neben dem Kutscher auf dem Bock. Und es schoß mir durch den Kopf: ob das wohl am Ende ein hitziges Fieber sei, das sich anmelde?

Zu Hause war es noch schlimmer. Kaum lag ich im Bett und hatte das Licht ausgelöscht – da saß Iwan Petrowitsch auf dem Bettrand, und diesmal sprach er sogar:

›Sie‹, sagte er, ›Sie haben mich in der Tat mit dem bösen Blick verhext, und nun bin ich tot, aber es lag für mich gar keine Notwendigkeit vor, so jung zu sterben. So steht die Sache! – Alle liebten mich und meine Mutter ebenfalls und auch Tanjuscha, die ihre Schule noch nicht beendet hat. Wie groß ist jetzt ihr Kummer!‹

Ich rief meinen Diener und bat ihn, so sonderbar es ihm auch erscheinen mochte, auf dem Teppich in meinem Zimmer zu schlafen; Iwan Petrowitsch jedoch war das gleichgültig, denn wohin ich mich auch wendete – immer war er da, und damit basta.

Ich ersehnte ordentlich den Morgen, und mein erstes war es, einen meiner Beamten zur Mutter des Verstorbenen zu schikken, und zwar mit dem Auftrag, ihr möglichst taktvoll dreihundert Rubel für die Beerdigung zu übermitteln.

Aber er kehrte zurück und brachte das Geld zurück. ›Sie hat es nicht angenommen‹, meldete er.

›Und hat sie was gesagt?‹ fragte ich.

›Sie sagte: es sei nicht nötig, *gute* Menschen würden ihn beerdigen.‹

Also war ich auf der Liste der *Bösen*.

Kaum gedachte ich seiner, da war Iwan Petrowitsch augenblicks da.

Als es dämmerte, kam die Unruhe über mich; ich setzte mich in einen Schlitten und fuhr, um Iwan Petrowitsch im Sarge zu sehen und von ihm Abschied zu nehmen. Das ist ja so hergebracht, und ich dachte, ich würde niemand lästig fallen. Und bei mir hatte ich alles, was ich damals entbehren konnte – siebenhundert Rubel; die wollte ich sie bitten anzunehmen, und sei es auch nur Tanjas wegen.

IX

Ich sah Iwan Petrowitsch: der ›weiße Adler‹ lag da, als wäre er abgeschossen worden.

Tanja war da. Sie hatte tatsächlich ein bräunliches Gesichtchen und mochte fünfzehn Jahre alt sein, sie trug ein billiges Trauerkleidchen aus Kaliko und hatte immer etwas am Verstorbenen zu richten. Sie rückte ihm den Kopf zurecht und küßte ihn.

Eine Qual, das mit ansehen zu müssen!

Ich fragte sie, ob es mir nicht möglich sei, die Mutter Iwan Petrowitschs zu sprechen.

Das Mädchen entgegnete: ›Schon recht!‹ und ging ins Nebenzimmer; gleich darauf öffnete sie die Tür und forderte mich auf hereinzukommen, aber kaum hatte ich das Zimmer betreten, in welchem die alte Frau saß, da stand diese auf und entschuldigte sich:

›Nein, verzeihen Sie schon, ich habe mich vergebens auf meine Kraft verlassen – ich kann Sie nicht sehen!‹ Und mit diesen Worten verließ sie das Zimmer.

Es beleidigte mich nicht, und es brachte mich auch nicht in Verwirrung, jedoch es bedrückte mich, und darum wendete ich mich an Tanja:

›Vielleicht sind Sie, junges Kind, eher imstande, ein wenig freundlich zu mir zu sein. Glauben Sie mir doch: weder wünschte ich noch hatte ich irgendwelche Ursache, Iwan Petrowitsch ein Unglück zu wünschen, geschweige denn den Tod.‹

›Ich glaube es‹, meinte sie, ›denn keiner konnte ihm etwas Übles wünschen, alle liebten ihn ja.‹

›Und wollen Sie mir glauben, daß auch ich in den zwei, drei Tagen, da er um mich war, ihn sehr liebgewann?‹

›Ja, ja‹, entgegnete sie, ›oh, diese schrecklichen ‚zwei, drei Tage' – warum nur? Aber Tante ist in ihrem Kummer zu hart gegen Sie gewesen, und mir tun Sie leid.‹ Und mit diesen Worten streckte sie mir ihre beiden Händchen hin.

Ich nahm sie und sagte:

›Ich danke Ihnen, liebes Kind, dafür; dies Gefühl macht sowohl Ihrem Herzen als auch Ihrem Verstand Ehre. Es ist doch völlig töricht, einen solchen Unsinn zu glauben, ich hätte ihn mit dem bösen Blick verhext!‹

›Ich weiß es‹, erwiderte sie.

›Nun, dann seien Sie auch lieb – und erweisen Sie mir einen Gefallen aus Liebe zu ihm!‹

›Was für einen Gefallen?‹

›Nehmen Sie diesen Umschlag hier – es ist ein wenig Geld darin, zur Bestreitung der Kosten, für die Tante.‹

›Sie wird es nicht annehmen.‹

›Oder für Sie selber – für Ihren Unterricht, um den sich Iwan Petrowitsch so kümmerte. Ich bin fest davon überzeugt, daß er es gutheißen würde.‹

›Nein, vielen Dank, ich kann es nicht annehmen. Er hat niemals und von keinem Menschen Geld genommen. Er war sehr, sehr anständig.‹

›Aber Sie kränken mich durch die Ablehnung ... Sie sind also auf mich böse?‹

›Nein, keineswegs. Ich kann es beweisen.‹

Sie öffnete ein auf dem Tisch liegendes französisches Lehrbuch von Ollendorf und nahm hastig eine dort zwischen den Blättern liegende Photographie von Iwan Petrowitsch heraus, gab sie mir und sagte: ›Die hat er hier hineingelegt. Bis zu der Seite kamen wir gestern. Nehmen Sie sie zum Andenken.‹

Hiermit endete unsere Zusammenkunft. Am Tage darauf wurde Iwan Petrowitsch beerdigt, ich jedoch mußte noch weitere acht Tage in der Stadt verbringen, und wie quälend war meine Lage. Nachts konnte ich nicht schlafen, jedes Geräusch zwang mich aufzuhorchen, und ich öffnete das Fenster, damit wenigstens hie und da eine frische menschliche Stimme von der Straße hereindränge. Doch es half nicht viel: alle sprachen – wenn ich genau hinhörte – von Iwan Petrowitsch und von mir.

›Hier‹, pflegten sie zu sagen, ›hier wohnt dieser Teufel, der Iwan Petrowitsch mit dem bösen Blick verhext hat.‹

Oder es singt jemand, durch die Stille der Nacht heimkehrend, und ich höre, wie der Schnee unter seinen Füßen knirscht, und vernehme sogar die Worte: ›Gestern doch lebt ich noch‹ – und wenn ich achtgebe, ob der Sänger an meinem Hause vorübergeht, dann ist es Iwan Petrowitsch.

Und immer wieder der Oberpriester, jammernd und flüsternd:

›Bösen Blick, behext und basta, aber das kann man vielleicht mit Küken machen, Iwan Petrowitsch jedoch, den hat man vergiftet ...‹

Einfach qualvoll!

›Aber wer und warum vergiftet?‹

›Aus Angst, damit er Ihnen nicht am Ende alles erzählt ...

Man hätte seine Eingeweide untersuchen müssen. Schade, daß man nicht an die Eingeweide gedacht hat. Da hätte man Gift drin gefunden.‹

Herr! Verschone mich wenigstens vor diesem Verdacht!

Plötzlich traf völlig unverhofft ein vertraulicher Brief des Kanzleidirektors ein, in welchem er mir den Befehl des Grafen übermittelte, mich auf das zu beschränken, was ich bisher erreicht, und unverzüglich nach Petersburg zurückzukehren.

Ich freute mich darüber, traf sogleich alle Vorbereitungen und reiste nach zwei Tagen ab.

Iwan Petrowitsch ließ auch während der Fahrt nicht ab, mich zu verfolgen: kaum dachte ich, er sei fort – da war er da; aber sei es nun durch die Ortsveränderung oder nur dadurch hervorgerufen, daß der Mensch sich bekanntlich an alles gewöhnt, ich wurde nach und nach dreister, und ich gewöhnte mich sogar an ihn. Er schwirrte vor meinen Augen, doch es berührte mich nicht mehr so wie zuvor, als hätten wir unseren Spaß miteinander.

Er droht: ›Dir hab ich's gezeigt!‹ Und ich antworte: ›Aber deine französischen Stunden hast du dennoch nicht zu Ende geführt!‹ Und er: ›Macht nichts, ich schlage mich mit Selbstbüffeln ausgezeichnet durch.‹

X

In Petersburg eingetroffen, fühlte ich sofort, daß man mit mir nicht eigentlich unzufrieden war, sondern schlimmer, ich wurde mit einem gewissen Mitleid betrachtet, sonderbar genug.

Den Grafen sah ich alles in allem nur eine Minute, und er sprach in dieser kein Wort; dem Direktor aber, der eine Verwandte von mir zur Frau hatte, sagte er nachher, ihm käme vor, ich sei nicht ganz gesund . . .

Es erfolgte keine weitere Erklärung. Eine Woche darauf war Weihnachten, und dann kam das neue Jahr und wie immer, versteht sich, der Festtagstrubel und die Erwartung der Auszeichnungen. Mich regte es diesmal wenig auf, um so weniger, als ich ja meine Auszeichnung kannte – den ›Weißen Adler‹. Meine Verwandte, die Frau des Direktors, hatte schon einige Tage vorher den Orden und das Ordensband besorgt und mir geschenkt, und nun lag der Orden in meiner Schreibtischlade und daneben ein Kuvert mit hundert Rubel für die Kuriere, die das amtliche Schreiben zu überbringen hatten.

Aber in der Nacht erhalte ich plötzlich einen Rippenstoß: Iwan Petrowitsch ist das und schlägt mir dicht vor meinem Gesicht mit den Fingern ein Schnippchen. Als er noch lebte, war er bedeutend taktvoller, so was hätte gar nicht zu seinem ausgeglichenen Charakter gepaßt, jetzt aber schlug er mir wie ein echter Taugenichts ein Schnippchen und sagte:

›Dir genügt zunächst einmal das. Ich muß jetzt zur armen Tanja.‹ Und er verschwand.

Am nächsten Morgen – kein Kurier mit dem Amtsschreiben. Ich eile zu meinen Verwandten, um zu erfahren, was los ist.

›Ich kann es nicht fassen‹, sagte der Direktor. ›Dein Name stand groß und breit da, und plötzlich war er weg. Der Graf strich ihn aus und sagte, er würde persönlich vorstellig werden ... Weißt du, da ist irgendeine Geschichte, die dir schadet ... Ein Beamter soll, nachdem er dich verlassen, unter verdächtigen Begleiterscheinungen gestorben sein ... Weißt du etwas darüber?‹

›Ach geh‹, entgegnete ich, ›was für Dummheiten!‹

›Nein, nein, es ist tatsächlich so ... Der Graf hat schon mehrere Male nach deinem Befinden gefragt ... Verschiedene Persönlichkeiten von dort haben hierher geschrieben, darunter auch der beiderseitige Seelsorger, der Oberpriester ... Wie konntest du es zulassen, daß man dich in eine so seltsame Geschichte verwickelte?‹

Und ich höre zu und fühle dabei nur den einen Wunsch, ihm – genauso wie Iwan Petrowitsch es aus dem Jenseits tat – die Zunge herauszustrecken oder ein Schnippchen zu schlagen.

Iwan Petrowitsch aber verschwand, nachdem ich als Auszeichnung an Stelle des ›Weißen Adlers‹ ein Schnippchen erhalten hatte, und blieb drei Jahre lang fort; dann jedoch machte er mir seine letzte und diesmal die allergreifbarste Visite.

XI

Und wieder Weihnachten und Neujahr, und wieder wurden die Auszeichnungen erwartet. Ich wurde schon seit Jahren übergangen und machte mir nicht viel daraus. Gibt man mir keine, brauch' ich auch keine. Silvesterabend feierte ich bei meinen Verwandten, viele Gäste waren da, und es war sehr lustig. Die gesunden Leute blieben zum Essen da, ich aber paßte einen geeigneten Augenblick ab, um zu verschwinden, und näherte mich bereits der Türe, da drangen plötzlich durch das Gespräch folgende Worte an mein Ohr:

›Meine Wanderungen sind zu Ende, Mama ist bei mir. Tanjuscha hat eine gute Partie gemacht, und nun kommt mein letzter Spaß und – schö mang weh!‹

Und es begann plötzlich gedehnt zu singen:

›Leb wohl, du meine traute,
Leb wohl, du liebe Welt.‹

Aha – fuhr es mir durch den Kopf –, da haben wir ihn wieder, und Französisch kann er jetzt auch schon ... Ich will warten, ob nicht noch jemand fortgeht, allein mag ich nicht über die Treppe.

Und immer noch in derselben kleinen Uniform mit dem prunkvollen granatroten Halstuch steigt er an mir vorüber, und kaum ist er verschwunden, da fällt krachend die Haustür ins Schloß, so daß das ganze Haus erzittert.

Der Hausherr und die Diener eilten ins Vorzimmer, zu schauen, ob sich nicht jemand über die Pelzmäntel der Gäste hergemacht habe, doch alles hing an seinem Platz, und die Tür war verschlossen. Ich hütete mich, das Geringste zu sagen, damit nicht am Ende wieder von mir gesprochen würde, daß ich an Halluzinationen leide, oder gar Erkundigungen eingezogen würden, ob ich gesund sei. Die Haustür krachte, schon gut – warum sollte sie nicht krachen?

Ich wartete, bis noch einer ging, und kam wohlbehalten nach Hause. Den Diener, der damals mit mir gefahren war und dem Iwan Petrowitsch das Laubsägen beigebracht, hatte ich schon lange nicht mehr, an seine Stelle war ein neuer getreten; ein wenig verschlafen machte er Licht. Wir gingen an meinem Schreibtisch vorüber, und ich sah, dort lag etwas, bedeckt von weißem Papier ... Mein Weißer-Adler-Orden, den mir seinerzeit – Sie erinnern sich wohl noch? – meine Verwandte schenkte ... Er lag immer in einer abgesperrten Lade. Wie kam es, daß er nun plötzlich auf dem Tisch lag? Man wird natürlich sagen, ich selber hätte ihn in der Zerstreutheit hervorgeholt. Gut, darüber will ich nicht streiten, aber wer kann mir folgendes erklären: Auf dem Nachttisch an meinem Bett lag ein kleines Kuvert, auf dem mein Name zu lesen war, und auch die Handschrift kam mir bekannt vor ... Es war die gleiche Hand, die vormals ›Das Leben ist uns zur Freude gegeben‹ geschrieben hatte.

›Wer hat das gebracht?‹ fragte ich.

Und da zeigt mein Diener auf die Photographie Iwan Petrowitschs, die mir Tanjuscha geschenkt hatte und die ich noch immer aufbewahre, und sagt:

›Der Herr hier.‹

›Du irrst dich.‹

›Bestimmt nicht‹, entgegnete er. ›Ich habe ihn auf den ersten Blick erkannt.‹

Im Kuvert lag ein gedrucktes Exemplar des amtlichen Erlasses: mir war der ›Weiße Adler‹ verliehen worden. Und was noch besser war: ich konnte nachts schlafen, obwohl mir die ganze Zeit war, ich hörte irgendwen irgendwo diese ganz dummen Worte singen: ›O rewuar, rewerans – schö alleh o kontratans.‹

Da ich durch Iwan Petrowitschs Unterricht eine gewisse Erfahrung im Leben der Geister gewonnen hatte, erkannte ich, daß das Iwan Petrowitsch war, der sich ›mit Selbstbüffeln‹ im Französischen durchschlug und der nun fortflog, und ich begriff, daß er mich nun nie wieder quälen würde. Und so war es auch: er hatte sich an mir gerächt und mir jetzt verziehen. Begreiflich. Aber warum dort in der Geisterwelt alles so durcheinander und kreuz und quer geht, warum ein Menschenleben, das doch mehr wert ist als alles, durch törichten Spuk und einen Orden gerächt wird und warum endlich ein Herniedersteigen aus den höchsten Sphären mit dem dummen Gesang: ›O rewuar, rewerans – schö alleh o kontratans‹ verbunden ist – das kann ich einfach nicht begreifen.«

E. T. A. Hoffmann
Eine Spukgeschichte

Cyprian stand auf und ging, wie er zu tun pflegte, wenn irgend etwas so sein ganzes inneres Gemüt erfüllte, daß er die Worte ordnen mußte, um es auszusprechen, im Zimmer einigemal auf und ab.

Die Freunde lächelten sich schweigend an. Man las in ihren Blicken: »Was werden wir nur wieder Abenteuerliches hören!« –

Cyprian setzte sich und begann:

»Ihr wißt, daß ich mich vor einiger Zeit, und zwar kurz vor dem letzten Feldzuge, auf dem Gute des Obristen von P. befand. Der Obriste war ein muntrer, jovialer Mann, so wie seine Gemahlin die Ruhe, die Unbefangenheit selbst.

Der Sohn befand sich, als ich dorten war, bei der Armee, so daß die Familie außer dem Ehepaar nur noch aus zwei Töchtern und einer alten Französin bestand, die eine Art von Gouvernante vorzustellen sich mühte, unerachtet die Mädchen schon über die Zeit des Gouvernierens hinaus schienen. Die älteste war ein munteres Ding, bis zur Ausgelassenheit lebendig, nicht ohne Geist, aber so wie sie nicht fünf Schritte gehen konnte, ohne wenigstens drei Entrechats zu machen, so sprang sie auch im Gespräch, in all ihrem Tun rastlos von einem Dinge zum andern. Ich hab es erlebt, daß sie in weniger als zehn Minuten stickte – las – zeichnete – sang – tanzte – daß sie in einem Moment weinte um den armen Cousin, der in der Schlacht geblieben, und, die bittern Tränen noch in den Augen, in ein hell aufquiekendes Gelächter ausbrach, als die Französin unversehens ihre Tabaksdose über den kleinen Mops ausschüttete, der sofort entsetzlich zu niesen begann, worauf die Alte lamentierte: ›Ah che fatalità! – ah carino – poverino!‹ – Sie pflegte nämlich mit besagtem Mops nur in italienischer Zunge zu reden, da er aus Padua gebürtig – und dabei war das Fräulein die lieblichste Blondine, die es geben mag, und in allen ihren seltsamen Capriccios voll Anmut und Liebenswürdigkeit, so daß sie überall einen unwiderstehlichen Zauber übte, ohne es zu wollen.

Das seltsamste Widerspiel bildete die jüngere Schwester, Adelgunde geheißen. Vergebens ringe ich nach Worten, euch den ganz eignen wunderbaren Eindruck zu beschreiben, den das Mädchen auf mich machte, als ich sie zum ersten Male sah. Denkt euch die schönste Gestalt, das wunderherrlichste Antlitz. Aber eine Totenblässe liegt auf Lipp' und Wangen, und die Gestalt bewegt sich leise, langsam, gemessenen Schrittes, und wenn dann ein halblautes Wort von den kaum geöffneten Lippen ertönt und im weiten Saal verklingt, fühlt man sich von gespenstischen Schauern durchbebt. – Ich überwand wohl bald diese Schauer und mußte, als ich das tief in sich gekehrte Mädchen zum Sprechen vermocht, mir selbst gestehen, daß das Seltsame, ja Spukhafte dieser Erscheinung nur im Äußern liege, keineswegs sich aber aus dem Innern heraus offenbare. In dem wenigen, was das Mädchen sprach, zeigte sich ein zarter weiblicher Sinn, ein heller Verstand, ein freundliches Gemüt. Keine Spur irgendeiner Überspannung war zu finden, wiewohl das schmerzliche Lächeln, der tränenschwere Blick wenigstens irgendeinen physischen Krankheitszustand, der auch auf das Gemüt des zarten Kindes feindlich einwirken mußte, vermuten ließ. Sehr sonderbar fiel es mir auf, daß die Familie, keinen, selbst die alte Französin nicht, ausgeschlossen, beängstet schien, sowie man mit dem Mädchen sprach, und versuchte, das Gespräch zu unterbrechen, sich darin manchmal auf gar erzwungene Weise einmischend. Das Seltsamste war aber, daß, sowie es abends acht Uhr geworden, das Fräulein erst von der Französin, dann von Mutter, Schwester, Vater gemahnt wurde, sich in ihr Zimmer zu begeben, wie man kleine Kinder zu Bette treibt, damit sie nicht übermüden, sondern fein ausschlafen. Die Französin begleitete sie, und so kam es, daß beide niemals das Abendessen, welches um neun Uhr angerichtet wurde, abwarten durften. – Die Obristin, meine Verwunderung wohl bemerkend, warf einmal, um jeder Frage vorzubeugen, leicht hin, daß Adelgunde viel kränkle, daß sie vorzüglich abends um neun Uhr von Fieberanfällen heimgesucht werde, und daß daher der Arzt geraten, sie zu dieser Zeit der unbedingtesten Ruhe zu überlassen. – Ich fühlte, daß es noch eine ganz andere Bewandtnis damit haben müsse, ohne irgend Deutliches ahnen zu können. Erst heute erfuhr ich den wahren entsetzlichen Zusammenhang der Sache und das Ereignis, das den kleinen glücklichen Familienkreis auf furchtbare Weise verstört hat. –

Adelgunde war sonst das blühendste, munterste Kind, das man nur sehen konnte. Ihr vierzehnter Geburtstag wurde gefeiert, eine Menge Gespielinnen waren dazu eingeladen. – Die sitzen in dem schönen Boskett des Schloßgartens im Kreise umher und scherzen und lachen und kümmern sich nicht darum, daß immer finstrer und finstrer der Abend heraufzieht, da die lauen Juliuslüfte erquickend wehen und erst jetzt ihre Lust recht aufgeht. In der magischen Dämmerung beginnen sie allerlei seltsame Tänze, indem sie Elfen und andere flinke Spukgeister vorstellen wollen. ›Hört‹, ruft Adelgunde, als es im Boskett ganz finster geworden, ›hört, Kinder, nun will ich euch einmal als die weiße Frau erscheinen, von der unser alter verstorbener Gärtner so oft erzählt hat. Aber da müßt ihr mit mir kommen bis ans Ende des Gartens, dorthin, wo das alte Gemäuer steht.‹ – Und damit wickelt sie sich in ihren weißen Shawl und schwebt leichtfüßig fort durch den Laubgang, und die Mädchen laufen ihr nach in vollem Schäkern und Lachen. Aber kaum ist Adelgunde an das alte, halb eingefallene Gewölbe gekommen, als sie erstarrt – gelähmt an allen Gliedern stehenbleibt. Die Schloßuhr schlägt neun. ›Seht ihr nichts‹, ruft Adelgunde mit dem dumpfen hohlen Ton des tiefsten Entsetzens, ›seht ihr nichts – die Gestalt – die dicht vor mir steht – Jesus – sie streckt die Hand nach mir aus – seht ihr denn nichts?‹ – Die Kinder sehen nicht das mindeste, aber alle erfaßt Angst und Grauen. Sie rennen fort, bis auf eine, die, die beherzteste, sich ermutigt, auf Adelgunden zuspringt, sie in die Arme fassen will. Aber in dem Augenblick sinkt Adelgunde todähnlich zu Boden. Auf des Mädchens gellendes Angstgeschrei eilt alles aus dem Schlosse herzu. Man bringt Adelgunde hinein. Sie erwacht endlich aus der Ohnmacht und erzählt, an allen Gliedern zitternd, daß, kaum sei sie vor das Gewölbe getreten, dicht vor ihr eine luftige Gestalt, wie in Nebel gehüllt, gestanden und die Hand nach ihr ausgestreckt habe. – Was war natürlicher, als daß man die ganze Erscheinung den wunderbaren Täuschungen des dämmernden Abendlichts zuschrieb. Adelgunde erholte sich in derselben Nacht so ganz und gar von ihrem Schreck, daß man durchaus keine bösen Folgen befürchtete, sondern die ganze Sache für völlig abgetan hielt. – Wie ganz anders begab sich alles! – Kaum schlägt es den Abend darauf neun Uhr, als Adelgunde mitten in der Gesellschaft, die sie umgibt, entsetzt aufspringt und ruft: ›Da ist es – da ist es – seht ihr denn nichts! – dicht vor mir steht es!‹ – Genug, seit jenem unglückseligen Abende behauptete Adelgunde, sowie es abends neune schlug, daß die Gestalt dicht vor ihr stehe und einige Sekunden weile, ohne daß irgendein

Mensch außer ihr auch nur das mindeste wahrnehmen konnte oder in irgendeiner psychischen Empfindung die Nähe eines unbekannten geistigen Prinzips gespürt haben sollte. Nun wurde die arme Adelgunde für wahnsinnig gehalten, und die Familie schämte sich in seltsamer Verkehrtheit dieses Zustandes der Tochter, der Schwester. Daher jene sonderbare Art sie zu behandeln, deren ich erst erwähnte. Es fehlte nicht an Ärzten und an Mitteln, die das arme Kind von der fixen Idee, wie man die von ihr behauptete Erscheinung zu nennen beliebte, befreien sollten, aber alles blieb vergebens, und sie bat unter vielen Tränen, man möge sie doch nur in Ruhe lassen, da die Gestalt, die in ihren ungewissen, unkenntlichen Zügen an und vor sich selbst gar nichts Schreckliches habe, ihr kein Entsetzen mehr errege, wiewohl es jedesmal nach der Erscheinung ihr zumute sei, als wäre ihr Innerstes mit allen Gedanken hinausgewendet und schwebe körperlos außer ihr selbst umher, wovon sie krank und matt werde. – Endlich machte der Obrist die Bekanntschaft eines berühmten Arztes, der in dem Ruf stand, Wahnsinnige auf eine überaus pfiffige Weise zu heilen. Als der Obrist diesem entdeckt hatte, wie es sich mit der armen Adelgunde begebe, lachte er laut auf und meinte, nichts sei leichter, als diesen Wahnsinn zu heilen, der bloß in der überreizten Einbildungskraft seinen Grund finde. Die Idee der Erscheinung des Gespenstes sei mit dem Ausschlagen der neunten Abendstunde so fest verknüpft, daß die innere Kraft des Geistes sie nicht mehr trennen könne, und es käme daher nur darauf an, diese Trennung von außen her zu bewirken. Dies könne aber nun wieder sehr leicht dadurch geschehen, daß man das Fräulein in der Zeit täusche und die neunte Stunde vorübergehen lasse, ohne daß sie es wisse. Wäre dann das Gespenst nicht erschienen, so würde sie selbst ihren Wahn einsehen, und physische Erkräftigungsmittel würden dann die Kur glücklich vollenden. – Der unselige Rat wurde ausgeführt! – In einer Nacht stellte man sämtliche Uhren im Schlosse, ja selbst die Dorfuhr, deren dumpfe Schläge herabsummten, um eine Stunde zurück, so daß Adelgunde, sowie sie am frühen Morgen erwachte, in der Zeit um eine Stunde irren mußte. Der Abend kam heran. Die kleine Familie war wie gewöhnlich in einem heiter verzierten Eckzimmer versammelt, kein Fremder zugegen. Die Obristin mühte sich, allerlei Lustiges zu erzählen, der Obrist fing an, wie es seine Art war, wenn er vorzüglich bei Laune, die alte Französin ein wenig aufzuziehen, worin ihm

Auguste (das ältere Fräulein) beistand. Man lachte, man war fröhlicher als je. – Da schlägt die Wanduhr achte (es war also die neunte Stunde), und leichenblaß sinkt Adelgunde in den Lehnsessel zurück – das Nähzeug entfällt ihren Händen! Dann erhebt sie sich, alle Schauer des Entsetzens im Antlitz, starrt hin in des Zimmers öden Raum, murmelt dumpf und hohl: – ›Was! – eine Stunde früher? – ha, seht ihr's? – seht ihr's? – da steht es dicht vor mir – dicht vor mir!‹ – Alle fahren auf, vom Schrecken erfaßt, aber als niemand auch nur das mindeste gewahrt, ruft der Obrist: ›Adelgunde! – fasse dich! – es ist nichts, es ist ein Hirngespinst, ein Spiel deiner Einbildungskraft, was dich täuscht, wir sehen nichts, gar nichts und müßten wir, ließe sich wirklich dicht vor dir eine Gestalt erschauen, müßten wir sie nicht ebensogut wahrnehmen als du? – Fasse dich – fasse dich, Adelgunde!‹ – ›O Gott – o Gott‹, seufzt Adelgunde, ›will man mich denn wahnsinnig machen! – Seht, da streckt es den weißen Arm lang aus nach mir – es winkt.‹ – Und wie willenlos, unverwandten starren Blickes, greift nun Adelgunde hinter sich, faßt einen kleinen Teller, der zufällig auf dem Tische steht, reicht ihn vor sich hin in die Luft, läßt ihn los – und der Teller, wie von unsichtbarer Hand getragen, schwebt langsam im Kreise der Anwesenden umher und läßt sich dann leise auf den Tisch nieder! – Die Obristin, Auguste lagen in tiefer Ohnmacht, der ein hitziges Nervenfieber folgte. Der Obrist nahm sich mit aller Kraft zusammen, aber man merkte wohl an seinem verstörten Wesen die tiefe feindliche Wirkung jenes unerklärlichen Phänomens.

Die alte Französin hatte, auf die Knie gesunken, das Gesicht zur Erde gebeugt, still gebetet, sie blieb so wie Adelgrunde frei von allen bösen Folgen. In kurzer Zeit war die Obristin hingerafft. Auguste überstand die Krankheit, aber wünschenswerter war gewiß ihr Tod, als ihr jetziger Zustand. – Sie, die volle herrliche Jugendlust selbst, wie ich sie erst beschrieben, ist von einem Wahnsinn befallen, der mir wenigstens grauenvoller, entsetzlicher vorkommt, als irgendeiner, den jemals eine fixe Idee erzeugte. Sie bildet sich nämlich ein, *sie* sei jenes unsichtbare körperlose Gespenst Adelgundens, flieht daher alle Menschen oder hütet sich wenigstens, sobald ein anderer zugegen, zu reden, sich zu bewegen. Kaum wagt sie es zu atmen, denn fest glaubt sie, daß, verrate sie ihre Gegenwart auf diese, jene Weise, jeder vor Entsetzen des Todes sein müsse. Man öffnet ihr die Türe, man setzt ihr Speisen hin, dann schlüpft sie verstohlen hinein und heraus – ißt ebenso heimlich usw. Kann ein Zustand qualvoller sein? –

Der Obrist, ganz Gram und Verzweiflung, folgt den Fahnen zum neuen Feldzuge. Er blieb in der siegreichen Schlacht bei W. – Merkwürdig, höchst merkwürdig ist es, daß Adelgunde seit jenem verhängnisvollen Abende von dem Phantom befreit ist. Sie pflegt getreulich die kranke Schwester, und ihr steht die alte Französin bei. So wie Sylvester mir heute sagte, ist der Oheim der armen Kinder hier, um mit unserm wackern R– über die Kurmethode, die man allenfalls bei Augusten versuchen könne, zu Rate zu gehen. – Gebe der Himmel, daß die unwahrscheinliche Rettung möglich.«

Cyprian schwieg, und auch die Freunde blieben still, indem sie gedankenvoll vor sich hinschauten. Endlich brach Lothar los: »Das ist ja eine ganz verdammte Spukgeschichte! – Aber ich kann's nicht leugnen, mir bebt die Brust, unerachtet mir das ganze Ding mit dem schwebenden Teller kindisch und abgeschmackt bedünken will.« »Nicht so rasch«, nahm Ottmar das Wort, »nicht so rasch, lieber Lothar! – Du weißt, was ich von Spukgeschichten halte, du weißt, daß ich mich gegen alle Visionärs damit brüste, daß die Geisterwelt, unerachtet ich sie oft mit verwogener Keckheit in die Schranken rief, noch niemals sich bemühte, mich für meinen Frevel zu züchtigen, aber Cyprians Erzählung gibt einen ganz andern Punkt zu bedenken, als den der bloßen chimärischen Spukerei. – Mag es mit Adelgundens Phantom, mag es mit dem schwebenden Teller dann nun eine Bewandtnis gehabt haben, welche es wolle, genug, die Tatsache bleibt stehen, daß sich an jenem Abende in dem Kreise der Familie des Obristen von P. etwas zutrug, worüber drei Personen zu gleicher Zeit in einen solchen verstörten Gemütszustand gerieten, der bei einer den Tod, bei der andern Wahnsinn herbeiführte, wollen wir nicht auch, wenigstens *mittelbar*, den Tod des Obristen jenem Ereignis zuschreiben. Denn eben fällt mir ein, von Offizieren gehört zu haben, der Obrist sei beim Angriff plötzlich, wie von Furien getrieben, ins feindliche Feuer hineingesprengt. Nun ist aber auch die Geschichte mit dem Teller so ohne alle Staffierung gewöhnlicher Spukgeschichten, selbst die Stunde allem spukischen Herkommen entgegen, und das Ganze so ungesucht, so einfach, daß gerade in der Wahrscheinlichkeit, die das Unwahrscheinlichste dadurch erhält, für mich das Grauenhafte liegt. Doch, nehmen wir an, daß Adelgundens Einbildung Vater, Mutter, Schwester mit fortriß, daß der Teller nur innerhalb ihres Gehirns im Kreise umherschwebte, wäre diese Einbildung, in einem Moment wie ein elektrischer Schlag drei Personen treffend, nicht eben der entsetzlichste Spuk, den es geben könnte?«

»Allerdings«, sprach Theodor, »und ich teile mit dir, Ottmar, das lebhafte Gefühl, daß gerade in der Einfachheit der Geschichte ihre tiefsten Schauer liegen. – Ich kann mir es denken, daß ich den plötzlichen Schreck irgendeiner grauenhaften Erscheinung wohl ertragen könnte, das unheimliche, den äußern Sinn in Anspruch nehmende Treiben eines unsichtbaren Wesens würde mich dagegen unfehlbar wahnsinnig machen. Es ist das Gefühl der gänzlichen hilflosesten Ohnmacht, das den Geist zermalmen müßte. Ich erinnere mich, daß ich dem tiefsten Grausen kaum widerstehen konnte, daß ich wie ein einfältiges, verschüchtertes Kind nicht allein in meinem Zimmer schlafen mochte, als ich einst von einem alten Musiker las, den ein entsetzlicher Spuk mehrere Zeit hindurch verfolgte und ihn auch beinahe zum hellen Wahnsinn trieb. Nachts spielte nämlich ein unsichtbares Wesen auf seinem Flügel die wunderbarsten Kompositionen mit der Kraft und Fertigkeit des vollendeten Meisters. Er hörte jeden Ton, er sah, wie die Tasten niedergedrückt wurden, wie die Saiten zitterten, aber nicht den leisesten Schimmer einer Gestalt.« –

»Nein«, rief Lothar, »nein, es ist nicht auszuhalten, wie das Tolle wieder unter uns lustig fortwuchert! – Ich hab es euch gestanden, daß mir der verdammte Teller das Innerste aufgeregt hat. Ottmar hat recht; hält man sich nur an das Resultat irgendeines Ereignisses, das sich wirklich begeben, so ist dies Resultat der gräßlichste Spuk, den es geben kann.«

Heinrich Heine
Doktor Ascher und die Vernunft

In jener Nacht, die ich in Goslar zubrachte, ist mir etwas höchst Seltsames begegnet. Noch immer kann ich nicht ohne Angst daran zurückdenken. Ich bin von Natur nicht ängstlich, und Gott weiß, daß ich niemals eine sonderliche Beklemmung empfunden habe, wenn zum Beispiel eine blanke Klinge mit meiner Nase Bekanntschaft zu machen suchte oder wenn ich mich nachts in einem verrufenen Wald verirrte oder wenn mich im Konzert ein gähnender Lieutenant zu verschlingen drohte – aber vor Geistern fürchte ich mich fast so sehr wie der ›Östreichische Beobachter‹. Was ist Furcht? Kommt sie aus dem Verstande oder aus dem Gemüt? Über diese Frage disputierte ich so oft mit dem Doktor Saul Ascher, wenn wir zu Berlin, im »Café Royal«, wo ich lange Zeit meinen Mittagstisch hatte, zufällig zusammentrafen. Er behauptete immer, wir fürchten etwas, weil wir es durch Vernunftschlüsse für furchtbar erkennen. Nur die Vernunft sei eine Kraft, nicht das Gemüt. Während ich gut aß und gut trank, demonstrierte er mir fortwährend die Vorzüge der Vernunft. Gegen das Ende seiner Demonstration pflegte er nach seiner Uhr zu sehen, und immer schloß er damit: »Die Vernunft ist das höchste Prinzip!« – Vernunft! Wenn ich jetzt dieses Wort höre, so sehe ich noch immer den Doktor Saul Ascher mit seinen abstrakten Beinen, mit seinem engen, transzendentalgrauen Leibrock und mit seinem schroffen, frierend kalten Gesichte, das einem Lehrbuche der Geometrie als Kupfertafel dienen konnte. Dieser Mann, tief in den Funfzigern, war eine personifizierte grade Linie. In seinem Streben nach dem Positiven hatte der arme Mann sich alles Herrliche aus dem Leben herausphilosophiert, alle Sonnenstrahlen, allen Glauben und alle Blumen, und es blieb ihm nichts übrig als das kalte, positive Grab. Auf den Apoll von Belvedere und auf das Christentum hatte er eine spezielle Malice. Gegen letzteres schrieb er sogar eine Broschüre, worin er dessen Unvernünftigkeit und Unhaltbarkeit bewies. Er hat überhaupt eine ganze Menge Bücher geschrieben, worin immer die Vernunft von ihrer eigenen Vortrefflichkeit renommiert und wobei es der arme Doktor gewiß ernsthaft genug meinte und also in dieser Hinsicht alle Achtung verdiente. Darin aber bestand ja eben der Hauptspaß, daß er ein so ernsthaft närrisches Gesicht schnitt, wenn er dasjenige nicht begreifen konnte, was jedes Kind begreift, eben weil es ein Kind ist. Einigemal besuchte ich auch den Vernunftdoktor in seinem eigenen Hause, wo ich schöne Mädchen bei ihm fand; denn die Vernunft verbietet nicht die Sinnlichkeit. Als ich ihn einst ebenfalls besuchen wollte, sagte mir sein Bedienter: »Der Herr Doktor ist eben gestorben.« Ich fühlte nicht viel mehr dabei, als wenn er gesagt hätte: Der Herr Doktor ist ausgezogen.

Doch zurück nach Goslar. »Das höchste Prinzip ist die Vernunft!« sagte ich beschwichtigend zu mir selbst, als ich ins Bett stieg. Indessen, es half nicht. Ich hatte eben in Varnhagen von Enses ›Deutsche Erzählungen‹, die ich von Klaustal mitgenommen hatte, jene entsetzliche Geschichte gelesen, wie der Sohn, den sein eigener Vater ermorden wollte, in der Nacht von dem Geiste seiner toten Mutter gewarnt wird. Die wunderbare Darstellung dieser Geschichte bewirkte, daß mich während des Lesens ein inneres Grauen durchfröstelte. Auch erregen Gespenstererzählungen ein noch schauerlicheres Gefühl, wenn man sie auf der Reise liest, und zumal des Nachts, in einer Stadt, in einem Hause, in einem Zimmer, wo man noch nie gewesen. ›Wieviel Gräßliches mag sich schon zugetragen haben auf diesem Flecke, wo du eben liegst?‹ so denkt man unwillkürlich. Überdies schien jetzt der Mond so zweideutig ins Zimmer herein, an der Wand bewegten sich allerlei unberufene Schatten, und als ich mich im Bett aufrichtete, um hinzusehen, erblickte ich –

Es gibt nichts Unheimlicheres, als wenn man bei Mondschein das eigene Gesicht zufällig im Spiegel sieht. In demselben Augenblicke schlug eine schwerfällige, gähnende Glocke, und zwar so lang und langsam, daß ich nach dem zwölften Glockenschlage sicher glaubte, es seien unterdessen volle zwölf Stunden verflossen und es müßte wieder von vorn anfangen, zwölf zu schlagen. Zwischen dem vorletzten und letzten Glockenschlage schlug noch eine andere Uhr, sehr rasch, fast keifend gell und vielleicht ärgerlich über die Langsamkeit ihrer Frau Gevatterin. Als beide eiserne Zungen schwiegen und tiefe Todesstille im ganzen Hause herrschte, war es mir plötzlich, als hörte ich auf dem Korridor, vor meinem Zimmer, etwas schlottern und schlappen, wie der unsichere Gang eines alten Mannes. Endlich öffnete sich meine Tür, und langsam trat herein der verstorbene Doktor Saul Ascher. Ein kaltes Fieber rieselte mir durch Mark und Bein, ich zitterte wie Espenlaub, und kaum wagte ich das Gespenst anzusehen. Er sah aus wie sonst, derselbe transzendentalgraue Leibrock, dieselben abstrakten Beine und dasselbe mathematische Gesicht; nur war dieses etwas gelblicher als sonst, auch der Mund, der sonst zwei Winkel von $22^1/_2$ Grad bildete, war zusammengekniffen, und die Augenkreise hatten einen größern Radius. Schwankend und wie sonst sich auf sein spanisches Röhrchen stützend, näherte er sich mir, und in seinem gewöhnlichen mundfaulen Dialekte sprach er freundlich: »Fürchten Sie sich nicht, und glauben Sie nicht, daß ich ein Gespenst sei. Es ist Täuschung Ihrer Phantasie, wenn Sie mich als Gespenst zu sehen glauben. Was ist ein Gespenst? Geben Sie mir eine Definition. Deduzieren Sie mir die Bedingungen der Möglichkeit eines Gespenstes. In welchem vernünftigen Zusammenhange stände eine solche Erscheinung mit der Vernunft? Die Vernunft, ich sage die Vernunft –« Und nun schritt das Gespenst zu einer Analyse der Vernunft, zitierte Kants ›Kritik der reinen Vernunft‹, 2. Teil, 1. Abschnitt, 2. Buch, 3. Hauptstück, die Unterscheidung von Phänomena und Noumena, konstruierte alsdann den problematischen Gespensterglauben, setzte einen Syllogismus auf den andern und schloß mit dem logischen Beweise, daß es durchaus keine Gespenster gibt. Mir unterdessen lief der kalte Schweiß über den Rücken, meine Zähne klapperten wie Kastagnetten, aus Seelenangst nickte ich unbedingte Zustimmung bei jedem Satz, womit der spukende Doktor die Absurdität aller Gespensterfurcht bewies, und derselbe demonstrierte so eifrig, daß er einmal in der Zerstreuung statt seiner goldenen Uhr eine Handvoll Würmer aus der Uhrtasche zog und, seinen Irrtum bemerkend, mit possierlich ängstlicher Hastigkeit wieder einsteckte. »Die Vernunft ist das höchste –«, da schlug die Glocke eins, und das Gespenst verschwand.

Knut Hamsun

Das Gespenst

Mehrere Jahre meiner Kindheit verbrachte ich bei meinem Onkel auf dem Pfarrhof im Nordland. Es war eine harte Zeit für mich, viel Arbeit, viel Prügel und selten eine Stunde zu Spiel und Vergnügen. Da mein Onkel mich so streng hielt, bestand allmählich meine einzige Freude darin, mich zu verstecken und allein zu sein; hatte ich ausnahmsweise einmal eine freie Stunde, so begab ich mich in den Wald, oder ich ging auf den Kirchhof und wanderte zwischen Kreuzen und Grabsteinen herum, träumte, dachte und unterhielt mich laut mit mir selber.

Der Pfarrhof lag ungewöhnlich schön, dicht bei der Glimma, einem breiten Strom mit vielen großen Steinen, dessen Brausen Tag und Nacht, Nacht und Tag ertönte. Die Glimma floß einen Teil des Tags südwärts, den übrigen Teil nordwärts, je nachdem Flut oder Ebbe war – immer aber brauste ihr ewiger Gesang, und ihr Wasser rann mit gleicher Eile im Sommer wie im Winter dahin, welche Richtung es auch nahm.

Oben auf einem Hügel lagen die Kirche und der Kirchhof. Die Kirche war eine alte Kreuzkirche aus Holz, und die Gräber waren ohne Blumen; hart an der steinernen Mauer aber pflegten die üppigsten Himbeeren zu wachsen, die ihre Nahrung aus der fetten Erde der Toten sogen. Ich kannte jedes Grab und jede Inschrift, und ich erlebte, daß Kreuze, die ganz neu aufgestellt wurden, im Laufe der Zeit sich zu neigen begannen und schließlich in einer Sturmnacht umstürzten.

Waren da auch keine Blumen auf den Gräbern, so wuchs doch im Sommer hohes Gras auf dem ganzen Kirchhof. Es war so hoch und so hart, daß ich oft da saß und dem Winde lauschte, der in diesem sonderbaren Grase sauste, das mir bis an die Hüften ging. Und mitten in dies Gesause hinein konnte die Wetterfahne auf dem Kirchturm knarren, und dieser rostige, eiserne Ton klang jammernd über den Pfarrhof hin. Es war, als ob dies Stück Eisen mit den Zähnen knirschte.

Wenn der Totengräber bei der Arbeit war, hatte ich oft eine Unterhaltung mit ihm. Er war ein ernster Mann, er lächelte selten, aber er war sehr freundlich gegen mich, und wenn er so dastand und Erde aus dem Grabe aufschaufelte, kam es wohl vor, daß er mir zurief, ein wenig aus dem Wege zu gehen, denn jetzt habe er ein großes Stück Hüftknochen oder den Schädel eines Toten auf dem Spaten.

Ich fand oft Knochen und Haarbüschel von Leichen auf den Gräbern, die ich dann wieder in die Erde eingrub, wie es der Totengräber mich gelehrt hatte. Ich war hieran so gewöhnt, daß ich kein Grausen empfand, wenn ich auf diese Menschenreste stieß. Unter dem einen Ende der Kirche befand sich ein Leichenkeller, wo Unmengen von Knochen lagen, und in diesem Keller saß ich gar manches Mal, spielte mit den Knochen und bildete aus dem zerbröckelten Gebein Figuren auf dem Boden.

Eines Tages aber fand ich einen Zahn auf dem Kirchhof.

Es war ein Vorderzahn, schimmernd weiß und stark. Ohne mir weiter Rechenschaft darüber abzulegen, steckte ich den Zahn zu mir. Ich wollte ihn zu etwas gebrauchen, irgendeine Figur daraus zurechtfeilen und ihn in einen der wunderlichen Gegenstände einfügen, die ich aus Holz schnitzte.

Ich nahm den Zahn mit nach Hause.

Es war Herbst, und die Dunkelheit brach früh herein. Ich hatte noch allerlei anderes zu besorgen, und es vergingen wohl ein paar Stunden, bis ich mich in die Gesindestube hinüber begab, um an meinem Zahn zu arbeiten. Indessen war der Mond aufgegangen; es war Vollmond.

In der Gesindestube war kein Licht, und ich war ganz allein. Ich wagte nicht, ohne weiteres die Lampe anzuzünden, ehe die Knechte hereinkamen; aber mir genügte das Licht, das durch die Ofenklappe fiel, wenn ich tüchtig Feuer anmachte. Ich ging deshalb in den Schuppen hinaus, um Holz zu holen.

Im Schuppen war es dunkel.

Als ich mich nach dem Holz vorwärts tastete, fühlte ich einen leichten Schlag, wie von einem einzelnen Finger, auf meinem Kopf.

Ich wandte mich hastig um, sah aber niemand.

Ich schlug mit den Armen um mich, fühlte aber niemand.

Ich fragte, ob jemand da sei, erhielt aber keine Antwort.

Ich war barhäuptig, griff nach der berührten Stelle meines Kopfes und fühlte etwas Eiskaltes in meiner Hand, das ich sofort wieder losließ. Das ist doch sonderbar! dachte ich bei mir. Ich griff wieder nach dem Haar hinauf – da war das Kalte weg.

Ich dachte: Was mag das wohl gewesen sein, das von der Decke herunterfiel und mich auf den Kopf traf?

Ich nahm einen Arm voll Holz und ging wieder in die Gesindestube, heizte ein und wartete, bis ein Lichtschein durch die Ofenklappe fiel.

Dann holte ich den Zahn und die Feile hervor.

Da klopfte es an das Fenster.

Ich sah auf. Vor dem Fenster, das Gesicht fast an die Fensterscheibe gedrückt, stand ein Mann. Er war mir ein Fremder, ich kannte ihn nicht, und ich kannte doch das ganze Kirchspiel. Er hatte einen roten Vollbart, eine rote wollene Binde um den Hals und einen Südwester auf dem Kopfe. Worüber ich damals nicht nachdachte, was mir aber später einfiel: wie konnte sich mir dieser Kopf so deutlich in der Dunkelheit zeigen, namentlich an einer Seite des Hauses, wo nicht einmal der Vollmond schien? Ich sah das Gesicht mit erschreckender Deutlichkeit, es war bleich, beinahe weiß, und seine Augen starrten mich an.

Es verging eine Minute.

Da fing der Mann an zu lachen.

Es war kein hörbares Lachen, sondern der Mund öffnete sich weit, und die Augen starrten wie vorher, aber der Mann lachte.

Ich ließ fallen, was ich in der Hand hatte, und ein eisiger Schauer durchrieselte mich vom Scheitel bis zur Sohle. In der ungeheuren Mundhöhle des lachenden Gesichts vor dem Fenster entdeckte ich plötzlich ein schwarzes Loch in der Zahnreihe – es fehlte ein Zahn.

Ich saß da und starrte in meiner Angst geradeaus. Es verging noch eine Minute. Das Gesicht wurde stark grün, dann wurde es stark rot; das Lachen aber blieb. Ich verlor die Besinnung nicht, ich bemerkte alles um mich herum; das Feuer leuchtete ziemlich hell durch die Ofenklappe und warf einen kleinen Schein bis auf die andere Wand hinüber, wo eine Leiter stand. Ich hörte auch aus der Kammer nebenan, daß eine Uhr an der Wand tickte. Ganz deutlich sah ich alles; ich bemerkte sogar, daß der Südwester, den der Mann vor dem Fenster aufhatte, oben im Kopfstück von schwarzer, abgenützter Farbe war, daß er aber einen grünen Rand hatte.

Da senkte sich der Kopf nach unten, ganz langsam, immer weiter, so daß er sich schließlich unterhalb des Fensters befand. Es war, als gleite er in die Erde hinein. Ich sah ihn nicht mehr.

Meine Angst war entsetzlich, ich fing an zu zittern. Ich suchte auf dem Fußboden nach dem Zahn, wagte aber nicht, die Augen von dem Fenster zu entfernen – vielleicht konnte das Gesicht ja wiederkehren.

Als ich den Zahn gefunden hatte, wollte ich ihn gleich wieder nach dem Kirchhof bringen, hatte aber nicht den Mut dazu. Ich saß noch immer allein und konnte mich nicht rühren. Ich hörte Schritte draußen auf dem Hof und meinte, daß es eine der Mägde sei, die auf ihren Holzpantoffeln geklappert kam; ich wagte aber nicht, sie anzurufen, und die Schritte gingen vorüber. Eine Ewigkeit verging. Das Feuer im Ofen fing an auszubrennen, und keine Rettung zeigte sich mir.

Da biß ich die Zähne zusammen und stand auf. Ich öffnete die Tür und ging rückwärts aus der Gesindestube heraus, unverwandt nach dem Fenster starrend, an dem der Mann gestanden hatte. Als ich auf den Hof hinausgekommen war, rannte ich nach dem Stall hinüber, um einen der Knechte zu bitten, mich nach dem Kirchhof hinüber zu begleiten. Die Knechte befanden sich aber nicht im Stall.

Jetzt unter freiem Himmel war ich kühner geworden, und ich beschloß, allein nach dem Friedhof hinaufzugehen; dadurch würde ich es auch vermeiden, mich jemandem anzuvertrauen und dann später in des Onkels Finger zu geraten.

So ging ich denn allein den Hügel hinan.

Den Zahn trug ich in meinem Taschentuch.

Oben an der Kirchhofspforte blieb ich stehen – mein Mut versagte mir seinen ferneren Beistand. Ich hörte das ewige Brausen der Glimma, sonst war alles still. In der Kirchhofspforte war keine Tür, nur ein Bogen, durch den man hindurchging; ich stellte mich voller Angst auf die eine Seite dieses Bogens und steckte den Kopf vorsichtig durch die Öffnung, um zu sehen, ob ich es wagen könne, weiterzugehen.

Da sank ich plötzlich platt auf die Knie.

Ein Stück jenseits der Pforte stand mein Mann mit dem Südwester. Er hatte wieder das weiße Gesicht, und er wandte es mir zu, gleichzeitig aber zeigte er vorwärts nach dem Kirchhof hinauf.

Ich sah dies als Befehl an, wagte aber nicht, zu gehen. Ich lag lange da und sah den Mann an, ich flehte ihn an, und er stand unbeweglich und still.

Da geschah etwas, was mir wieder ein wenig Mut machte: ich hörte einen der Knechte unten am Stallgebäude geschäftig umhergehen und pfeifen. Dieses Lebenszeichen bewirkte, daß ich mich erhob. Da entfernte sich der Mann ganz allmählich, er ging nicht, er glitt über die Gräber dahin, immer vorwärts zeigend. Ich trat durch die Pforte. Der Mann lockte mich weiter. Ich tat einige Schritte und blieb dann stehen; ich konnte nicht mehr. Mit zitternder Hand nahm ich den weißen Zahn aus dem Taschentuch und warf ihn mit aller Macht auf den Kirchhof. In diesem Augenblick drehte sich die eiserne Stange auf dem Kirchturm, und der schrille Schrei ging mir durch Mark und Bein. Ich stürzte zur Pforte hinaus, den Hügel hinab und nach Hause. Als ich in die Küche kam, sagten sie mir, mein Gesicht sei weiß wie Schnee.

Es sind jetzt viele Jahre seitdem vergangen, aber ich entsinne mich jeder Einzelheit. Ich sehe mich noch auf den Knien vor der Kirchhofspforte liegen, und ich sehe den rotbärtigen Mann.

Sein Alter kann ich nicht einmal ungefähr angeben. Er konnte zwanzig Jahre alt sein, er konnte auch vierzig sein. Da es nicht das letztemal sein sollte, daß ich ihn sah, habe ich auch später noch über diese Frage nachgedacht; aber noch immer weiß ich nicht, was ich über sein Alter sagen soll.

Manchen Abend und manche Nacht kam der Mann wieder. Er zeigte sich, lachte mit seinem weitgeöffneten Munde, in dem ein Zahn fehlte, und verschwand. Es war Schnee gefallen, und ich konnte nicht mehr auf den Kirchhof gehen und ihn in die Erde legen. Und der Mann kam wieder und wieder, aber mit immer längeren Zwischenräumen, den ganzen Winter hindurch. Meine haarsträubende Angst vor ihm nahm ab; aber er machte mein Leben sehr unglücklich, ja unglücklich bis zum Überdruß. In jenen Tagen war es mir oft eine gewisse Freude, wenn ich daran dachte, daß ich meiner Qual ein Ende machen könnte, indem ich mich in die Glimma stürzte . . .

Dann kam der Frühling, und der Mann verschwand gänzlich.

Gänzlich? Nein, nicht gänzlich, aber für den ganzen Sommer. Den nächsten Winter stellte er sich wieder ein. Nur einmal zeigte er sich, dann blieb er lange Zeit fern. Drei Jahre nach meiner ersten Begegnung mit ihm verließ ich das Nordland und blieb ein Jahr fort. Als ich zurückkehrte, war ich konfirmiert und, wie ich selber meinte, groß und erwachsen. Ich wohnte nun nicht mehr bei meinem Onkel auf dem Pfarrhof, sondern daheim bei Vater und Mutter.

Eines Abends zur Herbstzeit, als ich gerade schlafen gegangen war, legte sich eine kalte Hand auf meine Stirn. Ich schlug die Augen auf und erblickte den Mann vor mir. Er saß auf meinem Bett und blickte mich an. Ich lag nicht allein im

Zimmer, sondern mit zweien von meinen Geschwistern zusammen; aber ich rief sie trotzdem nicht. Als ich den kalten Druck gegen meine Stirn fühlte, schlug ich mit der Hand um mich und sagte: »Nein, geh weg!« Meine Geschwister fragten aus ihren Betten, mit wem ich spräche.

Als der Mann eine Weile stillgesessen hatte, fing er an, den Oberkörper hin und her zu wiegen. Dabei nahm er mehr und mehr an Größe zu, schließlich stieß er beinahe an die Decke, und da er offenbar nicht viel weiter kommen konnte, erhob er sich, entfernte sich mit lautlosen Schritten von meinem Bett, durch das Zimmer, nach dem Ofen, wo er verschwand. Ich folgte ihm die ganze Zeit mit den Augen.

Er war mir noch nie so nahe gewesen wie diesmal; ich sah ihm gerade ins Gesicht. Sein Blick war leer und erloschen, er sah zu mir hin, aber wie durch mich hindurch, weit in eine andere Welt hinein. Ich bemerkte, daß er graue Augen hatte. Er bewegte sein Gesicht nicht, und er lachte nicht. Als ich seine Hand von meiner Stirn wegschlug und sagte: »Nein, geh weg!«, zog er seine Hand langsam zurück. Während der Minuten, die er auf meinem Bett saß, blinzelte er niemals mit den Augen.

Einige Monate später, als es Winter geworden und ich wieder von Hause gereist war, hielt ich mich eine Zeitlang bei einem Kaufmann auf, dem ich im Laden und auf dem Kontor half. Hier sollte ich dem Mann zum letztenmal begegnen.

Ich gehe eines Abends auf mein Zimmer hinauf, zünde die Lampe an und entkleide mich. Ich will wie gewöhnlich meine Schuhe für das Mädchen hinaussetzen, ich nehme die Schuhe in die Hand und öffne die Tür.

Da steht er auf dem Gang, dicht vor mir, der rotbärtige Mann.

Ich weiß, daß Leute im Nebenzimmer sind, daher bin ich nicht bange. Ich murmele: »Bist du schon wieder da!« Gleich darauf öffnet der Mann seinen großen Mund wieder und fängt an zu lachen. Dies macht keinen erschreckenden Eindruck mehr auf mich; und diesmal merke ich: der fehlende Zahn ist wieder da!

Er war vielleicht von irgend jemand in die Erde hineingesteckt worden. Oder er war in diesen Jahren zerbröckelt, hatte sich in Staub aufgelöst und mit dem übrigen Staub vereint, von dem er getrennt gewesen war. Gott allein weiß das.

Der Mann schloß seinen Mund wieder, während ich noch in der Tür stand, wandte sich um, ging die Treppe hinab und verschwand.

Seither habe ich ihn nie wieder gesehen. Und es sind jetzt viele Jahre vergangen.

Dieser Mann, dieser rotbärtige Bote aus dem Lande des Todes, hat mir durch das unbeschreibliche Grauen, das er in mein Kinderleben gebracht, sehr viel Schaden zugefügt. Ich habe mehr als eine Vision gehabt, mehr als eine seltsame Begegnung mit dem Unerklärbaren – nichts aber hat mich so tief bewegt wie dies.

Und doch hat er mir vielleicht nicht nur Schaden zugefügt – dieser Gedanke ist mir oft gekommen. Vielleicht ist er eine der ersten Ursachen gewesen, daß ich gelernt habe, die Zähne zusammenzubeißen und mich zu bezwingen. In meinem späteren Leben habe ich hin und wieder Verwendung dafür gehabt.

Selma Lagerlöf
Die Geisterhand

Gerade als es ein Uhr schlug, kam jemand und klingelte an der Glocke des Doktors. Das erste Läuten hatte keinen Erfolg, aber als das zweite und dritte Läuten verrieten, daß es unerschütterlicher Ernst war, kam Doktors Karin durch die Küchentür, um zu sehen, was es gebe. Und als Karin eine Weile unterhandelt hatte, mußte sie sich darein finden, den Doktor zu wecken. Sie klopfte an die Schlafzimmertür.

»Es ist jemand da von der Braut vom Herrn Doktor. Der Herr Doktor muß hin.«

»Ist sie krank?« ertönte es von drinnen.

»Sie wissen nicht, was ihr fehlt. Sie glauben, daß sie etwas ›gesehen‹ hat.«

»Ja, ich lasse grüßen und komme.«

Der Doktor fragte nicht weiter. Er liebte es nicht, das Mägdegeschwätz über seine Braut zu hören.

Eine wunderliche Sache ist's mit diesem Aberglauben, dachte er, während er sich ankleidete. Nun liegt doch das Haus mitten in der Stadt, nicht das geringste Romantische daran. Ein ganz gewöhnliches, häßliches, altes Haus, eingerichtet wie alle andern in dem Viertel. Aber der Geisterspuk nistet sich dort fest.

Wenn es noch in einem finstern Gäßchen läge oder ein wenig außerhalb der Stadt in irgendeinem verwilderten Garten, wo unheimliche alte Bäume die Fensterscheiben peitschten, in solch einer stürmischen Winternacht! Aber mit der Kirche und der Sparkasse und der Kaserne und der Zuckerfabrik ganz in der Nähe! Sollte man nicht glauben, daß die Zuckerfabrik mit allem ihrem Rasseln und Kochen und den großen glühenden Dampfkesseln es dem Gespenst unbehaglich machen müßte. Aber nein – durchaus nicht.

Auf seine Weise konnte das Gespenst Bewunderung verdienen. Es hatte Energie, unglaubliche Energie und die Fähigkeit, sich im Bewußtsein der Leute zu erhalten. Man gab wohl zu, daß es sich jetzt etwa zwanzig Jahre nicht hatte sehen lassen, seit die Fräulein Burmann in die Geisterzimmer gezogen waren. Aber hatte jemand es vergessen? Das zeigte sich ja jetzt: bloß weil Ellen ganz plötzlich krank geworden war, mußte es gleich heißen, sie hätte etwas gesehen.

Daß sie sich vor etwas erschreckt hätte, ja, das war wohl nicht unmöglich. Sie war wie prädestiniert, Gespenster zu sehen, weil sie ihr ganzes Leben mit den zwei nervösen, alten Tanten verbracht hatte. Und daß es ein Gespenst im Hause gab, hatte sie wohl immer gehört und geglaubt. Von Kindheit auf war ihre Phantasie durch das alles aufgereizt.

Als er das erstemal auf Krankenbesuch bei den Tanten gewesen war, hatte sie ihm gleichsam triumphierend gesagt: »Hier ist das Geisterzimmer«, in einem Ton, als zeige sie eine Familienkostbarkeit. »Sehen Sie, Herr Doktor, es geht nicht an, in diesem Zimmer Karten zu spielen.«

»Ach, warum nicht?«

»Ja, wenn einer der Spielenden den geringsten Fehler macht, den allerunbedeutendsten Kniff, da kommt eine Hand und legt sich neben ihm auf den Spieltisch.«

»Was für eine Hand?«

»Eine alte, häßliche Hand mit schweren Diamantringen auf den krummen Fingern und mit echten Spitzen ums Handgelenk.«

»Nun, und dann?«

»Ja, man sieht nichts als die Hand.«

»Aber woher kommt das?«

»Das weiß niemand, sie hat sich immer hier gezeigt.«

Sie hatte das sehr keck erzählt; aber wer konnte wissen, wer konnte wissen? Sie glaubte wohl an den Spuk.

»So kommt sie, sehen Sie, Herr Doktor, kommt die Tischkante heraufgeschlichen, dicht neben dem, der spielt. Hu, und dann weist sie mit einem großen, gekrümmten Finger auf eine der Karten! Sie hat Nägel wie Klauen, gekrümmt und spitzig.«

Nein wirklich, daran glauben konnte sie doch wohl nicht. Sie hatte ja gerade das Gespensterzimmer zu ihrem Zimmer erwählt . . .

Der Doktor jagte an der großen Zuckerfabrik vorüber, wo die Arbeit die ganze Nacht fortging, und gelangte über die hohe Steintreppe in das Haus.

Gott erbarme sich, auch er war nahe daran, zu erschrecken. Im Stiegenhaus stand eine lange Gestalt, ganz in einen schwarzen Schal eingerollt. Tante Malin war selbst heruntergekommen, um ihm die Stiege hinaufzuleuchten.

»Wie geht es Ellen?« fragte der Doktor.

»Wie gut von dir, daß du so rasch gekommen bist«, sagte Tante Malin. »Ich weiß nicht, was sie hat. Du mußt kommen und selbst sehen.«

Sie sprang beinahe die Stiegen hinauf, so alt sie war. Der Doktor bekam erst jetzt den lebendigen Eindruck, daß wirklich Gefahr im Verzuge wäre.

Ärgerlich, wenn nun jetzt etwas dazwischen kommen sollte mit dem kleinen Mädchen dort oben, das er sich zur Frau gewählt hatte! Er hatte in seinem ganzen Leben keine gesehen, die ihm besser gepaßt hätte. Recht schön, und keine andern Verwandten als die zwei alten Tanten, und natürlich streng erzogen, ans Heim gewöhnt, tüchtig im Häuslichen, friedfertig.

Als sie ins Vorzimmer kamen, wendete sich Tante Malin wieder an ihn.

»Wir erwachten mitten in der Nacht davon, daß sie so furchtbar schrie, und wir haben sie seitdem nicht beruhigen können. Wir wußten uns keinen andern Rat, als dich holen zu lassen.«

Sie öffnete die Tür zu Ellens Zimmer, steckte den Kopf hinein und sagte, daß er gekommen sei. Gleich darauf wurde er eingelassen.

Drinnen war es so hell, daß er im ersten Augenblick kaum etwas sehen konnte. Sie hatten wohl alles hereingebracht, was es in der Wohnung an Lampen und Leuchtern gab. In dieser Beleuchtung wurde es einem klar, daß dies einst, in den Glanzzeiten des Hauses, der Festsaal gewesen war.

Also hier hatten sie an den Spieltischen gesessen, und gerade da hatte die Gespensterhand sich gezeigt. Das mußte einen Schrecken und einen Aufstand gegeben haben! Man brauchte nur seine Braut anzuschauen, um zu wissen, wie sie ausgesehen haben mochten. Sie saß mitten im Zimmer in einem großen Lehnstuhl, sie hielt sich ganz aufrecht, sah sich mit wunderlich wandernden Blicken um, war bleich, von einer richtigen Totenfarbe, ihre Zähne schlugen aufeinander, und sie bebte.

Der Lehnstuhl war mitten ins Zimmer gerückt. Es war einer mit freien Füßen. Kein Möbel stand in der Nähe, nichts konnte darunter verborgen liegen und plötzlich hervorkriechen.

Sie achtete nicht auf die, die hereinkamen. Sie hielt jetzt die Augen fest, ganz fest auf den Schatten des Schrankes geheftet, der sich gegen die Ecke des Kachelofens streckte. Sie hatte den Schatten wohl im Verdacht, daß er ihr irgendeinen häßlichen

Streich spielen wolle. Sie zog die Röcke an sich, wie um bereit zu sein, zu fliehen, wenn der Schatten sich verdichtete und sich als etwas entpuppte, vielleicht als eine große Hand mit Fingern und Klauen. Der Doktor rückte also in aller Eile eine Lampe hinüber, so daß ihr Licht in die Ecke fiel. Sie sank wieder in den Stuhl.

Nun kam Tante Berta und stattete denselben Rapport ab wie Tante Malin.

»Wir erwachten davon, daß sie schrie, als wäre sie wahnsinnig geworden, und so ist sie dann die ganze Zeit gewesen. Sie will nur Licht haben, immer mehr Licht. Was, glaubst du, kann das sein?«

»Ein Schrecken, nichts als ein Schrecken«, flüsterte der Doktor.

So, nun waren ihre Blicke bemüht, sich hinter eine Gardine einzubohren. Er ging einmal ums Zimmer. Es konnte ja möglich sein, daß er entdeckte, was sie erschreckt hatte. Auf dem Schreibtisch lag ein tintenbekleckstes Briefpapier. Sie hatte etwas zu schreiben begonnen, aber die Feder war ihr aus der Hand gefallen und übers Papier gerollt. Ein Billett, das er ihr spät abends geschickt hatte, um zu fragen, ob sie und die Tanten am nächsten Tag einen Ausflug mit ihm machen wollten, lag dicht daneben.

Es war offenbar, daß sie sich an den Schreibtisch gesetzt hatte, um ihm zu antworten. Sie hatte eben »Mein gel . . .« geschrieben. Dann war sie erschrocken und hatte die Feder fallen lassen.

Der Doktor fühlte, wie die Blicke der Tanten ihm folgten. Sie wunderten sich wohl, daß er kein Wort zu Ellen sagte. Das erste, was er tun mußte, war, alle aus dem Zimmer zu bringen, sowohl Tante Malin als auch Tante Berta und das Hausmädchen, damit sie den Schrecken nicht in ihr wach erhielten.

»Ich glaube, sie wird mir schon alles erzählen, wenn ich allein mit ihr sprechen kann«, sagte er und hatte rasch das Zimmer ausgeräumt.

Er zog einen Sessel heran und setzte sich neben sie.

Sie gestand mit einem Male, daß sie ihn nicht lieb hätte. Sie hätte ihn gern heiraten wollen, aber bloß, um von daheim wegzukommen.

Hätte es sich nicht um ihn selbst gehandelt, er hätte darüber lachen können, wie dieses Kind sich nach einem Mann gesehnt hatte. Nach dem ersten besten. Sie war so fest entschlossen, fortzukommen. Es war der Tanten wegen. Zwar waren die ja sehr gut gegen sie gewesen und wußten selbst nicht, wie sie sie quälten.

Sie sah ihn mit verzweifelten Augen an und bettelte gleichsam, er möchte sie doch verstehen und für sie fühlen. Er wußte ja, wie die Tanten waren, er hatte sie ja viele Jahre hindurch behandelt. Sie waren so eigen, so eigen, so voll fixer Ideen und Beängstigungen. Tante Malin erwartete immer eine Feuersbrunst, Tante Berta glaubte immer, daß sie auf der Straße überfahren werden würde. Er wußte, wie sie waren. Und wenn sie, Ellen, weiter bei ihnen bliebe, würde sie ebenso wunderlich werden.

Aber sie wollte ein ordentlicher Mensch werden. Und sie hatte die Tanten gebeten, fortgehen und arbeiten zu dürfen. Das hatten die natürlich nicht erlauben wollen. Da könnte er doch begreifen, daß ihr nichts andres übrig geblieben wäre, als zu heiraten.

Der Doktor konnte es nicht lassen, sie zu fragen, ob sie bei einer Verheiratung mit jemand, aus dem sie sich nichts machte, nicht gefürchtet hätte, ein noch ärgeres Leben führen zu müssen als hier bei den Tanten.

Ach nein, ärger könnte es wohl nie sein. Ein Mann wäre wenigstens manchmal fort. Die Tanten seien den ganzen Tag zu Hause.

Nun, da sie schon so offenherzig wäre – ob es ihr nie in den Sinn gekommen sei, ihn lieb zu haben? Sie schüttelte den Kopf; das war etwas, was ganz außerhalb des Denkbaren lag. Und warum? Ob er zu häßlich sei? Nein; sie schlug beteuernd die Augen auf. Ob er langweilig sei? Sie machte eine abwehrende Handbewegung. Was für ein Fehler also an ihm wäre? Er sei zu kalt. Ja so, er war zu kalt.

Der Doktor machte ein paar Schritte durchs Zimmer. Das war doch unglaublich, daß ein solches Kind da herumgegangen war und etwas Derartiges zusammengebraut hatte. Hatte sich von ihm küssen lassen, ohne eine Spur von Neigung für ihn zu empfinden. Und sie hatte ihre Rolle gar nicht schlecht gespielt. Er war der Betrogne gewesen. Und daß er so unsympathisch sein sollte, daß ein junges Mädchen gar nicht daran denken könnte, ihm gut zu sein ...!

Aber natürlich hatte sie bei den beiden Alten ein elendes Leben geführt. Er konnte schon begreifen, daß ihr viel daran gelegen hatte, sich zu verheiraten. Das war ihr wohl wie eine

Erlösung fürs ganze Leben gewesen. Sie legte ihr Bekenntnis ab, ohne irgendein Erbarmen zu zeigen. Es fiel ihr gar nicht ein, daß sie ihn verletzte. Sie mußte wohl glauben, daß er gepanzert sei, ganz eisenhart.

Ihre Stimme erhob sich plötzlich zu einem Schrei. »Du weißt ja«, sagte sie, »daß alle, die falsch spielen, in diesem Zimmer hier die Hand sehen. Ich habe sie gesehen. Ich saß dort, dort.« Und sie wendete sich heftig zum Schreibtisch. »Dort hab ich sie gesehen.«

»Glaubst du nicht, daß ich sie gesehen habe?« fuhr sie fort und bohrte ihre Augen in ihn, als wolle sie die Wahrheit hervorzwingen.

»Laß mich hören, wie es war«, sagte er beruhigend.

»Ja, du weißt doch, daß du mir am Abend geschrieben hattest, und ich wollte die Antwort schreiben, bevor ich mich niederlegte. Aber als ich mich an den Schreibtisch setzte, wurde ich unruhig und saß lange da und dachte, denn ich wußte nicht, wie ich die Überschrift schreiben sollte. Ich mußte ja ›geliebter‹ schreiben, aber das kam mir nicht recht vor. Es war das erstemal, daß ich an dich schrieb. Ich fand, daß es schrecklich war, etwas zu schreiben, was nicht wahr war – aber schließlich schien es mir, daß ich nicht weniger schreiben könnte.«

»Ist ein so großer Unterschied zwischen dem, was man schreibt, und dem, was man sagt?«

»Du hattest mich nicht gefragt, ob ich dich liebte, nur ob ich deine Frau werden wollte . . .«

»Ah so!«

»Aber da, in demselben Augenblick, in demselben Augenblick, als ich begonnen hatte, das Wort zu schreiben, war die Hand da. Sie kam über die Tischkante heraufgeglitten, und ich glaube, ich saß da und starrte sie ein paar Sekunden an, bevor ich begriff, was es war. Ich schrie nicht gleich. Ich konnte gleichsam nicht verstehen, daß es etwas Übernatürliches war. Aber da legte sie sich über das Papier und zeigte mit den gekrümmten Fingern auf das Wort da. Ich glaube, sie war froh, sie zitterte förmlich vor Freude. Es war, als wolle sie die Buchstaben an sich scharren – es war falsches Spiel. Da wollte sie mit dabei sein.

Sie kam gekrochen, auf den gelben Fingern, wie eine große Spinne. Gerade, als hätte sie Eile. Es war so lange her, seit sie Anlaß gehabt hatte, hervorzukommen. Nun mußte sie sich sputen. Sie griff förmlich nach der Feder mit den feuchten, knochigen Fingern. Es war ja falsches Spiel. Da wollte sie mit dabei sein.

Ich schrie auf, als wäre es eine Schlange, und da verschwand sie, aber ich weiß nicht, ob sie nicht noch hier ist. Ich glaube, ich fühle, daß sie sich noch im Zimmer befindet. Und wenn sie wiederkommt, sterbe ich. Ich war nahe daran, zu sterben.«

»Nein, sie darf nicht wiederkommen«, sagte er tröstend.

»Ich weiß, daß ich eins tun muß«, sagte sie, »ich muß es tun, damit sie nicht wiederkommt. Aber es ist so furchtbar hart.«

Sie nahm den Verlobungsring vom Finger, steckte ihre kalte, zitternde Hand in die des Doktors und ließ den Ring zurück. Dann weinte sie in der Bitterkeit der Entsagung.

Der Doktor sagte nichts, er legte die Fingerspitzen aufeinander und ließ den Ring dazwischen hin und her gleiten.

Es wäre nicht so schwer, mit der Geisterhand fertig zu werden wie mit dem andern, meinte er. Die Hand hatte gleichsam seine Partei ergriffen, ihm ein wenig Rache verschafft. Er fühlte Sympathie für sie.

Es ist wohl mit manchen Leuten so, dachte er, daß das Gewissen in der einen oder andern Weise über sie kommt, wie sehr sie auch versuchen, es zu betrügen. Es hat seine eignen verschwiegnen Wege. Da hatte nun seine kleine Braut alles aufs beste ausgeklügelt, um ein gutes Heim zu bekommen. Bloß ein bißchen Heuchelei brauchte sie sich aufzuerlegen, und alles Glück der Welt war ihr eigen. Und da kommt das Gewissen ganz still heran und gräbt seine Mine tief unten in der Seele und sprengt endlich alle Klugheit, alle Berechnung in einem Augenblick in die Luft.

Ja ja, ja ja. Sie hatte wohl geglaubt, daß sie so ein ganzes Leben würde weiterlügen können. Hatte wohl gesehen, wie es andern geglückt war. Aber da stellt es sich heraus, daß sie aus feinerem Stoff gemacht ist. Es liegt ein Nachteil darin, einer verfeinerten Rasse von Gewissensmenschen anzugehören. Wenn man es am wenigsten erwartet, ist die Gewissenshalluzination da.

Natürlich nimmt sie dann die Form an, die am nächsten zur Hand liegt. Es war ja sonnenklar, daß das Gewissen in diesem Zimmer zu einer Geisterhand werden mußte.

Er saß noch immer da und spielte mit dem Ring und ließ ihn von einem Finger zum andern gleiten. Er fühlte etwas andres als Zorn darüber, daß er sie nicht hatte gewinnen können. Er war beinahe betrübt. Sie fing jetzt wohl an, sich seiner zu erinnern, zu denken, daß ihm ein Unrecht widerfahren sei, denn sie beugte sich hinab und küßte seine Hand. »Verzeih mir«, sagte sie.

Es war merkwürdig, wie weich sie war. Wenn sie sich darüber klar geworden war, daß sie ein Unrecht getan hatte, wußte sie gar nicht, was sie alles anfangen sollte, um es zu sühnen. Es hatte wirklich keinen Zweck, sie länger zu quälen. Er brauchte ja nur gerade heraus zu sprechen, zu sagen, daß er nicht viel besser gewesen war als sie. Räsonnement auf beiden Seiten. Die eine hatte ein Heim, der andre eine Haushälterin gesucht. Es würde sie beruhigen, das zu hören.

Er wollte ihr sagen, daß es keine so bittre Enttäuschung für ihn hatte werden können. Er war nicht so furchtbar verliebt gewesen, er auch nicht.

Ja gewiß, er hatte ja keinen Anlaß, die Qual länger hinauszuziehen. Das beste war, ein Ende zu machen. Alle zur Ruhe kommen zu lassen und morgen unverlobt zu erwachen.

Als er sich erhob, um zu gehen, traten ihm die Tränen in die Augen. Es tat ihm doch weh, sie zu verlieren. Und nun war es das, was er ihr sagte.

Er begann damit, ihr unzusammenhängende Dinge zu sagen, daß sie ein Gewissensmensch sei, daß sie der feineren Rasse von Nervenmenschen angehöre, die gerade jetzt angefangen hätten, hier und dort aufzutauchen. Sie sei ihm gerade darum teuer. Gerade um dessentwillen, was ihr in dieser Nacht widerfahren sei, fiele es ihm schwer, auf sie zu verzichten. Sie sei frei, ja, natürlich, aber wenn sie einmal könne und wolle . . .

Er sah sie erstaunt an. Quälte sie das nicht? Nein, jetzt erst verschwand die Starrheit aus ihren Zügen, und die Augen wurden ruhig. Sie saß mit halbgeöffnetem Munde und lauschte.

Wunderbar, wie viele Gesichter ein Mensch haben kann! Er hätte Ellen kaum wiedererkannt. Ruhe, friedvolle Ruhe war das Hauptmerkmal ihres Aussehens. Er war davon bezaubert worden, daß er sie immer gleich ruhig fand: eine förmliche Meisterin in der Kunst, die Tanten zu behandeln. Sie sah kaum von der Stickerei auf, wie sehr sie auch zankten. Und dann hatte er einmal gleichsam eine Offenbarung gehabt. Einmal, als er heimkam, vermeinte er eines Abends eine zarte, geneigte Gestalt im Lampenscheine am Arbeitstisch sitzen zu sehen. Er hatte ein deutliches Bild des feinen Nackens und der kleinen

Hände empfangen. Das ganze Zimmer war durch sie geschmückt. Darauf hatte er um sie angehalten.

Und jetzt! Nur bleiches Entsetzen und aufgescheuchte Wildheit. Gerade, was er nicht wollte. Eine hysterische Frau! Ah, Gott behüte, Gott behüte!

»Sag, Ellen, was hast du?«

Sie antwortete nicht.

»Mir mußt du es sagen, verstehst du?« sagte er ein bißchen streng.

Sie heftete die Augen auf ihn, es war, als blitze ein Schimmer von Hoffnung in ihnen auf.

»Du wirst ruhig werden, wenn du es sagst.«

Es war schade um ihre schönen, hellen Augen. Sie hatten auf dem, mit dem sie gesprochen hatte, immer mit einem Schimmer geruht, so still wie der der Sonne. Sie waren vielleicht glänzender jetzt. Aber das war ein Glanz, nach dem er eigentlich gar nicht fragte. Sie kämpfte heftig mit sich selbst. Sie konnte den Unterkiefer nicht still halten. Sie stopfte ein Taschentuch zwischen die Zähne, damit man nicht hörte, wie sie aufeinanderschlugen.

Endlich hörte er sie ein paar Worte sagen. Sie saß da und schlug mit der einen Hand auf die andre und dachte laut. »Ich muß es ihm sagen. Ich muß, ich muß. Sie kommt sonst wieder. Ja, sie kommt wieder.«

Dann begann sie zu sprechen, und er wurde wunderlich herabgestimmt dabei. Es glich am ehesten der Stimmung, die über einen kommt, wenn man im Frack in einem feierlichen Aufzug geht, und es kommt ein Platzregen. Man fühlt, wie man seine ganze Größe und Würde einbüßt.

Er sprach davon, wie er das Leben für sie hätte ordnen wollen, sprach davon, wie er sich nach ihr gesehnt hatte. Er sprach ganz anders davon, als er vor einer halben Stunde gesprochen hätte. Aber er sah es auch ganz anders, jetzt, da er sie verlieren sollte. Er sprach viel schöner, als er es sich zugetraut hätte. Das Zusammenleben mit einem weichen, liebenswerten Wesen, ja, gerade das Zusammenleben mit ihr, nahm sich auf einmal sehr hold für seine Phantasie aus, und er sagte es ihr.

Als er näher trat und ihr die Hand zum Abschied reichte, kamen ihm noch einmal die Tränen in die Augen. Sie war so schön, gerade jetzt, die Farbe entzündete sich wieder auf ihren Wangen, sie war wie eine frischerblühte Blume. Sie sah ebenso froh aus wie jemand, der einer Todesgefahr entronnen ist.

Der Doktor stand mit ihrer Hand in der seinen und zog seine Schlüsse so rasch wie nie zuvor.

Sie verstand sich natürlich selbst nicht, nicht im geringsten. Ah! Er schöpfte tief Atem. Alle Niedergeschlagenheit war fort. Ein jubelndes Siegesgefühl durchblitzte ihn. Nur mit einer einzigen Anstrengung hatte er sich ihre Liebe ersprochen. Sie hatte ja nur gebraucht, daß er zeigte, daß er sie lieb hatte.

Er nahm den Verlobungsring und steckte ihn ihr ruhig wieder auf den Ringfinger. »Keine Torheiten«, sagte er, als sie die Hand wegziehen wollte.

»Aber«, sagte sie. »Ich weiß nicht, ich wage nicht . . .«

»Ich wage es, ich«, sagte der Doktor, »ich war nie so, daß ich vor dem Glück davongelaufen bin.«

Er ging ins Vorzimmer hinaus, fand seinen Überrock und kam wieder herein, um seine Zigarre anzuzünden.

»Arme Kleine«, sagte er, während er ein paar Züge machte. »Bist jetzt wie gebunden und gefesselt, mich zu lieben, sollte ich meinen. Sonst kommt noch die Hand dort und preßt dir das Leben aus.«

Dino Buzzati
Der Mantel

Nach unendlichem Warten, als schon die Hoffnung zu sterben begann, kehrte Giovanni in sein Haus zurück. Es hatte noch nicht zwei Uhr geschlagen, seine Mutter räumte gerade das Geschirr ab; es war ein grauer Märztag, und Krähen flogen umher.

Unvermutet zeigte er sich plötzlich auf der Schwelle und die Mutter rief: »O Gott!«, während sie auf ihn zulief, um ihn zu umarmen. Auch Anna und Piero, die beiden sehr viel jüngeren Geschwister, begannen Freudenschreie auszustoßen. Das war nun der Monat um Monat erwartete Augenblick, der so oft schon in den süßen Träumen der Morgendämmerung aufgeleuchtet hatte und das Glück wiederbringen mußte.

Er sagte fast kein Wort, so viel Anstrengung kostete es ihn, das Weinen zurückzuhalten. Er hatte gleich den schweren Säbel auf einen Stuhl niedergelegt, auf dem Kopf trug er noch die Pelzmütze.

»Laß dich anschauen«, sagte unter Tränen die Mutter und trat ein wenig zurück, »laß sehen, wie schön du bist. Aber ganz blaß siehst du aus!«

Er war in der Tat ziemlich bleich und wie am Ende seiner Kräfte. Er nahm die Mütze ab, trat in die Mitte des Zimmers, setzte sich. Wie müd, wie müd; es schien, als mache ihm selbst das Lächeln Mühe.

»Aber nimm doch den Mantel ab, Kind«, sagte die Mutter und sah ihn an wie eine wunderbare Erscheinung, die sie fast einschüchterte; wie groß er geworden war, wie schön, wie stolz. (Wenn auch ein wenig zu bleich.) – »Nimm doch den Mantel ab, gib ihn her, merkst du nicht, wie warm es ist?«

Er tat eine brüske Bewegung der Abwehr, instinktiv, und hüllte sich fester in den Mantel, aus Angst, man könnte ihn vielleicht fortreißen.

»Nein, nein, laß mich nur«, antwortete er ausweichend, »ich möchte lieber nicht, ich muß doch sowieso bald fortgehen . . .«

»Du mußt fortgehen? Nach zwei Jahren kehrst du zurück und willst gleich wieder fortgehen?« sagte sie verzweifelt und sah schon, nach so großer Freude, die ewige Qual der Mütter von neuem beginnen:

»Mußt du gleich gehen? Und willst du denn gar nichts essen?«

»Ich habe schon gegessen, Mutter«, antwortete der Sohn mit einem guten Lächeln und sah sich um, die Vertrautheit der geliebten halbdunklen Winkel in sich aufnehmend: »Wir haben in einem Wirtshaus haltgemacht, einige Kilometer von hier ...«

»Ah, du bist nicht allein gekommen? Wer war denn mit dir? Einer deiner Regimentskameraden? Vielleicht der Sohn von der Mena?«

»Nein, nein, es war einer, den ich unterwegs getroffen habe; er wartet jetzt draußen.«

»Da draußen wartet er? Und warum hast du ihn nicht hereingebeten? Du hast ihn mitten auf der Straße gelassen? –«

Sie ging zum Fenster, und durch den Garten hindurch, jenseits des kleinen Zaunes, sah sie auf der Straße eine Gestalt, die langsam auf und ab ging; sie war tief in den Mantel gehüllt – eine schwarze Erscheinung.

Da erstand in ihrer Seele, unverständlich in den Wirbeln der unermeßlichen Freude, eine geheimnisvolle und stechende Qual.

»Lieber nicht«, antwortete er bestimmt. »Das wäre eine Belästigung, er ist nun einmal so.«

»Aber ein Glas Wein? Das können wir ihm doch bringen, nicht? Ein Glas Wein?«

»Lieber nicht, Mutter. Er ist ein wenig sonderbar, weißt du, und könnte leicht wütend werden.«

»Aber wer ist es denn? Warum hast du dich mit ihm zusammengetan? Was will er von dir?«

»Gut kenne ich ihn nicht«, sagte er langsam und schwer, »ich habe ihn während der Reise getroffen. Er ist mit mir gekommen, das ist es.«

Es schien, als wäre ihm ein anderer Gesprächsstoff lieber, es schien, als schämte er sich dessen. Und die Mutter gab, um ihm nicht zu widersprechen, dem Gespräch unvermittelt eine andere Wendung, aber schon erlosch in ihrem liebevollen Gesicht das Licht von vorhin.

»Sag mal«, sagte sie, »kannst du dir Marietta vorstellen, wenn sie erst erfährt, daß du zurückgekommen bist?! Die Freudensprünge, die sie machen wird?! Es ist doch ihretwegen, daß du wieder fortgehen wolltest, ja?«

Er lächelte nur, immer mit dem Ausdruck eines Menschen, der so gern heiter wäre und es doch nicht sein kann, weil eine geheime Last ihn drückt.

Die Mutter konnte es nicht begreifen: Warum saß er dort, fast traurig, wie an jenem fernen Tag des Aufbruchs? Nun war er doch wiedergekehrt, ein neues Leben vor sich, eine Unendlichkeit von freien Tagen ohne Gedanken, so viele schöne gemeinsame Abende, eine endlose Reihe, die sich jenseits der fernen Berge in der versöhnlichen Unermeßlichkeit zukünftiger Jahre verlor. Keine Nächte mehr voll Angst, wenn hier und da am Horizont blendender Feuerschein aufflammte und man denken konnte, daß auch er dort mittendrin sei, unbeweglich auf dem Erdboden ausgestreckt, mit durchschossener Brust zwischen den blutigen Trümmern. Er war heimgekehrt – endlich! –, größer und schöner, welche Freude für Marietta! Bald begann der Frühling, sie würden in der Kirche getraut werden, an einem schönen Sonntagmorgen, in aller Frühe, mit Glockengeläut und Blumen. Warum also stand er da, bleich und zerstreut, warum lachte er nicht mehr, warum erzählte er nicht von den Schlachten? Und der Mantel? Warum hielt er ihn immer fest um sich gewickelt bei dieser Hitze im Hause? Vielleicht weil die Uniform darunter zerrissen und schmutzig war? Aber vor der Mutter, wie konnte er sich vor der Mutter schämen? Die Sorgen schienen zu Ende, und statt dessen gleich wieder diese neue Unruhe.

Das liebe Gesicht ein wenig zur Seite geneigt, betrachtete sie ihn ängstlich, bemüht, ihn nicht zu reizen, sofort all seine Wünsche zu erraten. Oder war er vielleicht krank? Oder ganz einfach nur von den zu großen Anstrengungen erschöpft? Warum sprach er nicht, warum sah er sie nicht einmal an?

Tatsächlich schaute der Sohn kaum auf, es schien sogar, er vermeide, ihren Blicken zu begegnen, als ob er irgend etwas fürchte.

Inzwischen betrachteten ihn die beiden kleinen Geschwister stumm und mit einer neugierigen Verlegenheit.

»Giovanni«, flüsterte sie und konnte ihre innere liebevolle Bewegung nicht länger zurückhalten, »endlich bist du hier, endlich bist du hier! Warte, ich koche dir jetzt einen Kaffee.«

Sie eilte in die Küche. Und Giovanni blieb zurück mit den beiden Geschwistern, die so viel jünger waren als er. Sie hätten sich nicht einmal erkannt, wenn sie sich auf der Straße begegnet wären; welche Veränderung in dem Zeitraum von zwei Jahren! Nun sahen sie sich gegenseitig in der Stille an, ohne Worte zu finden, aber dann und wann lächelten sie alle zusammen wie nach einem alten nicht vergessenen Pakt. Und da kam auch die

Mutter wieder, da war der dampfende Kaffee mit einem schönen Stück Torte. Er leerte die Tasse in einem Zug, kaute mühsam an der Torte.

Warum? Schmeckt sie dir nicht mehr? Das war doch früher deine Lieblingstorte –, hätte ihn die Mutter gern gefragt, aber sie schwieg, um ihn nicht zu belästigen.

»Giovanni«, schlug sie ihm statt dessen vor, »willst du dein Zimmer nicht wiedersehen? Es ist ein neues Bett darin, weißt du? Ich habe die Wände weißen lassen ... Eine neue Lampe, komm und sieh dir's an ... Aber dein Mantel ... nimmst du den Mantel nicht ab? Merkst du nicht, wie warm es ist?«

Der Soldat antwortete nicht, aber er erhob sich vom Stuhl und ging zum Nebenzimmer. Seine Bewegungen waren von einer schweren Langsamkeit, als ob er gar nicht zwanzig Jahre alt wäre.

Die Mutter war vorausgelaufen, um die Fensterflügel aufzureißen. Aber nur ein graues Licht drang ein, jeglicher Heiterkeit bar.

»Wie schön«, sagte er mit matter Begeisterung, als er auf der Schwelle war, beim Anblick der neuen Möbel, der schlohweißen Gardinen, der hellen Wände, alles so frisch und sauber. Aber als die Mutter sich niederbeugte, um die ebenfalls blendend neue Bettdecke zurechtzuziehen, richtete er den Blick auf ihre zerbrechlichen Schultern, einen Blick voll namenloser Traurigkeit, den niemand sehen konnte. Anna und Piero standen hinter ihm mit leuchtenden kleinen Gesichtern und warteten auf einen großen Ausbruch von Freude und Überraschung.

Doch nichts davon.

»Wie schön! Ich danke dir, Mutter«, wiederholte er, und das war alles. Er bewegte die Augen unruhig hin und her wie einer, der den Wunsch hat, ein peinliches Gespräch zu beenden. Immer wieder aber sah er mit offenkundiger Sorge durch das Fenster auf die Gartenpforte aus grünem Holz, hinter der eine verhüllte Gestalt langsam auf und ab ging.

»Bist du zufrieden, Giovanni, bist du zufrieden?« fragte sie, ungeduldig, ihn endlich froh zu sehen.

»Oh, ja, es ist wirklich sehr schön«, antwortete der Sohn – aber warum versteifte er sich darauf, den Mantel nicht abzunehmen? – und fuhr fort, unter ungeheurer Anstrengung zu lächeln.

»Giovanni!« beschwor sie ihn endlich, »was ist dir? Was

hast du, Giovanni? Du verbirgst mir etwas. Warum willst du es mir nicht sagen?«

Er biß sich auf die Lippen, es schien, als ob ein Schluchzen sich in seiner Kehle staute.

»Mutter«, antwortete er mit leidender und beschatteter Stimme, »Mutter, ich muß jetzt gehen.«

»Du mußt gehen? Aber du kommst doch gleich wieder, nicht? Du gehst zu Marietta, nicht wahr? Sag mir die Wahrheit, du gehst zu Marietta?!« Und sie versuchte zu scherzen, obgleich sie die Pein nur immer schwerer fühlte.

»Ich weiß nicht, Mutter«, antwortete er, immer mit jenem verhaltenen, bitteren Ton; inzwischen wandte er sich zur Tür, er hatte schon die Pelzmütze wieder aufgenommen. »Ich weiß nicht, aber jetzt muß ich wirklich gehen, der dort wartet auf mich.«

»Aber später kommst du zurück, ja? Du kommst zurück? In zwei Stunden bist du wieder hier, nicht wahr? Ich werde auch Onkel Giulio und die Tante holen lassen, stell dir vor, was für ein Fest es auch für sie sein wird! Sieh zu, ein wenig vor dem Abendbrot hier zu sein!«

»Mutter«, wiederholte der Sohn, als ob er sie beschwören wollte, um Gottes willen nicht weiterzusprechen, die Qual nicht zu vergrößern, »ich muß jetzt gehen, der dort wartet auf mich, er ist schon zu geduldig gewesen.« Dann sah er sie an mit einem seelendurchdringenden Blick; im bleichen Antlitz brannten die schwarzen Augen.

Er näherte sich der Tür, die noch immer freudig erregten Geschwister drängten sich an ihn, und Piero hob einen Zipfel des Mantels auf, um zu sehen, wie der Bruder darunter bekleidet war. – »Piero, Piero, was machst du denn? Laß das sein, Piero«, rief die Mutter, voll Furcht, Giovanni könnte sich aufregen.

»Nicht, nicht!« rief auch wirklich der Soldat, als er die Bewegung des Knaben bemerkte. Aber es war schon zu spät. Die beiden Zipfel aus blauem Stoff hatten sich einen Augenblick geöffnet.

»O Giovanni, mein Kind, was hat man dir getan?« stammelte die Mutter und schlug die Hände vors Gesicht. »Aber das ist ja Blut!«

»Ich muß gehen, Mutter«, wiederholte er zum zweitenmal mit einer verzweifelten Entschlossenheit. »Ich hab ihn schon genug warten lassen. Ade, Anna, Ade Piero, Lebwohl Mutter.«

Er war schon an der Tür. Und trat hinaus wie vom Wind getragen.

Er durchquerte fast laufend den Garten, öffnete die Pforte, zwei Pferde stoben im Galopp davon unter dem grauen Himmel. Aber nicht dem Ort zu, sondern über die Wiesen nach Norden, in Richtung der Berge. Sie galoppierten, sie galoppierten.

Da endlich begriff die Mutter; eine unendliche Leere, die auszufüllen auch Jahrhunderte nie und nimmer ausgereicht hätten, öffnete sich in ihrem Herzen. Sie begriff die Geschichte mit dem Mantel, die Trauer des Sohnes, und vor allem, wer das geheimnisvolle Wesen war, das wartend in der Straße auf und ab schritt, jene finstere, schon zu geduldige Gestalt. Wie erbarmungsvoll, wie geduldig, Giovanni zu begleiten in sein altes Heim – bevor er ihn für immer mit sich führte –, damit er von der Mutter Abschied nehmen könne; und mehrere Minuten so zu warten vor der Pforte, zu Fuß, er, Herr der Welt, mitten im Staub, wie ein elender Bettler.

Arthur Quiller-Couch
Das Händepaar

»Jaja«, sagte Miß Le Petyt, starrte in das Feuer des offenen Kamins und legte die Hände samt Strickzeug einen Augenblick müßig in den Schoß. »Jawohl, ich habe schon ein Gespenst gesehen. Und nicht nur das: Ich habe mit ihm eine ziemlich lange Zeit im gleichen Haus gewohnt.«

»Wie konntest du nur –!« fiel ihr zuerst die eine Tochter meines Gastgebers ins Wort, und »Was, du, Tante Emily?« rief fast gleichzeitig die andere.

Miß Le Petyt, die gute Seele, wandte die Augen vom Kamin ab und wehrte sich mit einem lustigen Schmunzeln. »Ja, meine Lieben, ein ganz so großer Hasenfuß, wie ihr denkt, bin ich nun auch wieder nicht. Und außerdem war mein Gespenstchen das harmloseste von der Welt. Eigentlich« – und nun schaute sie wieder ins Feuer – »tut es mir richtig leid, daß sie nicht mehr da ist.«

»Auch noch eine Frau also? Meiner Ansicht nach«, sagte Miß Blanche, »sind weibliche Gespenster die allerekelhaftesten. Sie haben Schühchen an mit hohen, roten Absätzen, klappern damit durchs Haus und ringen die Hände.«

»Meines hat zwar auch die Hände gerungen. Aber von roten, hohen Absätzen weiß ich nichts, denn ich habe nie seine Füßchen gesehen. Vielleicht hatte es wie die Königin von Spanien überhaupt keine. Und was die Hände angeht, so kommt es ganz darauf an, *wie* man sie ringt. In Knightsbridge zum Beispiel gibt es einen älteren Ladenaufseher, der –«

»Werde bitte jetzt nicht prosaisch; du weißt doch ganz genau, daß wir demnächst platzen vor Neugierde auf das Gespenst!«

Miß Le Petyt wandte sich mir zu mit einem abwehrenden Lächeln. »Ist doch nur ganz klein.«

»Was: die Geschichte oder das Gespenst?«

»Beides.«

Und dann erzählte Miß Le Petyt:

Es war damals, als ich drunten in Cornwall wohnte, in Tresillack an der Südküste. Tresillack war der Name des Hauses, das ganz allein am oberen Ende eines Tälchens stand. Man konnte die See rauschen hören, aber nicht sehen; denn obwohl es sich gegen die Küste öffnete, hatte es doch so ein halbes Dutzend Windungen, die dem Haus die Sicht nahmen; ›abgeschiedene Lage‹ hieß es in der Anzeige. Ich war sehr arm damals. Euer Vater und wir alle waren damals so arm, wie ihr ganz bestimmt nie sein werdet. Aber ich war ja jung genug, also romantisch, und auch klug genug, um Unabhängigkeit zu schätzen, und so hat's mir das Wort ›abgeschieden‹ angetan.

Das Dumme daran war nur, daß auch schon frühere Bewohner davon angetan waren oder diese Abgeschiedenheit wenigstens ihren Zwecken entgegenkam. Ihr kennt ja wohl die Art von Leuten, die auf dem Land abgelegene Häuser mieten? Sie mögen zwar im einzelnen verschieden sein, aber daß sie überall unbeliebt sind, haben sie gemein. Kein Mensch weiß, woher sie kommen, obwohl sie bald alle Zweifel beseitigen, worauf sie hinauswollen, wie man so sagt. ›Dunkle Existenzen‹ ist das übliche Wort, nicht wahr? Nun, die früheren Bewohner von Tresillack waren von A bis Z Leute, aus denen man nicht klug wurde, und reichlich ›dunkel‹.

Davon wußte ich natürlich nichts, als ich mich beim Besitzer als Interessentin meldete. Dieser war ein stämmiger Bauer und hatte am Ausgang des Tälchens seinen Hof, der auf einer Klippe lag, von wo aus man die Steilküste überblicken konnte. Ich stellte mich ihm unbefangen als alleinstehende Dame aus guter Familie vor mit bescheidenem, aber gesichertem Einkommen, die beabsichtigte, mit Anstand und Sparsamkeit sich aufs Land zurückzuziehen. Er erwiderte mein Anliegen einigermaßen höflich, aber mit einem Argwohn im Blick, der mich beleidigte. Das machte ihn mir unsympathisch; später fand ich mich damit ab, indem ich dies als einen allgemeinen, unangenehmen Charakterzug der Bewohner dort unten ansah. Aber darin irrte ich mich gleich zweimal. Hosking – so hieß der Bauer – war zwar etwas schwer von Begriff, aber ein grundanständiger Kerl, der sich weidlich abrackern mußte; und gastfreundlichere Leute als die dort an der Küste findet man nicht so leicht wieder. Er war ein mehrfach gebranntes Kind – daher scheute er das Feuer und war vorsichtig. Hätte ich damals schon gewußt, was ich später über Hoskings Leiden als Besitzer eines ›abgeschiedenen‹ Häuschens auf dem Lande erfuhr, ich hätte mit geziemender Ehrerbietung bei ihm vorgesprochen und bei dem Gedanken gezittert, daß ich mich unterfing, eine leuchtende Ausnahme in der langen Kette seiner schmerzlichen Erfahrungen bilden zu wollen. Zwanzig Jahre zuvor hatte er das Anwesen in Tresillack gekauft – ich nehme an, auf Hypothek –, denn das Gelände grenzte an sein eigenes an und würde, so meinte er wohl, die Tilgungsraten abwerfen. Aber statt dessen brachte ihm das Haus nur Ärger und schlaflose Nächte ein; schon von Anfang an war das so.

»Ja, bitte, Fräulein, Sie können sich's gern mal ansehen; 's ist ganz hübsch, von innen und von außen. Schlüssel brauchen Sie keine, denn es ist eine Hausmeisterin dort, eine Witfrau, die wird Ihnen alles zeigen. Wenn's Ihnen recht ist, begleite ich Sie bis oben ans Tal, dann können Sie nicht mehr fehlen.« Als ich ihm dankte, hielt er einen Augenblick inne und rieb sich das Kinn. »Ich muß Ihnen allerdings noch etwas sagen: wer das Haus mietet, muß auch Mrs. Carkeek übernehmen.«

»Mrs. Carkeek?« fragte ich mißtrauisch. »Ist das die Hausmeisterin?«

»Ja; sie war die Frau meines verstorbenen Knechts. Es tut mir leid«, fügte er hinzu, da mein Gesicht keinen Zweifel darüber ließ, was für eine Frau ich mir unter Mrs. Carkeek vorstellte; »aber ich habe diese Maßnahme ergreifen müssen, nachdem – nachdem so allerhand vorgefallen war. Und ich glaube sicher, daß Sie sie gar nicht so übel finden werden. Mary Carkeek ist eine vernünftige, umgängliche Frau, die sich im Haushalt auskennt. Sie war schon hier bei Baron Kendall in Stellung, der dann verkaufte und fortging. Es ist noch ihre erste Stelle.«

»Ich kann mir das Haus ja mal ansehen«, sagte ich niedergeschlagen. Wir machten uns auf den Weg, das kleine Tal aufwärts. Der Weg, der neben einem geschwätzigen Bächlein einherlief, war größtenteils ziemlich schmal, und Hosking ging voran und bog die Brombeerzweige zur Seite. Aber immer, wenn der Weg breit genug war, daß man nebeneinander gehen konnte, schloß ich auf und versuchte dann und wann einen schüchternen, neugierigen Blick auf seine Augen unter den struppigen Brauen zu werfen. Obwohl er es nicht an Höflichkeit fehlen ließ, war es mir klar, daß er von mir keine hohe Meinung haben konnte oder daß ich auch nur von weitem der Vorstellung entsprach, die er von einem Mieter seines ›Landhauses in abgeschiedener Lage‹ hatte.

Ich weiß nicht, wo ich den blödsinnigen Gedanken plötzlich herhatte, aber ungefähr auf halbem Wege blieb ich stehen und fragte:

»Es sind doch nicht etwa Gespenster dort?«

Kaum war mir das Wort entfahren, da kam es mir auch schon entsetzlich dumm vor; er aber nahm es ganz ernsthaft auf.

»Nein; von *Gespenstern* habe ich noch nie etwas gehört.« (Er betonte das Wort ganz eigenartig.) »Mit dem Personal hat es nie richtig geklappt, und die Dienstmädchen reden ja viel. Aber Mary Carkeek ist dort oben allein und scheint ganz zufrieden damit zu sein.«

Wir gingen weiter. Beiläufig deutete er mit seinem Stock nach vorne und sagte: »Sieht nicht gerade nach Gespenstern aus, oder?«

Damit hatte er allerdings recht. Über einer verwilderten Baumwiese erhob sich eine Stufe im Gelände, mit Weißdornbüschen bewachsen, und über dieser wiederum eine gemauerte Terrasse, auf der das hübscheste Landhäuschen stand, das ich je gesehen hatte: lang, und niedrig, und mit einem Strohdach. Eine breite Veranda zog sich die ganze Längsseite entlang. Klematis, Schlingrosen und Geißblatt rankten sich an den Pfosten empor; große Blüten der ›Marschall Neill‹ zogen sich dem Dach entlang unter den Dachgauben hin. Das Haus konnte mit seinem aparten Aussehen und seiner Lage jedem Mieter Ehre machen. Es hatte, wie man damals gesagt hätte, ›Stil‹. Am liebsten hätte ich vor Freude in die Hände geklatscht.

Mein Entzücken steigerte sich noch, als uns Mrs. Carkeek die Tür öffnete. Ich hatte irgendeine Xanthippe erwartet und sah mich nun einer gesund aussehenden Frau in mittleren Jahren gegenüber, mit einem besorgten, aber zufriedenen Gesicht und einem Lächeln, das, ohne jede Spur von Unterwürfigkeit, der Beschreibung des Bauern recht gab. Sie war eine behäbige Frau; und während wir miteinander durch die Räume gingen (Hosking wartete solange draußen), schloß ich Mrs. Carkeek in mein Herz. Sie sprach ohne Umschweife und vernünftig; die Zimmer waren trotz des etwas verblichenen Mobiliars hell und freundlich und blitzsauber; und irgendwie fühlte ich mich schon allein in der Atmosphäre des Hauses heimisch und geborgen; es heimelte mich an und strahlte etwas wie Liebe aus. – Ihr braucht gar nicht zu lachen, denn am Schluß der Geschichte werdet ihr dies nicht mehr lächerlich finden.

Ich trat auf die Veranda hinaus, und Hosking steckte sein Gartenmesser in die Tasche, mit dem er einen Jasminstrauch ausgelichtet hatte.

»So schön hätte ich es mir nicht im Traum vorgestellt«, sagte ich.

»Das sagt man besser nicht vor dem Feilschen, mit Verlaub.«

Er nützte allerdings meine Äußerung nicht aus; und während wir talwärts zu seinem Hof zurückkehrten, wurden wir uns handelseinig. Dort wartete schon die Droschke, die mich in den Marktflecken zurückbringen sollte. Ursprünglich hatte ich vorgehabt, für mich selbst noch ein Mädchen einzustellen, aber nun kam mir der Gedanke, daß ich wohl auch mit Mrs. Carkeek allein auskommen könnte. Auch das wurde im Lauf der nächsten Tage abgemacht, und noch in derselben Woche war ich in mein neues Heim eingezogen.

Ich kann euch kaum beschreiben, wie glücklich ich während des ersten Monats in Tresillack war; denn wenn ich auch alle Gründe dafür anführte, so bliebe doch ein Rest, den ich mir nicht erklären kann. Ich war noch ziemlich jung und kerngesund; ich fühlte mich unabhängig und unternehmungslustig; es war Hochsommer, herrlichstes Wetter, der Garten stand in seiner ganzen Junipracht und war doch verwildert genug, um mich beschäftigt zu halten, in mir einen kräftigen Appetit zu wecken und mir den Schlaf zu schenken, der von den Gerüchen der Erde kommt. Die meiste Zeit war ich im Freien, und abends schloß ich mein Tagewerk mit einem Spaziergang ab, der mich das Tälchen hinunter, ein Stück die Küste entlang und dann wieder zurück führte.

Bald hatte ich herausgefunden, daß ich ohne Bedenken die ganze Arbeit im Haus Mrs. Carkeek überlassen konnte. Sie redete nicht viel, was eigentlich ihr einziger Fehler war – eine Seltenheit bei Hausmeisterinnen! Und selbst dann, wenn ich ihr etwas sagte, schien sie außerstande zu sein, richtig zuzuhören. Aber sie hat dennoch nie etwas vergessen, und ich bin in meinem ganzen Leben nie so gut versorgt gewesen.

Ja, darauf wollte ich also hinaus; darum geht es sozusagen. Es waren nicht nur allezeit die Zimmer gefegt und abgestaubt und die Mahlzeiten auf die Minute fertig. Sondern irgendwie, in hundert Kleinigkeiten, schien diese Sauberkeit und Vorbereitung meine geheimsten Wünsche zu erraten. Wenn ich mir wünschte, die Rosen in der Schale auf dem Eßtisch sollten wieder einmal durch frische ersetzt werden, konnte ich sicher sein, daß dies bis zur nächsten Mahlzeit geschehen war. Mrs. Carkeek mußte wohl einen Blick von mir erhascht und verstanden haben – so erklärte ich es mir. Und doch konnte ich mich nicht erinnern, in ihrer Gegenwart die Blumenschale angesehen zu haben. Und überhaupt, wie konnte sie nur genau *die* Rosen, *die* Form und *die* Farbe erraten haben, welche mir selbst nur unklar vorgeschwebt hatte? Nicht wahr, das soll jetzt nur ein Beispiel von vielen sein. Jeden Tag, von morgens bis abends, geschahen mir solche Dinge – Nebensächlichkeiten, mögt ihr sagen, aber zusammen zeugten sie doch von einer Bedienung, die so feinfühlig wie unaufdringlich war.

Wie ihr wißt, habe ich einen leichten Schlaf und dazu die unangenehme Angewohnheit, mit der Sonne aufzuwachen und schon früh auf den Beinen zu sein. Aber ich konnte so früh aufstehen wie ich wollte: Mrs. Carkeek schien noch früher auf dem Plan zu sein. Schließlich konnte ich es mir nicht anders erklären, als daß sie aufstand und saubermachte, sobald sie mich mit Sicherheit im Bett wähnte. Einmal nun fand ich das Wohnzimmer, in dem ich noch bis spät in die Nacht hinein gesessen hatte, morgens um vier schon aufgeräumt, und von einem Teller mit Himbeeren, die ich nach dem Essen noch dorthin gebracht und über Nacht stehengelassen hatte, war keine Spur zu finden. Da beschloß ich der Sache nachzugehen, begab mich in die Küche und rief ihren Namen. Die Küche war zwar sauber in Ordnung gebracht und das Feuer im Herd hergerichtet, aber von Mrs. Carkeek war nichts zu sehen. Ich ging die Treppe hinauf und klopfte an ihre Tür. Nach dem zweiten Versuch war eine schläfrige Stimme zu vernehmen, und alsbald stand die gute Frau in ihrem Nachthemd vor mir, ganz verstört.

»Nein«, sagte ich, »es ist kein Einbrecher. Aber ich habe herausbekommen, was ich wissen wollte, nämlich daß Sie Ihre Vormittagsarbeit in der Nacht erledigen. Sie dürfen aber ja nicht damit auf mich warten, wenn es mir einmal einfällt, länger aufzubleiben. So, nun gehen Sie wieder ins Bett; ich will indessen an den Strand hinunterlaufen.«

Blinzelnd stand sie im Dunkeln da. Ihr Gesicht war immer noch kreideweiß.

»Ach, gnä' Frau«, brachte sie hervor, »Sie müssen doch etwas gesehen haben!«

»Allerdings; aber weder Einbrecher noch Gespenster.«

»Gott sei Dank!« hörte ich sie sagen, als sie, schon wieder in ihrem grauen Nordzimmer, mir den Rücken zukehrte. Ich hielt dies für eine fromme Redensart, die ihr entschlüpft war, ging nach unten und dachte nicht mehr daran.

Einige Tage später ging mir ein Licht auf.

Der Grundriß des Hauses – ich muß ihn erwähnen – war die Einfachheit selbst. Wenn man durch die Haustür die Diele betrat, ging es links ins Eß- und rechts ins Wohnzimmer, hinter dem dann noch ein kleines Toilettenzimmer lag. Geradeaus befand sich das Fußende der Treppe, daneben eine Glastür, hinter der sich zwei weitere Türen zeigten: links die zur Küche, rechts die zu einem Gang, der an einem Vorratsschrank unter der Treppenbiegung vorbei zu einer kleinen Anrichte führte, welche außer den üblichen Geschirr-Regalen unter dem Fenster an der Nordseite auch noch ein Porzellanwaschbecken und einen Wasserhahn aus Messing aufwies. Am ersten Vormittag nach meinem Einzug hatte ich diesen Raum besichtigt und den Hahn aufgedreht, aus dem aber dann kein Wasser kam. Ich nahm an, daß dies irgendeinen harmlosen Grund hatte; denn Mrs. Carkeek mußte ja das Geschirr und die Gläser abwaschen und würde sich bestimmt melden, wenn mit der Wasserleitung etwas nicht in Ordnung wäre.

Aber am Tag nach meiner nächtlichen Visitation – so nannte ich es – hatte ich einen Korb voll Rosen geschnitten und sie in die Anrichte gebracht, die mir der geeignete Ort zu sein schien, sie zu arrangieren. Ich suchte eine Porzellanvase aus und ging zum Hahn, um sie zu füllen. Und wieder lief kein Wasser.

Ich rief Mrs. Carkeek. »Was ist denn mit dem Wasserhahn da los?« fragte ich. »Im übrigen Haus läuft doch überall das Wasser.«

»Ich weiß es nicht, gnä' Frau. Ich benütze ihn nie.«

»Aber irgend etwas kann doch nicht stimmen; Sie werden es ja selbst unangenehm finden, wenn Sie in der Küche abwaschen müssen. Kommen Sie mal mit mir hinters Haus, wir wollen uns die Wassertanks ansehen.«

»Die Tanks sind in bester Ordnung, gnä' Frau, und das Abwaschen in der Küche macht mir gar nichts aus.«

Aber ich ließ mich nicht abwimmeln. Die Rückfront des Hauses war nur etwa drei Meter von einer Mauer entfernt, die in Wirklichkeit aber nur eine Verkleidung des Gesteins war, von dem der Architekt Teile abgetragen hatte. Über dieser Mauer stieg der Gemüsegarten an, und von dessen unterem Weg konnte man über die Brüstung in die Wasserbehälter schauen. Deren gab es zwei: einen sehr großen, der die Küche und das darüberliegende Badezimmer versorgte, und einen kleineren, der von jenem offensichtlich gespeist wurde und ebenso offensichtlich durch eine Leitung, die ich gut verfolgen konnte, mit der Anrichte verbunden war. Nun war aber der große Tank annähernd voll, während der kleine, obwohl er tiefer lag als dieser, leer war.

»Das ist ein klarer Fall!« sagte ich, »die Verbindungsleitung zwischen den beiden ist verstopft.« Und ich kletterte auf die Brüstung.

»Lassen Sie das doch, gnä' Frau. Der Hahn in der Anrichte liefert nur kaltes Wasser, und das nützt mir nichts. Aus dem Boiler in der Küche bekomme ich heißes!«

»Aber ich möchte in der Anrichte Wasser für meine Blumen holen können!« Ich beugte mich über die Brüstung und tastete die Einflußöffnung ab. »Hab mir's doch gedacht!« rief ich, als ich einen dicken Korkstöpsel herausgezogen hatte und augenblicklich das Wasser zu fließen anfing. Triumphierend blickte ich Mrs. Carkeek an, die auf einmal ganz rot im Gesicht geworden war. Ihre Augen blickten wie gebannt auf den Korken in meiner Hand. Damit dieser besser abdichten sollte, hatte ihn jemand mit einem Stück bedruckten Baumwollstoff umwickelt; und obwohl der Lappen keine deutlichen Farben mehr aufwies, kam mir das Muster plötzlich bekannt vor. Als unsere Blicke sich nun trafen, fiel mir ein, daß erst zwei Tage zuvor Mrs. Carkeek eine bedruckte Arbeitsschürze mit demselben Muster getragen hatte.

Ich war so geistesgegenwärtig, diese kleine Entdeckung für mich zu behalten, indem ich mit einer nichtssagenden Bemerkung darüber hinwegging. Und alsbald fand auch Mrs. Carkeek ihre Fassung wieder. Aber ich muß gestehen, ich war etwas enttäuscht von ihr. Es war an sich ja eine Bagatelle, die eine Unaufrichtigkeit gar nicht wert war. Sie hatte also ganz bewußt einen falschen Eindruck bei mir erwecken wollen – aber warum nur? Lediglich weil sie lieber in der Küche als in der Anrichte abwusch? Das war doch kindisch. ›Aber die Mädchen sind doch alle gleich‹, sagte ich mir. ›Ich muß eben Mrs. Carkeek nehmen, wie sie ist; und trotz allem ist sie eine Perle.‹

In der übernächsten Nacht, so zwischen elf und zwölf, lag ich im Bett und wollte mich mit einem Roman von Lord Lytton in den Schlaf lesen, als mich ein leises Geräusch aufhorchen ließ. Es klang, wie wenn ein Hahn rinnt, und ich schrieb es dem Regen zu. Ein Regenguß hatte die Dachrinnen gefüllt (so erklärte ich es mir). Aber irgendwie konnte ich nicht genau sagen, wo das Geräusch herkam. Ein Abflußrohr befand sich gerade vor meinem Fenster. Also stand ich auf und zog die Jalousien hoch.

Zu meinem Erstaunen regnete es gar nicht, und es hatte auch nicht geregnet, denn als ich die Schieferplatten befühlte, konnte ich nur ein wenig Tau feststellen – mehr nicht: kein Wind, keine Wolken, nur ein ruhiger Mond hoch über der östlichen Flanke des Tälchens, das ferne Platschen der Wellen und der Duft unzähliger Rosen. Ich ging wieder ins Bett und lauschte. Richtig: das Geräusch war immer noch zu hören, ganz deutlich durch die Stille des Hauses, und nicht zu verwechseln mit dem dumpfen Rauschen der Brandung. Mit der Zeit ging es mir auf die Nerven. Ich nahm meine Kerze in die Hand, schlug mir den Morgenrock um die Schultern und stahl mich nach unten.

Der Rest war ganz einfach. Ich ging dem Geräusch nach – in die Anrichte. »Mrs. Carkeek hat den Hahn nicht ganz zugedreht«, sagte ich. Und so war es auch: ein dünnes Wasserfädchen lief unaufhörlich in das Becken. Ich stellte es ab, ging zufrieden wieder ins Bett und schlief –

– aber nur ein paar Stunden. Im Dunkeln schlug ich die Augen auf und wußte sofort, woran ich aufgewacht war. Der Hahn tropfte schon wieder. Nun hatte er sich in meiner Hand zwar leicht zudrehen lassen, aber doch auch nicht so leicht, daß er sich von selbst hätte öffnen können. »Das hat Mrs. Carkeek getan«, sagte ich; und ich fürchte fast, ich habe noch hinzugefügt: »Diese verflixte Carkeek!«

Nun, es blieb mir nichts anderes übrig: ich machte Licht, sah auf die Uhr – es war gerade drei – und ging ein zweites Mal die Treppe hinunter. Vor der Anrichtetür hielt ich einen Augenblick inne – nicht aus Angst, ganz sicher nicht. Denn auf den Gedanken, es könne etwas nicht mit rechten Dingen zugehen, bin ich nie gekommen. Aber ich weiß noch gut, daß ich, die Hand auf der Türklinke, befürchtete, Mrs. Carkeek einen ernstlichen Schrecken zu versetzen, falls sie gerade drinnen sein sollte.

Rasch öffnete ich: Mrs. Carkeek war nicht da. Aber dafür etwas anderes – neben dem Waschbecken –, etwas, das mich die Treppenstufen zwei und zwei hinaufgejagt hätte, wenn es mich nicht an die Stelle gebannt hätte. Mein Herzschlag stockte, setzte einfach aus. Und ich erinnere mich noch, in dieser Stille den Messingleuchter auf ein Kästchen mit Schubladen neben mir abgestellt zu haben:

Über dem Waschbecken, unter dem rinnenden Hahn, sah ich zwei Hände.

Das war alles – zwei kleine Hände, Kinderhände. Ich kann nicht sagen, wo sie genau aufhörten.

Nein, abgehauen waren sie nicht. Ich sah sie ganz deutlich: einfach ein Händepaar mit den Gelenken, und dahinter – nichts. Sie bewegten sich flink – sie wuschen einander. Ich sah das Wasser niederrinnen und über sie spritzen – keineswegs durch sie hindurch –, ganz wie bei normalen Händen. Es waren übrigens Hände eines kleinen Mädchens. O ja, das sieht man gleich: Buben und Mädchen waschen sich die Hände ganz verschieden. Ich kann zwar den Unterschied jetzt nicht genau darlegen, aber da kann man sich nicht irren.

Ich habe das alles gesehen, ehe der Leuchter umfiel und mit einem Krach auf dem Boden aufschlug. Ich hatte nicht hingesehen, wo ich ihn abgesetzt hatte – meine Augen hatten auf das Becken gestarrt –, und ihn halb auf die Deckplattenkante des Kästchens gestellt. Der Krach, die Stille danach, das fließende Wasser, und ringsum alles stockfinster – das waren unheimliche Augenblicke. Komischerweise hatte ich nur den einen Gedanken, nämlich daß ich den Hahn zudrehen mußte, ehe ich mich davonmachen konnte. Unbedingt. Und kurz darauf nahm ich sozusagen mein Herz in beide Hände, streckte den Arm mit einem Seufzer aus und vollbrachte es. Dann eilte ich davon.

Bald schon dämmerte es, und schon beim ersten Morgenrot nahm ich mein Bad, zog mich an und ging hinunter. Bei der Tür zur Anrichte stieß ich auf die ebenfalls schon angekleidete Mrs. Carkeek, die meinen Leuchter in der Hand hielt.

»So«, sagte ich, »Sie haben ihn also schon aufgehoben.«

Unsere Blicke begegneten sich. Offensichtlich wollte Mrs. Carkeek, daß ich anfangen sollte, und ich beschloß, die Sache kurz zu machen.

»Sie haben also alles gewußt. Deshalb auch der Stöpsel in der Tankleitung!«

»Haben Sie – gesehen ...?« fing sie an.

»Ja, ja. Und nun müssen Sie mir alles genau erzählen, auch wenn es noch so schlimm ist. Steht ein – Mord – dahinter?«

»Um Gottes willen, wie kommen Sie auf so eine gräßliche Idee?«

»Sie hat sich die Hände gewaschen.«

»Jaja, das tut sie, die Ärmste! Aber Mord ...! Ausgerechnet

die liebe, kleine Miß Margaret, die keiner Fliege ein Leid antun konnte!«

»Miß Margaret?«

»Mhm. Sie ist mit sieben Jahren gestorben. Die einzige Tochter von Baron Kendall. Zwanzig Jahre ist das nun schon her. Ich habe sie aufgezogen, gnä' Frau, und ich weiß es: es war Diphtherie; die hat sie sich im Dorf drunten geholt.«

»Aber woher wollen Sie denn wissen, daß es Ihre Margaret ist?«

»Ihre Hände – die muß ich doch kennen!«

»Ja, aber warum wäscht sie sich denn ihre Hände?«

»Nun, gnä' Frau, sie war schon immer ein verwöhntes Kind – und dann die Hausarbeit, sehen Sie . . .«

Ich holte tief Atem. »Wollen Sie damit womöglich sagen, daß diese ganze Sauberkeit –«, ich unterbrach mich: »Ist *sie* es denn, die so wunderbar für mich sorgt?«

Mrs. Carkeek sah mir fest ins Gesicht.

»Wer denn sonst, gnä' Frau?«

»Ach das arme Kind!«

»Nun bin ich aber froh« – Mrs. Carkeek polierte meinen Leuchter mit ihrem Schürzenzipfel –, »daß Sie alles so ruhig nehmen. Denn daran ist ja wirklich nichts, wovor man sich fürchten müßte – oder?« Sie schaute mich bedeutungsvoll an. »Ich glaube sicher, daß sie Sie gerne hat, gnä' Frau. Aber stellen Sie sich nur vor, wie schlecht sie es bei den andern gehabt haben muß!«

»Den anderen?« wiederholte ich.

»Ja, die anderen Bewohner, die vor Ihnen.«

»Waren das ungute Leute?«

»Ganz schlimme. Hat Ihnen Hosking nichts davon gesagt? Die haben sich fürchterlich aufgeführt – eine Party schlimmer als die andere.«

»Was war denn los mit ihnen? Haben sie getrunken?«

»Ja, manche. Da war zum Beispiel der Major – der ist ja schließlich auch verrückt geworden und im Nachthemd im Tal umhergerannt. Es war eine Schande! Und seine Frau hat auch gesoffen – das heißt, falls sie überhaupt seine Frau war. Stellen Sie sich nur das zarte Kind vor, das wieder sauber machen mußte nach ihrem ekelhaften Treiben!«

Ich schauderte.

»Aber das war noch nicht das Schlimmste, gnä' Frau, noch lange nicht. Da war einmal ein Paar hier – von den Kolonien, sagten sie – mit zwei Kindern, einem Buben und einem Mädchen, das ältere kaum sechs. Arme Würmchen!«

»Warum, was war denn?«

»Geschlagen haben sie die Kinder – das Blut hätte Ihnen gekocht, sage ich Ihnen – und hungern lassen, und mißhandelt; das glaube ich ganz bestimmt. Man hat mir gesagt, man hätte ihr Schreien noch da hinten auf der Landstraße hören können, also mindestens eine halbe Meile weit. Manchmal waren sie zusammen ohne was zu essen tagelang eingesperrt gewesen. Bestimmt hat Margretlein ihnen irgendwie etwas zukommen lassen können. Ich sehe sie, wie sie vor die Tür schleicht und sie tröstet.«

»Aber vielleicht hat sie sich nie gezeigt, wenn diese entsetzlichen Menschen hier wohnten, sondern war irgendwohin geflohen, bis sie wieder fort waren?«

»Da kennen Sie sie schlecht! Sie war ja so tapfer! Vor Löwen wäre sie nicht davongelaufen. Sie ist die ganze Zeit hier gewesen: denken Sie nur, was ihre unschuldigen Augen und Ohren da alles mit ansehen und anhören mußten! Und dann waren da noch zwei –«, Mrs. Carkeek senkte ihre Stimme.

»Hören Sie bloß auf!« sagte ich, »wenn Sie mir nicht meine ganze innere Ruhe in diesem Haus rauben wollen.«

»Aber Sie werden doch nicht ausziehen? Sie hat Sie lieb, das weiß ich genau. Und denken Sie nur, welchem Schicksal Sie sie überlassen würden – wer weiß, wer nach Ihnen hier einzieht! *Sie* kann doch nicht fort. Sie ist hier, seit ihr Vater das Haus verkauft hat. Er starb kurz danach. Sie dürfen nicht gehen!«

Freilich hatte ich mich schon zum Auszug entschlossen, aber plötzlich wurde mir klar, wie gemein dieser Entschluß war.

»Schließlich«, sagte ich, »besteht ja kein Grund zur Furcht.«

»So ist's, gnä' Frau; keinerlei Grund. Ich glaube nicht einmal, daß es so außergewöhnlich ist. Meine Mutter habe ich sagen hören, in manchen Bauernhäusern seien jede Nacht die Zimmer sauber gemacht worden, regelmäßig wie das Ticken einer Uhr, und die Böden gesandelt, und Töpfe und Pfannen gescheuert, und alles, während die Mägde schliefen. Die haben es den Heinzelmännchen zugeschrieben; aber wir wissen's ja besser, und jetzt, da wir dieses Geheimnis miteinander teilen, können wir uns beruhigt ins Bett legen, und wenn wir etwas hören, ›Gott vergelt's‹ sagen und weiterschlafen.«

»Mrs. Carkeek«, sagte ich, »ich muß nur noch eine Bedingung stellen.«

»Nämlich?«

»Daß ich Sie – Ihnen einen Kuß geben darf.«

»Ach, Sie sind zu gütig«, sagte Mrs. Carkeek, als wir uns umarmten: das war der höchste Grad der Vertraulichkeit, den sie sich während unserer ganzen Bekanntschaft leistete.

Drei Jahre bin ich in Tresillack gewesen, und die ganze Zeit war Mrs. Carkeek bei mir. Man kann wohl sagen, daß wenig Frauen so von Liebe umhegt waren wie wir in dieser Zeit. Den ganzen Tag begleitete es mich wie eine Melodie: strich mir das Kissen glatt, richtete mir den Tisch hübsch her, hob die Köpfe der Blüten hoch, wenn ich vorbeiging, und schaute im Winter mit mir ins Kaminfeuer und sorgte dafür, daß es hell brannte.

Warum ich überhaupt von Tresillack weggezogen bin? Weil mir eines Tages Hosking mitteilte, er habe das Haus verkauft oder werde es verkaufen – ich weiß nicht mehr ganz genau. Jedenfalls konnte er nicht anders, denn der Käufer war Oberst Kendall, ein Bruder des alten Barons.

»Ist er verheiratet?« fragte ich damals.

»Ja, er hat eine achtköpfige Familie. Ganz reizende Kinder, und die Mutter ist eine gute Frau. Es ist eben die alte Heimat von Oberst Kendall.«

»Aha. Deshalb fühlen Sie sich also verpflichtet, das Haus zu verkaufen.«

»Ja, er bietet auch einen anständigen Preis. Sie dürfen nicht glauben ... Es tut mir wirklich leid ...«

»Daß Sie mir kündigen müssen? Ich danke Ihnen, Mr. Hosking; aber Sie haben ganz recht, wenn Sie so handeln.«

Da Mrs. Carkeek bleiben sollte, fehlte nichts zum glücklichen Gelingen des Vorhabens – außer vielleicht, daß ich nicht wußte, wohin.

»Sie – Margaret – wird glücklich sein«, sagte ich, »mit ihren Cousinen und Vettern.«

»O ja, gnä' Frau, ganz bestimmt«, sagte Mrs. Carkeek.

Als nun der Tag kam, packte ich meine Koffer und versuchte, nicht traurig zu sein. Aber im letzten Augenblick, als sie schon fix und fertig in der Diele standen, schickte ich Mrs. Carkeek unter irgendeinem Vorwand noch einmal nach oben und ging allein in die Anrichte.

»Margaret!« flüsterte ich.

Keine Antwort war zu hören – ich hatte ja auch kaum eine zu erhoffen gewagt. Doch ich versuchte es noch einmal und schloß diesmal die Augen, streckte beide Hände aus und flüsterte:

»Margaret!«

Und ich will noch auf meinem Sterbebett schwören, daß – nur einen Augenblick lang – in meinen Händen ganz heimlich ein kleines Händepaar ruhte.

Walter Alexander Bauer
Spuk

Der Leichnam des berühmten Chirurgen Hagerty wurde nachts auf dem Hofe des Sterbehauses in ein geschlossenes Fahrzeug verladen und entsprechend dem letzten Willen dieses zu Lebzeiten überaus schweigsamen Mannes ohne Aufhebens in die Pathologie der Universitätsklinik gebracht. Hagerty hatte schon lange vor seinem Tode verfügt, daß sein Skelett dazu dienen sollte, die jungen Studenten mit den Grundlagen der Anatomie vertraut zu machen. Dies brachte es mit sich, daß böse Zungen sich zu der Behauptung verstiegen, der selige Hagerty sei von dem krankhaften Ehrgeiz besessen gewesen, auf jede nur denkbare Art und Weise zu verhindern, daß er in Vergessenheit gerate.

Ein bis zur Stunde noch ungeklärter Zufall fügte es, daß der Leichnam Hagertys zwei Tage nach Einlieferung in die Pathologie, wo er vereinbarungsgemäß verbleiben sollte, in einen Zinkbehälter verpackt und mit einer schwarzen Limousine nach New York gebracht wurde: zum Staatlichen Krankenhaus in der 72nd Avenue. Fraglos lag bei diesem Transport eine Verwechslung vor. Immerhin konnte inzwischen ermittelt werden, daß tatsächlich ein Skelett zu Studienzwecken angefordert worden war.

Der diensttuende Arzt hatte nach Eintreffen des Leichnams angeordnet, daß man ihn in den elektrischen Fahrstuhl bugsieren und zum 28. Stockwerk hinaufbringen solle. Der mit dem Weitertransport des Leichnams betraute Assistenzarzt Jack Brown hat den Fahrstuhl offenbar vorzeitig verlassen. Auch gilt es als sicher, daß das Skelett Hagertys niemals im Lehrsaal des 28. Stockwerks angekommen ist. Wie es dennoch möglich war, daß der unheimliche Gast ohne Halt ständig nach oben, nach unten und wieder nach oben fahren konnte, das vermag niemand zu sagen. Die Nachtschwester Aenne, die des Toten im Fahrstuhl einige Male ansichtig geworden war, erlitt einen schweren Nervenzusammenbruch.

Noch immer brennen die roten Kontrollampen an den Zugängen zum Fahrstuhlschacht, obgleich man die Anlage zwischen dem Erdgeschoß und dem 84. Stockwerk des Wolkenkratzers in der 72nd Avenue in New York schon längst außer Betrieb gesetzt hat. Eingeweihte halten es für denkbar, daß Mister Hagerty noch gar nicht tot ist und mit seinem Spuk bestimmte, niemals ganz zu ergründende Absichten verfolgt.

Valerij Brjussow
Verteidigung

Die folgende Geschichte wurde mir von Oberst R. erzählt. Wir waren damals beide auf dem Gute der M.s, unserer gemeinsamen Verwandten, zu Gast. Es war um die Weihnachtszeit, und wie das so hergebracht ist, kam man abends im Salon auch auf Gespenster zu sprechen. Der Oberst nahm an diesem Gespräch nicht teil, als wir jedoch später allein waren (wir schliefen im selben Zimmer), steckte er sich seine Zigarre an und begann zu erzählen:

Es war vor fünfundzwanzig Jahren, es kann freilich auch länger her sein, jedenfalls geschah es um die Mitte der siebziger Jahre. Ich war gerade Offizier geworden. Unser Regiment lag damals in X, einem kleinen Städtchen des ***schen Gouvernements. Wir vertrieben uns die Zeit, wie Offiziere es immer tun: wir betranken uns, wir spielten und stellten den Frauen nach.

Frau S., sie hieß Jelena Grigorjewna, stach fast alle anderen Damen der Gesellschaft aus. Das heißt, sie gehörte eigentlich gar nicht zu der dortigen Gesellschaft, denn vorher war sie ständig in Petersburg gewesen. Vor einem Jahre jedoch Witwe geworden, hatte sie sich für ganz auf ihr Gut, das einige zehn Werst vom Städtchen entfernt lag, zurückgezogen. Sie mochte so um die Dreißig sein, doch lag in ihren übernatürlich großen Augen immer noch etwas Kindliches, das ihr einen unbeschreiblichen Zauber verlieh. Keiner von unseren Offizieren war gleichgültig zu ihr, ich aber verliebte mich in sie, wie man sich eben nur mit zwanzig Jahren verlieben kann.

Unser Kompanieführer war mit Jelena Grigorjewna verwandt, und so kam es, daß uns alsbald ihr Haus offenstand. Sie spielte keineswegs die Rolle der Einsiedlerin und empfing, lebte sie auch fast allein, junge Leute gern bei sich. Wir waren zuweilen zum Mittagessen eingeladen und verbrachten manchmal auch ganze Abende bei ihr. Aber mit wieviel Takt und Würde wußte sie immer ihre Haltung zu wahren, und niemand vermochte sich zu rühmen, ihr nähergekommen zu sein. Sogar die spitzesten Zungen des Provinznestes fanden keinerlei Gelegenheit, sie durch irgendeinen Klatsch zu verleumden.

Meine Liebe nahm überhand. Doch am quälendsten war mir, daß es unmöglich war, sie ihr offen zu gestehen. Ich war zu allem auf der Welt bereit, um nur vor Jelena Grigorjewna einmal knien zu dürfen und ihr dies eine sagen zu können: Ich liebe Sie! Jugend ist immer ein wenig wie Trunkenheit. Und um mit ihr, die ich liebte, eine halbe Stunde allein sein zu können, griff ich zu einem verzweifelten Mittel. In jenem Winter fiel besonders viel Schnee. Als die Weihnachtszeit herankam, gab es jeden Tag die tollsten Schneestürme. Und an einem Abend, als der Sturm wilder als sonst wütete, befahl ich, mein Pferd zu satteln, und ritt *ins Feld.*

Ich verstehe immer noch nicht, wieso ich eigentlich damals nicht umkam. Zwei Schritte vor mir stand es wie eine dicke graue Wand. Auf dem Wege lag der Schnee kniehoch. Zwanzigmal irrte ich von der Straße ab. Zwanzigmal sträubte sich mein Pferd weiterzutraben. Ich hatte eine Flasche Kognak dabei, und das ist wohl der einzige Grund, warum ich nicht erfroren bin. Für die zehn Werst brauchte ich gegen drei Stunden.

Wahrhaftig, es war ein Wunder, daß ich überhaupt das Gut der Frau S. erreichte. Da es schon spät war, hatte ich große Mühe, das Haus wachzuklopfen. Der Wächter war starr, als er mich erkannte. In meiner Schnee-und-Eis-Kruste glich ich fast einer Maske. Ich hatte mir natürlich eine Geschichte ausgedacht, die mein unerwartetes Auftauchen erklären sollte. Meine Absicht gelang. Es ging nicht anders, Jelena Grigorjewna mußte mich wohl oder übel empfangen und ließ mir ein Zimmer für die Nacht richten.

Und kaum war eine halbe Stunde vergangen, da saß ich bereits im Speisezimmer, und Jelena Grigorjewna leistete mir Gesellschaft. Sie setzte mir ein Abendessen vor und Wein und Tee. Im Kamin knisterte das Holz, und das Licht der Hängelampe schloß uns in seinen Kreis, der mir wie ein Zauberkreis vorkam. Alle Müdigkeit war fort, und ich war verliebt wie nie zuvor.

Jung war ich damals und hübsch, und ich war wahrhaftig nicht dumm. Ich glaubte ein Anrecht darauf zu haben, von den Frauen bemerkt zu werden. Jelena Grigorjewna jedoch wußte mit einer geradezu ungewöhnlichen Geschicklichkeit alle Gespräche über die Liebe zu vermeiden. Sie veranlaßte mich, genauso mit ihr zu sprechen, als wären wir in der größten Gesellschaft. Und obwohl sie herzlich über meine Bosheiten lachte, gab sie sich den Anschein, keine einzige meiner Anspielungen zu verstehen.

Und dennoch stieg in uns beiden nach und nach eine besondere Art von Zusammengehörigkeit auf, die es uns erlaubte, immer offener miteinander zu sprechen. Und da ich gewahr wurde, daß die Stunde der Trennung immer näher rückte, faßte ich mir endlich ein Herz. Das Bewußtsein, daß diese Gelegenheit sich nie wiederholen würde, trieb mich geradezu vorwärts. Wenn du den heutigen Tag ungenützt vorübergehen läßt – sagte ich mir –, dann bist du selber an allem schuld. Und endlich nahm ich mich zusammen und unterbrach unser Gespräch mitten in einem Satz und sprudelte aufs Geratewohl all das, was ich so lange verborgen gehalten hatte, zusammenhanglos und ziemlich töricht heraus:

»Wozu die Verstellung, Jelena Grigorjewna! Sie wissen genau, warum ich hier bin. Ich kam, um Ihnen zu sagen, daß ich Sie liebe. Und nun ist es ausgesprochen. Ich kann nicht anders, ich muß Sie lieben, und auch Sie sollen mich lieben. Jagen Sie mich fort, und ich werde gehen. Aber wenn Sie mich nicht fortjagen, so soll mir das ein Zeichen sein, daß Sie mich lieben. Etwas Halbes ist nichts für mich. Entweder Ihr Zorn oder Ihre Liebe.«

Jelena Grigorjewnas Kinderaugen blickten kalt wie Kristall. Ihr Gesicht sprach eine so deutliche Antwort, daß ich mich stumm erhob und mich anschickte aufzubrechen. Sie hielt mich davon ab.

»Was soll das! Wohin? Seien Sie kein Kind. Setzen Sie sich.«

Und sie zwang mich, an ihrer Seite Platz zu nehmen, und sprach mit mir, wie nur eine erwachsene Schwester mit einem verzogenen Kind spricht.

»Sie sind so jung, und die Liebe ist Ihnen noch neu. Wäre hier an meiner Stelle eine andere Frau, Sie würden sich in die verlieben. Und nach einem Monat werden Sie eine dritte lieben. Aber es gibt noch eine andere Liebe, eine Liebe, die die Seele bis auf den Grund ausschöpft. Und mit dieser Liebe liebte ich Sergej, meinen verstorbenen Mann. Ihm opferte ich restlos alle meine Gefühle. Möge man mir auch von Liebe sprechen, ich höre es an und bin wie ein Leichnam. Begreifen Sie doch, daß ich gar nicht mehr fähig bin, solche Worte zu verstehen. Es ist, als sprächen Sie zu einer Tauben. Geben Sie sich damit zufrieden. Es kann ja für Sie nicht kränkend sein, daß Ihre Liebe eine Erstorbene nicht mitzureißen vermochte.«

Jelena Grigorjewna sprach es mit einem leichten Lächeln. Ich sah etwas Beleidigendes darin. Es kam mir vor, als sei es ein blanker Hohn, daß sie sich mir gegenüber auf ihre Liebe zu ihrem verstorbenen Gatten berief. Ich erblaßte. Und in meine Augen traten Tränen, ich kann mich noch gut daran erinnern.

Meine Erregung konnte Jelena Grigorjewna nicht entgehen. Ich sah, daß ein neuer Ausdruck in ihre Augen trat. Sie erfaßte, daß ich jetzt litt. Und da ich wiederum schweigend aufstehen wollte, ergriff sie meine Hand und rückte sogar ihren Sessel näher heran. Ihr Atem lag auf meinem Gesicht. Und mit aufrichtiger Offenheit und einer zärtlichen Nachdenklichkeit sprach sie, und ihre Stimme wurde, obwohl nur wir beide im Zimmer waren, immer leiser dabei:

»Wenn ich Ihnen weh tat, so verzeihen Sie mir. Möglich, daß ich mich in Ihrem Gefühle täuschte und daß es ernstlicher ist, als ich anfangs annahm. Und nun will ich Ihnen die ganze Wahrheit sagen. Hören Sie. In meiner Liebe zu Sergej ist nichts Totes, sie ist lebendig, diese Liebe. Und ich liebe Sergej nicht in der Vergangenheit, nein, in der Gegenwart liebe ich ihn. Denn wir sind nicht voneinander getrennt. Ich habe nicht über Ihr Geständnis gelacht, darum lachen auch Sie nicht über das meine. Seit dem Tage seines Todes ist Sergej mir erschienen, und war er auch unsichtbar, er war doch da. Ich fühle seine Nähe, sein Atem umgibt mich, und ich höre sein zärtliches Flüstern. Und ich gebe ihm Antwort, und so führen wir lautlose Zwiegespräche. Und manchmal küßt er mich so zart, daß ich es kaum spüren kann, auf meine Haare, auf meine Wangen und auf meine Lippen. Und manchmal kann ich sogar verschwommen im Halbschatten oder im Spiegel seine Umrisse wahrnehmen. Sobald ich allein bin, ist er sogleich in meiner Nähe. Ich habe mich schon so sehr an dieses Leben mit einem Schatten gewöhnt. Ich fahre fort, Sergej zu lieben, und ward auch seine Gestalt eine andere, ich liebe ihn ebenso zärtlich, ebenso leidenschaftlich wie vordem. Was soll mir eine andere Liebe? Ich werde ihm, der mich selbst jenseits der Grenzen dieses Lebens nicht im Stich gelassen hat, niemals die Treue brechen. Und mögen Sie auch sagen, daß ich irre rede, daß das alles nur Halluzinationen seien, ich will nichts entgegnen als nur dies eine: Es ist mir gleich! Diese Liebe macht mich glücklich, warum sollte ich meinem Glück entsagen! Lassen Sie mich auf meine Art glücklich sein!«

Dies alles sagte Jelena Grigorjewna sehr sanft und ohne die

Stimme zu erheben, aber wieviel tiefste Überzeugung lag in ihren Worten. Die Ernsthaftigkeit ihres Tones überraschte mich so sehr, daß ich nichts zu entgegnen wußte. Ich beschränkte mich darauf, sie ein wenig besorgt und voll Mitleid anzublicken, als wäre sie von Sinnen. Sie jedoch fiel in ihre Hausfrauenrolle zurück und sagte, wobei ihre Stimme eine Klangfarbe annahm, als wollte sie alles Vorhergegangene in einem Scherz enden lassen:

»Höchste Zeit, schlafen zu gehen. Matwej wird Ihnen das Zimmer zeigen, in welchem Sie übernachten werden.«

Matwej war im Dienst grau geworden. Ganz mechanisch küßte ich die Hand, die sie mir hinstreckte. Und nach einem Augenblick war auch Matwej bereits da und lud mich mit mürrischer Stimme ein, ihm zu folgen. Er führte mich durchs ganze Haus, zeigte mir das Bett, das man für mich hergerichtet hatte, wünschte mir eine gute Nacht und ließ mich allein.

Und erst da gelang es mir, ein wenig Fassung zu gewinnen. Und, ist das nicht sonderbar, mein erstes Gefühl war das der Beschämung. Ich schämte mich ordentlich, eine so jämmerliche Rolle gespielt zu haben. Ich schämte mich, daß ich, zwei Stunden mit einer jungen Frau in einem fast leeren Hause mutterseelenallein, nicht einmal einen Kuß von ihr erhalten hatte. In jenen Minuten war es nicht Liebe, es war eher ein Gefühl des Zornes, das ich für Jelena Grigorjewna empfand, und jedenfalls der Wunsch, mich zu rächen. Ich dachte nicht mehr daran, daß sie vielleicht von Sinnen sei, es schien mir, daß sie sich über mich lustig gemacht hatte.

Ich setzte mich aufs Bett und sah mich im Zimmer um. Die Räumlichkeiten des Hauses waren mir bekannt. Ich befand mich im Arbeitszimmer des verstorbenen Sergej Dimitrijewitsch. Nebenan war sein Schlafzimmer, in dem alles noch genauso war, wie es sich zu seinen Lebzeiten befunden hatte.

An der Wand vor mir hing sein Porträt, ein Bild in Ölfarben. Es stellte ihn in einem schwarzen Gehrock dar, im Knopfloch das Bändchen der französischen Ehrenlegion, das ihm irgendwie und für irgendwas zur Zeit des Zweiten Kaiserreichs verliehen worden war. Und eben dieses Bändchen brachte durch eine sonderbare Ideenassoziation meine Gedanken auf den seltsamsten und tollsten Plan.

Mein Gesicht hatte eine gewisse entfernte Ähnlichkeit mit dem Gesicht des verstorbenen Sergej Dimitrijewitsch. Er war freilich viel älter als ich. Aber wir beide trugen den gleichen

Schnurrbart und die gleiche Frisur. Allerdings waren seine Haare stellenweise bereits grau geworden. Ich betrat sein Schlafzimmer. Der Kleiderschrank war nicht abgesperrt. Und schon hatte ich den Gehrock, den er auf dem Porträt trug, gefunden und angezogen. Ich suchte und fand das Ordensbändchen. Ich puderte meine Haare und meinen Schnurrbart. Mit einem Wort, ich bemühte mich, den Verstorbenen darzustellen.

Vielleicht würde es mir, wenn mir meine Absicht gelungen wäre, peinlich sein, Ihnen dies alles zu erzählen. Denn, ich gestehe es offen, was ich tat, war kein Scherz mehr, es war viel, viel schlimmer. Man könnte es unverzeihlich nennen, diente mir nicht meine damalige Jugend einigermaßen zur Entschuldigung. Aber freilich wurde ich für mein Vergehen auch gebührend gestraft.

Nachdem ich mich, wie geschildert, hergerichtet hatte, begab ich mich zu Jelena Grigorjewnas Zimmer. Sind Sie einmal in der Lage gewesen, nachts durch ein schlafendes Haus schleichen zu müssen? Wie durchdringend jedes Geräusch, wie laut knarrt der Fußboden! Einige Male war mir, die ganze Dienerschaft müßte aufwachen.

Endlich stand ich vor ihrer Tür. Mein Herz pochte laut. Meine Hand lag auf der Türklinke. Lautlos öffnete sich die Tür. Ich trat ein. Das Zimmer war von einem Lämpchen, das sehr hell brannte, notdürftig erleuchtet. Jelena Grigorjewna war noch auf. Ganz in Erinnerungen vertieft, saß sie in ihrem Nachtgewande in einem tiefen Lehnstuhl vor ihrem Tisch. Mein Kommen hatte sie überhört.

Ich blieb in meinem Halbdunkel und rührte mich nicht. Und plötzlich drehte sich Jelena Grigorjewna um, als hätte sie meine Anwesenheit gefühlt oder irgendein Geräusch gehört. Sie erblickte mich und erzitterte. Der Streich war besser gelungen, als ich zu hoffen gewagt hatte. Sie hielt mich für ihren verstorbenen Mann. Ein leiser Schrei, sie flog vom Sessel auf und streckte mir ihre Hände hin, und wie froh klang ihre Stimme: »Sergej, bist du endlich gekommen!«

Doch die Erregung war zu erschütternd, sie fiel wieder in den Sessel zurück und verlor offenbar das Bewußtsein.

Ohne recht zu wissen, was ich wollte, eilte ich zu ihr. Doch im gleichen Augenblick, als ich mich über ihren Sessel beugte, sah ich die Gestalt eines anderen Mannes vor mir. Es kam so überraschend, daß ich auf der Stelle erstarrte. Mir war, es befinde sich ein ungeheurer Spiegel vor mir. Jener andere Mann war nämlich eine genaue Wiederholung von mir selber. Er trug ebenfalls einen schwarzen Gehrock, und auf seiner Brust war gleichfalls das Bändchen der Ehrenlegion. Aber gleich darauf wußte ich bereits, daß er es war, dessen Erscheinung ich gestohlen hatte und der nun von jenseits des Grabes gekommen war, seine Frau zu verteidigen. Stechendes Entsetzen zuckte durch meine Glieder.

Durch den Sessel getrennt, in dem die von uns umstrittene Frau bewußtlos lag, standen wir einige Sekunden einander gegenüber. Ich konnte mich nicht rühren. Und da hob er, das Gespenst, lautlos die Hand und drohte mir.

Ich habe späterhin an der Türkenkampagne teilgenommen. Ich sah dem Tod in die Augen und erlebte all das, was man gemeinhin für unerträglich hält. Aber das Grauen, das mich hier packte, habe ich nie wieder gefühlt. Die Drohung jenes Bewohners einer anderen Welt ließ meinen Herzschlag stillstehen und das Blut in meinen Adern stocken. Und einen Augenblick lang war ich fast selber wie ein Leichnam. Dann aber stürzte ich Hals über Kopf zur Türe hinaus.

Ich tastete mich an den Wänden entlang, ich taumelte, es war mir gleichgültig, wie laut meine Schritte schallten – und endlich erreichte ich mein Zimmer. Ich wagte nicht, das Porträt an der Wand anzuschauen. Ich warf mich auf mein Bett, und eine schwarze Erstarrung nagelte mich daran fest.

Ums Morgengrauen fuhr ich auf. Ich hatte noch immer die fremden Kleider an. Von nagender Scham bedrückt, zog ich sie aus und hängte sie an ihren früheren Platz. Dann warf ich mich in meine Uniform, rief Matwej und teilte ihm mit, ich müßte unverzüglich fort. Er schien darüber nicht im mindesten erstaunt zu sein. Die Zofe Glascha fragte ich, ob die gnädige Frau noch schlafe. Sie entgegnete mir, daß sie allerdings noch »zu schlafen geruhe«. Diese Antwort gab mir wiederum einigen Mut. Ich bat, meine Entschuldigung auszurichten, da ich fort müsse, ohne Abschied zu nehmen, und ritt davon.

Einige Tage darauf kam ich mit mehreren Kameraden in Jelena Grigorjewnas Haus. Sie empfing uns freundlich wie immer. Sie ließ mir gegenüber auch nicht die geringste Anspielung auf jene Nacht fallen. Und es ist mir bis auf den heutigen Tag ein Rätsel, ob sie überhaupt begriffen hat, was damals vorfiel.

A. J. Alan

Mein Abenteuer in Norfolk

Ich weiß nicht, ob es Ihnen auch so geht, aber im Laufe des Februar fragt meine Frau mich gewöhnlich: »Hast du denn schon überlegt, was wir im August machen werden?« Natürlich sage ich »nein«, und dann setzt sie sich hin und studiert die Anzeigen ›Sommerhäuser zu vermieten‹.

Nun, so geschah es auch im letzten Jahr. Und nach einer Weile fand sie auch eine Anzeige, die annehmbar aussah. ›Norfolk – Hickling Broad – Möbliertes Sommerhaus – Garten – Garage – Bootshaus‹, und was so dazugehört, sogar Geschirr und Bettwäsche. Es war auch eine sehr hohe Miete angegeben. Als ich meine Frau auf diese nebensächliche Kleinigkeit aufmerksam machte, entgegnete sie mir: »Du wirst eben hinfahren müssen, mit dem Vermieter sprechen und ihn dazu bringen, mit der Miete herunterzugehen. Das tun sie immer!« Daß sie es natürlich nie tun, ist eine andere Sache.

Auf jeden Fall schrieb ich an den Vermieter. Ich bat ihn, es so einzurichten, daß ich eine Nacht in dem Hause schlafen und mir das Ganze ansehen könnte. Er schrieb zurück: »Natürlich«, und er würde Mrs. Soundso zu meiner Aufwartung und zum Bettenmachen engagieren.

Sie müssen wissen, daß wir in unserer Familie alles sehr genau nehmen – ich muß nacheinander in allen Betten schlafen; zu Hause zählt meine Frau nur die blauen Flecken und entscheidet, ob die Betten gut genug sind oder nicht.

In einem wütenden Schneesturm gelangte ich an den wahrscheinlich gottverlassensten Flecken auf dieser schönen Erde. Bis Potter Heigham war ich mit der Bahn gefahren, und ein Wagen – es waren von der Bahnstation noch gut fünf Meilen – brachte mich weiter. Glücklicherweise war Mrs. Selston, die alte Dame, die für mich sorgen sollte, schon da. Sie hatte Feuer im Kamin gemacht, und als sie mir dann noch ein Steak briet, war ich ihr wirklich dankbar.

Allerdings habe ich auch jetzt noch das Gefühl, als ob die Kuh, oder wovon die Steaks auch immer kommen mögen, erst an jenem Morgen ihr Ende gefunden hatte. Das Steak war sehr – hm – widerspenstig. Während ich aß, unterhielt mich Mrs.

Selston; sie mußte mir unbedingt alles über eine kürzliche Operation ihres Mannes erzählen. Einfach *alles!* Es war fast eine Lektion über Chirurgie. Das Steak war nur sehr kurz angebraten, und ich kam mir vor, als illustrierte ich ihre Vorlesung. Auf jeden Fall raubte sie mir den Appetit. Dann wünschte sie mir eine gute Nacht und ging.

Ich sah mir das Haus an und warf auch einen Blick nach draußen. Es war schon sehr dunkel, aber es schneite nicht mehr so stark. Die Garage stand ungefähr fünfzehn Meter von der Hintertür des Hauses entfernt. Ich ging um sie herum. Dann schritt ich zum Wasser hinunter und begutachtete das Bootshaus. Das ganze Grundstück mochte im Sommer sehr schön sein, aber damals fragte ich mich, warum es noch Leute gibt, die an den Nordpol fahren wollen.

Ich ging wieder hinein und ließ mich am Feuer nieder. Sie können sich kaum vorstellen, wie ruhig es war; selbst die Wasservögel hatten Winterurlaub gemacht – wenigstens hörte man sie nicht.

Ein paar Minuten vor elf hörte ich das erste Geräusch, seit Mrs. – wie hieß sie doch gleich? – Selston gegangen war. Es hörte sich an wie ein Auto. Wenn es einfach vorbeigefahren wäre, würde es mir wahrscheinlich gar nicht aufgefallen sein, nur es fuhr eben nicht vorbei; es schien kurz vor dem Hause zu halten. Selbst das beeindruckte mich nicht sonderlich. Auch Autos müssen manchmal anhalten.

Fünf oder zehn Minuten verstrichen, bis es mir zum Bewußtsein kam, daß der Wagen nicht wieder weitergefahren war. Ich stand auf und sah aus dem Fenster. Es hatte aufgehört zu schneien, und durch die Gartenpforte fiel helles Licht, wie von Scheinwerfern, die selbst nicht zu sehen waren. Da ich nun schon einmal aufgestanden war, konnte ich ebenso gut auch hinausgehen und nachsehen.

Eine ziemlich große Limousine stand mitten auf der Straße, ungefähr zwanzig Meter von meiner Gartenpforte entfernt. Die Scheinwerfer blendeten sehr, aber als ich näher kam, sah ich ein Mädchen, das unter der geöffneten Haube am Motor herumfingerte. Eine recht anziehende junge Frau, soweit ich sehen konnte; sie war jedoch so in ihren Pelz gehüllt, daß man es nicht mit Bestimmtheit sagen konnte.

»Guten Abend«, sagte ich etwas unbeholfen, »kann ich Ihnen irgendwie behilflich sein?«

Sie entgegnete, sie wüßte nicht, was geschehen wäre. Der

Motor hätte einfach ausgesetzt und wollte nicht wieder anspringen. Und er *hatte* ausgesetzt! Weder mit dem Anlasser noch mit der Handkurbel ließ er sich durchdrehen. Die ganze Geschichte war furchtbar heiß, und ich fragte sie, ob überhaupt noch Wasser im Kühler wäre. Sie wollte nicht einsehen, warum keins drin sein sollte; es wäre doch immer welches darin gewesen. Dies schien mir nicht ganz logisch zu sein. Ich meinte, wir sollten lieber etwas hineingießen und abwarten, was dann passierte. »Warum nicht einfach Schnee nehmen?« fragte sie. Aber dafür war ich nicht. Ich erinnerte mich dunkel, daß dies aus irgendeinem Grunde nicht ratsam wäre; doch nicht, bevor ich mit einem Eimer Wasser zurückkam, fiel es mir wieder ein: natürlich – die plötzliche Abkühlung.

Als ich zu ihr trat, hatte sie den Kühlerverschluß abgenommen und war dabei, einen Trichter daraufzusetzen. Wir gossen ein wenig Wasser ein – glücklicherweise hatte ich sie gewarnt, etwas zurückzutreten. Die ersten Tropfen schossen sofort als glutheiße Dampfwolke wieder heraus und bliesen den Trichter hoch in die Luft. Wir warteten ein paar Minuten, bis die Geschichte sich etwas abgekühlt hatte, aber es nützte nichts. Genau so schnell, wie wir das Wasser oben hineingossen, lief es unten wieder 'raus und auf die Straße. Ganz offensichtlich war sie mit knochentrockenem Kühler gefahren, und der Motor hatte sich vollkommen festgefressen.

Als ich ihr das sagte, fragte sie mich: »Soll das etwa bedeuten, daß ich die ganze Nacht hier liegenbleiben muß?«

Ich erklärte ihr, daß es so schlimm nun wieder auch nicht wäre; das heißt, wenn sie mit meinem armseligen Dach vorliebnehmen wollte (und es *war* ein armseliges Dach – es ließ die Nässe durch). Aber sie wollte nichts davon hören. Daß ich allein im Haus war, konnte sie nicht wissen; das war es also auch nicht. Nein, sie wollte den Wagen lassen, wo er stand, und zu Fuß weiterlaufen.

»Seien Sie nicht töricht«, sagte ich, »bis zum nächsten Ort sind es noch Meilen.«

In diesem Augenblick jedoch hörten wir einen Wagen näherkommen, aus der gleichen Richtung, aus der auch sie gekommen war. Dann sahen wir seine Lichter, obwohl er noch ziemlich weit entfernt war. Sie wissen ja, wie flach Norfolk ist – man kann ungeheuer weit sehen.

»Das ist die Lösung«, sagte ich. »Was für ein Fahrzeug es auch sein mag, es kann entweder Ihren Wagen zur nächsten

Garage abschleppen oder zumindest Sie selbst bis zu einem Hotel mitnehmen.«

Eigentlich hätte sie jetzt erleichtert sein müssen; sie war es aber nicht. Ich begann mich zu fragen, was sie denn überhaupt wollte. Einerseits wollte sie sich nicht von mir überreden lassen hierzubleiben, andererseits wollte sie sich aber auch nicht von jemand anderem helfen lassen.

Sie benahm sich sehr sonderbar. Sie faßte meinen Arm und fragte: »Was glauben Sie, was für ein Fahrzeug mag das sein?«

»Genau kann ich es Ihnen natürlich auch nicht sagen«, antwortete ich. »Ich bin fremd hier; aber es hört sich so an wie ein Lastauto voll Milchkannen.«

Ich wollte sogar mit ihr darum wetten (damals war die Wettsteuer noch nicht eingeführt). Sie hätte übrigens zahlen müssen: es war ein Lastauto voll Milchkannen. Da ihr Wagen mitten auf der Straße stand und zum Vorbeifahren kein Platz war, mußte es anhalten.

Der Fahrer stieg aus und fragte, ob er helfen könnte. Wir erklärten ihm die Lage. Er sagte, er führe nach Norwich und würde sie gern abschleppen, wenn sie es wünschte. Das wollte sie jedoch nicht, und wir kamen schließlich überein, ihren Wagen für die Nacht in meine Garage zu schieben – sie wollte ihn am nächsten Tag abholen lassen –, und das Lastauto sollte sie bis nach Norwich mitnehmen.

Ich fand auch tatsächlich den Garagenschlüssel, und mit dem Fahrer – er hieß Williams – schob ich den Wagen hinein und verschloß die Tür. Nachdem dies getan worden war (vollendete Vergangenheit!), meinte ich, daß die Nacht doch ziemlich kühl wäre. Williams fand das auch, und sie hatte nichts dagegen einzuwenden. Ich nahm sie also beide mit hinein und mixte ihnen einen steifen Whisky mit Wasser. Soda hatte ich nicht. Mir war es natürlich auch sehr kalt geworden. Ich hatte keinen Mantel angehabt.

Bis jetzt hatte ich die junge Frau nicht näher betrachtet. Einmal war es dunkel gewesen, und zum anderen hatte ich mich mit dem festgefahrenen Motor befassen müssen. Ich fürchte, diese Bemerkung klingt nicht besonders höflich. Was ich aber damit meine, ist, daß für jemand mit technischem Verständnis ein Auto in dieser Verfassung viel interessanter ist als – hm – nun, es *ist* eben interessant – aber warum lange darüber reden. Hier im Wohnzimmer war es jedenfalls möglich, einen genaueren Eindruck zu gewinnen. Sie war etwas älter, als ich angenommen hatte, und ihre Augen standen ein wenig zu eng beieinander.

Natürlich war sie nicht eine – ich weiß nicht, wie ich es Ihnen sagen soll! Ihr ganzes Wesen war zu gezwungen, und sie war sehr vorsichtig in der Wahl ihrer Worte. Sie wissen schon, was ich meine. Aber das war es nicht allein. Sie behandelte uns ohne jede Freundlichkeit, was doch – nun, wir hatten nichts getan, womit wir das verdient hätten. Ein Schatten von Feindseligkeit und Mißtrauen lag über ihrem Benehmen, was den Umständen nach nicht ganz verständlich war. Auch bemühte sie sich stets, nicht ins Licht zu treten. Hätte ich nicht die Lampe weggesetzt, wäre sie auf keinen Fall an den Kamin gekommen.

Auch wirkte es geradezu peinlich, wie sie den armen Williams beim Trinken antrieb; außerdem war es auch unklug, denn schließlich sollte er ja noch fahren. Aber das war ihre Sache. Als Williams hinausgegangen war, um den Wagen anzulassen, fragte ich sie, ob ich ihr vielleicht mit etwas Geld aushelfen könnte. Anscheinend war es nicht nötig. Dann fuhren sie ab. Ich machte alles dicht und ging nach oben.

In meinem Schlafzimmer lag zufällig ein Reiseführer mit Landkarten von dieser Gegend. Ich studierte sie und fragte mich unwillkürlich, wo das Mädchen mit dem Wagen hergekommen sein könnte. Die Straße schien mir so unbedeutend. Genau so eine Straße würde man benützen, wenn man niemandem begegnen wollte. Wenn man zum Beispiel einen gestohlenen Wagen fuhr. Das war eine aufregende Idee! Es müßte sich lohnen, dachte ich, den Wagen noch einmal genauer zu betrachten. Ich nahm zum zweiten Mal den Schlüssel von seinem Haken in der Küche und stapfte in den Schnee hinaus. Es war pechschwarz draußen und so windstill, daß meine Kerze kaum flackerte. Die Garage war nicht sehr groß, und der Wagen füllte sie beinahe aus. Um ihn leichter wieder herauszubekommen, hatten wir ihn rückwärts hineingeschoben.

Die Maschine hatte ich ja schon gesehen; deshalb zwängte ich mich an der Wand entlang und öffnete eine Tür des Wagens. Genauer gesagt, ich drückte nur den Griff herunter, und die Tür wurde von innen aufgeschoben – irgend etwas fiel auf mich und drückte mich gegen die Wand. Dabei wurde mir die Kerze aus der Hand geschlagen, und ich stand im Dunkeln. Kein gerade angenehmes Gefühl. Trotzdem hätte ich gern gewußt, was da auf mich gefallen war. Vorsichtig tastete ich danach: es war ein Mann – ein toter Mann – mit einem Schnurrbart. Anscheinend hatte man ihn mit dem Rücken gegen die Tür gesetzt. Mit einiger Mühe schob ich ihn so vorsichtig wie möglich wieder hinein und drückte die Tür ins Schloß.

Ich mußte eine Weile unter dem Wagen herumsuchen, bevor ich die Kerze gefunden hatte. Ich steckte sie an, öffnete die Tür auf der anderen Seite, schaltete die Deckenbeleuchtung ein, und dann – uh!

Auf jeden Fall wollte ich die Sache genauer untersuchen. Der Mann war ein sehr langes und dünnes Individuum. Mindestens ein Meter und neunzig. Er hatte dunkle Haare und sah grauenhaft blaß aus. Ich glaube allerdings nicht, daß er auch zu Lebzeiten schon so blaß gewesen war. Er trug einen Trenchcoat.

Es fiel nicht schwer zu sagen, woran er gestorben war. Man hatte ihm in den Rücken geschossen. Ich fand das Loch dicht unter seinem rechten Schulterblatt, und offensichtlich mußte das Geschoß in die Lunge gedrungen sein. Ich will es mit ›offensichtlich‹ genug sein lassen.

Er hatte keine Papiere bei sich und auch kein Schneideretikett in seinem Anzug, aber ich fand eine Brieftasche mit neun Pfund in seiner Tasche. Alles in allem eine sehr unangenehme Geschichte. Es hat zwar keinen Zweck, mit seinem Schicksal zu hadern, ich wünschte aber doch, es wäre nicht passiert. Auch war alles etwas mysteriös – wer hatte ihn erschossen? Das Mädchen sicher nicht, denn dann wäre sie wohl kaum mit seiner Leiche auf dem Lande spazieren gefahren. Und wenn jemand anders ihn ermordet hatte, warum hatte sie es nicht erzählt? Jedenfalls hatte sie nichts gesagt, und jetzt war sie weg. Im Augenblick konnte ich nichts weiter unternehmen. Natürlich gab es auch kein Telephon im Hause. Also schloß ich die Garage ab und ging ins Bett. Das war um zwei Uhr.

Am nächsten Morgen wachte ich aus diesem oder jenem Grunde recht früh auf. Es schien mir eine ganz gute Idee zu sein, die ganze Geschichte noch einmal bei Tageslicht zu betrachten – und bevor Mrs. Selston aufkreuzte. Das tat ich dann auch. Zuerst fiel mir auf, daß es während der Nacht sehr stark geschneit haben mußte, denn es waren weder Reifen- noch Fußspuren zu sehen, und zweitens, daß ich den Schlüssel in der Garagentür hatte steckenlassen.

Ich öffnete und ging hinein. Sie war vollkommen leer. Kein Wagen, keine Leiche, nichts. Nur ein paar Tropfen Wachs, wo ich die Kerze hatte fallenlassen; sonst aber ließ kein Merkmal erkennen, daß ich schon einmal hier gewesen war. Eins von beiden mußte geschehen sein: entweder waren in der Nacht Leute gekommen und hatten den Wagen abgeholt, oder ich war vor dem Kamin eingeschlafen und hatte das Ganze nur geträumt.

Dann fielen mir die Whiskygläser ein.

Sie mußten sich noch im Wohnzimmer befinden. Ich ging hinein, um nachzusehen. Alle drei standen noch da. Also *konnte* ich nicht geträumt haben, und der Wagen war abgeholt worden, auf jeden Fall aber mußten sie es sehr leise angestellt haben.

Das Mädchen hatte ihr Glas auf dem Kaminsims stehenlassen, und einige sehr deutliche Fingerabdrücke waren darauf zu sehen. Einige davon stammten sicher von mir, denn ich hatte das Glas aus der Küche geholt und eingeschenkt; aber ihre Finger waren sauber und meine ölig gewesen, so daß man die Abdrücke leicht auseinanderhalten konnte. Ich brauche wohl nicht besonders zu betonen, daß dieses Glas sehr wichtig war. Augenscheinlich war jemand ermordet worden, oder etwas Ähnliches hatte sich ereignet, und das Mädchen mußte alles darüber gewußt haben, auch wenn sie es nicht selbst getan hatte. Daher war alles, was sie hinterlassen hatte, von größter Bedeutung als Beweismittel für die Polizei; und dies *war* alles, was sie zurückgelassen hatte. Ich packte also das Glas mit äußerster Sorgfalt in eine alte Keksdose aus der Speisekammer.

Als Mrs. Selston kam, gab ich ihr eine Kleinigkeit, verabschiedete mich von ihr und machte mich auf den Weg in die Stadt. Übrigens, auf dem Rückweg fuhr ich bei dem Vermieter vorbei und sagte ihm, wegen des Hauses würde ich mich noch melden. Dann erreichte ich meinen Zug und fuhr nach meiner Ankunft in London auf schnellstem Wege zu Scotland Yard. Dort hatte ich einen alten Bekannten. Ich zeigte ihm das Glas und fragte ihn, ob seine Leute die Fingerabdrücke identifizieren könnten.

»Wahrscheinlich nicht«, sagte er; dennoch schickte er das Glas zur Identifizierung der Abdrücke in die betreffende Abteilung. Dann fragte er mich, woher ich es hätte.

»Das hat noch Zeit«, antwortete ich. »Warten wir erst das Ergebnis ab.« Er war einverstanden.

Man arbeitet recht schnell bei Scotland Yard – der Beamte war in drei Minuten mit einem Stoß Papieren wieder zurück.

Das Mädchen war ihnen gut bekannt. Sie sagten mir ihren Namen und zeigten mir ihre Photographie – nicht sehr schmeichelhaft. Nach allem, was ich zu hören bekam, mußte sie eine ziemlich abenteuerlustige Dame sein. Am Anfang ihrer Laufbahn hatte sie zweimal gesessen, hauptsächlich wegen Kassendiebstahls in Wettbüros. Dann hatte sie sich mit dem Mitglied einer Bande von Wettbetrügern angefreundet, von denen man so ab und zu hört.

Wie mein Freund dann weiter erzählte, kam es später zu Streitigkeiten zwischen zwei dieser Banden, und ihr Freund wurde dabei erschossen. Sie konnte ihn zwar in einem Wagen wegschaffen, aber irgendwo in Norfolk hatte sie Panne. Sie ließ den Wagen mit der Leiche in der Garage irgendeines Hauses stehen und fuhr mit einem Lastwagen weiter nach Norwich. Jedoch kam sie niemals dort an. Unterwegs überschlug sich der Wagen, und sie und der Fahrer – ein gewisser Williams – wurden herausgeschleudert und rammten mit den Köpfen eine Backsteinmauer. Was ja, wie man weiß, meist tödlich auszugehen pflegt. In ihrem Fall war es wenigstens so.

»Das mag wohl so gewesen sein«, sagte ich. »Aber woher wollen Sie das jetzt alles schon wissen? Es geschah doch erst heute nacht!«

»Letzte Nacht! Daß ich nicht lache!« rief er aus. »Das alles hat sich im Februar 1919 zugetragen. Die Leute, die Sie beschreiben, sind seit Jahren tot.«

»Oh!« sagte ich nur.

Und wenn ich nun die neun Pfund behalten hätte ...!

Marie Luise Kaschnitz
Gespenster

Ob ich schon einmal eine Gespenstergeschichte erlebt habe? O ja, gewiß – ich habe sie auch noch gut im Gedächtnis und will sie Ihnen erzählen. Aber wenn ich damit zu Ende bin, dürfen sie mich nichts fragen und keine Erklärung verlangen, denn ich weiß gerade nur so viel, wie ich Ihnen berichte, und kein Wort mehr.

Das Erlebnis, das ich im Sinn habe, begann im Theater, und zwar im Old Vic Theater in London, bei einer Aufführung Richards II. von Shakespeare. Ich war damals zum ersten Mal in London und mein Mann auch, und die Stadt machte einen gewaltigen Eindruck auf uns. Wir wohnten ja für gewöhnlich auf dem Lande, in Österreich, und natürlich kannten wir Wien und auch München und Rom, aber was eine Weltstadt war, wußten wir nicht. Ich erinnere mich, daß wir schon auf dem Weg ins Theater, auf den steilen Rolltreppen der Untergrundbahn hinab- und hinaufschwebend und im eisigen Schluchtenwind der Bahnsteige den Zügen nacheilend, in eine seltsame Stimmung von Erregung und Freude gerieten und daß wir dann vor dem noch geschlossenen Vorhang saßen, wie Kinder, die zum ersten Mal ein Weihnachtsmärchen auf der Bühne sehen. Endlich ging der Vorhang auf, das Stück fing an, bald erschien der junge König, ein hübscher Bub, ein Playboy, von dem wir doch wußten, was das Schicksal mit ihm vorhatte, wie es ihn beugen würde und wie er schließlich untergehen sollte, machtlos aus eigenem Entschluß. Aber während ich an der Handlung sogleich den lebhaftesten Anteil nahm und hingerissen von den glühenden Farben des Bildes und der Kostüme keinen Blick mehr von der Bühne wandte, schien Anton abgelenkt und nicht recht bei der Sache, so als ob mit einem Male etwas anderes seine Aufmerksamkeit gefangengenommen hätte. Als ich mich einmal, sein Einverständnis suchend, zu ihm wandte, bemerkte ich, daß er gar nicht auf die Bühne schaute und kaum darauf hörte, was dort gesprochen wurde, daß er vielmehr eine Frau ins Auge faßte, die in der Reihe vor uns, ein wenig weiter rechts, saß und die sich auch einige Male halb nach ihm umdrehte, wobei auf ihrem verlorenen Profil so etwas wie ein schüchternes Lächeln erschien.

Anton und ich waren zu jener Zeit schon sechs Jahre verheiratet, und ich hatte meine Erfahrungen und wußte, daß er hübsche Frauen und junge Mädchen gern ansah, sich ihnen auch mit Vergnügen näherte, um die Anziehungskraft seiner schönen, südländisch geschnittenen Augen zu erproben. Ein Grund zu rechter Eifersucht war solches Verhalten für mich nie gewesen, und eifersüchtig war ich auch jetzt nicht, nur ein wenig ärgerlich, daß Anton über diesem stärkenden Zeitvertreib versäumte, was mir so besonders erlebenswert erschien. Ich nahm darum weiter keine Notiz von der Eroberung, die zu machen er sich anschickte; selbst als er einmal, im Verlauf des ersten Aktes, meinen Arm leicht berührte und mit einem Heben des Kinns und Senken der Augenlider zu der Schönen hinüberdeutete, nickte ich nur freundlich und wandte mich wieder der Bühne zu. In der Pause gab es dann freilich kein Ausweichen mehr. Anton schob sich nämlich, so rasch er konnte, aus der Reihe und zog mich mit sich zum Ausgang, und ich begriff, daß er dort warten wollte, bis die Unbekannte an uns vorüberging, vorausgesetzt, daß sie ihren Platz überhaupt verließ. Sie machte zunächst dazu freilich keine Anstalten, es zeigte sich nun auch, daß sie nicht allein war, sondern in Begleitung eines jungen Mannes, der, wie sie selbst, eine zarte bleiche Gesichtsfarbe und rötlichblonde Haare hatte und einen müden, fast erloschenen Eindruck machte. Besonders hübsch ist sie nicht, dachte ich, und übermäßig elegant auch nicht, in Faltenrock und Pullover, wie zu einem Spaziergang über Land. Und dann schlug ich vor, draußen auf und ab zu gehen, und begann über das Stück zu sprechen, obwohl ich schon merkte, daß das ganz sinnlos war.

Denn Anton ging nicht mit mir hinaus, und er hörte mir auch gar nicht zu. Er starrte in fast unhöflicher Weise zu dem jungen Paar hinüber, das sich jetzt erhob und auf uns zukam, wenn auch merkwürdig langsam, fast wie im Schlaf. Er kann sie nicht ansprechen, dachte ich, das ist hier nicht üblich, das ist nirgends üblich, aber hier ist es ein unverzeihliches Vergehen. Indessen ging das Mädchen schon ganz nahe an uns vorbei, ohne uns anzusehen, das Programm fiel ihm aus der Hand und wehte auf den Teppich, wie früher einmal ein Spitzentüchlein, suivez-moi, Anknüpfungsmittel einer lange vergangenen Zeit. Anton bückte sich nach dem glänzenden Heftchen, aber statt es zurückzureichen, bat er, einen Blick hineinwerfen zu dürfen, tat das auch, murmelte in seinem kläglichen

Englisch allerlei Ungereimtes über die Aufführung und die Schauspieler und stellte den Fremden endlich sich und mich vor, was den jungen Mann nicht wenig zu erstaunen schien. Ja, Erstaunen und Abwehr zeigten sich auch auf dem Gesicht des jungen Mädchens, obwohl es doch sein Programm augenscheinlich mit voller Absicht hatte fallen lassen und obwohl es jetzt meinem Mann ganz ungeniert in die Augen schaute, wenn auch mit trübem, gleichsam verhangenem Blick. Die Hand, die Anton nach kontinentaler Sitte arglos ausgestreckt hatte, übersah sie, nannte auch keinen Namen, sondern sagte nur, wir sind Bruder und Schwester, und der Klang ihrer Stimme, der überaus zart und süß und gar nicht zum Fürchten war, flößte mir einen merkwürdigen Schauder ein. Nach diesen Worten, bei denen Anton wie ein Knabe errötete, setzten wir uns in Bewegung, wir gingen im Wandelgang auf und ab und sprachen stockend belanglose Dinge, und wenn wir an den Spiegeln vorüberkamen, blieb das fremde Mädchen stehen und zupfte an seinen Haaren und lächelte Anton im Spiegel zu. Und dann läutete es, und wir gingen zurück auf unsere Plätze, und ich hörte zu und sah zu und vergaß die englischen Geschwister, aber Anton vergaß sie nicht. Er blickte nicht mehr so oft hinüber, aber ich merkte doch, daß er nur darauf wartete, daß das Stück zu Ende war, und daß er sich den entsetzlichen und einsamen Tod des gealterten Königs kein bißchen zu Herzen nahm. Als der Vorhang gefallen war, wartete er das Klatschen und das Wiedererscheinen der Schauspieler gar nicht ab, sondern drängte zu den Geschwistern hinüber und sprach auf sie ein, offenbar überredete er sie, ihm ihre Garderobemarken zu überlassen, denn mit einer ihm sonst ganz fremden, unangenehmen Behendigkeit schob und wand er sich gleich darauf durch die ruhig wartenden Zuschauer und kehrte bald mit Mänteln und Hüten beladen zurück; und ich ärgerte mich über seine Beflissenheit und war überzeugt davon, daß wir von unseren neuen Bekannten am Ende kühl entlassen werden würden und daß mir, nach der Erschütterung, die ich durch das Trauerspiel erfahren hatte, nichts anderes bevorstand, als mit einem enttäuschten und schlechtgelaunten Anton nach Hause zu gehen.

Es kam aber alles ganz anders, weil es, als wir angezogen vor die Tür traten, stark regnete, keine Taxis zu haben waren und wir uns in dem einzigen, das Anton mit viel Rennen und Winken schließlich auftreiben konnte, zu viert zusammenzwängten, was Heiterkeit und Gelächter hervorrief und auch mich meinen Unmut vergessen ließ. Wohin? fragte Anton, und das Mädchen sagte mit seiner hellen süßen Stimme: Zu uns. Es nannte dem Chauffeur Straße und Hausnummer und lud uns, zu meinem großen Erstaunen, zu einer Tasse Tee ein. Ich heiße Vivian, sagte sie, und mein Bruder heißt Laurie, und wir wollen uns mit den Vornamen nennen. Ich sah das Mädchen von der Seite an und war überrascht, um wieviel lebhafter es geworden war, so als sei es vorher gelähmt gewesen und sei erst jetzt in unserer oder in Antons körperlicher Nähe imstande, seine Glieder zu rühren. Als wir ausstiegen, beeilte sich Anton, den Fahrer zu bezahlen, und ich stand da und sah mir die Häuser an, die aneinandergebaut und alle völlig gleich waren, schmal mit kleinen, tempelartigen Vorbauten und mit Vorgärten, in denen überall die gleichen Pflanzen wuchsen, und ich dachte unwillkürlich, wie schwer es doch sein müsse, ein Haus hier wiederzuerkennen, und war fast froh, im Garten der Geschwister doch etwas Besonderes, nämlich eine sitzende steinerne Katze zu sehen. Währenddessen hatte Laurie die Eingangstür geöffnet, und nun stiegen er und seine Schwester vor uns eine Treppe hinauf. Anton nahm die Gelegenheit wahr, um mir zuzuflüstern, ich kenne sie, ich kenne sie gewiß, wenn ich nur wüßte, woher. Oben verschwand Vivian gleich, um das Teewasser aufzusetzen, und Anton fragte ihren Bruder aus, ob sie beide in letzter Zeit im Ausland gewesen seien und wo. Laurie antwortete zögernd, beinahe gequält, ich konnte nicht unterscheiden, ob ihn die persönliche Frage abstieß oder ob er sich nicht erinnern konnte, fast schien es so, denn er strich sich ein paarmal über die Stirn und sah unglücklich aus. Er ist nicht ganz richtig, dachte ich, alles ist nicht ganz richtig, ein sonderbares Haus, so still und dunkel und die Möbel von Staub bedeckt, so als seien die Räume seit langer Zeit unbewohnt. Sogar die Birnen der elektrischen Lampen waren ausgebrannt oder ausgeschraubt, man mußte Kerzen anzünden, von denen viele in hohen Silberleuchtern auf den alten Möbeln standen. Das sah nun freilich hübsch aus und verbreitete Gemütlichkeit. Die Tassen, welche Vivian auf einem gläsernen Tablett hereinbrachte, waren auch hübsch, zart und schön blau gemustert, ganze Traumlandschaften waren auf dem Porzellan zu erkennen. Der Tee war stark und schmeckte bitter, Zucker und Rahm gab es dazu nicht. Wovon sprecht ihr, fragte Vivian, und sah Anton an, und mein Mann wiederholte seine Fragen mit beinahe unhöflicher Dringlichkeit. Ja, antwortete Vivian sofort, wir waren in Österreich, in – aber nun brachte auch sie den Namen des Ortes nicht heraus und starrte verwirrt auf den runden, von einer feinen Staubschicht bedeckten Tisch.

In diesem Augenblick zog Anton sein Zigarettenetui heraus, ein flaches goldenes Etui, das er von seinem Vater geerbt hatte und das er, entgegen der herrschenden Mode, Zigaretten in ihren Packungen anzubieten, noch immer benutzte. Er klappte es auf und bot uns allen an, und dann machte er es wieder zu und legte es auf den Tisch, woran ich mich am nächsten Morgen, als er es vermißte, noch gut erinnern konnte.

Wir tranken also Tee und rauchten, und dann stand Vivian plötzlich auf und drehte das Radio an, und über allerhand grelle Klang- und Stimmfetzen glitt der Lautsprecherton in eine sanft klirrende Tanzmusik. Wir wollen tanzen, sagte Vivian und sah meinen Mann an, und Anton erhob sich sofort und legte den Arm um sie. Ihr Bruder machte keine Anstalten, mich zum Tanzen aufzufordern, so blieben wir am Tisch sitzen und hörten der Musik zu und betrachteten das Paar, das sich im Hintergrund des großen Zimmers hin und her bewegte. So kühl sind die Engländerinnen also nicht, dachte ich und wußte schon, daß ich etwas anderes meinte, denn Kühle, eine holde, sanfte Kühle ging nach wie vor von dem fremden Mädchen aus, zugleich aber auch eine seltsame Gier, da sich ihre kleinen Hände wie Saugnäpfe einer Kletterpflanze an den Schultern meines Mannes festhielten und ihre Lippen sich lautlos bewegten, als formten sie Ausrufe der höchsten Bedrängnis und Not. Anton, der damals noch ein kräftiger junger Mann und ein guter Tänzer war, schien von dem ungewöhnlichen Verhalten seiner Partnerin nichts zu bemerken, er sah ruhig und liebevoll auf sie herunter, und manchmal schaute er auf dieselbe Weise auch zu mir herüber, als wolle er sagen, mach dir keine Gedanken, es geht vorüber, es ist nichts. Aber obwohl Vivian so leicht und dünn mit ihm hinschwebte, schien dieser Tanz, der, wie es bei Radiomusik üblich ist, kein Ende nahm und nur in Rhythmus und Melodie sich veränderte, ihn ungebührlich anzustrengen, seine Stirn war bald mit Schweißtropfen bedeckt, und wenn er einmal mit Vivian nahe bei mir vorüberkam, konnte ich seinen Atem fast wie ein Keuchen oder Stöhnen hören. Laurie, der ziemlich schläfrig an meiner Seite saß, fing plötzlich an, zu der Musik den Takt zu schlagen, wozu er geschickt bald seine Fingerknöchel, bald den Teelöffel verwendete, auch mit dem Zigarettenetui meines Mannes synkopisch auf den Tisch klopfte, was alles der Musik etwas atemlos Drängendes verlieh und mich in plötzliche Angst versetzte. Eine Falle, dachte ich, sie haben uns hier heraufgelockt, wir sollen ausgeraubt oder verschleppt werden, und gleich darauf, was für ein verrückter Gedanke, wer sind wir schon, unwichtige Fremde, Touristen, Theaterbesucher, die nichts bei sich haben als ein bißchen Geld, um notfalls nach der Vorstellung noch etwas essen zu gehen. Plötzlich wurde ich sehr schläfrig, ich gähnte ein paarmal verstohlen. War nicht der Tee, den wir getrunken hatten, außergewöhnlich bitter gewesen, und hatte Vivian die Tassen nicht schon eingeschenkt hereingebracht, so daß sehr wohl in den unseren ein Schlafmittel hätte aufgelöst sein können und in denen der englischen Geschwister nicht? Fort, dachte ich, heim ins Hotel, und suchte den Blick meines Mannes wieder, der aber nicht zu mir hersah, sondern jetzt die Augen geschlossen hielt, während das zarte Gesicht seiner Tänzerin ihm auf die Schulter gesunken war.

Wo ist das Telephon? fragte ich unhöflich, ich möchte ein Taxi bestellen. Laurie griff bereitwillig hinter sich, der Apparat stand auf einer Truhe, aber als Laurie den Hörer abnahm, war kein Summzeichen zu vernehmen. Laurie zuckte nur bedauernd mit den Achseln, aber Anton war jetzt aufmerksam geworden, er blieb stehen und löste seine Arme von dem Mädchen, das verwundert zu ihm aufschaute und beängstigend schwankte, wie eine zarte Staude im Wind. Es ist spät, sagte mein Mann, ich fürchte, wir müssen jetzt gehen. Die Geschwister machten zu meiner Überraschung keinerlei Einwände, nur noch ein paar freundliche und höfliche Worte wurden gewechselt, Dank für den reizenden Abend und so weiter, und dann brachte der schweigsame Laurie uns die Treppe hinunter zur Haustür, und Vivian blieb auf dem Absatz oben stehen, lehnte sich über das Geländer und stieß kleine, vogelleichte Laute aus, die alles bedeuten konnten oder auch nichts.

Ein Taxistand war in der Nähe, aber Anton wollte ein Stück zu Fuß gehen, er war zuerst still und wie erschöpft und fing dann plötzlich lebhaft zu reden an. Gesehen habe er die Geschwister bestimmt schon irgendwo und vor nicht langer Zeit, wahrscheinlich in Kitzbühel im Frühjahr, das sei ja gewiß ein für Ausländer schwer zu behaltender Name, kein Wunder, daß Vivian nicht auf ihn gekommen sei. Er habe jetzt sogar etwas ganz Bestimmtes im Sinn, vorhin, beim Tanzen sei es ihm eingefallen, eine Bergstraße, ein Hinüber- und Herübersehen von Wagen zu Wagen, in dem einen habe er gesessen, allein, und in dem andern, einem roten Sportwagen, die Geschwister, das Mädchen am Steuer, und nach einer kurzen Stockung im Verkehr, einem minutenlangen Nebeneinanderfahren, habe es ihn überholt und sei davongeschossen auf eine schon nicht mehr vernünftige Art. Ob sie nicht hübsch sei und etwas Besonderes, fragte Anton gleich darauf, und ich sagte, hübsch schon und etwas Besonderes schon, aber ein bißchen unheimlich, und ich erinnerte ihn an den modrigen Geruch in der Wohnung und an den Staub und das abgestellte Telephon. Anton hatte von dem allem nichts bemerkt und wollte auch jetzt nichts davon wissen, aber streitlustig waren wir beide nicht, sondern sehr müde, und darum hörten wir nach einer Weile auf zu sprechen und fuhren ganz friedlich nach Hause ins Hotel und gingen zu Bett.

Für den nächsten Vormittag hatten wir uns die Tate-Galerie vorgenommen, wir besaßen auch schon einen Katalog dieser berühmten Bildersammlung, und beim Frühstück blätterten wir darin und überlegten uns, welche Bilder wir anschauen wollten und welche nicht. Aber gleich nach dem Frühstück vermißte mein Mann sein Zigarettenetui, und als ich ihm sagte, daß ich es auf dem Tisch bei den englischen Geschwistern zuletzt gesehen hätte, schlug er vor, daß wir es noch vor dem Besuch des Museums dort abholen sollten. Ich dachte gleich, er hat es absichtlich liegenlassen, aber ich sagte nichts. Wir suchten die Straße auf dem Stadtplan, und dann fuhren wir mit einem Autobus bis zu einem Platz in der Nähe. Es regnete nicht mehr, ein zartgoldener Frühherbstnebel lag über den weiten Parkwiesen, und große Gebäude mit Säulen und Giebel tauchten auf und verschwanden wieder geheimnisvoll im wehenden Dunst. Anton war sehr guter Laune und ich auch. Ich hatte alle Beunruhigung des vergangenen Abends vergessen und war gespannt, wie sich unsere neuen Bekannten im Tageslicht ausnehmen und verhalten würden. Ohne Mühe fanden wir die Straße und auch das Haus und waren nur erstaunt, alle Läden heruntergelassen zu sehen, so als ob drinnen noch alles schliefe oder die Bewohner zu einer langen Reise aufgebrochen seien. Da sich auf mein erstes schüchternes Klingeln hin nichts rührte, schellten wir dringlicher, schließlich fast ungezogen lange und laut. Ein altmodischer Messingklopfer befand sich auch an der Tür, und auch diesen betätigten wir am Ende, ohne daß sich drinnen Schritte hören ließen oder Stimmen laut wurden. Schließlich gingen wir fort, aber nur ein paar Häuser weit die Straße hinunter, dann blieb Anton wieder stehen. Es sei nicht wegen des Etuis, sagte er, aber es könne den jungen Leuten etwas zugestoßen sein, eine Gasvergiftung zum Beispiel, Gaskamine habe man hier überall, und er habe auch einen im Wohnzimmer gesehen. Auf jeden Fall müsse die Polizei gerufen werden, und er habe auch jetzt nicht die Ruhe, im Museum Bilder zu betrachten. Inzwischen hatte sich der Nebel gesenkt, ein schöner, blauer Nachsommerhimmel stand über der wenig befahrenen Straße und über dem Haus Nr. 79, das, als wir nun zurückkehrten, noch ebenso still und tot dalag wie vorher.

Die Nachbarn, sagte ich, man muß die Nachbarn fragen, und schon öffnete sich ein Fenster im nächsten, zur Rechten gelegenen Haus, und eine dicke Frau schüttelte ihren Besen über den hübschen Herbstastern des Vorgärtchens aus. Wir riefen sie an und versuchten, uns ihr verständlich zu machen. Einen Familiennamen wußten wir nicht, nur Vivian und Laurie, aber die Frau schien sofort zu wissen, wen wir meinten. Sie zog ihren Besen zurück, legte ihre starke Brust in der geblümten Bluse auf die Fensterbank und sah uns erschrocken an. Wir waren hier im Haus, sagte Anton, noch gestern abend, wir haben etwas liegengelassen, das möchten wir jetzt abholen, und die Frau machte plötzlich ein mißtrauisches Gesicht. Das sei unmöglich, sagte sie mit ihrer schrillen Stimme, nur sie habe den Schlüssel, das Haus stünde leer. Seit wann, fragte ich unwillkürlich und glaubte schon, daß wir uns doch in der Hausnummer geirrt hätten, obwohl im Vorgarten, nun im hellen Sonnenlicht, die steinerne Katze lag.

Seit drei Monaten, sagte die Frau ganz entschieden, seit die jungen Herrschaften tot sind. Tot? fragten wir und fingen an, durcheinander zu reden, lächerlich, wir waren gestern zusammen im Theater, wir haben bei ihnen Tee getrunken und Musik gemacht und getanzt.

Einen Augenblick, sagte die dicke Frau und schlug das Fenster zu, und ich dachte schon, sie würde jetzt telephonieren und uns fortbringen lassen, ins Irrenhaus oder auf die Polizei. Sie kam aber gleich darauf auf die Straße hinaus, mit neugierigem Gesicht, ein großes Schlüsselbund in der Hand. Ich bin nicht verrückt, sagte sie, ich weiß, was ich sage, die jungen Herrschaften sind tot und begraben, sie waren mit dem Wagen im

Ausland und haben sich dort den Hals gebrochen, irgendwo in den Bergen, mit ihrem blödsinnig schnellen Fahren.

In Kitzbühel, fragte mein Mann entsetzt, und die Frau sagte, so könne der Ort geheißen haben, aber auch anders, diese ausländischen Namen könne niemand verstehen. Indessen ging sie uns schon voraus, die Stufen hinauf, und sperrte die Tür auf, wir sollten nur sehen, daß sie die Wahrheit spreche und daß das Haus leer sei, von ihr aus könnten wir auch in die Zimmer gehen, aber Licht könne sie nicht anmachen, sie habe die elektrischen Birnen für sich herausgeschraubt, der Herr Verwalter habe nichts dagegen gehabt.

Wir gingen hinter der Frau her, es roch dumpf und muffig, und ich faßte auf der Treppe meinen Mann bei der Hand und sagte, es war einfach eine ganz andere Straße, oder wir haben alles nur geträumt, zwei Menschen können genau denselben Traum haben in derselben Nacht, so etwas gibt es, und jetzt wollen wir gehen. Ja, sagte Anton ganz erleichtert, du hast recht, was haben wir hier zu suchen, und er blieb stehen und griff in die Tasche, um etwas Geld herauszuholen, das er der Nachbarsfrau für ihre Mühe geben wollte. Die war aber schon oben ins Zimmer getreten, und wir mußten ihr nachlaufen und auch in das Zimmer hineingehen, obwohl wir dazu schon gar keine Lust mehr hatten und ganz sicher waren, daß das Ganze eine Verwechslung oder eine Einbildung war. Kommen Sie nur, sagte die Frau und fing an, einen Laden heraufzuziehen, nicht völlig, nur ein Stückchen, nur so weit, daß man alle Möbel deutlich erkennen konnte, besonders einen runden Tisch mit Sesseln drum herum und mit einer feinen Staubschicht auf der Platte, einen Tisch, auf dem nur ein einziger Gegenstand, der jetzt von einem Sonnenstrahl getroffen aufleuchtete, ein flaches, goldenes Zigarettenetui, lag.

André Maurois
Das Haus

Als ich krank war vor zwei Jahren, erzählte sie, wurde mir bewußt, daß ich jede Nacht den gleichen Traum hatte. Ich ging übers Land; von weitem bemerkte ich ein weißes Haus, niedrig und langgestreckt, umgeben von einem Lindenwäldchen. Zur Linken des Hauses durchbrach eine von Pappeln begrenzte Wiese angenehm die Symmetrie des Bildes, und ihre Wipfel, die man von weitem erblickte, wiegten sich über den Linden.

Im Traum fühlte ich mich zu diesem Hause hingezogen, und ich schritt darauf zu. Ein weißgestrichenes Tor versperrte die Einfahrt. Der Weg war mit Bäumen eingefaßt, unter denen ich Frühlingsblumen fand: Schlüsselblumen, Leberblümchen und Anemonen, die welkten, sobald ich sie pflückte. Hatte man die Allee durchschritten, war man nicht mehr weit vom Haus entfernt. Ein breiter Rasen lag davor, nach englischer Art geschoren und beinahe kahl. Einzig ein Beet violetter Blumen zog sich durch das Grün.

Das Haus war aus weißen Steinen erbaut und trug ein Schieferdach. Zur Tür aus heller Eiche mit geschnitzter Füllung führte eine Freitreppe hinauf. Ich wollte das Haus besichtigen, doch niemand antwortete meinem Klopfen. Ich war tief enttäuscht, klingelte, rief und wachte endlich auf.

Das war mein Traum – und er kehrte während vieler Monate immer wieder, er wiederholte sich mit einer Stetigkeit und Genauigkeit, daß ich schließlich dachte, ich hätte in meiner Kindheit dieses Schloß und den Park schon einmal gesehen. Dennoch konnte ich, wenn ich wach war, mich nicht daran erinnern, und das Nachgrübeln wurde zu einer Art von Besessenheit, so daß ich eines Sommers, als ich gelernt hatte, selbst einen kleinen Wagen zu lenken, beschloß, während meiner Ferien ganz Frankreich auf der Suche nach dem Haus meines Traumes zu durchfahren.

Ich erzähle Ihnen nichts von meiner Reise. Ich durchstreifte die Normandie, die Touraine und das Poitou; nichts fand ich und war darüber nicht erstaunt. Im Oktober kehrte ich nach Paris zurück und fuhr fort, während des ganzen Winters von meinem weißen Haus zu träumen ... Doch eines Tages, ich fuhr durch ein der Isle-Adam benachbartes Tal, überkam mich ein angenehmer Schreck, jene merkwürdige Erschütterung, die einen ergreift, wenn man nach langer Abwesenheit Menschen oder Orten wiederbegegnet, die man sehr geliebt hat.

Obschon ich niemals in dieser Gegend gewesen war, erschien mir die Landschaft, die sich zu meiner Rechten dehnte, ganz vertraut. Pappelwipfel überragten eine Lindengruppe. Durch das Laubwerk hindurch gewahrte man ein weißes Haus. Da wußte ich, daß ich das Schloß meiner Träume gefunden hatte. Ich wußte genau, daß hundert Meter weiter ein schmaler Weg die Straße kreuzen mußte. Der Weg war da. Ich schlug ihn ein. Ich folgte ihm bis vor ein weißes Gartentor.

Dahinter erstreckte sich die Allee, der ich schon oft gefolgt war. Unter den Bäumen bewunderte ich den Teppich zarter Farben, den die Leberblümchen, Himmelsschlüssel und Anemonen bildeten. Als ich das Lindengewölbe durchschritten hatte, bemerkte ich sogleich den grünen Rasen und die Freitreppe, die zu der hellen, eichenen Tür hinaufführte. Ich stieg aus meinem Wagen, lief eilig die Stufen hinauf und klingelte.

Ich fürchtete sehr, daß niemand kommen würde, jedoch fast im gleichen Augenblick öffnete ein Diener. Er blickte traurig drein, war sehr alt und trug einen schwarzen Rock. Er schien sehr erstaunt, mich zu sehen, und betrachtete mich aufmerksam ohne zu sprechen.

»Ich werde Ihnen jetzt«, sagte ich, »eine recht seltsame Bitte vortragen. Ich kenne die Eigentümer dieses Hauses nicht, aber ich wäre glücklich, wenn Sie mir gestatten würden, es anzusehen.«

»Das Schloß«, sprach er wie bedauernd, »ist zu vermieten, gnädige Frau, und ich bin hier, um es bei Besichtigungen zu zeigen.«

»Man kann es mieten?« sagte ich. »Welch unerhoffter Zufall . . . Warum bewohnen denn die Besitzer nicht selbst ein so schönes Haus?«

»Sie haben es bewohnt, Madame, und sie haben es verlassen, seitdem es hier im Hause spukt.«

»Es spukt hier?« fragte ich. Das sollte mich nicht abhalten. »Ich wußte nicht, daß man in Frankreich auf dem Lande noch an Geister glaubt.«

»Auch ich nicht, Madame«, sprach er ernst, »wenn ich nicht

selber dem Gespenst, das meine Herrschaft vertrieb, so oft des Nachts im Park begegnet wäre.«

»Unglaublich!« meinte ich und versuchte zu lächeln.

»Nicht ganz so unglaublich«, sagte der Greis in vorwurfsvollem Tone, »daß gerade Sie darüber lachen dürften, denn das Gespenst, Madame, waren Sie.«

Christa Reinig
Eridanos

Der Reisende hatte sich verspätet. Er fragte: Ist der Eridanos schon durch? Der Knipser knipste und schwieg. Sein Schweigen beruhigte den Reisenden. Er bremste sich und stellte die Koffer ab. Es war drei Uhr in der Frühe. Die Lampe verstreute mehr Finsternis als Licht. Seine Zeitung war von gestern nachmittag. Er steckte sie wieder ein und lief hinter dem Bahnmeister her: Ist der Eridanos schon durch? Der Bahnmeister schwieg und ging weiter. Der Reisende buchstabierte die Fahrpläne. Da stand nichts von Eridanos. Ihm fiel ein, nach dem Stationsschild zu suchen. Über der Bank stand groß: Oberdorf-Heidecken. Er schlenderte zu den Fahrplänen zurück. Nichts von Eridanos. Es war auch zu dunkel, und er wurde nervös. Die Zeiger standen immer noch auf drei. Der Reisende zog den Ärmel hoch. Es war drei. Er hielt den Ärmel ans Ohr. Es tickte. Die Bahnsteiguhr war vorgegangen und dann stehengeblieben. Oder sie stand noch von gestern nachmittag. Oder seine Armbanduhr ging nach. Oder sie ging richtig und er hatte sich gar nicht verspätet. Auf alle Fälle war die Bahnsteiguhr kaputt. Denn sie stand unbeweglich auf drei. Der Bahnmeister ging jetzt in der anderen Richtung. Der Reisende schlenderte ihm nach: Der Eridanos, hat er Verspätung? Der Bahnmeister schwieg und ging weiter. Inzwischen mußte ein Zug gehalten haben und wieder abgefahren sein. Der Reisende hatte ihn gar nicht bemerkt. Aber ein Reisender war ausgestiegen. Der Reisende lief ihm entgegen. Er sprach den Reisenden an. Der Reisende drehte sich um und stieg in den Tunnel hinab. Der Reisende dachte daran, ihm zu folgen. Da sah er den Gepäckträger seine Koffer zum Ausgang karren. Halten Sie mal, rief der Reisende. Der Gepäckträger karrte zum Ausgang. Der Reisende holte ihn ein und schmiß die Koffer von der Karre. Der Gepäckträger verzog seinen Mund zu einem lautlosen Lachen und sammelte die Koffer wieder auf. Der Reisende dachte daran, ihn hantieren zu lassen. Er wollte nun nichts als zum Ausgang. Der Eridanos rauschte ein. Grün und rot mit goldenen Lettern: ERIDAN. Der Rest fehlte. Der Reisende griff seine Koffer und eilte die Wagen entlang. Er schrie: Maria. Mariiia! Ein Fenster glitt herab. Ein Gesicht erschien. Der

Reisende sagte: Gottseidank, Maria. Er reichte die Koffer hoch. Sie polterten zurück auf den Bahnsteig. Maria hatte nicht festgehalten. Der Zug ruckte an. Der Reisende sprang auf. Er stolperte und knallte gegen die Erde. Der Bahnmeister hatte ihn heruntergerissen. Der Zug war weg. Der Reisende rappelte sich hoch und stürmte gegen den Bahnmeister an. Im letzten Augenblick warf er sich zur Seite. Der Bahnmeister ging vorüber. Der Reisende raffte sein Gepäck zusammen und floh aus dem Bahnhof. Ein Taxi hielt. Der Taxifahrer drehte sich um. Der Reisende sagte: Zum Bahnhof. Das Taxi fuhr los. Der Reisende grübelte: Hab ich gesagt zum Bahnhof? Ich hab bestimmt gesagt: Zum Hotel. Wir standen ja vor dem Bahnhof. Er hätte mich was gefragt. Sie hielten vor dem Bahnhof. Der Reisende stand still und betrachtete seine Fahrkarten. Sie waren nicht gelocht. Der Knipser knipste schweigend die Fahrkarten. Über der Bank stand: Oberdorf-Heidecken. Die Uhr zeigte halbfünf. Er zog den Ärmel hoch: Halbfünf. Es dämmerte. Leute füllten den Bahnsteig. Eine Stimme sagte endlos Zugverspätungen an. Von Eridanos sagte sie nichts. Der Reisende rannte hinter einem Bahnmeister her: Der Eridanos-Expreß, wieviel Verspätung? Der Bahnmeister sah ihn ernst, fast finster an und ging schweigend weiter. Ein Gepäckträger stand neben seiner Karre. Er grinste ein gemeines Lachen. Der Reisende entsetzte sich vor dem gemeinen Lachen. Ja wissen Sie denn nicht, grinste der Gepäckträger, auf den Eridanos können Sie lange warten. Vor dem Zeitungskiosk türmten sich die frischen Packen: Eridanos-Expreß. Eridanos-Expreß. Eridanos. Eridan.

Truman Capote
Miriam

Mehrere Jahre lang hatte Frau H. T. Miller allein in ihrer gemütlichen Wohnung (zwei Zimmer mit kleiner Küche) in einem umgebauten Sandstein-Haus nahe am East River gewohnt. Sie war Witwe: Herr H. T. Miller hatte ihr einen angemessenen Versicherungsbetrag hinterlassen. Ihre Interessen waren beschränkt, sie hatte keine nennenswerten Freunde und wanderte selten weiter als bis zum Lebensmittelgeschäft an der Ecke. Die andern Leute im Haus nahmen anscheinend niemals Notiz von ihr: ihre Kleider waren nüchtern, ihr Haar eisengrau, kurz geschnitten und nachlässig onduliert; sie gebrauchte keine Schönheitsmittel, ihre Züge waren schlicht und unauffällig, und an ihrem letzten Geburtstag war sie einundsechzig geworden. Sie handelte selten spontan; sie hielt ihre beiden Zimmer tadellos, rauchte ab und zu eine Zigarette, bereitete sich selbst ihre Mahlzeiten und pflegte ihren Kanarienvogel.

Dann traf sie Miriam. Es schneite an jenem Abend. Frau Miller war fertig mit dem Abtrocknen ihres Abendbrotgeschirrs und blätterte eine Nachmittagszeitung durch, in der sie einen Film angekündigt sah, der in einem Kino in der Nachbarschaft lief. Der Titel klang gut, also fuhr sie in ihren Biberpelz, schnürte ihre Galoschen zu und verließ die Wohnung; sie ließ im Flur eine Lampe brennen; nichts machte sie nervöser als das Gefühl der Dunkelheit.

Der Schnee war fein, er fiel sacht herab und hinterließ noch keine Spuren auf dem Pflaster. Der Wind vom Fluß her war nur an den Straßenkreuzungen zu spüren. Frau Miller eilte mit gesenktem Kopf dahin, unbeirrt wie ein Maulwurf, der sich blind seinen Weg gräbt. Sie hielt bei einem Drugstore inne und kaufte sich ein Päckchen Pfefferminzbonbons.

Vor der Kasse stand eine lange Schlange; sie nahm ihren Platz am Ende ein. Wahrscheinlich, brummte eine müde Stimme, würde man für alle Plätze ein wenig warten müssen. Frau Miller kramte in ihrer ledernen Handtasche, bis sie genau die richtigen Münzen für das Eintrittsgeld fand. Die Schlange schien sich Zeit zu lassen, und als sich Frau Miller, Abwechslung suchend, umsah, bemerkte sie plötzlich ein kleines Mädchen, das unter dem Rand der Markise stand.

Es hatte das längste und eigenartigste Haar, das Frau Miller je gesehen hatte: vollkommen silberweiß, wie bei einem Albino. Es floß in glatten, lockeren Linien bis zur Taille. Sie war dünn und zart gebaut. Eine schlichte, besondere Vornehmheit war in der Art, wie sie dastand, die Daumen in den Taschen eines nach Maß gearbeiteten pflaumenblauen Samtmantels.

Frau Miller empfand eine merkwürdige Erregung, und als das kleine Mädchen zu ihr hinsah, lächelte sie warm. Das Kind kam herüber und sagte: »Würden Sie mir wohl einen Gefallen tun?«

»Aber gern, wenn ich kann«, sagte Frau Miller.

»Oh, es ist ganz leicht. Ich möchte nur, daß Sie mir eine Eintrittskarte kaufen; sonst lassen sie mich nicht hinein. Hier, das Geld habe ich.« Und anmutig händigte sie Frau Miller zwei Zehncentstücke und einen Fünfer ein.

Sie gingen zusammen in das Theater. Eine Platzanweiserin führte sie in einen Vorraum; in zwanzig Minuten würde der Film zu Ende sein.

»Ich komme mir wie ein richtiger Verbrecher vor«, sagte Frau Miller heiter, als sie sich setzten. »Ich meine, so etwas ist ungesetzlich, nicht wahr? Ich hoffe, ich habe nichts Verkehrtes getan. Deine Mutter weiß, wo du bist, Herzchen? Ich meine, sie weiß es doch, nicht wahr?«

Das kleine Mädchen sagte nichts. Sie knöpfte ihren Mantel auf und faltete ihn über ihrem Schoß. Das Kleid darunter war fein und dunkelblau. Eine goldene Kette hing an ihrem Hals, und ihre Finger – sie sahen empfindsam und musikalisch aus – spielten damit. Während Frau Miller sie aufmerksam musterte, kam sie zu dem Schluß, daß ihr wirklich charakteristisches Merkmal nicht das Haar, sondern die Augen waren; sie waren nußbraun, stetig, ohne die geringste Spur von Kindlichkeit, und schienen – so groß waren sie – das kleine Gesicht aufzuzehren.

Frau Miller bot ihr ein Stück Pfefferminz an: »Wie heißt du denn, Herzchen?«

»Miriam«, sagte sie, als sei das eine auf irgendeine sonderbare Art bereits bekannte Auskunft.

»Oh – ist das nicht drollig – ich heiße ebenfalls Miriam. Und dabei ist das gar kein schrecklich gebräuchlicher Name. Nun sag mir nur nicht, daß dein Nachname Miller ist!«

»Bloß Miriam.«

»Aber ist das nicht eigenartig?«

»Gewissermaßen«, sagte Miriam und rollte den Pfefferminzbonbon auf der Zunge.

Frau Miller errötete und rutschte unbehaglich hin und her. »Du hast einen recht großen Wortschatz für ein so kleines Mädchen.«

»So?«

»Nun ja«, sagte Frau Miller, eilig das Thema wechselnd: »Gehst du gern ins Kino?«

»Das weiß ich wirklich noch nicht«, sagte Miriam. »Ich bin noch nie drin gewesen.«

Frauen fingen an, die Vorhalle zu füllen; dann dröhnten Wochenschaubomben, die in der Ferne explodierten. Frau Miller stand auf, schob die Handtasche unter den Arm. »Ich glaube, ich beeile mich jetzt lieber, wenn ich einen Sitzplatz haben will«, sagte sie. »Es war nett, dich kennenzulernen.«

Miriam nickte ungemein nachlässig.

Es schneite die ganze Woche. Räder und Schritte bewegten sich unhörbar auf der Straße, als liefe das tätige Leben heimlich weiter hinter einem blassen, aber undurchdringlichen Vorhang. In der Stille, die sich auf alles senkte, gab es weder Himmel noch Erde, nur Schnee, den der Wind emporwehte, der das Fensterglas einfrieren ließ, die Zimmer auskühlte, die Stadt tötete und verstummen ließ. Zu allen Stunden mußte man die Lampen brennen lassen, und Frau Miller verlor die Tage aus den Augen: der Freitag unterschied sich nicht vom Samstag, und am Sonntag ging sie zum Lebensmittelgeschäft: natürlich geschlossen.

An jenem Abend machte sie sich Rührei und kochte einen Teller Tomatensuppe. Nachdem sie einen flanellenen Morgenrock angezogen hatte, rieb sie sich das Gesicht mit Coldcreme ein und machte es sich mit einer Wärmflasche unter den Füßen im Bett bequem. Sie las die ›New York Times‹, als die Türglocke anschlug. Zuerst dachte sie, es sei ein Irrtum, und wer da auch klingelte, würde weggehen. Aber es läutete und läutete und ging in ein beharrliches Schrillen über. Sie sah nach der Uhr: kurz nach elf; es schien ihr unmöglich, sie schlief immer schon um zehn.

Sie kletterte aus dem Bett und trabte barfuß durch das Wohnzimmer. »Ich komme, bitte gedulden Sie sich!« Der Drücker klemmte; sie drehte ihn hin und her und die Klingel setzte nicht einen Augenblick aus. »Hören Sie auf!« rief sie.

Der Drücker gab nach und sie machte die Tür ein paar Zentimeter auf. »Was um Himmels willen . . .?«

»Hallo«, sagte Miriam.

»Oh . . . ach so . . . hallo«, sagte Frau Miller und trat zögernd ins Treppenhaus. »Du bist dieses kleine Mädchen.«

»Ich dachte, Sie würden überhaupt nicht aufmachen, aber ich ließ den Finger auf der Klingel; ich wußte, daß Sie zu Hause sind. Freuen Sie sich nicht, mich zu sehen?«

Frau Miller wußte nichts zu sagen. Miriam trug, wie sie sah, denselben pflaumenblauen Samtmantel, und jetzt hatte sie auch eine dazu passende Mütze; ihr weißes Haar war in zwei glänzende Zöpfe geflochten und am Ende mit riesigen weißen Schleifen zusammengebunden.

»Nachdem ich so lange gewartet habe, könnten Sie mich wenigstens hineinlassen«, sagte sie.

»Es ist schrecklich spät . . .«

Miriam musterte sie unbeeindruckt. »Was macht das aus? Lassen Sie mich hinein. Hier draußen ist es kalt, und ich habe ein seidenes Kleid an.« Dann schob sie mit sanfter Gebärde Frau Miller beiseite und ging in die Wohnung.

Sie ließ Mantel und Mütze auf einen Stuhl fallen. Wirklich, sie trug ein seidenes Kleid. Weiße Seide. Weiße Seide im Februar. Der Rock war schön gefältelt und die Ärmel lang; es raschelte leise, als sie im Zimmer umherging. »Ihre Wohnung gefällt mir«, sagte sie. »Den Teppich mag ich gern. Blau ist meine Lieblingsfarbe.« Sie berührte eine Papierrose in einer Vase auf dem Kaffeetisch. »Imitation«, sagte sie mit gezwungenem Lächeln. »Wie traurig. Sind Imitationen nicht traurig?« Sie setzte sich aufs Sofa, ihren Rock zierlich ausbreitend.

»Was willst du?« fragte Frau Miller.

»Setzen Sie sich«, sagte Miriam. »Es macht mich nervös, die Leute stehen zu sehen.«

Frau Miller sank auf einen Puff. »Was willst du?« wiederholte sie.

»Nun, Sie freuen sich wohl gar nicht, mich zu sehen.«

Zum zweiten Mal hatte Frau Miller keine Antwort; sie machte eine ungewisse Handbewegung. Miriam kicherte und drückte sich in einen Berg von Chintzkissen. Frau Miller bemerkte, daß das Mädchen nicht so blaß war, wie sie es in der Erinnerung hatte; ihre Wangen waren erhitzt.

»Wieso wußtest du, wo ich wohne?«

Miriam runzelte die Stirn. »Das ist doch gar keine Frage! Wie ist Ihr Name? Und wie ist meiner?«

»Aber ich stehe nicht im Telephonbuch.«

»Oh, wir wollen lieber von etwas anderem sprechen.«

Frau Miller sagte: »Deine Mutter muß ja von Sinnen sein, daß sie ein Kind wie dich zu allen Nachtstunden herumlaufen läßt – und in so lächerlichen Kleidern. Sie muß den Verstand verloren haben.«

Miriam stand auf und ging in die Ecke, wo ein zugedeckter Käfig an einer Kette von der Decke herabhing. Sie lugte unter das Tuch. »Es ist ein Kanarienvogel«, sagte sie. »Darf ich ihn wecken? Ich würde ihn gern singen hören.«

»Laß Tommy in Ruhe«, sagte Frau Miller gereizt. »Unterstehe dich nicht, ihn zu wecken.«

»Schon gut«, sagte Miriam. »Aber ich sehe nicht ein, warum ich ihn nicht singen hören soll.« Und dann: »Haben Sie nicht irgend etwas zu essen? Ich habe Hunger! Sogar Milch und ein Marmeladebrot wären mir recht.«

»Hör zu«, sagte Frau Miller, sich von dem Puff erhebend, »wenn ich dir jetzt ein paar nette Brote mache – wirst du dann ein gutes Kind sein und rasch nach Hause laufen? Es ist sicher Mitternacht vorbei.«

»Es schneit«, sagte Miriam vorwurfsvoll. »Und es ist kalt und dunkel.«

»Nun, zunächst mal hättest du gar nicht herkommen sollen«, sagte Frau Miller, bemüht, ihre Stimme zu beherrschen. »Ich kann das Wetter nicht ändern. Wenn du etwas zu essen haben willst, mußt du mir versprechen, wegzugehen.«

Miriam rieb sich mit einem Zopf die Wange. Ihre Augen waren nachdenklich, als prüfe sie einen Vorschlag. Sie wandte sich nach dem Käfig um. »Also gut«, sagte sie, »ich verspreche es Ihnen.«

Wie alt ist sie? Zehn? Elf? Frau Miller machte in der Küche ein Glas Erdbeermarmelade auf und schnitt vier Scheiben Brot ab. Sie goß einen Becher voll Milch und hielt inne, um sich eine Zigarette anzuzünden. *Und warum ist sie gekommen?* Ihre Hand zitterte, während sie selbstvergessen das Streichholz hielt, bis es ihr die Finger verbrannte. Der Kanarienvogel sang und sang, wie er morgens und zu keiner andern Zeit zu singen pflegte. »Miriam«, rief sie, »Miriam, ich habe dir doch gesagt, du sollst Tommy nicht stören.« Es kam keine Antwort. Sie rief nochmals; nur der Kanarienvogel war zu hören. Sie zog den Rauch der Zigarette ein und entdeckte, daß sie das Korkmundstück angesteckt hatte und – oh, wirklich, sie durfte nicht die Fassung verlieren!

Sie trug das Essen auf einem Tablett hinein und setzte es auf den Kaffeetisch. Als erstes sah sie, daß der Vogelkäfig noch seine nächtliche Decke trug. Und Tommy sang! Es erregte sie merkwürdig. Und niemand war im Zimmer. Frau Miller ging durch den Alkoven, der ins Schlafzimmer führte; an der Tür hielt sie den Atem an.

»Was tust du?« fragte sie.

Miriam schaute auf, und in ihren Augen war ein ungewöhnlicher Blick. Sie stand bei der Kommode, vor ihr eine offene Schmuckkassette. Eine Minute musterte sie Frau Miller, zwang ihre Augen, den ihren zu begegnen, und lächelte. »Es ist nichts Gutes dabei«, sagte sie, »aber dies hier gefällt mir.« Sie hielt eine Kameenbrosche in der Hand. »Das ist reizend.«

»Wie wäre es – vielleicht legst du es lieber wieder zurück«, sagte Frau Miller; plötzlich empfand sie das Bedürfnis, sich zu stützen. Sie lehnte sich an den Türrahmen; ihr Kopf war unerträglich schwer; ein Druck belastete den Rhythmus ihres Herzschlages. Das Licht schien mangelhaft und flackernd. »Bitte, Kind – ein Geschenk von meinem Mann ...«

»Aber es ist schön und ich will es haben«, sagte Miriam. »*Geben Sie es mir.*«

Während Frau Miller dastand und versuchte, einen Satz zu finden, der ihr die Brosche rettete, kam ihr der Gedanke, daß sie niemanden hatte, an den sie sich wenden konnte: sie war allein; eine Tatsache, an die sie lange nicht gedacht hatte. Niederschmetternd schon dadurch, daß sie ihr nur bewußt wurde. Aber hier in ihrem eigenen Zimmer in der stummen Schneestadt war sie so augenscheinlich, daß sie sie weder übersehen noch – das wußte sie mit erschreckender Deutlichkeit – ihr widerstehen konnte.

Miriam aß heißhungrig, und als die Brote und die Milch verzehrt waren, bewegten sich ihre Finger wie Spinnweben über den Teller, die Krumen sammelnd. Die Kamee schimmerte auf ihrer Bluse, das blonde Profil darauf wie ein täuschendes Spiegelbild seiner Trägerin. »Das war fein«, seufzte sie, »aber jetzt wären Mandelkuchen oder Kirschen ganz herrlich. Süßigkeiten sind was Feines, meinen Sie nicht auch?«

Frau Miller hockte unsicher, eine Zigarette rauchend, auf dem Kissen. Ihr Haarnetz war schiefgerutscht, und lose Strähnen hingen ihr unordentlich ins Gesicht. Ihre Augen waren wie betäubt, auf nichts konzentriert, und ihre Wangen waren mit roten Flecken durchsetzt, als hätte ein scharfer Schlag dauernde Spuren hinterlassen.

»Ist nichts Süßes da – kein Kuchen?«

Frau Miller klopfte die Asche auf den Teppich. Ihr Kopf schwankte ein wenig, als sie versuchte, ihren Blick auf einen Punkt zu sammeln. »Du hast mir doch versprochen, wegzugehen, wenn ich dir Sandwiches mache«, sagte sie.

»Ach nein – hab ich das wirklich?«

»Es war ein Versprechen, und ich bin müde und fühle mich durchaus nicht wohl.«

»Machen Sie sich nichts draus«, sagte Miriam. »Ich wollte Sie nur necken.«

Sie nahm ihren Mantel, schlang ihn über den Arm und setzte vor dem Spiegel ihre Mütze zurecht. Plötzlich beugte sie sich dicht zu Frau Miller herunter und flüsterte: »Geben Sie mir einen Gutenachtkuß!«

»Bitte ... das möchte ich lieber nicht«, sagte Frau Miller.

Miriam hob ein wenig die Schulter, zog eine Braue hoch. »Wie Sie wollen«, sagte sie, ging geradenwegs zum Kaffeetisch, ergriff die Vase mit den Papierrosen, trug sie dorthin, wo die harte Fläche des Fußbodens unbedeckt war, und schmetterte sie hin. Das Glas sprühte nach allen Seiten, und sie stampfte mit dem Fuß auf den Strauß.

Dann ging sie langsam zur Tür, aber ehe sie sie schloß, sah sie mit schlauer kindlicher Neugier zurück auf Frau Miller.

Frau Miller verbrachte den nächsten Tag im Bett, stand nur einmal auf, um den Kanarienvogel zu füttern und eine Tasse Tee zu trinken; sie maß ihre Temperatur und hatte keine, dennoch waren ihre Träume fiebrig lebendig; ihre unausgeglichene Stimmung hielt sogar an, als sie dalag und mit großen Augen zur Decke starrte. Ein Traum zog sich wie ein Faden durch die anderen, dem nicht greifbaren geheimnisvollen Thema einer verwirrenden Symphonie gleich, und die Bilder, die er malte, waren scharf umrissen, als habe sie eine mit Eindringlichkeit begnadete Hand hingeworfen: ein kleines Mädchen, das ein Brautkleid und einen Laubkranz trug, führte einen grauen Zug einen Bergpfad hinunter, und in dem Zug war ungewöhnliches

Schweigen, bis eine Frau weit hinten fragte: »Wohin bringt sie uns?« »Das weiß keiner«, sagte ein alter Mann, der voranschritt. »Aber ist sie nicht hübsch?« warf eine dritte Stimme hin. »Ist sie nicht wie eine Eisblume – so schimmernd und weiß?«

Am Dienstagmorgen fühlte sie sich beim Erwachen besser; die harten Streifen der Sonnenstrahlen, die schräg durch die Jalousien fielen, gossen ein Licht aus, in dem ihre ungesunden Grillen zergingen. Sie machte das Fenster auf und entdeckte einen aufgetauten, frühlingsmilden Tag; eine Schar reiner neuer Wolken ballte sich vor einem weiten, blauen Himmel, der noch gar nicht zur Jahreszeit gehörte; und hinter der niedrigen Linie der Giebel konnte sie den Fluß sehen und den Rauch, der sich im warmen Wind aus den Schornsteinen der Schlepper emporkräuselte. Ein großer silberner Lastwagen pflügte die Straße mit den Schneewällen, das Geräusch des Motors hing summend in der Luft.

Nachdem sie ihre Wohnung aufgeräumt hatte, ging sie in das Lebensmittelgeschäft, ließ sich einen Scheck diskontieren und ging weiter zu Schrafft, wo sie ein Frühstück einnahm und fröhlich mit der Kellnerin plauderte. Oh, es war ein prachtvoller Tag – fast ein Feiertag –, und es wäre töricht, nach Hause zu gehen!

Sie stieg in einen Bus Richtung Lexington-Avenue und fuhr bis zur Sechsundachtzigsten Straße; sie hatte sich entschlossen, hier ein paar kleine Einkäufe zu machen.

Sic hatte keine Ahnung, was sie haben wollte oder brauchte, aber sie schlenderte dahin, nur auf die lebhaften, mit sich selbst beschäftigten Vorübergehenden achtend, die in ihr ein merkwürdiges Gefühl der Isoliertheit auslösten.

Während sie an der Ecke der Dritten Avenue wartete, sah sie den Mann: einen alten Mann, krummbeinig und gebückt unter einem Armvoll umfangreicher Pakete, er trug einen schäbigen braunen Mantel und eine karierte Mütze. Plötzlich wurde ihr bewußt, daß sie einander zulächelten: es war nichts Freundschaftliches in diesem Lächeln, es waren lediglich zwei kalte Funken des Wiedererkennens. Aber sie war überzeugt, daß sie ihn nie zuvor gesehen hatte.

Er stand neben einem Hochbahn-Träger, und als sie die Straße überquerte, wandte er sich um und folgte ihr. Er hielt sich ganz dicht hinter ihr; aus dem Augenwinkel beobachtete sie sein schwankendes Spiegelbild in den Schaufenstern.

Dann, am halben Block, blieb sie stehen und sah ihm ins Gesicht. Auch er blieb stehen, warf den Kopf hoch und lächelte schief. Aber was konnte sie sagen, tun? Hier, im hellen Tageslicht, auf der Sechsundachtzigsten Straße? Es hatte keinen Sinn, und sie beschleunigte den Schritt, ihre eigene Hilflosigkeit verachtend.

Nun ist die Zweite Avenue eine häßliche Straße, aus Bruch und Resten gemacht; zum Teil Kopfpflaster, zum Teil Asphalt, zum Teil Zement; mit einer beharrlichen Atmosphäre der Verlassenheit. Frau Miller ging fünf Blocks weiter, ohne jemand zu treffen, und die ganze Zeit blieb das feste Knirschen seiner Schritte im Schnee in ihrer Nähe. Als sie zu einem Blumengeschäft kam, war das Geräusch noch hinter ihr. Sie trat schnell hinein und sah durch die Glastür den alten Mann vorbeigehen; er hielt die Augen fest geradeaus gerichtet und hemmte seinen Schritt nicht, aber er tat etwas Seltsames, Vielsagendes: er griff grüßend an seine Mütze.

»Sechs weiße, sagten Sie?« fragte der Blumenhändler.

»Ja«, antwortete sie, »weiße Rosen.« Von dort aus ging sie in einen Glasladen und suchte eine Vase aus, vermutlich einen Ersatz für die, die Miriam zerbrochen hatte, obwohl der Preis unverschämt und die Vase (wie sie fand) unsagbar gewöhnlich war. Aber sie hatte eine Reihe unverantwortlicher Einkäufe begonnen, wie nach einem vorgefaßten Plan: einem Plan, den sie nicht im mindesten kannte oder kontrollieren konnte. Sie kaufte eine Tüte glasierter Kirschen, und in einem Laden, der sich »Knickerbocker Bäckerei« nannte, zahlte sie vierzig Cents für sechs Mandelkuchen.

Während der letzten Stunde war das Wetter wieder kalt geworden; die Winterwolken warfen wie getrübte Glaslinsen einen Schatten über die Sonne, und das Gespenst einer frühen Dämmerung färbte den Himmel; ein feuchter Dunst mischte sich mit dem Wind, und die Stimmen einiger Kinder, die oben auf den Bergen von Gossenschnee tobten, kamen ihr einsam und unfroh vor. Bald fiel die erste Flocke, und als Frau Miller das Sandstein-Haus erreichte, sank der Schnee wie ein rascher Vorhang herab, und die Fußspuren verschwanden so schnell, wie sie eingedrückt worden waren.

Die weißen Rosen waren dekorativ in der Vase geordnet. Die glasierten Kirschen schimmerten auf einem Keramikteller. Die Mandelkuchen, mit Zucker bestreut, warteten auf die Hand, die sie nehmen würde. Der Kanarienvogel flatterte auf seiner Schaukel und pickte an einem Samentäfelchen.

Genau um fünf läutete die Türglocke. Frau Miller wußte, wer es war. Der Saum ihres Hauskleides schleifte nach, als sie über den Flur ging. »Bist du es?« rief sie.

»Natürlich«, sagte Miriam; das Wort hallte schrill im Treppenhaus wider. »Mach die Tür auf.«

»Geh weg!« sagte Frau Miller.

»Bitte beeile dich . . . ich habe ein schweres Paket.«

»Geh weg!« sagte Frau Miller. Sie kehrte ins Wohnzimmer zurück, zündete sich eine Zigarette an, setzte sich und horchte ruhig auf den Summer; noch und noch und noch. »Du kannst genausogut weggehen. Ich habe nicht die Absicht, dich hereinzulassen.«

Das Klingeln brach kurz ab. Etwa zehn Minuten rührte sich Frau Miller nicht. Als sie keinen Laut hörte, nahm sie an, daß Miriam gegangen sei. Auf Zehen ging sie zur Tür und öffnete sie einen Spalt; Miriam saß halb zurückgelehnt auf einem Pappkarton, eine schöne französische Puppe im Arm.

»Ich habe wirklich gedacht, du würdest nicht mehr kommen!« sagte sie verdrießlich. »Hier, hilf mir, dies hineintragen – es ist schrecklich schwer!«

Frau Miller spürte keinen verhexten Zwang, sondern eher eine sonderbare Passivität; sie trug den Karton hinein, Miriam die Puppe. Miriam machte sich's auf dem Sofa bequem, ohne sich die Mühe zu nehmen, Mantel und Mütze abzulegen, und beobachtete gleichgültig, wie Frau Miller den Karton fallen ließ und zitternd dastand und nach Atem rang.

»Danke«, sagte sie. Im Tageslicht sah sie bedrückt und abgehetzt aus, ihr Haar nicht so glänzend. Die französische Puppe, die sie liebte, trug eine selten schöne gepuderte Perücke, und ihre idiotischen Glasaugen suchten in Miriams Augen Trost. »Ich habe eine Überraschung«, fuhr Miriam fort. »Schau einmal in meinen Karton.«

Kniend schlug Frau Miller die Seitenklappen zurück und nahm eine andere Puppe hoch; dann ein blaues Kleid – sie erinnerte sich, es war dasjenige, das Miriam an jenem ersten Abend im Kino angehabt hatte; und von dem restlichen Inhalt sagte sie: »Das sind lauter Kleider. Warum?«

»Weil ich hergekommen bin, um bei dir zu wohnen«, sagte Miriam, an einem Kirschenstiel drehend. »War es nicht nett von dir, mir die Kirschen zu kaufen?«

»Aber das kannst du nicht! Um Gottes willen – geh fort – geh fort und laß mich in Frieden!«

». . . und die Rosen und die Mandelkuchen? Wie wunderbar aufmerksam, wirklich. Weißt du, diese Kirschen sind köstlich. Ich wohnte zuletzt bei einem alten Mann; er war schrecklich arm, und wir hatten nie etwas Gutes zu essen. Aber hier werde ich zufrieden sein, glaube ich.« Sie hielt inne, um ihre Puppe dichter an sich zu schmiegen. »Wenn du mir nur noch zeigst, wo ich meine Sachen hintun kann . . .«

Frau Millers Gesicht zerfloß zu einer Maske von häßlichen roten Linien. Sie fing an zu weinen, und es war ein unnatürliches, tränenloses Weinen, als habe sie, lange außer Übung, vergessen, wie man weint. Vorsichtig wich sie zurück, bis sie die Tür berührte.

Sie stolperte wie blind durch die Halle und die Treppe hinunter zu dem unteren Treppenabsatz. Sie klopfte ungestüm an die Tür der ersten Wohnung, zu der sie kam. Ein stämmiger, rothaariger Mann machte auf und sie stürzte an ihm vorbei. »Was zum Teufel soll das?« fragte er. »Ist etwas los, Schatz?« fragte eine junge Frau, die aus der Küche kam; sie trocknete sich die Hände. An sie wandte sich Frau Miller.

»Hören Sie«, rief sie, »ich schäme mich, mich so zu benehmen, aber . . . nun ja, ich bin Frau H. T. Miller und ich wohne oben und . . .« Sie preßte die Hände vor das Gesicht. »Es klingt so verrückt . . .«

Die Frau führte sie zu einem Stuhl, während der Mann aufgeregt mit dem Kleingeld in seiner Tasche klimperte. »Ja – und?«

»Ich wohne oben, und da ist ein kleines Mädchen, das mich besucht, und ich glaube, ich habe Angst vor ihr. Sie will nicht weggehen, und ich kann sie nicht dazu zwingen, und . . . sie wird etwas Schreckliches tun. Sie hat mir schon meine Kamee gestohlen, aber sie hat etwas Schlimmeres vor . . . etwas Schreckliches!«

Der Mann fragte: »Ist sie eine Verwandte, wie?«

Frau Miller schüttelte den Kopf. »Ich weiß nicht, wer sie ist. Sie heißt Miriam, aber ich weiß nicht, wer sie ist – bestimmt nicht.«

»Nun beruhigen Sie sich erst mal, meine Süße«, sagte die Frau und streichelte Frau Millers Arm. »Mein Harry hier – der wird schon fertig mit dem Kind. Geh rauf, Schatz!« Und Frau Miller sagte: »Die Tür ist offen – 5 A.«

Nachdem der Mann gegangen war, brachte die Frau ein Tuch und wischte Frau Miller das Gesicht ab. »Sie sind sehr freundlich«, sagte Frau Miller, »es tut mir leid, daß ich mich wie eine Närrin betrage, aber dieses fürchterliche Kind . . .«

»Freilich, meine Süße«, tröstete die Frau. »Nun, nehmen Sie's lieber nicht so tragisch.«

Frau Miller legte ihren Kopf in die Beuge ihres Armes; sie war ruhig genug, um einzuschlafen. Die Frau drehte am Radioschalter; ein Klavier und eine heisere Stimme erfüllten den Raum, und die Frau klopfte mit dem Fuß sehr genau den Takt. »Vielleicht sollten wir auch 'raufgehen«, sagte sie.

»Ich möchte sie nicht wiedersehen. Ich möchte überhaupt nicht in ihrer Nähe sein!«

»Nun, nun – aber wissen Sie, was Sie hätten tun sollen? Sie hätten einen Polizisten rufen sollen!«

Gleich darauf hörten sie den Mann auf der Treppe. Stirnrunzelnd kam er ins Zimmer, er kratzte sich den Nacken. »Niemand da«, sagte er, ehrlich verlegen. »Sie muß getürmt sein.«

»Harry, du machst vielleicht Witze!« erklärte die Frau. »Wir haben die ganze Zeit hier gesessen und hätten doch gesehen . . .«, sie brach plötzlich ab, denn der Blick ihres Mannes war scharf.

»Ich habe überall nachgesehen«, sagte er, »und es ist einfach niemand da. Niemand, verstehst du?«

»Sagen Sie«, fragte Frau Miller und stand auf, »sagen Sie, haben Sie einen großen Karton gesehen? Oder eine Puppe?«

»Nein, Madame, nichts.«

Und die Frau, als spräche sie ein Urteil aus, sagte: »Na, das ist ja nun die Höhe . . .«

Leise betrat Frau Miller ihre Wohnung; sie ging in die Mitte des Zimmers und stand ganz still. Nein, in einer Hinsicht hatte es sich nicht verändert: die Rosen, die Kuchen und die Kirschen waren an ihrem Platz. Aber dies war ein leerer Raum, leerer, als wenn keine Möbel und nichts Vertrautes da wären, leblos und versteinert wie eine Leichenkammer. Das Sofa ragte mit einer neuen Fremdheit vor ihr auf: seine Leere hatte eine Bedeutung, die weniger eindringlich und schrecklich gewesen wäre, wenn sich Miriam hineingeschmiegt hätte. Sie starrte fest auf die Stelle, wo sie, wie sie sich erinnerte, den Karton hingestellt hatte, und einen Augenblick lang drehte sich der gepolsterte Puff wild im Kreise. Und sie sah durchs Fenster; sicher war der Fluß wirklich, sicher fiel draußen Schnee – aber schließlich, man konnte nichts mit Sicherheit bezeugen: Miriam, die so lebendig da war – und dennoch, wo war sie? Wo? Wo?

Und als bewege sie sich in einem Traum, sank sie auf einen Stuhl. Der Raum verlor seine Gestalt; es war dunkel und wurde noch dunkler, und dagegen war nichts zu machen; sie konnte nicht die Hand heben, um eine Lampe anzuschalten.

Plötzlich verspürte sie, die Augen schließend, einen Sog nach oben, wie ein Taucher, der aus einer tiefen, grüneren Tiefe aufsteigt. In Zeiten des Schreckens oder der ungeheuren Trübsal gibt es Augenblicke, in denen die Seele wartet wie auf eine Offenbarung, während sich ein Gewebe von Ruhe über das Denken legt; es ist wie ein Schlaf, wie eine übernatürliche Entrücktheit; und während dieser Stille wird man sich einer Kraft ruhiger Vernunft bewußt: nun ja . . . Wie, wenn sie in Wirklichkeit niemals ein Mädchen namens Miriam gekannt hätte? Wenn man ihr auf der Straße törichte Angst eingejagt hatte? Letzten Endes war es, wie alles andere, nicht wichtig. Denn das einzige, was Miriam ihr hatte nehmen können, war ihr Ich – aber jetzt wußte sie, daß sie die Person wiedergefunden hatte, die in diesem Zimmer wohnte, die sich ihre Mahlzeiten kochte, die einen Kanarienvogel besaß, die jemand war, dem sie trauen, an den sie glauben konnte: Frau H. T. Miller.

Zufrieden lauschend bemerkte sie einen doppelten Laut: eine Kommodenlade öffnete und schloß sich; sie schien es lange nach dem tatsächlichen Vorgang zu hören – öffnete und schloß sich. Dann, nach und nach, wurde das harte Geräusch verdrängt durch das leise Rauschen eines Seidenkleides, und dieses Rauschen, köstlich zart, kam näher und schwoll zu einer Heftigkeit an, daß die Wände von der Schwingung bebten und der ganze Raum unter einer Woge von Rascheln begraben war. Frau Miller erstarrte und öffnete die Augen zu einem betäubten, starren Blick.

»Hallo!« sagte Miriam.

Nachwort

Die Verlockung ist groß, an Hand der Gespensterliteratur eine Typologie des Gespenstes zu entwerfen. Und wer da meinte, hier bedeute der abwegige Gegenstand nichts und die Literatur alles, der möge sich noch einen Augenblick darauf besinnen, daß wir es nicht einfach mit Aberglauben und dessen ernst- oder scherzhafter Wiedergabe zu tun haben. Hinter dem, was der Volksmund und die einschlägige Literatur das Geistersehen nennt, verbirgt sich ein tiefes und dauerndes Gefühl des Mißtrauens gegenüber der Wirklichkeit. Von dieser kann man sich abwenden wie Baudelaire, weil man die Vernunft langweilig findet. Man kann aber auch das Reich der Normalität, der kausalen Verknüpfungen und des menschlichen Willens für viel grausamer halten als jene Welt »dahinter«, in der die Phantasie zu schweifen beginnt und die so viele Generationen denkender und schreibender Menschen fasziniert hat. Thomas de Quincey bemerkt: »Die Forcierung des Absurden ist das sicherste Mittel, wirkliches Grauen fernzuhalten, denn sie hält den Unernst der Betrachtung immer gegenwärtig.« Das Gespenstische ist daher nicht unbedingt nur und immer das Gruselige und Schauder Erzeugende, und das Gespenst und die Geistererscheinung bleiben weder in der »Wirklichkeit« noch in der Dichtung auf alte englische Adelsschlösser beschränkt, in denen nachts ein Klopfen umgeht. Das große Unbehagen, das beunruhigende Gefühl, sich in einer Welt mit doppeltem Boden zu befinden, setzt erst da ein, wo das Unwirkliche sich aus dem Natürlichen zu ergeben scheint und die Unwahrscheinlichkeit ins Glaubwürdige hinüberspielt. Erst die Synthese von Vernunft und Phantasie hat von den frühesten asiatischen Geistergeschichten an bis zum Provost von Eton, Montague Rhodes James, jenen differenzierten Grusel hervorgebracht, der Lust erzeugt. Läßt doch auch E. T. A. Hoffmann in seiner Spukgeschichte den Erzähler sagen, daß gerade in der Wahrscheinlichkeit, die das Unwahrscheinliche erhält, für ihn das Grauenhafte liege, und was sich daraus ergebe, sei als Resultat »der gräßlichste Spuk, den es geben kann« – und der genußreichste, muß man hinzufügen.

Der Ursprung der Gespenstergeschichte ist zweifellos das Märchen. In der Dichtung der Völker sublimierte sich die

Geistermythe zum Gleichnis vom Leben. Aber bis in die Zeit des Schauerromans, als Johann August Apel und Friedrich Laun ihr Gespensterbuch veröffentlichten (1810–12), hat die Gespenstergeschichte etwas von der Naivität des Märchenhaften zu bewahren gewußt – und beim afrikanischen Surrealisten Tutuola hat sie es noch heute. Nur Defoe scheint mit seiner 1706 veröffentlichten Geschichte ›Die Erscheinung der Mrs. Veal‹ seiner Zeit weit voraus zu sein. Da werden schon Motivationen und Hilfsmittel bemüht, um das Aufkreuzen einer soeben Verstorbenen am fernen Ort raffiniert auszustatten und so natürlich wie wirklich erscheinen zu lassen. Defoe ist auch einer der ersten, der die Geistererscheinung mit einem Kommentar versehen hat: es komme ihm wunderlich vor, so sagt er, »warum wir Dinge bestreiten sollten, nur weil wir keine sicheren und beweiskräftigen Vorstellungen von ihnen haben«, ein Zweifel am Zweifel, der weiterwirkte und dem selbst Schopenhauer in seinem ›Versuch über das Geistersehen und was damit zusammenhängt‹ eine philosophisch befriedigende Antwort zu geben versucht hat. Im 19. Jahrhundert erlebt die Spukerzählung in der Spätromantik ihre kunstvollste Ausformung und eine Blütezeit, die man nur vor dem Hintergrund der damaligen Errungenschaften – Elektrizität, Hypnose und Psychologie – verstehen kann. Auch die Nekromantie, die Geisterbeschwörung der Spiritisten, hat von Jung-Stilling über Justinus Kerner bis Swedenborg Tuchfühlung zur Literatur gehabt und ihr eine Fülle unheimlichen und heiteren Stoffes geliefert, bis hin zur Gegenwart und zu so ausgefallenen satirischen Eskapaden wie Troyats Erzählung ›Das eifersüchtige Tischchen‹. Mit dem Spiritismus wollte sich der Okkultismus des beginnenden 20. Jahrhunderts natürlich nicht mehr verwechselt wissen. Aber welche Rolle Séancen noch vor 40 Jahren im gesellschaftlichen Leben gespielt haben, läßt sich an der keineswegs nur ironischen, sondern vielmehr angerührten, neugierigen, von ihm selbst als »gewissermaßen ehrlos« empfundenen Reaktion Thomas Manns auf die Sitzungen des Barons von Schrenck-Notzing beobachten (nachzulesen in ›Okkulte Erlebnisse‹ 1924, Th. M. Ges. Werke Bd. X).

Immer muß die Gespensterliteratur vor dem Hintergrund der zeitgenössischen Theorien und Strömungen gesehen werden. So bildeten die Kulisse zu Schillers Romanfragment ›Der Geisterseher‹ jene obskuren Tendenzen, die in der Spätzeit des Aufklärungszeitalters aufkamen und deren äußerer Ausdruck unzählige Geheimgesellschaften waren: Vereinigungen, die den sogenannten Mesmerismus wissenschaftlich zu ergründen, Übersinnliches zu erklären suchten oder ganz einfach die Konjunktur in Geistern zu mancherlei Scharlatanerie ausnutzten. Was es an neuesten Hypothesen aus der Welt der Erscheinungen gibt, interessiert uns hier wenig, und wenn es heute heißt, daß die Erscheinung, die Bühne, auf der das Gespenst agiere, in Wahrheit innerhalb des »Produzenten« liege, innerhalb dessen also, der »sieht«, so fragt man sich, was daran neu ist. Mit Glauben oder Nichtglauben haben der Genuß und das Vergnügen, das wir beim Lesen von Gespenstergeschichten empfinden, ohnehin nicht das mindeste zu tun. Der Lusteffekt ergibt sich aus der Umkehrung unsrer Welt, der ironischen Umkehrung oder der absurden. Böses, Quälendes wird benannt und wie ein Teufelsfeuerwerk aus der Wirklichkeit hinausgetrieben, und die Beliebtheit der Geisterliteratur in einem »aufgeklärten Jahrhundert« wie dem unseren erklärt sich wahrscheinlich daher, daß bei der nervlichen Anspannung und dem seelischen *stress*, in dem wir leben, verdrängte und belastende Gegensätze am besten durch eine Öffnung der Realität ins Phantastische ausbalanciert werden. Die Frage, ob Geistergeschichten in unsrer Zeit nicht ein Anachronismus seien, ist daher unsinnig. Wir fragen ja auch nicht, ob Kafkas Schloß *wirklich* existiert. Wir haben nichts einzuwenden gegen die Geisterwelt des ›Faust‹ oder den ›Fliegenden Holländer‹, und wir lassen es uns gefallen, wenn Hamlets Vater – oder, Verzeihung, sein Geist – über die Bühne schreitet. Nur darf, wie Lessing im Zwölften Stück seiner Hamburgischen Dramaturgie schreibt, nicht gegen die »Sitten« der Gespenster verstoßen werden. Lessing schätzt daher Shakespeares Gespenst höher, poetischer ein als etwa das Voltaires in ›Semiramis‹, da Voltaire das Gespenst »als ein Wunder, Shakespeare als eine ganz natürliche Begebenheit« betrachte. Dürfe man, fragt Lessing im Elften Stück der Hamburgischen Dramaturgie, Gespenster und Erscheinungen auf die Bühne bringen oder nicht, wenn die »gegenwärtig herrschende Art zu denken« den Glauben an Gespenster keineswegs mehr zulasse? »Aber in diesem Verstande keine Gespenster glauben«, antwortet Lessing, »kann und darf den dramatischen Dichter im geringsten nicht abhalten, Gebrauch davon zu machen. Der Same, sie zu glauben, liegt in uns allen, und in denen am häufigsten, für die er vornehmlich dichtet. Es kommt nur auf seine Kunst an, diesen Samen zum Keimen zu bringen; nur auf gewisse Handgriffe, den Gründen für ihre Wirklichkeit in der Geschwindigkeit den Schwung zu geben. Hat er diese in seiner Gewalt, so mögen wir in gemeinem Leben glauben, was wir wollen, im Theater müssen wir glauben, was *er* will.«

Es haben daher immer wieder und nicht nur dramatische Dichter sich der »Traum- und Zaubersphäre« zugewandt, sie haben gewußt von den »Schätzen, die hier verborgen liegen« (Goethe), von einem Urgrund der Poesie, und sie haben den bekannten Dimensionen die vierte Dimension der »Erscheinungen« hinzugefügt, wobei das Wort Erscheinungen hier einmal so Weitläufiges und Unzusammenhängendes umfassen soll wie: Geister und Dämonen, Bilokationen (Verdoppelungen) und Gesichte (Visionen), ideoplastische Materialisations-Phänomene und pathologische Halluzinationen. Es wären da zu nennen Varnhagen von Ense mit den von Heinrich Heine in unsrem Buch erwähnten ›Deutschen Erzählungen‹, Justinus Kerner mit ›Die Seherin von Prevorst‹, Mörike, der sich wieder auf Kerner bezieht, mit seinem ›Spuk im Pfarrhaus‹, Gogol mit ›Der verhexte Platz‹, Maupassant mit ›Der Horla‹, Turgenjew mit ›Der Hund‹, Stevenson mit ›Der Leichenräuber‹, des weiteren Johann Beer, Achim von Arnim oder auch Villiers de l'Isle-Adam und Barbey d'Aurevilly. Ich erwähne hier absichtlich Beispiele, die man *nicht* in diesem Band findet; sie und einige andre sind nicht etwa vergessen oder übersehen worden, sondern konnten aus Gründen ihrer Länge oder weil es sich nicht um Geistergeschichten, sondern nur um spukhafte Einschaltungen handelt, nicht aufgenommen werden, oder sie erbrachten nur thematische Wiederholungen (wie Lermontows ›Eine unvollendete Novelle‹), oder aber sie gehörten im strengen Sinne nicht in eine Welt-Anthologie der reinen Gespensterliteratur (wie Gogols großartige Dämonengeschichte ›Der Wij‹). Denn das war allerdings unser Ehrgeiz: mit diesem Band nicht irgendeine Sammlung unheimlicher Geschichten zu bieten. Ihrer gibt es viele, denn das Unheimliche steht seit Jahrzehnten hoch im Kurs, doch wird in diesen Anthologien – seit Strobl, Meyrink, Ewers – das Makabre und Dämonische meist mit dem Gespenstischen gleichgesetzt, als stamme alles aus der gleichen literarischen Schreckenskammer. Das ist ein Irrtum, denn nur die Geistergeschichte zeichnet sich dadurch aus, daß in ihr eine fremde, von außen unverständliche und lediglich aus sich selbst zu begreifende Welt in unsre Wirklichkeit einbricht.

In der Literatur der Geistererscheinung, von der dieses Buch eine umfassende Vorstellung vermitteln möchte, gibt es Gespenster von Toten und Gespenster von Lebenden. Typische Bilokationen Lebender kommen vor, wie in Christa Reinigs Geschichte einer Vorahnung. Bei Kleist, Kaschnitz und Quiller-Couch sind es die längst Verschiedenen, die ihren böswilligen, harmlosen oder heiteren Schabernack mit den Lebenden treiben. Tote stehen vorübergehend auf in der japanischen Liebesgeschichte von Akinari oder besuchen regelmäßig ihre Frauen wie in der Liebesgeschichte des Russen Brjussow, während bei Balzac und Dumas die Geister sich in der Rolle des Rächers gefallen. Verblüffende Entsprechungen gibt es unter den Literaturen über Jahrhunderte und Kontinente hinweg. Ereignisse, die um Jahrzehnte zurückliegen, wiederholen sich wie eine Erinnerungsformel: in dem Reiseabenteuer, das A. J. Alan beschreibt, genauso wie in der Begegnung, von der Marie Luise Kaschnitz schlicht, kommentarlos und mit dichterischer Intensität berichtet, so daß sich das Traumhafte beinahe unbemerkt einstellt. Zu dem erfahrenen und zugleich erträumten Erlebnis in einem Londoner Haus, von dem Marie Luise Kaschnitz erzählt, steht wiederum die Geschichte von André Maurois in spiegelbildlicher Beziehung. (Bei der Komposition des Bandes wurde auf solche Entsprechungen und Verwandtschaften Wert gelegt.) Bei Maurois hat nicht das Haus zur Begegnung mit Schattengestalten geführt, sondern das Haus ist ein Produkt der Träume, mehr noch: die fiktive Erzählerin, die das Haus träumte, war selbst im Traum abwesend und hat das Haus mit ihrem Schatten bewohnt, das sie in der Nähe der Isle-Adam später in der Wirklichkeit wiederfindet. Wem wäre die Wahrheit dieser poetischen Erfindung nicht schon einmal entgegengetreten?

Der Psychologismus, in den die Geisterliteratur notwendigerweise mündet – oder den sie durchläuft –, beginnt schon mit E. T. A. Hoffmanns Spukgeschichte. Randgebiete der Hypnose, der Psychose und der Zwangsvorstellungen werden betreten. In der russischen Literatur hat das zu besonders eigentümlichen Mischformen geführt. In Ljesskows ›Der weiße Adler‹ bleibt angesichts der Psyche des Erzählers und seines gestörten Verhältnisses zur Mitwelt immer noch die Vermutung, der spukende Iwan Petrowitsch habe die Rolle des Toten überhaupt nur gespielt. In Truman Capotes Erzählung, die den Band beschließt, kann das Mädchen Miriam auch die Gestalt sein, die der Tod für Frau Miller angenommen hat, oder Miriam kann Frau Miller selbst sein, die sich aus sich herausprojiziert selbst begegnet: ein einsamer Mensch ohne Liebe, ohne Puppe, ohne Gespräch.

Natürlich dürfen die Humoristen der Gespensterliteratur nicht fehlen, als deren Hauptvertreter Oscar Wilde mit seinem ›Gespenst von Canterville‹ glänzt, das er selbst auch als »hylo-idealistische Novelle« bezeichnete. In der Nachbarschaft Wildes werden auch andre, mildere Spielarten der Ironie und des geisterhaft auf Sohlen gehenden Witzes erkennbar. Quiller-Couchs fast rührendes ›Händepaar‹ zählt dazu. Heine läßt einen Priester der Vernunft als schrullenhafteste Verkörperung der Unvernunft auftreten. Die Geschichten von Dickens und Mark Twain laufen auf eine weitere Möglichkeit der Umkehrung hinaus: Gespenster haben sich geirrt, sehen ihren Irrtum ein und trollen sich wütend oder beschämt von dannen. Auch die Frage, warum das Absurde absurd sei, warum es in der Welt der Geister so nichtig und sinnlos, im Grunde »blöder, nichtsnutziger und armseliger« zugehe als auf der »uns bekannten Erde« (Thomas Mann), warum Geister so intelligenzloses Zeug von sich geben, wird von Ljesskow aufgeworfen und von anderen beantwortet. So liefert die Gespensterliteratur immer die ihr entsprechenden Theorien mit. Daher bedarf sie, abgesehen von den Wünschen und Ängsten, deren Projektion sie darstellt, keiner zusätzlichen Erklärung. In ihr wird dem Wirklichkeitssinn ein Möglichkeitssinn entgegengehalten. Man ist fein heraus, wenn man am Ende eines Nachworts einen so kompetenten Vertreter der Geisterliteratur wie Johann August Apel für sich sprechen lassen kann, der an Geister so viel und so wenig glaubte, daß er sich schreibend zugleich für und gegen sie entschied: »Gerade wenn es mit den Gespenstern aus ist, geht das rechte Zeitalter für ihre Geschichte an. Kommt doch jede Geschichte erst *hinter* der Wirklichkeit und der Leser dadurch, wenn das Glück gut ist, hinter die *Wahrheit*.«

Martin Gregor-Dellin

Über die Autoren

Ueda Akinari (1734–1809) 56
Japanischer Schriftsteller, Verfasser einer Sammlung phantastischer Erzählungen. ›Das Haus im Schilf‹ aus: ›Der Kirschblütenzweig – Japanische Liebesgeschichten aus tausend Jahren‹, Copyright Nymphenburger Verlagshandlung, München. Aus dem Japanischen von Oscar Benl.

A. J. Alan (gest. 1941) 293
Geburtsdatum unbekannt. Englischer Rundfunkerzähler, speziell von Geistergeschichten mit überraschendem Schluß. ›Mein Abenteuer in Norfolk‹ aus: ›Gespenster‹, mit freundlicher Genehmigung von Robert Harben, Literary Agency, London, und Diogenes Verlag, Zürich. Aus dem Englischen von Peter Naujack.

Johann August Apel (1771–1816) 152
Deutscher Schriftsteller, anfangs Nachahmer der Klassiker, dann Verfasser von Schauerromanen, gab mit Friedrich Laun von 1810 bis 1815 das ›Gespensterbuch‹ heraus, aus dem der Freischütz-Stoff stammt. ›Die schwarze Kammer‹ aus: ›Gespensterbuch‹.

Honoré de Balzac (1799–1850) 18
Französischer Romancier, Epiker des Realismus, Verfasser mehrerer Novellenzyklen. ›Der Kriminalrichter‹ aus: Honoré de Balzac ›Mystische Geschichten‹. Aus dem Französischen von Otto Naumann.

Walter Alexander Bauer (geb. 1921) 284
Deutscher Schriftsteller und Journalist, schrieb Lyrik, Kurzprosa und Essays. ›Spuk‹ aus: Walter Alexander Bauer ›Nachts im Hotel‹, kurze Prosa, mit freundlicher Genehmigung des Verlags J. P. Peter, Gebr. Holstein, Rothenburg ob der Tauber.

Valerij Brjussow (1873–1924) 286
Russischer Lyriker und Erzähler. ›Verteidigung‹, mit freundlicher Genehmigung des Übersetzers. Aus dem Russischen von Johannes von Guenther.

Dino Buzzati (geb. 1906) 264
Italienischer Novellist, Darsteller des Unheimlichen und Magischen. ›Der Mantel‹ aus: Dino Buzzati ›Das Haus mit den sieben Stockwerken‹, Copyright Nymphenburger Verlagshandlung, München. Aus dem Italienischen von Nino Erné.

Edward Arnold Ltd., London, und mit freundlicher Genehmigung des Hegereiter Verlags, Rothenburg o. d. T. Aus dem Englischen von Otto Knörrich.

MARIE LUISE KASCHNITZ (geb. 1901) 301
Deutsche Erzählerin und Lyrikerin, bedeutend auch als Autorin von Hörspielen und Tagebuchprosa. ›Gespenster‹ aus: Marie Luise Kaschnitz ›Lange Schatten‹, mit freundlicher Genehmigung des Claassen Verlags, Hamburg.

HEINRICH VON KLEIST (1777–1811) 43
Deutscher Dramatiker, Erzähler und Lyriker, bedeutendster Dichter zwischen Klassik und Romantik. ›Das Bettelweib von Locarno‹.

SELMA LAGERLÖF (1848–1940) 254
Schwedische Erzählerin, Nobelpreisträgerin. ›Die Geisterhand‹, Copyright Nymphenburger Verlagshandlung, München. Aus dem Schwedischen von Marie Franzos.

NIKOLAJ LJESSKOW (1831–1895) 213
Russischer Erzähler. ›Der weiße Adler‹ aus: Nikolaj Ljesskow ›Gesammelte Werke in drei Bänden‹, mit freundlicher Genehmigung des Biederstein Verlags, München, und des Übersetzers. Aus dem Russischen von Johannes von Guenther.

ANDRÉ MAUROIS (geb. 1885) 310
Französischer Erzähler und Verfasser von historischen und kulturkritischen Werken. ›Das Haus‹ aus: André Maurois ›Jahrmarkt in Neuilly‹, Copyright Nymphenburger Verlagshandlung, München. Aus dem Französischen von Christoph von Schwerin.

PROSPER MÉRIMÉE (1803–1870) 117
Französischer Erzähler. ›Ein Gesicht Karls XI.‹ aus: Prosper Mérimée, ›Ausgewählte Novellen‹, mit freundlicher Genehmigung von Frau Dr. Lotte von Schaukal. Aus dem Französischen von Richard von Schaukal.

GÉRARD DE NERVAL (1808–1855) 146
Französischer Lyriker, Erzähler und Übersetzer. ›Das grüne Scheusal‹. Aus dem Französischen von Otto Naumann.

EDGAR ALLAN POE (1809–1849) 67, 134
Nordamerikanischer Dichter, der mit seinen Gedichten, Erzählungen und kunsttheoretischen Schriften die moderne Literatur stark beeinflußte. ›Metzengerstein‹ und ›Die Maske des roten Todes‹ aus: E. A. Poe ›Erzählungen in zwei Bänden‹, Copyright Nymphenburger Verlagshandlung, München. Aus dem Amerikanischen von Hedda Eulenberg.

ARTHUR QUILLER-COUCH (1863–1944) 270
Englischer Literarhistoriker und Erzähler. ›Das Händepaar‹, mit freundlicher Genehmigung von J. M. Dent & Sons Ltd., London. Aus dem Englischen von Götz Wagner.

CHRISTA REINIG (geb. 1926) 313
Deutsche Erzählerin und Lyrikerin, schrieb auch phantastische Hörspiele. ›Eridanos‹, mit freundlicher Genehmigung der Autorin.

ALBRECHT SCHAEFFER (1885–1950) 87
Deutscher Lyriker und Erzähler. ›Herschel und das Gespenst‹, mit freundlicher Genehmigung von Frau Angelika Schneider, Bensberg.

AUGUST STRINDBERG (1849–1912) 33
Schwedischer Dramatiker und Romancier, schrieb auch phantastische Novellen und Märchen. ›Der Lotse‹, mit freundlicher Genehmigung des Verlags Albert Langen/Georg Müller, München. Aus dem Schwedischen von Tabitha von Bonin.

HENRI TROYAT (geb. 1911) 197
Französischer Schriftsteller russischer Abstammung, Verfasser von Biographien, Dramen, Romanen und Erzählungen. ›Das eifersüchtige Tischchen‹ aus: Henri Troyat ›Ein Geschäft mit Pilatus‹, Copyright Nymphenburger Verlagshandlung, München. Aus dem Französischen von Wilhelm Maria Lüsberg.

AMOS TUTUOLA (geb. 1920) 141
Nigerianischer Schriftsteller, afrikanischer Surrealist. ›Der vollendete Herr‹ aus: ›The Palm Wine Drinkard‹, mit freundlicher Genehmigung des Eugen Diederichs Verlags, Düsseldorf. Aus dem Englischen von Walter Hilsbecher.

MARK TWAIN (1835–1910) 160
Amerikanischer Schriftsteller, Verfasser von Romanen, Erzählungen und Satiren. ›Eine Gespenstergeschichte‹ aus: Mark Twain ›Erzählungen‹. Aus dem Amerikanischen von Karl Marquardt.

OSCAR WILDE (1856–1900) 167
Irisch-englischer Dramatiker, Essayist und Erzähler. ›Das Gespenst von Canterville‹, mit freundlicher Genehmigung der Droemerschen Verlagsanstalt Th. Knaur Nachf., München. Aus dem Englischen von Frieda Uhl.